U0926527

不止信仰

〔英〕V.S.奈保尔 著
朱邦贤 译

南海出版公司

新经典文化股份有限公司
www.readinglife.com
出　品

目 录

前言

这是一本关于人的书，不是一本关于见解的书。这是一本由许多故事结集而成的书，它们是我一九九五年在四个非阿拉伯国家——印度尼西亚、伊朗、巴基斯坦和马来西亚——旅行了五个月搜集来的。所以，本书有其背景和主题。

伊斯兰教起源于阿拉伯宗教。凡是非阿拉伯裔的伊斯兰教教徒都是皈依者。伊斯兰教不仅关乎良知和个人信仰，更有着神圣威严的要求。皈依者的世界观需要改变，他的神圣的土地在阿拉伯，庄严的语言是阿拉伯语；他需要摒弃原有的历史观。不论喜不喜欢，他都已成为阿拉伯故事的一部分。皈依者必须放下自己的一切。社会纷纷扰扰，就算再过一千年，问题依然无法解决，他们必须一而再再而三地放下。人对于自己和他人会产生万千想象，在已皈依国家的伊斯兰教生活中，有一种恐惧和虚无的因子，这可以很容易令国家陷入沸腾状态。

我十七年前出版过一本书，叫《信徒的国度》，谈的同样是在这四个国家的旅行见闻，这本书可说是它的续集。一九七九年，我开始这段旅程时，对伊斯兰教几乎一无所知——这是展开一段冒险之旅前的最佳状态。第一本书探讨的是信仰的细节，以及看似会引爆革命的因素。皈依的主题从未改变，但是在第二段旅程中，我将它看得更清楚。

《不止信仰》补充了第一本书的内容，让故事得以继续发展，并以一种全新的角度。它不太像一本游记，作者很少在场，很少发问。他躲在幕后，凭直觉行事，发现一些人，挖掘一些故事。这些故事一个接一个地展开，有它们自己的形式，定义每个国家和推动它的力量。本书的四部分共同构成一个整体。

我开始写作时，写的是小说，是名主讲人，当时我认为最高尚的事莫过于此。将近四十年前，有人要求我到南美洲和加勒比海地区的几处殖民地旅行，写一本书，我欣然就道搭乘小飞机，溯南美洲河流而上，前往那些奇异的地方。但当时我不太确定如何写书，如何将自己所做的事理出个头绪。多年之后我才发现，对一名作家而言，旅行途中最重要的就是自己接触的人。

所以，在我这些关于旅行和文化探索的书中，身为旅人作者的身份日渐淡薄，而那些国家的人们逐渐走到舞台前面。我再度恢复最初的身份：一名主讲人。在十九世纪，作者用杜撰的故事来做其他的文学——比如诗歌、散文等——做不到的事情：提供改变中的社会的新闻，描述人的心理状态。我发现有件事很奇怪，一开始不符合我本性的旅行方式，最后居然带我回归本性，去寻找故事。如果歪曲或编造故事，那么书的重点也不会被发现。这些故事足够复杂，这些复杂也是本书的重点：读者不应该寻找“结论”。

或许有人会问，本书任一章节中的人和事，是否建立或暗示了另一类国家。我想不是——火车有很多节车厢，也分不同级别，但经过的是相同的风景。人们面对的政治、宗教问题和文化压力，都是相同的。

作者只须保持一颗澄净的心，细细聆听人们告诉他的一切，一直问下去。

思考皈依的主题，还有另一种方法。这可视为从古老的信仰、大地上的宗教、统治者的教派和地方神灵，再到天启宗教——主要是基督教和伊斯兰教——的过程。这些宗教有自身广博的哲学、人道和社会的关怀。印度教教徒认为，印度教不会强人所难，更为“重视精神层次”，这一点都没错。但甘地的社会观念源于基督教。

从古典世界跨越到基督教世界的过程已成为历史。读书，想象进入这个过程所引发的漫长纷争和痛苦并非易事。但是在本书描述的部分文化中，跨越到伊斯兰教——有时是基督教——的过程仍在进行。这是背景中的戏外戏，就如同文化“大爆炸”，持续折磨着旧世界。

第一部

印度尼西亚：N-250 型飞机展翅高飞

第一章　当前的重要人物

伊玛杜丁是万隆技术学院电机工程系讲师，也是伊斯兰教宣教者。所以，在二十世纪六七十年代，他称得上相当另类：从事科学工作，这在独立后的印度尼西亚可算凤毛麟角，同时笃信宗教。他还可以吸引学生涌到万隆技术学院校园的萨尔曼清真寺。

他让当局惴惴不安。一九七九年的最后一天，我去万隆看望他。整个下午，我开车沿着烟雾弥漫的拥挤道路，从雅加达海岸直奔万隆的凉爽高原。我想，他是个一直在路上奔波的人。他曾经是政治犯，坐了十四个月牢，刚出狱不久。他在万隆技术学院仍然拥有一间小小的教职员宿舍，但学院已不准他到校授课。尽管他仍然肆无忌惮，为一小群初中的莘莘学子——实际上是假日学生团体，上伊斯兰教“心智训练”课，但当时四十八岁的他已准备出国。

他原准备在国外待很长一段时间，岂料随后时来运转。这次我重返印度尼西亚，距离上次在万隆和他见面，倏忽已过十四个年头。伊玛杜丁已经名利双收。他正在主持一个伊斯兰教周日电视节目，有一辆奔驰车和一名司机，在雅加达一个还算不错的地段拥有一栋还算不错的房子，他也谈到将来准备搬往更好的地段。二十世纪七十年代末，一面推崇科学，一面高举宗教的他曾让当局恐惧，如今，这却让他大受欢迎，简直成了印度尼西亚新时代人物的楷模。他正青云直上，几乎直达天庭。

伊玛杜丁和研究科技部部长哈比比非常亲近；而在政府中，哈比比又比其他任何人都更亲近苏哈托总统。苏哈托已治理印度尼西亚长达三十年，大家都称他为“印度尼西亚国父”。

哈比比从事航空工作，崇拜他的人都说他足智多谋，是个奇才。印度尼西亚是在他的指挥下设计，并且不惜一切代价制造飞机的。这种构想背后的目的不单是制造飞机，它还能为数千人提供多元化的高科技训练，从而为印度尼西亚带来工业革命。根据《华尔街日报》的说法，十九年来，大约有十五亿美元被投入哈比比的航天团队。在和一家西班牙公司的合作下，印度尼西亚制造了一种 CN-235 型飞机。从商业角度看，它不算成功。但如今令人振奋的是，一架载客五十人的 N-250 型涡轮螺旋桨式飞机即将正式启用，它完全是由哈比比的团队设计的。

飞机的首次航行恰逢印度尼西亚独立五十周年纪念日（八月十七日）期间。几周前，雅加达和其他城镇的大街小巷就挂满了五颜六色的灯饰、标语和旗帜。这普天同庆带来的喜悦，犹如国家赐给百姓的礼物。好像教师为新生上课一样，《雅加达邮报》带领读者一步步地了解 N-250 型飞机的试飞经过：低速的地面滑行，检查地面机动动作；然后以中速滑行，检查机翼、机尾和停机刹车系统；最后调整为高速，确保飞机可以紧贴地面飞行五六分钟。

在首次航行的四天前，一部发电机的机轴在中速滑行中出了故障，随后被更换。航行当天,N-250 型飞机在一万英尺的高空飞了一个小时。《雅加达邮报》头版刊登的照片显示，苏哈托总统一直在鼓掌，哈比比则和微笑的苏哈托夫人相拥庆祝。当局随后宣布，政府将耗资二十亿美元，在二〇〇四年三月制成一架中程喷射式飞机，N-2130。由于这一计划需要很长时间才能完成，所以哈比比三十二岁的儿子伊尔哈姆也将过来主持工作，他曾在波音公司学习。

三周之后，也就是独立五十周年欢庆活动的高潮。法国出品的焰火被点燃，哈比比在喜悦的气氛中建议，应把八月十日，即 N-250 型飞机首次航行的当天，定为“国家科技觉醒日”。他是在第二十届“伊斯兰教团结大会”中提出这一建议的，因为他是虔诚的伊斯兰教教徒，一向不遗余力地捍卫伊斯兰教。他也是新组织“伊斯兰教有识之士协会”的主席。当他在“伊斯兰教团结大会”中表示，“精通科技之余，还得加强对真主安拉的信仰”时，大家都认为他是以兼具宗教和世俗权威的身份在发言的。

如果无法确定如何利用进口零件设计和制造飞机，进而取得科技上的大突破，那么，如何通过 N-250 型飞机的成功荣耀伊斯兰教，令无数人服务于一个人的特殊天分与兴趣，也无法断言。

但这正是科学家兼信徒的伊玛杜丁与哈比比的一致之处，两人的信仰有所交集，伊玛杜丁靠这位新庇护人的提拔，得到了总统的偏爱。

流亡归国一段时日的伊玛杜丁已经成为“伊斯兰教有识之士协会”的主要推手之一，如今，他以特殊方式服务于哈比比。哈比比，或他主持的部会已经将许多学生送到国外。经常到国外各大学去探视这些学生，提醒他们坚定信仰，不要忘记该效忠的对象，就成了科学家和宣教者伊玛杜丁的重大责任。一九七九年，当伊玛杜丁还在风尘仆仆地奔走各地之际，政府仍未认可他在万隆技术学院开设的“心智训练”

课程，一直对无法掌控的平民主义运动的萌芽忧心忡忡。如今，反常的逆转出现了，伊玛杜丁的“心智训练”课以及诸如此类的东西，居然受到政府重用，以便赢得哈比比创造的新知识界和科技界的支持。

因为后来重获自由和安全,加上接近权力的核心（在伊玛杜丁看来，这点恰恰证明了自己一向信仰虔诚，善有善报），伊玛杜丁才告诉我，在以前政府迫害百姓的时期，某天夜晚，他被警察从自己在万隆技术学院的家带走，关了十四个月。

如今他变得平易近人，但以前的他总是挑衅别人，结果给自己惹上许多麻烦。他曾发表言论反对印度尼西亚国父苏哈托总统建造家族陵墓的计划，因为陵墓的某一部分要使用黄金，伊玛杜丁如今谈起此事的大意是,使用黄金而非其他材料建造陵墓,有违伊斯兰的简朴习俗。

所以伊玛杜丁预料自己会有麻烦，果然，麻烦来了。一九七八年五月二十三日，晚上十一点四十五分，有人按了他家的门铃。伊玛杜丁走出去看到三个便衣警察，其中一人还带着枪。当时有许多人被捕。

有一人表示:“我们来自雅加达。希望你和我们一起去雅加达，搜集一些情报。”

“什么情报？”

“无可奉告。你得立即跟我们走。”

伊玛杜丁说:“等我几分钟。”

他祈祷了一会儿，梳洗完毕。妻子已经为他准备好一个小袋子，坐牢时用得到。她没有忘记给他拿《古兰经》。

突然，伊玛杜丁觉得自己不想和这些人走。他认为，身为伊斯兰教教徒，他不能信赖这些人。他相信，印度尼西亚的警察受天主教教徒的控制。他打电话给万隆技术学院院长，院长说:“让我和他们谈谈。”

谈过之后，三人仍坚称，伊玛杜丁非和他们一起走不可。院长赶紧前往伊玛杜丁家，但等他赶到时，伊玛杜丁早已被带上出租车离开了。

三个警察带伊玛杜丁离开时，大约是午夜十二点三十分，距离他们按门铃约四十五分钟。伊玛杜丁坐在出租车后排，左右各坐一个警察，另一个坐在前排。凌晨四点三十分，这一行人终于抵达雅加达中央情报局。因为心怀信仰，泰然自若，伊玛杜丁居然在路上也睡了一会儿。当他们抵达情报局时，已经是黎明的礼拜时间。对方让伊玛杜丁礼拜，然后叫他在一间类似等候室的房间等，还给他早餐吃。

早上八点，伊玛杜丁被带到一间办公室，开始接受一名穿制服的中校的审问。没有恐吓、虐待或使用暴力的事件发生。因为万隆技术学院的讲师是高级官员，会被谨慎对待。

中校审问完毕，又来了一个穿便服的男人，他自报姓名，伊玛杜丁认出他是检察官。

他问伊玛杜丁："你是伊斯兰教教徒？"

"我是。"

"所以你就认为这个国家是伊斯兰教国家，是不是？"

他受过教育，是位律师，或许比伊玛杜丁年轻五岁。

伊玛杜丁说："我不知道该说什么好。我从未研究过法律。我是工程师，你是律师。"

检察官说："政府花了许多钱为伊斯兰教教徒盖清真寺，也做了许多其他事情，甚至盖了国家清真寺，但还是有伊斯兰教教徒希望将这个国家变成伊斯兰教国家。你是其中一员吗？"

"告诉我你对这个国家有何看法？"

"这是个世俗国家，不是宗教国家。"

伊玛杜丁说："你错了，错得离谱。"

“为什么？你说自己是工程师，不懂法律。”

“有些事我还是懂的，因为我在美国念过书。你可以称美国为世俗国家，但你告诉我这个政府花了许多钱去盖诸如国家清真寺之类的建筑。这是哪一种政府？”

他们争论了两个小时，同样的事情反复提及。后来伊玛杜丁被带到宪兵总部，他们拿出他的档案，连人一起带往监狱。

监狱是苏加诺为政敌准备的，苏加诺是印度尼西亚独立后第一任总统。在伊玛杜丁之前，许多名人在里面坐过牢。监狱占地十五亩，四周有两层墙壁，外围拦有铁丝网，里面的设备应有尽有。整栋建筑由混凝土建造而成。

伊玛杜丁被关在一间约二十平方米的大牢房里，里面有间特别的伊斯兰教浴室。狱中有八间这样的牢房，全都用来关押有社会地位的犯人。伊玛杜丁被视为其中之一。他知道自己将在狱中待上好一阵子，所以怀抱着信心和笃定的信仰，以及一种奇妙的从容——不论是做审讯者还是烈士，他都可以十分从容，他要了一把扫帚来清理牢房，他认为牢房很脏，身为伊斯兰教教徒，他对洁净有一定的标准。他甚至擦洗浴室，在每天五次的礼拜之前，清洗仪式是很重要的。

他习惯了牢房的生活。监狱中央有座小小的清真寺，他到那里进行周五的礼拜时，碰到了狱中最有名的囚犯：苏班德里约博士。他是印度尼西亚的“老干部”之一，本职是外科医生，也是苏加诺的政治盟友，甚至担任过苏加诺的副总理和外交部部长。

一九六五年，苏班德里约被关进监狱，因为他涉嫌参与杀害将军、推翻政权的严重阴谋。粉碎这场阴谋的行动彻底打破了国家的政治平衡。年轻的苏哈托带领军队上台执政，流血事件层出不穷，当年号称印度尼西亚最大政团之一的共产党最后几乎土崩瓦解，数十万人被送进劳改营，剥夺公民权利。当局不准人们忘记一九六五年的事件。在苏哈托总统的治理下，这种关于军事政权的奇怪的家长式作风已然制度化，一直与共产主义的潜在威胁相抗衡。

苏班德里约本来被判处死刑。但他告诉伊玛杜丁，行刑当天，英国女王伊丽莎白二世向印度尼西亚当局求情，希望免他死罪。苏班德里约是印度尼西亚驻英国的第一位大使。于是，苏哈托总统赦免了他的死罪，改判无期徒刑。

十四年来，在苏加诺为政敌建造的监狱里，苏班德里约的生活简单至极。外面的世界斗转星移，他和自己那伟大的冒险故事都已成为历史。他与最初的自我渐行渐远。这个原来处于许多事件中心的人物，如今只能倚赖一些新来的囚犯，如伊玛杜丁，以获取社会动态。对他而言，这些囚犯是老天从双层的高墙外抛下的礼物。

两人每天都碰面，也互相到对方的牢房拜访。在早晨八点之前，囚犯是自由的，下午狱卒回房休息时，囚犯享有同样的自由。苏班德里约和伊玛杜丁是不同的。伊玛杜丁认为，苏班德里约大约六十五岁，他自己是四十七岁。伊玛杜丁在描述苏班德里约时，再三提到他的健康状况、小个头、外科医生的经历，以及爪哇人的背景。这个背景十分重要。爪哇人很保守，温文儒雅，有一套吐苦水的独特方式。伊玛杜丁来自北苏门答腊，言行直率，在伊斯兰教事务上也比爪哇人严谨积极。

最初，伊玛杜丁并不理解苏班德里约在一九六五年之前的政治态度。他曾在一九七九年告诉我，不论社会主义者对他多么宽厚慷慨，年轻时的他也绝对不可能成为他们中的一员，因为他已经是伊斯兰教教徒了。我相信他的意思是，社会主义的所有人道和富有魅力之处，伊斯兰教同样拥有，所以他没有必要接受世俗的方式，危及自己的信仰。

如果是十三年前，伊玛杜丁和苏班德里约一定会站在相互敌对的阵营。但监狱会将人同化，何况苏班德里约也已改变，他成了一位有宗教信仰的人。在和伊玛杜丁第一次见面时，他就说自己希望对《古兰经》有进一步的了解，请求伊玛杜丁帮助他。他这么说，既非出自爪哇人的礼貌，也非由于长久的牢狱生涯让他失去了社交能力。苏班德里约是位真正的探寻者，伊玛杜丁成了他的老师。

他们每天还谈论政治，特别谈到了在爪哇文化背景下的政治。

伊玛杜丁说："他向我学习如何阅读《古兰经》，我向他学习爪哇文化。"

"你学到了什么？"

"父权制度的重要性。不是西方人所理解的父权制度，而是融合了封建制度、父权制度和门阀制度。你必须知道该说什么，不该说什么。你必须知道自己在社会中的地位，有时这与能力无关。"

苏班德里约也开始了解了伊玛杜丁的故事，他很容易就能看出伊玛杜丁哪里出了错。伊玛杜丁将十四个月以来，从苏班德里约那里听来的政治忠告整理如下："在政治上，你不能期待绝对的诚实和道德，敏锐和聪明并不重要，政治上的胜负唯结果是问。所以，如果你让自己的想法进入政敌的心里，他又将其付诸实施，你就是赢家。最重要的是，你必须记得，千万不能和爪哇人作对。"

提到作对，伊玛杜丁发现，这一直是他的政治手段。作对的结果就是被关进牢房，平白消耗不少宝贵的时间，以及接下来好几年的流亡岁月。在这些岁月中，他从未忘记苏班德里约的忠告。结束之后，他又回到印度尼西亚，在一个井然有序的社会中学习爪哇人前进的方式，学习爪哇人吐苦水的方式。他发现自己不能独来独往，于是找到一位后台老板：哈比比。伊玛杜丁开始慎言谨行，仿佛着了魔，他原来认为冷漠且具有敌意的人开始变成他的庇护人。

在印度尼西亚独立五十周年纪念日当天，即N-250型飞机在万隆首次航行的六天之后，将近八十二岁的苏班德里约博士终于获释出狱，这距离伊玛杜丁出狱，已整整十六年。

苏班德里约出狱的消息早在三周之前就由苏哈托总统亲自宣布。《雅加达邮报》记者前往狱中探视苏班德里约，发现他患有疝气和高血压。苏班德里约这位老人如今只盼望自己不要死在狱中。他做瑜伽，也在狱中庭院漫步，让自己保持健康。早在十六年前，伊玛杜丁就发现他健康状况堪忧。

记者问苏班德里约，出狱后还会不会再做与政治相关的事情。

苏班德里约答道："没有用。"他说，他目前只想来生的事。

记者再问他对获释有何看法。

没有任何看法。他说，在完全出狱之前，他不想说任何话。他说："我怕可能说错话，那岂不是搬石头砸自己的脚？"

所以，从现在开始直到最后，慎言谨行，只谈真主的慈悲和苏哈托总统的德政。苏班德里约一直记得他十六年前提供给伊玛杜丁的爪哇忠告。

伊玛杜丁为他的伊斯兰教之旅取了个没有伊斯兰教特征、听起来非常现代化的名称。所以，一九七九年，他在万隆给初中的青年学子开设了"心智训练"课程。他让学生玩一种现代的游戏，其中一个是，将学生每五个人一组，分成若干组，再从不同的信封中取出各种形状的纸，让学生拼成正方形。这项任务唯有靠各组团结在一起，交换自己信封内的纸才有可能完成。在这种富有魅力的游戏方式中，学生需要学会合作、坚持、彼此了解，以及拥有归属感。自从伊玛杜丁来到这里，向皈依者讲道之后，每个人都知道了这些美德全属于伊斯兰教，有些年轻人甚至能引述《古兰经》里的内容。多亏伊玛杜丁，否则这些青年——有些来自雅加达——根本无法获得父母的允许，到万隆来上这种深夜的混合课程。

如果这算是一九七九年“心智训练”的一个方面，对伊玛杜丁目前的成就和荣耀有所了解的我就可能对 YAASIN 有了概念。YAASIN 是伊玛杜丁如今运作的一个基金会的印度尼西亚文缩写，全称为 Yayasan Pembina Sari Insan，意思是“人类资源发展和管理基金会”。“人类资源”指的是人，“发展”指的是成为虔诚的伊斯兰教教徒，“管理”这些虔诚的伊斯兰教教徒是指要他们远离昔日效忠的对象——不论这些对象是什么——追随伊玛杜丁和哈比比的科技政治路线。

基金会办公室在一栋小楼房的一楼，距离雅加达市中心有点远，访客不太容易找得到。但伊玛杜丁是个大忙人，他每周要上电视节目，还要为“伊斯兰教有识之士协会”工作。除此之外，再过几天，他又要前往美国和加拿大，在那里待两个月，访问十二所大学，为印度尼西亚学生上“心智训练”课程。他认为，他的办公室是我们见面的最佳地点。

当他到客厅迎接我的时候，我几乎认不出他了。这绝对不是分隔多年的关系。他的模样彻底变了。在我看来，万隆时期的他还有点大学讲师的模样，不怎么吸引人，有些随意，有些自信，习惯绕着某个主题的严肃性和局促性打转，以赢得异己者的尊重。如今的他俨然一位成功人士，西装笔挺，身穿绿条纹衬衫，系着领带，衬衫口袋还插支钢笔，毛呢布料的长裤系有皮带，以掩饰中年发福的迹象。

办公室是第一个开放的空间。一进门，右手边是稍微隆起的讲台，铺着廉价的皱地毯，地板上摆着鞋。这是伊玛杜丁的访客、雇员和邻居朝拜麦加以及礼拜的地方。当时已有两三个人在那里，静静地坐着，等待礼拜的时刻。

当我们踮着脚走过这些人的时候，和我一同来的女外交人员（也是她提供汽车，方便我开始这趟困难的旅程）问道：“我们再往前走是不是该脱鞋了？”伊玛杜丁保持着宣教者固有的慈眉善目，表示没有必要。他的这番话，仿佛是基于自己对外在世界的经验，知道脱鞋对我们而言是一大负担似的。他对我们状似同情，但当他说话时，口气又仿佛是——对我们而言形同负担，对他而言却是种如假包换的乐趣。

这间办公室的后面是秘书的办公室，里面的电脑屏幕不住地闪烁，还有书架和档案。在秘书的办公室后面，走廊尽头，就是伊玛杜丁的办公室。接着是这栋建筑的外墙，阳光普照的街道，尘烟弥漫，车水马龙。这间办公室好像历经沧桑。在被玻璃覆盖的书桌上，有个破旧的笔记本电脑，旁边是一本保持完好的《古兰经》。另一边则是一堆制作粗糙的平装书，或许有一英尺高，大小相似，封面都是蓝色。这些书都是在埃及发行的，可能对《古兰经》做了很长的评注。对伊玛杜丁而言，它们无疑都同酒肉一般。

就在这里，在混合着清真寺和办公室的气氛中，伊玛杜丁开始告诉我他在一九七九年之后的经历，以及思想上的改变。这些改变引领着他，从在万隆技术学院被迫害（学院不准他开设电机工程的课）一直走到雅加达的功成名就。他在雅加达有自己的基金会，以及他对人类资源的构想。

尽管一九七九年的伊玛杜丁已年近知命，但他仍然和两个国际伊斯兰教学生组织保持联系，甚至在这两个组织中位居要津。这两个组织是科威特的“国际伊斯兰教学生组织联盟”和沙特阿拉伯的“世界伊斯兰教青年协会”。伊玛杜丁就是通过后者获得了费萨尔基金会的奖学金，但他并未利用这笔奖学金前往任何伊斯兰教国家。身为伊斯兰教信仰的捍卫者，他本可以在一个伊斯兰教国家寻得慰藉。相反，他去了美国的中心地带，爱荷华州立大学。在每个现代革命者的世界地图中，美国都是被忽略的一部分。这是一个有法律也有休闲的国家。在美国，每到一天结束之际，所有自称不涉足政治、文化和宗教的人都可以安歇，让自己投入国家的美好气氛之中。

就是在爱荷华州，伊玛杜丁和他的过去一刀两断。他找到了新的研究主题，工业工程，放弃了自己教授十七年的电机工程。他说，决定献身电机工程的时候，他还年轻，那是一段朦胧的岁月，他并不清楚国家怎样才能获得最好的发展，后来，他在爱荷华州开始有了更长远清晰的规划。

伊玛杜丁说："我当时发现，这个国家需要的是人力资源的发展，而不是高科技。我了解，这个国家的问题不是科技。只要有钱，科技就买得到。但是，你无法买到报效国家的人力资源。你不能期待美国人来这里为印度尼西亚效命。身为'国际伊斯兰教学生组织联盟'秘书长，我的足迹踏遍天下。一九七八年的一天，我在沙特阿拉伯看到他们盖了一所非常现代化的医院——费萨尔国王医院。但所有的医生，甚至包括护士，都不是阿拉伯人。医生是美国人，护士是菲律宾人、印度人和巴基斯坦人。沙特阿拉伯可以购买空中警报雷达飞机，但开飞机的是美国人。"

"你以前没想过这点？"

"没认真想过，但很接近了。"

尽管我一知半解，伊玛杜丁那听起来十分科学化的语言也不无宗教的暗示意义，但我还是给了这些语言半科学性的解释。我想，他是在以科学家的身份发表谈话，并且很明确地表示，如果技术得不到支持，科学根本派不上用场。我想，他是在以沙特阿拉伯为例，说明科技的依赖性。但他接下来说的，让我觉得自己并未抓住他论点的真谛。

他说："当我向沙特阿拉伯申请奖学金时，我曾想过不要再研究电机工程了，总有些东西比科技更重要。"

我一时有点不明白伊玛杜丁。他似乎在表示，为了发展科技，有必要放弃科技。我回味他刚说过的话，他则继续说他的，很久之后，我终于发现，他不是在用超然的态度谈话，没有列出印度尼西亚科技进步的原则，而是在述说个人看法，谈个人生涯，谈他如何凭直觉放弃电机工程，放弃缺乏根基的科技，转而成为一名全职的宣教者。最后，他谈到如何经由这种明显的改行换业，达到个人生涯的顶峰：伊斯兰教有识之士协会、哈比比、N-250 型飞机的光彩，然后，是他自己。在他心里，这个过程环环相扣，毫无脱节或不合逻辑之处，非常清晰。唯有在人的资源获得发展之后，国家才可能发展。而所谓人的资源获得发展，指的是人民变成虔诚的良民。

我的问题有时不太切题，他却很有礼貌地回答，只是难免将我的问题当作打岔。他如同一个训练有素的政客和宣教者，总是能言归正传，不偏离主题。

他说："我用沙特阿拉伯提供的奖学金改学工业工程。在电机工程中，我们只学习工程，和人力资源无关。唯一的例外，是学习高压电时，当然要考虑人的安全问题。而在工业工程中，你需要将工业系统和人力资源结合在一起，再加以管理。我在爱荷华州就是这么做的。我遇到一位很优秀的教授，他是人类行为专家。我要求这位教授做我的主修教授，他欣然同意。从此我就集中全力，专注行为研究。"

伊玛杜丁毫不犹豫，就放弃了自己的老本行。"唯有在我可以从中学到知识时，我才会对它感兴趣。一旦了解了它的一切，我就不会再喜欢它。这是我的弱点和坏习惯。比如，不论给我看哪种马达和电机，我都可以告诉你它们的性能。感应马达就是感应马达，与它来自何处无关，我可以完整地告诉你。然而，我有两个孩子，他们各有自己的行为特征，你不能将他们看作机器。对我而言，人类永远像一个谜，总是让我兴趣盎然。”

办公室墙壁外面，明亮的光线开始暗下来，烟尘都变成了金黄色。炎热的下午缓缓走向薄暮，交通繁忙如故，人们的故事层出不穷（如同从远处观看一座喷泉）。在这种背景的衬托下，办公室长廊末端铺着地毯的开放空间里，踌躇的脚步声已逐渐被似有若无的颂歌取代。

伊玛杜丁听见了，这从他的双眼就看得出来。但是，一如先前他说我们在长廊中不必脱鞋的礼貌，他似乎没有注意那些声音，并未中断他的故事。

他在爱荷华州待了四年，完成了工业工程课程。然后他收到印度尼西亚朋友的来信，信里劝他暂且先不要回印度尼西亚。他将信出示给美国移民官员——原来他一毕业就得离开美国——官员只好延长他在美国的停留期限。他也将信出示给他的教授。教授知道，伊玛杜丁一毕业，沙特阿拉伯提供的奖学金也会停止，就帮他找了一份教学工作。于是，伊玛杜丁在爱荷华州教了两年书。

我说：“他们对你很好。”

我尝试针对爱荷华州的非伊斯兰教教徒发表观点，我相信伊玛杜丁明白我的意思。他带着顽皮的微笑说：“真主非常疼爱我。”

传自长廊的颂歌越来越清晰，已无法装作没听见。我看得出来，伊玛杜丁非常想到那里，和颂唱者、礼拜者一起。但他最后还是在办公室逗留了好久，继续述说自己的故事。

一九八六年，一个地位极高的印度尼西亚朋友——事实上是内阁大臣——代表伊玛杜丁向印度尼西亚政府陈情。他以个人名誉保证，伊玛杜丁绝对不会做出对不起国家的事。于是，流亡多年之后，伊玛杜丁终于获准归国。他回到万隆技术学院，以为自己仍拥有讲师的职位，但院长说，他已经被解聘了。事态发展至此，伊玛杜丁算是彻底挥别电机工程，只是他自己没有这么说罢了。

现在，长廊里尽是歌颂之声。这让一直回想当年的伊玛杜丁如梦初醒。此刻，他再也无法自制，突然从座椅上站了起来，郑重其事地告诉我们，他待会儿再回来，说完即朝歌颂声走去。

办公室好像突然空了。没有了他这个人——他奇特的简朴和开放，他的健谈，他的幽默——所有宗教物品都产生了无形的压迫感。唯有像伊玛杜丁这样的人，才会赋予玻璃覆盖的书桌上那些奇特的蓝色埃及平装书一些生机。

伊玛杜丁回来之后，不再像之前那样坐立不安。礼拜让他恢复元气，让他准备述说故事中最精彩的一段。这是与成功有关的故事，在他坐牢、流亡、四处奔走了将近十年之后成功的故事。

在万隆技术学院受辱后的伊玛杜丁一回到首都雅加达，即刻否极泰来。在雅加达，他比从前更接近权力核心。他第一次可以根据八九年前，在狱中向苏班德里约学来的爪哇权术行事。这些权术原则很简单，却很重要：要知道自己在社会中的地位，和当局的关系；知道哪些话该说，哪些话不该说；知道尊敬的艺术。

他说："从一九八七年开始，我在雅加达就很活跃。我进步很快。"

"你学到了什么？"

"印度尼西亚的地缘政治。苏哈托的游戏规则。"

尽管学到了新招数，伊玛杜丁照样摔了一大跤。事情发生在他到雅加达的第二年，当时他正在试验性地进行人力资源的构想。

“我开始召集一些朋友成立新组织，这个新组织就叫‘伊斯兰教有识之士协会’之类的名字。我们在日惹一家小饭店见面，当时是一九八九年一月。然后四名警察闯了进来，驱散了会议。我当时臭名远播，苏哈托仍受情报人员左右。”

伊玛杜丁后来告诉我，情报人员受天主教控制。他们对伊斯兰教的活动总是疑神疑鬼。这次事件让伊玛杜丁明白，尽管社会已完全在控制之下，却也有暗流涌动，突击检查的事仍司空见惯。伊玛杜丁表示，他在苏门答腊受到的教育和在美国受到的训练都告诉他可以独立行事，但他发现，这种想法真是大错特错。他需要后台。

“我对政治情况有了进一步的了解。我看有关哈比比教授的书，看两本杂志的封面报道。我尝试进一步了解哈比比，要求我的朋友”——或许就是让伊玛杜丁重返印度尼西亚的内阁大臣——“介绍我和哈比比认识，一九九〇年，哈比比终于接见了我。”

“实际情况到底如何？”

“我托一名学生带信给哈比比。然后学生们陪着我，前往他的办公室。这些学生当中，有三名当过我的‘飞行员’。一九九〇年八月二十三日，我终于和哈比比见了面。”

也就是说，距离警察驱散日惹小饭店的会议整整一年之后，哈比比同意出任新组织的主席。

“为什么你选择哈比比？”

“因为他跟苏哈托非常亲近。在印度尼西亚，如果没有获得高层首肯，那么什么事都别想做。哈比比告诉我，我必须拟一份计划书。这份计划书必须至少获得印度尼西亚二十位博士的签名支持。于是我回去，用电脑孜孜不倦地工作了两周。我找了四十九人在信上签名，他们大部分是大学里的人。一九九〇年九月二日，哈比比将信呈给苏哈托，立即获得苏哈托批准。苏哈托告诉哈比比：‘这是伊斯兰教有识之士的第一次大团结。我希望你领导这些有识之士建设国家。’当然，这封信将成为国家文件。”

从此，伊玛杜丁平步青云。“和苏哈托会晤归来，哈比比成立了一个委员会，着手筹备协会。伊斯兰教有识之士协会是一九九〇年十二月初成立的。苏哈托承诺，将亲自为协会揭幕。”还有征兆显示总统已宽恕伊玛杜丁。“当苏哈托对哈比比说，希望为一家报纸命名时，哈比比托我起个名字。我给了他三个——Res Publica，Republik，Republika——让他去挑。苏哈托选择了Republika。事后我重获自由，可以到处随意走动。一九八六年我重返印度尼西亚，当时还不能公开讲课。所以，印度尼西亚的一切都发生了巨大的变化。当然反对势力还是存在的，比如非伊斯兰教教徒、天主教教徒等等。”

“为什么苏哈托会回心转意？”

“我不知道。对我而言，这也是个谜。或许是真主改变了他的心意。一九九一年他到麦加朝圣，现在他的名字已变成哈吉·穆罕默德·苏哈托。在此之前，他只叫苏哈托。”伊玛杜丁已成为大忙人，“我从一九九一年开始接受哈比比的指派。他有一天打电话对我说，‘我希望你做一件事。训练这些人，让他们成为虔诚的伊斯兰教教徒’。”

“所以你就放弃了工程学？”

“完全放弃了。从一九九一年开始，我每年都会去欧洲国家、美国、澳洲，只是为了看看这些学生，特别是从哈比比那里拿奖学金的学生。我训练他们成为虔诚的伊斯兰教教徒，良好的印度尼西亚国民。我告诉过你，下周我还要去加拿大和美国，在那里待两个月，走访十二所大学。”

他这份工作的政治目的——或地缘政治目的——是显而易见的。

学生们已经开始依赖哈比比和政府。伊玛杜丁的“心智训练”，被带给大学生，将使他们越来越亲密。

伊玛杜丁谈到这些海外学生时说：“当成为虔诚的伊斯兰教教徒和印度尼西亚的英明领袖时，他们就不会想革命，而会想加速前进。”这番话听起来有点像口号，“我们必须克服自身的落后，并且在二〇二〇年之前，成为新型工业化国家之一。”

所以，从这点来看，在印度尼西亚，有些东西比科技还重要。我们已经言归正传，从人力资源的思想（即宗教的思想）回到了科技进步的必要性。这是一种特别的进步，让心灵接受宗教的控制。

谈话依循着伊玛杜丁自己的生涯继续。从他在万隆技术学院的失意，谈到他在哈比比计划中的飞黄腾达。在他的意识里，这些经历毫无脱节之处。世界上最重要的事物就是信仰，而他的第一要务就是服务于信仰。一九七九年，他必须表达自己对政府的反抗。如今情势不同了，政府要服务于信仰，他就可以服务于政府。信仰是很庞大的概念，他可以调整它以符合政府的需求。他还没有加入政府，政府已经在向他招手。

“一九七九年，我觉得宗教受到了威胁。当时的知识团体受天主教左右，天主教很害怕伊斯兰教在印度尼西亚的发展，他们有所谓的心理投射反应。他们认为，因为自己是少数人，所以将来一定会被严苛对待——正如他们在其他国家对待伊斯兰教教徒那样。如今我有一些朋友已经入阁，那是真主的旨意。”

爪哇的敬拜方式如今对他而言易如反掌。他谈到自己的靠山哈比比：“他是个天才。在德国，在亚琛，他都是以第一名的成绩取得硕士和博士学位。他的第二个和第三个学位是航空工程学位。他是个诚实的君子，从来没有错过一次祷告。他一天礼拜五次，每周一和周四斋戒两天。哈比比的儿子比他还聪明，已经去了慕尼黑。”伊玛杜丁也对苏哈托总统身为国父的地位充满敬畏。当哈比比将伊玛杜丁第一封有关伊斯兰教有识之士协会的信拿给苏哈托看时，苏哈托的眼睛掠过四十九个签名，最后停在了伊玛杜丁的名字上，然后用很平淡的口吻说：“此人一直被关在狱中。”哈比比将这件事告诉伊玛杜丁，后者吃惊不已。

他告诉我：“这只是一个名字。当你想到成千上万被关在狱中的人的时候——”这句话并未说完。

现在他对印度尼西亚信仰的前途有一种惊人的看法。

“我相信已故的拉赫曼告诉我的话。他一九八〇年过世，是巴基斯坦国家伊斯兰教学院的教授，也是芝加哥大学的伊斯兰教研究教授。我曾邀请他到爱荷华州演说。”有趣的是，伊斯兰教宣教者之间的来往是在国外的土地上。“我到机场去迎接他，他拥抱我，并表示，‘我看过你的许多文章和书，今天真是幸会，你是印度尼西亚人，我深信，讲马来语的伊斯兰教教徒将在二十一世纪领导伊斯兰教复兴’。我拎起他的包，陪他坐上车，问他为什么会这么想。他说，‘我是认真的，你会领导伊斯兰教复兴。有三点理由，第一，讲马来语的伊斯兰教教徒已成为伊斯兰教世界的多数人口，你们是目前唯一仍团结一致的伊斯兰教教徒，我们巴基斯坦人就做不到，阿拉伯世界四分五裂，共有十五个国家，你们只有逊尼派，没有什叶派。第二，你们有伊斯兰教组织，还有口号、《古兰经》和教规’。因为拉赫曼坚信，唯有《古兰经》可以回答现代的问题。‘第三，印度尼西亚女性的地位还如同先知时期，符合伊斯兰教真正的教义’。”

我问伊玛杜丁：“《古兰经》可以解决的现代问题是什么？”

“人类关系，公平感；免于欲望和恐惧的自由。这是人们需要的两种东西，这是先知穆罕默德的基本任务。”

他曾在一九七九年告诉我，自己年轻时不可能成为社会主义者，因为他“已经”是伊斯兰教教徒。当时可以这么说，因为虔诚不会提供社会制度。但如今不能说的是，光有信仰不足以带来免于欲望和恐惧的自由，因为伊玛杜丁提出的信仰依附在哈比比的科技计划中。这一计划带来的荣光已在 N-250 型飞机的航行中大放异彩。

“科学是伊斯兰教固有的教义。如果我们科学落后，那是因为我们受到西班牙人、英国人和荷兰人的殖民统治。为什么真主要造人？是为了让世界更繁荣。为了让世界更繁荣，我们就得精通科学。显现给先知穆罕默德的第一启示就是‘阅读’。”

这似乎是从前消失的一部分。但对印度尼西亚的政治稍微了解之后，我就会发现，这是伊玛杜丁在向敌人宣战，他要代表政府开始一场庞大的权力游戏。

在印度尼西亚，我们几乎站在伊斯兰教世界的边缘。有一千多年的时间，大约直到一四〇〇年为止，灵魂学说、佛教与印度教都属于大印度文化和宗教的一部分。伊斯兰教传入印度尼西亚的时间，比欧洲人到达印度尼西亚早不了多久。在其他皈依之地，伊斯兰教一直是一股崇高的力量，在印度尼西亚却不是。最近两百年来，殖民世界的伊斯兰教甚至一直屈居守势，是受制于人的子民信仰的宗教。伊斯兰教并未完全掌控人们的灵魂，仍然是宣教者的宗教。在殖民时期，伊斯兰教一直非正式地存在于简朴的村落寄宿学校，或许仅作为一种思想处于佛教之后。

要拥有或控制这些学校，必须拥有权力。我开始觉得，伊玛杜丁和伊斯兰教有识之士协会整天强调科技，摒弃旧有的礼法，其志绝对宏大——他们要完成让伊斯兰教接受印度尼西亚的大业，让印度尼西亚服从命运的安排，在二十一世纪成为领导伊斯兰教复兴的领袖。

伊玛杜丁说："从前他们读《古兰经》，并不去理解其意义。他们只对正确的发音和某种美妙的曲调感兴趣。如今我们正在改变这种形势，我有的是机会，可以通过电视发表演说。"

后来我们就走了出去，走过除了几块凌乱的地毯之外，已经空荡荡的开放空间。伊玛杜丁的妻子正在那里等候着他。她是个优雅的爪哇美人，笑容可掬。伊玛杜丁一定有些优点，才能抱得美人归。十七年前，打点行装给伊玛杜丁狱中使用的正是她。她提醒我说，一九七九年除夕当天，我到过他们在万隆技术学院的住处。

我去了洗手间。因为大家都在一个小型混凝土水池斋戒沐浴，所以洗手间一团乱。有些人只好脱去鞋，把裤管卷了起来。

回去的时候，我看到一名穿着灰色衣服的很高的中年男子，正和伊玛杜丁的妻子站在一起。他一看到伊玛杜丁就快步上前，仿佛要吻他的右手。伊玛杜丁却做出避之唯恐不及的动作。

这个穿灰色衣服的男子在印度尼西亚外交部工作，曾在伊玛杜丁前往德国向学生讲授"心智训练"课程时见过他。他笑眯眯地看着伊玛杜丁，并且用英语告诉我："他很自负，只敬畏真主。"

我知道他的意思。我们站在那里很久，大家都在微笑：伊玛杜丁，他的妻子和灰衣男子。

伊玛杜丁后来告诉我，亲吻老师的手是传统伊斯兰教教徒的习惯。那名外交人员敬伊玛杜丁为师。不论什么时候，他一看到伊玛杜丁，就想亲吻他的手，"但我从来不让他亲"。

第二章　历史

最让伊玛杜丁和伊斯兰教有识之士协会放在眼里的人，非瓦西德莫属。

瓦西德不喜欢哈比比的宗教观和政治观，而且他是印度尼西亚极少数几位敢这么说的人之一。瓦西德是伊斯兰教士联合会（简称 NU）的理事长。NU 是基于伊斯兰教村落寄宿学校的组织，据说共有三千万会员。三千万人抗拒“心智训练”课程和伊斯兰教有识之士协会：瓦西德因为拥有这股实力而让人生畏。瓦西德绝非凡夫俗子，他拥有特殊血统。在印度尼西亚，特别是爪哇，这十分重要。从黑暗的殖民时代开始，他的家族就和爪哇村落寄宿学校产生渊源，至今已有一百多年历史。殖民时代的印度尼西亚形同荷兰人的大农场，这些伊斯兰教寄宿学校是极少数能保护人们隐私和自尊的地方之一。在独立时期，瓦西德的父亲是政治和宗教事务方面的重要人物。

一向慎言谨行的《雅加达邮报》在一篇报道中说，瓦西德是个极具争议性、谜一般令人难以理解的人物。这篇报道话里有话。伊玛杜丁相信，近年来，让苏哈托总统越来越像个虔诚的伊斯兰教教徒的一定是真主自己，不可能是别人。真主让苏哈托前往麦加朝圣，让他成为哈比比科技、政治和宗教观念的支持者。瓦西德则对这点别有见地，他认为政治和宗教应该分离。有一天，他居然允许自己做了一件很不可思议的事情——他向一名外国记者批评苏哈托总统。唯有像瓦西德那样坚强和独立的人才可能逃过此劫。更让人刮目相看的是，他再度当选为NU理事长。但自从他批评苏哈托之后八个月的时间里，他一直未获苏哈托接见。众所周知，瓦西德的处境岌岌可危。

毫无疑问，正因为这种危险的气息，大家才表示，我应该去见瓦西德。一名外国记者在纸条上形容瓦西德是“有三千万信徒的又瞎又老的宣教者”。这种描写赋予瓦西德一种漫画人物似的性格，把他和其他国家的人物混淆在一起。瓦西德的视力是不好，但还不到盲人的地步。他只有五十二三岁，也不是宣教者。

十六年前，人们非常期待我去见瓦西德，但当时是有其他理由的。

一九七九年，人们认为瓦西德和他的伊斯兰教寄宿学校运动是现代伊斯兰教运动的先驱。当时，伊斯兰教寄宿学校运动还有另一个光环，就是教育家伊里奇曾访问过他们，并且称赞该运动是他主张“废除传统学校”的优良楷模。对于几乎没有学校可上的村民而言，“废除传统学校”或许不是最好的构想，但因为伊里奇的推崇，在经历了殖民时代的失落之后，印度尼西亚的伊斯兰教寄宿学校似乎成了亚洲发现另一道出人意表的光芒的例证。雅加达有一名年轻的企业家，也是瓦西德的支持者，他安排我到日惹附近的伊斯兰教寄宿学校访问。其中一所寄宿学校是瓦西德自己的，由他的家族成立。

接下来两天的行程很惨。首先得找对地方，沿着校园之间拥挤的乡间道路行走：通常，校园入口处十分平静肃穆，但突然之间——甚至在夜晚也不例外——所有人都活蹦乱跳，校园活像喂食时间拥挤的鱼池。有成群结队的男孩子和年轻人，其中一些十分随意，只披了件布裙，他们放下手边的事情，跟在我后面，有人甚至高呼："伊里奇！ 伊里奇！"

因为有这些场景分神，所以我到底看到了什么，自己也没把握。我相信，错过的肯定不少。但要形容我看到的一切，"废除传统学校"似乎不是个适当的字眼。我并未看到年轻的村民聚集在营地中学习村落技艺的价值。这些村落技艺是他们无论如何都想去学习的。宗教层面的事情也让我忧心忡忡：课文非常简单，班级人数众多，是否用心学习，以及假装课后私下温习等等。夜晚时分，在拥挤的庭院，我看到男孩子坐在黑暗中，打开书本，装作在读书的模样。

这并非是我自己想去的那种地方。我向和我一起从雅加达去那里、担任我的向导和翻译的青年这么说。他聪明、有教养，而且非常友善，在所有的行程中，他都随侍在侧。听了我的感想，他顿时失去了礼貌，非常生气。其他人听到我对伊斯兰教寄宿学校的评语，也十分生气。

两天参观结束后，我在瓦西德位于寄宿学校的家和他会晤。我曾特意记下当时的情景，奇怪的是，直到重新看自己写的东西，我才回想起瓦西德本人和当时的画面。个中原因可能是两天行程的舟车劳顿，也可能是我们的会面时间太过短促。瓦西德和往常一样忙着他寄宿学校的事务，当晚要赶到雅加达，所以无法安排太多时间和我谈。也或许是——这点最有可能——因为他家客厅的灯光十分昏暗。在朦胧的光线中打量他，这十分令人紧张，我只好放弃。但能够听到他的声音，我就心满意足了，我甚至连他的照片也没有。

瓦西德的话解释了我对伊斯兰教寄宿学校运动的许多疑惑。在成为伊斯兰教寄宿学校之前，它们可能是佛寺，由村人供养，佛寺投桃报李，就时时提醒村人永恒的真理。在伊斯兰教传到印度尼西亚初期，这些佛寺一直都是灵修的地方。在荷兰人统治时期，佛寺又变成伊斯兰教学校。后来，他们尝试转变为更现代化的学校。对于这里和印度尼西亚的其他地方来说，伊斯兰教是比较新的宗教，仍然可以在其中感知历史的不同层面。伊斯兰教寄宿学校运动结合不同的概念，创造了我所见到的混合物，不过，这只是我个人的看法，不是瓦西德的。

正当我们交谈之际，外面忽然传来弦歌之声，原来是一堂用阿拉伯语上的课。最后，瓦西德和我走出去看了看。弦歌之声来自花园尽头一间小屋子的走廊，光线非常昏暗，我好不容易才看清楚教师和学生。瓦西德说，这位教师是附近最有学识的人之一，伊斯兰教寄宿学校运动为他建造了这间小屋，教师三餐由村民供应。除此之外，教师的月薪是五百卢比，当时约合八十美分。尽管他是伊斯兰教教徒，在阿拉伯语课中滔滔不绝，但这位智者和当地人精神上的避雷针，却是佛教僧侣的后裔。

我对他八十美分的月薪很感兴趣。瓦西德把他叫了过来，他很谦恭地站在我们面前，个子很小，很虔诚，背有点驼，眼镜的镜片很厚。我始终想着那八十美分的月薪，想着这些薪水怎么付，多久付一次。

当他站在我们面前时，瓦西德对他推崇备至，说他只有三十岁，却能背诵《古兰经》的许多经文。我说，能背诵《古兰经》真棒。瓦西德说，只能背诵“一半”。我想，眼前这位教师并没有其他事情可做，于是我开玩笑似的表示，这恐怕还不够棒。他，这位月薪八十美分的教师，稍微耸了耸肩膀，不论我们对他有任何非难，他都很虔诚地将之当作一种宗教修行来接受。我觉得，他可能会继续耸肩膀，直到他的头陷入两个肩膀之间为止。

当晚，是他留在了我的记忆中，而不是瓦西德。

一九七九年，送我到伊斯兰教寄宿学校的雅加达企业家是阿迪·沙索诺。他当时是瓦西德的支持者，如今已背弃瓦西德，投靠另一个阵营，和伊斯兰教有识之士协会站在一边。他在这个组织中位居要津，并且在雅加达市中心拥有一间大办公室，办公室里有各式各样现代化的办公设备。

当我去看他的时候，他很想让我知道，尽管他仍然保有往日振兴村落的想法，但瓦西德已被抛诸脑后。寄宿学校过去很不错，如今已大不如前。

上个世纪，即荷兰殖民时期，伊斯兰教寄宿学校给予村民一种自尊，并且为村民安排伊斯兰教寄宿学校领袖（即奇阿依，是一种非正式的地方领袖，他们可能为村民提供保护）。时代改变了。在现代世界中，旧制度派不上用场。寄宿学校归奇阿依所有，所有权可以由父传子，由子传孙，代代相传。所以，不论奇阿依德行如何，总是有“精英主义”或“宗教封建主义”的危机存在。

阿迪说：“这种动员人民的传统方法无法长久维持。我们需要一种更加可靠的过程，以及国家的集体决策。”一九七九年，他加入伊斯兰教寄宿学校运动，推动现代教育——弥补传统的宗教教学法——并推动乡村发展。如今他认为，这份工作让伊斯兰教有识之士协会来做更好。“我们教导人们更独立地去做自己的决定，特别是有关在乡村地区投入庞大资金这项挑战的决定。奇阿依——一个人，一个有地位的人——不能保障人们的生命安全。所以，伊斯兰教有识之士协会需要在人力资源发展和经济发展上着力。”

阿迪一直朝这一目标迈进，如今机会终于来了：伊玛杜丁关于人力资源发展和管理的想法。

伊里奇和废除传统学校对阿迪来说没什么，这只是昨天关于现代性与学术性的一条线。根据阿迪目前的分析，对于自由的来访者而言，小木屋和寄宿学校周遭的庭院既狭窄又粗俗。瓦西德满脑子想的全是一套崭新并且为大家所接受的概念，如精英主义、宗教封建主义、可靠性、集体决策、动员人民，以及人力资源等。

在我记忆的脑海中，只有那个身躯瘦小，驼背，戴白帽，穿白衣的男子。他在瓦西德那黝黯得让人眩晕的后院出现，月薪只有八十美分。他从非常阴暗的走廊，弦歌不辍的伊斯兰教律法课堂走了出来，站在我们面前，恭顺地低着头，接受我的责难，因为“自己年届而立，无所事事，村人帮他盖了一间狭窄的小屋，让他三餐无虑，而他却只会背诵半本《古兰经》”。在半皈依的印度尼西亚，他不可能继承早期的伊斯兰教苏非派，以及更早的佛教时期的僧侣。

伊斯兰教和欧洲势力到达这里的时机，几乎和竞争对手帝国主义相同，他们摧毁了漫长的佛教—印度教历史。伊斯兰教在毁坏印度财产之后，将势力扩张到印度。但欧洲人很快就占据了这里，伊斯兰教好像成为被殖民的文化。像瓦西德一样有教养和自觉的人记在脑海中的家族历史，同时也是欧洲殖民的历史，伊斯兰教复兴的历史。这样的历史是真正的记忆，只能追溯到一百二十多年前。

我们第一次会面时，瓦西德曾谈到他的家族历史，但仅是只言片语。我对他说的很感兴趣，还想再听，于是又去找他。

我们在 NU 的办公室见面。办公室位于街上一栋简朴旧式建筑的一楼，前面有庭院，供停车用。这些办公室和阿迪·沙索诺的大不相同，有点像火车站的候车室，里面摆满了沉重的黑色家具，污迹斑斑。

我想坐在一张有靠背的高椅子上，方便写点东西。在瓦西德的办公室，所有的椅子都很矮。一名助理说，另一个房间有许多椅子可坐，但里面有人在谈话。瓦西德仿佛受够了这些人的谈话似的，当即表示，要将他们赶走，他们果然即刻就被赶走了，我们进入房间时，里面还有残留的烟圈。这是印度尼西亚的丁香烟，尽是丁香味道，因为房间里的烟味实在太浓，我和瓦西德谈了一个下午后，双手和头发都沾满了丁香味，洗都洗不掉，就像手术后的麻药味。在印度尼西亚的那段时期，我的整件外套都是这种烟味。

我的记忆里一直没有一九七九年以后的瓦西德。如今我赫然发现，瓦西德只有五十一二岁。那就表示，一九七九年，当瓦西德已经名满天下，又大权在握的时候，他还不到四十岁。他又矮又胖，身高或许只有五英尺三四英寸。每个人都说他视力不佳,但他的体格和外表显示，他还有其他毛病，比如心脏和呼吸方面的。他穿着不考究，经常穿着一件开领衬衫。在印度尼西亚人当中，他绝对称不上出类拔萃，鹤立鸡群。不过，一旦开口演说——他的英文很流利——他的气质就显而易见。他具备的信心和优雅是世代相传而来的。

瓦西德说："我祖父一八六九年出生在东爪哇一个叫班宗的种糖区。他来自一个遵循伊斯兰教苏非派传统的农家。爪哇的苏非派教徒经营伊斯兰教寄宿学校已有数百年。我的祖先拥有寄宿学校已有两百年，我祖父之前的六七代都是经营寄宿学校的。

"我曾祖父来自爪哇中部。他在班宗寄宿学校念书，结果被老师选作女婿。"时间可能是在一八三〇年，正是当地开始种甘蔗的时候，也是汽船开始经过中东航行的时候。这对前往麦加朝圣十分重要，令朝圣变得更方便。一些伊斯兰教新贵家族也纷纷出现。这些新贵家族可以利用汽船将子女送到麦加读书。这纯属巧合，偏偏历史就是无巧不成书。

"在上个世纪的最后二十五年，曾祖父终于也能够送祖父前往麦加。

祖父可能是在一八九〇年去的，当时他只有二十一岁，之后在麦加待了五六年。因为汽船来往频繁，人们可以很方便地送钱给求学他乡的游子。祖父后来学成归国，建立自己的寄宿学校，是在一八九八年。

“故事的重点是，他建立的寄宿学校只收了十名学生。当时就算建立一间礼拜室，也会被视同对主流价值观的挑战。在甘蔗田一带，根本没有宗教生活可言。糖厂很大方地给人们一些钱，供他们去做一些诸如赌博、喝酒、嫖妓等让伊斯兰教教徒忧心忡忡的勾当，以便让人们依靠糖厂生活。在最初几个月的夜晚，这十个学生必须睡在礼拜室中央。礼拜室的墙壁是用竹席搭成的，有一天，矛和各种尖锐的武器从外面刺了进来。

“或许祖父批判别人不留余地。他有意选择了种糖区，或许他当时这么做的时候，已对前途有所预料。他的明显意图是改造整个社区，让他们依循伊斯兰教的生活方式生活。一九四七年，已到生命尽头的祖父所拥有的寄宿学校共有四千名学生，学校已占地二十英亩，刚开始的时候只有四英亩。如今社区已被全面改造，当地仍然有糖厂，但整个社区已摒弃旧有的生活方式，转而依循伊斯兰教的生活方式。

“祖父结过许多次婚，甚至在前往麦加之前就结过。但他的婚姻不是以离婚就是以丧偶收场。或许，他是在本世纪初娶了这位名门闺秀作为新妻子的。这里所谓的名门闺秀，指的是治理梭罗[①]的爪哇国王的亲戚。我们和苏哈托总统的妻子同属一个血统，这个血统已经变得有点世俗，并且西化。听我母亲说，祖父的新妻子很以自己的血统自豪，她经常挂在嘴边的话是：‘我要我的子女接受不同的教育，我不要他们继续过我丈夫那种庄稼人的生活。’

①苏拉卡尔塔旧称，印度尼西亚爪哇岛中部城市。

“基于这个理念，她老早就为我父亲和他弟弟——总共十一个人——规划好未来。她为他们从外面请来家庭教师，教师们教的东西，比如数学、荷兰语和某些通识，都是寄宿学校闻所未闻的，我父亲甚至还上打字课。人们都啧啧称奇，因为当时的伊斯兰教社区仍然使用阿拉伯语作为当地文字。日后，父亲从事公职，经常坐在汽车后座，司机一边开车，他一边打字。父亲在念这些现代科目的同时，还要在祖父和姻亲的寄宿学校念书。祖父从开罗请来一名族长教我父亲和他的几个弟弟，一教就是七年，这在爪哇无人知晓。在伊斯兰教国度，库尔德人提供非常传统的教育。埃及人通过阿富汗人改革了整个宗教教育传统。所以，我父亲汲取这两种教育的优点，他接受的是皇室成员一样的教育。这就是我父亲为什么能说一口标准的阿拉伯语，深谙阿拉伯文学的原因。他经常订阅中东著名的刊物。”

瓦西德的父亲也到麦加朝圣过。他是一九三一年去的，当时只有十五岁，在麦加待了两年。返回印度尼西亚之后，他才增添了伊斯兰教寄宿学校运动的课程，让课程变得像他自己接受过的一样多元化。此时瓦西德的父亲已完成正规教育，只是瓦西德没这么说而已。瓦西德的父亲在课程上增添了地理和现代史。瓦西德说，他也增添了“学校”的概念，这意味着，学生要接受老师的“训练”。

“以前根本就没有这套东西。师生之间客客气气，没有疑问。每个人都听老师的话。随着伊斯兰教寄宿学校运动中学校系统的引进，我父亲做了一系列渐进的改变。以前曾有小规模的改变，但几乎毫无影响。一九二三年，我外祖父创立了一所女子寄宿学校。如今，女子寄宿学校已随处可见。”

寄宿学校本质上就是宗教寄宿学校。从根本上来说，它们不能远超于人们的水平。瓦西德所说的改进似乎不大：只有打字、地理和现代史而已。但这种改进也许只是在当时称不上有多大。或许，正如瓦西德所说，他们的影响力是渐进的。

我问瓦西德有关寄宿学校教学传统的一面，他告诉我他在二十世纪四十年代末期的经历，这距离他父亲的改革已有多年。

"我八岁的时候，就是念完《古兰经》之后，老师要我背诵这本语法书。这本语法书约有十五页，每天早晨老师要我背诵一两行，我就接受这种训练。后来，到了晚上，我必须读这本基础宗教律法书，内容是如何进行洗礼，以及如何进行正确的祷告。"

我在一九七九年的深夜——即三十年后——在寄宿学校看到的正是这些：男孩随意坐着，用一本他们早就会背的基础宗教律法书骗自己，有些男孩甚至坐在暗处，前面摆着一本翻开的书，装作在阅读的样子。

或许宗教教学无法消除这种重复，这种心灵上的孤独、压抑、震惊和痛苦。或许通过这种方式可以产生一种自尊，甚至学习的观念。否则，这种学习观念——在一般的文化压抑中——或许根本不可能存在。因为通过这种宗教教育，才能有一种政治觉醒。

这是瓦西德家族故事的另一面，其中也交织其他有关寄宿学校成功与改革的故事。

"一九〇八年，索洛克成立了一个地方组织。这个组织被一位曾到麦加朝圣的教师称为沙雷凯·达冈·伊斯兰。四年后，这个组织变为一个国家组织，称为沙雷凯·伊斯兰，并不局限于从事商业活动。

"我父亲有个小他十岁的表弟叫瓦哈卜·哈斯布拉。瓦哈卜被送到我父亲那里接受教育，后来他还到麦加去，交了一个朋友叫比斯里。在麦加待了四年后，他们听到有关'沙雷凯·伊斯兰'的种种，瓦哈卜要求在麦加增设一个‘沙雷凯·伊斯兰’分支单位。当时是一九一三年，也是沙雷凯·伊斯兰成立后的次年。比斯里并未一同前往，因为他没有获得他的老师，也就是我祖父的允许，后来成了我的外祖父。瓦哈卜是我的叔叔。一九一七年，他从麦加回来，然后去了泗水。一九一九年，沙雷凯·伊斯兰分裂。一个荷兰人鼓动两个沙雷凯·伊斯兰的成员成立了红色沙雷凯·伊斯兰组织。一九二四年，沙特为伊斯兰教教徒组织了一个新哈里发[①]议会。瓦哈卜刚加入了泗水委员会。”

一九二六年，苏加诺出现，改革了国家政治。但瓦西德的父亲和祖父在宗教运动方面依然炙手可热。

“一九三五年，荷兰人非常担忧日本的威胁，因而呼吁地方民兵保卫印度尼西亚，使其免遭日本人日益严重的威胁。祖父召集会议，辩论议题：真正的伊斯兰教教徒是否有责任保卫一个由非伊斯兰教教徒治理的国家。绝大多数人的答复是肯定的。因为一九三五年，印度尼西亚的伊斯兰教教徒在荷兰人的统治下，有执行宗教教义的自由。我想，这意味着祖父视伊斯兰教为一股宗教势力，而非国家使用的政治力量。”

这或许可以说是一场没有权力的人对殖民道德的辩论，很像印度人在战争爆发时的那次辩论。一九四二年，日本人侵占印度尼西亚，瓦西德的父亲所效命的民兵接受了日本人的扶植。

“日本人成立了两种民兵，一种是伊斯兰教民兵，一种是民族主义民兵。真主党民兵成立于一九四四年，由我父亲创立。日本人从寄宿学校和宗教学校征召年轻人当兵，父亲的弟弟接受训练，然后被指派为营长。因为他的营部就设于寄宿学校，所以全家都能参与讨论国家大事。他们聊过日本战争、德国事务和独立运动。

①伊斯兰教政治、宗教领袖的称谓。

“在一九四四到一九四五年间，日本人成立了一个委员会，以筹备印度尼西亚独立事宜。委员会主席是苏加诺，我父亲是他的部下。他和其他八名委员组成委员会核心，拟订新国家的五项原则。就这样，他成了这个国家的开国元勋。所以，当独立战争爆发时，我父亲也被直接卷入其中。他最先担任部长，后来又成为武装部队指挥官苏迪尔曼将军的政治顾问。

“荷兰人发动侵略时，父亲躲了起来。我被安置到外祖父家。父亲每周会出现几次，躲在屋里疗伤，不敢外出。这些伤都是糖尿病引起的，不是被子弹打的。我必须到外面捉青蛙来煎，用煎出的油擦这些伤口。每周去捉两三次，每次捉十到十五只青蛙。处理好伤口之后，父亲再回到附近村落躲起来。

“当荷兰人将主权交还我们国家的时候，父亲被任命为宗教事务部长。他担任这项职务长达三年。日据时代有个宗教事务办公室，一直是我祖父在主其事，但执行长是我父亲。这个办公室是宗教事务部的前身。”

正如讲述这段时期的人们经常说的，暂且不论日本人在占据时期的诸多暴行，他们能够重组一个广袤而复杂的地区，手段之高，速度之快，也不得不让人折服。

尽管瓦西德当时只是个孩子，却已经开始接触国家政治。

“我九岁的时候，父亲带我到伊卡达体育场参加大会。苏加诺也会出席。”时间可能是一九五〇年，“体育场是日本人建立的，旨在讨好我们。目前这个地方已成为国家纪念馆。”这也是当年法国政府在百万观众面前点燃焰火，欢庆印度尼西亚独立五十周年的公园，“共有六万群众在体育场内聆听苏加诺演说。在我看来，他简直就是伟人。他严词批判帝国主义分子，要求大家在这场战斗中团结一致。大家都给予热烈回应。我十分亢奋，感受到人们参与这场运动的狂喜，也跟着高声欢呼，手舞足蹈。但父亲叫我冷静下来，他说，坐下来，不要跳。或许他只是不想让我太累，否则他就会将我带回车里。”

我很想进一步了解苏加诺的外貌。

瓦西德说：“他仪表堂堂。那张脸称不上帅气，却带有钢铁般的意志，散发出一股力量。坦白地说，他的表情很凶暴，却带有权威感和意志力，这就是他拥有魅力的原因。特别是当他振臂高呼的时候，你可以看到他的双眼炯炯有神，仿佛要看穿帝国主义分子似的。因为我父亲是部长，所以我们都坐在距离苏加诺不远的第一排。苏加诺站在那里，面对着我们。

“父亲在一九五三年去世，享年三十九岁。一九五二年，我们的组织在当时唯一的伊斯兰教政党投票中败下阵来，父亲辞去了部长职务，退出内阁，于当年自组新党 NU。他非常积极地成立新党的分支单位。在一次旅程中，我坐在前面，他坐在后面，我们发生了车祸，父亲受到重伤，次日伤重不治。他跌出了车门，被翻腾中的汽车击中。

“母亲当晚赶到万隆，许多名流护送灵柩到雅加达。我看到的一切都让我印象深刻。在这条长达一百八十公里的路上，人们站在路旁恭迎他的遗体。即便在夜晚，也有成千上万的人在屋内守护。次日早晨，苏加诺来了。遗体被送往机场，载到泗水。我们在泗水受到数万民众的盛大迎接，他们哭喊着恭送父亲。我时任少将的叔叔骑着摩托车，在灵柩前面开道。在长达八十公里的路的两旁，有许多民众，我们从中穿过，直到在班宗的坟墓。

“看到这么多人如丧考妣地送别父亲，我想，在人的一生中，还有什么比受到如此多人的爱戴更伟大？甘地去世时，我还只是个孩子。后来，我看到了甘地葬礼的照片，它让我忆起父亲的葬礼。这些，都坚定了我的人生方向。”

这就是瓦西德在一个暖和的下午，在雅加达NU总部一楼那个残留着丁香烟余味的房间告诉我的家族故事。当时，在清理过的前院外面，一条双线道路正车水马龙，声音嘈杂。瓦西德家族的陈年往事——有些地方在我的要求下详加说明，有些地方被忽略——交织着一百二十多年来印度尼西亚的历史。这些故事流露出瓦西德自己的生命历史，也涉及他自己的行动和态度。

他继承了父亲政党NU的领导权。一九八四年，他领导该党退出政治。

“我们知道，正如在巴基斯坦、伊朗、苏丹和沙特阿拉伯一般，伊斯兰教和政治直接关联，将造成多么大的伤害，因为其他地方的人们会将伊斯兰教视为使用暴力的宗教。但在我们的想法中，事实当然并非如此。伊斯兰教是一种道德力量，通过伦理和美德行事。这不光是我的想法，而是接受我祖父教育的学生共有的想法。一九八三年，我们曾和一个研究宪法的博士激烈地讨论过这个问题。

“一九九一年，民主论坛成立。这个组织完全摒弃伊斯兰教政治——也就是苏哈托和哈比比教授所造就的政治伊斯兰教。二十世纪九十年代，我们国家权力中心的竞争反映出总统需要获得社会的广大支持。这意味着，总统也需要获得伊斯兰教运动的支持。因此，认同伊斯兰教的国家政治有其必要。祖父根据一九三五年的决议——伊斯兰教教徒可以保卫荷兰人统治的印度尼西亚，以对抗日本人——发现宗教功能和政治功能需要有所区分。如今，哈比比部长决定采用伊斯兰教化路线，意思是他将政治看作伊斯兰教不可分割的部分。我个人同样有此感受，因为我父亲参与制宪，宪法赋予所有公民平等的权利。人们实践伊斯兰教教条，应该出自良知，而非恐惧。哈比比和他的朋友让非伊斯兰教教徒和不实践伊斯兰教教条的人不敢显露自己的身份，这是迈向独裁的第一步。”

瓦西德十分热衷于这点。他一而再再而三地提起，似乎是想等待我将他的话记录下来。我尝试让他以更直接的方式谈论哈比比，希望得到一幅图像、一段对话、一篇故事，但谈何容易？

“哈比比到医院来看我，希望我加入他的伊斯兰教有识之士协会。”

我很喜欢听有关医院的细节，这似乎和我对瓦西德健康的看法不谋而合。可惜我无法获得进一步的资料。

“我的答复是：无法加入贵组织，让本人与街头知识分子保持距离。”

这句话我记下来了。当时不太确定这句话的意思，但后来我发现，躺在医院病床上的瓦西德说起话来极尽讽刺之能事。他的意思是，哈比比那可敬的组织和街头知识分子其实是相同的一群人。伊玛杜丁，那位宣教者，电视节目主持人，创造伊斯兰教有识之士协会的人，原来也是街头知识分子，只是他的名字，整个下午瓦西德提都没提。

原来的支持者阿迪·沙索诺本来也可能沦为被攻击的目标。只是等到我见过所有人，记录了所有事情之后，才真相大白。

我们在他漂亮的办公室见面。会议即将结束时，阿迪表示：“瓦西德经常外出旅行。他是个讲师，知识分子，不是奇阿依。”这是阿迪破坏瓦西德声名的方式，贬损他。奇阿依通常在某个村落里，村民会来找他问问题。他总是和人们在一起。

阿迪是伊斯兰教有识之士协会重要智库 CIDES 的董事长，CIDES 的全名是 Centre for Information and Development Studies，“资讯和发展研究中心”。这就可以说明为什么阿迪的办公室如此奢华。他送给我一份伊斯兰教有识之士协会的大型介绍手册，印制得相当精美。以下是手册的第一段：

> 伊斯兰教有识之士协会自从三年前成立至今，逐渐被国人了解，人力资源品质乃是能够再生的重大资产。这种觉醒应该根据道德上的发展被积极强调。道德上的发展强调人在意识和发展措施中的中心地位。这一见解也意味着，全国一致具有良知和行动力的参与是基本的价值。

这段冠冕堂皇的介绍是伊玛杜丁的人力资源和宗教思想，被商业和学术方面十分现代化的字眼反复包装。但诸如此类的语言不过徒有其表。包装里的才是伊玛杜丁对讲马来语的伊斯兰教教徒的命运所秉持的重要看法，以及他要完成皈依过程的愿望。欧洲人已在这里停留两三百年，最后，在这片远东的虔诚之地要升起伊斯兰教的旗帜。

第三章　皈依者

伊玛杜丁住在新清真寺街英雄公墓附近，这是他希望我在我们第一次见面的两天之后，去看望他的地方。时间是早上十点。我希望多了解一些他的过去，包括他的祖先、苏门答腊的背景等等。这是他唯一能安排的时间，因为如今的他随时都可能飞往美国和加拿大，进行“心智训练”工作。

当他指引我如何到他基金会的办公室时，我就知道新清真寺街可能不容易找。他在名片上写了些东西，说这对出租车司机可能会有帮助。可是到了关键时刻，它一点用也没有。饭店的出租车司机载着我，在进城高峰时段的晨间路上开了许多冤枉路。原因之一是，他以为只要驶向英雄公墓的大致方向就行；原因之二是，在交通拥挤的雅加达沿着一条清爽的大道开一段距离，也算人生一大乐事。

后悔莫及之余，我们只得慢慢开回去。之前，我们并未察觉车速是如此之慢。有了这次教训之后，我们沿途不断问路，一直在大路间抄捷径，时间已过了十点。我们沿着只铺了一半砖、有许多转角的狭窄道路行驶。晨间的光线忽明忽暗，一小块一小块的地面上有小小的新房子，道路的阴凉深处则种有盛开的花朵，还有卖食物的手推车，扫成一堆堆的落叶。

最后总算到了新清真寺街。经过一番周折，我们也总算找到了伊玛杜丁卡片上的门牌号码。我按照计价器上显示的数字，付了一笔可观的车费。司机拿了钱立即走人，仿佛担心我反悔似的。时间已十点三十分。

没有人从屋里出来。这是一间小房屋，明显被保护得很好。房屋左边有一条宽阔的通道，通往一间盖在主建筑内的大车库，车库有扇滑门。右边则有一片非常狭窄的草坪，草坪外就是开放的门廊，上面的红瓦闪闪发光。我从那里高呼“早安”，但还是没有人出来。我穿过敞开的大门进入客厅。这是一个低矮的房间，在沐浴过门廊的阳光之后，我感到室内格外阴凉和黑暗。一个穿着棕色连衣裙的女服务生从左边的厨房探出头来，视线停留在我身上，似乎受到了惊吓，马上一言不发地缩了回去。

我对着空房间大叫：“伊玛杜丁先生！伊玛杜丁先生！”

另一个女服务生怯生生地从厨房出来，尽管只是想看看之前的服务生看到了什么，她还是很惊恐地看了我一眼，最后消失在厨房里。

我大叫：“伊玛杜丁先生！早安，伊玛杜丁先生！”

房屋安静如故。他要我十点来，尽管我迟到了半个小时，他也应该还在屋里。墙上挂着一副阿拉伯语书法，非常像伊玛杜丁的作风——也许是在国外遍访信徒时人家送的纪念品——但我开始怀疑自己是不是走错了地方，也开始盘算如何在语言不通、没有地图的情况下，找到乘出租车的地方。

因为这种安静，我觉得已没有必要再呼叫。后来，我又觉得自己不该在屋里随意走动。于是就这么站在那里，一边等待，一边张望。

地板上铺着漂亮的芦苇席子。低矮的天花板很像是用合成的甘蔗木板建造的，因为漏过雨而斑驳不堪。餐厅有台微波炉，旁边是一些团体照。客厅的柱子上有两三个用来装饰的小花瓣，更让人吃惊的是，还有一张帆船照片。客厅四周摆着一些到国外旅游的纪念品，显露出伊玛杜丁（或他妻子）温柔的一面，一个和“心智训练”无关的层面——如果这栋房子真的是他们的，如果他们真的将这些纪念品摆在了心里（而不只是纪念送他们东西的人）。客厅里有许多日本文物，一座埃菲尔铁塔，角落水冷却器的上方有一个代尔夫特精制瓷盘，上面画的是一条蜿蜒的荷兰道路，路边有农舍和教堂，景物简单，却不失浪漫。在柱子前面，一株矮小的红枫树正在一个白色碟子里生长，碟子在一个银边垫子上。红枫树、碟子和垫子，全都摆在一个用板条制作的杂志架子上。从阴暗房间的后窗可以看到阳光普照、用岩石砌成围墙的小花园，房子的红瓦屋顶延伸到花园的尽头。这里空间真的很小。

我逐一观察这些细节，仿佛要将它们全部记下似的。几乎在同时，我用内心其余的意识盘算自己应该在这里待多久，侵扰这间屋子多久，时机一到，我又该如何从这次奇异之旅中脱身。

十或十五分钟之后，左边大门突然打开，伊玛杜丁出现了。他披着长可及膝的纱笼，穿一件墨绿色衬衫，无拘无束，出人意料。

他心事重重地说：“很抱歉，我有点问题。”

我想大概是肠胃不适，需要常去洗手间的问题。但接着有个棕色皮肤的大个子从他背后出来。这个人的目光炯炯有神，皮肤发亮，也披条纱笼，却不像伊玛杜丁那么随意。他步履缓慢而庄重，纱笼下摆随着步履飘动，十分优雅。他戴一顶黑色的伊斯兰教教徒扁帽，穿件淡灰蓝色的背心衬衫，口袋里插着一支钢笔。

伊玛杜丁说："我正在按摩。"

这句话可以解释为什么黑帽男子的皮肤闪闪发亮。

他们刚刚所在的房间毗连车库，可以俯视小小的草坪和道路。他们应该听到了我进来的声音，更应该听到了我呼叫的声音。

伊玛杜丁说："年纪大了，你知道的。"

仿佛说了这句话，再加上按摩师每隔几天来为他的背按摩，就够解释一切。事实上，按摩师来访的时候也表现得很拘谨。不久之后，伊玛杜丁和妻子送按摩师离开，也都极尽客套之能事。

当他穿好衣服，将裤子和衬衫用皮带系紧，恢复熟悉的模样之后，我们就坐在餐桌上开始谈话。餐桌的一边摆着微波炉和团体照，另一边摆着水冷却器和荷兰瓷盘。两个女服务生，一个穿红色连衣裙，一个穿棕色连衣裙，都已从先前的惊恐中回过神来，再度在屋子和厨房里忙起来。

伊玛杜丁和瓦西德的背景非常相似，一想到他们如今截然相反的立场，我就惊异不已。但伊玛杜丁来自苏门答腊，兰凯特的苏坦奈。他说，这个地区在亚齐边界，比荷兰还大。荷兰人在一九〇八年——即他们征服爪哇整整一百年之后——才征服亚齐。这点意义非凡，让伊玛杜丁可以理直气壮地自认为是苏门答腊人。

这是我改编的故事。在兰凯特，或许是在上世纪的下半叶——伊玛杜丁并没说具体日期，有一个召集信徒做礼拜的穆安津在儿子出世之前就死了。穆安津的遗孀改嫁。等到他们的儿子六岁时，继父就将他送到兰凯特苏丹穆夫提（伊斯兰教教法说明官）的家里。穆夫提是伊斯兰教学者。六岁的男孩，依照传统的方式，在穆夫提家当仆人，也当学生。男孩天资聪颖，穆夫提很疼爱他。

十年岁月倏忽而逝。苏丹的秘书，有点像苏丹的大臣，也是当地官居第二的人物，希望找人教他孙女《古兰经》。他对苏丹说了这件事，苏丹又对穆夫提提起，于是，后者就派他的仆人兼学生，即已故穆安津的儿子，如今已是十七八岁的男孩，去教秘书的孙女。男孩当然不是只教女孩，因为这么做于礼不合，他教她和其他一些家庭成员。他是一名很好的教师，女孩爱上了他，等到时机成熟，他们终于结婚。结婚时间不得而知，我也没问。他们的儿子就是伊玛杜丁，他出生于一九三一年。

那时，穆安津的儿子，即伊玛杜丁的父亲，已正式在兰凯特大展宏图。一九一八年，在大战之后，人们可以再度平安出行时，穆夫提游说苏丹派这位年轻人前往麦加研习两年阿拉伯语。事后，年轻人又转往开罗爱资哈尔伊斯兰教大学念了四年书。到目前为止，他所接受的教育很像瓦西德的祖父和父亲。之后，这种相似性仍在继续。一九二四年，穆安津的儿子从爱资哈尔大学回到苏门答腊，担任苏丹创建的一所著名学校的校长。

等到校长需要教导自己的儿子伊玛杜丁时，培养模式才得以改变。伊玛杜丁六岁时，父亲把他从待了一年的马来语学校带出来，转学到一所荷兰学校读了五年。伊玛杜丁说，这些荷兰学校通常不收宗教人士的子女，因为他们很怕伊斯兰教教徒接受教育。伊玛杜丁能够上兰凯特的荷兰学校，是因为当地的学校是苏丹的。

一九四二年，日本人来了。他们的统治非常严酷，当地的粮食被征用，学校几乎关闭。伊玛杜丁和他父亲必须自己捕鱼、耕种，才勉强活下来。尽管日本人在某种程度上团结了印度尼西亚人，有利于他们日后对付荷兰人，争取独立，但从那时开始，伊玛杜丁对日本人就有了仇恨和恐惧。

瓦西德述说日本占领印度尼西亚的情况时，就极少表露这种仇恨和恐惧。他家似乎是以一种较高的身份，几乎是政治身份，和日本人打交道。瓦西德的父亲在一九四四年成立真主党民兵部队。他的弟弟接受日本人训练，当了营长。真主党民兵部队总部就设在村子的寄宿学校内。在相隔千里之遥的苏门答腊，年方十四的伊玛杜丁只是隶属同一部队的步兵而已。

一九四六年某日,伊玛杜丁带领他小小的民兵乐队在街上游行。(如今在星期日早上，或许是为了筹备独立五十周年的庆祝活动，类似的小民兵乐队，在雅加达街头也随处可见。队员穿着各式各样、五颜六色的制服，每队有十人。他们在街上排队前进，两臂左右摆动。队长和队伍保持着距离，两臂和队员一起摆动，他还不时吹口哨，为队员打气。）当天，一位在荷兰学校教过伊玛杜丁的老师制止了他。

老师问伊玛杜丁:“你为什么这么做？”

“因为我们要独立。”

“独立后要做什么，你知道吗？”

“我不知道。”

“如果没有医生、工程师，你如何建设国家？你应该回到学校念书。我知道有一所新中学即将在这附近的城里成立，我希望你去念那所学校。”

伊玛杜丁听了老师的话。他获得新学校的入学许可，并且报了名。这是他一生中的重大转折。他用他父亲在宗教学校的那种聪颖和专注读中学。伊玛杜丁成了全班第一名，甚至全校第一名的学生，最后，在反抗荷兰人独立战争的特殊环境下，他成了全国第一名。

一九四八年，荷兰人占领兰凯特。他们追捕伊玛杜丁的父亲（一如他们在村子里追捕瓦西德患有糖尿病的父亲），伊玛杜丁全家分乘五支独木舟，从马六甲海峡逃到亚齐。他们一定获得了较大的家族或社区支持，因为在那里，伊玛杜丁还能继续他的学业。他最先是在亚齐继续上学，直到独立战争结束，后来又到更重要的城市棉兰。一九五三年，二十二岁的伊玛杜丁获准进入万隆技术学院就读。也就是说，尽管经历了日本占领时期和独立战争引起的巨变，伊玛杜丁也一直是好学生，只失学四年。三十岁那年，伊玛杜丁成了万隆技术学院的助理教授，次年，他又去美国深造。

对于一个一九三一年出生在荷兰东印度群岛某个小镇的男子而言，这是一种无比辉煌的人生。对于一个一九四六年还在兰凯特领导小乐队一起上街游行的十四岁少年而言，这也是难以料到的事情。但小男孩，即后来的年轻人，却一直将他所学到的新事物牢记在心。伊玛杜丁似乎从来没有任何在文化或精神上迷失的现象。他一直是苏丹上个世纪的穆安津的孙子。穆安津每天召集信徒礼拜五次，他的儿子即在麦加和爱资哈尔接受了高等教育。

瓦西德接受的是寄宿学校的教育，他很虔诚，拥有多元化的国际观，倾向自由派。伊玛杜丁则始终忠于圣战。

他坐在餐桌边，开始不安。两个穿连衣裙的女服务生还在客厅和小厨房之间忙碌着。在说完他全家分乘五支独木舟沿马六甲海峡逃走之后，他的故事就变简单了，细节都被略过不提。他的脸变得阴沉起来，就如同从按摩室出来的时候一样心神不定。

他说：“你还要多久时间？”

我说半个小时或一个小时。

他说：“有个从俄克拉荷马州来的男子想成为伊斯兰教教徒，今天皈依。他是个电机工程师，我见过他一两次。他要娶个印度尼西亚女孩。我还没有通知他，但我已和女孩的家人联系过。他在清真寺等我。我本来应该在十一点三十分在清真寺和他见面。”

现在是十一点四十五分，早到了该走的时候。我在告别声中听到伊玛杜丁——或那位亮丽如昔的太太说——他们即将搬家。

我们坐奔驰车离开，司机穆罕默德·阿里早就在驾驶座位上等候。训练有素的女服务生（一个穿棕色连衣裙，一个穿红色连衣裙）因为没什么话可说，只能从黑暗的低矮房屋中出来，走到小花园的阳光中，将沉重的车库大门打开，等待穆罕默德·阿里把汽车开出来。这辆汽车，以及汽车开动时的架势，都让这栋房屋和狭窄的道路更加渺小。这样的环境显然已容不下伊玛杜丁。

我们很快行驶到一条大路上，开过英雄公墓。伊玛杜丁说的没错：如果出租车司机没走错，他家是很容易找到的。

我们经过一排商店，店里的货物几乎全摆在道路两旁，有家具店、汽车轮胎修理店等等。因为伊玛杜丁如今已接近权力核心，所以一路上，他频频对我们看到的事物加以解释。他说，这些店其实不该开在这里，但很难管理他们。

仿佛这些很难管理的商店让他想到了驱逐，一两分钟后，伊玛杜丁说：“苏丹的皇宫在对抗荷兰的战火中被烧毁了。不是被荷兰人烧的，是苏加诺的……”他在寻找适当的字眼。

我说：“是苏加诺的焦土政策？”

这正是他想说的。我再度对伊玛杜丁那不寻常的经历感到惊异。伊玛杜丁其实比我大不到一岁，但谈起不寻常的事件，他却能云淡风轻，喜怒不形于色。所有的事件都似乎无法在他身上留下任何痕迹。他那当外交人员的学生不是说过，“他很自负”。伊玛杜丁有一种完美的特质，带着一种奇特的率真，很显然，这种率真在一路保护着他。

他说他当天早上请阿迪·沙索诺上他的电视节目。他们谈到目前独立周年庆祝活动的重要性，以及庆祝活动与伊斯兰教的关系。这真的很重要，他说："伊斯兰教支持自由，反殖民主义。"

从前，政府对信仰的态度是担忧，伊玛杜丁在当时是个反叛分子。如今，统治者和政治形态未变，政府却表示要服务于信仰。伊玛杜丁不费吹灰之力，又让信仰为政府效力。信仰多样包容，伊玛杜丁则是有识之士；他才不会和自己过不去。

那名俄克拉荷马州男子就在门腾的桑达吉拉帕清真寺等候。门腾，尽管交通拥挤，污染严重，却是雅加达的时尚外交场所。桑达吉拉帕清真寺就专门为一些上流人士服务。

这个名字取自之前存在的一个印度教王国，用很漂亮的字母写在清真寺墙上。空旷的大庭院用混凝土铺成，阳光普照。十二点过后，伊玛杜丁表示，是进行午时礼拜的时候了。他这番话如同幸运的一击，仿佛迟到带来了意料之外的祝福。他打算礼拜，然后为俄克拉荷马州男子主持皈依仪式。这对俄克拉荷马州男子一行人来说并没有任何不便，反正他们也要礼拜。

如果可以把救赎比喻成筵席，那么对伊玛杜丁而言，礼拜就像每天五顿的餐前美味点心，是天堂的食物，绝对不会使人厌烦，反而总是让人胃口大开。此刻的伊玛杜丁穿戴整齐，厚厚的钱包在黑色的口袋里，他对于主寺的空旷早就习以为常。清洗之后，伊玛杜丁迈着些许歪斜的步伐（让我想到他的背和按摩师），走到前面一群男子排列的地方。这些男子全都面向墙壁，有时站立，有时蹲下，有时鞠躬。远处，有十三四个戴白头巾、穿长袍的女子站成一排。

在所有人中，俄克拉荷马州男子十分醒目，即便从后面看也是如此。他的体型和身高都比别人突出，再加上他戴了黑色的扁平礼拜帽，还真有点像伊玛杜丁的按摩师。

等到礼拜结束，人们离开大厅之后，俄克拉荷马州男子就坐在混凝土阶梯上，沐浴在阳光中，穿他的袜子。伊玛杜丁走过去和他说话，或许因为我在场，所以他说起话来格外高兴。他说："你的改变大得惊人。你根本不像美国人，简直就是一个印度尼西亚人。"

俄克拉荷马州男子穿上了一只袜子，低头看了看，用微小的声音说："仍然是白色的。"

在伊玛杜丁的谈笑风生之后，这句话很容易引起歧义。它出自一位积极的皈依者之口，可能是自我保护，也可能是要让伊玛杜丁知道，他不会太投入。我第一次看到伊玛杜丁不知所措。他的笑容僵在脸上，说："还不成熟。"好像继续着他的兴奋与种族游戏，但之后，他便停止了这个话题，留下男子在原地穿鞋袜。

皈依仪式要在楼下房间举行。房间很狭小，但有空调。墙壁用灰色大理石装饰。大理石很容易让人联想到陵墓，继而惴惴不安。因为庭院和阶梯都阳光普照，热气袭人，相比之下，房间给人的感觉格外寒冷。屋子被布置得有点像演讲厅，里面有个隆起的讲台，讲台上有张圣坛似的桌子，上面安装了麦克风，桌子前后有几张硬木长凳。观礼者会坐在地板上的几排椅子上，就如同教室里学生的座位那样。

新娘是一位商人的侄女。俄克拉荷马州男子就是为了她才皈依伊斯兰教。这位商人也是著名的诗人。在印度尼西亚，写诗只是种业余活动，却很受尊重。室内的交谈声变小了，让一直都有的空调声突然变得特别响，仿佛是在有意为这场仪式摇旗呐喊。

礼成之后，把眼镜时髦地吊在脖子上的伊玛杜丁出现在讲台上，俨然是第一男主角。他坐在两名男子中间，隔着一张桌子，面对那对新人，并开始在空调的伴奏声中高唱《古兰经》。

那对新人背对着我们，左右各站着一名见证人。新娘子就和印度尼西亚姑娘一般娇小，穿着黄色礼服，戴着红色头纱，含情脉脉，仪态动人。俄克拉荷马州男子戴黑色扁帽，脖子雪白，体型壮硕得多，也古板得多。他穿着美式蓝色长裤，绿色的蜡染衬衫——不是人家送的，就是刚买的——一点也不显得轻浮。

歌颂声结束，伊玛杜丁向俄克拉荷马州男子微笑，并用英语告诉他："我们欢迎你重返伊斯兰教。我说重返伊斯兰教，是因为在我们的信念中，每个人从出生开始就是伊斯兰教教徒，没有一点罪恶。你已回到伊斯兰教世界，因为你已敞开心灵，接受真理。每一件事你都会让自己听从真主的旨意。伊斯兰教意味着归顺。"

接下来就是俄克拉荷马州男子宣誓的时候。他首先表示，自己是凭良心说话，没有受到任何人胁迫。他的声音听起来有点害羞，没有南方人的口音。对于一个大个子而言，他的声音还是非常清脆的，并没有高过空调的声音。这或许和他背对着我们有关，也或许是因为他没有伊玛杜丁那种对着麦克风熟练的说话技巧。他首先用阿拉伯语宣布皈依——这或许也是他害羞的另一个原因——然后再用英语说："本人宣誓，真主安拉是唯一的神，穆罕默德是他最后的先知。"

伊玛杜丁带着几分演讲者的欢乐，说了声"啊"，仿佛刚刚说的一切并没有这么困难。然后，他依然带着愉悦，微笑着问俄克拉荷马州男子："你想改名吗？"

男子根本没时间回答。全场的女子都在下面用英语回答："好，好。"也有人说"比较好"，还有人说"太好了"。

伊玛杜丁像导演那样问道："你喜不喜欢穆罕默德这个名字？"

俄克拉荷马州男子说很喜欢。

“阿丹呢？”

也喜欢，就像喜欢“哈里德”一样。

伊玛杜丁说：“好，穆罕默德·阿丹·哈里德，今后你就是重生的阿丹了。我希望新名字会带给你幸福。”

仪式的主要部分到此结束，接下来就由新娘的家人主持。要男子改名字的是他们，所以他们很满意。“哈里德”，那个俄克拉荷马州男子，有庞大的身躯和一张温和的脸，从讲台上走了下来，与大家拥吻。起初，在场的女人们还十分端庄淑雅，此刻却十分积极。原来接下来的仪式轮到她们表演，她们沉默了好久的话匣子终于打开，叽叽喳喳地开始聊了起来。大家不停地照相，之前从一家饭店买来的食物，一直被堆放在靠墙的柜子里，此刻也由女人们拿了出来，分给每一个人。

显然，伊玛杜丁在逐一介绍穆罕默德·阿丹·哈里德的新名字，仿佛每个名字都需要得到极大的鼓舞。不过，这只是伊玛杜丁主持礼拜或电视节目的风格而已。我后来问他，他回答说，哈里德的新名字全是新娘选的。所以，那个穿黄色礼服、戴红色头纱、含情脉脉、不胜娇羞的女孩，对和她一起坐在长凳上的俄克拉荷马州男子即将经历的仪式早就了然于胸。

星期日早晨，在伊玛杜丁的家，我才知道改名字的始末。他前往美国和加拿大进行“心智训练”的行程延误了，所以我才得以再度去看他。出租车这次一点问题都没有。他派穆罕默德·阿里开奔驰车到饭店，但对于穆罕默德·阿里是否知道如何到饭店或到何处去接人，他没有绝对的把握。作为私家车司机，穆罕默德·阿里稍微有些稚嫩而害羞，结果他只迟到了五分钟。奔驰车和纽约的出租车一样，有空气洁净器的味道，精美包装的磁带可能是阿拉伯音乐。

这次，一切都被再次确认，清晰明了：穿着五颜六色制服的小游行团体，队员手臂左右摆动；家具店和轮胎修理店几乎盘踞整条马路；英雄公墓；狭窄的路，小屋，有滑门的大车库，阴暗的房间，小埃菲尔铁塔和其他纪念品，屋后阳光普照的小花园；女服务生。其中一个穿红色紧身胸衣的女服务生端水果和果汁给我。伊玛杜丁不在房里，或许又在按摩。但伊玛杜丁的太太进来欢迎我，在芦苇席上走来走去，然后出去了。过了一会儿，她又走了进来，问我要不要吃水果，并且表示她先生正在“准备中”。他从前面房间走出来的时候，又披着纱笼。他轻快地走动着，四处看着，很少说话，准备把话留到他穿好衣服后再说。

伊玛杜丁用很务实的宣教者方式谈论哈里德的皈依。伊玛杜丁在美国待过多年，当然知道美国有许多州。他可能知道俄克拉荷马州是比较新的，这个州是十九世纪末美国人大举西进，占领印第安人的土地之后才建立的。在美国人建立俄克拉荷马州的同时，阿根廷、非洲和亚洲或许也有类似的扩张行动。事实上，当时荷兰人就在苏门答腊的亚齐用令人难以忍受的方式发动了一场漫长的战争。也许，当时伊玛杜丁那位当穆安津的祖父正在邻近的兰凯特召集信徒礼拜。

一个来自俄克拉荷马州的年轻人在门腾清真寺皈依，这充满讽刺，也有其历史渊源。但要了解这些，就非得用另一种世界观不可。伊玛杜丁宣教者式的世界观很简单，他在皈依仪式中说过，每个人一生下来就是伊斯兰教教徒，没有任何罪恶。尽管伊玛杜丁没有继续阐释，但他的言外之意是，置身于伊斯兰教世界以外的每个人都处于错误状态，或许直到找回伊斯兰教，自我才算真实。

伊玛杜丁的父亲，就是那位穆夫提的宠儿，先在麦加接受高等教育，然后再到开罗的爱资哈尔深造。他一直置身于伊斯兰教学习的象牙塔中，保持精神上的遗世独立。伊玛杜丁到过的地方早就不止麦加和开罗，他看过外面的世界，在外面追求的不是宗教的学问。他追求的科技知识成为他后来养家的工具，之后因为家里实在太危险，科技知识又成为他休养身心，保全生命的避难所。但是在精神上，伊玛杜丁一直住在他父亲住过的象牙塔中。他的世界观并不承认自己四处奔波，继而寻求得来的庇护所、法律和知识。外面的世界再简单不过，只是人们“发现”的中立世界，人人得而用之。

所以，大概是在一九八〇年，伊玛杜丁没有用他的沙特阿拉伯奖学金去伊斯兰教国家，而去了美国的爱荷华大学，后来甚至得到某种庇护。他在爱荷华大学的时候，巴基斯坦的基本教义派狂热分子拉赫曼，或许赠予过他一种讲马来语的伊斯兰教教徒命运的愿景，他本人在芝加哥大学享受着学术自由的氛围，有法律保护，每个夜晚都睡得十分香甜。这种自由和保护，是每位在家乡遭受过迫害的伊斯兰教教徒在伊斯兰教世界以外的中立世界积极追求的。伊玛杜丁显然没有看到任何反常情况。在他的世界里——尽管他那清凉低矮的客厅里摆着各种外国纪念品——似乎没有任何事物是来自伊斯兰教世界之外的领土。

他用一种比喻的方式（身为宣教者和科学家，他用起来相当得心应手）说：“《古兰经》是一种价值系统。它就如同一辆汽车。如果只有轮胎和车轮，那么你就不算拥有这辆汽车。伊斯兰教也是一种系统。你必须全部接受，否则就是背离了伊斯兰教。你不能做半吊子的三心二意的伊斯兰教教徒，要么就全心全意，要么就完全拒绝。”

因此，没有任何事物可以影响信仰，每一种新学问都可能被用来服务信仰。他说，当一九八六年带着第二个学位从美国回印尼的时候，他就能够利用发电系统的分析技术，开设“心智训练”的课程了。如今，既然信仰是关于政府的信仰，那么印度尼西亚的信仰就有了特殊的需求。

比如，必须和瓦西德打交道，和他寄宿学校的三千万伊斯兰教教徒打交道。尽管阿迪·沙索诺用一些听起来很现代化的字眼，如“优越感”“宗教封建主义”等，来猛烈攻击瓦西德，但伊玛杜丁可以使用时代的科技需求（以及他自己的科技训练）来打击可怜的瓦西德，以及他“废除传统学校”的想法，而且更加彻底。伊玛杜丁从未向我提及瓦西德的名字，一如瓦西德在和我谈话的时候，也无只言片语涉及伊玛杜丁。但当他在自己家里一再重复他在办公室说过的话的时候，他心里想的那个人是谁，便不言而喻。伊玛杜丁在办公室中表示，神创造万物，无非是要让整个世界更加繁荣。

他说：“这可见诸《古兰经》。当初，神创造阿丹时，赐予他的第一项知识就是科学。”

所以当他前往爱荷华州的时候，他服务的是信仰。他回国以后，追随哈比比，钻研 N-250 型飞机，服务的也是信仰。

他说：“政治人物必须了解这一点，因为那架飞机，我们拥有了科技方面的地位。”

被他这么一说，政治人物——可怜的瓦西德！——倒成了名不正言不顺的统治者。

他那伊斯兰教的“价值系统”，至此算是功德圆满。但奇怪的是，它只能处于循环状态。套用这位宣教者的比喻来说，它就像一台简易跑步机，而不是汽车，因为前者让他忙个没完，却哪里都到不了。就算你对他说，在他落难的时候，爱荷华州的人对他很好，他也不会对那里的人表示什么。他们的友好，只该归功于他的信仰——他说，真主爱他。

那个星期日早上，谈话即将结束之际，我再度问他为什么在二十世纪七十年代末期会那么直言不讳，以及为什么会和政府有矛盾。

他将一九七八年和一九七九年在狱中向前外交部部长苏班德里约学到的东西展示了一番。苏班德里约说："不要批判苏哈托。他是爪哇人。年轻人不应该批判年长的人，尤其不应该批判大人物。"对伊玛杜丁而言（一九七七年的伊玛杜丁已四十六岁，比起苏哈托总统的五十六岁，他并不算太年轻），这种说法是违反他意愿的，"我先接受荷兰式的训练，后来又接受美国式的训练，批判本就是一件稀松平常的事情。我又生于苏门答腊，甚至可以和父亲争辩。但我必须学习爪哇人的那一套。"

苏门答腊的那一套，就是伊玛杜丁自然而然承袭的那一套，采用基本教义派的率直的方式。对伊玛杜丁而言，它自古以来就是苏门答腊力量的来源。

他之前告诉过我："荷兰人征服爪哇，相对而言比较容易，但他们征服不了亚齐和苏拉威西，因为当地人宗教意识很强。"

瓦西德说过，十九世纪三十年代开始出现的新汽船之旅，让信徒前往麦加朝圣或念书都更容易。从此，殖民时代的爪哇就有了新的伊斯兰教村落学校，就像瓦西德的祖父经营的那种。

但是，在苏门答腊独立的王国与苏丹国，这种前往麦加的旅程所带来的影响更为深广。一百五六十年后，这些殖民地学生（往往是他们家族中最早去海外求学的）将带着学到的革命思想回国。苏门答腊的学生和前往麦加的朝圣者就是如此，他们受到瓦哈比基本教义思想的影响，又略带学到了新知识的自负，一回国，就决心让苏门答腊的宗教信仰和前往麦加的瓦哈比宗教信仰等量齐观。他们立志清除地方宗教的错误，清除所有的习俗、仪式，以及带有已消逝宗教——如泛灵论、印度教和佛教——遗迹的土地崇拜。在此之前，曾发生过宗教战争，这也是荷兰人得以介入的原因。他们最初以斡旋和援助之名而来，后来成了统治者。

这就是伊玛杜丁继承的宗教信仰。布满昔日异教徒纪念碑的是爪哇，而不是苏门答腊。但是在宗教之外，任何东西都无法获得认同，就连世界奇景之一、伟大的婆罗浮屠佛教纪念碑也不例外。一九七九年，伊玛杜丁批判政府的罪状之一，就是印度尼西亚驻堪培拉大使馆活像一座印度教建筑。至于婆罗浮屠，那根本就是用来吸引国际人士的。

我就这点向伊玛杜丁请教，他却说我误会了。他说话的神情仿佛——以今天的地位，他有必要摆出政治家的模样。他的意思，是可以用来养活“饥饿的伊斯兰教教徒”的金钱，不应该用在婆罗浮屠上。

尽管有意表露政治家似的软化手段，他那昔日苏门答腊式的得理不饶人也显露无遗。对印度尼西亚新基本教义派分子而言，最伟大的战争即将展开，以他们自己的过去为名，一切都将和他们的土地产生渊源。

第四章　圣地

几周之后，也就是我在印度尼西亚的行程即将结束之际，我去了一趟苏门答腊。不是去伊玛杜丁的苏门答腊，或苏门答腊北部的亚齐和兰凯特，而是去米南卡保高地。我是因为后来对米南卡保高地产生了兴趣才有此一行。在雅加达，我曾遇见一名高级公务员，她的童年几乎完全在米南卡保高地度过。她的办公室坐落在一栋圆形的现代大楼内，楼外的道路车水马龙。整个下午，她就坐在那间阳光普照的办公室里，将她故乡的高地描绘得如诗如画，让人悠然神往。回首童年往事，她的眼睛绽放出无比的光芒，因此我决定去一趟，亲自看看。

在那里，我发现了自己早该知道的事——这块米南卡保高地乃是十九世纪最初三十年基本教义派分子瓦哈比战争的古战场。看来，不论有没有伊玛杜丁，宗教狂热都是无法规避的苏门答腊课题。

这块土地有高耸的绿色火山，重峦叠嶂，山与山之间有宽阔的平原。有居民定居点的地方，就有树木和林荫。其他地方主要是稻田。在这里，稻米是主要作物，没有固定的收获季节。仿佛被同时描绘出来的图画，平原上可以看到种植稻米的所有阶段。稻田正在耕犁、翻土，再插秧；在一块浸满水的稻田角落，一片片嫩绿的秧苗苍翠欲滴；在旁边的田里，秧苗正被一行行地插入泥土中；稻草人（或只是一条条挂在竹竿上迎风飘扬的塑胶带）站在长满成熟稻米的田里。割稻人和打谷人通力合作，割稻人拿着长镰刀割稻，打谷人则将一把把割下来的稻谷打进篮子里。篮子上方挂着高高的帘幕，状似小帆船，以防止打下来的稻米掉在外面。平原上，有稻草烧起一小堆一小堆的野火。

在这里度过童年的女士并没有对我讲述它的美景，我却莫名地开始期待，更意想不到的是，这些耕作平原所展示的古老生活。要传诸好几代人，这些平原才可能成就劳工所说的社会组织。我想，这块土地就如同稻米本身一样古老，它的历史可以回溯至十七世纪，被梵文称为三佛齐印度教王国时期。几周之前，我在伦敦细致地观赏了法国古典主义画家普珊的画展。或许是这个原因，我发现这里的高山和平原的景色与普珊的画作有几分神似：宽度和纵深度同样非常形象，古老的世界同样呼之欲出。身处其中，我还发现了十九世纪初英国作家威廉·黑兹利特在普珊的画作中发现的：创作世界中的"永恒的形式"（不是"有意义的形式"），没有任何视觉上的"意外"。

第二天下午，有人带我去巴力颜甘。巴力颜甘是温泉火山地带的一个大凹坑，据说米南卡保人就是来自那里。去巴力颜甘的人都是为了感受它的神圣，没有必要知道它的历史或与它相关的神话。这里可能一直是圣地，因为总有一股力量左右着人类的想象，这在一块刻着印度碑文的古老石头上有相关记载。破碎的砖石墙，从路边一直延伸至简陋的混凝土浴室（一间供男性使用，一间供女性使用），即使在今天，忘却这种视觉上的"意外"也是稀松平常的事，就连远处漆成红色的新建大清真寺也可能被一些人忽略。我的心里一直在思索这个地方的奥妙之处，一直在思索几百年来源源不断从地下喷出的温泉的奥妙之处。

这个地方的守护神就在巴力颜甘，对我而言，它甚至比塞浦路斯古城的帕福斯还重要。据说，爱神维纳斯就是从帕福斯的海中诞生的。在古罗马历史学家塔西佗的时代，这个如今已名不见经传的小地方的魔力，已经由塔西佗的著作《历史》一书所描述的寺庙和仪式保存了下来，同时借用维纳斯在帕福斯被崇拜的方式以强调它的神秘性。在与她的诞生地相距甚远的地方，人们早就赋予了维纳斯诱人的女性形象。

我听说，到巴力颜甘的游客彼此之间都用 Sembahyang 来打招呼，意思是“敬拜真主”。大部分游客都可能是伊斯兰教教徒，只要稍加思考，他们就可以知道这种打招呼的方式具有偶像崇拜意味。他们也应该了解，红色大清真寺的宗教意图并非是推崇这个地方的神圣，而是要在这个地方耀武扬威。伊斯兰教信仰的圣地关联着先知和他最直接的继承人。圣地在另一个国家，此地不可能有。这是教规的一部分。

十八岁之前，我在大洋彼岸的新世界，也就是地球的另一端度过，那是南美洲一条大河河口上的岛屿。岛屿上没有圣地，这是我在离开那里将近四十年后，才确认的一点。

我很小的时候就认为那个地方不完整，甚至很空虚，真正的世界存在于别处。过去我常常想，是气候燃尽了那里的历史和可能性。这或许是因为岛屿太狭小，我们一直认为，那座岛屿只是世界地图上的一个小点。这种感觉是因为居民普遍贫穷，以及我们从印度带来的大家庭制度已经土崩瓦解；又或许和印度本身的苦难有关，和我们这些印度人是移民有关。我们这些移民的过去，往往会因为一位父亲或祖父便骤然而止。

我离开多年之后——对事物的认知不会突然涌现，而是循序渐进——开始认为，那个地方并非圣地，因为从来就没有人描写过它。它是农业殖民地，实质上就是座农场，既不尊重土地，也不尊重人。但是后来，在印度孟买一个拥挤的工业区——此地圣迹之多，令人惊讶，一石一木，都是圣物——我了解到，不论气候、植物、正式的信仰、贫穷和群众有多相似，这些一直认为自己的土地非常神圣的人和我们还是大不相同。

那座岛屿和北方的所有岛屿原该有许多圣地。以圣基茨岛为例，在岛上的甘蔗园里，隐藏了许多岩石，上面都有前哥伦布时期的简陋雕刻。但是在我们的岛屿上，对圣地有所了解的原住民早已被消灭殆尽。新开垦的殖民地只剩下我们这种需要到别处寻找圣地的人。

许久之后，我猛然想起孩提时听过的一个故事，后来，我也在英国作家查尔斯·金斯利一八七一年出版的《终于》里看到了一个类似的故事。故事讲的是，成群结队的印第安人经常分乘独木舟，从大陆（一些残余的部族仍住在大陆）越过海湾，进入南方山区树林中的某个地方，举行某些仪式或献祭，然后，他们再带着采集的水果，越过海湾返回家园。这就是我听过的故事。当时，我还不到“打破砂锅问到底”的年纪，如今，这则不完整、未经诠释的故事如梦似幻，让我有了另一种觉悟和难以名状的感受。

或许是欠缺神圣感（和“环境”的概念不同），因此，这成为新世界的诅咒，特别是阿根廷的诅咒，以及一些像巴西那样遭到蹂躏的地方的诅咒。也或许是基于神圣感（不是基于历史和陈年往事），我们这些属于新世界的人才会前往旧世界去重新发现事物。

在皈依的伊斯兰教国家，像伊朗、巴基斯坦和印度尼西亚，基本教义派掀起了反过去、反历史的狂潮，他们不可能实现从空虚的精神中产生真实信仰的美梦，这一切，在我家乡的那些人眼里，实在怪异之至。

送我到苏门答腊的是黛维·佛图娜·安瓦尔。她年轻漂亮，学历又高。不止一个人向我建议，一定要见见她。她在印度尼西亚负责的事情非常重要，有两种名片。她为印度尼西亚科学院工作，主要负责政治与宗教研究所的事务。在印度尼西亚，任何有点来头的事物都会有缩写字母。黛维所在的中心就叫 PPW-LIPI，她是 PPW-LIPI 宗教和国际事务处的负责人，以这个名号，她参加过许多国际会议。同时，黛维也是“资讯与发展研究中心”（Centre for Information and Development Studies，简称 CIDES）的研究主管。CIDES 和伊玛杜丁以及哈比比的伊斯兰教有识之士协会有关，董事长是阿迪·沙索诺。

黛维要处理的事情真的很多，曾经带我去见伊玛杜丁的那位女外交人员安排我和她吃午饭。其间，黛维抱着一颗爱国之心，严肃地谈到 LIPI 正在进行的各种计划，听起来极具学术价值。当谈话快要结束，或许正在喝咖啡的时候，基于某种原因，黛维才开始谈到苏门答腊和她在苏门答腊的童年，以及她所习得的族人的禁忌。时至今日，她仍十分遵守这些禁忌。她关于苏门答腊童年的一切描述都十分新鲜有趣，有些还真令人惊叹。在之前非常正式地谈论国际会议和研究之后，她说的事情更加私人化，也更加坦率真诚。我很想再多了解一些，于是我们就安排了一个下午在她 PPW-LIPI 的办公室见面。

LIPI 是一栋圆形的现代化大楼，从公路望去，让人印象深刻，但内部难掩官僚主义的痕迹，任何人在里面都没有私密空间。黛维的办公室在十一层。等候室是圆形楼层的一部分，形状如同一块切好的派，外墙有点弧度，类似派的外围。墙上挂着印度尼西亚木偶，还有一块五彩缤纷、满是褶皱的蜡染布，上面印着寺庙；另一面墙上则挂满了弓箭。黛维的办公室在走廊另一端，对于一次午后的会面而言，办公室的位置显然不对，那里的阳光过于猛烈，我们需要窗帘。

黛维有一定的学术背景。她的父亲是教授，最近才去世，曾在哥伦比亚大学和伦敦大学亚非学院深造，她的母亲曾在苏门答腊大学教授历史。

黛维小的时候，全家都住在万隆。她三岁时，父亲前往苏格兰读书。有亲戚从苏门答腊来看望她们，其中一个对她说："你应该去苏门答腊，看看你在那里有些什么。"这燃起了黛维去苏门答腊的热情。于是，她便和亲戚一起回去，看她从小就知道的祖先之地。

苏门答腊有一间属于他们的家庭住院，那是传说中的米南卡保传统房屋，屋顶呈喇叭状。里面已有二十几年没人住，是间空屋，还有人说屋里有鬼，黛维连靠近都不敢。她和舅舅住在一起，舅舅住的不是传统房屋。

黛维说："他是乌力马。"乌力马就是伊斯兰教宗教教师。"爪哇人将他们称为奇阿依，西苏门答腊人将他们称为乌力马。我和他住了一年。他有一座小小的清真寺，自己就住在里面。这座清真寺也被称为祈祷室，它不是一座公共的清真寺。他要求学生到清真寺和他一起上课。他让他最年轻的妻子（最初，她也是学生之一）来和他一起住，这点很不寻常，但因为他是重要人物，所以，他并未到妻子家和她同住。当时，一夫多妻的现象司空见惯，但这是唯一和他同居的妻子。在我去那里之前，他同时有一到两名妻子。每和一名妻子确立关系之后，他就会回到祈祷室。我去的时候，他正和最年轻的妻子住在一起，就是她将我带大的。"

黛维用她那种开放且充满感情的方式娓娓道来。有趣的是，父亲在苏格兰读书的同时（说不定还得经常回避别人对伊斯兰教教徒以及他们拥有四个妻子的嘲笑），他的小女儿竟然在通过一名受人敬爱且相当虔诚的老亲戚，去发现和接受与他人相同的想法，不同的是，这些只是美丽旧世界的某一层面。

“当父亲从苏格兰回来之后，我就回到了万隆，在那里待了两年。当另外几个亲戚从西苏门答腊来万隆和我们一起住的时候，我就决定要他们带我走。当时我只有五岁半。”

我问道：“你记不记得自己为什么这么喜欢这里？”

“这是一个很美的地方，空间广大而开阔。我们是有头有脸的人物，这里的人都唯我们马首是瞻。没有人和我竞争。我舅舅非常疼爱我，他很凶，但对我非常好。我舅妈人很和善，在舅舅发脾气的时候，她总是保护我。我非常幸运，因为舅舅希望有人传宗接代，延续本家的姓。西苏门答腊是个充满矛盾的地方，这里的伊斯兰教色彩极为浓厚，却是个母系社会。因此，我简直成了家中的宝贝，他们都希望我将来能出人头地。

“舅舅以教育我为己任。他是乌力马，非常保守，一脑子传统观念，但他不希望我被剥夺接受现代教育的权利，不希望将来我的父母因为这件事而责怪他。这就是他不希望我来西苏门答腊的原因。但事实上，我倒希望能戴着头巾，去乡村的学校上学——在信奉宗教的乡村学校，你就得穿纱笼，戴头巾。”

“你认为纱笼和头巾是很漂亮的打扮？”

“我并不这么想，我只是认为这样穿戴是正确的。但舅舅十分坚持他自己的想法。他说，这些乡村学校的伊斯兰教课程很差，现代课程也不好。他要亲自在家教我伊斯兰教事务，同时我也会上正式的学校。所以，我学习《古兰经》，他则为我读穆罕默德言行录，作为经书的补充。

“放假时，他也会选一个星期天，带我四处走走，看看我们家的土地，好让我知道这些土地在哪里，以及谁在那里工作。当地到处都是稻田和椰子林，大部分水和可以耕作的稻田都在山谷底部。住在山谷顶部的人必须走很长的路，才能走到他们的稻田。我的家族一直控制着许多土地资源，这是因为女人没有生太多后代。如果家族庞大，土地就会被很多人瓜分。这里的土地不可以转让，必须分配给使用者，即继承人。一旦继承人亡故，土地又会被归还给最亲近的女性家属。

“所以，在我们家的土地上走走，我也能顺便了解家族的一些事情，因为耕种我们土地的大部分人都是亲戚。知晓土地的边界在哪里也十分重要，所以每个人都有必要拥有一份村落地图。”

从五岁半到十五岁，黛维一直住在西苏门答腊。她父亲有一次来看她，当时她大约八岁。两年后，她母亲也和一些朋友来看她。从十二岁开始，每个斋月的假日，黛维都会去万隆，所以这个村子简直就是她的世界。

“住在村子里能够获得完整的经验。这种经验不只是上学、念《古兰经》、简单了解家人或财产而已。它还包括了解村人看待事物的方式，了解村人那种特殊的信念。这些信念不一定都合理，却十分重要。你如果漠视或摒弃这些信念，可能就会陷入危机。

“我的家族正好属于皮塔潘族，这个家族以拥有许多禁忌而为人所熟知。他们在村落里十分有名气，村人常说，皮塔潘族不能做这个，皮塔潘族不能做那个，但很多其他种族的人都不知道这一点。”

我的听觉开始作怪。黛维提到“皮塔潘”时，我总会听成小飞侠“彼得潘”。[①]

“大家都认为，皮塔潘是旧式大家族之一。土地还未被开垦的时候，皮塔潘的祖先就迁过来了。伊斯兰教创立以前的传统认为，所有的山

①皮塔潘和彼得潘的英文分别是 Pitapang、Peter Pan，发音相近。

川林泉都有精灵守护。当然，去开垦这些土地的人类就必须和居住在那里的精灵和解。因此，祖先必须遵守行为规范。大体来说，这些行为规范的宗旨就是要确保环境平衡。”

但“平衡”也罢，“环境”也罢，它们都是后来借用的概念，源自另一种知识和逻辑，其中并没有如黛维所说的那种敬畏土地的力量，但她自己好像很倾向于这种解释。

“我们的日常生活中，还有很多其他因素要考虑。每当我们想砍倒一棵大树，汲干一口井，或建造一栋房屋时，都必须先征得允许，依循某种仪式，让守护神满意。”

在黛维的舅公、那位保守的乌力马看来，村人对树神、泉神的认识似乎都属于偶像崇拜范畴，是不符合宗教精神的。他早就认为村子里宗教学校的伊斯兰教课程很差，并且选择亲自指导外甥女的宗教课。

“我舅舅基本上不想依循那些非伊斯兰教的行为。他了解这些行为，或许也相信其中的一部分，但大体而言，他认为向神灵献祭违反了伊斯兰教的规定。族人和村落的部分老人都相信，如果皮塔潘族人违反禁忌，那么就会有皮塔潘族人遭到报应，比如小孩生病，或有不祥的事故发生。但舅舅对这些禁忌丝毫不以为意，所以，我经常生病，他的妻子和朋友也经常说，‘一定是你舅舅又做了什么’。后来，当他们利用谷仓的木材建厕所时，事情发生了。”

谷仓是主屋的附属物，屋顶照样是喇叭的形状。谷仓的上部宽，底部窄，偶尔还会有各式各样的竹子图案编织在装饰性的三角墙上，里面还有一把梯子，用来代替台阶。稻米是主要粮食，是每一次旧式崇拜和祈求丰饶的主题，人们一向敬重稻米。谷仓的木材，即使是老旧或废弃谷仓的木材，也不能被用来建厕所，这根本就是将两种对立的概念拼凑在一起，是一种严重的亵渎。

黛维说："我病了一两天，他们让我吃村里的草药。舅舅对村里的草药也有所了解，他对医生不太有信心，拒绝去找医生。大部分村人都相信他有法力，可以和守护神对话。所以每当有小孩生病时，都会有许多人找他求药。

"后来人们问起，最近几天舅舅到底有没有做什么事情，他才恍然大悟，察觉不该用谷仓的木材建厕所。于是舅舅和一名年轻人拿起大斧，将厕所劈倒。随后，就在要劈砍一块通向厕所的木板时，他们看到一只很像黑猴的动物跳进了水里。"

我问黛维："猴子跳进了什么样的水里？"

"鱼池里。然后我的病就好了。人们说，我当时处于幻觉中，胡言乱语了一通。

"许多事情我都不太敢做，就算我搬到了别处也是如此。比如，如果在村子里，我不敢将锅从炉子上取下直接放到水里。这也是一种禁忌，因为可能会污染水源。

"为了保护鱼池中的鱼，我们需要在水里放置各种东西。最常见的是带有尖锐枝条的竹子。"高高的竹枝被削得很尖锐：这是一种令人害怕的深藏不露的阻碍物。"这可能是为了阻止鱼被别人偷捕。偶尔，当人们放干鱼池的水时，会将竹子取出来。有些人稍不注意，就会将竹子斜靠在房屋墙壁上。如果皮塔潘族人这么做，就会被认为违反了禁忌。我们绝对不能做这种事。听说，如果我们在晚上这么做了，神灵就会生气，房屋就会开始摇动。

"在村子里，这些禁忌就如同城市里的交通指示灯，你必须服从。"

这些禁忌大部分只适用于皮塔潘族。这就是黛维相信皮塔潘族是最古老的宗族之一的原因。在最早的时候，也就是人们开垦丛林种植稻田的时候，正是皮塔潘族人和山川林泉的守护神一起制定了规则，直到今天，人都还在遵守。

比如，黛维结婚时，祖先的长屋出现了“怪事”。那是间米南卡保传统房屋，有喇叭状的屋顶，已被人们遗忘了将近三十年。村人常说屋里有鬼，小时候的黛维从来不喜欢去那里，但按照风俗，盛大的婚礼必须在那里举行。所以，房屋被打开，准备举行盛宴。随后，“怪事”便接二连三地发生。家具被移动得乱七八糟，食物也不翼而飞。黛维舅舅的一个堂弟——是堂弟，不是那位乌力马——说：“哦，也许我们忘了敬拜神灵。”大家都把这件事忘了。由于神灵不住在空地上，而是住在林泉之中，所以，大家就从祖屋里将肉抛到大约五十米远的树丛中，这些足够安抚神灵了。从此，再也没有任何怪事发生。

村人认为，最早的时候有三大宗族，皮塔潘族是其中之一。这三大宗族来自三个堂兄弟的后代，他们彼此之间不通婚，都严格遵守最初的禁忌。此外，皮塔潘族人还有另一种本领：求雨。

黛维说：“根据经验，我发现每当举行和我有关的盛大宴会时，就会下雨，有时下一小时，有时下半小时。我是在四月份结婚的，这个季节很干燥，当时是在我丈夫家举行宴会的第一天。”

“他属于三大宗族之一？”

“和我是不同的宗族，但属于同一村落。”

“父母之命，媒妁之言？”

“是我个人的选择。我丈夫家住在高地上，用水一直不方便，非常希望雨水能够注满水槽，所以他们必须十分谨慎地用水。婚礼第一天，天气十分干燥。第二天，喜宴将在祖先的房屋里举行。”这间房屋已有许多年没人使用，年久失修。“在这重要日子的凌晨三点，大雨倾盆而下。屋里的人都淋得落汤鸡似的，屋外的厨房已完全泡在水里。但到了早上，阳光又开始普照大地，一切都恢复旧貌。十一点，新郎和宾客如约而至。

等到他们全进了屋，又开始下起瓢泼大雨，大约有一个小时。类似的情况在每场婚礼中都会发生。

“有人误以为，一旦我们离开村子，皮塔潘族人与雨的关联性就会消失，但实情并非如此。一个阿姨的幼女在雅加达出嫁，她担心当天会下雨,还特地去西爪哇以药闻名于世的万丹找药师。阿姨付钱给药师，要求他献祭，以祈求当天不要下雨。这种事情在这里相当普遍。新加坡欢度国庆日期间，人们承办酒席时，就请来了药师，以确保当天不会下雨。在亚太经济合作会议期间，也来了许多药师。

“母亲和我都表示，我们才不相信万丹药师的法力可以打破皮塔潘族人在婚礼方面与雨的关联性。我阿姨的丈夫，他来自苏门答腊的其他地方，一点都不相信我们和雨水的关系。他说，不会下雨的。所以他就没用雨篷将草坪遮盖起来。他将每张桌子都装饰得很漂亮，花了一整天。岂料婚礼当天凌晨三四点的时候，忽然天门大开，大雨狂下不止，原本富丽堂皇的桌子霎时杯盘狼藉。他太相信万丹药师了。当时母亲和我都乐坏了。”

宗教与文化的纯洁是基本教义派分子的幻想。也许只有闭关自守、与世隔绝的部落才能够明确直接地知道自己是谁。其余的绝大多数人，都或多或少地属于文化融合的产物。每个人都在以自己的方式，心安理得地接受自身的复杂性。有些人靠本能行事，有些人，就如黛维一样，可以同时保持警惕。她说：“我的生命很丰富，因为有不同的世界在其中互相支持。”

十年后，她离开苏门答腊的乡村，前往英格兰找她当学者的父母。她当时已十五岁，虽然和父母共度的日子并不多，但他们之间并没有任何代沟。在村子度过几年之后，她变得非常虔诚，而且相当保守，反而认为父母太过自由；她有时候还会觉得母亲的裙子太短、太紧。尽管她的政治态度及时发生了改变，但她的个人价值观还是保守如故。拜母系的米南卡保传统所赐，这种保守的态度反而给了她一种非伊斯兰教教徒式的女性的自重。

黛维很喜欢乡村的生活方式，也因此，她令自己暴露在昔日基本教义派分子的地区冲突之中，仿佛上一世纪长达三十年的宗教战争（这场战争摧毁了米南卡保的皇室宫殿，让荷兰乘虚而入，成为统治者）未曾解决任何问题。诸如此类的问题一定经常萦绕在黛维的心中——她原该一直挂念着最近有关“多元”社会的学术研讨会与国际会议，这种会议在印度尼西亚几乎永无止境，它们是新闻自由的替代品，不会造成任何伤害——因为不待我提醒，她就开始做出近乎正式的声明，继续谈论真正的信仰和古老的方式。

她说：“人和真主之间的关系是，个人应该恪守纯粹的伊斯兰教形式，而不是恪守融合各种主张的形式。我们不可能在做一个虔诚的伊斯兰教教徒的同时，又恪守多神论或万物有灵论。但是谈到人和邻居的关系，即我们如何在社会中生活时，每个团体都会有不同的需求和风俗。只要这些做法不违反基本教义，我就相信不会有放诸四海而皆准的宗教或国家意识形态可以将它们消除。”

这就等于她重新表明了看法。她认为，在上个世纪爆发了激烈的宗教战争之后，伊斯兰教和“传统方式”的关系已得到缓和。

“伊斯兰教被置于最崇高的地位，是最高的律法，传统方式必须依附于它。一般认为，传统方式依附于伊斯兰教律法，伊斯兰教律法则依附于《古兰经》。任何明显违反伊斯兰教教义的行为，比如饮酒、赌博、斗鸡、娶五个以上的妻子等，都被明令禁止。至于其他方面，只要《古兰经》与先知的话语没有提及，但做无妨。”

尽管黛维心中的想法十分明晰，但人和真主的关系、人和邻居的关系，却不一定总是那么分明可辨。有些事情总是模棱两可，甚至连有关女性地位的事情都是如此，这些在西苏门答腊信仰方面的情况，正在等待基本教义派分子掀起新一轮狂潮。

整个下午，我都待在黛维的办公室。我离开时，LIPI 的大门也正要关闭。这栋圆形大楼官僚气息十足，现在，因为里面的员工都已下班，它愈发显得没有亲切感。在楼前的道路上，我很容易就拦下一辆出租车。但这辆车十分破旧，车窗开着，没有空调，当时正是下班的高峰期。在雅加达，上下班高峰期的交通状况一向混乱，而那天的情况更加糟糕，因为政府正在筹备 RI50①，所以总统府周围的部分街道已经封闭。很长时间，在拥挤的交通与源源不断的热气之中，我一直面对着一辆货车的车尾，它后面有张纸条，写道：

加油
——不要死于没有耶稣的夜晚

在雅加达，有许多贴有类似纸条的车。人们有信仰的需求，希望得到外界提供的慰藉。这个半皈依的国家不缺乏福音，随时可满足人们的需求。年轻的出租车司机来自苏门答腊，轮廓分明，他猜测我可能来自印度，就用英语对我说印度是个好地方，充满神秘。可惜我们之间并没有足够的共同语言，不能就这个话题天马行空地继续聊下去，于是只好打住。他坐在有些塌陷的司机座位上，双膝张开，穿着卡其

①“印度尼西亚独立五十周年纪念日”的英文官方缩写。

裤的一双长腿晃个不停，看得人心烦意乱。为了打发时间，他居然开始教我印度尼西亚语。在度过漫长却不失兴奋的下午之后，这一天也将在这条热浪滚滚、烟尘弥漫的公路上结束。

因为黛维的个人魅力，所以我在苏门答腊期间才会去她的村子参观。当然，每件事物都没有达到我的预期：黛维向我传达的一切，也就是雅加达吸引我的地方，即她孩提时期所感受到的魅力。

黛维的母亲从巴东大学繁忙的课务中抽空带我参观各处的圣地。陪伴她的还有一名学者，是她家的朋友。这位学者对当地的生活方式很有研究。他告诉我，黛维小的时候，有一天他问她长大后想做什么，她说想做伊斯兰教宗教教师,就是乌力马。但只有男人才能成为乌力马。这个回答不但说明了黛维对她舅舅的崇拜，也说明了她当时就有米南卡保女性的自尊。

我们参观的房屋并不是黛维童年时居住的房屋，而是她家的远亲，也是她的婆婆居住的地方。这是一间现代平房：有玻璃天窗；印度尼西亚中产阶级风格的雕花椅；在桌边有一个很大的塑料装饰物——一颗长满椰子的椰子树，外形简单，使用的也是一些基本色调；墙壁上方有两排混凝土制的通风砖（都有菱形的通风口，上排砖的菱形风口垂直排列，下排砖的菱形风口水平排列）；一面墙上画有《摩诃婆罗多》中的场景；对面墙上则有一个阿拉伯卷轴。这只是一间现代中产阶级平房，不太引人注目。

但是黛维的小女儿或许就不这么认为了。她被黛维送到村里居住，就像黛维小时候一样。对小女儿来说，这间房屋和屋外用来遮风挡雨的茂盛植物——椰子树、竹子、香蕉树、红毛丹树和人参果树——都让她感觉身处乐园。我们在屋里的时候，这个小女孩刚放学，她很快地换了一件连衣裙，马上又走了。她手里拿着一本小册子，一副心满意足的模样，准备去上宗教课。

如果没有红毛丹树，那么屋外的植物可能就和加勒比海的没什么两样。加勒比海的椰子树、竹子和香蕉树都是很早之前从这里输出，横跨太平洋而到达那里的。而在这里，人参果树则是从南美洲进口的植物。植物的相似性是以不同的方式形成的，这两个地区的植物特性截然不同。从前，加勒比海的植物见证的是奴隶农场，如今却是观光贸易。这片土地让人想起某个古老宗族的圣地。

黛维舅舅的清真寺坐落在一片似乎遭人遗弃的椰子树林中。因为他位高权重，所以，尽管有违风俗习惯，他仍在这座清真寺里和最年轻的妻子同住。

村里缺少劳动力，人们宁可到城里和工厂工作；几乎没有人清理鱼池和水道。在这种天气里，任何东西都长得很快，变成一团乱麻。枯死的椰子叶就像巨鸟的羽翼般，从逐渐腐烂的树心向下垂着。有些人就沿着椰子树干往上爬，硬是将树干折断，把它横卧在长满蕨草的鱼池边或水道上，然后，将浮渣一层又一层地涂在倒下来的树干上。不久之后，杂草就会有立足之地。非洲凤眼莲——一种随处可见、鲜绿色或淡紫色的热带寄生植物——会将空旷的水域填塞成沼泽。在阴暗的老树林中，任何东西，包括天空，都会被映照在残留的清澈水面上。

清真寺败破不堪，可能撑不了多久了。这座用木材和波状铁皮建的清真寺小得出人意表。木材已腐烂成灰色，变黑的波状铁皮已有多处松脱。就建筑学而言，尽管这座小清真寺没有喇叭状的屋顶，它和传统的米南卡保房屋也有许多神似之处；就算破败不堪，主建筑（有两座不太明显的附属建筑）仍不失气派。较低楼层的四周都有回廊，廊上有屋顶，好像波状铁皮的边缘。上面的楼层从铁皮边缘建起，有金字塔似的屋顶。这座建筑的绝大部分心血都集中在屋顶上。尽管没有明确的伊斯兰教意象，比如新月和星星，但建造小清真寺的目的已展现得淋漓尽致。相对而言,这种象征的使用在印度尼西亚已算十分新颖。清真寺也可以盖得和其他建筑一般。如今，爪哇有些商店会在前庭展示大小不一的银色圆顶和新月，就像有些商店展示家具和汽车车轮。

黛维那座喇叭状屋顶的祖先的房屋——又比我想象的小——如今已修葺装饰完毕，焕然一新，但我不想在那里过夜。在这种长屋的建筑中，我会有置身囚房的感觉。我喜欢周围有回廊，有空间。这种房屋适合经常住在屋外的人居住，对他们而言，屋外也是家。它绝对不是让陌生人住的地方。

这附近有树丛，当初筹备黛维的婚宴时，人们就是从这里抛出肉去安抚被怠慢的山川林泉之神。数百年前，当宗族的先人“筚路蓝缕，以启山林”的时候，就已经和这些山川林泉之神达成了协议。如果有椰子林为界的话，那么树荫外就是稻田，先人和神达成的协议就是关于稻田的。如今，与这里的许多事情一样，稻田里也显露出人手不足的现象。

我问黛维的母亲，在她看来这里的稻田有多久的历史。她回答说，稻田的年纪可以依据田里泥土的深度来估计。这些稻田已大约有一千岁。如果将手插入泥土，大约深及腋下。陪伴她的学者认为，稻田约有两千岁。这很难推算：稻田，一种种植特殊作物的田地，它的历史可以追溯到奥古斯都时代。(在苏罗克和巴东之间一条蜿蜒的山路边，有一处森林保留地，那里可以看出早期植物是何种景象：茂密、老旧、没有生气、呈深灰绿色，没有培育植物的那种清新和轻松。)

这段历史浩瀚如海，却几乎无人知晓。没有文献，只有少数碑文。书写本身就是伴随着宗教，从印度传来的技艺。印度教和佛教的过去全被生吞活剥。没有文字，没有文学，所有的陈年往事自行消失殆尽。人们抚今追昔，也只能追溯到他们祖父或曾祖父那一代。时间的流逝无法衡量，一百年前的事情和一千年前的事情似乎没什么两样。两千年的历史，庞大的社会组织和文化遗产，如今只剩下黛维告诉我的一些禁忌和土地仪式。我从她母亲那里又听到了一些。比如，在收割稻米之前，人们得先到稻田里，割下七个稻秆，把这些稻秆挂在屋里。必须先这么做，才能开始全面收割，而至于为什么要这么做，没有人知道。这个习俗代代相传，至今已有几百年，最原始的初衷已在某个环节消失得一干二净。

天启宗教推翻旧有的宗教——与土地、动物、特殊地域和部落的神有关的宗教，是历史挥之不去的课题。即便有文献记载，比如远古时代的天主教世界，这种宗教的改朝换代也很难梳理清楚，有的只是一些迹象。可以看到的是，大地宗教受到了限制，它把一切都奉献给神，最后给人类的少之又少。如果这些宗教在今天还有吸引力的话，那便是因为现代的美学因素。不过，即便如此，也很难想象如果没有这些宗教，生活会变成什么模样。天启宗教的概念——佛教（如果可以涵盖在内的话）、基督教、伊斯兰教——更庞大，更人性，它关乎人类看到的痛苦，也关乎世界的道德观。或许可以这么说，当人开始不认识自己的时候，没有方法去了解或追述过去的时候，世界就会出现大规模的皈依现象，比如国家或文化的皈依，如同印度尼西亚。

伊斯兰教基本教义派的残酷之处是，他们只允许一种人——阿拉伯人，先知的初民——拥有历史和圣地，可以朝拜和尊敬土地。这些神圣的阿拉伯之地必须成为所有皈依者的圣地，皈依者必须抛弃自己的过去。他们最大的要求是，要有纯粹的信仰（如果存在的话），以及信奉并且服从伊斯兰教。

第五章　村落

马里曼和福昆都是“资讯与发展研究中心”的研究员。马里曼二十三岁，福昆大约和他同龄。他们都知道，通过加入“资讯与发展研究中心”，他们在大城市的发展就“不会输在起跑线上”。事实上，马里曼已经有点明星的架势。阿迪·沙索诺一提到他，就将他称为“资讯与发展研究中心”的楷模。于是我要求见他。

此刻，在阿迪·沙索诺的敦促下，马里曼已来到饭店，福昆也作为他的口译一同前来，马里曼不会说英语。

我们去了饭店花园开放的“金塔马尼”。所谓“金塔马尼”，就是一个凉亭（据说是爪哇风格的）。凉亭四周有网球场和游泳池。在“金塔马尼”吃午饭的地方，有一种自助餐台，晚饭时也有，那里还会表演饭店特有的地方文化秀。下午是没有特色的中间时段，座椅都空着没人坐，游泳池的一边阳光普照，另一边树影幢幢，其间不时吹来阵阵凉风。

福昆的名字叫“阿法鲁奇”，和他的姓一样阿拉伯味十足。福昆来自苏门答腊，马里曼来自爪哇。

福昆说："我们不一样。来自苏门答腊的人是旅行家，足迹甚至踏遍全世界，所以我们不会有乡愁。马里曼就会有。爪哇人有句俗谚说：'不论有得吃没得吃，我们都得住在一起。'这表示爪哇人都应该住在爪哇。他们认为爪哇比其他任何地方都好得多。如今，大家都开始接受教育，所以他们也会离开。"

福昆说，马里曼会有乡愁的原因，还有一个：马里曼的父母离婚了。我将这点记录下来，当作另一份背景资料。福昆和马里曼都离开之后，我忽然想到一些问题，但相隔遥远——要打电话给"资讯与发展研究中心"的福昆，向他提问，再等他给我转达马里曼的答复——想寻找答案，谈何容易？事后我才知道，马里曼的父亲有两个家，这两家分开住，却都在同一个村子里。他父亲一共有十七名子女。过了一段时间，我在旅行的时候，才知道伊斯兰教的一夫多妻制和轻易离婚并不只是男性性欲的问题，它还容易导致家庭破碎，也会让社会陷入半遗弃状态。一个父亲为了营造第二个家，甚至第三个家，就会遗弃原来的家。这种故事再三重演，早已屡见不鲜。这就是马里曼有乡愁的原因。但当时我不想追问下去，所以我并不知道马里曼的父亲是何时和他母亲离婚的，以及当时马里曼有多大。

当马里曼还是村子里一个孩童的时候，他帮人们放羊、放牛，相应地，人们也会送他小羊、小牛当报酬。他最后有了二十二只羊，于是他变卖了一部分，拿钱去上学。他最先卖了两只羊，一只卖四万两千卢比，相当于二十美元；另一只卖五万卢比，相当于二十四美元。他将羊卖给了和他父亲做生意的牲畜经纪人，他父亲是做牲畜生意的。

为什么他要去上学？

"为了学习伊斯兰教知识。"

这点和他父亲有关。马里曼的父亲上过村子的寄宿学校，用一个碗柜放书。碗柜一直关着，但大家都知道里面有书。父亲受过教育，会读也会写阿拉伯文，甚至会说一点阿拉伯语。

福昆说："马里曼在爪哇就很特别，因为他父亲让他接受宗教训练。他十岁时，父亲就教他礼拜。他父亲做牲畜生意，有钱去朝圣。那是一九八五年。"当时马里曼已十三岁。"他深以父亲去过麦加为荣。他父亲回来的时候，戴着白色的'哈吉帽'。在这之前，他戴的是黑帽子。他是全村第一个去朝圣的人。如今村子已有三个'哈吉'。"

仿佛是在评论福昆的口译似的，马里曼表示："朝圣是最高的责任。"

因为有这些书本和宗教的背景，马里曼终于在一九九〇年，就是他十八岁那年，获准进入东爪哇玛琅伊斯兰教大学就读。

获准入学是一回事，自力更生又是另一回事。尽管他没有说，但他父母很可能就是在这个时候离婚的。马里曼每个月需要两万五千卢比，约合十二美元，作为日常开支及伙食费用。食物是大约二十磅的稻米。他回村子去要稻米，母亲给了他两万五千卢比。她在村里经营一个小摊子，卖蔬菜、小孩的零食、肥皂和糖果之类的东西。

为了省钱，他在距离大学很远的地方租了一个房间。一年租金是九万卢比，约合四十四美元，平均每周大约八十美分。他在这房间里自己烧饭，从小摊上买一些煮熟的青菜，很少吃肉或鱼，走路上学。所以他每个月的生活费还不到一万卢比，约合四美元八十美分，一天只有十六美分。他每个月从母亲那里得到的两万五千卢比，可以省下一万五千卢比。到了第三年，他就可以买书了。

一个人可以利用这么一点钱生活，这让我（以及他自己和福昆）都叹为观止。这种生活方式有点像游戏，有着在小人国里生活的乐趣（十九世纪，苏格兰出版家威廉·钱伯在回忆录中谈到他早年的生活时，也提到了类似情境)。

一九九三年，二十一岁时，马里曼开始写作。对于牧童出身的他而言,写作是一件极不寻常的事。这种雄心壮志和他很可能成功的想法,必然都来源于如今已不在身边的父亲，那位受过教育，却将书本放在柜子里的人。马里曼写了些有关经济问题的文章，刊登在雅加达《明灯报》上。每刊登一篇文章，他就可以得到五万卢比稿费，将近十美元。有了这些天文数字般的稿费,他从此就不必在一些小钱上东挪西调,俨然变成了另外一个人。他觉得自己有前途，尤其当玛琅的穆哈马迪雅大学聘请他担任该校讲师时，这种想法变得更加根深蒂固。他征求父母的看法。他父母虽然是小人物，对买卖却颇有一套。他母亲每天在小摊上做的就是这些事情，他父亲更是做买卖牲畜的生意。他们嫌薪水太低，马里曼于是婉拒大学的聘书。他决定离开村子，到雅加达去闯天下。

雅加达在爪哇岛的另一端，交通费是五万卢比，只要在《明灯报》刊登一篇文章就搞定了。他有衣服，住宿也不成问题：他阿姨（母亲的姐妹）答应让他住在家里。她在南雅加达的贫民区有一栋房屋，共有三个房间。马里曼到雅加达后，有点忐忑不安，因为这是他生平第一次没有至亲在身边，但他对周遭环境并不在意。他们必须用抽水机抽水洗澡、烧饭。他在南雅加达一间小屋里过着这种生活，一过就是七个月，时间是一九九四年十一月到一九九五年六月底。这只是六个星期之前的事，但总让人感觉它发生的年代已非常久远（对年轻人而言，一天就如同一年那样长)。马里曼觉得自己不能再回去过这种生活了。尽管他没这么说,但是自他成为“资讯与发展研究中心”的研究员之后,毫无疑问，他确实是不能再回去过那种生活了。

我问福昆:“他想念村子？”

“不错。他想念他母亲。他希望雅加达有村子的气氛,但他找不到。”

“他所谓‘村子的气氛’，指的是什么？”

“敬重老人，在清真寺一起礼拜。但如今他已不再怕雅加达。他还尝试在家附近营造村子的气氛。他有女朋友，打算尽快结婚。”

可惜马里曼几乎无法实行他的计划。

我问福昆：“他觉得他的人生在过去的七个月中已完全改变？”

“他觉得自己在智力上大有长进。但他已成为消费者。”

我问道：“这是什么意思？”

“他受到了大城市消费主义的影响。”

“他穿优质衬衫，系漂亮的花领带，这就是他所谓的消费主义？”

衬衫是经过精挑细选的：白色，一支钢笔插在口袋里。他穿系皮带的长裤,皮带凸显出他的细腰。他还戴金边眼镜。每项行头都代表消费。他或许一辈子都没这么精心打扮过。

福昆说：“他年轻时穿着简朴，但依然觉得信心十足。”

我觉得马里曼很敏感。他很在意自己的衣着，或许正是这些让他感到紧张。衣着让他担忧自尊，担忧一切事物都如过眼云烟般无常，并且以宗教的方式，让他从内心觉醒，意识到一些信奉伊斯兰教的爪哇人对幸运和成就的想法。爪哇人认为，幸运和成就可能带来更大的失败危机。

福昆说：“如今，他以能穿漂亮衣服而自豪，当然他并不认为人生就光是为了穿漂亮衣服而已。”

我要求看马里曼的“资讯与发展研究中心”名片。这是标准格式的名片（福昆有一张，黛维也有）。“资讯与发展研究中心”的缩写字母 CIDES 在左下角，非常醒目。马里曼的名字在右上角，字体比较小，下面有画线：

马里曼·达杜

研究人员

这是马里曼的改变之一，但是他并未放在心上，他没忘记他的村子。

福昆说："他的村子如今已经没有任何一个像他这样的人了，但他可以和村人谈话，许多人也以他为荣，因为尽管住在雅加达，他还是十分谦虚。他一年回去两次。如果村子有大事发生，他也会回去。他履行所有的礼拜义务，认为礼拜十分重要，尤其是当他觉得与父母相隔遥远的时候。因为有对于宗教的情感，他在村子里十分特殊。他有些朋友失去了做人的信心，就开始在城里买醉，这些人中的大多数受教育程度很低。宗教让他觉得自己和这些人大不相同。"

"他认为村子的前途如何？"

"他有一种雄心壮志，希望通过教育改变村子，改变村人贫富差距悬殊的现象。拜他以及他的威望所赐，如今他的村子已发生了改变。"

这些就如同他受到的教育，都是父亲，那位买卖牲畜的生意人，也是全村第一个前往麦加朝圣的信徒的延伸。

我问："在宗教方面，村人也唯他马首是瞻？"

福昆说："他的许多朋友都认为，他成功的关键是教育而不是宗教。"

我对福昆的坦率感到很吃惊。他说："我觉得马里曼仍然有他自己的想法。"

福昆补充道："但是在教育之后，他们又回到了宗教上。"

"在他内心，教育和宗教有什么不同吗？"

"有。但接受过教育后，他也可以有作为宗教信徒的成绩。"

"什么意思？"

“他可以成为一个出色的宗教信徒。”

“所以他就接受哈比比教授的宗教观和科技观？”

“他在杂志上看到哈比比每周斋戒两天，分别是周一和周四，所以哈比比才能将成就和宗教精神合而为一。”

“要有所成就，就非得有宗教精神不可？”

答案有点迂回，但或许是因为福昆不了解我的问题。“村里许多人每周斋戒两天，但一旦上了中学，他们就不再斋戒，人变坏了，有时甚至连斋月都不遵守规矩。所以他，马里曼，就推动改革。”

“变坏，怎么变坏？”

“在工厂拼命工作。他们认为自己不够强壮，不能斋戒。”

我们的谈话开始绕圈子。或许是因为第三者，那位口译，让我们感到拘束，也或许是因为马里曼的故事中，真正引人入胜的部分已经结束。

“他仍然孜孜不倦地学习？”

“他仍然孜孜不倦地学习。”

“他希望成为什么？”

“经济专家。”

“他认为伊斯兰教是人们持续不断的力量源泉？”

“他坚信伊斯兰教是未来精神的源泉，所以他正在努力教育村里的人。这是他努力在村里传播的概念。”

我说：“他是现代的奇阿依？”即寄宿学校的负责人。

他知道这个词，还笑了起来，并且用英语说：“谢谢你，谢谢你。”

后来我想起一些没问到的问题，于是打电话给阿迪·沙索诺，他忙碌如故，没有立即回答。

我的问题是：“他没卖的羊后来怎么处理掉的？一共有二十二只羊，

他只卖了两只，然后拿钱去上学。”

两天后，福昆通过“资讯与发展研究中心”一条繁忙的电话线向我转达马里曼的答复：“他把其他的羊送给了他兄弟，他不想让他兄弟继续过那种生活。”

新财富数目可观，这全都拜政府所赐。庞大的新兴中产阶级产生了，在雅加达外围为中产阶级开发的房屋，旦夕之间如雨后春笋般纷纷出现，乡间的漫漫长路如同电影里的背景，老旧的村子街道——两旁有低矮的建筑、波状铁皮的屋顶，以及果树——保留得很完整。街道两旁还有一排排用赭色混凝土、玻璃和红瓦新盖的房屋，附近一棵树也没种。所以，两种生活方式似乎同时在同一个地方并存，这强化了我第一天获得的认知——大部分人，不论是住在新兴社会，还是住在村里道路的两旁，他们距离村落与农业的简朴生活方式只不过两三代而已。其间的历史——包括日本人的占领、对抗荷兰人的战争、一九六五年的各种事件，以及如今的庞大财富——紧紧相连，在五十年之内，变化十分迅速。

我在印度尼西亚期间看过一些印度尼西亚作品选集，其中有些谈到与村子的亲近感，让人怅然若失。这种感受在简单的故事中不请自来，很可能让故事变得更复杂。老农民走下城市中的公交车。他提着礼物，可能是送给某个亲戚的。这亲戚从前是村里人，如今不是有名的将军，就是显要的文职人员。农民对城市的各种景象目瞪口呆之余，或许还会遭到街上行人的碰撞，甚至辱骂。农民一步步走近亲戚家，往事历历在目，全都浮上心头。但亲戚的排场却让他望而却步。他们可能笑脸相迎，也可能冷眼相对——全以政治或作者的情绪倾向而定。不过，最后的结局是，农民终于明白了往事一去不复返。

经典的伟大作品，并不是争论性的，它只会从那种可能为百姓提供真正机会的社会中产生。在印度尼西亚，我们看到的却是失去自身历史的牧师。他们经历过许多大事，往往是悲剧，却毫无办法——没有教育、语言，更重要的是，没有自由——去反映这些事件。

从下述摘自《印度尼西亚时报》的评论就可以看出端倪：

> 物质主义依然充斥印度尼西亚社会。印度尼西亚的一些宗教领袖认为，之所以会有品德低下的人出现，乃是社会来者不拒，对西方价值观照单全收的结果。要应对物质主义和个人主义日益盛行的现象，最好的方式是加强道德教育，健全内在的管理机制。为了反对物质主义，应该发展宗教伦理。

这个想法（和马里曼的想法十分相像）在九个段落中反复出现。

抽象：这是 RI50 庆祝活动的主旨，也是《雅加达邮报》在报道或摘录活动委员会执行主席埃米尔·沙林的演说内容时所说的主旨。刚开始就好像是贝多芬的交响乐。“夯实我们共和国百姓的根基，以表达我们对独立的尊敬和感谢，在这个前提下，庆祝计划可以分为三个范畴。”第一个范畴将包括一些反映国家意识形态五大信条的节目，这五大信条是：信仰真主、国家团结、全民慎思细想后达成共识、人道主义和社会正义。为了宣传真主的信条，印度尼西亚乌力马委员会将敦促伊斯兰教教徒“在周五的礼拜之后鞠躬致谢”。人道主义和社会正义信条则用印度尼西亚的方式表达：举行全国性的人权研讨会。但是民主原则的信条就没有研讨会了，它会由雅加达的企业界举行激光秀来表达。一场大型帆船活动则用来象征国家团结。接着就是社会团结，这点绝对不能遗漏。如今已有五大信条和三大范畴，社会团结到底适用哪个信条、哪个范畴，却不得而知，但会以这种方式处理：埃米尔·沙林将呼吁企业界人士“举行拍卖会，减少利润，以嘉惠大众，回馈社会。企业界不能因为打折，就卖些二手货和有瑕疵的商品”。

单纯的人们参与了这次盛大的事件。在这样一个类似RI50的场合，人们说了许多话，可惜绝大多数言不及义。因为“真相”大家都知道，何须赘言？正如《印度尼西亚时报》社论所说，宗教的控制让人们更加单纯——正如三十年前，在更贫穷、更黑暗的时期，共产主义所做的那样。

有一次，我和古纳万·穆罕默德谈到语言的抽象性。在印度尼西亚人眼里，古纳万是众所周知的文学家，什么东西都会写，但他最有名的是散文。人们敬佩他，不仅因为他能独立思考，知识广博，思维敏捷，还因为他会使用印度尼西亚文。

他一九四〇年出生于一个小渔村。一九四六年，他的父亲在荷兰战争中丧生（但古纳万并不仇恨荷兰人）。他目不识丁的母亲独自抚养孩子长大，靠买卖鸡蛋赚钱养家。她在中爪哇买鸡蛋，再运到雅加达去卖。古纳万的孤儿背景很像马里曼(尽管原因不同,时代也动荡得多)。而且，和马里曼一样的是，两人都受家庭的影响比较大，受贫穷和抗争的影响比较小。古纳万的家庭显然不同凡响,他的两个姐妹都是老师，还有一个弟弟是医生，古纳万则一直是记者和作家，非常自立。

他在二十世纪五十年代和六十年代初期一直与共产党保持距离，正如他目前也和宗教人士保持距离一般，这种独立并不只是政治或个性使然，而是和古纳万身为作家的气质与自重有关。优秀且有价值的作品绝对不是光靠写作技术就写得出来的，还得靠作家某种道德的完整性才行。作家如果与任何诸如共产主义、伊斯兰教等庞大的公共理念站在一起，他很快就会变得虚伪。一旦说谎，作家就背叛了他的行业，只有二流的作家才会这么做。在类似印度尼西亚这样的国家，对战后迷失的一代（从前是共产党，如今是基本教义派分子）而言，真正的悲剧，永远的堕落，就是沦为二流。

古纳万说："我不认为受过教育的印度尼西亚人会说任何可以用来表达和提升他们思想的语言。在苏加诺时代，语言为极权主义效劳。在苏哈托时代，语言则为官僚主义使用。我在二十世纪六十年代写诗时，发现所有的语言都有抽象的意涵——国家、人民、革命、社会主义、正义。那时我很寂寞。当我坐在老旧的走廊上，看见许多鸟、麻雀的时候，就忘记了这件事，这件短暂的小事。其实每件事都可以作如是观，甚至一些外来的自由概念，如利伯维尔场主义。他们是死的东西，不是来自经验、土壤或街道。"

幸存下来的地方传统还没有强大到足够和这些外来概念相抗衡的地步。"人们搬家的速度非常快，没有所谓的城市生活。人们有思想恐惧、创伤和对过去的态度。他们会回去，尝试建立一个社区。大批年轻人纷纷去清真寺祈祷，这就是宗教很重要的原因。昔日的地方传统——不是伊斯兰教或基督教——早被侵蚀殆尽。

"我小舅子入赘到一个爪哇家庭。女方希望举办一个爪哇式婚礼，但是他对这样的婚礼一无所知。那么，他应该怎么办？他请来了一名顾问。这种婚姻顾问多的是，如今他们赚了不少钱。昔日的传统依然只是美好的回忆。

"我妻子有个叔叔，受过一点教育，会说荷兰语。以前，他是一名军官，服役的时间大概是二十世纪五十年代革命之后。他看得懂英语和荷兰语，但他所能呈现的思想却一塌糊涂。比如，三四年前，或许五年前，出现过一次日全食，人们纷纷赶到婆罗浮屠去看。"婆罗浮屠是七世纪建造的佛塔。“婆罗浮屠出现日全食。这个叔叔——我称他为叔叔——却告诉我，人们去那里是为了寻找一本记载生命奥秘的书。你能相信吗？诸如此类的例子不胜枚举。

“这个叔叔绝非有备而来。他从未有过任何关于人类的批判性思考。民主制度不是投票，而是关乎辩论，关乎智识生活的品质。人们心灵变得狭隘，并非由于哈比比或其他人，而是因为来自不同地区的学生。这些学生希望在这个混乱的时代得到某些确定的思想。然而，社会并未提供他们思想，所以也没有辩论。思想就在每个人的心中，一直停留在那里，没有任何变化。”

第六章　熔岩下

我到爪哇南部昔日的皇城日惹去看莱诺斯。莱诺斯是诗人，我们一九七九年见过面，他当时只有二十七八岁。尽管就我所知，他并未出版过任何重要作品，人们却对他耳熟能详。据说，他写诗的灵感来自爪哇昔日的文化和精神。他住在一个距离日惹不远的村子里。

支持莱诺斯的长辈之一就是乌马尔·海亚姆，他是学者，也是作家，参加过的研讨会和大型会议不计其数。乌马尔·海亚姆（他的名字不是笔名，是他父亲取的）那天带我去了莱诺斯的村子。我们到他家，见到了他的母亲和其他人。当天早上，莱诺斯陪着我们在村子里走了走，并把我们介绍给村人。

莱诺斯对乌马尔·海亚姆恭敬至极。乌马尔·海亚姆大约比他大二十岁。我的印象是，莱诺斯那时刚刚有了当诗人的想法，实情却并非完全如此。事后我才从雅加达的人口中获悉，就在那次见面的时候，莱诺斯已用打字机写出一首非常长的叙事诗，《巴力颜的忏悔》。如今我也从莱诺斯自己的口中得知，他把诗写好之后，乌马尔·海亚姆就看过，并且对诗的长度表示担心，甚至一度说：“够了，已经够长了，都快像十九世纪的爪哇古诗了。”和其他许多需要鼓励的作家一样，莱诺斯选择追随自己的心意，继续写下去。距离我们和他在村子里见面大约一年之后，他出版了这首长诗，取得了巨大的成功，总共销售两万本。时至今日，这首长诗仍然是莱诺斯最著名的作品。

如今，在一本英文诗集《动物园》里，我看到了这首长诗的片段。或许当天我们在村里散步的时候，莱诺斯和乌马尔·海亚姆的心里就在回想这首诗。这首诗有个生活在村里的女主角，背影很像我们曾经去过的村子，整首诗对爪哇旧有的生活方式和民间历法表达了哀悼之意。尽管珍妮弗·林赛竭尽心力，将这首诗翻译得十分优美，但是要在诗的背景之外理解莱诺斯的伤感和隐藏的文化意涵，是相当困难的。唯有爪哇的文字才有可能描述爪哇的某些事物，也唯有这些文字才能够释放爪哇的情绪。

不同的气候，不同的时间运用方式，以及音乐、戏院、时间和风景的不同联想：凡此种种，都得在描述如爪哇皮影戏一样著名的东西时一一删除。碰触到情感、信仰、仪式的问题时，一定会有很难理解的部分，更不可能将它翻译出来，只有爪哇人才能向爪哇人述说。也许就是基于相似的理由，在西苏门答腊，如此这般丰富、完整、有组织的稻米文化，居然会在一两千年后，除了一些禁忌和宗族的名字外，没留下一点痕迹。旧世界一旦没落，它的感受方式就无法再被重建。

一九七九年，爪哇给我的感觉是，它是属于它自己的，有完整的文明。爪哇会给人一种田园牧歌式的看法，莱诺斯的村子功不可没：多年来，一些小事都可能让人产生许多幻想，比如开辟房屋边的稻田、村子里的植物（每种植物都有存在的目的）、稻米女神的神祠和莱诺斯优雅的母亲。在我记忆里，她一直是那天早上的模样，穿着华丽的衣服，刚从城里回来。她是极富教养的女人，以古老的宫廷语言，和乌马尔·海亚姆相互施礼。她经常数落莱诺斯的懒散，根本不将写诗当正经行业看，因为在她心里，所有的诗都被写过了，新诗是荒诞不经的。

我希望再度体验的就是那个田园的早晨。后来，我获悉莱诺斯最近和日惹的伊斯兰教教徒发生了争执。这些伊斯兰教教徒反对他在专栏里写的一些内容，扬言要让他受到血光之灾。莱诺斯的签名是 Linus Suryadi AG，这个 AG 可不是装饰用的，而是 Agustincs 的缩写。莱诺斯在用这种方式宣告自己是天主教教徒。我早该在一九七九年就预测到这一点，但如今我已不能给予关于他这种做法是否恰当的价值判断，也不知道它的来龙去脉：两大天启宗教正在争取这个半皈依殖民国家的灵魂，而这个国家已丧失与自身的信仰和完整性的交集。

莱诺斯事件掀起了轩然大波，最后甚至劳动军方力量为莱诺斯提供保护。事情如今总算尘埃落定，但我知道，这伊甸园已经地动天摇。

莱诺斯没有电话。但我写信给他之后，他在回信中表示，他在日惹的两个朋友有电话，可以接收信息。我打了电话给其中一个，当我抵达梅利亚饭店时，就收到一则莱诺斯传来的信息，用电脑打的，信息上表示，他会在第二天早上九点之后来看我。这个“之后”真是“后得厉害”，他下午两点才来。

他穿着一件淡蓝色的粗棉布斜纹衬衫。四十二岁的他比我记忆中的更健壮，只是不如我记忆中的高大。那位穿卡其裤和白衬衫的苗条的年轻人，那位当母亲和乌马尔·海亚姆在屋里谈话时总是在一旁洗耳恭听的年轻人，以及那位在我们开始散步时，在一旁非常恭顺，不断介绍我们认识村子里的人、事、物的年轻人，如今已不复再见。

他是骑摩托车来的（毫无疑问，这就是他穿粗棉布斜纹衬衫的原因)，好像碰到一些麻烦。他说，那张饭店为我印得漂漂亮亮的简函并不是他发出的,而是他弟弟。如果不是几分钟前刚好在街上碰到他弟弟，他根本不知道我进城了。

我们搭乘饭店汽车去他的村子。因为心里老挂念着莱诺斯最近遭遇的麻烦，所以在出城的路上，我好像不断看到伊斯兰教教徒日益繁盛的迹象：在一所崭新的伊斯兰教学校，女学生都戴着白头巾，这凸显出她们蒙古人种的外貌，却也让她们无法彰显自己的个性；在许多卖建材的商店，前院展示的是银色的锡制圆顶，上面有星星和新月的图像；在一栋建筑物上方的大招牌上，有鲜红的字母写着“伊斯兰教食物”。莱诺斯后来告诉我，使用英文字母的目的或许是要告诉客人，这食物来自阿拉伯或印度尼西亚以外的国家。

城外的道路几乎没有改变。村子一个接着一个，道路密密麻麻地在两边。稻田、质朴的乡村就在后面。一块块的田地越来越多，就算在主道路的两旁也是如此。看着看着，被充分开发、人口过多的爪哇乡村景象又浮现在我的脑海中。这里的每一块土地都得到了充分利用，稻田、烟草田、辣椒田和玉米田，一块接着一块，漫无边际。田边种的是香蕉和木薯。

在我记忆中的田园里，莱诺斯家就在田边的树荫下，但实情并非如此。他家十分低矮，是用混凝土砌的墙，就在大路边。这条大路比较像城镇里的路，不像乡间的。为了庆祝 RI50 活动，它有好几米长都用红白两色的印度尼西亚国旗装饰，还用竹竿悬挂一些简单的彩色旗。大路两边的竹竿向路中央倾斜，看起来如同一道道破落的哥特式拱门。莱诺斯说，这些费用不是雅加达政府支付的，而是地方社区支付的。

我并未忘记田园中的村子。莱诺斯的家，大路外的另外一个村子，它们拼凑成我记忆中的完整形象。乌马尔 · 海亚姆和我曾在大路上散步，看到一栋传统的爪哇房屋，户主是莱诺斯的一个亲戚。

莱诺斯家的前院很平坦，空无一物。莱诺斯说，要设计成这样，才可以将稻米铺在上面晒干，如果碰上了节日，也可以在上面搭建竹篷。空荡荡的庭院两侧种着可以利用的植物：咖啡豆、椰子树、南美洲藜科灌木、人参果树和一株番石榴树（是另一种从南美洲引进的植物，有人称它为巴西野草，每种植物都在火山土里茂盛地生长）。在空旷庭院的另一边，为了美观，有一小块不规则的地种着马尼拉草，地的外围种了绣球和高大的百日草。旁边还有已经作废的设施：一口看起来污染相当严重的破水池。

我们进入前屋，它和整个房屋一样宽阔，地板是非常平坦的混凝土铺成的，用席子搭建的天花板如今已经变黑。房间左手边用帘幕隔开，右手边则摆着几张已经生锈的矮扶手椅。在帘幕前面有张铺着油布的小桌子，桌旁有两张厨房用的椅子。前面墙壁内侧，避开光源处，有一张查理王子的照片，附有一封打印出来的信，信上是查理王子对印度尼西亚的描述（和在伦敦举行的印度尼西亚表演艺术节有关）。还有因为莱诺斯在国外通过了一些特殊课程，从而获得的文凭和证书。在诸如印度尼西亚等国家，像莱诺斯这样的人只能靠外交恩惠上的一点变化去寻求令人兴奋的事物、旅行或恢复精力。

一个个子矮小、穿着暗褐色上衣和纱笼的老妇人从内屋走出来，按照规矩，主人需要介绍她和客人相识。她是莱诺斯的母亲，因为年事已高，显得瘦小、无精打采。她就是我脑海中十六年前那个衣着华丽、刚购物回来的女人，那个头发梳理得一丝不苟，向乌马尔·海亚姆表示客套时双眼炯炯有神，口中又不住地数落莱诺斯的女人。这个矮小的女人穿的暗褐色上衣和纱笼非常适合她的肤色，这可能是她的工作服。此刻已过下午三点，再过一会儿，等天气变得更凉爽时（这是此地与众不同的规划时间的方式），她就会去稻田工作。一九七九年的时候，我说什么也不会将她和这种工作联想在一起。

她话不多，声音不大，也没有和我们待多久。接下来，仿佛有人提醒似的，另外一个人又从内屋走出来。我听到了几个字，但是因为其中夹杂着愤怒和哭喊声，听得很不真切。在我还没来得及分辨到底是谁情绪失控之时，又传来尖叫声。我意识到这是莱诺斯有残疾的妹妹。我之前已经将她忘得一干二净，我的田园记忆已把她从莱诺斯的生命中剔除。但此时此刻，仿佛我从未真正忘记她，而只是将她摆在了角落似的，如今，她又回到了眼前：这个话不多、动作不协调的年轻女子穿着拖鞋从黑暗的侧屋走了出来，坐在角落的椅子上打量我们，我们这些客人当时正坐在几盘冒着热气的玉米前面。用玉米款待客人，这是村人的待客之道，农家多的是玉米。她泪眼朦胧，面露凶光，却希望有人注意到她，那扭曲的嘴张得很大，满是口水。她看起来很年轻，好像只有十来岁，其实她已经二十五岁。当我们离开时，乌马尔·海亚姆告诉我，莱诺斯的妹妹小时候打错针，伤害到了神经。

这个大吼大叫、冲进莱诺斯家前屋的女人四十一岁。她对莱诺斯没有兴趣，反倒对我感兴趣，似乎是在对着我吼，想说话，却说不出来。口水就从她的嘴唇和张开的嘴里流下来。莱诺斯微微别过头去，听任她发疯。他仔细听着，明白她想说些什么，他的双眼尽是痛苦和不忍。

等她闹完，离开房间后，莱诺斯才告诉我事情的始末。一位兄长的家曾举行基督教的探访仪式，这项活动似乎和庆祝 RI50 有关。仪式终了，牧师表示要与神交流，但他不知道要如何将酒和薄饼拿给莱诺斯的妹妹，所以就略过了她。她回到家里之后，暴跳如雷。任何人到家里来，她都会向对方数落牧师的不是。只要诸如此类的事情发生在她身上，往后三天内，她肯定会和他们闹个没完没了。

就算忽略他的母亲和妹妹，我也感觉得出来，这栋房屋的气氛有些阴暗。果不其然，原来莱诺斯的父亲于两年前去世，现在全家十分贫穷。莱诺斯的父亲原来是村子的领导。在爪哇，每件事务都有严密的组织，所谓村子的领导，是一种正式职位（大家都说，爪哇之所以有这种军事化的组织，都是拜日本人所赐，但他们只占领爪哇三年半的时间。或许爪哇王朝的农奴和后来的荷兰农业殖民一直要求有高度纪律性的组织）。莱诺斯的父亲是因为家庭关系而当了村子的领导。领导在职的时候，可以获得一公顷五千平方米土地，但按照规定，一旦领导去世，三年之后，土地就得交还政府。

这就是莱诺斯的母亲如今这么贫穷，他家状况这么惨淡的原因。莱诺斯说，这也是近来母亲一直抱怨他祖父的原因。这位祖父原来有一个家，育有三名子女（包括莱诺斯的母亲），后来他娶了第二个妻子，生了两个孩子。结果是，第一个家越来越贫穷。最后，祖父很不公平地划分了家产。

莱诺斯说，当母亲抱怨他祖父的时候，他就得安慰："请您不要哭了，不要再想这件事。去想想您已经上大学的孩子。我们最好将眼光放长远。"

事实上，因为基督教教义反对一夫多妻制，也因为一夫多妻制给他们生活带来的灾难，所以，莱诺斯的父母才在一九三八年皈依了基督教。他们以前也不是伊斯兰教教徒，爪哇人信奉的是当地的宗教，这种宗教掺杂印度教、佛教和万物有灵论的教义。他们上的是基督教学校，在学校中了解到基督教。但信奉基督教，并不意味着他们要和从前划清界限。

"就算成为基督徒，我们也仍继续遵守老旧的习俗。时至今日，如果基督教社区有人去世，我们举行的葬礼也是混合式的。死后三天、头七、四十天、百日、两年和千日，都有相应的仪式。”因为父亲已经亡故，所以这些仪式一直保留在莱诺斯的脑海中。

莱诺斯说：“基督教很重要，因为它教你要爱人如爱己。这表示，基督教是要让我们变成温和的人，而不是变成野蛮好斗的人。在爪哇的宗教观念里，我们也有克制的意识。所以，要爪哇人都承认基督教教义，是一件很容易的事情。”

在室内混凝土墙壁上（就是中间门口的上方，也就是莱诺斯的母亲和妹妹从后面房间走出来的门口上方），有一个棕色的大十字架。十字架下方有一个风格奇异的皮偶,这是标准的“塞玛”小丑皮偶。“塞玛”是皮影戏里的一个角色。莱诺斯说,有两部在爪哇传播的印度史诗,《罗摩衍那》和《摩诃婆罗多》,“塞玛”就是其中一个角色，“它是神，但变成了人，一直在帮助好人”。

一九七九年，那个位置就有个皮偶，但我不记得“塞玛”。我记得的是另外一个，但到底是谁，我说不上来，也没问莱诺斯。一直到写这部分的时候，我才查证，发现一九七九年挂在墙上的福神叫“黑天”。这个“黑天”并不是印度教那个顽皮的“黑天”——专偷家庭主妇刚搅拌好的奶油，并且趁挤牛奶的女子在河里洗澡的时候，偷偷将她们的衣服藏起来。这里的“黑天”是爪哇的智慧之神，足以保佑那个想当诗人的青年。如今，在更加贫穷和悲伤的年代，这个变成人、专门帮助好人的神来得正是时候。

莱诺斯将皮偶钉在那里——钉住上半身，手脚可以自由摆动。

他说：“我尝试去了解我的文化。这种神话就保留在我的文化当中。”

对莱诺斯而言，他文化中的大部分神话都鲜活地保存在皮影戏院里。他对皮影戏的喜爱几乎已到了“敬爱”的程度，这可能源自他父亲。他父亲除了当村子的领导外，还教授爪哇舞。每年的独立纪念日，他都会表演舞蹈。在开始上学之前，莱诺斯每天都看皮影戏：村子里每天都演皮影戏。就连他开始上学之后，也几乎每天都去看。放学回家，他就吃点零食，冲个澡，八九点后，再去看晚上的皮影戏。年长的皮影戏说书人负责晚上的表演，会一直表演到清晨五点。年轻的说书人负责白天的表演，从早上十点或十一点开始。

“观众有时候会睡着，然后又醒过来。这并不像西方的表演。通常人们在举行婚礼、割礼、某些爪哇仪式，或清洗街道、村子大扫除、举行与稻米女神有关的仪式的时候，会邀请皮影戏说书人来助兴。”

所以，就如同我所看到的《巴力颜的忏悔》的片段，皮影戏——夜以继日地持续演出，呈现出不同的生活方式，以及非常古老的地方仪式——可以唤起外来人很难领悟的情感。这种古老的情感世界对莱诺斯来说弥足珍贵，也是他觉得如今自己已丧失的东西。人们（包括莱诺斯的母亲）现在经常看电视。村子越来越贫穷，邀请皮影戏说书人的费用越来越高。从前，一个家庭可以出售九百磅稻米，邀请一名皮影戏说书人，如今，邀请一名说书人（就算是当地出身的）最少也要花一百万卢比，约合四百二十五美元，日惹和索洛克那些更文雅的宫廷说书人索价更是它的两到四倍。

所以，莱诺斯只能看着这衰退的现实，紧抱一个正在瓦解的珍贵世界。他最近和日惹的年轻伊斯兰教教徒的争执，仿佛只是新问题之一。

“我为当地一家报纸写文化小品文。今年我负责日惹艺术节中爪哇和印度尼西亚的文学部分。我正尝试在专栏中呈现如今依然存在于社会，只是已不太流行的爪哇音乐。在印度尼西亚的木琴中，有一种锡塔尔琴，弹奏锡塔尔琴的人就叫锡塔尔人。就我所知，人们举行婚礼和割礼的时候，会邀请锡塔尔人来演奏。我从《旧约》中了解到，割礼是先知穆萨制定的，穆萨是犹太人，犹太人在印度尼西亚被称为Jahudi，所以割礼也叫jahudi-sasi。我想提出一种历史文化观念。目的是要让节日活动更尽善尽美。我不光探究伊斯兰教习俗，因为基督徒也实施割礼。如今，割礼不单是宗教仪式，也可以在卫生方面防治疾病。

“两天后，即星期四下午，我去报社拿稿费，总共有七万五千卢比。”约合三十五美元。“记者告诉我，一些年轻的伊斯兰教教徒刚刚拿着传单到报社。传单上写着‘绞死莱诺斯，莱诺斯嘲弄伊斯兰教’，他们想煽动学生。”

我说：“你没想到会发生这种事？”

“我很吃惊。我想，如果有人不同意我的说法，大可以写信给报社，反对我写的东西。或许他们作为年轻的一代，有认同的危机。他们这群年轻人连大学都没念完。

“我回家去了。第二天早上，几位军人来找我，其中有个队长说：‘莱诺斯，你做了什么，是不是嘲弄了伊斯兰教教徒？’我说：‘没有。’队长拿了一份我文章的副本。他说，他看不出里面有任何只言片语提到了伊斯兰教教徒。接着，他说：‘现在我们所有人都去日惹，请跟我走。’我们去了当地司令部的四楼。”

这是莱诺斯表达军方对此事件有多么慎重的方式。我们坐在一张靠近帘幕的厨房桌边，面对着面。旁边有一个壁架，上面摆满了纪念物和饰品。他在一张粉红色纸巾上画了一张概略图，以解释当地司令部的组织结构。

他对军事组织结构的兴趣如此之高，让我大吃一惊，其实这也没有什么值得大惊小怪的。莱诺斯的家族在当地是有地位的，这可能也是他母亲对后来的家道中落痛心疾首的另一个原因。莱诺斯的父亲原来是村里的高官，他母亲的父亲（娶两个老婆的男人）是地方政府的秘书。而莱诺斯自己，尽管童年生活乏善可陈，经常在夜晚和白天跑去看皮影戏，却希望长大后成为将军。莱诺斯谈起印度尼西亚部队，是一副敬爱的神情。对他而言，军队一直是保卫国家的主力军。

“我在日惹看到一位中校坐在办公室里。他说，如果我觉得自己的家不安全，可以待在军营里。我告诉他，我必须和孀居的母亲待在一起。于是，到了夜里，他派了一两个人来这里睡，整整持续了一周。”

尽管莱诺斯说，只有少数人会鼓励伊斯兰教教徒这种侵略性行为，但他自己显然对这种行为十分恼怒，就如同对违背爪哇生活方式的事物感到恼怒一般。一九七九年，村里的清真寺是一间木材建的大厅，有点像基督教的教堂。如今，清真寺是用混凝土建的，只是没有圆顶，反而在屋顶上安置了麦克风。莱诺斯认为，古老阿拉伯国家的清真寺屋顶上不会有任何麦克风。有些女性开始蒙上面纱，莱诺斯认为，热带国家的人们如此打扮有点奇怪。

但是对莱诺斯而言，最难过的莫过于村里“古民”功能的改变。“古民”的责任很特殊，他是伊斯兰教教徒，但也遵循许多古老的爪哇仪式，是负责清洗和埋葬尸体的人。在某些场合，他甚至会非正式地带领众人祈祷。在“古民”身上，人们有可能看到一种被遗弃的印度教人物形象，即负责埋葬工作的贱民。正如早期的基督徒将数百年来罗马人惩治罪犯的酷刑——钉十字架，当作人类痛苦和救赎的象征，早期的伊斯兰教教徒也可能利用这些被遗弃的人给历史悠久的宗教来个空手道的过肩摔：让清洗和埋葬尸体的人带领新宗教的信徒祈祷。这些贱民因而得以沿着种姓制度的金字塔往上爬，俨然变成和祭司、神父或牧师相提并论的人物。

我在一九七九年看过一位老“古民”。他的身体瘦长有力，声音带着笑意，双眼炯炯有神。因为帽子戴得太久了，老人的头发被压得扁平，满脑子装的都是关于战争的记忆。莱诺斯告诉我，第二年他就死了。

“他喜欢看皮影戏。皮影戏是印度教文化和爪哇文化的混合产物。他儿子继承他的衣钵，但很少有人要他带领众人祈祷。因为伊斯兰教教徒发展和演变的方向发生了改变，他们举行仪式的次数变少了，这些仪式包括：用爪哇人的方式纪念死者、分享葬礼的食物等等。只有在老‘古民’去世时，他们才举行这种仪式。

“父亲去世时，我们要求‘古民’的儿子和我们一起祈祷。基督教领袖带领众人祈祷。‘古民’和其他人，一些非天主教教徒，用他们各自的方式为父亲祈祷。这是村里人际关系的包容和平衡方式。”

莱诺斯总会不时回忆他家人去世的情形，也总会不时想到他的世界已失去平衡，这两者几乎成为平行的主题。

他依然平静地说：“在我们这里六七尺深的地底下，有许多印度教的庙、佛教的庙，或印度教与佛教融合的庙，它们全都被默拉皮火山两千五百年前和一千年前爆发时所喷出的熔岩埋在地下。”默拉皮火山是活火山，会喷出许多熔岩，不但让土壤变得很肥沃，还会在河床上形成一颗颗黑卵石。“这让研究爪哇文化和宗教的人有了工作，因为在这种现象背后，我们可以捕捉到现今爪哇人的精神。”

爪哇植物是旧世界和新世界那些花草树木的综合，有点像特立尼达、委内瑞拉等岛屿的植物。有一天，我甚至在一条从日惹到普兰班南的道路上看到一株巨大的不凋花，这株植物的叶已掉光，只剩下吸收熔岩养分长大的花朵盛开着，红黄两色的鸟形花朵纷纷飘落在地，一如我在特立尼达可可园看到的景色。不凋花是从中美洲引进的植物，但在中美洲，不凋花只用来为可可遮阴。古老的联想很难被动摇，但我和莱诺斯都认为，这片土壤散发出的一切都与众不同。我在离开西苏门答腊时，也有这种感觉。

第二天早上莱诺斯带我回去的时候，他母亲正在参加一场葬礼。过了好一会儿，莱诺斯的妹妹又出现在后面房间里，坐在电视机前一张靠背笔直的椅子上。我和莱诺斯坐在靠近帘幕的桌子边，可以看到莱诺斯的妹妹。她没注意到我。她看起来很轻松，也很平静。前一天她刚数落过牧师，所以没有其他的话对我说。

莱诺斯说："我妹妹会做饭。如果我母亲做饭，她又不喜欢吃的话，就会自己做。但她又不知道原料如何搭配，比如有时候就会放太多米。她也会炒青菜、煎蛋，会自己去买这些东西。"他说话时满怀愉悦，又得意又温柔，"她深深认为，人们都会用异样的态度对待她。在我大姐的婚礼上，我们痛苦极了。她说：'为什么我不能结婚？'我们一句话都没说。我们对她爱莫能助，只能摇摇头说：'我们也没办法'。"想到当时的情景，他缓缓地摇着头，两眼显露出痛苦的神色，"但是她会哭。她会拿着新衣服，碰到人就抱怨。"

"你母亲做何反应？"

"母亲常常对别人说：'我不知道为什么上帝要赐给我一个有残疾的女儿。'"有残疾的——这是莱诺斯用来形容他妹妹的字眼，他不容许使用更强烈的。"母亲拿她没办法，有时她还会攻击母亲。这一季稻田收割完后，我们得到了许多稻米，准备以后出售。但妹妹叫母亲不要卖，她或许认为不应该卖掉稻米。我们就得告诉她，稻米必须卖掉，才能买别的东西。"

莱诺斯一脸严肃，但因为他生性温和，所以仍有几分美感。

我问："你的作品有提到过她？"

"我想尝试写一首有关她的诗，但时机未到。我倒是写过几首有关另一个妹妹的诗，她排行第八，死于一九八三年。”

他穿过十字架和“塞玛”下方的门去拿书。帘幕旁的展示架上有很简单的印度教雕塑，旁边还有一些更简单的基督教物件、装饰品与纪念品。妹妹仍然很平静，在看电视。

他拿来的书的封面是一朵白莲花，有绿色叶子。书是献给已经去世的妹妹的，里面所有的诗都是在一九八七年，即妹妹去世四年之后的六周内写成的。有一首诗莱诺斯特别喜爱，他给我的一本印度尼西亚诗集就收录了这首诗，下面是这首诗的最后一段：

从土地归于土地，
从影子归于影子，
你的芳魂离我而去，
迅如电光火石。

这种感觉无可否认。第二句诗间接提到莱诺斯最爱的皮影戏，十分动人。我认为，最后两句还让人想到古罗马诗人维吉尔在他的史诗《埃涅阿斯纪》中对迦太基建国女王狄多香消玉殒的描述（“体温尽失，生命飘散至风中”）。

在这间屋里，这首诗就如同莱诺斯的私人财产。他写的诗母亲一行都没看过。他当初想从军，母亲鼓励过他，至少没表示反对。他表现得很好：进入印度尼西亚苏加武眉军事学院就读，但两周之后，也就是在青少年时期做过当将军的美梦之后，他认为军事生涯不适合自己，于是就离开了军事学院。接下来，莱诺斯就以写诗为职业志向，这被看在母亲眼里，她除了大呼荒唐，还是大呼荒唐。

莱诺斯也发现靠写诗卖文为生十分艰难。不错，他的《巴力颜的忏悔》很成功，可惜好景不长。一套四大本的印度尼西亚诗集——出版过程烦琐，声名远扬，一共卖了三千套——莱诺斯也不过才拿到五百美元。他还有另一本文集，但拿到的钱还不到两百美元。写文章和诗集容易得罪人，诗人既不喜欢遭人批评，也不喜欢被人忽视。莱诺斯说："人们在忌妒我，忌妒正隐藏在年轻的伊斯兰教煽动者背后。"

作家莱诺斯必须继续奋斗下去，不能只是出于最初的冲动，但这点就如同很多其他事情一般，非常困难，他必须继续奋斗去挖掘他最初不知道的材料。但如今，事情的发展又再度有利于莱诺斯。他正着手写一本新书，这本新书以爪哇历史为题材，成就可能胜过《巴力颜的忏悔》。

莱诺斯是基督徒，父母是皈依的基督徒。爪哇宗教壁垒分明，在两大天启宗教的竞争下，莱诺斯有些身不由己。对他而言，往事所散发的一切，熔岩之下，印度教、佛教和万物有灵论共同造就的爪哇宗教中的"克制"，全都自然而然变成了散播仁慈与爱的基督教精神。

他说："爪哇人很容易接受基督教教义，或许爪哇宗教也包含某些佛教精神。'悉达多'就教人要爱别人。""悉达多"是佛祖释迦牟尼的本名。

他继续平静地说："悉达多的精神经常来教导我们，教我们生活的智慧。他会向我的朋友显灵。当我们聚在一起的时候，通常是晚上，悉达多有时会过来，我们也会拿自己的问题请神指示。有时它会在我朋友兰东的手掌上写字。兰东是诗人，也是翻译家。我看不懂悉达多写的是什么，但我有一个朋友，她是日惹皇宫的向导，就看得懂。兰东可以感觉到，有人在他手掌上'嗒嗒嗒'地写字，最后写字的人还会签上自己的名字：悉达多敬上。我那个女性朋友看得懂悉达多写的是什么。”

我问：“你记得写了些什么吗？”

“我记得。内容是：‘我不对你说神灵，印度教的众神。我不对你说再生，就算你们住在这个世界，也能达到涅槃境界。’

“是哪一年写的？”

“大概是一九九三年。”或许是莱诺斯父亲去世的那年。

“兰东什么时候发现自己有此天赋？”

“大概是一九九〇年。有一次，兰东告诉我他不相信自己有这种天赋，可以从上帝、悉达多和其他真正的神灵那里接受讯息。当天晚上，悉达多就显灵对他说：‘如果你从神灵那里得到了天赋，不要丢掉。’”

“你们会在什么时候聚会？”

“我们所有人都有预感的时候，但并不是所有人都会到场。有时兰东感觉得出来，自己的手掌上有讯息。”

“甚至当他正在工作的时候？”

“不错。他会停下来，说：‘等等，等等，我今天很忙，改到今晚吧。’然后我们就找那位女士看。”

“讯息都很短？”

“有长有短。如果悉达多显灵，就表示它要我们多思考，多讨论它的教义。”

“你们会在发生危机的时候收到讯息吗？”

“它告诉过我们一些有关基督耶稣的事。它显灵的方式很神秘，我们无法预测。”

“它有没有给过你们一些更实际的忠告？”

“当我生病的时候，它通过兰东的手掌说，我该尝试去寻找村里一种特殊的叶子，然后将叶子泡在热水里喝下去，这果然有效。”

“你的母亲知道吗？”

她会像对待莱诺斯的诗那样。“我从未告诉过她。她对神灵的经验所知甚少，一定会大吃一惊，她不会相信我的解释。”

他们得自悉达多最重要的启示是，它是先知。这表示（尽管莱诺斯没这么说），佛祖悉达多是众多先知之一，根据伊斯兰教教徒的说法，穆罕默德是最后一位先知。这意味着，这位印度－爪哇神祇和印度尼西亚两大相互竞争的天启宗教有关联。

悉达多在兰东手掌上写的是：“我曾在一个小湖边静坐五十四年，某天忽然听到一个声音：‘仰望天空那颗明亮的星星。’我望向天空，看到一个人穿蓝色衣服，背后霞光万道，他提着一个桶，桶里有个婴儿。穿蓝色衣服的人自称是阿丹，婴儿则自称是耶稣。接着我就看到空中的字：这就是我承诺赐给你们的人。”悉达多告诉兰东：“我不知道是谁在指引我仰望天空。”莱诺斯听到这句话，马上通过那位会翻译的女性朋友直接向悉达多说：“是施洗者约翰。”悉达多答道：“长久以来，我一直对这个人感到好奇，今天才知道他的名字。”所以，莱诺斯开始觉得他和悉达多有了接触。

我问莱诺斯：“这个神秘的团体组建于何时？”

“刚开始，在二十世纪九十年代初期。”

我们坐在那张铺着油布的桌子边，桌子很靠近帘幕和摆着装饰品以及雕塑的架子。室内有些昏暗，但我能看见一部分。莱诺斯的妹妹不知何时已离开电视机前的椅子。现在莱诺斯的母亲又出现了，身躯瘦小的她走路很轻，几乎听不见脚步声。她刚参加完村子的葬礼回来，如今又换回家居服，可能也是她的工作服：再过一会儿，等太阳再往西沉，她就会去稻田里插秧。现在她坐在电视机前的椅子上——蓝色的光反射在她脸上，电视机的声音也调得很低——正在观赏拉丁美洲的连续剧，它的色彩很明亮，也很不自然。莱诺斯说，这是她一直在看的节目。说来也真奇怪，这样一种商业电视节目居然能飞越半个地球，飞越种种文化障碍，直接和这个置身于封闭的爪哇世界的老妇人对话。

当她丈夫，就是那位村子领导还在世的时候，那间位于大路旁边，前面很宽阔的房屋是村里六间重要的房屋之一。她丈夫是一家之主，是全家的光芒，如今他不在人世，只剩下一套已失去光泽的沙发颓然地摆在地板上，还有已经变黑的天花板，以及莱诺斯五年前参加伦敦表演艺术节后摆在墙角的纪念品，仿佛所有的人和物都被尘封了一般。

但这间房屋还是有珍品——莱诺斯房间里有他搜集的古董波状刃短剑。这是当地的匕首，弯曲如蛇，用一层层不同的金属制造而成。莱诺斯说，对它们的主人而言，这种波状刃短剑十分私密，有重大意义。剑柄和剑鞘有很明显的性象征：来自爪哇印度教崇拜的男女生殖品的精灵。莱诺斯大约搜集了六十把这种短剑，是从一九八二年（就是八妹去世的前一年，他曾在一九八七年的六周内写诗纪念这位去世的妹妹）开始搜集的。这种短剑主要是十四世纪前后的物品，他说，有些是六七世纪的。我想他的意思是十六或十七世纪的物品，但他坚持说不是。

短剑就收藏在莱诺斯房间里。当他母亲看完电视剧，去稻田工作的时候，我们就到他的房间去看短剑（她在不知不觉中扮演了看守神秘宝物的一条龙的角色）。房间昏暗，这种昏暗就如同房屋隐私的一部分。短剑在一个老旧的棕色衣橱里，有剑鞘的靠着高分隔间的角落直立，没有剑鞘的就平放着，藏在顶端的架子上。短剑十分吓人，刀刃呈锯齿状，相当锋利，看得出是用一层层不同的金属制造的。有些短剑似乎已开始生锈。这些短剑让人联想到莱诺斯那有残疾的妹妹（她此刻也许正在她阴暗的房间里休息）和她一怒就是持续三天的臭脾气，让人浑身不自在。

可想而知，多年来，莱诺斯一定在短剑上花了不少钱，但我问他到底花了多少的时候，他没有回答。他说，一名六十五岁的智者曾在这种精神方面的事物上给他指引。这名智者也是爪哇的基督徒，住在邻村。短剑会释放阵阵能量。除此之外，莱诺斯在睡梦中也会得到一些有关短剑的知识。

他发现我跟不上他的思路，于是补充道："世界上所有的动物都有魔力，有些动物的魔力还十分强大。动物死了之后，魔力却不消失，它会离开身体，停留在天上。"

"在天上的哪里？"

"我不知道在第几重天。铸剑人铸造短剑时，通常会斋戒祈祷，动物魔力的神灵就会在铸剑过程中保佑他。"

在这位智者的协助下，莱诺斯也开始搜集魔石。这种魔石到处都有，他甚至在美国也找到了一颗。据我所知，在魔石颜色的纹路中，看得到动物的灵魂与魔力。

他笑着说："有时你还看得到美女。"

村子的布局密密麻麻。在莱诺斯家庭院，就是有破旧的水池和花园的那边，有一户紧紧挨着的邻居。在庭院和莱诺斯家的一小块蛇皮果园之间，有两户邻居。一户是佃农，住的是一个寡妇和她五个孩子之中的两个，他们全住在一个似乎是拼凑而成的破屋子里；另一户则是比较安逸的农家，这家人住的是历史悠久的传统房子，房子后面有独立的厨房和盥洗室，甚至有他们自己的庭院。各式各样的爪哇鸡，黑的、高的、瘦的，正在啄土中的食物。在阴凉的庭院后方有个围栏，栏里有两头阉牛，它们劳动了一天，正在休息。这两头阉牛已瘦成一副皮包骨的模样，对于在深厚的火山土中拖犁耕地而言，实在太弱小了点。

莱诺斯说，阉牛很臭，但比不上水牛。在不远处，就是一个有小竹子遮阴的庭院，我们看到两头黑水牛。水牛身上都是泥巴，被拴在两根牢固的高柱子上，正躺在一大堆干草上休息。

村子的主路是一条蜿蜒而狭窄的泥路。路上有时会出现清扫过的痕迹，东湿一片，西湿一片。每个人都要以自己的方式，清扫自家庭院外面的道路。路的两旁有花园、果园，还有房屋，它们的面积都不大，有些还用精心修饰过的熔岩块做围墙。在这里，熔岩就像竹子一样，是一种材质，被人们充分利用。村里气氛有些阴暗，没有开放的感觉，村人不需要。

由于火山灰和湿热的气候，这里和空旷稻田里的一切东西都长势迅速。你不可能忘记默拉皮火山的熔岩：莱诺斯对这个被埋在脚底下的世界念念不忘，其心情可以理解。默拉皮火山土壤肥沃，成果之一就是当地的蛇皮果长得特别好。大路边的自制广告牌也为蛇皮果做广告。莱诺斯家的小果园种的正是小蛇皮果树，这种树和李子树很像，但树干有刺，刺上还有密密麻麻的蜘蛛网。有人种了一园子蛇皮果树，成熟之后，主人用老旧的熔岩墙将它们围了起来，墙壁还用铁丝网和席子加高。只要空间不够，邻居（和外人）就会步步紧逼。土地的产物十分珍贵。

但它如今已不再是纯粹的农村。有五栋主要房屋，住的都是从事其他行业的人。他们在城市里工作，有的工作还十分不寻常。住在大路对面的人是一位三级政府官员：如果算上莱诺斯继祖母那一支，他还是莱诺斯的舅舅。或许这个继祖母就是间接造成莱诺斯的母亲终身贫穷的第二任妻子。另外还有一个印度尼西亚字典编纂家。接着是莱诺斯当雕刻匠的另一个舅舅，他专门为官方工作。还有一个阿姨，莱诺斯说，她是爪哇人，十分神秘，有一大群信徒，有时住在城里。还有一个到过麦加朝圣，如今已经退休的伊斯兰教中学教师。有一个工厂的工人拥有一间很漂亮的房子，漆得很美，屋外种着爪哇盆景和其他植物，毫不设防。莱诺斯说，这根本就只是“为了炫耀”。他的意思是，这间房屋的主人根本不如其他人那么有钱。莱诺斯还有个亲戚住在曾经是天主教堂的木制建筑旁边，每天都要去日惹上班。

村子变了，莱诺斯家的环境也变了。但古老的村子义务和古老的忠诚仍必须遵守，而这些只会使莱诺斯的母亲越来越穷。

佃农的邻居是个寡妇，十分贫穷。她有五个子女，其中两个在雅加达当仆人。和她住在一起的是最大的和最小的孩子，他们在稻田或其他地方打工。第五个孩子是个砖瓦匠。

莱诺斯说：“砖瓦匠三个月前来找我们，要我们卖他一小块地，好让他盖一间小屋给自己住。”他家住的那间小村屋十分破旧、狭窄，就在雕刻匠的土地上。“砖瓦匠说：‘如果你们不给我们土地，我们能去哪里？’母亲这时提醒我们，当我父亲小的时候，照顾他的就是砖瓦匠的祖母，我们必须记住父亲的往事。所以我们就把土地卖给了他，有大约一百平方米。我们总共有一千平方米的园地，和邻居保持友好的关系可以令一切更加人性化。我们还立了一份契约，那是新式做法，在此之前，每件事都是口头上说了算。”

他们有三块稻田，加起来约有一英亩，这三块稻田通常都一起耕作，这也是大路另一边泥路尽头的小稻田如此拥挤和忙碌的原因。泥路前面有许多漂亮的房屋，还有一些旗帜和装饰品，以庆祝 R150。汽车一开上泥路，我就认出了那块土地，它是一九七九年我、莱诺斯和乌马尔·海亚姆看到的土地。多年之后，莱诺斯的村子已变成完整文明的田园，但存留在我脑海中的仍是这块土地，我是在一九七九年十二月的一个早上看到它的。

莱诺斯说，每收获八公斤稻米，协助者就可以得到一公斤当酬劳。如果协助者是家中成员之一，那么不管收获多少，都可以得到其中的一半。村子里全是莱诺斯的亲戚。

此外还有其他义务。“村里举行婚礼的时候，我们要送上一万卢比的贺礼。”大概还不到五美元。“这是村人的习俗。父亲去世后，我们就很少收到喜帖，但总还有一些。一百公斤的稻米可以卖得四万五千卢比。我们从自己的稻田里可以收获两千到两千五百公斤稻米。”最高可以卖得五百美元。

莱诺斯后来说（并不是我提醒他，是他自己想到的）：“如果愿意，我可以做稻农。但我想,要我将所有的精力都消耗在稻田里,恐怕很难。”

发生改变的事物太多了，包括村子的生活。这里不再有音乐，也不再有午夜场的戏院里出现著名的角色和故事，就连稻米都变了。“古老传统的稻米充满香味，很好吃。”他做了个手势，将手指放在鼻子上，“新的菲律宾稻米——你早上做的饭，晚上就不能吃了。”

他母亲在稻田的某处干活，他有残疾的妹妹则在屋内某处过她的日子。

我们开始驾车返回雅加达。

他说：“村子已陷入危机，城市化也开始在这里发生。他们将稻田分给孩子，稻田变得越来越狭小。许多年轻的爪哇人都没有稻田，都到城里找工作。我母亲这代人是在村里生活和工作的最后一代。留在村里，并且在稻田里工作的年轻人通常都没有接受教育。住在村里，却在城里工作的受过教育的人都成了通勤族。”

稻田的营生如今已成为折磨，成长速度变得太快了。传统的稻米需要四个半月才成熟，而新品种只要三个月就可以了。

"如今，只要太阳下山，农民就累了，只想看电视。村子已经没有足够的木琴用来演奏，村人也没有足够的金钱去买木琴。他们的钱都用来教育子女，或者保健。"

当天晚上很晚的时候，莱诺斯打电话到饭店找我。这是我要他打的，好让我在返回雅加达之前，还有最后的机会和他谈话。

他说，有件事忘记告诉我了。他不久前从悉达多那里得到很重要的讯息，这是在他朋友兰东手掌上"嗒嗒嗒"地写出来，最后由那位女性朋友读出来的讯息。悉达多说，地面上的生命只是一个过程；而真正的过程，真正的生命，要在死后才开始。"过程"，莱诺斯能做的莫过于此，悉达多使用的这个词很难翻译。我觉得，一定有瓜哇语可以和它相对应，正如莱诺斯在他的诗中使用过的某些词。

我回到雅加达的时候，发现莱诺斯两周前寄给我，但我却一直没收到的信。这是一封不见到他本人我绝对看不懂的信（信的遣词用字也是原因之一），里面谈及他所忍受的紧张状态和他的精神导师——一个住在邻村、六十五岁的智者，一个爪哇基督教改革派的神秘人物。这封信愈发使我理解了他告诉过我的那些话。

莱诺斯对悉达多和死亡的迷梦令我整晚辗转反侧，然而次日一觉醒来，我发现一切都豁然开朗——我终于明白了莱诺斯所忍受的痛苦，他家庭的痛苦，他身为作家的痛苦，他对于自己认为爪哇和村子里的一切正付诸东流而感到的痛苦。我同时也发现，莱诺斯和马里曼截然不同。马里曼这个年轻的伊斯兰教教徒在他的村子之外，从"资讯与发展研究中心"找到一种支援，尽管这种支援可能是幻觉。但莱诺斯哪里都不能去，只能住在他的村子里，住在家里。唯有在这些地方，他才能找到救赎并指引他人生的一切事物和人际关系。

第七章　噢，妈妈！噢，爸爸！

卢克曼·乌马尔一九三三年出生于西苏门答腊巴东的一个贫苦家庭，是家里六个孩子中最小的。原来已经很贫穷的家庭，因为日本人一九四二年占领苏门答腊而变得更加贫穷。五十多年后，卢克曼·乌马尔依然记得，一九四三年，日本人在巴东北方的塔宾建机场，他和几个相同年龄的男孩被迫从河里搬石头为他们工作。

几年后——或许就是战争结束之后，准确时间已无法知晓——卢克曼的父亲离开家，开辟了一片森林，并且用苏门答腊的方式将这片土地变成稻田。父亲再也没回家，虽然没有人直说，但大家都知道他父亲可能成立了另一个家庭。另一桩婚姻，另一个家庭：这在印度尼西亚，和在其他伊斯兰教国家一样，都是一则耳熟能详的故事。这种行为会受到宗教的约束，但是对两个家庭而言，影响却非常深远。它可能不断地制造贫穷和怨怼，最后制造出一个半孤儿的社会：被遗弃的孩子将来就会遗弃自己的孩子。

卢克曼的母亲被遗弃后，只好以制作和贩卖印度尼西亚蜜饯为生。

卢克曼要帮助母亲烘焙和贩卖，他每天早上在街上叫卖，之后再去上学。他原本可以上荷兰学校，已经通过了入学考试，是位小学老师叫他去考的。但他母亲不想让他上荷兰学校，而希望他上伊斯兰教学校。在伊斯兰教学校，他把一半时间用在宗教上面，一半时间用在一般科目上面。

一九五五年，就是他二十二岁的时候，即北苏门答腊的伊玛杜丁到万隆技术学院时（方便对照和参考），卢克曼前往雅加达。家人——这里指的是整个广大的家族——不希望他离开巴东。米南卡保的习俗，是妻子娶丈夫，而不是丈夫娶妻子。尽管卢克曼·乌马尔没有说，他也知道家人很可能希望能从他的婚姻中得到一些东西。不过母亲希望卢克曼前往雅加达，继续他的学业。她典当了土地所有权证明，拿钱给他。母亲从她的双亲那里继承了一小块地和稻田。

在雅加达，卢克曼·乌马尔和一个亲戚住在一起。有一个月的时间，卢克曼·乌马尔利用自己会叫卖的长处卖花生，然后用赚来的钱前往日惹。他住在一个非常廉价的房间里，每个月房租只有一百到一百二十五卢比，不到一美元。他还搬了几次家。他参加印度尼西亚伊斯兰教大学的入学考试，因为成绩优异，学校给了他奖学金。

在大学期间，他发现一个商机：学生很需要讲义。在几位大学讲师的协助下，他开始出版他们的讲义。于是卢克曼顺便卖起一些书本和纸张，处理一些别人委托的商品。就这样，一家书报社开始成形。没有一分一毫资金的卢克曼·乌马尔开始了他的事业。他称他的书报社为“阿南达书报社”（阿南达，Ananda，“爱儿”的意思），并且将书报社献给母亲。生意越来越好。在真主眷顾下，他很快就租了一间房屋，还将房屋当作自己的办公室。后来他甚至自己盖了一栋房屋。他生意兴隆，财源广进，母亲在巴东的家共有二十五位家人，都颇受卢克曼的照顾。

他成了一位出版家。一九七三年——他的出版雄心如今也反映出印度尼西亚的经济和教育方面的改变——他开始创办一份女性双周刊《卡蒂妮》。卡蒂妮是爪哇公主，出生于一八八〇年，却不幸在一九〇四年难产去世。《卡蒂妮》在爪哇殖民时期种种不利的环境下，经常为和女性有关的权利和教育仗义执言。第一期是在一九七四年末发行的，一面世就大受欢迎。

卢克曼·乌马尔认为，这全都是真主安拉所赐。但他身为出版家的本能、天赋，以及他对于自己情感的忠实也功不可没。正如政治人物和作家都有自己的方式处理以往生活带来的阴影那样，卢克曼·乌马尔也在《卡蒂妮》中发现一种完美的方式，让他早年生活的痛苦发生蜕变和升华。这是一本以中下阶层读者为对象的杂志，在此之前，没有任何人为中下阶层办过杂志。这本杂志以感性主义著称。因为这些，《卡蒂妮》变成印度尼西亚最受欢迎的杂志，发行量高达十六万份，现在一个月发行三期。感性主义并不是人工产生的，也不是一群顾问的结晶。出版家只能向内审视，看自己的内心，来发掘读者想看的内容。

《卡蒂妮》最著名的专栏之一是心声版，用英文说就是："Oh Mama! Oh Papa!"这一定是卢克曼·乌马尔想出来的点子，因为我和他碰面的时候，他就通过口译说，对他而言，这几个英文单词代表的是他心里的呐喊。专栏的原意是只提供故事，不提供任何人的评论与忠告，由读者自己评述。这种设计很简单，也省去很多麻烦，但效果相当惊人。私人问题不会随意地呈现出来，杂志会赋予它重要性。"情感十足"的专栏可以保证做到这点，它为大家所共享，在这里，没有任何一个人比其他人更聪明。

更妙的是一个叫"一滴露"的专栏。这几个字很神秘，但蒂塔，那位为我翻译一部分《卡蒂妮》的女记者，很务实地告诉我，语言是具有象征性的,所以也应该以象征性的眼光看待它。“露”可能代表“眼泪”“美丽”或“仁慈”，每位读者都可以用自己的方式来诠释。

我们在“一滴露”的专栏上看到的故事题目是“在炽热的阳光下”。述说故事的是一个女孩，她在家里七个孩子中排行最小，非常受宠，什么苦都不能忍受，一离开家就担惊受怕，什么决定都无法做出。

我告诉蒂塔:“这女孩是不是有点过分？”

蒂塔非常严肃地表示:“这是个非常没有信心的女孩，我认得的许多人都是这样。”蒂塔有个朋友,被家人过度保护,她很像故事中的女孩,希望别人为她做各式各样的决定。

在那则故事中，述说故事的女孩特别受不了白天的热，这就是她什么都不敢做，哪里都不敢去的原因之一。她怕自己太累，一走到阳光下就头痛，甚至生病。如果要她到城里去，她就必须匆匆跑过有阳光的地方，再急忙跳上一辆车才行。当她跳上一辆早已有乘客的出租摩托车时，乘客一定会挤她。有时要去远处，她不得不换三辆不同的摩托车。她觉得自己真是全世界最不幸的人。

她冒着一切危险到她姐姐家去玩。第一天下午，酷热难耐，她看到一位老人在花园工作，用一把长长的弯刀割草。这有点不可思议，这个被过度保护的城市女孩，从来没看过农民割稻，不知道老人使用的是一把再普通不过的镰刀。所以，她如同孩子般，看老人看得出神。满脸皱纹的老人汗如雨下，在午后的阳光下孜孜不倦地工作。她向姐姐打听老人的一切。姐姐说，老人早上为一家大公司做园丁，然后就来为她工作。有一天，女孩带午饭给老人吃，并和他说话。她知道他已经六十岁，独自一个人住在城里，一间很破旧的房子里。他工作是为了养活妻子和四个十几岁的孩子，他们都住在村子里。

我问蒂塔："她以前没看过像这位老人一样的人？"

蒂塔用一种很明智而非责难的口吻说："不太可能没看过。比如，你在公交车上就可以看到许多这种人，你可以看到他们在路边工作，扫大街。我们知道他们住得很远，为了养家糊口，他们才在这里工作。我不知道为什么说故事的女孩以前没注意到这点。"

如今，那位女孩只要一想到老人就黯然神伤，因为老人不但每天都得在烈日下工作，还远离家人，独自生活。

蒂塔发表评论："对我们而言，家庭就是一切。"

说故事的女孩后来发现，阳光根本微不足道，她以前抱怨阳光，是大错特错。这就是这则故事的意涵。那一期的《卡蒂妮》就是靠这滴"露"来平衡其他内容的痛苦呐喊。

我还以为蒂塔深深被这则故事感动了，结果她却轻描淡写地几句话带过：这是一则很简单的故事。《费米娜》比较感兴趣的或许是女孩为什么会这么优柔寡断，一出门就担惊受怕。可是在这里的女孩却表示，那只是因为阳光的关系。

《费米娜》是以中产阶级为对象的竞争对手杂志。卢克曼·乌马尔严守职业立场，提都不提"费米娜"这个名字。但《费米娜》的人没有将卢克曼·乌马尔置诸脑后。《费米娜》的人说，《费米娜》是印度尼西亚第一本女性杂志，创刊时间比《卡蒂妮》早一两年，卢克曼·乌马尔还是该杂志早期的撰稿人之一。《费米娜》也有一段成功的往事值得一谈。该杂志的第一期是策划了六到八个月后才出版的，每本售价二百五十卢比（当时约合二十五美分），一口气就卖了一万五千本，第二期卖了两万五千本，第三期卖了三万五千本。等到发行量增加到五万本之时，竞争对手《卡蒂妮》就创刊了。卢克曼·乌马尔显露了他的才华。他并未尝试去威胁这本以中产阶级为对象的杂志，而是依照自己的直觉行事，创办了自己的杂志。这是一本非比寻常的涵盖性杂志，综合了感觉、宗教和情感因素。如今，相隔二十年之后，这正是时代潮流的发展方向。

米尔塔夫人优雅高挑，会讲许多种语言，是《费米娜》创刊时的两位编辑之一。《费米娜》的所有权属于一家报纸。报纸的创办人是位学者，也是米尔塔夫人的父亲。

米尔塔夫人说："我应该告诉你的是，许多人都认为《费米娜》十分西化。"她自己倒不这么认为，"创刊时，我想提供给人们看待事物的更务实的态度，多样化的选择。这是一种更开放的态度，不以传统态度为基础。"

如今，一切事情都变得更加模糊，传统主义和务实主义都有各自不同的关联物。在印度尼西亚独立二十年后，原来受到局限的殖民社会已历经变迁，每个人的世界也已对外开放，所以女性杂志才可能存在，才可能指引前面更加光明的道路。但如今宗教、半皈依国家的紧张态势，以及新近涌现的庞大财富，已让其他各种事物出人意表地走向衰退。

米尔塔夫人在描述杂志的潜在读者群时表示："他们是有钱的简单人物，绝大部分不是暴发户，但有一部分可能是。雅加达的社会结构仍然有相同的价值。他们仍有一样的见识。"对于卢克曼·乌马尔来说，向这些读者演说很容易。他是伊斯兰教大学的毕业生，对读者的了解，足够让他办一份成功的宗教杂志。"他是纯粹的印度尼西亚人，非常了解百姓的根基。所以他的读者越来越多。他的方式并不务实，非常情感化。"

《费米娜》中的心声版名叫"将心比心"，这是非常严肃的意见专栏。《卡蒂妮》用"噢，妈妈！噢，爸爸！"和这个专栏相抗衡，它不提供编辑的忠告。米尔塔夫人说，这个专栏提供的故事《岳母给我的压力》非常情绪化，并不慎重（至于为什么不慎重，就不得而知了，我也没问。或许米尔塔夫人有她自己关于行为的一套标准，她认为，沉迷于家务事的抱怨，而并不是真的想寻求帮助，是令人难以接受的）。

她翻阅一份最近的《卡蒂妮》说："这是关于一位电影明星朝圣的报道。"

前往麦加朝圣，这是何等重要的宗教责任，说什么我也不会将它和这种新闻处理手法联系在一起：绚丽的图片，太阳眼镜，旅游，同伴，时装，在每个非常炎热的天气穿最轻便、最白的衣服，最后才谈宗教——这是《坎特伯雷故事集》的翻版。我问米尔塔夫人，像这种演员去朝圣的新闻，《费米娜》会不会刊登，她说会，但要看演员是谁。许久之后，依据印度尼西亚记录，我才意识到这或许是卢克曼·乌马尔出于更大的宗教安全因素考量，曾经历的另一个时期。

"但是，"米尔塔夫人说，"我们不会报道这种。"她给我看一篇有关一个死囚的特写，附有几张他被处决和在棺材里的照片。"我们不会这样做。"

后来，她显然再次谈到了卢克曼·乌马尔。她说："我们的杂志主要以烹饪和生涯建议著称。刚开始的时候，人们对我们说：'你们提供的是梦想。'我想，梦想十分重要，毕竟生活不能死气沉沉。但如今一切都变得华而不实，强调西方的商业层面。"商业层面和文化层面是对立的。"如今我们必须依赖广告，虽然刚开始我们没有刊登广告，那时整个印度尼西亚经济体制还尚未建立。"

无论是务实主义和感性主义，还是西化主义与传统主义，说到底，两本杂志之间的差异也只不过是正值印度尼西亚发展十分迅速之际，两代人之间的差异而已。

米尔塔夫人的父亲，就是那家拥有《费米娜》杂志的报纸创办人，一九〇八年出生于苏门答腊。那是殖民统治的极盛时期：是荷兰人征服苏门答腊之后的第五年，也是历史人物爪哇公主卡蒂妮去世的第四年。卡蒂妮希望能与荷兰人和平共处，仿佛与历史的力量和平共处那样。对任何在当时出生的印度尼西亚人而言，殖民统治都是未来的命运。但是，仅仅晚出生二十五年的卢克曼·乌马尔，在孩提时期就预测荷兰的殖民统治有朝一日必定会被连根拔起。

《费米娜》的人告诉我，米尔塔夫人的父亲出身于一个“很有势力”的伊斯兰教家庭，却在殖民世界闯出了自己的一片天。他以“宇宙人道主义者”自居。当世界开始分崩离析的时候，卢克曼·乌马尔的母亲——一个对是非善恶有自己观点的女人——尽管十分贫穷，却希望儿子上伊斯兰教学校，而不是荷兰学校。米尔塔夫人的父亲和卢克曼·乌马尔在童年时都努力奋斗过，但承受的压力和面对事物的可能性却分属不同的时期。贫农的儿子卢克曼·乌马尔所能述说的是他童年时被日本人强迫从河里搬运石头盖塔宾机场、在巴东帮母亲叫卖蜜饯、在雅加达卖花生等。在《费米娜》，我听到的却是，米尔塔夫人的父亲是苏门答腊政府高官的儿子，小时候住在森林附近的村子里，每天走路上学，必须路过一片都是老虎的森林。

这个男孩长大后，前往殖民地雅加达，在政府的出版社工作，成为作家和学者，并且娶了一位苏门答腊名门闺秀为妻。日本人占领苏门答腊后，他的世界开始改变，所有关于殖民的想法都灰飞烟灭。他变成印度尼西亚语言现代化委员会主委。日本人不只是占领者，还是残酷而有智慧的反殖民化主义者。

所以，当卢克曼·乌马尔和他十一岁左右的同伴被迫做苦工之际，米尔塔夫人的父亲，大约已三十五岁，正处于一个完全不同的阶层为日本人做事。他的工作是要让印度尼西亚语言赶上时代。委员会的工作成绩斐然，两百年来一直处于强势的荷兰语果然在几年之内就消失了。苏加诺强调的是荷兰殖民之前的过去。如今游客前往雅加达，会发现用梵语命名的大型建筑物比用荷兰语的多。或许可以这么说，因为米尔塔夫人的父亲在日据时代的努力，三十几年后，才可能有《费米娜》和《卡蒂妮》问世。

印度尼西亚独立后，米尔塔夫人的父亲创办了自己的报纸，但此举惹恼了苏加诺总统。一九六三年，这份报纸和他们在雅加达的其他资产都遭查收，后来，报纸才被归还。关于这段陈年往事，《费米娜》的人还给我讲了个故事。先前一直在经营这份报纸的是米尔塔夫人的哥哥，他后来“嫁”入爪哇一个名门望族。苏加诺认识这家人，他们有个儿子在反抗荷兰人的战争中为国捐躯。有一天，苏加诺看到了家里的女主人，当下表示：“我可以为你做些什么？”她答道：“只要将报纸还给我女婿就行，这样我们就可以为我孙女买牛奶了。”就这样，报纸被还了回来。

一九七二年，想到为印度尼西亚女性办杂志的，是米尔塔夫人的哥哥。他们家的报纸是印度尼西亚第一家彩色印刷的报纸，当时他们也为一些人印刷杂志封面。米尔塔夫人的哥哥忽然想到，为什么不自己办份杂志？他告诉了米尔塔夫人这个构想，有一天，米尔塔夫人在购物中心碰到一个叫韦达蒂的朋友，又将这一构想告诉了她。

韦达蒂是位讲师，教授印度尼西亚文学，因为工作忙碌，她一直没有时间阅读新书，也没有时间思考新事物，一直觉得自己教给学生的是死知识。韦达蒂的丈夫古纳万·穆罕默德正在编辑一份很成功的新闻周刊，所以韦达蒂觉得自己和许多事物都格格不入。如今听到有人想创办女性杂志，便欣然同意。

韦达蒂的背景和米尔塔夫人很像。韦达蒂念的是雅加达最好的荷兰学校之一。这些极少可以进入这种学校的印度尼西亚学生不是来自名门望族，就是来自富裕的家庭或公务员家庭。所以，一个班级的二十五名学生中只有五名是印度尼西亚人，这点可以从学校照片中看出来。韦达蒂有资格进入这种学校，因为她祖父为政府工作。

她和米尔塔夫人花了几个月时间，思考如何创办新杂志。两人最后决定，应该将读者视为平等的朋友；她们将自己因为享有特权而获得的知识与读者分享，但不能以居高临下的态度和读者对话；应该争取读者信任，避免谈八卦、搞煽情。但韦达蒂和米尔塔夫人不能否认自身背景带来的优势，她们关于世界的知识是这本杂志的力量之一。

我们第一次见面时，韦达蒂向我解释《费米娜》的成功之道。她说："我们有更好的品味，我们比其他杂志更了解西方人的穿着。最初开辟时装板块时，我们就力求将一切做得尽善尽美。甚至连家具装潢，我们也知道越简单越美。我们知道因为生活在热带国家，所以人们不需要厚重的波斯地毯和帷帐。其他杂志不是全面模仿西方，就是画蛇添足，增加了不适当的东西。"

我要求她举例说明，何谓不适当的东西。

"比如，中产阶级的雅加达家庭有沙发，却不是简单的沙发。他们不但增加造型复杂的木雕，还镶了别的东西。这就是画蛇添足。他们也有吊灯，但已变成地位的象征。关于这些，我们的竞争对手并不自知。你知道，米尔塔夫人和我都有相同的背景，对西方文明和西方家庭持开放态度，我们也四处游历，但对我们而言，并没有被另一个国家同化的感觉。"

她们总是希望，不要以居高临下的态度对读者说话，甚至在设计心声版“将心比心”时，也秉持这一态度。这个专栏有两位“阿姨”。这两位女士处理相同的问题，但手法经常大相径庭，结果就交由读者自己判断。甲阿姨是一位四十岁的男医生，乙阿姨则是七十岁的老太太，她从专栏成立以来就一直在上面发表文章。她是一位高级警官的妻子，也是女性主义者（但韦达蒂说，是印度尼西亚式的女性主义者），做过许多社会工作。由于发表文章，她居然变成一个大明星，整天应邀参加一些研讨会。如今，宗教已开始让她的稿子失去力量，让她显得太过敏捷，以致不能将读者的问题留给真主安拉解决。她住在雅加达市内一栋豪宅内，通过传真交稿，这是她的风格。

记者蒂塔告诉了我一个问题，这个问题最近让两位“阿姨”意见严重相左。《二十三岁的寡妇到底应该嫁给单身学生，还是嫁给三十五岁的鳏夫？》单身学生希望她能等他毕业后再结婚。鳏夫有个孩子，但可以马上娶她。乙阿姨说，寡妇应该等待单身学生；甲阿姨却表示，寡妇应该嫁给鳏夫。这个问题有点像皮影戏院的故事，没有非此即彼的正确答案，但这种问题对此专栏再好不过：每个人都可以按照自己的性格、环境和经验作答（就本例而言，女作家显然比男医生更明了，因为继母和丈夫前妻的孩子一起生活是很困难的）。

米尔塔夫人说，这个专栏极具价值，因为大多数印度尼西亚人不敢为自己的权益辩护。他们需要别人的忠告，让自己变得更坚定。印度尼西亚人再三面临的问题是，他们很难和姻亲一起住。而在雅加达，人们往往能和姻亲一起住好几年，因为他们没有足够的钱搬出去住。她很概略地翻译了一封信，内容大致如下：

> 我结婚不到一年，在一家大公司上班，我丈夫有他自己的企业。我姐姐不喜欢我丈夫，更不想对我们的婚姻施以援手。目前

的情况依然如此。有一天，无可避免的事情终于发生了。我姐姐和我丈夫大吵了一架。姐姐非常怕她自己的丈夫，我和姐夫的相处也不融洽。姐姐每天都将她孩子放到我们家，只有等到姐夫从办公室回家后，她才会回到自己的家去。因为我丈夫和她相处得不好，所以只要她在家，我丈夫就不回家。偏偏我姐姐每天都在家。我不知道怎么办才好。我希望可以搬到一个属于我们自己的地方，但我们的储蓄已经用来整修爸妈的房子了。我也尝试将姐姐的问题告诉了父母，但父母表示，他们欢迎所有的子女随时回家。

"将心比心"专栏的女方说，这种情况很严重。这对不快乐的年轻夫妇应该搬出去，到别的地方找房子。设法筹一点钱，就算变卖部分珠宝也在所不惜，就是要搬出去，否则事情只会变得更糟。先搬出去六个月，呼吸新鲜空气，或许这么一来丈夫对姐姐的怒气就消了。"如果你爱你丈夫，愿意为他献出自己的珠宝，或许就能获得真主安拉的祝福，这并非物质上的祝福。要祈祷，或许安拉能缓和你与丈夫之间的摩擦。"

米尔塔夫人说这位专栏作家："这就是她目前的处境。"好像有些受旧式风俗的影响。

但"将心比心"的男方就强硬得多："我真的很想知道，你丈夫和你姐姐之间到底发生过什么事，为什么这么神秘？一定发生过某些事，否则不会相互憎恨对方到这步田地。你一定要弄个水落石出不可。你也是唯一可以从中调解的人。"一旦冲突的原因被摊开，大家都必须冷静而理性。"你应该放弃自持。如果你丈夫仍然在依靠你父母，他最好更加谨慎。"如果做丈夫的能更卖力，多赚钱，自己租间房屋，情况当然会好得多。

隐藏其下的还有不同程度的绝望和未加修饰的忧愁——在贫穷的年轻女子脸上的忧愁，这些都因为她们披戴的黑色和棕色头巾而消散、升华，仿佛她们只能依靠这种简单的自我抑制来处理无法满足的本能和需求。一想到诸如《女人时代》之类的杂志在印度很受欢迎，我就不禁怀疑，印度尼西亚难道不需要为正在觉醒的女性也办本杂志？

韦达蒂说，的确如此，但她不能这样做，在报社工作的人员也不能：他们并不活在这个“模式”中。如果尝试插手，他们就是在以居高临下的姿态说话，这会造成伤害。对她而言，唯一能做的事就是从那个社会阶层找个受过教育的人，但这点很难，因为这等于要某人“回去”。

“依我看，人不能回去。整个群岛盛传一则寓言，是说一个儿子四处游历后，不但变得富有，也接受了教育，但回到村子里，却发现与村人格格不入，还惹得每个村人对他十分恼火。最后，他的母亲说了一些什么，儿子就变成了石头。这个故事传遍整个群岛，它的寓意是，子女不能伤父母的心。”韦达蒂并没有借这则故事来说自己，但是我认为，这则故事很能解释为什么她惧怕用居高临下的态度和读者对话。

她们无法抵达另外的世界，倒是另外的世界自动出现。《费米娜》刚创刊时，杂志社里没有一个女性员工披戴盖头，如今却有五六个。米尔塔夫人和韦达蒂都觉得自己总不能开口说：“我不希望看到你们这样打扮。”自二十世纪八十年代末期开始，某些伊斯兰教团体就开始批判诸如《费米娜》这样的女性杂志了。

韦达蒂说：“以前清真寺里和电视上没有人宣教，只有在斋月的时候才有。但是在二十世纪八十年代末九十年代初，这种事不但在斋月出现，在平时也越来越常见。刚开始，这种宗教演说只是一周一次，基督徒在星期日，伊斯兰教教徒在星期五。如今，伊斯兰教教徒每天都会来一场，一大早就演说。”

一大早就在电视上演说的不是别人，正是伊玛杜丁。在这间光线良好的新办公室里，我听别人提到伊玛杜丁和他的“心智训练”，不但感觉有点怪异，甚至有点刺耳。这让我想起了另外的世界：和伊玛杜丁新掌控的权力有关。

“在我们办公室前面有座清真寺，清真寺的麦克风声音越来越大。我发现，我的员工中，信教的人也越来越虔诚。如今他们每天到清真寺礼拜三次，我们也无能为力。今天早上，我们还谈论到厨房的主厨。朝圣之后，她的服装也改变了。如今的她穿伊斯兰教服装，盖头、长上衣，再用围巾将自己包裹得密不透风，就连在熊熊烈火前面也是如此打扮。我们考虑的是她的安全问题。因为她的衣服材料是聚酯纤维，非常容易着火。但她就是不换。”主厨大约三十岁，有两个小孩。在前往麦加朝圣之前，她穿的是西式服装。

一群愤怒的学生最近来到办公室。“他们批评一个穿白色泳装的女人，并要我写封公开信道歉。那些学生有二十五到三十人，大都二十几岁，其中有几个女生戴盖头，有几个穿牛仔裤。或许——这纯粹是猜测——她们看到女人穿泳装，其实很喜欢，但都知道这为她们的宗教所不容，所以生气。这是因为她们被禁止，而我们没有被禁止，我们拥有她们没有的自由。”

但卢克曼·乌马尔并不需要以居高临下的姿态说话，去吸引《费米娜》以外的女性读者。外在的世界就是他自己的世界。他只要敞开心胸向内省视，就可知道该向这些女人直接说些什么。

他身材瘦小，有近似山竹的肤色，也就是荸荠或风干土坯的颜色。这种肤色印度尼西亚人最喜欢。他在他的办公室接待我。办公室非常昏暗，好像是故意设计成这样，与想象的不同，这里黄白两色的开放设计居然和《费米娜》相同。我们和他的三名高级经理非常正式地坐在一张很大的黑色桌子旁，公司的出版目录就摆在桌子中央。他的一名信奉基督教的女下属也在场，担任口译。这样的安排有些过于正式。当天下午的空调也出了状况，居然吹暖风。

卢克曼·乌马尔穿着一件深蓝色短袖旅行装，两眼炯炯有神，喜怒不形于色。他衣服的纽扣全扣上了，或许当天下午他不太舒服。但围绕在他四周和办公室的气氛，实在让人难以忘却：那些主管是为他工作的，那座建筑为他所有，整个出版企业也是他一个人赤手空拳创立的。

我希望多听一些有关他的故事，但我马上发觉，他说的一切都可能在之前被说过几百次了，而且在这种过于正式的气氛中，想要多听一点事情，简直难如登天。我想，那几名主管可能知道他成功的往事，知道他攀登的每步阶梯：日本人占领家园，父亲远去，母亲卖小吃过活，典当土地所有权证明供儿子去雅加达，他自己在日惹伊斯兰教大学印刷讲义。有许多不为人所知的过往，总是能唤起一些情感，正如此时此刻，在这间昏暗拥挤的办公室里，情感绵延不绝地涌现，从他的母亲、童年，到他的杂志和读者，环环相扣，一脉相承。我们并未花费太多时间回想当年，毕竟时间有限，我们用不到一个小时的时间，无所不谈。如果想知道更多，我会以书面方式，请教那位信奉基督教的女士。

卢克曼·乌马尔此刻比较在意的是他最近事业上的一大成就。政府已颁发他出口劳工的执照。两天前，我在《雅加达邮报》上面看到，政府颁发了三十四张新的劳工出口执照，如今，印度尼西亚总共有八十六张。这使得一部分原有的劳工出口商怨声载道，频频抱怨劳工出口市场已经饱和。人力资源部长发表严肃讲话，表示政府不希望再听到任何有关印度尼西亚劳工遭外国雇主虐待的新闻。最近新闻不断报道，有一名印度尼西亚女佣遭到虐待：政府不希望再有此类事情发生。劳工出口商“应该适当调整将印度尼西亚劳工派往海外的方式”。

我对卢克曼·乌马尔说，他身为出版家，居然插足劳工出口业，这很奇怪。个中原因不一而足，可能让人一想到就浑身不自在。我原以为，只要想起自己的童年，他就会对这种行业感到痛苦。

但他通过口译表示，这根本不值得大惊小怪。有许多人找不到工作，他为此很难过，于是帮他们找出路，这份差事可不容易干。和他们竞争的劳工来自印度和孟加拉，在这些国家，政府甚至成立了劳工出口企业。

在印度尼西亚停留的最后一天，我收到卢克曼·乌马尔的办公室传真过来的回函，以答复我先前传过去的一些问题。他说，他母亲终生都住在苏门答腊的小村子。她从先人继承过来的土地和稻田（一九五五年她就是典当这些土地和稻田的所有权证明，供儿子去雅加达），如今已传给卢克曼·乌马尔的三个兄弟姐妹。他们至今仍住在村子里，依靠土地生活。卢克曼·乌马尔婚后，母亲有时会到雅加达和他一起住上一些日子，但从来不会超过两个月。她活到一百零二岁撒手西归。卢克曼·乌马尔在巴东为母亲、外婆和舅舅建了一座“家冢”。“家冢”的具体位置，他说得一清二楚，这点对他而言十分重要。

如果数据没错，卢克曼·乌马尔的母亲生他的时候应该已经四十六岁。对她而言，卢克曼·乌马尔的一生仿佛是对她被遗弃之后的补偿。她丈夫离家而去，将一片森林开辟成稻田，又另外成立了一个家。抛开做生意的层面，劳工出口执照真的十分重要。它结束了一个循环，让卢克曼·乌马尔如今有能力帮助别人的生活。这些人生活穷困，一如卢克曼·乌马尔和他母亲当年。

第八章　鬼怪

后来大家同意，我叫他“布迪”(Budi，一个十分常见的印度尼西亚名字，毫无疑问是取自 Buddha，“佛祖”之意)。刚开始，他只是黑暗中的一个声音。那时刚入夜不久，他坐在梅利亚饭店的迷你巴士后座，巴士正载我们从日惹机场开往饭店。他的英语说得很好。他说，他来日惹只是因为当天晚上一个朋友要结婚，这个朋友是印度尼西亚“炸鸡女王”的掌上明珠。婚礼结束后，人们将在当地一所大学的大厅举行舞会，一直到凌晨四点。接下来，布迪小睡一会儿，就要飞回雅加达。他从事的是 IT 行业，曾为一家国际化大公司工作十三年之久。

伴着小城镇的万家灯火，路上的车水马龙，他谈起了自己的身世，对着我的后脑勺说话，并不介意我没有转过头来。此时华灯初上，庆祝 R150 的长串彩色明灯亮了起来，但灯光十分昏暗，让人看不清楚巴士外面建筑物的轮廓，街上人影也一片模糊。

如今布迪已有自己的公司，合伙人还是一位重要人物的近亲。由于合伙人的关系，大批政府机构的订单源源不绝。他们总共雇用了三十人，希望有朝一日变成印度尼西亚软件方面首屈一指的公司。他们不想让印度人和菲律宾人独霸印度尼西亚市场，这位合伙人可以直接联系总统和其他要人。在印度尼西亚就需要有这样的合伙人。合伙人的家世不像飞机制造者哈比比部长的家世那样显赫，人脉也不如他广，但已足够。

当我向他问起哈比比的时候（我很想知道，从这个角度来看，事情将会怎样），他的声音变了。他们是酒杯常满的人物，经常参加高规格的聚会，条件格外得天独厚，一般人望尘莫及。哈比比的弟弟是驻伦敦大使，他有三个姐妹是商场女强人，几个侄子也在各行各业十分活跃，成就斐然。印度尼西亚人最高的理想是一人得道，鸡犬升天。如果真的有人能达到这个境界，那就是哈比比。

我说，我有一点百思不得其解，哈比比家世既然如此显赫，那么为什么我在到达这里之前没听说过这个家族。

布迪说："请不要用'显赫'一词。你一定听过我们的总统演说，在印度尼西亚，没有任何一个人需要太显赫。"

他是在讽刺什么吗？我不确定。英语中"讽刺"，是很简单的词，但对他而言，英语是一门外语，他使用的时候，有可能失去原有的意味。

当我问起的时候，他告诉了我当初他是怎么成功的。他说，因为"运气好"，他连续考两年万隆技术学院都落榜。和其他许多年轻人一样，他也很想到那里去念电机工程。伊玛杜丁的生涯就是这样展开的（在日本人占领和反抗荷兰人的战争之后）；在更安稳的时代里，很多人都想进万隆技术学院。因为万隆技术学院是印度尼西亚第一所这种类型的工学院，往后几代学子的生涯，它都为他们规划得妥妥当当。

他连续两年落榜之后，变得十分绝望。后来他舅舅建议，这很简单，干脆放弃电机工程的美梦，改学别的。他进了一家私立信息科技学院。

刚进去时，他对电脑一窍不通，但接下来所有好运都接踵而至。宗教帮了他大忙。事实上，他的事业一开始就非常顺利，他们得到政府的大批订单，就在他前往麦加朝圣之后。

布迪一路上滔滔不绝地述说自己的身世，我想他对自己的成就很得意。这种人会想到宗教和朝圣，就像《卡蒂妮》刊登电影明星时髦地前往麦加朝圣的照片特写一样，让人感到不可思议。让布迪正视宗教的是他的合伙人，这位合伙人对宗教十分虔诚，印度尼西亚的许多商人都是如此，不论他们信仰伊斯兰教还是基督教，是印度尼西亚人还是华人。

合伙人有个很年轻的宗教老师，这位老师仿佛是天兵下凡，许多成功人士都认识他。合伙人介绍布迪认识这位老师，让布迪前往麦加朝圣的正是这位老师。他告诉布迪，在麦加看到天房[①]的时候，他不只是简单地为自身恶行祈求宽恕：他还决心从此永远抛弃恶行。布迪就是这么做的。如今，随着自己在IT领域的成功，他绝对不会半途而废。事实上，现在他比合伙人还虔诚，每天礼拜五次。他在旅馆或饭店不吃牛肉，因为这些牛肉通常都是从澳洲进口的，更何况，这些牛也不是按照伊斯兰教方式宰杀的。他的合伙人对肉类倒没有这么多忌讳。

上述一切都是我们在小城镇灯光昏暗的街上行驶之际，他在车上对着我的后脑勺说的。唯有在梅利亚饭店大厅的玻璃上、大理石上和明亮的灯光下，我才看清楚布迪的模样。梅利亚饭店有些装饰过度——在内院的岩石花园中，小瀑布和喷泉的潺潺之声不绝于耳，一位华裔女子在夹楼处欲隐还现，唱着流行的老歌，仿佛只唱给她自己和女钢琴师听似的。还有一个木琴乐团和一位中年女歌者，在楼下角落等待表演。

①沙特阿拉伯麦加城大清真寺广场中央供奉神圣黑石的著名方形石殿。

只有在那时候，我才将布迪看个真切。

他比一般人的平均身高还高一点，体格很壮，或许在那件蜡染衬衫下还有一副威武的身躯。他棕色的眼睛很友善，双颊浑圆而苍白。他蓄着胡子，满头挺直的黑发。他为什么对陌生人如此开诚布公，我不得其解。一如我的预料，他在金钱和成就方面总是洋洋得意。他似乎在一一证明伊玛杜丁的教导，和哈比比希望让伊斯兰教与科技融合的国家导向。他对我说，他长途跋涉地来参加这场隆重的婚礼，发现来的人的背景都非常简单，他在其中最为富有，这个国家的一切都处于发展之中。但是，他对我说的一切和每一次留给我的印象，都在后来的见面中发生不同程度的变化。他并不如我想的那般得意。在大学大厅里举行的结婚仪式没有他也会持续到凌晨四点，他停留的时间不长。他没有掌控新社会，也是被社会遗弃的孤儿之一。我看到的关于他的一切其实都毫无胜利可言：对陌生人的过分热情，用英语交谈，在梅利亚饭店大厅的正确性。他有着绝望的野心，也不受任何保护，可以被轻易地打垮。他生活在危险的认知当中，大脑被旧有的尊卑观所占据。

我在雅加达的工作地点是婆罗浮屠饭店，无巧不成书，那一周布迪就在这家饭店的另一个房间工作。他的公司和一家欧洲公司正合伙进行一项大计划。两个来自这家欧洲公司的人就在雅加达的婆罗浮屠饭店和他讨论事情。最后的计划要耗资六千万美元：光是他们要开始制作的报告就要花费六百万美元。星期五中午，在饭店前面的清真寺礼拜后，布迪才来吃午饭。我们就坐在玻璃墙边，俯视饭店花园，园里有遮阴的大树、网球场、大游泳池、烤肉亭和慢跑跑道。

他很愿意谈，我却不一定都听得懂。他将经历储存在档案里。要举例说明的时候，他就拿出一个被他当成档案的档案（十足从事IT行业的人的做法）。他都是从目前讲起，再追溯过去。当他同时用两三个档案时，时间的前后顺序就显得有点杂乱。事情的前因后果他自己当然很清楚，但说起来却未必能够秩序井然。唯一的可能是，以前没有人要求他这么做过。我们见过几次，依我看，他总是改变以前说过的话。但庆幸的是，他总能把故事说完，即便在婆罗浮屠饭店吃午饭时，面对同一个故事的凌乱骨头。

布迪的父亲三十五岁左右的时候，忽然深刻地意识到应该有自己的事业，于是他辞去一家外国石油公司的差事（他原来还是这家公司职位最高的印度尼西亚人），成立了自己的企业。他这个非比寻常的构想（对于一个从事石油行业的人而言的确非比寻常）就是，他要设计和制造家具。结果他破产了。事情发生在东爪哇的泗水，他们必须卖掉大房子，中午也往往没饭吃，布迪只能每天骑十里路车去上学。十七年后，当年破产的惨状对布迪而言依然历历在目，他每天都会想起。当初他上学必须骑自行车，如今这却成为他的运动项目。他在办公室角落放了一辆装备豪华、价值不菲的登山自行车，是从美国进口的，他经常给车上油、清洗，犹如对待圣物。

我的感觉是，布迪的父亲似乎隐瞒了一些事情。他可能出身自他父亲的第二个家庭。我想，在我们第一次吃午饭时，布迪似乎稍微提到了这一点。我想等他再多说一些，他却没有继续，我也没问。他只说，他和父亲的家人并不亲近，甚至没见过自己的祖父。这位祖父是北苏门答腊一个城镇的首席法官：这表示他出身于名门望族。布迪母亲（首席法官的儿媳妇）的出身无法和他们相比。她父亲是荷兰时代的公务员，官拜市长。公务员有官阶，一如军人有军阶。她母亲出身农家，有时还得到田里工作。但印度尼西亚独立后的社会动力十足。布迪母亲的弟弟，就是布迪一生中的大贵人，后来成为律师和大学教授。

布迪的父亲有些事情不可告人，似乎也“祸延子孙”。他共有七名子女，其中四人，委婉地说，已经“不在了”。布迪说，目前只剩下一个当医生的哥哥，还有一个姐姐。姐姐嫁给了加里曼丹（以前的婆罗洲）一个从事石油行业的男子，家境富裕。最后一个就是布迪。

他知道自己家道中落，每当想到这点，他就如同背负着十字架一般痛苦。他说：“我的大家族属于中产阶级，我自己的家却是下层阶级。”他还表示，“我真的来自一个很简单的家庭，真的。”他说：“像我这种背景的人并不多。一般人的背景是：在荷兰时代，全家经济拮据；独立之后，第二代的环境获得改善；到了第三代，简直就是丰衣足食。我的情况则是例外。我父亲的家有钱有势，但是到了我们这个第三代，反而比第二代还穷。”

这就是布迪连续两年考万隆技术学院落榜的原因，它是家族灾难的一部分。

根据习俗，布迪当律师的舅舅，每年会到泗水看他姐姐两次。他有一次去看姐姐，发现当时已二十岁的布迪既没工作，也没念大学。他就带布迪一同回到了雅加达。在雅加达时，布迪进入信息科技学院，结果居然发现，他在电脑方面很有天分，就布迪的背景而言，我实在找不出任何事实来解释这一点。他和舅舅一起住了四年。

“我以后的人生彻底改变了。我学会了如何穿衣，如何表现自己的行为举止。”

“你以前不知道这些吗？”

“如果一直待在泗水，我肯定没有机会去大饭店，也就学不到进入大饭店餐厅的礼仪。或许我也就不会说英语，不知道如何和别人交谈了。”

“这里的人都很在意这些吗？”

“很多印度尼西亚人都会在意。”

从学院毕业后，他进入一家知名的IT公司。他从最基层干起，但很快就升职，还频频获奖。不久之后，他开始代表公司出差。后来，通过公司同事的关系，他认识了很多有社会地位的人。

他发现，印度尼西亚的商界、IT界和政界，彼此之间都有关联，几乎是一体多面的产物。权力的圈子真的很小。他同时也发现，尽管舅舅势力庞大，他仍然得为父亲的失败付出代价。他是个没有家庭、没有团体的人。他搬出舅舅的家，住在一间租来的房屋里，屋里有两个仆人，是一对夫妇。他很寂寞，没有社交生活可用来倾诉。正因为他很成功，认识许多有地位有权威的人，才让他感觉格外孤独。他找不到可以和他如今的身份相匹配的女友。所以，几乎是三百六十度大转弯，功成名就的他开始思考起宗教来。

“在IT公司获奖的时候，我才第一次意识到，如今的我也成了人物。当公司提拔我负责营销工作时，我认为自己还真不同凡响。但接下来我发现其实还有许多人比我有能力。我开始明白，这个世界上没有任何东西堪称天下第一，因为人外有人，天外有天。因此，基于这个信念，我认为自己需要真主。在伊斯兰教学校里，你会一再读到，真主是至高无上的神，但你心中未必是这样想的。”

“当时你多大？”

“大概二十九岁。不算太成功，只是情况比一般人好。我每天都会想到真主。不论什么事，我都是一个人思考。在公司里，我甚至没有一个亲密的朋友，可以一起讨论宗教。有四五年的时间，我生活在一个非常矛盾的情境中。我一方面非常需要真主和宗教，一方面却尽干些宗教所不容的事。我喝烈酒，喝啤酒，做坏事，干些伊斯兰教认为大逆不道的事。但做了这种事情后，我总是寝食难安。我指的不是喝酒，在我看来，喝酒只是小事一桩。我知道，在世界上享受一点逸乐，将来就会在地狱被折磨多年。”

“你一直相信有地狱？”

“我一直相信。印度尼西亚人，不论信仰什么宗教，都相信有天堂和地狱，也相信有来世。我知道自己罪孽深重，不论做什么，我早晚都会下地狱。我知道自己行的善远不及为的恶，善恶无法相抵。”

就在他疑虑交加之际，事业却得到了发展。IT 公司的一名同事介绍他认识了一位合伙人。此人和布迪的同事是童年好友：布迪觉得自己一直在排斥“童年好友”这种角色。在他们认识几周后，这位即将成为布迪合伙人的人说：“为什么我们不一起做生意呢？”他需要布迪。尽管他有许多人脉，有钱，也有许多可以争取到的合同，但他非常欠缺布迪的技术天分。在科技时代，像布迪这样拥有技术天分十分重要。

布迪很快就做了决定，马上离开了那家公司。他在公司待了十年，得奖无数，也经常代表公司出差，住过无数家五星级饭店，然而，最后他只提早一天告诉公司，他要离职。

他将自己的决定告诉父亲，父亲想到自己当年做家具生意，最后倾家荡产的惨状，告诉他“千万要小心”。母亲一直忍受着贫穷的日子，想到自己的母亲去田里干活的场景，什么也没说。

我问布迪，他认为自己的技术天分是怎么来的。

“我也不知道。或许这就是命。在我这一行，许多人都失败了，因为，首先你需要不断学习创新。事实上这有点像做梦。比如，当我在饭店吃东西时，我就会思考点菜的流程是否可以自动化。欧洲已经实践了这种模式，服务生会拿着电脑过来，根据你的指示按下按钮，几分钟后，另一个服务生就端着你点的菜来了，你可以从帮你点菜的那个服务生手上拿账单。此刻我在这里坐着，一边吃东西，一边和你交谈，也一边思考着如何研发自动点菜的软件。我想你也可以将这种技术运用到许多其他行业中。我一直很在意这点，比如可以把它运用到铁路车厢方面，或工厂的储料方面。”

不久之后，合伙人就将那位宗教老师介绍给布迪。

“我第一次见他的时候，是在一间很简单的房子里。这间房子也是一座清真寺，是他自己的房子，在万隆。合伙人带我一起去见老师，因为合伙人一周后要到麦加朝圣，所以我们要求老师为他祝福，并且提供一些有关朝圣的忠告。我第一次看到老师的时候，并不相信他，他太年轻了。后来，我发现他的知识浩瀚如海，从此就再也不敢低估年轻人了。他当时正对房里的十个人说话，大家都坐在一块很朴素的地毯上。他说，生命的奥秘就是：什么东西对你最有益处，交由真主决定。他的意思并不是说，我们应该凡事放弃，相反地，他认为，不论做什么，我们都应该全力以赴，同时也顺应天意，不能和命运作对。

“第一次见面谈了一小时。我觉得他很风趣，但我还没有皈依。几个月后，合伙人建议我投资几千卢比，建一座清真寺，由那位老师统筹整件事情。合伙人说，每个人都应该支付两平方公尺的经费。自从第一次见面后，我就一直没再见过老师。清真寺还在建，合伙人就邀请我参加清真寺的揭幕式。那时我再度看到了老师，也看到了一间简单的房屋如何变成一座漂亮的清真寺。

“我总共和老师见了大约三十次。我并未从他那里学到宗教的细节。我需要有人做别的事：如何在今生和来生之间求得平衡。人们似乎相信老师有超能力，但我不相信。即便我见证了小房子如何变成大清真寺的过程，但我就是不相信他有超能力。我比较相信他的教导：什么东西对你最有益处，交由真主决定。”

老师曾七度前往麦加朝圣，其中没有一次是他自己付的费用，总是有人帮他。在老师告诉布迪说他应该到麦加去朝圣后，类似的事情也发生在了布迪身上。布迪没有钱，他告诉合伙人，合伙人就帮他付了。

星期六，我们搭乘 CN-235 型飞机到万隆去看望老师。这是哈比比的航天组织在更早之前与西班牙人合作制造的小型飞机。国内头等舱候机室里的椅子全都雕龙镶凤，我想，如韦达蒂·古纳万所说，这些正是《费米娜》杂志不喜欢的东西。

到万隆的路程很短，但 CN-235 型飞机很晚才起飞。这段看来漫长、可能发生各种际遇的日子开始缩短。我的神经紧绷起来。当我们在柏油停机坪上等待起飞时，这架过于窄小的飞机内很温暖，机舱内的镶板有点像木匠的粗糙作品。飞机起飞之后，不但声音嘈杂，还摇晃个不停，我真想不通，既然许多重要零件都是进口的，为什么还会制造这么小的飞机？

布迪说：“它能顺利起飞，我引以为傲。至于它的经济竞争力之类的事情，拜托不要问我。”

万隆很快就到了，尽管先前紧张了好一会儿，最后我也有了同感。

布迪说，他的合伙人那个星期六正好在万隆工作，会到机场接我们，结果并没有。我们后来才看到他，还是碰巧看到的，当时他正开着一辆四轮驱动的新车，车上载满他的家人。在小山上有荷兰人建造的一个车站，车站四周的道路如今车水马龙，热闹至极。我们就是在其中一条道路上看到那个合伙人的。车站附近，殖民时期风格的行政大楼和一些小型的住户正在改建、扩大，准备供作商业用途。在这里，原本种来遮阴的树木已苍老，树叶零落，反倒是树根四处隆起，让柏油路显得高低不平。

布迪的合伙人很自然地停下来和我们谈话，他脸不红，气也不喘，只说是忘记去接我们了。布迪显然没有注意到，但我还是感觉到了：布迪对我这个访客，一个或许没有任何来头的访客，似乎表现得太过热情，他居然要求他的合伙人、一位重要人物，到机场接我们。布迪的合伙人很友善，但似乎对我视而不见。他不高，但很壮实，在印度尼西亚人中很不起眼。他比布迪小一两岁。布迪说，他已有三千万美元的身价。他坐在四轮驱动车上的家人非常优雅，孩子还有女仆照料。他的妻子肤色白皙，轮廓分明，是位印度美女。

我们开始驱车去老师家。他家就在城镇边缘。我们经过万隆技术学院的旧校园，校园里风景如画，荷兰风情依旧。万隆技术学院建于一九一八年，苏加诺曾于二十世纪二十年代在这里就读，这使万隆技术学院远近驰名，吸引了众多莘莘学子的目光。二十世纪七十年代，万隆技术学院的萨尔曼清真寺成为伊玛杜丁宣教的讲坛，这更加不容错过。这座清真寺历经荷兰殖民统治而不衰，仿佛是蓄意和殖民时代的诸多限制相抗衡，如今它非常巍峨，已成为一座用混凝土建造而成的大清真寺，色泽十分明亮。在一条阴凉的路上，我们遇见一小群刚注册入学的学生，他们穿着白衣服，戴着一种很滑稽的帽子。曾经，布迪也梦想成为这样的学生，不过他也不知道学生为什么要穿这种衣服，可能是因循荷兰的传统。

当我们离开万隆技术学院和这个荷兰小镇的时候，布迪仍在继续介绍老师的种种事迹。有些人认为老师拥有超能力，所以他一直有吉星庇佑，成就斐然。如今，他已拥有一家超级市场、一家租车店、一家成衣工厂、一家银行及一家电脑出租店。这些企业都是自己找到老师，依附在老师身边平稳发展的，老师本人则不改本色，依然如故。信徒还成立了一个基金会，专门照料上述生意。以上种种都只是三年内的成就。在他人（如今也包括布迪）眼里，这些成就全是上苍一手造就的。

到老师家的时候，我们更惊讶了：布迪对老师的企业和基金会的描述实在太过于夸大了。当时我们已远离荷兰小镇，到了一个简朴的乡村。那里有一条狭窄的柏油路，两旁的房屋、庭院和花园都很简陋。所谓的“电脑出租店”，原来只是个摊子；所谓的“超级市场”，其实是家乡村小店；小店屋顶上方的大清真寺也根本不大。整个社区的所有建筑都很小。事实上，尽管使用的建材都是新的混凝土、油漆和黏土制造的瓦，这些建筑也都杂乱无章，只是聚集在这里成为宗教寄宿学校而已。当然，这里的学生仍是这位老师的学生，照样为老师服务。

宗教寄宿学校每天都派人清扫村子里的道路，道路上铺着的一块块柏油边缘难免藏污纳垢，大约每相隔五十米就有一根柱子，上头绑着一个彩色塑料桶，是装垃圾用的，目的就是要避免垃圾散落在路上。垃圾桶非常小，我觉得这些彩色的小垃圾桶也只是用来做做样子，象征官方关怀百姓，并不是真的要用它们来装垃圾。

老师的房子——他目前的房子，不是原来那间已改建成清真寺和商店的房子——与村子的主要道路只隔着一条小巷。这条小巷在两栋房屋之间，尽头是一个庭院。老师的房子在庭院一边。这是一栋一层楼的房子，比地面高数英尺，墙壁用编竹装饰——竹片编织成深棕和淡棕两色相间的钻石形图案。布迪说，这墙壁原来是用混凝土砌成的。

我们一到庭院，老师就从他家出来，走到走廊上。他领着一个失明的胖男孩，男孩穿着很长的蓝色上衣。老师个子很矮，或许和男孩差不多，但显然比男孩瘦许多。彼此一番寒暄过后，他将失明的男孩交给别人，步下两级阶梯，走到庭院。这是我们第一次见面时的情形。

我们脱下鞋子，步上走廊。在雅加达的时候，布迪告诉我，老师“骨瘦如柴”。但区区这几个字并不足以描述这位小巨人：瘦削的脸孔、稀疏的胡子，一双灵活的小眼睛不住地打量我们。他双唇非常饱满，轮廓清晰。下唇中间下方有一小撮胡子。他棕色的皮肤十分光滑，穿着一身白色的阿拉伯服装，作为一种宗教习俗。关于服装，布迪先前和我谈过：用某种有垫衬的原料做成头巾，头巾有一条很长的下摆，长上衣，和一件深蓝色纱笼。尽管有他这样打扮的人、这样的职业、失明的男孩，这里仍然不是一间宗教的房子。正如我们听到和看到的，这是一栋普通房屋。屋里孩童嬉戏，女人忙碌，人人都乐于和老师套近乎。

老师和我们一起坐在尼龙制的绿色地毯上。地毯有很多毛，铺在地板上也不太平整。走廊栏杆是用竹片和木片纵横交织编成的，很低，老师可以倚在上面，正如他当时的姿势。他的目光从我们身上移到下面的水池。池里流水淙淙，还有一座假山，是用雕琢精美的熔岩块砌成的。园林里的景致如此优雅，这相当令人意外。

戴白帽的助手、年轻人和寄宿学校的学生，开始将机器编织的廉价地毯铺在庭院的水泥地上，准备进行下午的宣教。毫无疑问，老师就坐在走廊上宣教，那里如同圣坛或统治者的讲台。布迪告诉过我，老师宣教曾吸引上千群众来听。此刻，他自己越来越兴奋（礼拜的时刻越来越近），说大约会有两千人来听。但这里容不下那么多人，那些挤不进来的人可以在路上，甚至在附近的住户里通过闭路电视转播来听。

布迪说：“他会充分利用高科技。”

但老师不希望布迪插嘴，他希望可以自己用英语告诉我。这样事情就有点难办了，特别是，他并不知道我此行的目的。我希望听的是他如何开始宣教，如何开始从事这一职业。我想他并不能理解我这个想法。他希望将话题留在目前的事物上，谈社区如何在他周围稳步发展；谈拜真主之赐，他的学生多么多才多艺——走廊下方的水池和假山，精美脱俗，很可能是学生们的创造。

我催促他描述第一次宣教的情形，他却尽谈些笼统的开场白："许多人并未过上美好的生活。他们有钱，却不快乐。他们的灵魂漂浮不定。"偶尔词不达意的时候，他就提高音量，增加表情和手势，不停地比画。有一两次，我瞥到他纱笼下的赤脚，感到有点难过。

我想，我应该将问题的范围缩小，于是就问起他父亲。他说他父亲是军人，官至中校，退役前一直在爪哇服役。他笑着说："和我朋友一样，我以前也想从军，如今我却是真主安拉的战士。我朋友戴的是部队的绿扁帽，我戴的是白扁帽，或安拉的头巾。"

我继续追问。布迪告诉过我，老师是万隆技术学院的退学生，在见到光明之前，也"荒唐过一段岁月"。此刻，我正好有机会询问老师的求学过程。我发现布迪的信息有误，他根本就是在一厢情愿，根据自己的想象塑造老师形象。老师不但没退过学，还认为自己多才多艺，成就不凡。他念过许多课程，诸如行政学、电子学，他在万隆技术学院还取得了电子工程学位。"我做过许多事情，真主都让我成功了。写作就是其中一例。我也当过演说家，甚至当选过学生军营的司令官。但在有了这些成就之后，我却觉得很空虚。当时我只有二十四五岁，正尝试去寻找生命中最重要的事物。"

我洗耳恭听。

"我是家里四个子女中的老大。老三因为罹患多发性硬化症去世。我曾背着他去上学，尽管痛苦不堪，他却总是很快乐。他比医生快乐，比我们快乐。他心里有一种很重要的东西，秘密到底是什么？"

突然来了新访客，是一个很高大的年轻女子，戴着灰白色伊斯兰式头巾，穿黑长袍。她脸圆圆的，没有化妆，在微笑的双眼背后，似乎隐藏着旧日的痛楚。她叫“哈妮”，在哈比比的航天组织IPTN工作，因为她是那里唯一穿全副伊斯兰教服装上班的女子，所以大家都知道她。老师非常欢迎她来访，并且将她介绍给大家认识。老师说，根据伊斯兰教习俗，她是不准和男性有接触的。

她跪坐在我们前面，双膝着地，臀部放在脚跟上，长袍下的双腿张开。她说，她在法国工作了八年，在普瓦捷读书。

布迪说：“她是位懂得高科技的女子。”

哈妮很谦逊地说，她只是哈比比制造飞机过程中的“小零件”。但一旦来到伊斯兰教寄宿学校这里，她就竭尽所能，满足人们的需求。她到底都在做些什么？她说她为伊斯兰教教徒制作服装。意思就是，她是裁缝。就算是一些芝麻小事，她也要用虔诚的字眼说。

几个女助手从老师房屋的内室端出黄澄澄的蛋糕和几杯红酒。杯子被放在有褶皱的毛毯上，好像随时都会倒。

哈妮说，她回到印度尼西亚，是因为她和IPTN签有合约，拿了哈比比的奖学金。每年有五十人被派出国，奖学金主要提供给航空工业的学生。

我要求老师说完他弟弟的故事。

“他死了。他生前说，我们今生不能一起工作，但来生可以。”

哈妮仍旧用她的方式跪着，保持微笑。她的长袍向外散开，这让她在老师身旁显得格外庞大、挺拔。她也谈起老师的弟弟：“当我从法国回来，前往IPTN工作的时候，我第一次听到他的事，忍不住哭了起来。”

“你还记得他说些什么了吗？”

“他说我们在这儿的工作都是暂时的，只要努力，我们就会有来生。

他给了我省悟过来努力工作的勇气。同样的话他从不说第二遍，真主通过他的口传递信息。”

最后，礼拜时间到了。布迪已经走开，颂祷之声从某处传了过来。午后宣教的扩音系统有噪音，仿佛正在安装似的。一位戴着绿面纱的女子正在庭院另一边的走廊清扫，伊斯兰教寄宿学校的几只瘦猫四处走动，松弛的肚皮晃个不停——终于，仿佛是被哈妮的话提醒了似的——老师开始告诉我他第一次宣教的情形。他用英语和印度尼西亚语夹杂着说，后者由哈妮翻译。

当时老师二十五岁，时间可能是弟弟去世之后，地点是在他父亲家。开始他只是简单地对人说话，第一次宣教时只有十个人听，后来，他离开父亲的房子（他并未说房子在哪里），来到这里，在一栋房子里租了一个房间。这栋房子如今已变成伊斯兰教寄宿学校的清真寺。等到有四十人听他宣教时，他就开始担心。他想：“为什么这些人会听我宣教？”他失去了一些朋友。有三年时间，他备感艰辛，至于有多艰辛，他并没说，他当时只剩下了一个朋友。但他并不介意。

“我知道真主安拉一直都在观察我，我知道安拉在听我祈祷，所以我不能说谎。对我来说，这就够了。我只喜欢说好事。有些人说，这样很好，很美，我倒不觉得很美。对我来说，有些事很难说。我只是开诚布公。我谈的是自己的心，不是大脑。”

毫无疑问，当哈妮表示“真主通过他的口传递信息”时，指的就是这个意思。

如果有时间请教老师更多的问题，我就可以对他的使命有更多的了解，可惜我时间不多，而且说过的话也不能再改变。在没有语言、信仰，也没有对信仰的需求的情况下，一个人所能理解的也仅止于此了。

我问到那个失明的男孩。

“我让失明的男孩和其他学生一起待在这里。如今他正在为一家公立医院工作，已经在这里待了三年。”他都做些什么？“这里有家孤儿院。这里的小孩只有四个是我自己的。我照顾这里的孤儿。”有多少人？“六个或十个。”

一种令人感到奇怪的含糊：不过这也可能是他闪烁其词的方法。我们听到房里有儿童的声音，有一两个孩子戴白帽子，是男孩，而非女孩，他们正在庭院中的地毯上打滚，但再过一会儿，信徒就要坐到地毯上来了。

布迪已经回来，是该道别的时候了。老师不再流露警觉的眼神，我们的谈话进行得很顺利。他送我们穿过庭院到巷口，并很乐意和我们一起拍照。他长长的头巾下摆垂着，上衣口袋夹着一支钢笔，纱笼下依然可以看到他的小脚。他呼唤孩子（男孩戴白帽，女孩披白盖头）、看护孩子的保姆（她穿一袭橘黄色纱笼，戴黑盖头）和哈妮，希望他们也一起照相。最后，大家都笑了起来。

正准备离开之际，我们看到，几个戴白帽的伊斯兰教寄宿学校学生将食物从一辆汽车上搬进屋内。这些食物一定是某个信徒送的，就如同我们看见的其他东西一样：走廊的绿地毯、盛有红酒的杯子（或许连红酒都是）、房屋里墙壁上竹片交织而成的镶板、庭院的水池、假山等等，人人都量力奉献。正如布迪所说，信徒的忠诚让伊斯兰教寄宿学校和相关企业得到发展，老师的成就也证明他受到真主眷顾。他的成就越来越大，信徒人数也越来越多。

这位老师并不提供简单的信仰，他提供的是他给布迪的关于“重要事物”的内容：精神和世俗的指引（“什么东西对你最有益处，交由真主决定”），还有免除罪责的途径。他根据每个人的需求，提供他们坚强的力量和信心。某些重要人物的需求很多。布迪说，哈比比至少有一个亲戚是老师的信徒。他甚至暗示，著名的哈比比也和老师有接触。

但后来我慢慢发现，布迪喜欢营造一种错觉，在这种错觉中，他对一切都了如指掌，这很可能是让他过分兴奋的故事之一。

一切的一切，包括伊斯兰教寄宿学校和各种任务，都由这位老师自己负责，但他依然只保持老师的身份，如同此时此刻，他正站在孩子们当中，微笑着向我们挥别。

我们乘火车回雅加达。那座荷兰人建的火车站保存得很好（爪哇可不像印度)，但车站有个卖邓金甜甜圈的摊子，工作人员的制服十分国际化，显得有点突兀。行政人员级别的车厢有空调设备，每样东西上面都明显有辛辣食物的污迹。一个服务人员打开悬在角落上方的电视荧幕，播放电影《小活佛》，布迪已经看过这部影片了。在万隆外围的山区有一大片树林，山与山之间尽是峡谷，天色逐渐昏暗，火车缓缓从峡谷中穿过。轨道一路蜿蜒，有时前后张望，可以同时看到两三座漆成白色的桥梁，弧线形的金属支架非常宽阔，在暮色中映着墨绿色的树林，犹如装饰用的花饰。在陡峻的山边有一小块一小块梯形的稻田，形状很不规则。田里的水映着逐渐昏暗的暮色，让稻田很像污迹斑斑的含铅玻璃，有的墨黑，有的金黄，有的赤红，其中一些已经插好一排一排的秧苗。

布迪说，种稻的农民无法欣赏我们所看到的美景，他们往往得在山区上下跋涉几个小时，才能走到大路上。在我们的火车经过一个村落时，他才向我解释刚才说过的话。在这些村落里，一千卢比，约合五十美分，是一大笔钱（他将 rupiah 说成 roops，这是他奇怪而好笑的地方之一[①]）。但一穗玉米的售价不超过五十卢比，只合二点五美分，所

① Rupiah，卢比，发音与 roops 类似。

以农民辛勤耕作，将农作物运送到市场去卖，最后可能只拿到五美元。过了一会儿，布迪指着一片长满树木的土地给我看，他说，哈比比有个亲戚准备在那儿为IPTN的员工盖九百间房子。这个航空企业发展真是迅速。

布迪说，此刻的他已站在另一边。他居然会用这种态度谈论贫富问题，这多少有点怪异。但他每天都和自己的合伙人争论一些他看到或他以为自己看到的贪污问题。尽管他很清楚，自己得仰赖这位合伙人（和他的门路）去争取一些大合同，但他还是不由自主地和合伙人争论。这也是他对老师产生微词之处：老师不也“有教无类”，接受一些贪赃枉法、腐化堕落之徒当听众？

老师怎么说？

他说他也知道人们的一些事情，但他不能光凭这些传闻就对他们妄下断语。他只信“眼见为实”，根据自己双眼所见对人们评断。这番话说得很好，正如布迪先前问老师半阿拉伯式的服饰时，老师给出的回答一般。老师说，不错，自己的服饰很奢侈，但这是他蓄意为之：这些服饰能让他保持自觉，只要他穿上它，就不会做任何坏事。

布迪说：“哈妮来了之后，我离开了一会儿，礼拜去了。当我在礼拜的时候，我发现钱包在这大白天里不见了。实际的损失并不重要，重要的是接下来的各种麻烦。比如身份证，它会引起很大的问题，换一个的话要用好几个月的时间。所以礼拜之后，我担忧不已。但转而一想，如果丢钱包是真主的旨意，那就表示‘是福不是祸，是祸躲不过’。后来，我去找你们，发现钱包就在你身边的地毯上。”

所以，对布迪而言，这趟拜访老师之旅还是颇具宗教性质：遗失、惊慌、放弃、信心、如释重负和新的信心。但布迪毕竟是布迪，即便是谈论宗教的时刻，他还是可以悟出实用的教训。“不要将钱包放在侧面口袋里，以免它掉出来。钱包一定要放进后面的口袋。”

天色已晚，外面再也看不见任何东西。车厢内的日光灯愈发昏暗，车窗上可以看到许多倒影。暗淡的灯光、隆隆振动的车厢，以及荧幕上一直在播放的《小活佛》，都让布迪能更深入地畅谈他的私事。

布迪和我谈他舅舅，也就是他母亲的弟弟。他的舅舅很爱他，为他做过许多事。就是这位舅舅将他从泗水的贫穷和绝望中拯救出来，带他到雅加达，让他能够自立，让他见识外面的世界。布迪和这位既是律师也是大学教授的舅舅一起住了四年，但后来两人有了一次争吵。布迪第一次和我谈到这位舅舅的时候，那次争吵早已成为陈年往事，但仍然深深影响着他，至少可以对他目前仍孑然一身做出部分解释。

舅舅受过荷兰式的大学前教育。尽管他是个虔诚的伊斯兰教教徒，一天祈祷四次，却始终崇拜荷兰文化。他每隔一年就会去一次荷兰。布迪可以一一列举他从舅舅那里学来的东西，仿佛从前做过无数次同样的事情。他学会如何去大饭店，他和舅舅每周要去三次；他学会开车(舅舅有时甚至将自己的汽车借给布迪开)；学会照相；学会买课外书；学会上经学学校；学会得体地打扮，学会穿玛莎百货的西装和巴利牌的皮鞋，绝对不穿布鞋和牛仔裤；怪的是，他还学会了漆房子。

过了四年后，两人爆发争吵。起因和女孩有关，和布迪经常在外逗留很晚有关，有时也和汽车、和布迪对女孩的情况交代不清有关。倒不是对哪一个特定的女孩交代不清的问题，而是舅舅对布迪当时的生活方式很不认同。争吵爆发当天，布迪做了一件怪事。他将当时的女友从她家带走，把她安顿在另一个女友家。两天后，女友的家人报警了，警察到布迪舅舅家询问布迪的下落，舅舅和警察周旋了好一会儿。事后他问布迪：“你知道这女孩现在哪里？”布迪答道：“当然知道。”舅舅没有生气，但正色道：“你再不小心点，铁定会惹祸上身！”尽管布迪没说，但当时他八成向舅舅做出了某种保证。

不久之后的某个夜晚，女孩打电话到舅舅家里，舅舅接了。布迪一直担心会发生这种事。果不其然，舅舅这回真的非常气愤。他对布迪说：“你难道不知道自己根本一无所有？瞧你父亲那副德性，他就是你的好榜样。他住的还算间房子吗？根本就是个鸟窝！”（布迪后来在述说这段往事时，也表示“那真是鸟窝，我可以带你去看”。）舅舅给布迪下了最后通牒：“离开那女孩，否则就离开家！”

布迪说他宁愿离开家。舅妈为他求情，她甚至到他卧房里，抱着他，要他去向舅舅道歉。但第二天，布迪还是离家而去。

布迪告诉我：“会选择离家而去，还有另外一个原因。我家非常非常穷。我住在这样富裕的环境中，常常会想起自己的家人。每一次在自己身上花钱的时候，我就会想，如果能将这笔钱寄回去，对家人一定很有用。我穿的是巴利的名牌皮鞋，在这样的豪华大饭店吃东西，买昂贵的书，但我的家人有时却连午饭都没得吃。”

他去了一个大学朋友的家里，朋友将自己弟弟的房间安排给布迪住。第一周，通过另一个大学朋友的帮忙，布迪找到一个小职员的差事，可以挣三万卢比，大约十美元。第二周结束后，他在一家大 IT 公司里找到一份电脑操作员的工作，后来一待就是十年，而且飞黄腾达。就这样，他迅速展开了自己真正的事业。这全是拜舅舅的培养所赐，偏偏此刻，舅舅不在身边。布迪身边没有任何一个可以亲近、关心他的人，也没有见闻广博的人，可以听他述说自己的状况。布迪开始有了孤独感。

还有一点让布迪很不快，就是大学的那个朋友。他离开舅舅家后就得和他待在一起，但这个朋友希望布迪帮他做家庭作业，要求布迪帮他代考，最后还要布迪给他钱。布迪无法向房子里的任何人抱怨。等到最后他不得不离开那间房屋时，竟给别人留下很坏的印象。

他将收入的三分之一寄给远在泗水的父母，以减缓家中昔日的痛苦。在离开舅舅家四年后，母亲开始催促他与舅舅和好。她告诉布迪：“你是晚辈，舅舅怎么能向你道歉？应该是你向舅舅道歉！”布迪终于同意了。趁伊斯兰教斋月结束的庆典期间，母亲从泗水来到雅加达，并带着布迪去了舅舅家。母子二人很早就到了，在舅舅家待了一整天，但舅舅就是不肯踏出房门一步去和他们打招呼。第二年，也在相同的庆典期间，布迪的母亲再度带布迪前往舅舅家。这一回，舅舅终于踏出房门了，但两人关系终究已经破裂，不可能恢复到从前的亲密了。

这显然是布迪一生的写照：仿佛和传奇故事一样，朋友和救命恩人到头来反目成仇。我想到他那个失礼的合伙人，那个在万隆和优雅的家人一同坐着四轮驱动汽车的合伙人，再想到布迪一直在印度尼西亚的富商大贾中寻找生意搭档的事情，不禁怀疑：这个反目成仇的模式如今会不会重演。我将这个疑虑告诉了布迪。

布迪用我的字眼说：“现在，好友反目成仇的可能性是有的。如果你听到了闲言碎语，却隐忍不提，那么总有一天会全部爆发出来，就像我舅舅一样。”

布迪很脆弱，他没有人保护。此刻我发现，尽管拜舅舅的培育所赐，他对衣着、鞋子和进口的墨色太阳眼镜有很奢侈的品位，而且这些品味至今犹在，他却没有一栋房屋。他寄居在朋友家，三天两头换房住，甚至会睡在办公室的某个角落。他说他买不起房子，我说我在雅加达的卫星城看到了成千上万的新房子。他回答说，那些房子售价要四万美元，只有像警察和会计师那种贪官污吏才能付得起百分之二十的保证金；一旦住进了那些地方，就会发现自己是在与一些败类比邻而居。后来他又表示，自己不想住在卫星城，因为得请用人整天照料房子，这对他而言是一大负担。过了好一会儿，他又说，他无法忍受拥有一栋属于自己的房子的那种孤独。

他深以自己的孤独为苦。住在泗水的父母很贫穷，无法在社交上为他做些什么。因为他没上大学，也和同龄人失去了联系。他可能会娶的女孩最后都嫁给了别人，就连他在IT公司平步青云的时候，也都无法在同事中找到女朋友，因为他没有她们那种背景和信心。在万隆那位老师要他前往麦加朝圣之前，他也曾和许多女孩发生性关系，但就是欠缺“环境”——这是他所谓“合适的社交生活”的IT用语。如今，在发誓之后，他连性生活都没了。

他有数百个朋友，但他神秘兮兮地说，寂寞和幸福并没有直接关系。他的寂寞是“不知道要做些什么”。他和父母共处的时候，父母都认为布迪的程度高出他们许多，亲子之间并没有真正的话题。

“我父亲对破产一事无怨无悔，他一直都如此。他喜欢穿很旧的衣服，就算我买新衣服给他，他也依然穿旧衣服。在这方面，他一直坚持印度尼西亚风格。他不求奢华，对自己住的地方安之若素。我告诉他舅舅用的形容词，他笑了起来。他说，你是因为他说我们家很像鸟窝才离开的？我说，这么说太侮辱人了嘛。他说，其实他说的一点也没错，是真像鸟窝。”

雅加达日本式的新火车站比印度尼西亚的任何建筑都漂亮，更吸引人。这座火车站的空间宽敞而干净，卖食物的摊子更是让游客垂涎欲滴。布迪花了好一会儿功夫和出租车司机讲价。虽然我表示由我来付车费，但他坚持要讲价。最后，他和一名司机讲好了价钱，我都觉得那价钱太便宜了，但等到我们上了车，他却告诉我，他准备付司机两倍车费，以奖励司机的彬彬有礼。

他承袭了父亲的神秘和怪异。因为害怕孤独，所以今天他过着这样的生活，住在朋友家和自己的办公室。这种生活方式，更让他的一生以孤独终结。

他的办公室坐落在雅加达市中心一片现代化街区。办公室用隔板分隔成了几个小房间，在最主要的房间里，有五张为主管准备的椅子。另有一个小房间依附在旁边，那是布迪不和朋友住在一起时睡觉的地方。小房间有床和衣架，因为没有空调设备，所以布迪睡觉时必须打开门。主管办公室区域的抽屉存放着他没挂起来的衣服，这些衣服都很昂贵，是舅舅教他该穿的衣服。在接近小房间的架子上有一些书，这意味着他要在夜晚看书，这也是舅舅教他该买的书，在这些书中，就有印度尼西亚语版和英语版的《古兰经》，还有一些宗教书，一套海涅曼亚洲工商管理书，这套书是我们一起去万隆之后买的。

在主管办公室外面的一个小房间里摆的是布迪那昂贵的美国登山自行车，车的前后都有避震器：在泗水，骑自行车是一大需求，如今却成为他的奢侈的运动。员工的办公区域如同教室一样拥挤，旁边有一个铺着绿色地毯的休息室，那是一块礼拜用的地毯，指向麦加的方向。

我想起了伊玛杜丁的办公室，尽管这次的感觉不较以前强烈。结果我发现，布迪一直都在看伊玛杜丁的电视宗教节目。他尤其对一次伊玛杜丁对一个杀人犯的访问印象深刻，这名杀人犯还在狱中皈依了伊斯兰教。布迪训练员工的时间到了，我静坐在一旁，不禁想道：尽管伊玛杜丁和布迪都与美国公司有渊源，布迪还是会采用伊玛杜丁的“心智训练”课程。

布迪有个朋友，二十五岁，是万隆技术学院的毕业生，在他家的通讯公司工作。这个朋友最近才来过这间办公室。他是武术高手，还有所谓的“阴阳眼”，能看到一些“脏东西”，更能断人吉凶。他一看就知道布迪合伙人的肾脏有毛病，也看出了布迪患有鼻窦炎。布迪大吃一惊，请他到自己睡觉的小房间。这位“阴阳眼”说：“在你睡觉的地方有一个老女人的幽魂。幸好她没有伤害你，你也别去招惹她。”

我问布迪：“这个老女人长什么样子？他看到她了？”

“你问的问题我也问过他了。他说，老女人是透明的，就像电影《鬼马小精灵》里的形象那样。但我看过一本埃及书，里面写道，灵魂既可以化为人形，也可以化为动物的模样。”

我说：“我不知道你对这种事感兴趣。”

“我一直都是。”

我们最后一次见面时，布迪送给我一些礼物，好多书——看来布迪还颇有他舅舅的风格。这是一些有关印度尼西亚前九位伊斯兰教教师和宣教者的故事书。布迪送我这些书，正好让我想起我们曾到万隆去看望的那位老师。这也算是童书：但布迪认为送我这些书再适当不过了，因为书上记载了关于这些老师的民间故事。

布迪为我翻译卡利雅加的故事。卡利雅加是一位老师，他最著名的功绩是将印度古代梵语叙事诗《摩诃婆罗多》改编成伊斯兰教故事，让这些叙事诗的内容适合在皮影戏院上演。他就是通过这种方式，让印度尼西亚人接触到伊斯兰教的。他教印度尼西亚人敬拜真主，而不是敬拜泥塑木雕的偶像。

卡利雅加的父亲是爪哇最后一个印度王国满者伯夷的大臣，或可称为地方首领，拥有的领地在爪哇北部。当地已有一些伊斯兰教势力存在。这位父亲信奉伊斯兰教，却不希望自己的儿子信，他不想和王国的印度教统治者作对。卡利雅加长大之后，对父亲领地内贫富悬殊的情况相当不满。他开始从国库盗取大米和其他食物，分送给穷人。有一天他被父亲抓住，父亲命令他离开领地。卡利雅加就此成为绿林大盗，专门劫富济贫。

有一天，卡利雅加看到一个老人在森林中拄杖而行，杖柄居然是黄金打造的。卡利雅加一把将手杖抢了过来。老人说："你想要什么，黄金吗？如果你想要黄金，现在就看那些树。"突然之间，老人所指的树都变成了黄金。卡利雅加跑到树林中去捡，老人继续走他的路。等到老人消失了，树上的黄金也变回了树叶。卡利雅加这才意识到，老人具有神力。

事实上，这位老人不是别人，正是松南彭昂。松南彭昂是九位老师之一，法力无边。他能腾云驾雾，呼风唤雨。卡利雅加拼命追赶老人，恳求老人收他为徒。老人说："我很忙，如果你真想拜在我门下，就拿着我这支手杖坐在河边，等我回来再说。"

老师离开了。多年后，他早已忘记卡利雅加。有一天，他路过旧地，看到卡利雅加坐在河边，长发长须长指甲，身上爬满藤蔓，却依然拿着老师的手杖。老人于是教给卡利雅加法术，要他下山，向百姓宣扬伊斯兰教。卡利雅加发现，要向那些印度教教徒宣扬伊斯兰教难如登天。所以，他就尽可能采用印度教的故事和仪式模式，换掉具体内容。他不念印度教的符咒，念《古兰经》。

布迪说："他在与泗水相隔两百公里的厨闽宣教。厨闽如今是一座大城市，有海港。"

"你知道故事发生的时间吗？"

"不知道。"

"在哪一个世纪也不知道？"

"我认为是在满者伯夷王国灭亡的时候。这本书是给儿童看的，没有记载时间。"

满者伯夷王国于一四七八年灭亡，即西班牙最后的伊斯兰教王国格拉纳达灭亡的十四年前，也就是发现新大陆的十四年前。所以，伊斯兰教在西方受到抑制之际，却在东方广为流传，大印度的文化和宗教，无不受到伊斯兰教的影响。数百年来，因为伊斯兰教入侵，印度饱受蹂躏。在印度尼西亚这样的地方，印度的光辉早已熄灭。

尽管浑身爬满藤蔓，卡利雅加仍尽忠职守，他就如同那位冥想不已的印度耆那教圣人葛马提斯瓦拉再世，神奇而简洁。在印度南部卡纳塔克邦的拉瓦纳贝尔戈拉，有一尊五十七英尺高的裸体雕像，它浑身被藤蔓包裹，巍然耸立，非常壮观，这正是葛马提斯瓦拉。这尊雕像造于十世纪，看起来却崭新如故。让人难过的是，雕像的脚周围有许多活生生的老鼠四处乱窜，仿佛在对圣人进行进一步的考验。这种形象居然会出现在十五世纪的爪哇故事中，为截然不同的目的枯坐在河边，岂非怪事？

看来在各种信仰百家争鸣之际，布迪的世界鬼影幢幢，数目远远超过他自己知道的。

第二部

伊朗：阿里的公道

第一章　受迫害者基金会

在雅加达，新财富有时候会令人产生压迫感，快速地改变当地的风土民情，至少目前情况看来如此。往事历历如昨。每个周末，这个由新财富造就的杂乱无章的城市，就会有一批有钱人，尤其是有钱的华人，一心往外跑，希望寻找舒适、干净、清新的空气和秩序。他们携家带眷，甚至叫上女仆，前往五星级饭店。如今，大饭店已俨然成为雅加达周末的避难所。一九七九年，一些雅加达华人就开始以这种态度在大饭店消费，但他们这么做，也只是庆祝一些重要的节日。现在，新的财富、运气，让这里每个周末都举行盛宴。在星期日早上的婆罗浮屠饭店，有钱人（不论是华人还是其他人）都会聚在一个大房间里高唱圣歌，并不时拍手，祈祷幸福长存。他们都是“伯大尼成功之家”的信徒。“伯大尼成功之家”是美国新兴的福音派。新财富可以泽及未受教化之人，这多少让人觉得是一种幸福。“科技”以及造就“科技”的工厂已经可以全部依靠进口，但也让人觉得这是一种掠夺，必须及早终止。在极权国家，幸运和执照只赐给唯命是从的人，一想到“发展”——包括“科技”——都会让人联想到掠夺。连有钱人都会感到焦虑。所以，一到了星期日早上，他们就聚集在大饭店的避难所，高唱圣歌，拍手祈祷，像过安息日一般无拘无束。他们轿车的后窗有许多贴纸，上面写着“伯大尼成功之家”，仿佛这是一种坚定不移的祈祷，可以阻绝一切邪恶的眼光。

我在雅加达的时候，经常觉得这样的社会状态是伊朗革命之前的翻版，只是少了一些优雅罢了。它如此雄伟，势不可当，让人觉得想象这个伟大城市的崩溃与衰败是一大过错。

一九七九年八月，即伊朗革命后六个月，我到了德黑兰。当时的德黑兰和想象中的城市一样：是个天晓得花费多少财富才能造就的现代化都会。整个都会的生命似乎已神奇地终止，但国际化商品的广告依然林立，只是不一定买得到（“肯德基炸鸡”的英文名字 Kentucky Fried Chicken 已被愤怒地改成“我们的炸鸡”，Our Fried Chicken，那位南方上校的脸庞脏兮兮的，被重画了）；十几座高楼尚未建成就已停工，起重机就被闲置在高楼上；空荡荡的饭店里有难吃的食物。在一家餐具、账单和菜单上依然显示“德黑兰希尔顿皇家大饭店”的饭店里，餐厅几乎空无一人，但仍摆设得无可挑剔，甚至还有酱汁鲟鱼。一些打着黑色领带的服务生聚在一起咬耳朵、发牢骚，表情郁郁寡欢，他们似乎知道再也没有人需要他们的天分和风度了。这些都是饭店走向倒闭的预兆。但是在外面，在德黑兰大学星期五的礼拜集会上，大批群众依然兴奋万分（因为人数太多，脚步声听起来非常嘈杂；人群走动之际，尘土飞扬，几乎可以湮没人群），著名的宣教者出现在电视上；革命卫队一副游击队装备（这副装备在今天已成为信仰的象征），他们坐在敞篷的小卡车上四处飞驰，宣告他们如今已拥有这座城市。

我这次下榻在凯悦大饭店。此刻的凯悦大饭店已换了名称，改为“阿扎迪大饭店”，阿扎迪就是“自由”的意思。伊朗所有的五星级大饭店都收归国营，并重新命名，再交由“受迫害者基金会”（意在嘲讽伊朗巴列维国王的基金会）去管理。但人们依然习惯叫它凯悦大饭店。凯悦大饭店就在德黑兰外围，北德黑兰的山区。

凯悦大饭店大厅的大理石地板光可鉴人，让人备感安慰。就算是凌晨三点也有人在柜台桌上孜孜不倦地工作。但电梯内的地毯很脏，污点斑驳，大小也不太合适。电梯门的金色涂层原来是凯悦大饭店昔日的魅力所在之一，如今却有几处掉落，看起来像是用一块金色薄片贴成的作品，仿佛一张信用卡。饭店搬运行李的服务生全都穿开领衬衫，这是革命标记之一。在外套衣领下，这些衬衫的领子下垂成不规则形状，此时此刻，它看起来就如同十六七世纪流行的既高且硬的轮状皱领。搬运行李的服务生许多都不刮胡子，这是伊斯兰教习俗。有些服务生脸上发亮，脏兮兮的。这是一种反社会的态度：两种革命形式——政治的和宗教的——并驾齐驱。后来我再度下楼，寻找饭店的保险箱，看到一群服务生公然坐在大厅中央的椅子上，他们摆着一张张臭脸，根本懒得对我施以援手，就如同一群受迫害者，好像凯悦之类的大饭店是奉他们之名被接管下来似的。

后来，在白天，类似情况再度重演。一名服务生端来咖啡，接着有两个女人进来收拾房间。她们穿的袍子长可及膝，是蓝色的（也许这种颜色比较耐脏），披戴的黑头巾让她们看起来像正在从事某种专业服务的修女。但她们很友善，甚至会说几句英语。随后，那个为我端来荷包蛋午饭的服务生却让我始料不及。他从头到尾都摆着一张臭脸，用满怀恨意的眼神盯着我，一句话也不说。看来，革命遗恨仍挥之不去。傍晚时分，我下楼到大厅。那天早上进来的时候，我整个人有些恍惚，一时没注意看，这次我终于看到了错过的东西：大厅中庭墙壁上有一块大告示牌，上面写着“打倒美国”。自从革命成功，这块告示牌就一直挂在那里，挂在所有五星级饭店的大厅里。

告示牌下的人们正喝着茶和咖啡，吃蛋糕。这些人看起来像中产阶级，其中还有几个妇女。先前，夹楼处的地板上一定举办过儿童舞会：衣着和皮鞋都十分优雅的年轻妇人（气质优雅的人，就是穿着长袍、披着头巾也遮掩不住光彩）正牵着小女孩，沿着蜿蜒的楼梯走到夹楼处的地板上。小女孩的服装色彩鲜艳，这也表明，这个社会远比我先前听德国汉莎航空公司空服员的建议时所想象的更开放，那位空服员在我们刚飞抵德黑兰的时候就叮嘱大家戴头巾。

有个男人带我去伊朗国王的庭园，庭园的法国梧桐树下有间凡尔赛宫风格的露天剧院，我们要欣赏一场名为“群鸟大会”的歌舞表演。它采用伊斯兰教神秘主义教派苏非派的音律、舞蹈。我向他诉说我在凯悦大饭店大厅的经历，他说，伊朗的中产阶级——伊朗用一百年时间，花费无数财富造就的——不是被摧残殆尽，就是已流亡各地。我在凯悦大饭店大厅所看到的，只是新中产阶级悲哀的开始。

事情一件接一件。德黑兰的交通和我记忆中的没什么两样，每个十字路口都在上演一场又一场的角力赛。有人胜利，有人失败，汽车迎面而撞。每天都可以看到浓烟直冒。从北德黑兰山区可以俯视烟柱，而从德黑兰市中心却看不到远山。

凯悦大饭店的书店对新旧英文书的选择很有品位，旧的平装书是革命前的存书，依然摆在书店里。不太可能过关的书名早就受到检查，有时检查的行为让人大感不悦：有一本教科书叫《黑男孩》，书中有一张高感度照片，上面是一个黑人小女孩坐在南方的茅屋外面，结果，她的皮肤处被人用黑色签字笔画得乱七八糟。

在凯悦大饭店咖啡厅的外面有一个装框的海报，海报中的女人披戴着头巾。一名叫迈赫达德的大学生担任我的导游，也兼任我的口译。他为我念海报的说明文字："这是一位清白的妇女的照片。"德黑兰的许多公共场所都悬挂着这张海报。

伊朗曾和伊拉克打了八年战争，这是无可回避的主题。战争发生的时间距离现在不远，但它又如同一桩发生在一百年前的神秘事件。迈赫达德第一次谈到两伊战争，用的是一种很奇怪的语气。他说："这是一场迷失了的战争。"我问这场战争对他有何意义，他说："没什么意义。"他并不是说真的没意义，而是用这种口气去表达一种无可名状的痛苦。

迈赫达德的姐姐已经三十出头。她受过教育，也不难看，就是找不到婆家。因为爆发了两伊战争，男人变得很少。她在出版社上班。就这一点而言，她算得上十分幸运。许多年轻女子都没有机会踏出家门一步。在革命时期的伊朗，未婚女子想有社交生活，哪怕只是四处走动，都很不容易。迈赫达德的姐姐一下班就回家，而且一直待在家里，大部分时间是在自己房里。迈赫达德说，她总是闹情绪，很阴沉，牢骚满腹，常常大哭大闹。母亲不知道该拿她怎么办才好。

迈赫达德的父亲革命前在银行上班。革命后银行收归国营，父亲的差事也丢了。他勉强张罗了一个小型男士服饰用品店，就一直靠这份生意养家糊口。此刻的迈赫达德从很早的时候——他只有八岁——开始说起。许多年轻人都知道那次革命。迈赫达德说，革命之初，呼喊的口号是共产党人的"面包、工作和自由"，一年后，口号却变成"面包、工作和伊斯兰教共和国"。

如今，每一种公共行为都有宗教规定。执行这些规定的是穿绿色制服的“革命卫队”，他们的胡子和游击队装备象征的是他们的权威，而不是他们的年少轻狂，大逆不道。有个傍晚，迈赫达德带我到一个距离凯悦大饭店不远的游乐园玩。青年男女经常到这里聊天。革命卫队也会来这里走动，防止这些青年男女有任何越轨的举动。女孩们三五成群，穿黑色长袍和披风，很容易辨认：如今在这座公园里，黑色是一种象征女人性感的十分抢眼的颜色，从很远就看得十分明显。毫无疑问，此时此刻的迈赫达德一定想到了在家里满脸愁容的姐姐。他说，有些女人其实已经成了妇人，她们看起来显得比她们该有的模样要老，因为战后男人变得十分稀少。

公园某个角落有很宽阔的阶梯，阶梯两边各有一些半身像，它们的造型相似，都是伊朗伊斯兰教的伟人塑像。伊斯兰教革命已在这座供人休憩的公园衍生出一种苏联艺术。

正如在古老的共产主义国家，中立报纸报道的新闻主要是其他共产主义国家的新闻，英文报纸《德黑兰时报》报道的则是伊斯兰教世界的消息。其间还有一些地方新闻，比如：三名隶属伊朗人民圣战组织的恐怖分子受审；美国限制贸易，石油工业零件短缺；货币贬值等等。

当然也有言论审查，这点根本无须多言。书本的审查格外严格。每本书都得呈送检查人员审核，不是将字稿送审，而是将印刷完毕、装订成册的书本送审，并且还得在印完一整版之后送审。所以，作者在自我检查时格外谨慎，不论多么仔细，都不能保证可以通过。谈音乐可不可以？各方见仁见智。谈下棋总可以吧？但会不会被指责成一种赌博行为？在几番争论之后，霍梅尼政府如果说没问题，一切才尘埃落定。

那个门上金色涂层一直掉落的电梯从未正常过，三天两头出故障。有时候刚修好，上下运行几次之后，轮轴又坏了。我房间的空调也有问题。楼下的男人说，Kharab，意思是“坏了”。只能这样，我准备忍耐下去，但迈赫达德听到消息，就跑去找饭店人员，要他们给我一间后面的房间，那里下午的阳光不会直晒，又可以欣赏北方的山景。

霍梅尼的圣陵和附属圣陵的烈士公墓（两伊战争中阵亡将士的埋骨之处）坐落在德黑兰南方的沙漠中，就在通往圣城库姆的大路边。迈赫达德和司机双双表示，我们最好在白天温度升高之前赶到那里，所以，我们在天色还十分昏暗之际就出发了。

突然，在黑暗中，平坦的沙漠深远之处出现了一大片低矮的灯：有圣陵旁蓝色和金黄色的灯，还有通往圣陵的公路边的灯。接着，就如同眼中的幻觉缓慢消失了一样，透过灯光和黎明前的天空，许多细节逐渐呈现：高高的圆顶，奇异的古铜色，四座像通讯塔一样的光塔，每座光塔都配有黄色的灯饰，在光塔上方，还有一种象征真主的尖塔，尖塔上方又有蓝色的灯，仿佛设计者（如同伦敦阿尔伯特纪念碑的设计者）总是意犹未尽，乐不释手似的。

停车的区域很大。路与路之间种着一些欧洲夹竹桃，停车场内已停了许多老旧的大篷货车和汽车。沙漠灯光越来越亮，看得见的人也越来越多：许多家庭在他们车旁的路面上或睡或卧，这些都是乡下人，脸孔让阳光晒得黝黑，穿黑衣服，寝具破烂，携带的物品全都放在塑料袋里。

有一块告示牌上写着“圣陵”二字，这显然是多此一举。告示牌后方一片杂乱：几间矮棚子是存放祭品用的，一间棚子是失物招领处，一间茶棚免费供应茶和糖。有张布告上写着：欢迎大家捐赠茶、糖和杯子。所有这些附属的建筑都是最基础、最平淡无奇的，甚至有些简陋，好像一座巨大的圣陵和四座有灯饰的光塔就已足够彰显虔诚了似的，迈赫达德告诉我，这一切都是四个月内完成的，建霍梅尼的圣陵实在太有必要了。

浩瀚苍穹之下，人显得格外渺小；在圣陵中，人亦是如此渺小。没穿鞋的脚踩在地上几乎悄然无声，人们通过铁栏杆的缝隙瞻仰霍梅尼的陵墓，自然生出各种心愿和希望。这正是人们到这儿来的主要目的，外在的世界都是次要的。

圣陵前面有一个很大的庭院，庭院铺着混凝土板，中央有一口赦罪池，两边各有一些尚未完工的上色混凝土建筑，准备建成青年招待所。这里到处都有混凝土，它们非常粗糙，散布在沙漠之中。主建筑一边的混凝土平台已被毁坏。铺在庭院上的混凝土板也有多处地方破损，有的被磨损成小颗粒，甚至在最外侧变回了泥土。水坑到处都是，松散的沙砾也是东一块西一块的。

迈赫达德说："他们只有在周年纪念日才会清扫。"

圣陵四周有砖墙，按照传统，墙边的休憩处是朝圣者睡觉的地方，有些地方用毯子和床单挂在绳子上当帘幕隔了起来。清晨的微风吹起床单，让帘幕内拥着毯子、寝具和其他物品的人一览无遗。没有用帘幕遮蔽起来的人早就起床四处走动。这些人大部分看起来都是贫穷的村民，其中有些人在祈祷。黑衣女人的披风被微风吹起，让她们看起来比实际要高大得多。从近处看，许多妇女其实都十分瘦小，有些甚至面有菜色。她们都是从远处来的：昔日村子的苦难仍挥之不去，改革之风还未吹到她们身上。

在橘色的桶上有用蜡纸油印的几个波斯文字，意思是"垃圾"。一些形状很漂亮，蓝黄两色相间的布施箱散置在主庭院里，看起来很像信箱。通过迈赫达德的翻译，我才知道布施箱上方写的是"布施使人更富裕"。布施箱两边也用蜡纸油印了两只手，一只手代表"接受"，一只手代表“施予”。两只手都呈黄色，其中代表“施予”的手还印着一行红字：一日之计在于布施。

箱子的主体是蓝色的，上面写着：布施可以保护你自己免遭七十种疾病侵害。整个布施箱被安装在一个三四英尺高的柱子上。庭院的混凝土板都有洞，以方便安装柱子，柱子装好后，再用泥浆将洞填满，所以布施箱看起来像是有人后来才加装上去的。

箱子里的布施品是要“送给霍梅尼的 Komiteh”，Komiteh 是“革命委员会”。这个“革命委员会”早在革命第一年就成立了。迈赫达德说，德黑兰有个关于“革命委员会布施箱”的笑话：一个乡下的土耳其人（是伊朗境内的土耳其人，许多笑话都是关于这些人的）跑去奉献他的布施品，结果，就在同一时刻，差点被一辆朝圣者乘坐的巴士辗死。

迈赫达德说：“对于这个土耳其人而言，这就像一个出故障的电话亭。”

庭院中还有许多意见箱。圣陵中会出现意见箱，这相当让人意外，或许这些意见箱也是“革命委员会”摆设的。在他们看来，所有的公共场所都该有意见箱，这些箱子有点像柱子上的小鸟舍。这里的柱子很像安装布施箱的柱子，竖立在混凝土上面。他们在混凝土上先挖好洞，将柱子插在洞里竖起来，再用泥浆重新填合，所以，它们看起来也很像事后才装上去的东西。

旭日开始东升。是该离开圣陵，转往烈士公墓的时候了。混凝土庭院的入口处有一些三叉金属灯杆早已遭到破坏。我之前进入圣陵的时候，没注意到这些灯杆。圆拱形的灯罩状似基督教宣教者的高帽子，是铝制的，柱基也已受损。

或许所有圣陵的命运都大同小异，正如迈赫达德所说，这一切都是迅速建成的，在最开始就追求速度，旨在安抚民众难以抑制的悲伤情绪。只要还有需要，这座圣陵以及它附属的建筑就会被反复建造。我想，大多数来这儿的人都有需求，世界总是超出他们的掌控。

此刻，在停车场的车辆旁边，在夹竹桃树之间，许多人家都已将未加香料的面包和灰白色的干酪铺在地面上，全家团团围坐。有些人家甚至还备有俄式茶具。

一九七九年，到处都有革命的海报和涂鸦。革命绘画艺术得到发展，一如革命情感。如今，人们几乎再也看不到革命绘画艺术了，取而代之的是各种告示和当局的告诫。在通往烈士公墓的大道上方就有一块大木板，木板左手边有一块英文告示牌，上面写着：不要以为为真主捐躯的人死了。他们仍然活着，受到真主的供养。

入口处的路面很宽，保养得很好，还有穿制服的军人看守。这条路通往一条在松树林与榆树林之间的大路。坟墓就在那里，在树下，在树丛之间。铝制的相框被安装在两个柱子之间，有点像广告牌，它们一个个紧挨着，大小不一。每个相框的上方都有一个玻璃盒，装的是死者照片。这些照片让人十分难过，因为照片中的人都相当年轻，就像邻家男孩。一九七九年，我在德黑兰街上看到过革命卫队，他们持枪坐在汽车上四处飞驰，仿佛只是为了自我夸耀，当时的我认为这有点夸张。也许是有点夸张，但也可能如他们所说，每个人都在等待机会慷慨赴义。在两伊战争中，他们总是成千上万地死去。

最著名的一位战争烈士只有十三岁。这位年轻小烈士身上绑着一枚炸弹，奋身跳入了敌人战车底下。霍梅尼曾在一次演说中提到这位小烈士的英勇壮举。有一块手写的告示牌，装饰得很精美，意在颂扬死者，字是黑色的，外面还用红色勾边。告示牌就在一棵松树上，指引人们小烈士的埋骨之处。

小烈士的哥哥也死在两伊战争中，兄弟二人埋在了一起。墓碑上的饰板有革命卫队的标记：很像一把枪。玻璃盒上有两兄弟的加框照片，两边都有人造花的装饰。下方的架子上有一面镜子和加蕾丝边的小垫子，还有更多的人造花。迈赫达德告诉我，镜子和蕾丝花边是送给新郎的传统礼物。霍梅尼那著名的颂辞也写在了上面，黑底白字："我不是领袖。领袖是这位十三岁的少年。他抱持着一颗小小的心，一颗胜过一百多支笔的心（他的信仰比任何书写的东西都有价值），和一枚炸弹一起投到敌人战车底下。他摧毁了战车，自己也壮烈牺牲。"这件事发生在两伊战争开战两个月后：当时谁都没有想到，战争一打就是八年。

简单易认的墓碑是政府提供的，装饰品则由家人负担费用。我们总看到一块又一块简单的墓碑，上面用漂亮的波斯文写着"无名烈士"。

迈赫达德说："这里有成千上万的无名烈士。家人如果不知道儿子埋骨何处，就到这儿来，对着某块石头祈祷。"

在松树和榆树下，每件事物都靠得紧紧的，包括一排排墓碑和相框、沙土中的树丛，还有许多国旗，它们都被树丛限制住，无法迎风飘扬。

当我们小心翼翼地在墓园中穿行之际，迈赫达德说："这里到处都可以看到国旗，伊朗国旗。"他指的是伊斯兰教共和国国旗：绿、白和红三色。白色中央部分有安拉的象征，下方有一行《古兰经》经文。迈赫达德一面接一面地指着说："颜色都快掉光了，也失去意义了。"

迈赫达德服过兵役。他的话有点伤感，也有点讽刺。对他而言，军队和国旗都意味深远；这些根本不能迎风，更不曾飘扬的国旗，都是烈士家族挂上去的，早就蒙上了沙漠中厚厚的沙尘。

粉红色的夹竹桃长在树丛之间，和霍梅尼圣陵停车场处的一样。圣陵周围的人很多，这里却几乎没有任何人看守。偶尔看到少数几个，也基本上是公墓的工作人员。迈赫达德说，民众要在特定的日子才会到这儿来。

汽车和清洁车扬起阵阵沙尘，弄脏了路边的铝制相框。有些相框早就空空如也，有些照片则和相框一起生锈破败。迈赫达德说，以前人们一定料想不到这种情况，如今，很多家人都不再来了，或许这些家人自身也已亡故。一个人能让人悼念多久，就看他能让人哀伤多久。

在墓园角落一些没人理会的墓碑和相框上方，有一块告示牌，看起来依然很新，上面有霍梅尼的话："烈士仰望真主安拉——心无旁骛。他们看着安拉，他们全心只想着安拉。"

我们到血泉去参观。这口血泉曾经闻名遐迩。它建于战争初期，建造之初，血泉喷出的是紫色的水，旨在让人联想到鲜血、牺牲和救赎。如今，血泉早已不再喷水，喷泉的水池空空如也，倒是真正的鲜血洒满了各地。

第二章　贾弗里周游各国

我到处寻找来自过去的人物。其中一位叫帕维兹，他是英文报纸《德黑兰时报》的创办人和主编。该报的宗旨是“愿真理长存”，他对这句话深感得意。在我看来，一九七八年八月的他，事业达到了顶峰。

这家报社在德黑兰市中心有间设备完善的办公室，员工约二十人，其中一部分是外国人，也有一些说英语的青年游子。这些年轻人能用自己的英语赚几个里亚尔[①]，无不额手称庆。报社业务蒸蒸日上，于是，帕维兹和他的员工计划在新的一年将报纸从八版扩大到十二版。德黑兰仍弥漫着革命的兴奋，外国来客人来人往。帕维兹的想法与餐厅里的人一样，他认为，在动荡的革命之后，经济虽然暂时停滞，但百业终将东山再起，解放后的国家不久之后势必会再度欣欣向荣，如同帝国时代的伊朗。

帕维兹看起来像印度人，不像伊朗人。我问他是哪里人，他答称是印度裔的伊朗人。我想，这是一种将问题复杂化的巧妙方式，他应

①伊朗货币。

该是印度的什叶派教徒，后来移民到伊朗，就像到了什叶派的大本营。

他人很和气，最初还以为我和其他访客一样，是来求他给一份工作的。他很可能准备给我一份工作，因为他并没有看我，只是看了桌上的证明文件，就突然拐弯抹角地问我有什么“条件”。后来他总算弄清楚了，我来只是想找他谈伊朗的现况，随后，他送我去采访室找贾弗里。

贾弗里是中年人，双眼炯炯有神，有一张大嘴，运动神经十分发达，浑身充满能量。他之前坐在一台高级打字机前埋头打字，当时终于脱身，吃着办公室小弟帮他拿的一盘煎蛋。他津津有味地吃着（时值斋月，他却不禁食），我想，他做事情应该也是这样不拘礼俗、风风火火的。

贾弗里也是印度人，是来自勒克瑙的什叶派教徒。他在一九四八年，即印度独立后，离开印度，因为有人“相当直率”地告诉他，身为伊斯兰教教徒，他在印度空军部队里不会有任何发展。于是，他前往巴基斯坦。十年之后，他又觉得，身为什叶派教徒，自己在巴基斯坦很不快乐，于是转往伊朗。在伊朗，几乎每个人都是什叶派教徒。但是，尽管贾弗里不断奔走各国，寻求宗教上的自由，这种自由也终究会消退。国王统治下的伊朗是个独裁国家，只要时机一到，伊朗那庞大的财富便会衍生出各种贪污腐化行为。

但贾弗里仍然选择坚忍到底，接着爆发了革命。宗教引发的革命，会赋予宗教本身庞大的力量。最后，终于出现一些贾弗里认同的现象。但不到六个月，革命就变了质。阿亚图拉[①]并未如贾弗里期待的那样，回到宗教中心，他们并未将政权交给政治人物和行政人员。贾弗里说，霍梅尼已篡夺了伊朗国王的权威，如今，整个伊朗都掌控在一些“狂

①伊斯兰教什叶派高级教职人员的职衔和荣誉称号。

热分子”的手里。

毫无疑问，当贾弗里一边吃煎蛋，一边侃侃而谈的时候，他打字机上也尽是些口诛笔伐的稿子。我想，当时他是在讲述自己正在打的稿子，并加以渲染，让内容更加劲爆。或许，在拒绝那么多事物之后，他以新闻人的身份执春秋大笔，臧否时事，正好可以呈现他最美好的一面。

贾弗里的一生都在追求“信徒的社会”，立志将一切事物重新改造成伊斯兰教创立初期的模样。伊斯兰教创立之初，一切均由先知穆罕默德治理，政教合一，万事都为宗教服务。

这就像一个关于古老城邦的美梦，在现代世界中，它是危险的幻想。用最简单的方式说，它是对安全的渴望，也不无排外的思想。这两种想法此起彼落，让贾弗里最先唾弃印度，转而追求信奉伊斯兰教的巴基斯坦，后来又唾弃巴基斯坦，追求信奉什叶派的伊朗。换另一个角度看，这是在梦想求得一个种族净化的社会，而这种想法，已经造成印度次大陆的分崩离析和巴基斯坦的成立。并且，这个以诸多人命和苦难为代价造就的伊斯兰教国家也未能留住贾弗里和他的美梦。

如今的伊朗是霍梅尼在统治，政教合一，四海归心。这样的人物一时恐怕很难再找到第二位，也很难想象有第二个国家在宗教方面像伊朗那么热情（根据《德黑兰时报》的报道，如今，伊朗人连清洗地毯都有伊斯兰教专门的方式）。在霍梅尼统治下的伊朗，应该很接近贾弗里“信徒的社会”、政教合一的梦想。

但就在此时，贾弗里那印度－英国式的教育经验开始在他脑海中风起云涌，民主法治、政教分离的思想澎湃，令坐在采访室打字机前滔滔不绝的他，声色俱厉，既要求毛拉[①]回到清真寺，又呼吁阿亚图拉

①伊斯兰教国家对精通神学的人的尊称。

回到库姆。

对贾弗里而言，“信徒的社会”的美梦既单纯又美好，他全然没有过截然不同的思想。他热爱自己的信仰：因为这份信仰，他不惜反复从一个国家搬到另一个国家；因为这份信仰，他觉得自己有资格批判别人的信仰。事实上，正因有人像他一样如此迷恋不可能实现的理想，迷恋这种怪异的完美，只想到自己有多么虔诚，以这种虔诚自豪，并且不时排斥不纯洁的东西，宗教国家的独裁才会开始萌芽。殊不知，其他人也有类似的思想，也觉得自己有资格去批判别人。贾弗里如今饱受“狂热分子”之害，但就他的作为而言，他又与“狂热分子”有何差异？

六个月后，我回到德黑兰，当时正值冬天，非常寒冷。办公室空无一人。一大捆文件夹里面尽是报纸档案，文件夹已经裂开，档案散开在其中一张桌子上，贾弗里的打字机也闲置在那里，保存完好。

大约几周前，美国大使馆被伊朗一个团体占领，馆员全部沦为人质。此事一出就影响了商业和经济的发展。《德黑兰时报》原来有八版，如今只剩下四版，也就是仅剩下一大张而已。报社员工从二十人骤减到两人，就是帕维兹和另外一人。每出刊一期，帕维兹就得损失三百美元，但他觉得报纸还是得继续发行下去，如果一旦停刊，即便仅仅停一天，报社就失去了持续性，他投资的一切财产就将付诸东流。他紧张万分，几乎无从述说自己莫大的隐忧：美国人质可能遭到杀害。

我问贾弗里：“他很难过？”

“谁不难过？”

美国大使馆的外面如同市集：帐篷、摊子、书本、食物、热饮等等。高墙外面的人行道已被封锁，大门有人看守。占领大使馆的学生自称是“追随霍梅尼路线的伊斯兰教学生”，他们措辞谨慎，似乎有意隐瞒自己的身份。他们穿着游击队员的衣服，也有矮矮的卡其布帐篷。他们在北德黑兰的大使馆外十分安全，只是在玩某种战争游戏罢了。

真枪实弹、死伤无数的战争爆发得比他们想象的快，而且一战就是八年。

如今，事隔十五年之后，我到处寻找帕维兹和贾弗里，但找到他们的希望很渺茫。《德黑兰时报》依然存在，偶尔在凯悦大饭店的桌子上还看得到，但最令帕维兹引以为傲的座右铭“愿真理长存”已经不翼而飞。就印刷而言，《德黑兰时报》有点污损不清，若是帕维兹绝对不会对此坐视不管，他是专家，知道如何办报。但事实上，报纸的刊头已不再有帕维兹的名字。

但帕维兹依然健在。他失去了《德黑兰时报》，正在办另一份英文报纸《伊朗新闻报》。报社就在德黑兰市中心法纳克广场的一栋小建筑物内。这家报社的装潢比帕维兹原来《德黑兰时报》的更精致。《伊朗新闻报》的每方面都十分现代化，一走进接待室，你马上就会有一种感觉：尽管他们长期遗世独立，财务拮据，到处都有类似凯悦大饭店那样矫情的革命式因陋就简，但伊朗人在某种程度上还是可以秉持一种风格做事。这种风格颇有伊朗帝国时代余韵，如今更被发扬光大。

帕维兹铁定有过不少紧张的苦日子，虽然在他脸上丝毫看不出来。他只是双眼四周略微浮肿，好像睡眠不足，但已经可以看出他的年纪。我不太确定他是否还认得我。我们见过两次面，时间都很短暂。第一次他有些忙，还有点害羞；第二次他却已历经风霜，饱受折磨。尽管如此，他仍毫不迟疑，立刻将我带上那栋建筑物的顶楼。我们在那儿吃午饭。他说，在那里说话也方便。

那是一个空间很宽敞，光线也很充足的阁楼。地板上的几张报纸已经在一个角落里摊开。这些报纸的作用如同祈祷用的地毯，用以指出麦加的方向。摊开的报纸上方有一块来自某个圣地的圣土。什叶派教徒祈祷时，额头都会碰触这种圣土。

帕维兹看到地板上的摆设，略微讲了一些开场白。他一定是特地空出这个阁楼，方便和我一起用餐的。他很快就言归正传，说了声“啊”，带着几分倦意，一边避开这些报纸走路，一边说“这些什叶派教徒”。

这次换我感到惊讶了，惊讶于他的倦意和疏远感，因为我一直以为帕维兹是印度的什叶派教徒。正因为他有一股什叶派的热情，才不远千里，从博帕尔和印度搬到伊朗，放弃他早年用印度伊斯兰教教徒波斯化的乌尔都语写诗的岁月。但如今帕维兹已历尽沧桑，既度过了伊朗帝国时代，又接着度过了十五年有余的革命岁月，其中付出的代价只有天知道。就算他真有过笃定的人生观，也很可能早就瓦解了。

我们坐在白色塑料桌椅旁吃饭，用报纸铺成的祈祷地毯就在背后。桌子用非常大胆的竹叶图案当装饰。服务生端午饭上来，碗盘排列很考究，仿佛这是他们的风格之一：粗糙多肉、脏乱、油腻的食物。帕维兹吃起来津津有味，正如十六年前那个斋月的下午，贾弗里吃那盘煎蛋一般。就这样，帕维兹一边东吃一嘴，西吃一口，一边告诉我贾弗里的事。

一九八〇年二月，我二度走访《德黑兰时报》，发现帕维兹在一间荒废的办公室里，因为“追随霍梅尼路线的伊斯兰教学生”占领美国大使馆，并劫持馆员当人质，而吓得如同惊弓之鸟。不久之后，贾弗里便与世长辞。

学生翻阅大使馆的记录，几乎每一天都“揭发”很多人，甚至要揭发《德黑兰时报》。

某个夜晚，一名学生到德黑兰时报社，向帕维兹询问贾弗里的下落。这名学生没有自报姓名，人们只知道他是占领大使馆、劫持馆员的学生之一。帕维兹说，贾弗里第二天早上十一点会到报社，学生就走了。

帕维兹忧心忡忡。他知道贾弗里是“美国之音”的特约记者，他当时只是不知道，贾弗里在“美国之音”的稿费是直接从美国大使馆拿的。贾弗里签名的收据从来没表明这些钱是什么钱，收据上只有“收自美国大使馆”这几个字。

贾弗里是位老人，有心脏和其他方面的毛病。帕维兹打电话到他家。

贾弗里说：“我去报社。”

他一到，帕维兹就问：“出了什么事？你和大使馆有什么关系？”

贾弗里说：“没有关系，只是和‘美国之音’有关。我从前提供‘美国之音’稿件，然后通过美国大使馆拿稿费。”

我问帕维兹：“你知不知道他拿多少稿费？”

“我想大概每个月三百美元，这笔钱在当时数目可观。七图曼，即七十里亚尔，约合一美元。”

现在更是一笔巨款：一美元可以兑换四千里亚尔。

帕维兹说：“我劝他去大使馆，向那里的学生说明一下。我说，他们看起来很不错。贾弗里答应我，会去大使馆走一趟。”

第二天，贾弗里没去报社。帕维兹打电话到他家，贾弗里不在。帕维兹心情很差，他拼命告诉自己，或许贾弗里家电话出了故障，还派司机到贾弗里家。大概过了一个小时，司机回来报告称，“房子大门紧锁”。司机向邻居打探，邻居说，昨天夜里贾弗里将一些家具扔进了汽车行李箱。贾神瑞有一辆很大很旧的美国雪佛兰汽车。

帕维兹和贾弗里的朋友取得了联系。他不相信贾弗里会是个奸细。他也开始想到，贾弗里可能已经被捕。他和安全人员联系，安全人员却对贾弗里一无所悉。

下午，大使馆的学生再度前来找贾弗里。帕维兹说，他不知道贾弗里到哪儿去了，学生一听，马上火冒三丈。

学生问："为什么你告诉我他十一点会来这儿？"

帕维兹说："他是个好人，也上了年纪，我知道他没做什么错事。"

学生依然怒火未消，帕维兹后来才知道，这名学生伙同其他人闯进贾弗里家，拿走了屋内一些东西。

第二天，帕维兹接到一通从巴基斯坦打来的电话，是贾弗里。他说："我和我的雪佛兰都在巴基斯坦。"

帕维兹问："你是怎么去的？"

贾弗里说："我付钱给边界守卫，两边的守卫，伊朗的和巴基斯坦的。"

"你错了，你光明磊落，根本不该跑的。"

"不是这样的。我老了，百病缠身。"

帕维兹在伊朗新闻报阁楼吃着午饭，他坐在一张白色的塑料桌旁，桌面有醒目的竹叶图案。他一边吃，一边回忆十五年前的往事。他说："幸好他有一儿一女，早就定居在巴基斯坦。后来他开始在伊斯兰堡工作。我想，大概是在一九九〇年，我接到一通从巴基斯坦打来的电话，是他儿子，告诉我贾弗里已经去世了。"

这就是贾弗里的一生。他一九四八年在印度勒克瑙的美梦，和值得他一再远离家园去追求的单纯的信徒的社会，俱往矣。

帕维兹用一种非常笃定的口吻说："他非常喜爱打桥牌。当时这儿有许多人打桥牌。"

帕维兹所谓的"当时"，指的是伊朗帝国时代。如今，打桥牌也被归为反伊斯兰教的行为，当然也在禁止之列。

就在贾弗里离开之际，帕维兹（从他告诉我的资料来看，应该是在一九八〇年）每发行一次《德黑兰时报》，就得亏损三百美元。但他觉得绝对需要继续发行下去。事实上，他也是这么做的。但革命终究是革命，乱世自有内在的力量，太平盛世岂能唾手可得？

贾弗里逃走几个月后，即在美国大使馆外发生虚拟战争、“追随霍梅尼路线的伊斯兰教学生”虚张声势之后——真枪实弹、死伤无数的战争终于爆发。长达八年的两伊战争，战况惨烈，时至今日，伊朗报纸仍使用各种象征字眼来形容，包括“抗战”“伊拉克的侵略战争”“圣战”和“八年神圣保卫战”。

西部的战线拉得很长，血流成河。不久之后，国内也爆发革命，同样惨不忍睹：革命内部开始瓦解。

帕维兹说：“一九八二年之后，所有善良的领导人都遭到暗杀，他们都是伟大的人物。暗杀行动是不同的团体干的，接着，下面的人开始往上爬，只有贝赫什提还在，但不久他也遭到杀害。他对伊斯兰教共和国有自己的一套想法，这些想法十分明确。除了以色列和南非，他希望和所有国家交好，并结束两伊战争。”这些人死后，反对派开始遭到“清除”。

帕维兹说：“如今他们连你坐在这里的方式都要管。”他一边说，一边轻拍着那张有竹叶图案的白色塑料桌。他说：“连你说话的方式都要管，一切都必须按照伊斯兰教的方式。”

贝赫什提是阿亚图拉，后来成为帕维兹的“贵人”（只是帕维兹没有使用这个字眼罢了）。我觉得，在人质危机的几个月内，幸得有贝赫什提当靠山，帕维兹的报纸才能继续办下去。

“只要贝赫什提在世一天，就没有人能碰我一根寒毛。他为我撑腰。

请千万提一提贝赫什提。他在一九八一年壮烈牺牲，是被人用炸弹炸死的。他当时正为伊斯兰教共和国党的经济专家会议发表演说。后来这一党派也遭到取缔。”

贝赫什提已去世十四年，帕维兹仍对他相当敬重，这一点可以从他使用的字眼“壮烈牺牲”看出来。他是该为贝赫什提哀悼的，因为几个月后，他的报纸就被当局接管了。

帕维兹在一九七九年革命之后，创办了《德黑兰时报》，他形容这份报纸是“德黑兰愿真理长存时报”，把报纸的名称和座右铭结合在一起。我们坐在《伊朗新闻报》的阁楼上吃午饭，回忆美丽的前尘往事，背后是报社的祈祷地毯和一块圣土，帕维兹双眼绽放着光芒，他再度谈到报纸的名称和座右铭。

“报纸的名称是注册过的，如今他们把它改了。他们有一天到报社来，要我在一张空白纸上签名，我就签了。来人如今是一名位居要津的大使，也成了我的好友。但当时我并不认识他。”

几天之后，此人告诉帕维兹：“你最好将自己的名字从报纸上拿掉。这样对你比较好。你从来就不是革命分子，只是为一份和伊朗国王很亲近的报纸工作。”这话倒不假，在伊朗帝国时代，帕维兹和一家英文报纸关系密切。

有一天，帕维兹问报社的新员工：“我可不可以拿点补偿金？我在这里赚的一点钱，全都投资《德黑兰时报》了。”

会计部门的人说：“不要谈钱的问题。”

帕维兹说：“为什么？我没有房子，还有个儿子在美国，我必须寄钱给他。你看，在革命之前我就是新闻记者，这里根本没有新闻记者，他们不是逃之夭夭，就是锒铛入狱，要不然就是被绑赴刑场处决。”

会计部门的人根本没有听取帕维兹的话，只是说：“你今天依然活着，还能工作，应该感谢真主。”

帕维兹仍在报社当编辑。如今报社有一位毛拉，幸好这位毛拉是个好人，是个如同帕维兹预期的心胸开阔的人。毛拉经常说：“要温和，不要走极端。”他说的仅止于此。如果不是这位毛拉如此开明，帕维兹大概也待不下去。事实上，当局对帕维兹也敬重有加。在正式场所，当局介绍帕维兹时，称他是“伊朗英文报业之父”。帕维兹甚至还觐见过霍梅尼和总理拉夫桑贾尼。

帕维兹说：“他们用非常文雅的方式介绍我，充满尊敬。”表达形式在伊朗非常重要。

帕维兹对检查制度早已习以为常。在伊朗帝国时代，一直到一九七五年，即革命前四年，《德黑兰日报》（帕维兹报纸当时的名称）报社里面就有一个“萨瓦克”（伊朗国家秘密警察组织）的情报人员。此人每天凌晨三点就来，带领一个会说英语的小组，他们什么都看，连广告都不放过。他们不准《德黑兰日报》在报道反政府的示威游行时使用“学生”或“青年”之类的字眼,而一定要使用“流氓”这个词。一九七五年，这种对报纸日复一日的检查终于停止，但政府仍然掌控着一切。报纸的上层人员必须接受政府指令。

帕维兹说，如今已没有官方的检查，只有自我检查。新闻工作人员到底能做到何种地步，自已心中必须有一把量尺。在伊朗帝国时代，这是他们缺少的。如今，他们可以尽情发挥。

“我们批判过总统、部长等等。但我们都知道，如果想伤害或摧毁基本体制，他们一定不会放过我们。”

“基本体制？”这个词从没听过。

“就是领导和服从的机制。”

这在我听起来还是十分新鲜。帕维兹靠向左边，拿起一份《伊朗新闻报》说："这两篇报道可以解释一切。"

第一篇报道是，"阿亚图拉卡尼强调乌力马的重要性"，这篇报道是该报政治小组的作品。"乌力马"就是宣教者，宗教老师，戴头巾、穿长袍的人。"阿亚图拉卡尼星期一敦促乌力马，身为政治人物和执行官员，应该保持积极性，绝对不能放弃这种重大责任……阿亚图拉卡尼在沙迪克大学的新学年开学典礼中发表上述讲话……"

第二篇报道更重要，"服从领导人是左翼分子唯一的生存之道"。尽管这只是篇以一名左翼代表为对象的访谈，却很明确地重申领导和服从的原则。作者首先界定领导人："伊斯兰教共和国的最高当局就是领导人，也可以是'领导委员会'，他行使最高政治与宗教权力，根据伊朗宪法第五条规定，他是政教合一的象征。"下面则是左翼代表对服从的定义："左翼应该无条件相信和服从领导人，服从政令的推行，根据霍梅尼的遗愿，实施纯正的穆罕默德伊斯兰教，伸张社会正义，实施宪法第四十九条……"

作者接着引述宪法第四十九条："政府有责任没收所有经由侵占、贿赂、公款私用、窃盗、赌博、滥用政府合约和交易、出售公有耕地和其他资源等手段累积的财富。"

尽管带有惩恶扬善的宗教口吻，伊朗宪法第四十九条的宗旨倒也和一个负责任政府的职责不谋而合，不论何时，放诸四海而皆准。让这部宪法带有伊斯兰教色彩的只是太强调"政教合一"，这是一种在机构上方便领导人走捷径的做法，因为政教合一，归于一人管理，人民必须绝对服从。伊斯兰教讲求"服从"，在伊斯兰教共和国，诸如伊朗，百姓在公投中都拼命支持政府，人人都得服从。我们可以这么说，伊朗国王也要求公民服从，但国王治理之下的是世俗和腐败的政权。如今百姓放弃一切，当局提供给百姓的却是一个几乎无法忍受的纯正伊斯兰教之美，这是霍梅尼为他们许的愿。

这如同贾弗里“信徒的社会”的再版，可怜的贾弗里只做了个美梦，而这个美梦影响了他的一生。他梦想自己是个周围全是伊斯兰教教徒的伊斯兰教教徒，周围全是什叶派教徒的什叶派教徒，生活在一个重新恢复的古代世界中。先知穆罕默德统治这个世界，人数极少的信徒唯命是从。一切都为信仰而服务。但这毕竟是他追求的一场美梦而已，所以他一看到宗教统治的局面，就开着雪佛兰逃之夭夭，根本等不及大胆地实现他的美梦，让领导人和领导委员会替代先知穆罕默德统治一切。

这个“基本体制”，就是领导阶层神秘演变，人民一味服从的体制。它可以解释为什么三位最高领导人的官方照片出现在许多地方，也可以解释为什么建筑物的侧面有时会画上巨大的油画，将目前的精神领袖和霍梅尼相提并论，可以简单明了地呼吁百姓服从。

帕维兹说：“我根本没想到一九七九年的情况会变成这样。我以为伊朗国王的政权会消失，取而代之的是西式民主政府，正如在印度一样。我从未如此接近过伊斯兰教。”他的报纸展现了一九七九年给人们留下的另一种印象。“我根本没有宗教背景。一九八〇年，我参加公民投票，将票投给伊斯兰教共和国。这是一场赞成与反对的公民投票，伊斯兰教共和国的得票率高达百分之八十五，选民却不知道伊斯兰教共和国是什么模样。”

帕维兹深受霍梅尼吸引，因为霍梅尼言必称受迫害者和第三世界国家。帕维兹特别记得，霍梅尼流亡归国之后在公墓发表的著名演说。他在这场演说中做出许多承诺：家家户户有煤油，水电免费等等。

“他保证人人有工作。他说，他将从美国人手中把就业机会要回来。在伊朗帝国时代，大概有一两百万人没工作，或呈半就业状态。今天大约有一千万人没工作。但我得告诉你一件事。霍梅尼很诚恳，他希望与所有第三世界国家维持良好关系，可惜他无法实现他的计划，因为战争。”

后来，为了自己和将来，帕维兹尝试将《德黑兰时报》要回来，他一状告到法院。

“但是财务上我一直有困难。人质危机如果没有爆发，我的报纸就不会发生问题。商人和外国公司全都走了，广告也没了。”

世界上发生过太多事情，我也遭遇过很多事情。人质危机无休无止地困扰着他。说也奇怪，在我想象中，此时此刻的他如同十五年前一般，好像被钉在了十字架上（尽管这种比喻可能不太恰当）。他历尽沧桑，一定拼尽全力才存活下来。在他的叙述中，我注意到许多无法确定的事，但如果深入追究，就可能失之公允。

帕维兹说，他们连你坐的方式和谈话的方式都想控制。夜晚时分，德黑兰的主路让这个地方看起来就像一个被占领或正在暴动中的城市，到处都有路障，还有革命卫队，甚至有更可怕的伊朗民兵志愿者。与其说他们是在盘查恐怖分子，不如说是在抓头发没有完全覆盖起来的妇女。与其说他们是在搜查武器，不如说是在搜查酒、光盘和录音带（音乐是嫌犯，女歌手当然也在禁止之列）。

德黑兰的本地人往往比外地人更早发现路障。有天晚上，我们路过一群被拦下来的人，载我们的那位女士说，接下来是什么造化就得看他们会不会和革命卫队说话了。她说，有一次她被拦了下来，她煞有介事地问：“孩子，我的头巾有什么不对吗？”对方是个背景单纯的年轻人，听到她这么说并不以为忤，甚至认为她这么对他说话恰如其分，就让她走了。在德黑兰，人们就这样学会了服从和生存之道。

但和这种态度平行的则是一种“是可忍，孰不可忍”的感觉。尽管在希望和失望交替出现四十年后，革命甚至抗议的一切能力已被根除。在死伤无数之后，人们如今只有厌倦。首先是厌倦伊朗帝国时代的抗议人群，其次是厌倦革命后的伊朗帝国人物，厌倦共产党，厌倦战争的惨烈杀戮。大家都认为伊朗必须立即中止某些事情才行。就在大家都在期待爆发点之际，传闻却开始纷纷出笼，说什么霍梅尼其实是列强派来潜伏在伊朗人民当中的，某些重要的毛拉正积极争取百姓，以防事态变化，伊斯兰教共和国已被遗弃。

从凯悦大饭店的新房间，我可以欣赏到北部的山景，全都是淡棕色的山。在风和日丽的日子，日光云影不断投射下来，山脊和山巅变化莫测。在层云密布的日子，山越远色彩越淡，一岭胜过一岭。前面的矮山，因为背后有一片苍茫衬托，似乎往前跨了一大步，时而棕色，时而茶色，时而金色。经过修剪、晒足阳光的植物显得格外柔和。翠绿的树林依山而长，由下至上，骤然而止。较低的山似乎要被夷为平地，用于盖建筑物。

第三章　大战

在德黑兰市中心马路边的金属柱子上有一些白纸黑字、内容简单的海报，宣布关于霍梅尼国防思想的第三次研讨会即将举行。海报十分简单，没有用只言片语以表达革命时期的慷慨激昂。在精神影响上，这些海报就如同烈士公墓不再喷水的血泉。伊朗新闻社刊登在《伊朗新闻报》上的一篇新闻，把这件事解释得比较清楚。研讨会是由高级宣教者凯米筹办的，他是“国防与武装力量后勤部思想与政治处处长”。宗教人物如今无所不在，他们的政治头衔就像宗教头衔般掷地有声。将有五百人出席研讨会，出席人数是“国防与武装力量后勤部”安排的；共有一百三十家报纸派记者来采访，其中十四家报纸还将推派代表与会。“为配合研讨会举行，还将另外举办八年神圣抗战照片展和圣战档案展。”

即将向迈赫达德和我谈战争经验的阿拉什并不知道有这场研讨会。和政府其他许多事务一般，这场研讨会似乎远在天边。

阿拉什二十七岁，在两伊战争的最后四年，他一直在前线。参军的最初两年，他年方十六七，就志愿提早入伍，后来才成为应征士兵。如今，他像曾经的一名军官，也是他最要好的朋友那样，成了出租车司机。迈赫达德要我留意阿拉什讲到“出租车司机”时的几个特殊词语，以及他说这些词语的方式。和阿拉什一样，这名前军官根本不是为哪家车行开车的（若果真如此，车行就会给他某种地位）。他开自己的汽车，在几条固定路线上来来回回，赚几个钱。他将自己的汽车当公交车开，几乎可以确定的是，他没有出租车执照。

阿拉什说：“这场战争对我毫无意义可言。我倒想知道我对战争的记忆是否对别人有什么意义。”

我们去了德黑兰北部的一家咖啡馆。这是一个为中产阶级而开的店，有玻璃帷幕，店外道路上车水马龙，两旁还种满了法国梧桐。所谓法国梧桐，就是伊朗的悬铃树。这种树长得很美，深得伊朗人和克什米尔人喜爱。在克什米尔，甚至有人说，这种树的树影可以治病。它也经常出现在波斯人和蒙古人的绘画中。

下午三点左右，这家卖冰激凌、果汁、冰水和茶的咖啡馆到处都是穿黑色罩袍的家庭妇女（此时此刻，在游乐园，多的是穿黑衣服的年轻女子，穿着绿色制服的革命卫队正在一旁监视她们，在她们之中穿梭）。咖啡馆里的女人有一种隐约的优雅。如今，这种层级的女人追求美感，伊朗也无可奈何。这像某种违抗。

我们坐在一个有窗户的房间中，这是一个比较文明的角落。虽然我们在那儿坐了许久，而且过了不久我便开始做笔记，但是没有任何人看我们，或让我们觉得不自在。

阿拉什住在德黑兰，整个家族在这里还不超过三代。他们原来是农民，住在德黑兰西部，时至今日，他们仍有一支远亲住在那儿。阿拉什家原来养牛、羊，还有两口坎儿井。没有坎儿井根本无法在沙漠中务农。这些井沿着山上的下水道而凿。阿拉什说，下水道每年必须修理和清洁四次。

阿拉什的祖父当年到德黑兰后，就成了军人，效忠末代伊朗国王的父亲礼萨汗，当时是一九三一年。后来他服役期满，自己在德黑兰开了一家房地产经纪公司。

迈赫达德翻译到一半，突然说："他们正是中产阶级。"

一九八四年，阿拉什志愿上战场，成为当时一般人所谓的"志愿军"。志愿军的特色就是他们戴的头巾，这些头巾可能是红、绿、白或黑色，但通常，人们在伊朗海内外的电视转播中看到的都是红色头巾。红色是鲜血、牺牲和信仰的象征。

身为志愿军，阿拉什参加过十一次进攻行动。其中有七次他站在第一线。一九八四年，战争正打到一半，也是阿拉什开始服役的时候。军中有一种习惯：每当进攻之前，就会有宗教领唱人到前线领唱，为战士们打气。领唱人领唱之际，战士们就用一只手按照节拍拍打胸部，如果战况吃紧，就要用两只手同时拍打。有些领唱人名闻伊朗。在阿拉什第四次或第五次参加进攻行动时，就有一位很有名的领唱人到他队伍领唱。

就算攻击前没有职业领唱人领唱，战士之中也会有人领唱。领唱要尽可能发出哀伤的音调，内容不是《古兰经》经文，而是爱国歌曲。经常因为被著名歌手唱过，某些爱国歌曲就变得十分有名。

迈赫达德说："如果你去学校，就会发现一定有人知道这种旋律，这种悲伤的歌曲，他也一定可以领着大家唱。"（当天稍晚一些，在饭店房间里，当我和迈赫达德一起检查我的笔记之际，他向我示范阿拉什说的拍打胸膛的动作。不到半分钟的时间里，在他向我解释他的动作的时候，房间里似乎充满了催眠似的鼓声。）

领唱仪式通常持续两个小时。当非常著名的领唱者来到阿拉什的部队的时候，领唱时间可以持续六个小时，因为领唱者歌声美妙，肺活量大，体力也很充沛。

领唱会让战士们满脑子想到死亡，想到壮烈成仁，然后上天堂，享受自由。领唱仪式结束后，战士们会沉默半个小时或更久，但绝不超过九十分钟。接下来，便会开始攻击行动，时间通常在凌晨两点半。在领唱结束之后与攻击开始之前，战士们可以写信和遗书，穿好鞋，并确定内裤是干净的。

迈赫达德说："许多人在进攻前会接受宗教洗礼，他们认为进攻是一种神圣行动，应该洁身以赴。因为进攻的结果可能是牺牲，所以他们希望以净衣净体拜见真主。"

部队中有些是军官，但他们没有胸章、肩章或用以区分的官阶。当然只要看他们胡子的厚度（相传先知穆罕默德曾表示反对用剃刀刮皮肤），就可以看出他们阶级的高低。阿拉什说，上级会随时告诉民兵他们自身的处境，如果有问题，他们也会获得详细答复。

在参加了两年民兵志愿役后，阿拉什解甲返乡，但几乎就在同时，服义务役的时候又到了。他接受两个月训练之后，又再度去往前线。

我问阿拉什："既然你早晚要服义务役，干吗还要服民兵的志愿役？"

"我朋友都这么做，百分之二十五的朋友都这么做。他们将这个想法灌输到了我们脑海中。"

"他们？"

"电视、广播电台，还有清真寺外面的麦克风。杂志、报纸，一切东西。"

他们让他觉得，自己要先为伊斯兰教而战，然后才为国和家而战。

迈赫达德说："他使用的词语情感非常强烈，是 namoos，意指保护家中妇女的那种感情。这个词语可以解释为一个人对国家的感情，或对他的枪的感情。有这么一则笑话，是从国王的父亲礼萨汗时代传下来的。有一天，礼萨汗检阅士兵。他举起一名士兵的枪问他：你手中的是什么？士兵答道：是一把枪。礼萨汗很生气地说，阿克巴尔，这不是枪，这是你的 namoos，是你的母亲、你的妻子、你的女儿。你必须拥有它，然后保护它。礼萨汗继续检阅士兵，又走到一个叫艾哈迈德的士兵面前。艾哈迈德是来自北方的土耳其人。伊朗人经常说些有关土耳其人的笑话。礼萨汗举起艾哈迈德的枪问他：这是什么？艾哈迈德答道：这是阿克巴尔的 namoos，是阿克巴尔的母亲、妻子和女儿。

阿拉什离开民兵部队，加入了服义务役的部队。他在接受过两个月的训练后，就被选入特殊突击团。他前往距离前线二十公里远的支援部队。第一个晚上就睡到了次日中午。他当时人在山上，醒来之后，开始往山上爬，想去"集合地点"。一枚火箭射到距他背后大约六米的山下，他被炸出十一米开外。大约有一天时间，他不省人事。等到恢复意识，他发现胳膊上打着点滴，侧面下半身已经麻木。

从咖啡厅的窗户看去，可见室外人来人往。穿黑色罩袍的中产阶级妇女坐在其他桌子上吃着冰激凌、喝茶。阿拉什说："到现在，我还觉得里面有东西。"被火箭炸伤已是九年半前的事了，此刻的他却还用一只手抚摸着左边大腿。

他在战地医院住了十七天。他们不让他返回德黑兰。他说，只要民兵想回自己住的城市，就可以回去。他们根本不听他的，只是送他回到了"集合地点"。他回到"集合地点"的第一天，就"嗅到准备进攻的味道"。他决定逃亡。

他从前年开始就对这个地方了如指掌。他知道山在北方，知道山后有个村落和小镇，距离自己的所在地大约三十公里。当天下午，他收拾好金钱和自己的物品，就开始往村子走去。他一直走到夜幕低垂，来到一个牧羊人的帐篷。牧羊人正要去放牧。冬天羊群被赶下山，夏天则被赶上山。当时，羊群是要被赶上山的。

帐篷内有一位老人，一个婴儿，一个女人和六个年轻女孩。他们给他热奶喝，给他一些传统的动物脂肪软膏疗伤止痛。他告诉他们，他从自己的军团走失了，在山中迷了路，目前正要到山背后的村落去。他们告诉他："这段路十分遥远，一路上还有许多狼。更重要的是，你走的方向刚好相反。"当晚，他们让他睡在帐篷里，和大伙儿一起。

早晨六点，阿拉什离开牧羊人一家，一直走到下午两点，终于到了村子。他拦下一辆货车，表示愿意付钱搭车。他身上有钱，因为在火箭炸伤他之前，他才度完两周假期。他到了一座大城市，在那里乘公交前往德黑兰。父亲看到他的模样大吃一惊，不希望他再回到前线去。

这是波斯新年的前十四天。波斯新年是伊斯兰教传入波斯之前一个古老的节日。他和家人待在一起，一直到新年结束。

迈赫达德告诉我："他决定逃离部队的原因之一或许是因为新年即将到来，他不想参与进攻。在这里，每个人都想以自己的方式，和家人一起庆祝新年。我这么说，是因为他如今提及，一过完新年，他就回前线去了。"

回到部队，阿拉什发现先前根本没有什么进攻行动，反倒他回去之后就有了。这是一场大规模的进攻行动，在他回去四天之后开始。

阿拉什一共从战场上逃离过三次，每次重返部队似乎也都没事。

他记得特别深刻的是，有几天他们直接面对伊拉克部队。他看到有一道光线从伊拉克部队那边照射出来。他原以为，这是阳光照在手表上反射的光。后来，他又看到相同的反射光，于是认定这绝非偶然。

他用自己的手表反射回去，对方又反射回来。他们玩这种游戏玩了好一会儿。后来几天，他们甚至用望远镜相互反射对方。

这有点像第一次世界大战时发生在西方战线的故事。据说，当时敌对双方的士兵也会出现这种短暂的惺惺相惜之情。阿拉什当然不会知道这些陈年往事。他的故事提到，战争即将结束，双方都兵疲马困。但他没有给出任何重点，只是将这段故事当作战争的奇闻述说。

他服完义务役后，又志愿留营四个月。他在部队中结交了一些朋友，并且和其中一个一同离开。他们前往设拉子[①]，睡在一座公园里。第二天清晨一觉醒来，他们听到霍梅尼去世的消息。对阿拉什而言，这是战争最悲痛的噩耗。对其他人而言，又何尝不是？

阿拉什说："我记得，我的朋友因为吃了一个苹果，就遭到母亲叱责。仿佛因为霍梅尼去世，人人都自行规定了诸如斋月之类的戒律。"

在两伊战争期间，德黑兰就一直很让人失望。如今战争结束，德黑兰依然让人失望。"德黑兰三天两头都有婚礼。我有两个朋友牺牲了。在同一个村子里，他们一边举行葬礼，一边举行婚礼。在前线，人人谈论的是伊斯兰教和战争；在德黑兰，人人谈论的则是时装和音乐。在'美国之音'，我们甚至可以听到有伊朗人去点播新唱片。德黑兰没有人理会战争，人人都向'钱'看齐。"

最糟糕的是，他发现，德黑兰的民兵恶名昭彰。他们到处寻找违反伊斯兰教律法的人，然后敲诈他们。

迈赫达德说："他们自认为丢了东西，认为有钱人正是偷他们东西的人，所以敲诈有理。"

阿拉什说话虽开诚布公，却也难免有疏漏之处。他告诉我们的战

①伊朗第六大城市。

争是一场没有死人的战争，也是很少有人流血的战争。他谈到自己被火箭所伤，也谈到有人赶羊群到地雷区引爆地雷。但仅止于此。甚至连我们问他敢死队的事情，他也只是轻描淡写地说，进攻时敢死队打头阵，接着是一般部队，最后是支援部队。他想谈论战争，但不想谈论死亡。

后来，我们离开咖啡馆，坐进汽车。这时阳光已经消失。我直截了当地问他："你亲眼见过许多人被杀吗？"

他实在不想回答，但过了一会儿他还是说了："一个共有一千四百人的军团进攻之后，只有四百人生还。"

"你现在做何感想？"

"我什么都不去想。"

这同迈赫达德告诉我的话一样。阿拉什真正的意思是，他的痛苦无可名状。

"我觉得你是个孤独的人。"

"我宁愿孤独。"过了一会儿，他说，"每个人都在为阿里讨公道，但过了一阵子后，他们就发现这项工作根本没完没了。"阿里是先知穆罕默德的女婿，是伊斯兰教第四位哈里发，以慎谋能断著称，不幸在公元六六一年前往清真寺途中遭人暗杀，从此成为什叶派教徒敬拜和哀悼的对象。

我说："你认为在这个世界上可以再度讨回诸如阿里的公道之类的东西吗？"

"绝对不可能。就算在当时，阿里自己也有许多困难。他是伟人，但在很短的时间内就树敌无数，他也无可奈何。事情总是这样的。"

他二十岁就有了这一结论。印度什叶派教徒贾弗里在生命临终之际也暗示了相同的结论，他的美梦让许多信奉同一宗教的人间接感到了痛苦，只是大家都未明说罢了。

后来，我们谈到阿拉什的时候，迈赫达德问道："你难道不认为阿拉什这个人很单纯？"

我根本没想过阿拉什单不单纯的问题，但我没有迈赫达德那种伊朗人的眼光倒是真的。我很喜欢阿拉什的开诚布公，也认为他是坚忍的人，甚至可能是好人，这种好本来可以用其他方式表现出来的。

他和另外一个家伙截然不同，我们也希望听听这个家伙的战争经验。他是一名出版商派来找我们的。这名出版商正要出版一些与战争有关的书。这个战士——如果他真是战士的话——身材矮小，穿戴整洁，有一嘴整齐的胡子，但两只闪闪发亮的眼睛很不可靠。他以为自己是奉命前来对我们扯谎的，满嘴谎言。他一会儿说自己是建筑师，一会儿说自己是医生，一会儿又说曾经有垂死的烈士躺在他怀中。不论他说什么，都讲不出具体的细节。我甚至怀疑他是不是真的上过前线。

过了一会儿，他开始向我们展示宗教标记。他让我们看他在手腕袖口处扣起了纽扣，这是虔诚的标记。他喝茶之前，会趴在桌子上，一双贼眼四处乱转。我问他前线有人领唱爱国歌曲的事。他说伊朗是一个懂得诗情画意的民族，人们经常诗兴大发。他自己在前线的时候，就是用诗写遗书的，如果是一个人独处，他整天都哼唱爱国歌曲。

讲到这里，他突然停下来，用相同的语气问迈赫达德："他是不是在问洗脑的事？"

我们发现，他根本就是来捣乱的，于是打发他走了。

后来，迈赫达德和我拦下一辆出租车，车上已有一名乘客，是一个长得胖胖的、看起来十分体面的年轻人。他穿着考究，蓄着大把胡子。本来坐在后座的他一句话也没说，就自动走到车外，然后坐在司机旁的座位上，好让迈赫达德和我可以坐在一起——这是德黑兰的出租车礼节。

我很想谈谈那个用诗写遗书的男人。迈赫达德立即双眉紧蹙，不住地对前座那个大胡子的后脑勺点头。不久，大胡子下车离去。迈赫达德后来才点醒我，司机是等到大胡子下车之后才打开车上的扩音器的，播的是“美国之音”和以色列的热门音乐。如今，音乐是反伊斯兰教的，也是违法的。蓄胡子的男人通常都是奉公守法的人士。

一天早晨，整理房间的女服务生帮我端来早饭。她很胖，皮肤呈古铜色，一张没洗的脸闪闪发亮。因为她穿的衣服太多，有些恐怕还是合成纤维制成的衣服，所以有股味道清晰可闻。丹麦进口的波斯奶酪涂在一片吐司上，厚厚的，已泛紫色，黯淡无光的洋葱，恐怕切下来已有一段时间，还有一片莴苣叶，它的样子看来有气无力到令人匪夷所思的地步，应该很久之前就被摘下来了。洋葱配上那片处处斑点的莴苣叶，令我的胃口立即全无。雀巢咖啡包也只能勉强冲泡出半温不热的一杯。女服务生穿着她那套和尚似的外衣，臀部丰满，动作放肆。她端走我的早饭盘子后不久又回来。她第三次来，是问我要不要铺床，一边问，一边咀嚼着吐司。她的衣服把全身包裹得密不透风，唯独她嘴里的东西都露了出来。我相信她咀嚼的那片吐司一定是从我的早饭盘子上拿的。

中午过后不久，我在房间里工作时，洗好的衣服被送回来了。干净的衬衫在塑料袋里，其他衣服则用一个很漂亮的硬纸盒装着，纸盒上还印有饭店的名字。这盒子让我感到十分新奇，我认为它和饭店以及“受迫害者基金会”崇尚节约的风格很不搭调。我打开盒子一看，发现我的衣服根本就没洗，和我早上送洗时完全一个模样。我打电话给门房，门房叫洗衣部经理上来。洗衣部经理十分尴尬，他把衣服拿走，但没过多久（真是快得离谱），他又将衣服送回来了，衣服已被烫好，热气犹存，放在新的塑胶袋里——只是根本没洗！

最后，我下楼去大厅，发现在那排欧米茄时钟上方，“打倒美国”的告示牌已经拆下来了。在挂了十五年之后，这几个瘦骨嶙峋且稍嫌笨拙的字已消失，只剩几个螺丝孔在那儿空留回忆。对我而言，此时此刻似乎极富历史意义：一切事情都在以某种方式蜕变，岂料第二天，一行更长的古铜色波斯文字又挂在了时钟上方。那字迹行云流水，字体优雅大方，字义却显然丝毫未变。

天色时晴时阴，云影飘浮不定，映照得北方山景变幻多端，气象万千。阳光普照大地，忽东忽西，忽左忽右。峰峦之间清晰可辨，这里是山脊，那边是山谷，重峦叠嶂，连山顶上冬雪的痕迹也无所遁形。偶尔飞来一片雨云，也被耸然挺立的山峰碰散，洒落在高低起伏的山林之中，恰似瑞雪纷飞。

第四章　盐地

阿里年约六十，因为在伊朗帝国时代开发土地而发了财。在二十世纪七十年代初期，即石油危机爆发之前，他就有足够的运气、智慧与金钱，在克尔曼买下一大片盐地。他是每平方米一图曼，约十里亚尔，相当于十五美分买的。三四年后，石油危机爆发，伊朗境内的城市发展迅速，他将一部分盐地变卖为建筑用地，每平方米四百图曼。这里不妨计算一下，他投资不超过一万美元，三四年后暴涨成了四百万美元。

对大部分人而言，这笔财产就可以安享天年了。阿里却另辟蹊径，成了革命的支持者。他说："既然我们有了钱，有了财政上的安全，我们就要自由。这是我们不曾有过的。"二十世纪六十年代，当阿里还在美国念书时，他就醉心于政治，甚至是美国当地的政治。他对自己来自一个没有自由的国家深以为耻，这种感觉一直让他耿耿于怀。所以，当伊朗快要爆发革命之际，阿里出钱出力，通过一名成为他朋友的阿亚图拉鼎力支持。

阿里对革命的认知来自书本，尤其是历史书。但也有一部分——

尽管他自己没说——来自他对宗教的支持。他说："我们期待一场顺天道、应人情的革命。"所谓"天道",就是贾弗里"信徒的社会"的阿里版,也是阿拉什盼望为什叶派圣雄、伊斯兰教的第四位哈里发阿里讨回的公道。

革命的洪流显然是由许多不同的思想和冲动汇集而成的。所以,一旦革命爆发,尽管表面上万众一心,人人都有如释重负的感觉,但私底下还是有许多利益相互冲突。这时候的大富翁阿里便开始多灾多难了。有三年时间,他吃尽了革命的苦头。他不止一次被绑架,被逮捕和入狱的次数更不可胜数,甚至遭受过审判。他被榨取了数千万美元。

三年之后,他终于学会如何容忍革命,就如同在帝国时代,他学会如何容忍政权一般。如今,他大部分时间都用来学习生存之道,就是和当局上上下下各个阶层打交道。他已深谙进退之道,几乎在各种情况下都知道如何应对。

阿里身高适中,人很清瘦,一副波斯人的模样,十分稀松平常。他貌不惊人,这或许是很好的伪装,但他的气质十分讨人喜欢。就他瘦长的外形来说,他自己似乎不以为奇,但事实上,这可能是他经常运动的成果。他的工作,他的企业,他的几乎令人义愤填膺的求生意愿,都让他长期保持健康和警觉。求生的紧张情绪对他的妻子影响更大。他的妻子目前过着充满束缚、违反自然的生活,头发都快掉光了,却仍然不失优雅,只是优雅的外表下,心灵却深受重创,隐藏了无尽的哀伤。

他的革命思想,在帝国时代,就受到了宗教影响:一个顺天道、应人情的美梦。他拥有宗教背景,父亲和祖父都是毛拉,祖母家也有过毛拉。他的外婆家就是阿里所谓的"都市人"。

他父亲出生于一八九五年(阿里对伊斯兰历不太熟悉)。他十六岁时就到马什哈德念经学院。后来很长的时间里，许多来自乡村的男孩都去马什哈德和库姆上这种学校，因为在这种学校里，他们可以有自己的小房间，有食物供应，甚至有时候阿亚图拉也会给他们一点奖学金。他们都成了阿亚图拉的学生。阿亚图拉并不从学校拿钱,他们的钱，还有给学生的钱，都来自信徒。所以，这种体制算得上十分公平：取之于民，一部分用之于民。一九一一年，阿里的父亲前往马什哈德，当时的经学院是伊朗唯一提供高等教育的地方，国内没有其他大学，也没有更高等的学校。在卡扎尔王朝统治下,伊朗遥遥落在其他国家之后，几乎从地图上消失。

阿里的父亲在马什哈德待了四年后，成为一名毛拉，后来即前往克尔曼。他在当地教书，本来很可能像他父亲一样，就此终了一生。但卡扎尔王朝被推翻。国王的父亲,礼萨汗在英国人协助之下上台执政。二十世纪二十年代中叶,礼萨汗改革了伊朗的司法体制。司法部成立了，法国的法规不费吹灰之力，就融入传统的伊斯兰教体制。新体制更为正规，要求设立法院、法官和律师。

阿里的父亲因为受过伊斯兰教法学训练，所以很容易就融入了新体制。他先是当法官——当时还不到三十岁——后来成为律师，从此飞黄腾达。他开始在伊朗一些地方从事土地投机生意。因为他同时熟谙旧法律和新法律，当时的土地所有权法又十分复杂，所以他经常受聘为人确定土地所有权，有时还会收到有争议土地的一部分当作酬劳。

所以，局势出人意表地峰回路转，在礼萨汗独裁时代，整个世界都为阿里的父亲打开大门，这是他家前几代毛拉做梦也想不到的事。讽刺的是，就在阿里的父亲似乎安全无虑之际，礼萨汗的前途却变得渺茫。一九四一年，外面的世界发生了变化，列强占领伊朗，以免伊朗落入德国势力范围。列强认为礼萨汗过于亲近德国，于是将他罢黜。

英国人将礼萨汗带到南非，不久之后，他便撒手人寰。这居然成为三十五年后，他儿子遭逢的悲剧的一场奇异预演。

伊朗遭列强占领，并未影响阿里父亲的飞黄腾达，对伊朗而言也非坏事。在礼萨汗遭罢黜到他儿子复辟的十一年之间，伊朗出现不成熟的民主制度，也如阿里所说，呈现半混乱状态，毕竟中央政府的旨意并不是可以在每一个地方实行的。但伊朗确实是自由了，自由的方式前所未见。当年礼萨汗遭罢黜时只有五六岁的阿里，如今除了自由，一无所知。阿里的父亲有钱，有名，受人尊敬。时代更迭，阿里身为他的儿子，享受的特权远超过父亲的童年。但父亲很严格，阿里尽管积习难改，也只能接受这种严格的管教。

阿里十八岁的时候，父亲告诉他："我一直供应你的一切开销，直到今天，如今，我希望你能照顾自己。我准备给你一笔钱。你可以用来做生意，或上大学。"

阿里用这笔钱去了美国。他上各种科技课程，钱用完的时候，他在大学奖学金的帮助下，又上了一门人文课程。他总共在美国待了八年。

当他回到伊朗时，已年近而立。除了自由之外，他一无所知。他回到伊朗，看到国王的独裁，看到国王的秘密警察组织"萨瓦克"，着实大吃一惊。

阿里说："活在这种政权下，你必须知道如何自处。如果你是新来的或不懂情势，就可能犯下各种错误，准有苦头吃。"

我问他："你犯过哪种错误？"

"有一天，我拦了一辆出租车，车停了下来。后座有两个人，前座有一个人，我坐进了后座。那时我涉入政治颇深，居然批判起国王来。后来我发现，这根本就是个圈套。他们想摸我的底，蓄意讨论政治。我非常天真，直截了当地表达自己的看法。我很高兴出租车居然在中途停了下来，否则我很可能和他们一起进咖啡馆，然后继续大放厥词，如此下来非出事不可。诸如此类的事情一旦发生，你就必须意识到，这可不是美国，你千万不能掏心掏肺。我们学会了人前一套，人后一套。所以，当伊朗爆发革命时，我们老早就已过上了双面生活。”

阿里非常迅速地学习到的是，国王神圣不可侵犯。其他人再位高权重，都可以被口诛笔伐，但对国王不能有半句微词。当时流行一句话：“只要不招惹国王，就可以在伊朗为所欲为。”

阿里一回伊朗就为政府工作，任职企划部。第一项任务是针对一间一年亏损三百万美元的国营水泥工厂拟一份报告。他做了简单的研究，发现三百万美元足够设立一间民营水泥工厂，于是他建议，那间国营水泥工厂应该及早关闭。他说，政府每年花费的三百万美元应该发给个人，奖励他们创办新的水泥工厂。这项建议在经济上说得通，但他发现，从其他角度而言，他的建议大错特错，他挡了太多人的财路。他应该想到水泥厂的经理，他们的家人，他们的人脉；他应该想到水泥厂的工人。这些都是各界希望他能纳入考虑的因素。

不久，他发现企划部完全形同虚设。不论该部设定了什么目标，都只是说说而已。阿里作为顾问，大家都期待他遵守原有的心照不宣的规则，和谈亲戚、谈朋友、谈关系的陋习。他也发现，该部的首要目标之一就是让高薪职员免于匮乏。这些职员如果到其他地方“高就”，就会出现财力不足的情况。

他终于辞职，改行当一名翻译。这并不算走下坡路。因为石油经济繁荣，进出口业务繁多，翻译工作永远做不完。阿里主要是为伊朗出口商翻译。他和许多国家的领事、高级官员打交道。任何人能摸到的门路，阿里都了如指掌。他忽然想到，自己如果继续当翻译，实在大材小用，毕竟他累积的知识十分广博，大可以做些别的，于是他开始当经纪人。他帮出口商将货物交到外国买主手上，自己抽成百分之十五，这是一笔皆大欢喜的交易。对出口商而言，只要多付一点费用，就可以把一切手续化繁为简。对于阿里而言，没有一分一毫本钱，就可以开辟自己的事业。他生意做得十分成功，很快就成立自己的公司，并且在南部几个港口拥有仓库。如此一来，他就可以直接从出口商进货，增加利润。

他的运气不止于此。他在克尔曼省买了一大片土地，这是一片非常贫瘠的盐地，但乡村出身的他深知这片土地的潜力。他变成了一个农夫。他听取国王成立的农业机构的忠告，开始将土地盐分“洗掉”。洗盐过程要进行七年，他用的方式是：在田地四周挖一道一二米深的壕沟，冬天的雨水会将土壤盐分冲到壕沟里，一条壕沟通往另一条壕沟，一直到将盐水冲走为止。冲洗过的田地就种作物，比如，他第一年就种了一种很香甜的瓜，这种瓜在含盐分的土壤里长得很好（当天我们吃过晚饭，饭后水果之一就是那种瓜：果肉白皙坚实，甜美多汁，饶富土壤和夏天的风味）。作物还在土壤里，他就先行出售。他做批发生意，价格包含运费，所以他卖了不少作物，后来，他甚至种植紫花苜蓿，成为牧场主人。

一九七三年，石油危机爆发。政府收入从一九六一年的三亿美元暴增到一九七六年的二百二十亿美元。城市如雨后春笋般纷纷出现。阿里得以出售一部分盐地，利润高达四百倍。他本人也成为土地开发专家。在一项开发案中，他为了使当地成为现代化生活区，觉得自己应该建清真寺——阿里的宗教背景总是以许多方式展现出来。但他不知道该建造多少座清真寺，于是向一位受过高等教育的阿亚图拉请教。这位阿亚图拉介绍阿里认识一位擅长建造清真寺的工程师，清真寺建造完成后，阿里也和这位阿亚图拉建立了友谊。在革命爆发前一两年，这位反对政府的阿亚图拉被秘密警察找麻烦，最后锒铛入狱。他的信徒将消息告诉阿里，阿里便利用自己的关系和金钱，着实费了一些功夫，终于在几个月后将阿亚图拉从狱中营救出来。后来革命爆发，这段情谊对阿里而言变得十分重要。如果不是有这段情谊，阿里铁定会吃尽苦头。

阿里认识的一些人原本是革命的支持者，但一个月过后，就开始反革命。阿里认为，他应该给革命一点时间。但两个月过后，处决行动纷纷展开，阿里开始了深深的怀疑。有些人什么事都没做，居然也遭到逮捕，许多人甚至从此“消失”。“然后他们开始闯进民宅，没收他们的财产。我们的财产、子女和妻子……全无安全可言。”我觉得，在阿里心目中的那个字，就是迈赫达德对我说的：namoos。

革命爆发大约一个月后，一个叫“伊斯兰教正义法庭”的革命法庭成立。阿里最要好的朋友之一是这个法庭里坐第二把交椅的人物。有一阵子，阿里每天都去法庭，看自己能做点什么，从而营救他认识的人。

“这个法庭几乎一天二十四小时开庭。哈勒哈利是法庭庭长。”哈勒哈利是霍梅尼手下著名的绞刑法官。“他利用这个法庭当他处决人犯的工具。法庭坐落在夏里阿提街。革命爆发之前，这是一个军事法庭。国王设立这个法庭，目的是审判反对他的人。当初设立这个法庭的人，如今几乎都在这里受审。我的朋友们在这里被关押两年了。”

但在此很久之前，阿里就已经放弃革命，并且深受折磨。

“我们盼望真主显灵，能有振奋人心的事情发生。十二三岁时，我们学习了法国大革命、美国革命和英国光荣革命的历史，还有俄罗斯大革命，但我们总是醉心于法国大革命。你知道，这是真主成就的事。在最近一代人中，大部分留过学的伊朗人都沾染了法国文化。我们听他们说法国大革命的故事，无不悠然神往。我们都认为，革命是美事一桩，是真主成就的事，就如同音乐和音乐会。我们好像置身在戏院里，欣赏着音乐会，很高兴自己成为戏院的一分子。如今我们全成了演员。多年来，我们一直读着有关丹东和罗伯斯庇尔的书。但如今我们全成了演员，我们做梦也想不到后来会开始杀人。”

整整花了一年时间，共产党和伊斯兰教教徒才分道扬镳。但“杜德党”，即共产党，却早已渗透到新政府的各个部门，他们甚至前往清真寺参加星期五的聚礼。他们以真主的子民自居。在革命初期，共产党完全摆出服务于霍梅尼的样子。根据阿里的说法，共产党表示，他们不要行政权，只要能当顾问，就心满意足了。他们支持银行、保险公司、工厂的国有化。他们让政府和官方的作为沾染苏联风格，这是外来的人都能看得出来的。

革命爆发六个月后，阿里寝食难安，痛苦不堪，日子很难过，根本就不可能工作。新官员也充满敌意，他们视阿里为旧政权的余孽。在阿里的公司，有人开始散播对他不利的消息。其中甚至有两三个人跑进阿里的办公室“质问”他。他必须花钱打发他们走。第一年结束，阿里甚至遭到绑架。

“是在克尔曼省。我就在自己的土地上，我们正在盖房子。他们开着一辆汽车前来，来人大概有三四个，要我协助他们的一项建筑计划。我上了车，他们将我载到十五公里开外的一片沙漠地区，在一个院子里质问我。那是一个很简陋的小屋子，是牧羊人的遮风蔽雨之处。他们是年轻的小伙子，电影可能看了不少，如今他们手里又有枪，自大得不得了。”

枪是从国王军队的军械库拿的。军队一旦瓦解，便瞬间崩溃。许多人跑到军械库去拿枪。革命后，有四个月时间，枪就堆在一所大学中，任何需要枪的人，只要拿得出身份证，就可以得到。许多人表示要给阿里枪，但阿里很快就知道，对他而言，枪根本没用，因为他不能杀任何人，甚至无法保护自己。如果他在被绑架的时候有一支枪，并且企图用枪，那么他很可能遭到绑架他的那些男孩的攻击。

他想到的是小心应对，与那些男孩周旋，以便探听清楚他们背后到底还有多少人。或许再也没有其他人，也或许还有四千人。他们可能想扣留他，要赎金。他们在沙漠中的牧羊人小屋里谈了十个小时，最后他们表示要放他走，但他必须给钱。他不想给他们太多钱，不想鼓励其他人群起效尤，于是答应给他们一小笔钱。男孩们很生气，扬言要杀他，甚至还扬言要破坏他的建筑公司。但他就是不答应给他们更多钱。

他说："我态度坚决。"

最后他终于获释，但这次绑架事件让他愈发惶恐不安。德黑兰有四百万人口，其中四人随时都可能持枪来要钱，而地方官员也随时都可能来找他麻烦。他们开始占领他的土地和房子。他们说，这些全都是政府的财产，必须还给人民。

"当地政府官员真的在克尔曼没收了许多财产。有些是我的，有些是别人的。"

"这个人长什么样？你认得他吗？"

"他和伊斯兰教战士运动有挂钩，非常左倾，百分之百反资本主义。"

"他的外貌如何？"

"大约三十四岁，又矮又胖，怨气冲天。他受过教育，是个工程师。我确信他遭受过'萨瓦克'的毒打，所以充满怨恨。他造成我相当大的损失，害我没了数百万美元，是很大一笔数目。我几年前碰到过他，他来我办公室时，十分穷困。他被逐出办公室，政府还逮捕他入狱。

他来找我，希望我给他一工半职。他还亲我，要我原谅他。他当时年约三十五岁，穿着一件旧外衣。我告诉他，每个孩子都有玩具，但有一个玩具十分特别。'我也有玩具。我一直生活得很好，每个夜晚都自得其乐，一辈子都如此。我丰衣足食。我目前的生活依然如此。这就是我最喜爱的玩具。如果因为你的行为，而让我有哪怕一个夜晚无法享受的话，我绝对不会原谅你，绝对不会宽恕你。不过，你的行为就如同一只苍蝇在我皮肤上爬过，根本伤害不了我。'"

阿里的一位律师走进房里，和我们坐在一起。这是星期五早上，伊斯兰教安息日。我察觉到，有这位第三者在场，阿里似乎非常受鼓舞，情绪异常兴奋。

我问："你给他工作了？"

"我没给他工作，因为这种人绝对不可能改邪归正。如果给他们机会，他们铁定还会伤害我。所以，我对这种人只好敬而远之。"

如今，革命已过了一年，阿里一直受迫害。迫害他的人有政府的人、政府内部的共产党员，要不然就是一些煽动者。他似乎又被绑架了两次或四次。

"我不太害怕和他们一起走，因为我据理力争的能力比他们强。第一次你会认为他们像野兽，随时想将你撕裂。但一旦你驯服这只野兽，你就可以把它要得团团转。"

如今，革命卫队也经常来骚扰。他们跳进花园里，透过窗户，看屋内的人是否在看电视或录像带。他们甚至可能闯入屋内，搜寻酒、火腿、女人的衣服以及男人的领带。这些全都是违禁品。

"如果你穿得很光鲜，他们还不喜欢，会攻击你，就像波尔布特[①] 那

①柬埔寨独裁者，发动红色高棉运动。

样，只是没那么极端。他们只像波尔布特的十分之一。这是一场全面革命。”

“全面革命？”

“政府的控制权完全不在政府手上，已经失控。这是无政府的恐怖状态，原因出在霍梅尼本人。革命发生大约三个月后，我那位阿亚图拉朋友带我去见霍梅尼。朋友向霍梅尼解释，我是土地开发专家，是技术人员，可以在建造房屋问题方面提供协助。我和朋友，以及霍梅尼一起坐在霍梅尼家的地板上。这时门忽然打开，几位毛拉鱼贯而入。霍梅尼开始和他们谈话。不久之后，又有一批毛拉走进来。就这样，毛拉一批批走进来，直到充满整间屋子，大约有两百位。他们全都想要钱，好带回他们的城镇，给当地的学生和宗教组织。霍梅尼说，他没有办法给每一位毛拉钱。不过他说，回到你们的城镇去，找一位有钱人，或第一位有工厂、大农场的人，强迫他给你们钱。”

政府领袖居然说出这番话，这着实让阿里大吃一惊。此时此刻，他终于了解，霍梅尼正带领他的人民陷入乱局。

和我们坐在一起的律师说：“霍梅尼的精神纪律和别人不同。他是属于人民的人，他了解大部分人民。大部分人民都没受过教育，他们要的是钱和物质。他们不要革命，而是要钱。霍梅尼很了解这一点。”

阿里说：“大部分人都想抢人财物。”

律师说：“于是他就在国内制造混乱，让他们可以抢人财物。他们想什么，他就做什么。”

阿里说：“当他说遵守法律的时候，他所谓的法律并不是国家的法律，而是他自己的法律，他自己心里的法律。革命之前，他说交税给政府是反伊斯兰教的行为，革命之后，他说交税给政府才合乎伊斯兰教精神。他想制造的就是一团混乱。到霍梅尼家那天，我才终于了解，霍梅尼不是政府中人。他仍然是个革命分子，无法控制自己。直到最后一天，他还在制造混乱。”

我怀疑，这种混乱，这种一再发生的“革命”（这是一个经常令人误解的字眼），是否也是什叶派教徒抗议的对象。但当我提出这点疑问时，阿里和那位律师却不接话了。他们是幻想破灭的人，因为曾饱受折磨才愿意发声，但他们深深信仰什叶派教义，这份信仰占据他们情感生活的一大部分，他们不可能会退一步，保持距离看待这件事。

他们开始谈到伊斯兰教的“必要之法”。霍梅尼动不动就以“必要之法”的名义，明说或暗示一些事情。

阿里在谈到“必要之法”的时候说：“为了保护自己，你有时候可以做些错事。阿亚图拉可以在第一级和第二级的法律之间斟酌。第一级的法律来自安拉。如果有需要，阿亚图拉可以暂时发出第二级的法令。”他举的例子和他自己息息相关，“在伊斯兰教国度，保护人民的财产属于第一级的法律。但在霍梅尼执政期间，建造房屋的土地十分欠缺，于是霍梅尼就说，‘用我的特权，下第二级法令。我要征收属于城市人所有的土地，不必给予任何补偿。我会再重新分配，将土地分配给需要的人，因为他们有此需要。’”

此刻，为了证明霍梅尼的做法太过火，这位律师开始带我沿着伊斯兰教法理学的小路、古径和隧道四处参观。这套伊斯兰教法理学和在马什哈德与库姆的神学院所教授的如出一辙。

律师拿着小小的绿色无花果，把它整颗放进嘴里，一颗接一颗，吃得津津有味。他偶尔也拿起其他水果，剥了皮吃。他说：“在伊斯兰教创立大约一百年后，麦加有位哈里发想要征收圣地附近的土地。这处圣地叫卡巴，人们都住在卡巴四周的房子里。法律并不准许征收这些土地，保护人民的财产乃是哈里发的重大责任，所以，哈里发就邀请一些大穆夫提[1]到他家里谋求对策。提出上上之策的不是别人，正是先知穆罕默德的直系后裔，第五位什叶派伊玛目[2]巴盖尔。他说，你可以征收卡巴四周的房子，因为卡巴最重要。你评估房价，给屋主钱，再打发他们迁到别处。”

阿里说：“霍梅尼开了恶例。如今，每个阿亚图拉只要宣称有必要，就可以违法。”伊朗至今仍在忍受他的伊斯兰教宪法，这套宪法赋予他最高的力量，并确定领导与服从的原则。宪法规定国会由选举产生，却又另外设立一个委员会，可以推翻国会的决议。

阿里说：“他有敏锐的头脑，富有智慧，是一种直觉上的。正因为如此，他才可以指挥别人。他的智慧没有经过训练。他不会感情用事，十分冷酷。”

在我们第二次见面时，阿里补充说明了一些他在霍梅尼家的记忆。有两百位毛拉在房里，向霍梅尼要钱。霍梅尼就要他们回到自己的地区，向碰到的第一个富翁拿钱。大部分毛拉听了似乎很满意，但——就像天方夜谭里的故事似的——有位毛拉说：“我的乡镇很贫穷，我们镇上根本就没有有钱人。”霍梅尼听了，可能是一种条件反射，居然碰到了阿里的袖子，碰触的时间很长——长到事隔十六年，阿里依然记得——阿里还以为，霍梅尼可能要牺牲他，叫他给那位贫穷的毛拉一些钱。

事实上，类似的事情十五个月后还是发生了。阿里遭到克尔曼革命法庭的逮捕。指控他的罪名五花八门，不一而足，包括：巩固皇家政权、掠夺人民的土地数百万平方公里、输出数十亿美元、导致反政府政变

①伊斯兰教教法权威。

②伊斯兰教政教领袖。

失败以及领导反革命组织等等。诸如此类的指控说得都不明确，它们是最标准的罪名，当局用这些罪名起诉过许多人。

阿里说："在克尔曼地区，只要你稍微有点活跃，大家都会认得你。我在革命之前非常活跃，众所周知。我是小国王，是当地权力的象征。他们在那座城市成立革命法庭的分支单位时，专找我这种人。革命卫队队员全都来自乡下，口音特别；他们非常年轻，动不动就开枪，后来大部分都在战争中丧生。我认为，在革命卫队当中，百分之四十是伊斯兰教战士运动成员，百分之六十是伊斯兰教团体成员。信奉马克思主义的伊斯兰教战士运动从一开始就渗入革命法庭当中，他们不表明自己的身份，伪装成伊斯兰教教徒。"

阿里分辨得出谁是伊斯兰教战士运动成员，谁是伊斯兰教教徒，因为他自己也在伪装，伪装成伊斯兰教革命分子。"我的人生陷入危机，无论如何，我都必须和他们交朋友。"阿里很快就发现，有个第三团体渗入伊斯兰教战士运动和伊斯兰教团体中。"他们这些人只是想自己捞钱，但表现得非常像伊斯兰教教徒。"他们也很快就发现，阿里同样是在伪装，他根本就不是伊斯兰教革命分子。"这些人和我交朋友，因为他们知道我有钱，他们慢慢地告诉了我在法庭发生的种种事情，告诉我谁是谁。"

阿里被逮捕了许多次，被关了四五天，有一次他甚至被关了六个月。革命监狱其实是一间老旧的工厂库房，分隔成许多牢房。有几间牢房用来单独监禁犯人，有两间大牢房监禁一般的犯人，如走私鸦片犯、盗贼等，另外一间大牢房则监禁政治犯。阿里原先被关在一间单人牢房，这间牢房宽一米，长两米半。一天只"放风"半小时，让他们上厕所，盥洗。进牢房的第一天，他就在墙上看到一句话，这显然是先前关在这里的狱友写的："囚犯终将获释，狱卒却永远关在牢里。"

“这句话让我大受鼓舞，因为它告诉我，这个狱友也先我一步获释了。即便是十五年后的此刻，我已经获释多年，可以自由自在地到世界各地旅行，享受快乐，但每当我有事情要做时，我还是会去那地方走走。尽管它变了，牢房不再是工厂厂房，我还是看得到几个从前的狱卒。所以，他们才是囚犯，我们不是。他们才是囚犯。”

在工厂库房监狱，有些革命卫队队员向阿里自我介绍。他发现，其中有些人是他开建筑公司时的工人的儿子。

他们告诉他：“从前你看都不看我们一眼，神气得很。如今你关在这里，必须靠我们喂。真主真伟大。”

这些人回去和自己的父亲谈到阿里，让他们吃了一惊的是，他们的父亲居然要他们在权力范围内尽量帮阿里的忙，因为从前阿里给他们工作，是帮了他们的忙。

“于是，这些男孩帮了我很多。他们权力不大，但可以告诉我各种事情。他们可以帮我寄信出去，也可以帮我太太带信来。他们可以给我最好的牢房，最好的牢饭。”

托这些新朋友的福，阿里从一般牢房被迁往政治犯牢房。这里关着四十五到五十个犯人，全都是政治犯。因为没有别的事好谈，所以他们整天都谈政治。阿里发现，每个人的政治观点都因为自己的政治立场不同而有所不同。有些是杜德党，但他们的领导人和政府合作；有些是伊斯兰教战士运动成员，但伊斯兰教战士运动尚未开始反政府战争；有些则是极端的毛泽东主义者，事实上，政府已开始默默整肃左派分子；有些是国王部队的将军和上校，有些是和国王有关系的大地主，更怪的是，还有两个犯有性罪的毛拉。他们在帝国时代无比风光。其中一个毛拉表示，他可以为不孕的妇女“驱邪”：他通常会将不孕的妇女带到自己家里，再和她们发生性行为。另外一个毛拉则是算命的。

“事实上，这两个毛拉最后都被处决。我们通常可以从远处看到处决的情形。每当他们要处决犯人时，我们多少能在前一个晚上有所察觉。那时，我们晚上会很早关灯，装着要睡觉的样子。然后，到了午夜十二点，庭院花园的灯忽然大亮，我们就可以远远看到处决人犯的情形了，只是狱卒不知道这件事而已。有一个当地的毛拉在革命法庭位高权重，掌控着生杀大权。”

“处决对其他囚犯有何影响？”

“不论背景如何，都没有人喜欢看到处决。他们不认为这是在伸张正义。”

革命卫队的调查人员会不时来监狱，带走一些政治犯去“调查”（阿里并未使用更强烈的字眼）。一次就“调查”两到四个小时，然后再让犯人回到狱中。调查行动很有礼貌。

因为和狱中的革命卫队成了朋友，阿里显然享有一些特权，这令其他一些囚犯十分眼红。事实上，新朋友常常带给阿里的许多糖果、水果，都被他分给狱友吃了。

有一天，一些共产党囚犯终于忍无可忍了。他们告诉阿里：“对你而言，这是一场喜宴，但等着瞧，等我们掌权了，我们不会将你这种人押往法庭和监狱，而会将法庭和刽子手带到你住的街道上，带到你家。我们会在你家门前审判你，当场处决你。”

阿里告诉他们：“感谢真主，你们全被关在牢里。你们会一直在牢里的，奈何不了我。”

不久之后，阿里的案子开始审理。当局邀请大家来，说想控告阿里的尽管控告，要提交罪证的尽管提交。在毛拉的法庭里开了七次庭之后，控告阿里的案子终于被驳回。

这位毛拉法官说：“我不是伊斯兰教革命分子，但我让革命彰显伊斯兰教色彩。这两者是有区别的。我希望在天国有个家，不希望在地狱有个家。有钱人不一定有罪，除非我真的发现他有罪。你或许不是个出色的伊斯兰教教徒，但我判你无罪。”

审判结束之后，对阿里而言，一切都开始变得平静。但问题还是有的，而且还不少。如今，生活越来越不容易，或许他也从此失去了安全感。但那些在革命后的最初三年先入为主、认定他是有钱人、把他整得死去活来的革命党人，如今在法庭和政府部门已经不再那么飞扬跋扈了。政府已经将许多疯狂分子驱逐出门，那些留下来的人一年比一年收敛。权力已令许多人堕落。他们有的捞了许多钱，自己做起生意来。手握权力的人仍然有可能成为阻力，但如今这种人一眼就可以被认出，也有办法打发。

历经上述种种苦难，阿里家从此愁云密布，这从他妻子的脸上就看得出来。她脸上述说着一种对逝去生活的永难平息的忧伤。

在北方山区，晨光投影于山峰和山谷。山上怪岩峥嵘，有些早已磨损，有些则滚落山坡，都十分显眼。在晨光中，也看得出一些低矮山丘上建筑进行的程度。好几处地方的山被削成新的阶面，准备进行下一步施工。到了夜晚，人们可以看到一小束一小束支离破碎的灯光，照射在原本可能空荡荡的山边。早晨来临时，灯光即消失得无影无踪，仿佛什么都没出现过。往下看，只见在墨绿色的衬托下，白杨正生机勃勃。

第五章　监狱

裴达在贫瘠的西北部长大，从小就被革命思想吸引。他看到母亲为生活日夜操劳，痛心不已。他的母亲为人缝补衣物、做各种袜子，从而维持生计，往往在缝衣机前一坐就到凌晨两点。

裴达适时加入了杜德共产党，杜德党一直希望依附宗教运动夺取政权。革命初期，杜德党的政策就是以伊斯兰教为掩护，这项政策实施起来一点都不难：毕竟共产党和伊斯兰教都讲求正义公道、赏罚分明，此外就是揭发统治者的邪恶。但杜德党后来还是步上了自我毁灭的道路。杜德党赋予伊斯兰教革命苏联式的组织，之后，杜德党就被这种组织毁灭了。

一九八〇年和一九八一年，被关在工厂监狱里的阿里就看出左派已日暮途穷。尽管政治部门的共产党人掌权后，仍在他屋外大声嚷嚷，说要将他吊死，但他们在伊朗的风光日子其实已经结束了。两年后，即一九八三年，政府正式宣布杜德党为非法政党。又过了两年，一直东躲西藏的裴达，和其他杜德党残余一样，到处被通缉，最后被关入德黑兰市外的监狱。

裴达当时并不知道监狱到底设在伊朗何处。时至今日，他也不知道。据他估计，有大约两个月时间，他被关在一个类似洞穴的地方，那里根本没有窗，所以“暗无天日”。他在里面接受侦讯。就在这种完全黑暗、孤独、与世隔绝的情况下，他最先被关在一个洞穴里，后来移到一间牢房，和十四个人关在一起，一关就是一年。他开始冷静思考，在他成年之后驱策着他大部分时间的革命思想，最后他终于明白了——这种情况下的他格外痛苦——为什么他错了，为什么革命注定失败。

“我认为，人的本质非常复杂，不能光用一种简单的方式或一些口号去领导。我们的内心其实充满爱恨情仇，所有的人都有自己的历史和过去。所以，一旦我们发动革命，每个人都会带着自己的七情六欲去行动，只是程度深浅不同罢了。但革命一向不理会这种个体差异。”

所以，在狱中，他开始唾弃革命思想。革命思想原来是他最大的精神支柱，等同于宗教，对他而言，在后来的很多日子里，没有其他思想能和革命思想一样重要。唾弃革命思想后，他像一个被掏空的人。他是来自西北部的英勇男人，可以想见，他一定热情如火，如今，他却出奇平静；那些旧仇新恨让他要随时注意自己的情绪，考虑自己的言行，做到喜怒不形于色。如今，尽管和从前一样引人注意，可能随时再度被抓，他却意图尝试为自己的私生活、自己的家庭理出方向。日常生活愈发艰难，革命后的伊朗经济一团乱，伊朗币值一路下滑，他担任教职的收入一天不如一天。

他说：“我十八岁时醉心于革命思想。”这大概是革命爆发前七八年的事。“镇上有个人刚出狱，我们很喜欢去找他聊天，但因为安全的关系，他不想和我们聊。最后，他一定对我有了好印象，因为他只和我聊。他三十八岁，是位著名作家的密友，这位作家在我们的河里淹死了以后，他开始转而信任我，和我聊天。”

我问裴达：“他家住哪里？住哪种房子？”

“住一间很普通的小房子，就像你在西北部经常见到的那样，有一个小庭院和两间卧房。他与母亲和两个姐妹一起住。他告诉我发生在他身上的许多冤枉事，告诉我他将来准备如何洗刷冤屈。”

“当时你在工作？”

“我刚从学校毕业，在一个市场里工作，同时为杂志写些小故事。我大概写了三十篇，大部分都刊登了。”

“你写的内容是什么？”

“关于贫穷，关于穷人的苦难。我十二岁死了父亲，从此历尽艰辛。母亲为了养家糊口，每天工作十六个小时。一些令人思之恻然的情景我至今记忆犹新：有一天，我凌晨两点醒来，发现她在缝衣机前打盹儿。”

裴达的新朋友，就是那个政治犯，送给裴达一些俄罗斯作家写的书。高尔基的作品最能打动裴达的心，裴达最喜欢他的小说《母亲》。这个朋友还介绍裴达认识伊朗的革命作家，其中有些坐过牢。这个朋友不想谈自己服刑的日子，他一共坐了两年牢。裴达很想听这段故事，但他宁可谈自己的政治思想。

他说，这些都是马克思主义。裴达后来发现，这些不过是马克思主义的皮毛。后来，裴达了解到，原来这个朋友的政治思想仅止于此，他根本没有尝试继续探索更多。

我对裴达说：“在你眼里，他散发出一种圣人般的光芒？”

“不错，我感觉到的是一种纯粹的情感。我认为，不错，这个人的革命见解行得通，但必须有人牺牲。我甚至开始想，我可以牺牲自己的生命。”

“你花了多久时间产生了这种想法？”

"只有一年。"

"你母亲呢？"

"她知道。她知道这个朋友教我走他的路，但她什么也没说。她是这里很常见的那种母亲。她们相信自己的儿子，相信儿子的所作所为。通常，父亲去世后，儿子就取代父亲当家做主。尽管称不上夫死从子，但做母亲的大抵都听儿子的。"

"你几乎是用宗教的方式在谈革命和牺牲。"

"我不太确定我的宗教感。我父亲不信鬼神，也不信教，母亲也不信。典型的伊朗人并不是这样的。母亲相信真主，但她更相信人。我依然记得她说过的金玉良言。她说，如果你教一个小孩不要做坏事，他果真没做，你就给他奖励，这当然没问题，毕竟他只是个孩子。但如果他长大了，也了解自己之后，你却仍然因为他做好事而给他奖励，那就是羞辱他了。"

二十世纪七十年代末期，裴达去英格兰一所省立学院深造。他带妻子和两名子女一同前往。尽管他有积蓄，但他很可能是靠奖学金去的。在英格兰，他们住在租来的房子里。尽管他当时没看出来，如今也没说出来——他去英格兰，其实就等于赞扬国王治理下的伊朗。这证明，诸如裴达这种出身贫穷落后地区的人仍有上进的余力；当地的经济水平仍然能让他有份工作，有积蓄；也证明伊朗货币仍有很强的购买力。

我想知道，裴达在英格兰注意到的第一件不寻常的事物是什么。

"在英格兰，我都是用预设立场看待事情，我想他们全是资本主义分子。我非常愤世嫉俗，认为他们应该为我们的历史苦难负责。当然，在某种程度上，他们是该负责。"

"你注意到英格兰的建筑了吗？有没有喜欢的？"

"许多事物我都视而不见。那些想法和我一样的革命人士都这样。"

不久，革命就爆发了。

“当时是一九七八年。人人都走上街头，我必须选择阵营。我一直希望在街上与民众站在一起，共同争取自由与平等，所以我老早就选好了。我在英格兰参加示威行动，向行人散发传单。革命爆发时，霍梅尼大受欢迎。”

我说：“在英格兰的我们很晚才听到他的大名。我想，可能是教徒将他藏了起来。”

“革命刚爆发时，他并不在那儿。直到一九七八年，人们才开始听说霍梅尼这号人物。”

“他们对你们也保密？”

“是的，就连我们这些奋不顾身的人都无从知晓。这次我必须做一个痛苦的决定。我不信教，我是马克思主义的信徒。但霍梅尼信教，他又领导革命。当时唯一和霍梅尼站在一起的政党就是杜德党。自然地，我被杜德党所吸引。当然，除了和霍梅尼站在一起外，杜德党的领导阶层也有许多颇负众望的知识分子。有些人因为在智力上表现超群，非常受我们爱戴。事后，我们才知道他们的政治目的。我当时左右为难，最后决定和霍梅尼站在一起。但我也有许多疑虑，我告诉朋友：‘我们或许能赢得革命，但在文化上，我们也许会倒退一千年。’”

“你母亲怎么说？”

“她很悲观。她说：‘跟这些信教的人一起混，你最后什么都得不到。我们很了解这些人，也看透了这些人。这些人不让我学习读书、写字。’她说得不错，曾经，有一个教士到我外祖父家说：‘你不应该送女儿上学。对于女人来说，这些学校是撒旦的中心。’当时是一九二五年，母亲只有七岁。但母亲一辈子也忘不了他们，因为她很喜欢知识和书。”

但裴达终究说服了她。他是她儿子，她爱他。后来他放弃学业，认为革命正如火如荼般进行着，再继续念书，就是浪费时间，所以毅然回到伊朗。他希望置身革命现场，和人民站在一起。

等他回到国内，革命已经结束。国王出国流亡，霍梅尼开始掌权。裴达找了份教职，他对革命何去何从不无疑虑。不久，情势开始恶化，宗教法规相继颁布，妇女必须穿披肩、戴头巾，音乐和文化活动一律禁止，报纸也受到限制。一九七九年八月，一家叫“未来报”的自由派在野党非宗教性报纸被勒令关闭。两年后，裴达的教职也丢了。接着就是所谓的“文化革命”，关闭了所有的大学。

裴达在国内四处找寻临时工作，他和妻子与两名子女开始过着四处漂泊的日子。他主要为私人的进出口公司当翻译。

裴达说：“更糟的是，我居然也和杜德党起了冲突。”

“第一个向你宣扬革命的那个人怎么样了？当时你已十八岁，这人还送过你高尔基的书。”

“革命之后他反而不太活跃。如果我稍加注意，就会发现这有点怪。他谋了份教职，目前仍然教书。如今我才知道，他是个聪明人。”

“但他没有给你什么建议？”

“没有。或许他认为我太年轻了，他有他自己的疑虑，也或许他认为自己没参加革命自觉惭愧。事实上，很久之后我去找他，‘你实在很聪明，为什么不教教我？’他说：‘我连自己要做什么，都不太确定。在国王的政权垮台之后，又来了新的政权。我对新政权一无所知，也不敢断定吉凶，只好得过且过。’”

“你如今怎么看待这件事？”

“他的回答倒也中肯。”

“你母亲呢？”

“她对我一向言听计从。”

他之所以和杜德党发生冲突，是因为杜德党不分青红皂白，一面倒地支持霍梅尼政府。当他表示反对这么做的时候，他们说，霍梅尼领导的是人民运动，因为杜德党相信人民，他们不能远离人民，所以必须和霍梅尼站在一起。在国际上，这是他们的一贯政策。时值一九八三年，也就是在那年，杜德党被宣布为非法政党，开始遭到逮捕。

“我身陷险境，方寸大乱。他们开始搜我的住处。我在大学的时候发表过一些谈话，说我和杜德党人在一起，他们就在我住的城里搜捕我，我运气好，才勉强逃脱。之前城里有人被捕，被捕的人后来告诉他的家人，说革命卫队谈到了我，于是他家人来向我通风报信，我立刻带着家人逃走，从此开始过着东躲西藏的日子。通常，我一个月去探望家人一次，并给他们带点钱。我做各种不同的工作，还化装掩饰身份。我在饭店工作，或做一些简单的手工，都在远处。平常都是亲友在接济我，母亲成了大家交换消息的中心。”

这种生活过了两年之后，他认为风头已经过去，于是就离开了藏身之地。他没有发现被跟踪的迹象，见诸报纸的逮捕报道也越来越少，于是他又开始和家人住在一起，并且寻找教职，就这样过了一年。有一天晚上，家里电话响了，是革命卫队打来的，他们要他到总部走一趟，只要几分钟时间，去回答一些问题。后来他发现，他们早就查过他的资料，找到了他的住处。

他在电话上问对方：“真的只要几分钟？”

对方说：“当然，绝对不会超过一小时。”

裴达吻别妻子和儿女，他告诉他们，可能有好长一段时间不能再见，妻子笑他杞人忧天。可惜的是，他猜对了。他有一整年时间没再回家。

他到革命卫队总部报到，并且自我介绍，随后被叫进一个房间。一名革命卫队人员早就在那里等候着他。他给裴达一份问卷，要他填写，其中有一道问题是：你过去从事过政治活动吗？

我问裴达："这名革命卫队人员长什么样？"

"体格魁梧，蓄胡子，高高的个子，一张严肃的脸。他有一双大手，手指都非常粗。这是我第一眼注意到的——粗粗的手指，或许我担心他会打我。"

"他多大？穿不穿制服？"

"大约三十岁，穿卡其制服。"

"受过教育？"

"没有，一点都没有。这点从他的谈吐就可以明显看出来。"

"办公室呢？"

"就是我们所谓的'伊朗革命委员会'那种最稀松平常的办公室。我在问到政治活动的问题上填了个'没有'。他说：'你确定自己没有别的信仰？'接着我一五一十将我的想法告诉他，就没再说什么。他笑了，说：'我们都知道了。'他用布蒙上我的眼睛，将我关到一个小房间里，时间是早上九点。"（在裴达的叙述中，时间大幅度跳跃：听起来仿佛整晚都在接受审讯似的。但直到许久之后，我才注意到这点。）"当时是春天，四月或五月。第二天，我从那里被移至监狱，最先是伊文监狱。"这是德黑兰的著名监狱。"一周以后，我又被转移到另一个地方，到底是哪里，我至今也不知道。我在那里被审讯了两个月，后来被判刑一年。在伊文监狱，我还可以忍受，但另一个地方很可怕，那里很冷，就像洞穴一样。接下来的时间里一切都还顺利。那是个关押十五个人的牢房，那年的情况还好，因为他们关进去的人不多，但过去的情况很糟，可见外头的情势慢慢冷却了下来。"

就在这个时期，裴达开始思考革命，在孤独中思考，跳出原来的束缚思考。他认为这是他一生中最重要的一年。

“你的母亲呢？”

“她在两年前就过世了，没经受病痛的折磨，或许该庆幸。我开始思考革命的东西和我的一切信仰。如今时候已到，我该为自己思考，该为一些在某种程度上对我而言属于禁忌的东西思考。”

“是你自己将它们视为禁忌。”

“我限制了自己。比如，对我而言，阿瑟·库斯勒[①]是革命分子，所以我不会看他写的任何东西。就是这样，再简单不过。乔治·奥威尔[②]也是革命分子。我将人分成两种——革命分子和反动分子。现在，我特别想念母亲，想念她在不知道这些思想的情况下的种种行为。对我而言，她是人类真正的象征，每个人都爱她，每个认识她的人都爱她。这实在很奇怪。她在医院去世的时候，所有的护士和医生都哭了。原因是，她关心医院的每一个人。她会说：‘护士小姐，打电话给你的帅哥怎么样了？有没有来？’她也会问另一个护士：‘你母亲呢？好点了没？’她一直忙着关心别人，协助别人，即使她自己也是病人。”

“我想，思想只是能在生活上帮助我们的知识的一小部分而已，主要的来源在于我们的文化思维，比如母亲那种自然而然的行为。我献身其中的革命不将我当知识分子看，也不将我母亲当人看。”

监狱倒没有经常在肉体上虐待犯人，裴达只被“修理”过两次，第一次是霍梅尼去世的时候。革命卫队紧张万分，深恐会有人劫狱。他们将十五名囚犯蒙上眼睛，再将他们带上一辆面包车。革命卫队要他们弯下腰，保持安静。裴达旁边的男人悄悄问他：“他们要带我们上哪儿？”裴达用指头按在嘴唇上说：“天晓得。”但一个革命卫队队员听到了他们的谈话，他走过来，用枪托打裴达的后颈，后来甚至开始

---

①英籍匈牙利作家。

②英国著名小说家、记者和社会评论家，著有《动物农场》《一九八四》等。

殴打裴达，疯狂地打，兽性大发，让裴达觉得自己这次死定了。事后，裴达病了一星期，躺在牢房里无人问询，他们只是给他东西吃，他居然也活过来了。

还有一次，他挨了一记耳光。当时裴达在谈话中无意间提到“伊斯兰教战士运动”，这是左派信徒组织，还一度和革命卫队属同一阵营，也是早期折磨阿里的一批人。一名革命卫队队员听到后，马上给了裴达一记耳光，禁止他再提 Mujahidin① 这个词语，但这名队员却说成了 Monafegheen，意思是“伪君子”。

裴达说：“我献身于教育事业，希望用这种方式发挥自己的作用，传授知识。如果我能早一些想到这点就好了。可惜我们许多事情都只做到一半，每个人风尘满面。早期的政权应该为目前发生的一切负责。他们剥夺了我们的自由和我们接受良好教育的机会，导致某些人能上台耀武扬威。”

北方低矮的远山，因为光线明暗不定而呈现茶褐色。山的结构十分柔和，有梯田，层次分明。有些新近才种植的树，苍翠欲滴。此外，还有几堵挡土墙，我想，可能是准备将来开发用。后来，有一天，我在那儿散步，才知道从我饭店的窗口眺望，那些茶褐色的远山之一，即位于左手边的矮山，就是伊文监狱的所在地，是许多人被处决的现场。凯悦大饭店的地址便在伊文十字路口。

我注意到，梯田从某个地方开始，蜿蜒而上。还有一种呈阶梯状的高墙，越来越高，在山的一边消失，又在山远远的另一边重新出现。我想，这种呈阶梯状的高墙全都是相连的。但我并不确定自己看到的

①指伊斯兰教战士运动。

都是什么，原因之一是光线照在山上，变化万端，让我看不清楚。

只有在早上（当东方的太阳照耀山谷和山峰，影影绰绰时），右手边呈阶梯状的高墙——现在墙的高度分明——才会投下斜斜的长影。其他时间里，从我眺望的地方，看不到任何影子。呈阶梯状的高墙呈现和山一样的颜色，只有在高墙上方才看得到锯齿状的线条，我认为它们是一堵挡土墙，用来防止土壤崩塌和土地松动。

如果右手边呈阶梯状的高墙只有在清晨才会清晰显影，那么左手边的高墙就要等到中午之后了，它会在我从前看不到高墙的地方投射很大的齿状弧形阴影。

如今我既然看到了，就会一直留意：左手边和右手边锯齿状的高墙，还有中间一些地方若隐若现的锯齿状顶端。它们在我眼里，活像一个巨大老旧的吃人机器的大钢牙。

现在我才知道，原来这是一座监狱。让我相当吃惊的是，尽管我已经观看了很久，却一直将它当山景看，浑然未起半点疑心。这是一栋巨大的混凝土厂棚建筑，颜色与沙土相似，在白杨与法国梧桐的翠绿中耸然而立。在接下来的两三天，监狱和监狱建地的计划越来越清晰。柏油路蜿蜒而上，穿过具有迷惑性的一片翠绿，直通大门口的警卫室。在法国梧桐树下，一排排长长的矮房子如同铁路厂棚，还有一些更矮的混凝土建筑，毫无疑问，那一定是员工宿舍，不过，一定不像我认为的那么适合人居住。我原以为这些建筑是土地开发专家在美丽的山边的杰作，它们——或它们让我感觉——有助于为监狱提供掩护。

夜晚时分，山景可以看得更清楚，越清楚就似乎越邪恶，可能是因为监狱的邪恶事情都经常发生在夜晚。蓝色的路灯蜿蜒曲折，标示出向上通往监狱的柏油路；既高且大的白色监狱采光灯，在厂棚般的牢房旁非常醒目。每个地方都有灯。

监狱广袤，在北德黑兰占据一大片土地，需要很长时间才能望尽。

整个下午，我游目骋怀，让目光从笼罩着阴影的高墙看向山的左下方，我看到一堵接一堵的墙，横向绵亘于树林之中，从左边延伸到山脚右边。山脚下的一堵墙很高，墙上还有几扇高高的蓝色大门。在革命之后，毫无疑问，卡车经常从狱中把遭处决的犯人尸体从蓝色大门运出。在绿树、砖墙和混凝土的衬托下，这几扇门上的蓝色格外醒目，看得人不禁产生疑问：为什么会选择蓝色？

在美丽而多变的群山之下，正是德黑兰监狱，其阴森恐怖较布拉格城堡犹有过之而无不及。当我发现真相后，我的感受就像当时在西非达喀尔英国大使馆的那次一模一样。我发现，达喀尔英国大使馆网球场围墙的另一面居然是停尸间，难怪每天都有一大群戴着伊斯兰教礼拜帽、穿长袍的非洲人，满脸愁容地在附近进进出出。

阿里说，霍梅尼的绞刑法官哈勒哈利曾经坐在这个革命法庭审问犯人。这个坐落在夏里阿提街的革命法庭正是国王昔日的军事法庭。革命初期，这个法庭经常一天二十四小时全天开庭。阿里几乎每天都往法庭跑，看能不能营救几个他认识的人。犯人可能就是从伊文监狱押解过来出庭的。

一九七九年八月，我第一次到德黑兰，当时法庭仍人满为患。就在那个月，哈勒哈利接受《德黑兰时报》访问，当时帕维兹仍是《德黑兰时报》的老板兼主编，贾弗里正坐在他那台高级打字机前，勤奋地呼吁阿亚图拉回库姆去。哈勒哈利在访谈中表示，他“可能”一共判决过三百到四百人死刑。他说，有些夜晚，卡车从监狱运尸体出去，一次就是三四十具。

尸体就是穿过那些蓝色大门运走的。

第六章　烈士

迈赫达德和我在一家图书出版社与阿巴斯见面。阿巴斯二十七岁，打过仗。两伊战争进行到第二年时，十四岁的阿巴斯投笔从戎，就这么一路打下来，如今他似乎没份像样的工作。战争结束，在精神需求的驱策下，他在库姆念了两年经学，但后来他对库姆感到十分失望。为了讨好女友家人，他完成中学学业，并取得文凭，继续上大学，如今他在学拍电影，制作一些短小、充满诗意、如俳句般的影片，长度不会超过一分钟。他也在伊朗到处游历，访谈和他一样打过仗的战士，整理后供这家出版社出版。出版社老板似乎正准备出版一系列有关两伊战争的书。

这里有许多打过仗的战士，阿巴斯因为有军事经验，会自行安排在相同的时间进行多个访谈。他每到一个新地方，就会召集打过仗的战士参加会议，分发给他们印制好的问卷，并且将自己的战争经验告诉他们。他故意把自己的故事说得很简单，目的是鼓励这些退伍战士消除羞涩和疑虑，好让他们把自己的战争记忆写下来.

现在，他对我们说了一则曾讲给退伍战士的故事。因为距离自己的军事经历不久，迈赫达德听得悠然神往，居然忘了为我翻译。他的双眼散发出光芒，一直盯着阿巴斯看，片刻也不曾离开。

阿巴斯十分引人注目，身材矮小，四肢强健，有一种典雅的美感。他胡子修剪得十分整齐，茂密的头发打理得很光鲜，长度刚好盖住后颈。因为要和我们在出版社见面，他还刻意打扮了一番。他穿着一件有亮黑底、宽边垂直条纹的绿色衬衫。眼镜夹别在腰际，这是他的风格之一。因为头部受过伤，他显然费了很大力气，才克服许多障碍，从而有今天的表现。他双眼布满血丝，喜怒不形于色，一直凝视前方，转动头部时动作十分缓慢。他说，他的双腿至今仍然隐隐作痛。

我们吃水果、喝茶、聊天，一小时之后，我发现阿巴斯的话了无新意。他双眼凝视，看起来严肃，又有点自大。他的话根本无法打动我做任何笔记，甚至连让我从上衣口袋掏出笔记本的欲望都没有。后来，附近停电了，四周忽然陷入一片黑暗，似乎是道别的时候了。

我们站起来道别。在黑暗中，我忽然想起来问他，在访谈过程中，是否遇见过参加敢死队而幸存下来的人。他说，确实有几个这样的人。当我们问道，能不能和其中某个人见面时，他却一言不语。后来，大概和黑暗有关，四周一片悄然，让我们不禁格外轻声细语。下面街道上有仍在嬉戏的儿童，即使不远处林荫大道上车水马龙，这嬉戏声也特别清楚。或许因为停电，阿巴斯欲言又止地说：“我不能说，但我就是其中之一。”

然后，我们继续聊天。阿巴斯起先在黑暗中说话，后来点燃了蜡烛。出版社多的是蜡烛，就是为了应付停电。

当时，我没有做笔记。那天晚上，我们回到饭店，迈赫达德和我重新整理访谈资料时，我才记录了一些。

当阿巴斯说他参加过敢死队时，我才逐渐理解了他先前说的许多事情。他十四岁投笔从戎，被引至战争边缘。后来，他主动请缨，自己一路小心翼翼，到死伤无数的迪兹富勒前线，那里的城镇已受到战火严重摧残。他为什么做出这样的选择？他说，政府的发展协会派了一些人到他学校去演讲（迈赫达德后来在饭店告诉我，这所学校是德黑兰最好的学校之一）。演讲人说，他们希望带一些学生去前线，让他们见识见识战争。他们征求自愿去的人，阿巴斯就成了自愿者。

即便是个民兵，他在迪兹富勒也无所事事。军方希望将他遣送回去，但他央求他们，说会为他们做事，于是，军方让他留了下来。

阿巴斯在迪兹富勒期间，正值伊朗准备展开一场大攻击之时。有二十二天，大炮和飞机发出的声音不绝于耳。阿巴斯第一次在战场上目睹了死亡。

一辆救护车从前线开了回来——一眼望去就知道是伊朗的——阿巴斯和很多人都拥了上去。他原先还以为救护车里的人只是受伤了，等到“伤者”被抬到地上，他才发现他们全死了。其中有两名死者，在两个小时前还是活生生的。他心里想：“我要找我的朋友，但这里没有我的朋友。我的朋友在别处。”他当时认为，死亡是件崇高而美好的事。他知道，有朝一日，他也会有相同的经历，去他朋友的所在之地。

这是令人震撼的时刻。当他为死者清洗子弹带和安全带时，这种感受格外强烈。这是他在前线经常做的事情之一。他每天都到停尸间——官方的说法是 Meradj，意即“升天之处”——负责为大约四十名死者搜集装备，晚上便清洗这些装备。因为太多人参加攻击行动，所以当时的装备十分短缺，鞋子就是其中之一。他在白天经常做的另一项工作就是协助上前线的卡车卸货. 他卸起货来十分卖力，这是军方没有将他打发回去的原因之一。

对阿巴斯而言，清洗死人的装备是一种精神上的训练，因为他认为，这些遗物属于那些不太知道自己去了什么地方的人。但阿巴斯的话模棱两可，他的意思也可能是，尽管这些人不知道自己该前往何处，却总是勇往直前，义无反顾。

一年后，阿巴斯终于正式入伍，他是敢死队队员。自愿参加敢死队的人表示，他们随时准备接受任何任务。他们在一般营队里时，并没有穿特别的服装，因格外视死如归而声名大振。就字面意思而言，敢死队就是准备作战到死，没有人会幸存。

在展开攻击之前，会有一场“告别式”，可能有人高歌，可能有人在营中致敬。这个人可能是教长，可能是指挥官，可能是老人，也可能是颇负众望的人物，由他们向敢死队队员发表演说。演说人会站在讲台或椅子上说：“明天我们将展开攻击。”这就是告别式的开场白。会有人顿时痛哭流涕，也会有人事后才号啕大哭，但一般都会有许多人流下眼泪。演说人会说：“在你们当中，可能会有一部分人明天不再回来了，我们也许无法再见。有些人明天就可以见到真主。”

接着就是音乐和诵唱。它们在阿巴斯耳里，就如同背景音乐，没有人会集中精神去听。每个人都掏空自己的感觉，将感觉汇集成一股共同的洪流，包括人间各种苦难和尘世的烦恼，或妻子有孕在身，或稚子卧病在床，有人经济困难，有人亲子失和……这一切都如洪流，一去不返。参加“告别式”，就像上了同一条船，不论喜不喜欢，从此大家都要生死与共。

阿巴斯受过两次伤。比较接近事实的说法是，他只说过两次受伤的情况。第一次是在某天中午，伊拉克反攻的时候（伊朗是在清晨展开攻击的）。在伊拉克的反攻中，受困的是伤者、敢死队和其他部队，这些部队的任务是拖延伊拉克部队进攻。一枚火箭在阿巴斯身旁爆炸，他双脚都被击中，之后不省人事。等到恢复神智时，已是夜晚时分。他听到有人说阿拉伯语，发现有一些伊拉克士兵在看守，大约每隔二十米站一人。他们是伊拉克前进部队的哨兵。阿巴斯找到一枚手榴弹和一挺机枪。他将手榴弹投向伊拉克士兵，炸死了四人，接着他拔腿就逃，逃到五十米开外的伊朗部队所在地。伊拉克部队中有士兵朝他开枪，但他绕过来弯过去地跑，居然没被击中。

第二次受伤的情况更严重。事情发生在第一次受伤一年之后，时间是晚上。当时伊朗正展开最大规模的攻击行动之一，一波接一波地持续攻击了一个多月。又有一枚火箭在他身旁爆炸，其中一块弹片击中了他的后脑勺，他被炸得一头摔倒在地，伤势严重。他在有意识和无意识间游离许久，最后被人用飞机载到了设拉子一家大型军事医院。

在医院里，医生在他头上植入人造骨头。不久之后，他就失去平衡感，接下来，他什么都看不见了。他视网膜上有个血块，可能完全失明。有一天，政府希望带几位病人去查拉库圣庙，这是伊朗著名的圣庙之一。阿巴斯很想去，但他正坐着轮椅。医生说，阿巴斯的情况不好，不能去，阿巴斯听了大喊大叫，开始和医生争吵。医生只好让步，于是，阿巴斯在上午八点坐着轮椅去了圣庙。

就像在战场上一样，圣庙里有人高歌，有人诵唱。阿巴斯许下愿望："安拉，我接受您的意愿，我喜欢您所喜欢的一切，但我不能对您说谎。我需要我的眼睛，如果您把它还给我，我就会利用这双眼睛回到战场。"

中午十二点，阿巴斯和其他病人一起离开圣庙，回到医院。下午两点，护士来到他的病房，他每隔六个小时得吃十二颗药。当护士开门的时候，阿巴斯看到了光，马上大叫。医生和其他护士立刻跑了进来，发现阿巴斯视网膜上的血块不见了，他们不让他休息，请其他医生来看，没有任何一名医生相信这种宗教奇迹的发生。消息马上传了出去，连报纸都刊载了。但阿巴斯有点紧张，深恐消息太过张扬。

一直帮我们倒茶的出版商助理说："怕太过张扬也是件好事。如果人们知道他去了一趟圣庙，病就好了，那一定会有很多人蜂拥而至，将他的衣服撕成碎片，带回家当纪念品，并且希望借此带来奇迹。"

我在一九七九年也听过类似的传说。在革命爆发之前，有人示威，结果遭到国王的警察射杀。当时只要受一点轻伤，就可能致命。因为如果有人倒下，和他一同示威的同伴就会纷纷跑来用手触摸他的伤口，希望沾染烈士温热的鲜血。

那天晚上，在出版社的会面结束以后，我去了设拉子。在一个薄暮时分，我前往查拉库圣庙。圣庙外面的街道犹如露天市场，有灯、货摊，也有熙来攘往的人群，而圣庙内的气氛也大致相仿，在庭院漫射的灯光和柔和的阴影下，人们四处走动。圣庙四周有栏杆围绕，时值清真寺的特定节日，所以灯光更明亮，许多人都在祷告祈福。

要体会阿巴斯所看过的一切，要融入此间众人共有的感觉，就必须有自己的体悟。怀抱信仰、神学、情感和需求。

路边有个高高的伊朗男子在用他自己的方法祈求施舍。我一走进去，他就盯上了我，于是谁都不再理会，只看着我。他大叫："老哥，老哥。"他说话时，柔软的双唇挤在一起，一双小眼睛皱成两道小缝，好像演员在演苦情戏。

他很年轻，偏胖，穿一双白色的鞋，在薄暮中十分醒目。宽松的奶油色衣服遮不住他突起的下腹部，他不时逗弄一个哭叫着的婴儿，另外还有一个妇人带着几个孩子，显然是和他一伙的。他自称来自迪拜，之所以来设拉子是想向圣人致敬，却不料钱和文件都被偷走了。

我在圣庙的庭院四周走了走，然后想去找这名男子，看看他当晚收获如何，却发现他和他的婴儿早已消失得无影无踪，连和他在一起的那个女人和小孩，也全都不见了。

此刻，出版社已点起蜡烛，阿巴斯正谈到他的信仰经历，这是我问起的。

他说："这些经历让我深深反省。我在精神信仰方面有新发现，我想这是其他人不曾发现过的。"这是迈赫达德在度过漫长的一天、仆仆风尘回到饭店后，针对一个复杂的概念所做的翻译。他怎么翻译，我就怎么记录："在战场上，我们看到许多事情，是无法从物质的角度来形容的。我看到有人被炸掉了一只手臂，还拼命地跑，真叫人难以置信。有许多人，手臂上受了轻伤，便倒地不起。但在战场上，敌人步步紧逼，这个被炸掉一只手臂的男孩仍然必须躲避敌人。此情此景让我明白了，什么事都有可能发生。那一刻，我再也不去管自己的疼痛了，一点都不在意了。"

战后，他一直想保持自己发现的精神信仰。对他而言，这种精神信仰犹如珍宝。拥有这种精神信仰的凡夫俗子并不多。"凡夫俗子"，这是阿巴斯在谈及精神信仰时两度提到的词语，仿佛精神信仰是一种真正将人区别开来的分界线。当然，"凡夫俗子"未必不如他，但他们却介意阿巴斯并不介意的事，比如，他们的宗教信仰是，妇女必须戴面纱、围头巾，对此，阿巴斯毫不在意。

"《古兰经》教我们做事情要量力而为。所以，我尽自己的力量行事，他们尽他们的力量行事。"

他觉得自己应该加强这种精神感受，可以利用研究和奖学金达成这一目标。他自幼喜欢读书，所以他就去圣城库姆，注册了一门需研读五年的课程，结果他用三年就毕业了。这时，他已学识渊博，但认为自己在库姆并未获得当初所期待的东西。读书就是读书，他魂系梦萦的精神信仰则关乎个人，不是可以从书本中得到的。许多人空有满腹宗教学问，却根本没有精神信仰，这种例子不胜枚举。

一两年后，外在世界给了他另一场考验。他爱上一个女孩，想和她结婚。他去求婚，她父母则表示，女孩是大学生，他也应该先读完大学再说。迈赫达德说，对阿巴斯而言，这简直是强人所难，因为在伊朗，没有高中文凭，根本上不了大学。阿巴斯十四岁起便投笔从戎，早就从那所著名的德黑兰高中辍学了。

但如今，阿巴斯对一个人到底具备什么样的本能自有他的精神判断。他始终记得的是那个被炸掉一只手臂、失去半条命的男孩，依然拼命逃离敌军魔掌的模样，于是，阿巴斯重整旗鼓。这是两年前的事了，如今阿巴斯早已取得文凭，也上了大学。他的家人和女孩的家人正在筹办婚礼。

直到此刻，我才想起问他的家人。阿巴斯好像一直独来独往，看起来潇洒自在。

“父亲在德黑兰为一家公交公司工作。”

“做什么？”

“他只是最基层的工人。”

对伊朗的社会阶级十分敏感的迈赫达德问道：“是技工？”

他猜对了。后来，他说阿巴斯父亲任职的公司是家相当贫穷的公司。在这种公司当技工，是件苦差事，但这名技工居然将所有的孩子都教育得如此出色。现在，他有个孩子办工厂，一个孩子在大学当教授，小儿子则当工程师。所以，阿巴斯的家是革命成功的模范之一。

我很想知道，阿巴斯是如何发现自己有精神信仰的。

他说，一切都得从他的名字谈起。他一直很珍视自己的名字。在伊斯兰教史上出现的第一位阿巴斯是侯赛因的亲戚，也是他主要的指挥官。侯赛因是伟大的阿里的儿子，共有七十二名勇士在卡尔巴拉战争中和侯赛因一起战死，阿巴斯就是其中之一。就字面意思而言，这位阿巴斯是侯赛因的掌旗官。

所以，在穆哈兰姆血月纪念活动中，尽管阿巴斯年仅六岁，他也矢志不辜负自己的名字，想要在纪念活动的游行中掌旗。他是绝对不会将旗子掉到地上的，对他而言，让旗子掉在地上是亵渎圣物。

仅仅是这样？他父亲或其他人难道没教过他一些事情？他是不是还上过学？

他表示无法再做进一步解释了。他家只是在以平凡的方式信教，家里是有一些书，但都不是父亲的。

我问道："如果没有爆发战争，你认为自己会怎么样？"

出版商的助理说："这正是我们大家都想问的问题。如果不是战争，我们可能会费很大力气才能见到安拉，过程要长得多，甚至有些人最后可能都见不到安拉。"

阿巴斯说："如果没有爆发战争，我会继续念书。我喜欢纯粹的物理学，它和哲学有关，都是研究物质。"

我对这点很感兴趣，因为它表明，即使在有严格要求的宗教中，精神信仰的感觉也可以引发奇迹，因而展开对科学和知识的追求。这很像我几年之前悟出的一个道理，在印度南部，二十世纪的两代人中，有一些婆罗门家族和古老仪式、禁忌的教会支持者，已开始使用高科技，以对神学的追求和好奇心开启智慧之旅。

我向阿巴斯提起了此事。

他或许听不懂，但他说（战场上那个被炸掉一只手臂的男孩的影像仍历历在目)：“我希望看到事物是如何形成的，他们的原料为何物。我想知道事物的本质。”

出版社和街道上的灯再度亮了起来。此刻已过八点，我们从下午四点半起就一直待在出版社。出版商的助理已准备清理水果盘，并关上办公室大门；孩子们早就停止了街道上的嬉戏。在白天阳光尚未消失的时候，我透过窗户，看到孩子们在痛打一株法国梧桐，他们爬到树干上，将树枝拉了下来。

此刻，阿巴斯充满血丝的双眼变得十分友善。他说：“我说了许多不该说的事情。我一说起话来像个醉汉。”(这是我们回到饭店后迈赫达德最先做出的翻译，但他随即表示：“不行，这样说情感太强烈了，对阿巴斯不利。”他转而一想，说：“‘醉汉总是不知所云。我觉得自己也差不多。’这样的翻译就好多了。”我看不出两者有什么不同，但迈赫达德说：“第二句更温和。”)

出版商的助理在关灯，利用这新一轮的黑暗逐客。阿巴斯谈到他制作的两部一分钟影片，每部影片分三个场景。第一个场景是某人在雪地中踩出许多脚印，另外一人踩着他的脚印走，第三人刚开始时也跟着走，但随后有些踌躇，便转过身去，往另一个方向走，也在雪地上踩出许多脚印。第二部影片是，某人结婚了，然后一个农民在耕田，最后是一块麦田，只见麦浪滚滚。

迈赫达德说：“在伊朗，麦子是代代相传的象征。”

这些影片再清楚不过，或许连阿巴斯都不知道，在影片里，他已对自己的想法表露无遗：他是特立独行的人，他是重生的人。

在出租车上，迈赫达德说：“你注意到没？他一次都没有提到霍梅尼。”

我说："当谈到库姆的时候，他说，有许多例子显示，宗教学习和精神信仰根本不能相协调。我很想多问问他这方面的事。"

迈赫达德认为这万万不可，他说这种想法有危险，我也就不好再说什么了。

过了一会儿，迈赫达德说："对我而言，阿巴斯是真正的英雄，不论是战争时期，还是和平时期。他的行事风格无不透露出英雄气概。"

令迈赫达德记忆犹新的是，阿巴斯在二十五岁左右的时候还回到中学拿了文凭，为的是准备上大学，和女友结婚。

在一条街的墙上，我们看到几个斗大的英文单词，Faith no more，"不再有信仰"。迈赫达德说，这是一张美国重金属音乐的唱片名字。写这几个单词的人英文"不错"，所以把它们写得龙飞凤舞，恐怕只有波斯人才能看懂（就连迈赫达德的英文也糟得可以）。不论他说什么，我都认为这几个单词表达的是一种抗议。就如同伊朗帝国时代播出的流行音乐一样，你经常可以从公寓或出租车内听到传出的乐声。

接着，在一座公路桥的桥墩上有一块很大的涂鸦，上面用红绿两色的波斯文写道：烈士们说（红色字）："自从我们离开后，你们都做了些什么？"（绿色字）迈赫达德说，这些话十分凶悍，但伊朗民兵有特权，他们可以在街上任意涂鸦，畅所欲言，没有人制止他们。

在饭店房间里——房间有一扇大窗户，可以清清楚楚地看到伊文监狱旁的灯，它们发出蓝光、白光和黄光，十分耀眼——我们将当晚的访谈重新整理。谈到阿巴斯的故事时，我问迈赫达德，如果革命没有爆发，阿巴斯和他的兄弟，就是那些机工的儿子有没有可能继续进步？革命真的会浪费人才吗？

迈赫达德说："人就像船一样。"（阿巴斯在谈到战场上的"告别式"

时，也用到船的意象，只是方式不同。）“一旦第一艘船前往某个方向，其他船就会尾随而去。这很像处决盗贼的行刑队。”（这是迈赫达德最近从军的记忆。）“行刑队开的第一枪很重要，因为其他队员会跟着第一枪开。他们一听到枪响，便跟着扣动扳机。这种事我看多了。比如，在游泳池，从军时，我是游泳池的救生员。来游泳的小男孩都很紧张，但只要第一位男孩跳进水中，其他男孩也会跟着跳，丝毫不考虑水有多深，或自己会不会游泳。大学里也是如此，某位教授教法糟糕，人人都知道他是很差的教授，但大家都没什么表示，等到某一天有学生首先站起来表示异议，就会一片混乱，因为全部学生都开始和老师作对。

“这就是我关于革命的感悟。我父母参加过四五次示威，却不知道为何参加，甚至不知道自己在做什么。我父亲一点都不勇敢。现在你一问他，他就会说自己从未参加过示威，但我记得他参加过。我们家有许多书，其中有一本是彩色的，是经由国王出版、有关皇室的书，也是我姐姐从学校带回家的奖品。父亲——我说过他一点都不勇敢——将书撕烂，丢在垃圾筒里。他说：‘也许爆发革命后，他们不希望看到我们家有这种东西。’我说：‘才没有人会管你的家呢。’别人怎么做，他就怎么做，明明一清二白，却吓得如惊弓之鸟。别人有罪，但他可是清白的。”迈赫达德自认为是破除迷信者，但在遣词用字上十分“宗教”。

我说：“有些东西你还没有翻译，就是阿巴斯发问卷给打过仗的战士，要他们填写作战经验之前告诉他们的故事。”

“有两个朋友在前线。其中一个一天到晚都在谈他在城里的运动和工作，丝毫没意识到自己正身处前线。另一个是教徒，他不想坐视自己的朋友和精神层面脱节，于是想尽办法，希望朋友少谈城市生活，多谈精神话题。最后，他在前线获得一个笔记本，他花了十天时间，将朋友的一切谈话都记录了下来。写到第十天的时候，他发现笔记本六十页全都记得满满的，于是将它拿给朋友看，并且告诉他；‘你看，这就是你十天以来的言谈，我将一切都记了下来，你读读看，看你是不是做了什么好事、坏事，或毫无意义的事。’两天后，两位朋友再度见面。爱好运动的朋友将信教的朋友带到一个幽静隐秘的地方，然后掏出一个塑料袋，里面装的是焚烧后的纸灰。他说：‘这是我的过去。我知道你要说什么，我不想再犯相同的过错。’过了一阵子，每当他想说自己的故事时，便会自行停止，并且高叫‘噢，算了吧’。后来他得到一个绰号，叫‘噢算了吧先生’。”

我说：“这则故事很吸引你。”

“阿巴斯说，每当他将这则故事说给打过仗的战士们听，他们就会笑。但是，后来他们一想到战争，想到自己的友谊，却都‘破笑为涕’。阿巴斯说，这只是想让他们知道，一则简单的故事可以激发他们填写有关战争经验的问卷，有时是很有效的。”

我说：“如今你对这则故事有何感想？”

“此刻没有。”

过了一会儿，他说：“这是伊朗的故事，谈的是两名士兵的感情。要对朋友讲他的缺点总是难事。这则故事的主旨是，终于有个人找到了告诉朋友缺点的方法。”

第七章　库姆：惩罚者

一九七九年八月，我到德黑兰的时候，革命的绞刑法官哈勒哈利是个明星似的人物。诚如阿里所说，伊斯兰教革命法庭几乎彻夜开庭。伊文监狱随时都有人被处决，每到夜晚时分，尸体就会由卡车穿过蓝色大门运走。

对于处决人犯，当局既没有隐瞒，也没有感到不安，有些革命官员甚至随时计算被处决的人数，通常，《德黑兰时报》会更新相关数字。刚开始，计算人数是为了彰显革命有多么仁慈，后来人数实在太多，才不得不停止。革命初期，官方还会为遭处决的人犯拍照——处决前和处决后都拍——处决后，尸体便赤裸裸地躺在停尸间的滑动平板上，人犯名字会从档案上消除。照片被摆在停尸间的大文件柜里，甚至还有人在街上叫卖。

伊斯兰教革命法庭的统治者哈勒哈利对新闻界持开放态度。他接受过许多次访谈，总是踌躇满志。我带着一名口译，前往库姆拜访他。时值斋月，库姆是阿亚图拉暂时隐居、斋戒祈祷的地方。八月的沙漠酷热异常，我们到了库姆后，还得等上五个多小时，一直到哈勒哈利礼拜完毕开斋为止。当时是晚上九点，我们发现，他正坐在他家走廊的地板上。在小庭院的中央，他的侍卫、仰慕他的伊朗人，和一对穿着非常正式的非洲夫妇（男的穿浅灰色衣服，女的穿雪纺外衣）在等候着，也都坐在地板上。

哈勒哈利脸色白净，秃头，身材矮小干瘪，穿着邋遢。或许因为身材矮小，他喜欢表现得像个小丑。他说的笑话都与处决人犯有关，让法庭的人笑得前仰后合。但由于职司绞刑，他也可能在开玩笑之际，突然板起脸孔，没来由地眉头深锁。

他来自西北的阿塞拜疆，自称是农民的儿子，从小就会牧羊。所以，照阿里的说法，哈勒哈利原来只是村童。对这种村童而言，五十年前，唯一的出路就是念经学院，自己住间宿舍，吃公粮，拿很少的奖学金，如此而已。但是对于自己的童年，哈勒哈利几乎“无可奉告”，他只是笑道，他知道怎么砍下羊的头。这也像一则有关处决的笑话，在小小的法庭里，他处决羊的笑话。因为他从未学过如何处理或思考自己的经历，从未广泛涉猎书籍，所以他的大部分经历都消失得一干二净。或许正如他所说，在库姆学习了三十五年经学之后，他早已形如槁木，心如死灰，不食人间烟火，满脑子除了法治还是法治。如今，革命让他有大义凛然之感，自命不凡。他关心的只是眼前自己的权威和声望，只是他刽子手的工作。

他说：“如今，一切都将由毛拉统治。我们的伊斯兰教共和国永垂不朽。马克思主义者继续拥抱他们的列宁，我们继续走我们的霍梅尼路线。”

革命是流血与惩罚，宗教也是流血与惩罚。在哈勒哈利的内心，这两者似乎早已合而为一。

事实上，这两个有关血的概念倒很适用于革命的伊朗。担任我口译的贝赫扎德是共产党，他父亲也是。贝赫扎德现年二十四岁，拥有伊朗式的一切优雅，受过科学的教育，有社会抱负。他也有自己关于鲜血的梦想，他最崇拜的英雄是斯大林。贝赫扎德说："斯大林在俄罗斯做什么，我们就该在伊朗做什么。我们也必须大开杀戒，大开杀戒。"

在月光下，我们穿过沙漠，返回德黑兰。路上，我们打开汽车上的收音机听广播。正在报道的新闻是，政府关闭自由派与非宗教性的报纸《未来报》。这则新闻让贝赫扎德的心情变得十分沉重，不论最高阶层的共产党说什么，也不论明年他们会如何，当晚贝赫扎德都知道，这场游戏结束了。

如今，事隔十六年，我认为自己该再到库姆走一趟，去看看哈勒哈利。如果可以，还能从他那儿听到一些回顾旧时代的新角度。在听到阿巴斯和阿里的某些观点后，我认为，自己在库姆的时候，应该找一个学生谈谈，也好知道这些在革命之后学习经学的学生是怎样的人。

因为迈赫达德认为我不应该去见哈勒哈利，所以到目前为止我都没有行动。去看哈勒哈利这件事情，或仅仅是有此意念，都易流于政治化，太过唐突，可能会有麻烦。事实上，我到处打探，也听到好多关于哈勒哈利不愿意被打扰的理由。革命当局很早之前就将他视为过时人物，目前他已退隐在家，更何况，他最近心脏还出了毛病。

尽管迈赫达德反对，我还是试探了一下，没想到传回来的居然是佳音。官方可能不鼓励这样的事情，但哈勒哈利还是被我们联络上了。他准备于某天上午十一点在家中见我，他家在库姆一条叫"库奇阿布夏"的小巷子里。要带我去找的是一名学生，他在库姆求学多年，此外，这名学生自己也想和我谈谈。我准备在库姆的马拉希图书馆和这名学生碰面。这座图书馆距离哈勒哈利的住处不远，应该很容易找，它很有名，在库姆几乎无人不知。

这项安排太复杂，有很多细节在其中。不过我经常旅行，知道如何把事情安排得更简单。所以前往库姆时，我是抱着忐忑不安的心情去的。

去库姆有条新路，经过霍梅尼圣陵，那座有圆形屋顶和灯饰的圣陵。司机卡姆兰曾载迈赫达德和我去过霍梅尼圣陵和烈士公墓，他讽刺地说："你们又要去了？"

我们虽然置身沙漠，但发现有灌溉的地方就会有绿田，土地也很平坦。接着，我们到了真正的沙漠。那里的土地是红棕色的，十分贫瘠，甚至残破不堪。偶尔出现一排排龟裂的土丘，偶尔出现一排排低矮的山岩，某些地方的岩块已经外露，岩块底层也已变形，有许多裂纹。从车上望去，这场景十分奇特，但迈赫达德说："在我们看来，这是一块很糟糕的土地，是一块盐地。"

在我们左手边很遥远的地方就是大盐湖。一九七九年，我的向导兼口译贝赫扎德说，"萨瓦克"经常从直升机上将人丢进湖里。如今，迈赫达德却告诉我，因为湖水盐分太高，所以任何东西都沉不下去。他进一步提及传闻中深藏在湖底的石油，说，官方发布的消息显示，这块盐地所产的石油质量很差，伊朗的传闻则称，当地石油储量十分丰富，只是政府希望将这些石油储存起来。所以，尽管是盐地，而且十分贫瘠，它还是充满传奇，就像库姆一样。毫无疑问，这块土地的历史已经十分悠久，正如所有的圣地历史一般，可以追溯到早期的宗教。

现在，在左手边，我们偶尔可以看到通往库姆那条老旧、漫长而蜿蜒的道路。坚硬的土质已经变软，向外展开成一片平原；零落的草丛逐渐出现。远处一座高低起伏、参差不齐的山脉在强光中呈现紫棕色。在旷野中出现两三次的加油站，为沙漠带来了黑色的斑点。黑色的轮胎痕迹已被层层覆盖，黑色的油渍在空旷的地面上四处斑驳。

在当地右手边的一条路边，有一些诸如工厂厂棚的棚屋。它的出现，预示库姆已近在咫尺。不久之后，名闻遐迩的库姆圣陵就出现在眼前。上了色的砖房一望无际，圣陵的圆形屋顶和灯饰在砖房的上空。一九七九年，库姆只是个小镇，如今，在革命之后，库姆已扩大了三倍，人口也增加到一百五十万。

我们来到一个交叉路口，此处供水便利，绿意盎然，是沙漠的尽头，也是城镇的开始。

卡姆兰依旧用讽刺的语气说："我们现在即将进入梵蒂冈。"

路边有一块很大的牌子，状似市政府"欢迎莅临本镇"之类的欢迎牌。可惜这块牌子丝毫没有任何欢迎之意。迈赫达德说，牌子上写的内容只会让人痛心疾首。上面用潦草的波斯文写道："法律的全部实用哲学即管理。"所谓的"法律"意思是广义的"法学"，也是库姆重视的主要课程之一。迈赫达德说，因为波斯文的含义很多，所以牌子上写的句子也有很多种解释。比较客气的解释是"我们是根据学问和宗教在统治"，但其真正的意义是残暴的："在库姆，我们就要统治你。"

革命爆发之后不久，伊朗人就在公民投票中支持伊斯兰教共和国。当时是一九七九年，伊斯兰教共和国的治理原则还尚未提出，但大部分伊朗人认为，他们只是把票投给了自由和正义。如今，伊斯兰教共和国的治理原则已经由学者制定，治理库姆的原则就是其中之一。它是伊斯兰教国家、领袖意识和效忠领袖等基本思想的某一层面，如今没有任何人置疑，哪怕是间接置疑。

后来又出现一块牌子，上面的文字用三种语言书写，口气较为温和。

它介绍的是女圣徒“纯洁的玛苏米”的圣陵。玛苏米是第八位伊玛目的姐妹，广受人民爱戴。

现在，我们穿越沙漠，来到圣城，街上穿着黑色罩袍的女人格外让人印象深刻。她们十分活跃，似乎都独来独往，身材矮小。有些女人手拿罩袍遮住了脸，有些女人则用牙齿咬着罩袍下端，似乎都是想让自己三缄其口。她们不会令人想到库姆的女圣徒，只会令人想到服从的原则。

如果没有圣陵金碧辉煌的圆形屋顶，这座城市是再平常不过的了，偏偏库姆正好有。现在，我们进了城，开始看到一些学生，他们披着头巾，穿着各种颜色的紧身上衣和黑色长袍。出现在眼前的学生越来越多，可见库姆不单单是个沙漠城市，也不单单是个服装城市。

我们仿佛回到好几个世纪之前，有人利用电影和电脑设计，将我们带入马洛[①]的戏剧。我们开始在古老的街道上行走，怀抱古老的想法，回顾以颜色和服装为替代符号的古老学习观念（虽然已被取代，但奇怪的是，感觉仍十分熟悉：原来从伊斯兰教世界传入的学术思想片断，在一九五〇年的一个午后，我进入牛津大学时，依然幸存，我很快就将这一切视为理所当然——包括讲师和奖学金获得者的黑色长袍、一般学生的短袍）。

马拉希图书馆并不如我们听说的那样无人不知，我们几乎在一开始就像没头苍蝇似的被随意指引，到处乱跑，在新路上快速穿越沙漠，时间渐渐流逝，我们显然快赶不及与哈勒哈利的约会了。

最后我们终于到了图书馆，我也终于了解为什么必须大费周章才

①英国诗人、剧作家。

找得到这里。原来我们以为图书馆是个地标，所以到处问路，事实上它并不是。它是一栋用棕色砖瓦盖起来的新建筑，拱门、窗户和装饰都有点过于伊斯兰化。图书馆并不大，也不显眼，正面上方有一串串彩色灯泡，下面的石墙上还贴着或新或旧的海报。一块大木板远远伸向一条车水马龙的街道上方，活像商业招牌。

我们将卡姆兰留在车上，自己去找带我们见哈勒哈利的人。此刻已过了十一点，哈勒哈利约我们见面的时间。

我们一穿过图书馆的拱门往里走，我就知道有麻烦了。

图书馆是马拉希建造的，他的坟墓在入馆之后的左侧。坟墓是铝制的绿色笼子，状似一个大鹦鹉笼（迈赫达德后来表示，用铝制造，是为了彰显现代化，本来常见的是用银制造）。尽管我们从拥挤的街道赶了过来，馆里也早已有一些需求迫切的人、病重的人，静静地倚靠在上面。旁边比大理石地板略高的是一块地，铺着地毯，许多人坐在上面，也有一些人正在祈祷。上方挂着一大张马拉希的彩色照片，面容十分苍老。

马拉希图书馆似乎也是马拉希的陵墓，有它本身忠实的信徒和理念。在大厅末端小办公室里的工作人员对我们和这次见面一无所知，这点我倒是毫不惊讶。

我们被带到另一间办公室，里面的人同样对我们一无所知。他们又将我们从这间办公室带到马拉希儿子的办公室。

他——他父亲建的图书馆的馆长，他父亲陵墓的守墓人——身材高大，非常引人注目。他留着一大把黑色胡子，胡子中有两道灰色。他戴黑头巾，穿紧身上衣和长袍。他的办公室很气派，里面全是书、档案和文件。他说他不知道我们是谁，也不知道我们的来意，更不知道学生和哈勒哈利。我说，我有哈勒哈利的地址，是库奇阿布夏小巷，我还将记在笔记上的地址拿给他看，深恐自己发音不对。他说，这根本不是地址，上面也没有门牌号。我说，这可能是条很短的巷子，那里的人一定都知道哈勒哈利的具体住址。

他全都听不进去。接下来他连珠炮似的发问："你叫什么名字？住在哪里？你写过多少书？是哪一种？你帮哪家通讯社做事？你是来自 SOAS 的吧？" SOAS 是什么，我也不懂。不论我说什么，他都深感不悦。他要我将名字和住址写下来。事后，他又变得非常有礼貌，就在迈赫达德出去打电话给德黑兰的朋友和埃马米——就是那个应该在图书馆等候我们的学生——的时候，他还请我坐了下来。

迈赫达德并没有出去多久。他回来的时候表示，埃马米会回我们电话。我想这大概是坏消息。但此刻的迈赫达德急着想安慰我，他说，我们不妨一边等埃马米，一边浏览图书馆的手稿。我们和哈勒哈利的见面已延误，但迈赫达德似乎不怎么在意。

当我们步上阶梯，走向手稿室的时候，迈赫达德说，我们进入图书馆馆长室的时候，馆长早就站起身来了。在伊朗，这是尊重的表示。如果馆长对我们一无所知，他为什么站起来？

手稿室的门被一根铁条锁着，里面鸦雀无声，古旧的家居中自有一种美。所以，在历经街上的忙乱、内心的紧张，以及楼下的重重阻挡之后，我们忽然又置身另外一个世界。

已到了十一点半，就算埃马米此刻赶到，我们与哈勒哈利的见面也会晚一个小时。我开始在心里取消这次见面。我想，就像楼下那些倚靠着铝笼、希望祈求已逝圣人治疗的人们一般，我能够在此处，在一个古老世界的平静气氛中享受半个小时，也不失好事一桩。这让我想起西班牙萨拉曼卡大学图书馆，这座图书馆会搜集一些属于同一时期的闲置作品。突然之间，负责引导我们参观、会说英语的向导被带走了，取而代之的是一名穿紧身上衣和长袍的年轻教士。他个子矮小，双眉深锁，一语不发，带着我们一个柜子接一个柜子地参观，长袍的裙摆在他淡色的小拖鞋上方显得十分飘逸。最后，他领我们走出手稿室，将铁门“砰”的一声关上了。

然后，他照样一语不发，不表达任何善意地带我们参观图书馆其他部分：印刷图书室、保存室、消毒室和复印室。接着我们又参观了几个房间，里面的书林林总总，有关伊斯兰经学的书一望无际，在诸如库姆这种地方，伊斯兰经学总可以被煞费苦心地宣传。每套经学书都分装成许多本，装订方式统一而耀眼。因为套数实在太多，以致教人不禁怀疑：这些书的审订和校对工作到底能做到哪种程度？这些书到底是写给哪些读者看的？还是这些书根本就是某位广受尊敬的阿亚图拉的作品，被当作圣物在发行？是不是因为某个人的虔诚和捐赠，才得以印制和发行这些书？

因为参观的套书实在太多，又有这么一个阴沉的向导陪同，我终于建议停止。我认为我们参观的已经不少，不妨见好就收，原路返回去参观玛苏米圣陵，等到吃午饭的时候，再返回德黑兰。迈赫达德欣然同意。他觉得我们已引起太多人注意，我先前留下自己姓名和住址这件事，让他十分担心，认为此地不宜久留。

我们告别那名向导，走下两层楼，直到图书馆的门口，终于看到了那名学生埃马米。

埃马米年约三十，身形高瘦，神情自在而轻松，似乎浑然不知已让我们空等了一个小时。他没穿紧身上衣、长袍，更没戴头巾。他穿一条长裤，一件发亮的有图案的丝质白衬衫。对于自己刚刚人在何处，为什么没打电话，或为什么没有在一个小时前赶到，他没有只言片语的说明，至少迈赫达德没有翻译。他只是既平静又柔和地说，他知道哈勒哈利住在哪儿，会带我们去。

我问起他的穿着。他说他有资格穿戴学生的紧身上衣、长袍和头巾，只是不喜欢罢了。他喜欢穿此刻这样的衣服，好显示他现代化的一面。他认为自己是现代人。

我们来到馆长室道别。那位戴着头巾、身形高大的男人虽然不失礼数，却难掩冷漠，他接待我们的工作总算结束。那张有我的名字和地址的白色便笺仍然留在他桌子上，在一堆文件和旧书的上面，看起来十分醒目，我理解了迈赫达德的忧虑。

在楼下，我们经过一群圣陵的访客，他们仍然坐在阿亚图拉马拉希照片下的地毯上祈祷，还有些人仍然将脸紧贴在坟墓的铝笼上。外面的街道车水马龙，阳光普照。我们走过一家店门敞开的书店。波斯文的书就摆在玻璃柜内，两名年龄很小、戴着头巾、穿着紧身上衣和长袍的学生正向书店老板购买一本简明教科书，他们表情兴奋，如获珍宝。或许这本书只是一本简单的问答书。此情此景有点像一个舞台，道具（有关古老知识的新书和书店）已经不像道具，倒是穿着戏服的演员（书店老板和学生）十分适合他们的角色。如果能够驻足观赏，领略这场景提供给观众的想象，一定非常美妙，可惜的是，我们和哈勒哈利的约会已经晚了一个小时。

阳光普照，我们在相隔不远的街道边，找到了卡姆兰和他的汽车。等我们一行人都坐进车之后，却发现车居然无法开动。

我们都在推车，连穿着发亮白衬衫的埃马米也照推不误。尽管车速非常缓慢，卡姆兰照样能显示他虐待汽车的本事。他会偶尔不加提示，就一口气将汽车朝人群中猛开，或直接将汽车推向众人。他有伊朗人的运气：没有人揍我们。如此这般前进了一百或一百五十米，汽车突然发动了起来。卡姆兰、迈赫达德和埃马米——不论怎么想，他都对哈勒哈利的住址没有绝对的把握——不断地问路，做着当天早上应该做的事。每个人都知道哈勒哈利住在哪儿，都说已经不远了，但还是需要寻找一番。

最后，我们终于来到一条很短的住宅街。那里有崭新的白色房子，四周有很高的伊朗式围墙。埃马米按下一户人家的门铃，没人回应，他又按第二家门铃，并且对着对讲机说了一些话。忽然，第一家的大门打开，一位老妇人（并未穿着库姆那种黑色罩袍，只是头上绑着一块淡色头巾）走过人行道，指了指第三家的房子。

埃马米按第三家的门铃，迈赫达德也跟着按，不久之后，一名男子来开门。这人并没穿制服，但迈赫达德注意到——后来才告诉我——这人腰间佩带手枪，被衬衣遮住了。他说，他不知道见面一事，不过，他会去问阿亚图拉，阿亚图拉正在看书。又过了一会儿，男人再度走出来说："阿亚图拉正在等你们，从十一点就开始等了。"（一直到这天结束，迈赫达德才告诉我这点。）

我们穿过高高的大门，又看到一名警卫。他穿着一套墨绿色的长裤和衬衫，正是革命卫队队员的旧式制服。

经过一个小小的前院，走几步阶梯，就是一道走廊。我记得一九七九年到过类似的地方，但不确定是不是同一栋房子，因为周围的事物变化太大。一九七九年，哈勒哈利的房子坐落在城市边缘一条新街道旁边，两旁种有树苗，感觉沙漠近在咫尺。而这条巷子看起来位于城市深处。

我们脱掉鞋，进入接待室。右手边是一间书房，房里有几排书架，上面摆有一套套的书。左手边是客厅，一个很正式的地方，里面除了铺有几块地毯外，几乎空空如也。墙壁呈淡淡的灰绿色，在一面墙上，几块绿色条纹的长方形垫子遮住了几套嵌在墙内的暖气装置。地毯上一块薄薄的坐垫，让我有种奇异的亲切感，阿亚图拉先前可能坐在上面休息（或等待我们）。房间的另一边有四五张带扶手的椅子，其中一张椅子旁有一张桌子，桌上有一块蕾丝边的桌垫，上面有三四支牙签。毫无疑问，这是一家之主的位置。我们按门铃的时候，阿亚图拉一定在此处看书。

在那面有暖气装备的墙上，挂着一块盘绕妥当、随时可以戴上的黑色头巾，它看起来有点单薄，质地拙劣，头巾上方则是阿亚图拉和霍梅尼的合照。照片都高挂在墙上，或许是为了避免被偷，不太容易看得真切。其中一张黑白照片是趁照片中人不注意时拍的，上面是哈勒哈利和霍梅尼，他们两人都戴头巾、穿长袍，眉头深锁，在一辆汽车后面的雪地中意志坚定地走着。毫无疑问，这是一处街景。哈勒哈利的长袍深可及膝，凸显出他的肚子，却未凸显出他矮小的身材。事实上，在霍梅尼身边行走，他看起来并未矮多少。左手边还有一张团体照，照片上是霍梅尼、霍梅尼的儿子和哈勒哈利。哈勒哈利曾教过霍梅尼的儿子，他也颇以自己有过这份殊荣而自豪。旁边是霍梅尼和哈勒哈利的合照，这次他俩都笑了：照片右边的霍梅尼斜躺在一张长椅上，哈勒哈利从左边靠向霍梅尼，仿佛有什么企图。哈勒哈利戴头巾、穿长袍，还戴着一副厚厚的黑框眼镜。他的黑色长袍，好像一双保护的翅膀，覆盖在霍梅尼上方，在照片左侧占据了很大空间。这张照片对焦不准，也没冲洗好：霍梅尼的椅子上还出现一种蓝白色的光圈。这是一张令人不安的照片：哈勒哈利在引主人发笑。这是我看过霍梅尼笑的唯一照片。笑容改变了相貌，强调了感官功能。

人们说，哈勒哈利如今什么都没了，当局早就将他踢到一边。墙上的照片似乎在证明他从前也一度大权在握，证明他曾多么接近革命领袖霍梅尼。但如今，墙上的照片或许也可以另有所指：一些在革命时代忙翻天的人物，尽管在公开场合眉头深锁，私下却可以窃笑不已。

现在他进来了，出现在门口，赤脚，穿一身简单的白衣服，仿佛一位苦修者，行动非常缓慢。一件短袖白上衣，胸口以下的部分都被汗水浸透，下面是一件宽松的白色裤子。他一步一步地走了进来。他身材十分矮小，没戴头巾，头发全没了，有一张娃娃脸，头垂得低至胸口，一双原本健康的眼睛如今似乎随时都可能淌下泪水，仿佛他在刻意夸张他的现况，需要博得人们的同情。

他请我坐在椅子上，他则坐在我旁边。我们中间隔着一张小桌子，桌上摆着蕾丝边的桌垫和几个牙签。

我不知道如何开始。我真正希望听到的是他担任法官期间的工作，他对革命的看法。但我不知道如何将话题引到这上面来。我想利用迂回的方式，先谈他的童年生活，再慢慢带到正题上。但和一九七九年的时候一样，他不想谈自己的生活。

他说，如果我们从如此久远的时候说起，他恐怕聊不了几句就疲倦了。他做过心脏搭桥手术。如果不是因为他坐在椅子上不舒服，就是因为他很不喜欢我提出的问题，总而言之，他从我旁边的椅子上站了起来，坐到了地毯的坐垫上。

我问他什么时候变成了一名革命党人。他说，从有知觉开始，他就一直是革命党人，一直都痛恨国王。

几名服务生用小玻璃杯端茶进来，随后也坐了下来，听我们谈话。我想，他们也喜欢在工作之余有点时间休息。

哈勒哈利忽然表现得十分客套。他说，他从尼赫鲁身上学到许多。他这么说，意在向我表示礼貌，因为他以为我来自印度。他特别喜欢尼赫鲁写的《世界史面面观》。这本书有波斯文译本，厚达三册。我提醒他我对一九七九年西撒哈拉独立运动的兴趣，并向他请教：今天发生革命的社会未来命运又将如何？他的回答，用迈赫达德的翻译是："真实终将胜利。"

真实，对他而言，就是真理。真实就是要用来对抗虚伪的制度，对抗虚假的神明，对抗一切欺诈不实的行为。尽管如此，要让他具体地谈一谈，还是难如登天。他将一切事物都说得十分抽象。身为阿亚图拉，这简直是他的天赋，让我不禁目瞪口呆，一时不知道自己因何而来，但他似乎很高兴。当他用他那种阿亚图拉的方式谈论真实和虚伪的时候，他的眼睛——那双刚进门的时候几乎要落下泪来的眼睛——突然亮了起来，光芒四射：让人想到他昔日的胡作非为，想到他在一九七九年的种种表现。

他问我："你要去见蒙塔泽里[①]？"

我答道："我想不会。"

迈赫达德将我的话翻译给他听，哈勒哈利看了看他说："他应该去看看。"

迈赫达德正色，对我如实翻译。一直到后来，我将听到的一切拼凑起来，才知道这个有关蒙塔泽里的问题其实是一道政治问题，甚至可能是哈勒哈利的企图之一，他希望我站在他那一边。在革命初期，哈勒哈利和蒙塔泽里都是精英，后者甚至曾经坐过霍梅尼手下第二把交椅，两人都因为狠毒而声名大噪。哈勒哈利是绞刑法官，而身为霍梅尼的手下，甚至一度比他的主人更热衷革命。当霍梅尼说，革命应该以年轻人为主，超过四十岁的老人百无一用的时候，蒙塔泽里说得

①伊朗伊斯兰革命领导人之一、伊朗著名宗教人物。

更绝情。他说，发养老金根本没有用，老树本来就该砍掉。这番话人们至今依然记得。哈勒哈利和蒙塔泽里如今都被下一代掌权者丢弃在一边，两人已噤若寒蝉，不会对别人造成任何威胁。

但凡此种种，我都是后来才知道的。所以，当哈勒哈利问我要不要去看蒙塔泽里的时候，我不知道他的用意，搭不上腔，这点一定让他大失所望。相反地，我问他，刚刚我们在门口的时候，接我们进来的警卫说，他正在看书。我问他，他看的是不是宗教书。

他说，他只是在看报而已。他用他那副演说家的态度说："世界并不是驻足不动的，总是有新事物出现，这正是我经常看报的原因。"

他的遣词用字并没有多大意义。这些话对他不构成负担，反而有助于他来评判我。他坐在地毯的垫子上，尽管头微微低垂，双眼却不时向上注视着我。我也注意到，尽管一直扯着虚无缥缈的事情，他还是能不时对我展开反调查。问我有多大，有没有子女，我说没有。他问我为什么。我说，如果我有子女，就没有时间做我的工作了。他说，许多波斯作家育有一百名子女，却也写了一百本书。问我写了多少书，靠写书能生活吗？波斯作家光凭写书是很难生活的。他问我为哪一家通讯社工作，我信什么宗教，还问起印度和克什米尔，但我说什么他却没有注意。

他对我感到很不悦。他习惯的是另一种访谈，一种更政治化、更直接的访谈，或许这种访谈能更引人注目。他不知道我的目的为何。或许我自己也迷失了方向，先前在马拉希图书馆遭受的灾难让我过于谨慎。

如果我一开始直接问他，身为革命的绞刑法官有何感想，或许情况会好得多。但我不想问得这么露骨，我认为，如果我这么问，他可能会毫不保留地给我一套标准化答案，或产生敌意。如此一来，结局便可想而知。我应该问他墙上照片的问题。既然我对照片很感兴趣，照片对他而言也很重要，那么他也许可以谈谈照片的事。如此这般谈下去，就很可能谈到别的事情。但这一有关照片的构想是我几周之后，准备做笔记时才想到的。

我继续摸索，问他如今对革命有何看法。他说了好一会儿，显然是一大堆没有意义的字句，迈赫达德做了很简短的翻译，他说他已做了开场白。多少的开场白？百分之三十。我看到了开头，他一定看到了以后。因为，我还来不及问那剩余的百分之七十，他就说他累了。在谈话之际，他还闪闪发光的双眼此刻又恢复呆滞，变得空虚而忧伤。他的头垂了下来，下巴贴在前胸，缓缓站起身来，短袖紧身外衣的前胸和后背都淌着汗水，一步步地走回侧屋。

访谈结束。现在我们面临一个问题：没有车。卡姆兰去找修车厂，修理他的点火装备。他原先说会在半个小时之后回来，结果却不是这样，我们只好继续等。等到正午的时候，巷子外面实在太热了。所以，埃马米、迈赫达德和我便与哈勒哈利的侍卫一起，坐在他的接待室聊起天来。

和埃马米谈话是我到库姆的目的之一。我希望对现在前往库姆当学生的人多一些了解。埃马米当了十四年的学生，从十六岁开始就在德黑兰经学院学习，后来因为获得一名阿亚图拉的接纳，即迁往库姆。埃马米如今已经结婚，育有一个两岁的儿子。阿亚图拉给他的奖学金是每个月两千图曼，约合五十美元。他自己也教书，翻译阿拉伯语，赚些外快，这种生活并不轻松。库姆到处尘土飞扬，天气又十分炎热。埃马米可以忍受，是因为他从小就想当一名信仰的宣传者。他说，自己并不是典型的学生，典型的学生是穷人家子弟，希望到库姆寻找免费的粮食和住宿。埃马米的父亲是商人，他家是中产阶级。

但是，埃马米的书要念到什么时候？必须等到什么时候他才可以踏入社会？埃马米说，事情并非如此。有些人可以做五十年学生。霍梅尼说过，他每天都在学习，但那并不足以解释运动可能对教士的生活产生何种影响。人们是如何崭露头角的？他说，人们崭露头角，是因为他们的学识和人格。学无止境，在马拉希图书馆有一套又一套的书，尽是些关于神学、哲学和法学的评论，或评论的评论。埃马米的意思可以从这些书中看出来。人们也可能因为能够做出新鲜而有趣的评论而崭露头角。比如，霍梅尼就因为发表过一项声明而受人关注。他说，只要输赢没有赌注，下棋就不违法。这一声明，库姆的百姓至今仍津津乐道。

埃马米说，他自己并没有名气。他对自己过去的身份，即做信仰的士兵，做一名宣传者，感到很满足，那就是他的职业。他不富有，但他不在乎，他对吃并不讲究。我说，我认为他这么说，未免太沉重了些。我不认为他贫穷，他的身材很棒，一定在练习某项运动。他莞尔笑道，他每天早上都做运动。

从埃马米口中再也打听不到什么了。他对职业有他自己的看法，这也足够说明他学生一做就是十四年的原因。他不能超脱自己，去思考内在的生命和动机。了解规则就会让生活简化。埃马米是个唯命是从的人。信仰和革命要求的正是如此，每天的报纸传达的讯息也是如此。

我们在阿亚图拉的接待室聊了半个小时或四十五分钟，在阿亚图拉的头巾和照片下，我们一面聊天，一面等卡姆兰，听外面是否有汽车停下来的声音，并且不时出去查看。最后，哈勒哈利再度走了进来，他行动缓慢，表情哀伤，宽松的上衣自胸部以下都湿透了。迈赫达德向他解释汽车和司机的事情。哈勒哈利问我们要不要吃点面包和奶酪，波斯面包和波斯奶酪。

在我看来，这个主意很妙：因为我可能有机会以另一种方式和阿亚图拉聊起来。但迈赫达德很坚决地说，所谓请我们吃面包和奶酪，其实只是客套话，实情是，阿亚图拉在下逐客令。

我们只好起身道别。哈勒哈利说，如果我们想再见他，必须另外约时间。时间是下周的星期四，就是他不教书的时候。这次我们必须守时。他的苦瓜脸因为有怒意而开始变色。另外，我们还得记笔记。毕竟没有任何人可以过耳不忘。光是空谈，不做笔记，根本就是在浪费时间。我们一直在和他开玩笑。我说，我确实在做笔记，只是没当场做罢了。我认为我们先前的谈话并不值得做笔记。他的怒气逐渐消退，说，下周见，事前再通过电话联络。他给我们他的电话号码，还指着一名侍卫说，他会接电话。

我开始觉得，如果我们不是因为有事拖延太久，如果情况略为好转，哈勒哈利其实并不在意多聊聊。可惜，大好良机和我们擦身而过。我们经过走廊，穿上鞋，走出高墙中的大门，然后穿过街道，走到附近角落的一块阴凉处，站在那里等卡姆兰。

迈赫达德说："你看到枪了吗？"

埃马米说："他现在有许多敌人。"

迈赫达德说："他们彼此之间都像敌人。旧时代的人和新时代的人。他向你打听蒙塔泽里的事。我劝你不要去见，那是死路一条。"

他的话带着真正的恐惧，我使出浑身解数安慰他。

我说："这些人如今都已经失势，又十分衰老，对任何人都不会造成什么危险。"

他说："在目前这种情况下，连死人都具有危险性。"

站在哈勒哈利家的对面，我想，就算我下星期四来，就算有人记得下星期四还有一次见面，我能看到的会比今天下午看到的多多少？一名革命执法人员，如今已久病缠身，坐在他的照片下方，照片中的他比他自己知道的更恶毒，更让人感到不快。身边有几名带枪的侍卫，其中一名侍卫穿着革命初期的墨绿色制服，看起来好像旧衣服。

一九七九年就有侍卫。我仍然记得，一九七九年八月，在某个漫长的白日即将过去之时，沙漠的落日余晖照在我们所有人的四周。在一条正在修建的巷子中，一名身材魁梧的男子佩着枪，站在一间开放房屋低矮的大门前。革命仍然是全国范围内的，侍卫的主要工作就是搜查。如今，哈勒哈利仍然需要高墙，需要带枪侍卫。

迈赫达德出人意料地说：“他说自己很疲倦了，这是相当不错的。伊朗人通常不会这么说，他们不会如此开放。他很老，但相当聪明。”

我们在角落的阴凉处等候。迈赫达德认为，我们应该走到可以叫出租车的地方，和埃马米一起做些该做的事，并且做好安排，四点三十分在库姆一座著名的桥上等卡姆兰，把这个口信留给哈勒哈利的侍卫。我们又按了按哈勒哈利的门铃，出来的侍卫很高大，蓄着胡子，并不介意我们再度打扰。

我们开始在耀眼的白色街道上行走。埃马米一面当我们的向导，一面解释库姆的哲学课程到底出了什么问题：太多老旧的哲学，与现代事务格格不入；教师的思想，都来自远古的哲学家，如托勒密、亚里士多德等人，许多还是错误的。批判库姆倒是当局许可的事。埃马米尽管以现代人自许，穿着也时髦，却并不叛逆。

走了几分钟后，仿佛在梦中似的，我们看到卡姆兰的汽车沿着空旷的白色街道向我们开来。汽车的点火装置出了问题。他一个修车厂接一个修车厂、一家汽车店接一家汽车店地去找，希望找到新的点火装置。

现在我们不需要走路了。埃马米希望我们大家去他家吃午饭。他很坚持，迈赫达德同意了。我们在尘土遍地的街上停了两三次车，买一些水果和其他食物当午饭。天气非常炎热，万物似乎静止不动。埃马米说，库姆约有两万五千名学生，他指那间供外国学生居住的招待所给我们看。外国学生主要是印度人、巴基斯坦人和非洲人，欧洲人非常少，还有很多阿拉伯人。过了一会儿，好像是在为这座城市的遍地尘土道歉似的，他说是阿拉伯人将这座城市弄成了这个样子。他说话的态度很平静，没有恶意，就好像在述说每个人都会接受的事实：他总是以出人意表的方式和伊朗人谈论阿拉伯人带来的不安。阿拉伯人是他们的征服者，也是他们宗教的给予者。

我们经过霍梅尼的房子，这是他在库姆当老师的时候住的房子。房子位于一条繁忙街道的转弯处，一名警察正在监视交通情况。当年霍梅尼住在这里的时候，街道可能不像现在这样拥挤。房子很矮，一点都不气派，颜色和尘土相去不远，有一部分被街道的墙壁遮住。但伊朗的房子大抵如此，空白而几乎毫不显眼的墙壁里往往别有洞天，庭院内日影绰绰，明灭宜人，能让人一时忘却墙外街道上熙来攘往的喧哗。

埃马米就住在这个不断扩展的城市边缘。他住的地方是新开发区，似乎一开始就处于沙尘之中。街道尚未铺好，我们在碎石上颠簸了好一会儿，我不禁为卡姆兰刚修好的汽车担心起来，最后我们终于停下了车。街上有一两块塑料，还有一个空包裹嵌在破碎的砖块和石块中，十足无人管理的模样。在埃马米家空白大门的后面还有个小庭院：那儿有树荫（走过未铺好的街道后，通常都会遇到树荫），走几步路穿过庭院，就到了埃马米租来的两个房间。这是他最近四年住的地方。

用混凝土建造的前屋除了一面墙上有几架子书外，空无一物。埃马米向邻居借来一把椅子给我坐。他的房间空空如也——与其说这位只关心宣传宗教的学生贫穷，不如说他生活朴素——迈赫达德大吃一惊之余，也记起笔记来。书架上有好几套神学、哲学和法理学的书，其中有五本（封面是奶油色和绿色）是霍梅尼谈论法理学的大作，讨论内容包括购买与销售的所有层面（我直到此时才知道）。哲学书包括罗素《哲学问题》的波斯文译本（罗素的后人无法拿到版税，因为伊朗并未参加国际版权组织）。埃马米说，像他这样的学生所使用的书是不同的基金会出版的，价格十分合理，但图书馆仍然会从他得自阿亚图拉的奖学金中拿走一大部分。

现在，埃马米在他自己的住处成为我们的主人，变得十分大方有礼。我们先前听说他有个两岁大的儿子，此刻正在睡觉，否则，埃马米说，他一定会来和我们玩儿。埃马米忙进忙出，但丝毫未怠慢迈赫达德、卡姆兰和我。他的妻子在后院，我们看不到，在他的指示下，妻子在做煎蛋和西红柿，这是他和迈赫达德提议要给大家吃的，另外还为我准备了波斯面包和白奶酪（从丹麦进口的）。

埃马米带了一块油布进来，铺在地板上。迈赫达德说，油布非常神圣，因为面包被包裹在里面。油布必须清洗得很干净，摆在高处。随后，埃马米拿一些诸如碟子的东西进来，不时停下来和我们交谈。他跪坐着，臀部放在脚跟上，强而有力的双腿拉扯着裤子，银色的衬衫显示出他经过训练的肩膀和平坦的腹部。当我们开始吃东西的时候，他再度谈到，如今的他感到很满足，正在从事自己想要从事的工作——宣传宗教。

我问他知不知道，有些报道指出一些年轻人已丧失信仰。他说，这根本不是秘密，“我们的敌人知道我们的弱点”。

有人轻轻敲门，似乎不想制造太大的干扰。埃马米始终未露面的妻子这次不是拿食物进来，而是抱儿子进来。刚睡醒的儿子十分安静，模样舒适，尽管有些摇晃，他仍是一脸睡意。

吃完煎蛋和西红柿后，我们开始吃西瓜。我问埃马米，他先前说的敌人是谁。他说是西方国家，西方国家想消灭伊斯兰教。他说这些话时和颜悦色，和说其他事情的表情一样。

午饭终于吃完，碗碟已收拾干净。埃马米小心翼翼地折叠油布，他先将四个角拎起来，折了两折，再拿到外面，然后将儿子抱还妻子，接下来——一切可能使我们分神的事物都打点好后——他和卡姆兰开始谈话。他们谈到了战争。埃马米说，战争最后一年，他去了前线宣扬伊斯兰教。多久去一次？他说一共去了四次，四次的时间加起来共有两三个月。他发表过几场演说，卡姆兰问道，宣教者们是不是仅仅发表演说，埃马米否定了这点。据他所知，有些宣教者真的会参与作战，但他自己没有打过仗。对他而言，战争是一次精神上的历险。

他很满足，但他知道自己做的并不够。他家距离教书的学校很远，每天的来来回回，以及做一些家事，就占据他不少时间。但他最近有了一辆自行车，对他帮助很大。

吃完午饭，埃马米希望带我们去一座经学院。我们准备道别，却发现连说再见的对象也没有。埃马米的妻子没有出现，儿子也早就被抱走了。我们只好在无人送别，也无须辞行的情况下，径自步入小庭院，来到那条满是碎石的荒凉街道上。我们驱车开往市中心，开往埃马米心中所想的那座经学院。校长不在，警卫无法准许我们四处参观，于是，埃马米要卡姆兰开往另一座经学院。这是一座有黄色砖瓦的现代化建筑，坐落在一条宽广的街道旁边。街道两边有树木和一条水道。从水道之上的庭院处，来了一些学生，他们全穿戴着长袍、紧身上衣和头巾来上课，有些甚至骑摩托车来上学。他们看起来十分干净、健康，一言以蔽之，就是很富裕。此时，埃马米回来了，他已见过校长，于是我们可以四处参观。

我们在大厅的入口处脱鞋，并将鞋子放在一个很大的鞋架里。我们走过固定好的地毯，踏上地板。学生们一直源源不断地进来。有些学生在脱鞋之前，会在饮水机处喝水。不一会儿就来了一大群，他们并未谈话，有些看起来好像很焦虑。学生们穿着袜子，步上铺着地毯的宽阔阶梯，唯一发出声音的是他们穿的衣服。在阶梯上方铺着地毯的空旷处，一些考试不及格的学生正坐在地板上补考。让他们坐在此处补考示众，自然有惩戒的意味。学生们没有书桌，也没有写字板，写字的姿态千奇百怪。有人索性盘起双腿坐着，上身向前趴，整个身体拉得长长的，就在地板上写了起来。

校长是个慈眉善目的老人，戴着头巾，胡子染过色，十分醒目，有一种古老的智慧。他在小小的办公室里介绍三位讲师给我们认识。这三位讲师并肩坐着，非常正式。一位讲师教基督教教义（也能说英语），一位教伊斯兰教教派，另一位教伊斯兰教神学。迈赫达德说，所谓“神学”，并不是原来那个阿拉伯文的正确翻译。于是，迈赫达德和三位讲师开始了唇枪舌剑，校长在一旁和蔼可亲地观战。迈赫达德说，这个主题是分析与先知穆罕默德有关的一切传统：某些古老的学问代代相传，加上后人反复评论，变得根深蒂固，或许有人认为这是真正的传统，也或许有人对此不以为然。但因为这些可以拿来制定或挑战法律，所以还是很重要。

校长带领我们去参观他的新学院。新学院美轮美奂，富丽堂皇。演讲室的桌椅都是崭新的，非常坚固。在图书馆，新书一排排地成套排列着，书架旁边的地板上坐满了学生。

较低的楼层就是校长实行特别计划所用的。每个房间都有一名学者负责一项特别计划。一间接一间地参观完演讲室之后，我觉得自己实在没有气力继续参观特别计划室了。迈赫达德翻译我的话时，可能将语气缓和了许多，因为校长似乎并不在意。

他推开走廊的第一扇门，我们很惊讶，里面有位学者，正裹着毯子、枕着枕头在休息。地板、桌子和架子上，到处都是书和纸条。校长说，房间里的这位学者是非常有名的历史学家（我后来在德黑兰和人谈起，果真如此）。这位历史学家似乎受了惊吓，赶紧抓起他的白色头巾，套在头上。他是中年人，甚至可以说是老年人。他快速起身，抓起棕色的毯子裹在身上，然后低着头，来到门边。他有一张美好、年迈的脸，淡棕色的皮肤非常平滑。他用棕色毯子裹住身体，正如街上的妇人用黑色罩袍遮住下巴。

校长说，这位历史学家正在写一本书，叫《世界政治史》。

历史学家很快从他的惶恐中回过神来，对我说："你知不知道有本书，谈甘地和伊斯兰教的？"

我一本也不知道，但为了鼓励他，我说："这是很有趣的主题。在十九世纪九十年代最先呼吁甘地前往南非的就是一位印度伊斯兰教商人。所以，可以说，是他让甘地展开他的政治生涯的。"

历史学家没注意我在说什么，只是说："把这本书寄给我。"他后退一两步，从一堆书的顶端拿了一张纸，说："在这上面，将我的名字和地址记下来，将书寄给我。"

我说，他或许可以联络印度驻德黑兰大使馆，让大使馆提供一些意见。

他显然没听进去。他再度走近门口，说道："将这个留作纪念，当礼物。你知道，我在研究世界历史的时候，也研究过一些犹太复国主义的作品。我认为，就在犹太复国主义者将美国当作他们的第一偶像之际，也将印度当成了第二偶像。我不知道你是否清楚，印度这顶皇冠是被一位犹太人交给英国的，此人是迪斯雷利。这一史实广为人知，但实情并非如此。英国人的剑是犹太人在印度为他们打磨锋利的。我非常担心，犹太复国主义分子会再度伤害印度，再度杀害甘地，再度流放他的思想。”

正在为我翻译的迈赫达德突然中断，问我：“甘地曾被流放？”

我说：“或许他只是象征性地说说罢了。”

在迈赫达德和我交谈之际，历史学家拉了拉他的毯子和帽子，很有礼貌地退后几步，等到我们交谈完毕，他又走上前来，似乎意犹未尽。但我们决定离去，让历史学家好好休息。尽管校长的态度十分和善，听到我们要离开，他也显然如释重负。

我们去了玛苏米圣陵。一说起事情就愤世嫉俗的卡姆兰，那天早上一起程就开始抱怨。他一分钱都没有放进奉献箱，没有做他应该做的，去奉献一些东西。这就是他汽车的点火装置会出问题，害得他到处找修车厂的原因。现在，他似乎准备尽可能地表现，在圣陵外面街上的一个奉献箱口塞了一张折叠起来的旧钞票。好像光这么做还不够似的，当我们到圣陵的庭院时，他又离开我们，进去祈祷。

当卡姆兰这么做的时候，一个男人将迈赫达德拉到一旁，打探我的身份。他问道：“他是伊斯兰教教徒吗？”（很可能是因为我戴着一副墨镜和一顶会让人联想到香蕉共和国[①] 的帽子。）迈赫达德不想惹是生非，只好回答是。那个男人很满意。但麻烦还是可能发生的。一般来说，

①对经济体系单一、政府不民主或不稳定的国家的贬称。通常指中美洲和加勒比海的小国家。

圣陵是清真寺，非伊斯兰教教徒不应该来到此地，就连到庭院都不行。一九七九年那个时候，没有任何人对这种规定提出质疑。我的向导兼口译贝赫扎德带着我到处跑。自从那个男人打探我的身份之后，我在庭院中也感到不自在。四处都是革命卫队队员，我可不想遭人驱赶。

我们并未停留太久。卡姆兰从明亮的圣陵走出来后，我们就出发前往德黑兰，又圆又红的太阳正往盐地岩石的后方下沉。当我们距离德黑兰不远的时候，卡姆兰开始谈论起埃马米和他的前线之行。卡姆兰说："他们，就是那些教士，根本不了解战争的真谛。假定我们认为，埃马米上过前线六次好了。两天去，两天回来。他一共有二十四天是在赶路，其余时间他用来鼓舞别人去作战。他只是在演讲，只是在做他自己的工作。"我们越来越接近德黑兰，卡姆兰对埃马米的批评也越来越不客气。他说："埃马米现在混得可好了，住在他那座小公寓里，不管他称之为什么，他都是自己一个人住。我还得和我父母住在一起。"

过了一会儿，霍梅尼圣陵的灯光开始出现在眼前，卡姆兰提到他跑了一整天的路，应该拿多少工资的问题。我以为迈赫达德事前早就和他谈妥，但迈赫达德此刻表示，他们并没有，并且用英语告诉我："这种事最好心平气和地谈。"

迈赫达德用波斯语对卡姆兰说了什么。卡姆兰并未回答，反而打开车顶上的灯，卷起左手的袖子，举起前臂，展露手臂上一条很长且突出的弹片伤疤。

迈赫达德用英语告诉我："我们必须好好处理这件事。"

我们计算了好一会儿，将里程数和时间都计算在内，得到一个不小的数目，再将零头去掉。如今，霍梅尼的圣陵已在我们背后，迈赫达德并未透露我们算出来的数字。等到德黑兰的灯火映在眼前，他才将数字告诉卡姆兰，卡姆兰立刻接受了。我数了数钞票，然后将钞票放进信封里。迈赫达德将信封交给卡姆兰，卡姆兰将信封放在仪表板上，再也没提钱的事。

第八章　癌症

迈赫达德有个朋友，叫费尔敦。费尔敦二十岁出头，和迈赫达德一样，曾在空军服役。他每到周末就回德黑兰的家。费尔敦又高又瘦，有一张尖脸。他的英语（和迈赫达德一样，都是在伊朗学的）很流利，一旦开口，再复杂的句子也能说上几句。费尔敦在伊朗革命的孤立环境中成长，很喜欢和人讨论书、思想和哲学。

我和他讨论过一次。事后，当我们谈别的事情的时候，我无意间告诉迈赫达德，费尔敦是个信徒。我的意思只是，他是个有宗教信仰的人。但“宗教”这个词对迈赫达德来说显然十分刺耳。几天之后，我们开车去德黑兰，他旧事重提。有些事情我认为可以等到了他家再详谈也不迟，这就是其中一件。

下午，我们到了他家，时间已经很晚。他母亲看到我们，吓了一跳。我们进入接待室，可以从一扇打开的门看到一个侧屋，他母亲就躺在侧屋的床上。她知道我们要来，只是可能算错了时间，一边起身，一边准备下床。她头发稀少，一直咬着雪纺头巾下摆。尽管可能只有四十几岁，又矮又胖的她却十足家庭主妇的模样，非常和蔼，她来自西北部，目光很温柔。

迈赫达德的父亲也在家，等待儿子介绍他和客人认识。这位父亲个子很高，肤色比妻子黑，却和儿子一样好看，只是身体比较衰弱，我想他的体力必定很差，或许还在疗养中。儿子两度提到父亲不是勇敢的人，是个永远在寻求安全的人，永远跟着群众跑（他曾经悬挂国王的照片，如今撕毁女儿的书——女儿从学校带回家的奖品——只因为书中有这张照片）。眼前这个男人就是儿子口中不勇敢的人。事实上，在革命革掉了他在银行的金饭碗之后，他却证明了自己的足智多谋。他重整旗鼓，小本经营，做起一些小买卖，居然足够让全家人在德黑兰市郊过起中产阶级的生活。可惜的是，一个人维持日常生活所历经的艰难，在子女眼中却十分稀松平常。

客厅很大，地毯一块接一块地铺盖在地板上，像某种波斯图画，呈现各种图案和颜色，将地板覆盖，摆着花和水果的餐桌就在客厅角落。我和迈赫达德坐在这张餐桌上谈话，直到晚饭时间。

迈赫达德说："你说'信徒'是什么意思？我不认同你使用这个词。你说费尔敦是信徒，他却自认为是异教徒。"

我问："他说的'异教徒'是什么意思？"

"异教徒就是不隶属公共宗教的人。在这里，我们多的是方法，去判断一个人是不是信徒。第一，是他们的外观、胡子。伊斯兰教规定，男人必须蓄胡子。如何刮胡子、剪胡子，都有特殊规定。你能用剪刀剪，但不能用刀片刮。"

"这是《古兰经》规定的？"

"不是，是圣训《穆罕默德言行录》，即和穆罕默德有关的传统。"

“你在成长的过程中听说过这些圣训吗？”

“听说过。但革命之后，知道圣训的人越来越多。我听说有些人在求职的时候，为了寄照片，还特地蓄了胡子。此外，还有其他规定。蓄的胡子不能太长，以免喝水时弄湿。这也是圣训之一。所有这些规定都写在 Bahar – al – Anvar 和其他有关圣训的书上面。从前教徒都留长发，现在不留了。”

“为什么？”

“没人知道为什么。还有别的圣训，但知道的人不多。如果你低头礼拜，你的额头必须触碰一块取自圣地的泥土，甚至在库姆，他们也制作了许多这种圣土块。过了一阵子，你的额头会因为触碰圣土而变成黑色或其他颜色。他们自称每天礼拜五次，有时候，在晚上还有特别的礼拜。这种晚礼，触碰圣土的机会很多。”

在库姆的时候，迈赫达德曾指埃马米为例向我解释。埃马米的额头中央比较黑，就像他公寓光秃的混凝土前屋，这点可以看出埃马米虔诚的一面。但在寻找这种特征之前，你必须对这种习惯有所了解。一旦了解了，你就很容易看出端倪。有些虔诚的人额头上有类似烧焦的疤痕，那是因为他们在礼拜时会先将圣土块加热。

迈赫达德说：“还有其他的。信徒会把玫瑰香水撒在身上。他们要闻香水的味道，特别是在穆哈兰姆月期间。”这是什叶派信徒的哀悼月。“因为外貌的原因，他们很害羞，和妇女谈话的时候，会低下头。当然，注视女人也有特殊规定。让我看看，关于这点，霍梅尼的书有多少规定。”

他去拿了一本很大的平装书。除了我在埃马米的书房看到的五大本有关买卖的书之外，这又是霍梅尼另一本有关规矩的书。

迈赫达德说：“这本书叫 Resaleh 或 Tozih – al Masa – el，就是《问题的解答法令》。关于如何注视一位女人，霍梅尼的书里有十大基本规定。这本书一共讨论了三千个问题。”

“人们会一直去查询吗？这些规定真的对人们有帮助？”

“对我而言，关于胡子的规定就没有道理，他们也不说原因，只说‘照做就是了’。我不可能是信徒，因为我总是听禁唱禁播的音乐。我们也曾针对这个问题问过他们许多次，他们说，如果音乐会改变你的情绪与感觉，就在禁止之列。这实在没道理，谁能够一边听音乐，一边保持平常心？”

“哪种音乐在禁止之列？”

“舞曲、情歌。除了古典音乐，西方的音乐也都在禁止之列，还有印度的流行音乐。有一阵子连购买乐器都禁止。让我查查看，在这儿，霍梅尼的第两千零六十七个问题。我不礼拜，所以我不是信徒。我从不斋戒，也从不上清真寺。尽管大部分规定我都清楚，但我不遵守。我研究过法律，对大部分法律了如指掌。有一些规定我很不屑，比如，有一条规定和血债钱有关。这条规定是，如果你杀了张三，就得赔血债钱给张三的家人。现在，这条规定指出，女人的命只值男人的命的一半。如果你杀的是男人，就得全额照付。目前的价格是两百万图曼，相当于两千万里亚尔，五千美元。如果你杀的是女人，只要付半价就行了。”

“你认为人们需要这种规定吗？”

“我正要说这点。看到生命的问题之后，我们便开始思考，尝试自立自主地解决一些问题。但信徒可不喜欢这么做，因为这么做意味着抛弃整个制度。大多数人相信真主，但我们的想法比较像伏尔泰。”

说费尔敦是信徒时，我的意思正是如此。但如今我发现，在伊朗，所谓的信徒和异教徒，还有伊朗本身赋予的含义。

迈赫达德说：“生活需要的是真主，不是这些毫无意义的规定。但人们都不在意这点。我们有关于年轻人在一起的规定，年轻人在一起是不合法的，但大家还是在一起。我有个朋友，她和她男朋友发生了一点问题。她已经不是处女，处女之身已献给了这个男朋友，如今他却要离开她。她经常祈祷。只要遭受压力，人们就求助宗教。我们需要真主，在问题丛生的贫穷国家，我们需要上苍。”

“你说说看，为什么宗教人物会如此重视规定？”

“他们是制订规定的人。如果否定这些规定，你就是否定制订规定的人。如果否定制订规定的人，你就是反对领导人。如果反对领导人，你就是反对先知。如果反对先知，你就是反对《古兰经》。《古兰经》来自真主。若有人胆敢反对真主，非死不可。但谁来行刑？是制订规定的人，不是真主。”

规定多如牛毛，对每件事情都加以管制。不但规定女人要穿罩袍、戴头巾，规定男孩和女孩不能一起走路，规定女人不能在电台和电视台唱歌，还规定某些音乐不能演奏。检查制度十分完备，举凡杂志、报纸、书和电视节目，都得经过检查。直升机会在北德黑兰上空飞过，检查是否有人偷装卫星小耳朵。所以，不只是革命卫队在公园走动，监督男孩和女孩；不只是革命卫队进入人们家里，搜寻酒和鸦片；也不只是如我在偏远的设拉子所看见的，当地的道德警察在观光饭店巡逻，意在让观光客感觉到他们的存在。

一九七九年和一九八〇年，振兴伊斯兰教的宣教者无休无止地表示（他们相互响应，好像说辞都来自同一个中心），伊斯兰教秉承完整的生活方式；如今在伊朗，已目睹政治的伊斯兰教可能拥有完整的控制形式。《德黑兰时报》的创始人兼主编帕维兹在我抵达德黑兰不久之后就告诉我：“他们想控制你坐在这里的方式，连你说话的方式都要管。”

我当时并不理解这几句话的含义。说出这些限制很容易，但必须花费一段时间，我才能了解这些限制的含义，才能了解这些限制对人们的生活造成多大的扭曲。

迈赫达德的姐姐未婚，结婚的机会十分渺茫，因为太多适婚年龄的男人已在两伊战争中阵亡。她一下班就待在家里，一语不发，内心充满愤怒。她的不快使全家蒙上阴影，也让无从为她创造未来的父母担心不已。让她出去走走是很难的，现在她已经失去这种意愿。她很像我认识的一位老师的十五岁女儿。这个女儿知道，如果她单独走在街上，就可能遭到革命卫队盘查。她痛恨这种屈辱，索性足不出户。当世界大门被敞开之际，她的世界却十分狭窄。

一九八〇年二月，我看到一群学生在被占领的美国大使馆外面露营，其中有一些年轻女人穿着游击队服装。美国大使馆当时被称为“革命的舞台”。我记得有一个胖胖的年轻女人，穿着卡其外套，在阴冷的下午，端着一马克杯热茶从矮矮的帐篷走出来，送给一个男人喝。她容光焕发，因为她认为自己是在服务革命，服务革命战士。这些年轻人是“追随霍梅尼路线的伊斯兰教学生”，和共产党员或其他左翼团体分子一样，如今，这些年轻人大部分都已丧生。我想，这个端着马克杯的女人做梦也想不到，她所献身的革命会以这种方式落幕——女人依旧受旧式习俗折磨，直升机在空中盘旋以搜寻卫星小耳朵。想当初，大使馆外墙和树上到处都贴满海报，将伊朗革命与尼加拉瓜革命相提并论，认为两国的革命都是全球向前狂奔的洪流的一部分。

一样的革命工具和风格，如今却有了别的意义。胡子不是革命的胡子，而是良好的伊斯兰教胡子，不能用刀片刮；绿色的游击队制服如今是执行宗教法律者的制服。

在我遇见的人中，没有一个认为革命有可能爆发。上一代的伊朗人十分认同这种想法，如今，它却如同在古老的苏联一样，全变了质，“革命”一词已被这个宗教国家接受。没有人谈论政治行动的可能性；没有手段，目前也没有领导人；没有新的想法可供传播。实际的统治者，尽管照片无所不在，人却早已远在天边。近在眼前的政府，诚如某人所说，“十分神秘”，一般人的感觉则是，即将有大事发生，这种想法让每个人都惴惴不安。

一天下午，当我们开车到德黑兰北部山区时，事前似乎表示人们已学会容忍种种限制的迈赫达德，突然说出相反的话。他说：“每个人都如同惊弓之鸟，我是这样，我父母亲也是这样。”（可怜的父亲被再度提及。）“他们不知道自己的前途如何，我们这些当子女的前途如何。他们还不太为我担心，毕竟我已经成人，可以照顾自己。但我弟弟还很小，要八年左右才长大成人，这八年实在十分凶险。”

有了这种不安全感，就会有人胡思乱想。最特殊的就是指称霍梅尼是英国或欧洲的奸细。这种说法我最早是从帕维兹那儿听来的，还认为这是他的妄想之一。但后来，我陆陆续续听到许多人都这么说。传闻栩栩如生，说什么列强在法属西印度瓜德罗普岛集会，决定派遣霍梅尼潜伏在伊朗人民当中。伊朗人很单纯，只要宣传得当，证明一些事情，就可以说服伊朗人。伊朗参加反对国王的示威，并不是基于某种信念，而是跟着别人起哄罢了。在伊朗建立伊斯兰教国家，根本就是列强反伊斯兰教的阴谋，目的是给伊斯兰教教徒一个教训，特别是惩罚伊朗人。仿佛是在回应这些妄想似的，一些迹象显示，信仰在某些方面也遭到了质疑。

帕维兹说：“对抗伊拉克的战争是以伊斯兰教的名义打的。这简直就是因祸得福最好的例证。如果没有两伊战争，人们怎么可能觉得受够了伊斯兰教？”这种说法似乎太过极端。但后来我发现，其他人在谈话中也或多或少流露出对宗教的不确定感。有些人说，伊朗人其实不能为伊朗革命负责，我也听说，伊朗人其实也不能为什叶派信仰的主要层面负责。所谓的穆哈兰姆月，就是哀悼月，其实是从欧洲的天主教传来的，和原来的信仰毫无关系。

我对迈赫达德谈到这点。他说：“这是习惯问题。我们的敌人要永远负责。该怪罪的是别人，不是我们。”

我听说过席格太太这个名字，她如今住在国外，这也是伊朗人口疏散的现象之一。她现在回来看她年迈的双亲，在德黑兰已经待了一阵子。当我打电话给她时，她邀请我共进午餐。她和另外一位女性朋友一道来饭店，接我去她的公寓。这也是遵守规定的做法之一，按照规定，席格太太或她朋友都不能单独和一个陌生男人碰面。

这座公寓处于一条美式街道上，附近十分残破。电梯一打开，就是一间狭小的穿堂，两栋公寓共享。穿堂不仅破旧，还很脏，铺着一块肮脏的地毯。这种阴郁的气氛继续向内延伸。在敞开式布置的起居室，一套老旧的仿路易十六时代的椅子和一张长靠椅仿佛不曾有人坐过。有一面墙上挂着旧电线，好像青筋暴露，还挂着一套欧洲画，有花鸟画，也有风景画，都没什么价值，其中一张还有框。画被排成两排，空隔很大。在厨房旁边一个房间的尽头，有一张很长的餐桌。厨房看起来很老旧。

房间的门开着，一个男人正坐在桌子边。他已经非常衰老，脸上不规则的老人斑早已失色。他坐在那里，与桌子形成某个角度，背部的一半对着门，侧脸依稀可见。他是席格太太的父亲，现年九十一岁，这是席格太太的母亲告诉我的。这位母亲住在起居室，现年八十岁。

和席格太太一道来饭店接我的那位朋友，此刻正在厨房和席格太太忙着。这位朋友已经离婚，很友善，也很肥胖，仿佛会把她身穿的长裙撑裂。她有两片肥厚贪吃的嘴唇，好像是专门为食物准备的。她很高兴在厨房当帮手，穿着一双高跟鞋，来去如风。

会客区和阳台间隔着一扇落地窗。落地窗半开着，外面车水马龙，十分嘈杂。我向外看，阳台的一边摆着一堆旧纸板、几支扫把和一些清扫器具；另一边有一个被遮住的画架或箱子，至少看起来很像。其实这是卫星小耳朵，席格太太需要它收听新闻。如果不收听世界新闻，她在伊朗会更加迷失。加了这些伪装，目的是不让直升机发现小耳朵，就连此时此刻，他们也还在搜寻。

食物已摆好，一股温暖的油香味飘散开来。这道食物叫“酷酷”，是一种伊朗乳蛋饼，掺了大米和茄子泥。满脸风霜的老人已来到桌边，他的妻子，即席格太太的母亲，帮他拿食物。席格太太的母亲很瘦小，戴眼镜，眼神微弱，却依旧很贤惠，照顾周到。他们之间的情感已到极致，感人至深。

那位胖女人谈到了有关英格兰北部的事情。她有个亲戚住在那里，是位职业妇女，嫁给了一个来自孟加拉国的上班族。胖女人曾去拜访这对夫妇，受到英国式的盛情款待。她说起话来仿佛对英国礼仪了如指掌，但在我听来，她所说的有关英国的一切，与其说是来自她自己的经历，倒不如说是她在英国旅行期间从电视上看来的。

老人的妻子为他切酷酷，他自己拿其他食物吃。但最后他有些失控，头垂了下来，几乎碰到碟子，好像之前出过意外，身体不舒服。后来，他站了起来，什么话也没说，径直回到自己的房间。他小心翼翼地坐回椅子上，依旧与桌子成某个角度，背对着打开的门。他的动作变得十分缓慢，那场意外似乎让他元气大伤。他的世界只适合有这些微小的动作。此刻，他费力地思考一番，拿出一支钢笔，又拿出一叠报纸，然后把其中一张翻开摊平，似乎准备玩填字游戏。

我现在注意到地板上有一块库姆的丝制地毯，咖啡桌上有一块紫色的丝绒桌巾。桌巾上绣有三排玫瑰和蔓藤，是用金银两色的线绣的。从绣品的奢华和细腻来看，这应该是很久以前的作品。席格太太说，这块刺绣丝绒桌巾是她母亲送给她的礼物。桌巾上摆了几个雕花玻璃盘子，上头装着一些果冻和库姆制造的金黄色糖果。

不久，席格太太又回到厨房，帮助胖女人拿点心。席格太太的母亲指着吊灯说："这是卡扎尔王朝的徽章。"我对那盏吊灯视若无睹，因为我觉得它很有压迫感。她的母亲又将这句话重复了一遍。卡扎尔王朝是二十世纪二十年代被已故国王的父亲推翻的王朝。我站起身来，注视卡扎尔王朝徽章上的刻字。这些徽章在吊灯的灯罩上，不太容易看得清楚。灯罩排成一个圆圈，很像旧式油灯的灯罩，在圆圈内部和下面有大小不同的雕花玻璃垂饰，做工细致，不时发出叮叮当当的声音。席格太太的母亲说："这是法国制的巴卡拉水晶玻璃。"我第一次发现，在这间需要装修、阳台脏乱、充满人车喧嚣声的矮小房间，居然有两盏这样的吊灯。它们占满了上方的空间，让人觉得喘不过气来。

席格太太臀部很丰满，她穿着黑袜子，一件宽腰身的衣服显得十分飘逸。她终于做完厨房的工作，回到客厅和我坐在了一起。我问及她丈夫。她说，她丈夫罹患癌症去世了。我依然可以感受到她的悲伤。席格太太说，革命爆发后，她丈夫惶惶不可终日。他是工程师，受过专业训练，在政府机构中位居要津。他并未丢掉差事，但因为太过紧张而伤害了身体。大约革命之后的第五年，他有一天称身体不舒服，照往常的习惯，身体出现任何小毛病，他们都会去看医生。他们那天也去了，诊断结果居然是结肠癌，必须立即做手术。几天之后，医生为他做了手术，手术很成功。可惜的是，随后照X光，发现肺部也长了癌细胞。

还有一张椭圆形小桌子是仿古复制品，就摆在距离落地窗不远处。桌上有几张家庭照片；有几张席格太太的照片，拍于她不同的年龄阶段；有她女儿的照片。另外，在一个大镜框中，有她丈夫的照片，是在他生病的前一段时间拍的（他病重时，不让子女看到他）。照片中的他十分英俊，和蔼可亲，非常吸引人。这些照片都放在大小不一的镜框中，摆在一张椭圆形小桌子上，好像烈士公墓里位于榆树、松树、夹竹桃和国旗之间的镜框。就某方面而言，席格太太的家人也算是革命烈士了。

那天下午，费尔敦准备休假回家。迈赫达德和我一起去了他家。他家的公寓在城里一条街上，比席格太太的家小多了，屋内光线比较暗，风格朴素，看起来不怎么值钱，但与席格太太家的气氛大致相仿。他家的家具太多，颇有旧式家族遗风。公寓在第一层，外面车水马龙，人声鼎沸。与穿过席格太太家半开的落地窗传进去的嘈杂声大不相同，费尔敦家的比较直接，声音一直通过打开的金属窗户传入，十分刺耳。小小的客厅摆了两张餐桌，呈直角状，比较大的一张是为我们准备的。桌上有巧克力，用玻璃盘装盛；有水果，用较大的盘子装盛；还有茶，用镀金装饰的小玻璃杯装盛。

费尔敦的母亲在厨房。她叫迈赫达德过去，两人谈了一会儿话。迈赫达德回到客厅时，面带忧伤。

他说：“我总是听到一些苦难。有时候，我真的怀疑自己能不能承受得了。”

费尔敦的母亲在医院当药剂师。医院有个园丁，他的儿子上战场作战，一直没回家。园丁怎么也不相信儿子已经死了。他总是说，有朝一日儿子一定会回家。园丁很虔诚，蓄满了胡子，但因为太虔诚，胡子蓄得太浓太密，医院的人都认为他是奸细，专门潜伏在医院监控每个人的思想。战争终于结束，战俘开始返乡，人员名单印了出来，园丁总是向费尔敦的母亲打听，名单上是否有他儿子的名字，答案是没有。

大概三个月前，当局为三千名无名英雄举行集体葬礼。这些无名英雄的遗体都是从古战场找回来的。空军将骨灰盒运到烈士公墓，每个骨灰盒都被伊朗国旗（绿、白、红三色的伊朗国旗，中间有安拉的象征）覆盖，堆成一座座小金字塔。迈赫达德在电视上观看葬礼的实况转播，久久不能自已。那些正要被埋葬的战士是穿着制服牺牲的；迈赫达德在服役期间也穿过那种制服。他觉得自己和那些烈士有深深的关联。坐在客厅述说陈年往事的时候，迈赫达德不断拉扯他的衬衣，告诉我们那套制服对他而言有多么重大的意义。

其中一个盒子就装着园丁儿子的骨灰。用迈赫达德的话说，里面装的其实只是他儿子的两块骨头而已。在此之前，园丁一直靠信仰支撑着，现在他再也支撑不住了。他悲痛难耐，一两个星期之后就撒手西归。几天前，医院为园丁解剖，发现园丁的胃已长满癌细胞。这就是费尔敦的母亲要告诉迈赫达德的，也是迈赫达德对我们说他总是听到一些苦难的原因。

几天前（此刻，在我看来，这仿佛是几个星期之前的事了），我问迈赫达德对战争有何感觉，他说："毫无感觉。"但他的实际意思并非如此，而是他刚刚说的："有时候，我真的怀疑自己能不能承受得了。"

即使东一条西一条的规定那么多，但是年轻人，那些除了宗教国家之外一无所知的年轻人，也正在学习他们自己不合作的方式。他们有自己的身躯，有自己关于年轻人性革命的故事，有其他不合作的方式。

费尔敦的弟弟十九岁，虽然只比费尔敦小五六岁，却属于另一个世代。费尔敦是哲学家、怀疑论者，对人类的智慧充满好奇。他说，他和弟弟只有一墙之隔。费尔敦在墙的这边，多的是严肃的书，弟弟在墙的那边，却贴满足球队和一个重金属流行乐团的照片，还有纳粹标志。费尔敦的弟弟是纳粹党人。他说，身为伊朗人，他是雅利安人，因此他是纳粹党人。他十分重视身为纳粹党人这件事。

坐在公寓大房间的大桌子旁，费尔敦告诉我，他弟弟和他的朋友已经将从前住在隔壁的犹太人赶走。他们戳破这家人的汽车轮胎，还砸毁他们家的玻璃。这家人不但离开德黑兰，更离开了伊朗。

伊朗不是欧洲，也不是美国，有它本身的内在压力。费尔敦告诉我的故事，不仅攸关年轻的伊朗纳粹党人，更关乎两代人之间的鸿沟和那五六年间所造成的差异。这种差异还有另外一个层面：费尔敦的纳粹弟弟和他的朋友并不害怕。如今，他们主要的消遣就是出去嘲弄革命卫队，要革命卫队逮捕他们。结果是，现在费尔敦的弟弟常常被抓进牢里，一关就是一两天。

当我和迈赫达德到费尔敦家时，他弟弟就在客厅。他脸色灰黄，很瘦。我当时对他一无所悉，对他穿的黑衣服也未多加思索。他很有礼貌，却也相当沉默寡言。我将他视为一个困苦、可怜而迷失的人，他没有去设想未来，比他哥哥或迈赫达德更绝望。既然现在我已经听到一些有关他的事，就很想和他多聊聊。但这孩子却谁都不招呼一声，就径自走出公寓。这一点，诚如费尔敦所说，也是另一种文化改变的迹象：和从前一刀两断。

革命会革出古怪的孩子。

费尔敦和迈赫达德带我去德黑兰一个欣欣向荣的新地区。这里好像一个新城市，很适合有钱人住，适合那些大发革命财的人。这里位于德黑兰东北部，开发已大约十年之久，有个新的商业中心，里面是物价昂贵的商店，专门卖商品给对面新公寓里的人，住在那里的人都是商人。迈赫达德说："都不是具备生产力的人。"但是在商业中心，这些有钱人的女儿仪态娴雅，有一种吸引人的魅力。她们足蹬高跟鞋，双腿修长，穿牛仔裤，披时髦的短披肩。

迈赫达德说："还有她们的皮肤。"他对这种少女的美十分敏感。这些好皮肤是有了好空气、好食物，以及对未来的美好向往才能获得的，他的姐姐不会有。

还有另一种不合作的人。在商业中心入口处有一个很高、灯光很亮的监控站，一名年轻女子茫然但毫不羞涩地站在革命卫队队员前面。费尔敦说："他逮到她了。"她一定有些行为违反了伊斯兰教的规定，不然就是头发露得太多。迈赫达德说："他会训她一顿，再让她走。"

我们进入咖啡店后，迈赫达德要我们看玻璃上映出的一个女人。他说："她嗑药了。"这个女人目光呆滞，精神无法集中。在另一个角落，一名穿卡其制服的革命卫队队员正对店主说话。一名穿着黄色外衣的服务生走到女人前面，告诉她注意自己的披肩。她只是摸了摸自己的头顶。过了一会儿，革命卫队队员或许不愿意出洋相，也不愿意让人知道有人向他的权威挑战，就走开了。不久之后，女人步履蹒跚地晃出来，我看到她一头栗褐色的长发从背后的披肩散出，那是迈赫达德几天前告诉我的最时髦的发型，这也是一种不合作的表现。

后来，在商业中心外的路上，我们看到一群年轻人刚被骑摩托车的革命卫队队员搜过身——看他们有没有携带录像带、光盘、毒品或其他违禁品。

第九章　两个部族

因为地名浪漫而远近驰名的伊斯法罕和设拉子再度欢迎外国观光客。我先去了伊斯法罕，但不知道自己在期待什么，这个地名并没有任何特殊的观光和文化主题。在遥远的爪哇，有神秘的佛教婆罗浮屠金字塔和印度教普兰班南高塔。印度有泰姬陵，南部还有雕龙绘凤的寺庙。但伊斯法罕就如同撒马尔罕，只有浪漫的地名而已。我对伊斯法罕荣耀的认知，还是通过印度的绘画间接产生的。从某些画工极其细腻的莫卧儿王朝绘画中，我知道，对一六〇五至一六二七年间统治印度的贾汉吉尔王而言，他统治的印度和阿拔斯王统治的波斯乃是全球的两大中心，其余国家均不足为观。英国有伊丽莎白一世，击败过西班牙无敌舰队，还有莎士比亚这种难得一见的天才，但在贾汉吉尔王的眼里，他过于遥远。就连一六一八年詹姆士一世派遣的大使，都很难吸引贾汉吉尔王的注意。

贾汉吉尔王宫廷的一名印度画师在伊斯法罕的莫卧儿大使馆花了六年时间，绘制阿拔斯王的画像。这样做的目的是要让贾汉吉尔王了解他的厉害对手，不致因为对手的存在而感到芒刺在背。画中的阿拔斯王佩一把弯刀，这把刀对他而言似乎太大了些。有的地方还故意将阿拔斯王画瘦了。深深印在我脑海中的就是这幅短腿阿拔斯王的画像，而不是他伟大城市的任何具体构想。所以，尽管伊斯法罕金碧辉煌，占地广袤，充满世界色彩，创意十足，比例总是匀称无比：有比威尼斯圣马可大教堂还大的广场，有桥梁，有清真寺和教堂的圆形屋顶，有瓦片——色彩和设计效果绝佳，很容易令人浑然忘我——我却没有任何心理准备。贾汉吉尔王的芒刺在背之感可以体会：在这里，在阿拔斯王的伊斯法罕，大批印度的莫卧儿建筑早就鳞次栉比。

伊斯法罕如此绚丽夺目，类似印度。但是在贾汉吉尔王过世不到一百年后，印度的莫卧儿荣耀也成为明日黄花；又过了一百年，印度沦为了英国的殖民地。伊朗虽从未正式沦为殖民地，命运却比殖民地更凄惨。当远在天边的欧洲想让伊朗感受到它的存在时，伊朗却从地图上消失了。伊朗那些伟大的建筑变成断垣残壁，从未像印度的纪念建筑那么远近驰名。十九世纪末，印度的统治者准备将他们的王国和子民拱手让给外国的特权分子。

印度，几乎就在沦为英国殖民地的同时开始重生，开始接受欧洲的新学，并成立与新学相辅相成的机构。印度第一位伟大的改革者罗伊出生于一七七二年，即法国大革命之前；甘地出生于一八六九年。伊朗迈入二十世纪之际，只怀抱东方的君主思想，和诸如库姆等地方的古老经学，有的只是感受痛苦和虚无主义的能力。

阿拔斯王统治的波斯有其光荣的一面，可惜这份光荣也有微瑕，不过，这点我没有向我在伊斯法罕的东道主和向导提起。他原来是外交官，已经退休，满脑子都是国家的苦难。他的一生就悬挂在两极之间。

二十世纪六十年代，他父亲希望他接受英国教育。八十年代，伊朗革命之后，也就是他从海外的工作岗位退休之后，他便不想再到海外旅游了：在更宽阔的世界里，持有伊朗护照简直是奇耻大辱。他靠剩余的私人收入过活，也教书。革命和战争让他元气大伤，也让国家兵疲马困。老外交官对这点了如指掌，但他现在仍像一个分裂的人，认为革命和战争都有其必要性，他的痛苦令人困惑。

他有个朋友，也在教书。这位老师是帝国时代欧洲化的伊朗中产阶级。革命爆发时，他年近不惑；他儿子十一岁，叫法尔哈德。这是很古老的伊朗名字，不是阿拉伯或伊斯兰教名字。国王的父亲实施改革之后，许多中产阶级都为儿子取名法尔哈德。

革命之后，这位老师开始感觉儿子和他渐行渐远。两伊战争爆发后的第二年，已经十四岁的儿子终于拒绝接受自己的家庭和家人的行事风格。他抛弃原有的名字，自己改了一个阿拉伯风味十足的名字，麦萨姆。麦萨姆是先知穆罕默德最早的追随者之一，最后壮烈牺牲。这是老师的儿子希望走的路。

霍梅尼说过，革命必须以儿童和年轻人为焦点，超过四十岁的人（如同那位老师）都没有用（革命的第二号人物蒙塔泽里说得更绝，他用诗一般的意象说，干枯的树应该砍掉）。这些话并不是凭空说起。伊朗果真大费周章去教导年轻人；因为两伊战争爆发，革命的需求十分迫切。

老外交官说："年轻的男孩喜欢玩枪，所以他们常常到清真寺，拿以色列乌兹冲锋枪和其他枪示人。当有人说到卡尔巴拉战争的烈士时，这些男孩子不但悠然神往，还不时高呼口号，为他们祈祷。"卡尔巴拉那以一当十的战争、什叶派教徒的悲剧与热情，无休无止地经过后人一再述说。"热血终于战胜利剑，因为烈士终于获胜。一些年轻人会告发伊斯兰教战士或共产党，哪怕他们是自己的朋友，还会要求他们提供自己家和朋友家的情报。这是一种革命行为。”

有一天，事前没有向父母说明，老师的儿子就跑到清真寺，自愿从军，被派到了前线。

“后来，我听到消息，说他成了一个小组的指挥，负责拆地雷。他是民兵。刚开始，他们不知道如何拆地雷，却派出几百个民兵去拆。在他们加入之前，军中曾有人特别示范给他们看。他们用一些闪闪发光的材料制作一个假人，说有人看到迈赫迪骑着一匹白马，在前线飞驰。”迈赫迪是什叶派第十二位伊玛目，几百年来一直藏身某地，等待机会重返信徒身边。“他们给民兵一把钥匙套在脖子上，这是一把通往天堂的钥匙。当时有许多笑话说，这些通往天堂的钥匙就是在日本大批制造的，再进口到伊朗。但我应该告诉你，这些男孩都很想去。我有一些学生是自愿从军的。我记得有一天，来了一辆车接他们。车在等候，一个男孩却在我怀里发抖。我告诉他：‘如果你不确定自己该不该去，就没有必要去。’他说：‘我必须去，但是我害怕。’他们会让男孩们分乘几辆车，载他们游街。他们是英雄，准备和撒旦作战，一路杀到卡尔巴拉。”“卡尔巴拉”本是用来纪念一场远古的什叶派战争，但如今，伊拉克真的有个地方叫卡尔巴拉。

“伊朗有个习俗，每当有人要远行，他就得在《古兰经》下来回走两三次。家长先亲吻《古兰经》，再高举在准备远行的人头上方。但对那些民兵而言，当他们奉命赶往前线时，会有一名毛拉亲吻《古兰经》，再将《古兰经》高举在他们头上方。接着，他们就发给每一位民兵头巾，有红色和绿色的。当然还有很庄严的告别式。我年轻时，如果有必要出远门，母亲就会捧着《古兰经》，进行这些仪式。在我上车之后，她还会拿一碗水洒在我后面。洒水之前，她会先对着这碗水祈祷，对着水吹气。在伊朗，水是神圣的。这项仪式绝对是非常伊斯兰化的。”

过了一阵子，老师听说他儿子受了伤，在大不里士住院。老师赶往大不里士，将儿子带回家，悉心照顾。等到儿子伤好得差不多了，他又回到前线。这种事发生了许多次。

“六年后，他终于回家了。战争已经结束，他十分沮丧。父母不知道该拿他怎么办才好。他大部分时间都把自己关在房里，谁都不想见。最后，老师在某天走进了他房间，看到孩子坐在房间中央。地毯上的照片散了一地，有团体照，也有个人照。男孩告诉父亲，这些人全死了。他们都是男孩在前线的朋友。”

战争逐渐褪色；一切事物都冷静下来。昔日的热情慢慢冷却。拜双亲的慈爱所赐，男孩终于渐渐康复。他改变了发型，开始穿回欧洲化的服装，进了大学。民兵有特权，就算没通过入学考试，也照样进得了大学。在六七年前孩提时代抛弃的性格，如今他变成青年之后，又重新捡了回来。他恢复听流行音乐的习惯，放弃自己取的阿拉伯名字，再度变回了法尔哈德。

外交官说：“如今他希望自己成为医生。整个过程宛如一场梦。他已不再谈论战争。我知道，许多像他这样的男孩都很失望。当过民兵的人都有特权，他们的人格也都很分裂。”

麦萨姆－法尔哈德的人格固然分裂，老外交官的人格又何尝不是如此？因为身为伊朗人，就得有特殊的信仰，有特殊种类的阿拉伯信仰。老外交官从骨子里就知道——这正是他的痛苦之一——尽管和战争一样耗人元气，又没有结论，它还是得继续下去。

他说：“如果男孩子们不做这些牺牲，萨达姆总统和伊拉克就会吞噬伊朗四分之一的土地。从某种角度而言，霍梅尼可以视为伊朗民族主义的创立者。萨达姆给自己取了许多封号，其中之一就是‘加德西亚胜利者’，指伊斯兰教入侵初期，伊朗人惨败在阿拉伯人手下的陈年往事。这是在穆罕默德去世十年之后的哈里发奥马尔时代。萨达姆称伊朗人为拜火教。

老外交官是位智者，很有教养，但伊拉克对伊朗的嘲弄——就如同发生在校园里的嘲弄——仍然有足够的力量对他造成伤害，包括嘲弄伊朗异教徒的陈年往事、伊朗拜火教和没有信仰的陈年往事。加德西亚战争发生在公元六三七年，但战况历历如昨，如同卡尔巴拉的败仗一样清晰。波斯的历史源远流长，在加德西亚战争之前将近一千年，波斯还是个强国。当时的波斯足以挑战希腊，重创罗马。可惜这些陈年往事已成为过去，一切荣耀都已属于其他民族。加德西亚的失败无以弥补。在人们的认知中，伊朗随着伊斯兰教的到来才开始，一开始就打了败仗。败仗让信仰在伊朗占据特殊优势，让人民抱有特殊感情。

老师的儿子经历了这种情感的矛盾。他拒绝接受自己家里源自国王的欧化作风，他拥抱自己的信仰，给自己取了个早期阿拉伯烈士的名字。从此他戴民兵的头巾，在脖子上挂上天堂的钥匙，去对抗一名自称是“加德西亚胜利者”的阿拉伯人。

外交官说，这孩子的人格也很分裂。有些事情让人无法承受，他们就靠这种分裂来抗拒，借以保存一部分自我。

他告诉我一个故事，是关于他认识的一对夫妇的。这对夫妇和他一样，多灾多难，却仍十分坚信民族主义．他们有个九岁的女儿在当地的学校念书。有一天，校长叫他们到学校，他们到了之后才发现，原来女儿是全校背诵《古兰经》最好的学生。因为她表现太出色，所以学校决定当着她父母的面颁奖给她。但父母对女儿的天分一无所知。事实上，他们刚接到学校的通知时，还吓了一大跳，怀疑女儿是否在学校说了他们什么坏话。

外交官说："这就是现在非常奇异的生活方式。"

这些都是我在伊斯法罕走路、开车时所听到的一些故事，是我在想着圆形屋顶和瓦片、拱门和拱形建筑，以及在夜晚时分想着河上的灯光和拱桥的时候所听到的一些故事。恢复旧制者固然很多，但大部分已灰飞烟灭，就像砖块。在脏乱的巷子里，那些美轮美奂的建筑物背后裸露的砖块很快就会"尘归尘，土归土"。老外交官表面温文尔雅，骨子里却埋藏着肉体和心理的重大创痛，惶惶不安。他的故事真正的主题是痛楚。有时候，一则故事被当成他认识的人的经历来述说，却有一种民间故事的神秘色彩。这些民间故事有时是基于一般民众的需求而编造的，正如在某个特殊时期，某些小区就会出现一些笑话，广为流传。这些笑话不是某个人杜撰的，每个人都有点功劳。下面是关于"一团肉"的故事。

一名穿着罩袍的中年女人要求眼科专家检查一个男孩的视力。这个男孩在医院治病。眼科专家被带到病人面前的时候，发现病人只是"一团肉"而已——没有手，也没有脚。这个男孩到这步田地，不太可能复原了。女人每天都请眼科医生去看病人。令医生百思不得其解的是，病人既然不可能康复，至少不能恢复正常生活，那么恢复视力又有何用？但他不想伤害这个女人。她一直待在医院病房，这样的家属已经不多了。

眼科专家暗中调查，他发现，这个女人根本不是病人的母亲，只是他的邻居。病人的母亲每天都去医院，但并没有待很久。过了一段日子，医生终于赢得了这个女人的信任。有一天，医生开口问道，男孩既然不是自己的儿子，又四肢严重伤残，她为什么还那么想让他恢复视力？

女人说："我自己的儿子因为参加反革命团体被处决了。那个告密的男孩就是这个病人，是邻居的儿子。我很高兴我儿子死了，被处决了，这样一了百了。我想让这团肉继续活着，就是为了报复，让他母亲每天都为他难过。"

国王将这段前伊斯兰教的陈年往事昭告天下，原因之一就是想让自己和历史上伟大的统治者沾亲带故。像两千年前的亚历山大大帝一样，国王也前往帕萨尔加德居鲁士大帝圣陵朝圣。革命之后，一批批革命党人都前往居鲁士大帝圣陵以及附近的地区朝圣，但他们几乎未曾破坏任何古迹。有人说（真相如何，不得而知），霍梅尼的绞刑法官哈勒哈利曾被任命加入一个委员会，旨在研拟出最方便的手段，摧毁波斯波利斯遗迹，幸好后来爆发了战争——漫长的"神圣抗战"。如今，观光客再度回到设拉子，并驱车前往波斯波利斯，有些观光客甚至去了帕萨尔加德。

虚无的革命时刻已烟消云散。革命已广为百姓所接受。再也没有敌人，世界已被重新改造。尽管哈勒哈利认为必须完成的百年大业其实只完成了百分之三十。

要进大学，得先参加伊斯兰教的入学考试。迈赫达德说，入学考试越来越难。五年前，考生还不必背诵《古兰经》经文，如今却非背诵不可。所有的政府机构都设有伊斯兰教组织，所有的求职者都得先接受这种组织的口试。他们问政治问题，但对人们是否熟悉伊斯兰教规定也很感兴趣。

迈赫达德说："不是一般性的规定，而是非常具体性的。他们认为，所有的伊斯兰教教徒都必须知道这些规定。他们会问你关于礼拜的事。我们通常每天礼拜五次，但还有另一种礼拜，就是惊恐时的礼拜，也就是在发生紧急事件时的礼拜。还有星期五的礼拜以及为死者所做的礼拜。所有的礼拜都有规定。像我这种人，平时都不礼拜，怎么可能知道特殊的礼拜？”

大学有一门特殊课程叫“霍梅尼的遗忘”。这门课有一学分，即便对于非伊斯兰教教徒来说也是必修课。不论教授内容是什么，学生都必须得学。

迈赫达德说：“这门课叫‘霍梅尼的遗忘’，我一次都没落下。教授发给我们十页手写的摘要。霍梅尼的说话方式十分复杂，每一个简单的句子，都有十分复杂的文法。即便是十岁的孩子，也能认出漆在墙上的哪个句子出自霍梅尼。大体而言，这并没有什么不好，但要看四十页这种句子，就够呛了。教授的摘要使得他的话变得简单多了。这些规定其实就是教你如何长保革命不衰，教你如何严防美国和帝国主义，教你如何保护清真寺和伊斯兰教的安全。”

世界已被重新改造。迈赫达德的父亲从前在自己家墙上挂的是皇家照片，如今却挂着霍梅尼的剪影（是迈赫达德剪的，他喜欢动手做东西）。因为革命和两伊战争先后爆发，伊朗被闹得天翻地覆。固然有些人“向上提升”了，却有更多人“向下沉沦”。是否实践了更远大的理想，没有人说得准。能说的只是，举国上下几乎全部感受到痛苦。现在大家都不想行动了。痛苦难耐之余，就是筋疲力尽。百姓目前只能等待发生些什么。像迈赫达德和他的家人一样，许多人惶惶不可终日。在帝国时代，日子可能就是这么过的。所以，也许历史真的在重演。每一次伟大的行动，比如战争和革命，都是大势所趋。每一次伟大的行动辗转周折，最后都会回到原地。

我在德黑兰的最后一天，和阿里谈到推翻帝国的革命。除了革命，还有别的路可走吗?

阿里说，像他那样的人需要自由。在帝国统治下，他们都很有钱，但必须把日子过得像老鼠一样。他们将自己和其他国家的有钱人相比，便马上相形见绌，自惭形秽。在这种屈辱下，没有人能够泰然自若。发动革命的就是像他这样的人，而不是穷人。革命有其文化的一面，伊斯兰教的一面。

阿里说:“我必须从头说起。二十世纪四十年代，伊朗遭列强占领，许多人开始从乡村迁往小城镇，许多小城镇的商人又迁往较大的城市。”

在小城镇里，移居而来的人比原有的居民多。早先的城市居民非常世俗。移民则有他们根深蒂固的伊斯兰教生活方式。他们看不惯在城市里所看到的一切:酒店、有歌舞助兴的餐馆、穿短裙的妇女、放映黄色影片的电影院、在电视上唱跳的半裸女人等。在二十世纪四五十年代，人们一直从乡村迁往城镇。

六十年代，国王开始推动土地改革。“肥沃的土地还是保留在原有地主手上。把贫瘠或半贫瘠的土地分配给农人，分配给一直在消耗土地的人。传统上，地主是农民所仰望的人。地主吸农民的血，却也是农民的恩人，会借钱给农民，提供农民种子，每当发生天灾人祸，地主也会及时伸出援手。如今，土地重新分配，农民失去了他们的恩人。政府却不设立金融体系，取代恩人的角色。农民从此收支不能平衡，于是只好离开土地，往城市里搬。”

这些农民既保守，又富有宗教信仰。他们的儿子在城市长大，接受教育，上大学，享受国王的政府提供的奖学金。但这种第二代仍然受到他们父亲的伊斯兰教信仰影响。阿里认为，需要经过两三代，才足以改变村里一代人的想法，可惜，伊朗并没有这么长的时间等待。事物的变迁十分迅速，没有上一代人与第二代人竞争，整体而言，他们的力量十分强大。他们在政府机构任职；有些人成为教师；有些人甚至到市集去，成了商人。

“精神上，他们都是伊斯兰教教徒。因为他们都来自清贫的家庭，所以在心理上比较容易接受左派的社会主义。这就是伊斯兰教战士运动深具吸引力的原因：原来马克思主义和伊斯兰教都是他们的思想。讽刺的是，马克思主义强调的物质主义和安拉有多大差异？这些人，这些移居城市的第一代和第二代，和他们留在土地上的亲人、村落都息息相关。这些人是新运动的领袖。我在克尔曼认识许多这样的人。所以，当革命爆发的时候，这些领袖早已置身城市，但他们需要聚集起来以便反叛和示威的民众却在村落里，在乡间小镇。”

国王的人民则仿佛置身另一个世界，和这些人格格不入。他们是老一代城市人的子女，许多人都很有钱，都在欧美学校接受教育。他们会说许多种语言，一开口不是西方哲学，就是欧洲政治。他们对法国、西班牙和德国历史的熟悉程度，较诸对伊朗历史的了解有过之而无不及。

“这些人大约占总人口的百分之五。其他稍差一些的占百分之九十五，他们念《古兰经》、阿拉伯文，是真正的人民、真正的群众。他们和其他百分之五的人没有联系，是活在这个国家的另一个部族。国王便身处这百分之五的人包围之中。特别是到了后来，国王娶最后一位王后的时候。这位王后在法国接受教育，浑身散发的都是法国文化气息。他们对伊斯兰教传统心存怨念，就如其他团体对加诸在他们身上的西方传统心存怨念一样。

二十世纪七十年代，石油价格暴涨，伊朗的收入暴增至从前的五十倍。这笔横财令人难以想象，结果却让局面每况愈下。

“这笔新财富流入城市，但大部分人都住在乡间。移居城市的年轻一代农民发现，他们被骗了。从一九七〇年开始，越来越多的伊斯兰教组织在大学，在每个城市，纷纷成立，特别在集市中。伊斯兰教组织仿佛已经取代了政党。国王不准政党植根，这些伊斯兰教组织也表达人们对国王等人的看法，称他们不是伊斯兰教教徒。国王、王后和她的团体开始欢度艺术节，他们邀请海外的音乐家、诗人、舞者和各种艺术家前来表演。其中有个团体人人脱得一丝不挂，载歌载舞。这种情况反复发生，令局势火上浇油，一发不可收拾。”

如今，事隔大约二十年，国王等人已逝，倒是宗教领袖的照片无所不在，他们也同样要求百姓绝对服从。伊朗到处都是伊斯兰教规定，执行这些规定的是革命卫队和民兵，他们下午在公园内，夜晚在公路上。年轻人，如费尔敦的弟弟，除了宗教规定外一无所知。在浑然不觉却危机重重的情况下，他沦为纳粹党人，在某些夜晚和朋友跑出去嘲弄革命卫队。年轻人掀起性革命，许多人在过于严格、过于荒谬的信仰中堕落。学生埃马米曾在库姆谈到这种堕落：“我们的敌人知道我们的弱点。”在经历这一切痛苦之后，一种新的虚无主义似乎正在成形。

阿里说：“伊朗的两个部族依然存在。如果这两个部族不联姻，我真不知道他们将何去何从。”

第三部

巴基斯坦：从地图上掉落

第一章　犯罪集团

在波斯波利斯可以参观的东西太多了，一天的时间根本想不出到底该先参观哪个。有些人会多走个大约四十公里，去帕萨尔加德，但也无法确定参观的顺序。相比之下，帕萨尔加德比较小，一片荒芜，建筑物稀稀落落，一些败破和无用的东西清除得十分干净。只有一座已陷落的塔，还有居鲁士大帝的宫殿和坟墓。在入口处有一名被晒得黝黑的老向导（或许也是当地的看守人之一），他又矮又瘦，胡子未刮，穿着一件旧外衣和套衫，用来挡风遮尘。他骑上摩托车，一语不发，就开始在这片荒地上当起我们的向导来。他走在我们前面不远处，摩托车冒出蓝烟，掀起滚滚的尘埃。如同某些古老神话的现代版本一般，每当我们的司机踌躇不前的时候，他就咧开嘴笑，不时向司机打手势。

我们就这样来到了居鲁士大帝的宫殿遗址。这里有一大块一大块的白色地板，是用大片大片形状不规则的大理石交错铺成的，至今仍和两千五百年前一样平坦，一样契合。宫殿的石材一度被偷，其中一部分还被人用来建造另一座清真寺，但到了帝国时代，部分石材又被收回，运回原址。这些刻有阿拉伯文字的石材如今已派不上用场，只能摆在原地，作为神圣的遗物。在希罗多德前一个世纪，即伊斯兰教创立一千多年前，这里曾经是世界权力的中心。四周土地平旷，长满野草野花，在夏季过后显得格外干爽清凉，只听得鸟鸣婉转，却始终不见其踪影。

向导说，不久之前，大约有三四十名印度人乘车来到这里。他们站在一根柱子前面。柱子上端写着一行字："朕乃居鲁士大帝，冈比西斯大帝之子，此乃朕之宫殿。"观光客做了祈祷，接着又号啕大哭了二十分钟。等到一切仪式都完成，他们才乘车离去。

向导不知道这些观光客是什么人。但很容易猜到他们是帕西人。帕西人是拜火教的后裔，八世纪，阿拉伯人征服波斯，伊斯兰教东传，帕西人因为要逃避伊斯兰教教徒的迫害，从波斯逃往印度。他们在印度古吉拉邦特找到了庇护所，古吉拉邦特语成为他们的语言。他们只是一个很小的团体，在本世纪之前大致没有什么变化。如今，因为向外界开放，也有了联姻，使他们慢慢和外界融合在了一起。当中有一部分人仍记得昔日的光辉，记得在居鲁士大帝宫殿的断垣残壁行礼怀旧，这简直如同奇迹。尽管那些远古时代的祈祷可能记得并不周全，仪式也是东拼西凑而成。

不久之前，我前往巴基斯坦，到拉合尔，住在阿瓦利大饭店。阿瓦利夫妇是帕西人。一九四七年，印度次大陆分裂，部分帕西人留在印度，部分留在巴基斯坦。阿瓦利大饭店的大厅有几幅很大的照片，上面是阿瓦利夫妇。阿瓦利夫妇正是大饭店的创办人。入口处有一块牌匾便是歌颂阿瓦利夫人的，上面记述了她的生活和工作。最后有一句话是："她一九七七年十一月二十五日在美国波士顿往生。愿全能的阿胡拉·马兹达让她的灵魂在天国永远安宁。"

这让拜火教有点像基督教或伊斯兰教。古老的伊朗宗教是这样的吗？或许像不像都无所谓。重要的是挂那块牌匾的人心里到底在想些什么。古典的世界已经让基督教和伊斯兰教翻天覆地，重新改造。如今，多的是放诸四海而皆准的宗教，而非局限于一隅的宗教。他们的宗教和社会思想能触及每个人，很可能在外人眼里，它们都很容易亲近。

在伊朗，伊斯兰教传入之前的事情如今当然已成为过去。但巴基斯坦则留着过往历史的遗迹。陈年往事的重要片段仍存在于衣着、习俗、仪式与节日之中，更重要的是，也存在于阶级思想之中。伊斯兰教大约是在先知穆罕默德去世之后传到伊朗的。大约四百年后，印度西北部遭外力入侵（西南部的信德省被入侵是另外一件事了）。在公元一二〇〇年（大致是这个时间）之前，伊斯兰教是次大陆北方的强权；一六〇〇年，这种强权达到巅峰。一七〇〇年，因为莫卧儿王朝的衰落，印度的伊斯兰教强权也或多或少受到了影响。

这里从来没有像伊朗一样被完全征服。事实上，在莫卧儿王朝衰落后出现的特殊族人，如马拉地人、锡克人之中，有一部分一直在捍卫自己的信仰，对抗伊斯兰教教徒。征服了这两种人，采用直接与间接原则进行统治、拥有次大陆最高强权的是宗教的局外人——英国人。

英国人统治某些地区两百年，统治其他地区不到一百年。英国统治的时期就是印度再生的时期。印度人，特别是孟加拉国的印度人，十分欢迎英国人引进的“欧洲新学”和各种机构。因为权力丧失带来的创伤，也因为旧宗教的顾忌，伊斯兰教教徒只能站在一旁。两个团体开始出现知识的鸿沟。随着独立的到来，这种鸿沟越来越宽，越来越深。正因如此（带来的影响甚于宗教），到了二十世纪末，印度和巴基斯坦已成为两个截然不同的国家。印度因为知识分子大幅增加，各方面的发展都十分迅速。巴基斯坦则除了宗教之外，只有宗教，一天不如一天。

一位律师告诉我，他三岁时，正是巴基斯坦地动天摇的时候，他在旁遮普的小镇听到几个伊斯兰教口号，令他大受感动。时至今日，他依然深深记得。这位律师的父亲是巴基斯坦未被瓜分之前著名的自由派分子。律师告诉我，他和父亲一样是自由派分子。律师有点迟疑地抬起下巴，指着大街说，如果街上的人知道他的自由思想有多么浓厚，“不到半个小时，我就会被吊死”。

但实际上律师是个保守的狂热派分子。光是保守于信仰他并不满足，还非要用老式的方法让他的信仰发扬光大。当他开始背诵那些一九四七年的口号时，我就察觉到了这点。他的声音开始颤抖，双眼发亮。他又成了旁遮普小镇那个三岁大的孩子，满脑子想的都是将不信教的人送进监狱。

> 穆萨尔曼在这世界什么都不怕——
> 去问阿里啊。

他在翻译时——将流畅的乌尔都语逐字逐句地译成硬邦邦的英语——情绪冷静下来了。他有些抱歉地说（逐渐恢复了他当律师惯有的态度）：“诗或许并不太好，但深得我心。”

我们坐在律师家的餐厅里。这间餐厅因为经常使用而脏乱得出奇，似乎比外头的地面下陷许多。街上的水沟飘来一股恶臭，或许是下水道出了问题。律师为此表示了歉意，尽管他好像早已习以为常。冰箱就摆在屋内一个角落，或许可以用来检验仆人是否勤快。那名高大而阴沉的帕坦族仆人，穿着巴基斯坦仆人必须穿的衣服（已经非常肮脏），每两分钟从冰箱里取出一些东西，或拿一些东西放入冰箱。这看得我有点分神，律师却神色自若。他的双眼十分明亮，望着远方。回想起一九四七年的巴基斯坦口号让他十分振奋。我想，这些口号仍在他脑海中澎湃不已。

最后，我们开始喝那个脏兮兮的仆人端上来的咖啡，然后，就像以前一样，我们开始思考这个国家何以会败落到这步田地。

新国家仓促建立，并没有真正的建国大纲，它可能成为次大陆所有伊斯兰教教徒的家园，根本不可能。事实上，留在印度的伊斯兰教教徒比留在这个新伊斯兰教国家的要多。新国家似乎只是在彰显信仰的胜利，这个目标远比其他任何政治目标还重要。这是老印度教教徒心中的结。有人（并不是那位律师）记得一九四七年有这么一句口号：

正如印度必然会分裂，
巴基斯坦也必然会建立。

一九七九年我在拉合尔遇见一个男人，他尝试告诉我巴基斯坦的建立对他这个在边界彼端的印度孩子有何意义。他思索了一会儿之后，说："对我而言，这个国家就如同真主。"对许多次大陆的伊斯兰教教徒而言，这个脱离印度而独立的国家是以一种宗教狂喜的姿态出现的，超越常理，更超越了有关边境、宪法和经济计划的争议。

接着，几乎就在巴基斯坦独立的时候，有些人发现可以在新国家大赚一笔钱。所有西部的土地——所有古老的，以及一些新近的印度教、佛教和锡克教的活动地点，最后都将把印度教教徒和锡克教教徒驱逐一空。他们会离开，返回印度。不过他们很富有，有人说：当地百分之四十的财富都掌控在他们手中。他们离开之后，许多债务都一笔勾销。在巴基斯坦全国境内，在大大小小的乡村与城镇，许多财产都需要有新的所有人，一大批人一夜暴富。所以，从一开始，这个新的宗教国家就受到巧取豪夺的旧思想污染。所谓的真主国家，至此大变。

巴基斯坦不需要为此付出代价，它成为美国的卫星国，在冷战期间，各种政权都受到了扶持。巴基斯坦并未发展现代经济，认为没这种必要。相反地，它开始输出劳动力，或多或少已建立了出口经济体制。

就在巴基斯坦独立三十二年之后，爆发了阿富汗对抗苏联侵略的战争。这或许能够归于宗教战争，并且，战利品不可胜数。八年当中，美国的武器和阿富汗的毒品沿着同一条道路源源流入，大把大把的金钱就这样落入某些信徒手中，贪污腐化的情况十分严重，国家岌岌可危。人前宣扬信仰，人后巧取豪夺，已成为一种循环。如今已没有什么能打破这个循环，再重新起步。四十年来，很多人愤世嫉俗，知识分子也无能为力，这个刚开始被一些人视同真主的国家已沦为犯罪集团。

没有人真正思考过如何治理这个新国家。大家都在期盼，信仰的胜利会让一切水到渠成。可惜的是，尽管伊斯兰教的一致性作为独立前的抗议因素非常具有力量（诚如那位律师所说，“是非常能唤起人们共鸣的因素”），它本身却不足以凝聚这个大而无当又分裂为二的国家。孟加拉国因为具有自身的语言和文化，很快就脱离了巴基斯坦。就连那个时候，每一个在巴基斯坦寻求政治力量的人也都争相承诺自己比政敌更像伊斯兰教教徒。

程序性的法律源于英国，次大陆的立法者既不热心，也不务实。某些伊斯兰教附属物仍挥之不去。连律师有时候也不知道如何运用这些伊斯兰教附属教条。司法体系因为受到政治操控而走向没落，如今随时都可能解体。妇女的权益不再有保障，通奸成为攻击妇女的口实。这意味着，男人如果想离婚，只要指控她与人通奸，就可以让她坐牢。一九七九年，国家制定了一些法律条文，可以进行古兰经式的惩罚。尽管砍去手脚的惩罚从未有过（医生反对），人们仍然喜欢观看公开的施刑。每逢有人遭公开鞭打，大家都争先恐后地跑去观看。

这些法律所界定的伊斯兰教具有约束性，既严厉又简单。不过法律本身却不一定都能执行。比如，一九八六年的公开鞭打就可能暂停（尽管民众纷纷要求执行）；或者，有关喝酒与赌博的法律，也可能遭到忽视。但法律依然被载入历史，从而改变了国家的本质。这些法律鼓励人们将眼光放长远，也为动荡埋下伏笔。它们描绘出一种独裁政体的轮廓，一旦爆发危机，人们很可能引而用之。

孟加拉国脱离之后，次大陆的剩余部分巴基斯坦，居然教育程度最低，这实在纯属意外。巴基斯坦很晚才落入英国人手中，接受英国统治还不到一个世纪，时间大约从十九世纪四十年代中期到一九四七年。这段时期开始不久，印度就爆发了大规模动乱，最后独立。（英国统治印度的时期，居然大致与英国最著名的编年史家吉卜林的一生重叠，这是另一个意外。吉卜林出生于一八六五年，死于一九三六年。）

英国的机构大致以较古老的地方体制为基础，包括西北部的部落体制，以及半奴隶制的南部封建酋长制。在巴基斯坦独立大约五十年后，这些老旧的非正式体制再度显现。这个继承而来的现代国家就如同一个刚出现的多余的累赘。

如今，一直站在背后的是基本教义派——他们受够了巴基斯坦建国之后的狂喜，更受够了法律的伊斯兰教化——他们希望国家倒退，倒退到七世纪，倒退到先知穆罕默德的时代。为了实现这一梦想，还有人制定了计划，可惜这些计划就和对巴基斯坦的计划一样模糊：只有例行祈祷，一些古兰经式的惩罚，包括砍断手脚，强迫妇女戴面纱，让她们足不出户，让男人享有同时拥有四个女人的权利，并且可以随意使用和抛弃她们。有人认为，只要建立一个封闭而虔诚的社会，让没有接受教育的男人四处鬼混，国家就会自动匡正，力量也会自动产生，一如最初的伊斯兰教。

一九三〇年，诗人穆罕默德·伊克巴勒向独立前的伊斯兰教联盟发表演说，第一次郑重其事地谈到巴基斯坦的情况。较诸一九四七年的街头口号，伊克巴勒演说的口吻更温和，也更理性，但冲动这点是不变的。伊克巴勒来自一个最近才皈依的印度家庭，或许只有像他那种自认为是新皈依者的人才可能发表这样的演说。

伊克巴勒说，伊斯兰教不像基督教，它并不是讲究私人良知和私人做法的宗教。伊斯兰教提出的“法律观念”具有“文明的意义”，可以创造某种社会秩序。“宗教理想”不能和社会秩序分离。“因此，依循国家路线建立政体，取代伊斯兰教的团结原则，这些在伊斯兰教教徒眼里都是很不可思议的。”所谓一九三〇年的国家政体，指的是全是印度人的政体。

与一位思想家在二十世纪发表的演说相比，伊克巴勒的演说称得上非比寻常。他用一种复杂的方式表示，伊斯兰教教徒只能和伊斯兰教教徒共存。如果真是这样，就意味着一个良好的值得追求的世界，是纯粹的种族世界，每个种族之间壁垒分明。这种世界一向被认为只存在于幻想之中。

在反复要求巴基斯坦和伊斯兰教政体的背后，从未被提及的是伊克巴勒根本就不认同信仰印度教的印度。关于这点，他的听众一定理解；遭到拒绝的到底是什么，他和听众一定心知肚明。被拒绝的事物就在他们周遭，他们只消稍加注意，就一目了然。这是真实世界的一方面。原先并不存在，且伊克巴勒未尝试界定的是伴随新国家而即将产生的新伊斯兰教政体。在伊克巴勒的演说中——这篇演说十分重要——这种政体是抽象的，它如诗似画，人们必须以信赖的态度来接受。为了推荐这种政体，连先知穆罕默德的名号都间接用上了。

如今看来，这篇演说可谓充满讽刺。巴基斯坦一上来就剥夺了留在印度的伊斯兰教教徒的公民权。孟加拉国已独立自主，而在巴基斯坦，则到处都在讨论分裂。巴基斯坦的新伊斯兰教政体变得像旧政体，像伊克巴勒知道的那种：不需要走多远，就可以发现一些人，他们既没有自己的意见，也没有代表人，一如一九三〇年伊克巴勒演说时的模样。

第二章　政体

六个月前的某一天，这个女人的丈夫和他侄子——都是劳工——抓住她，“将她的鼻子蹂躏得不成形”。后来，丈夫还囚禁她，幸好她自己设法挣脱逃走了。她逃到大城市卡拉奇，去投奔一个朋友。这个朋友联系了一个拉合尔的人权团体，该团体利用外国提供的补助，开设了一个受虐妇女庇护所。

我在团体办公室的等候室看到了这个女人。那儿的女人都很安静，她很容易引起注意。一块类似薄布料制作的面纱紧紧地遮住她下半张脸，好像在掩盖伤口，只能在面纱上方看见她的双眼和眉毛。我觉得那双眼睛很像孩子的眼睛，这让我一想到她被毁容就格外心痛。

但她并不是孩子，她已经三十五岁了，这是我几天之后回办公室看她时发现的。这次她的脸未被遮起来，她的鼻尖不像我所担忧的那样被切掉了，看起来很像被一把热钳子夹过；两个鼻孔都有伤口，红肿发炎处一片粉红，周边却呈暗红色。如今的她早已习惯，连掩饰都不想掩饰了。

她的个子很瘦小，肤色很黑，十九岁就结婚了。当时父亲生病，母亲认为她该嫁人了。女孩不结婚，就违反了伊斯兰教教义。她出嫁时没有嫁妆，“只有真主的保佑”。换句话说，她唯一能带给丈夫的嫁妆就是“真主的保佑”。她嫁给了一个打零工的男人。她不认识这个男人，也不知道父母为何会选他当她的丈夫，只是因为父母叫她嫁谁她便嫁谁罢了。她根本无能为力。

那位负责翻译的人权律师法扎纳说：“她是封建社会的牺牲者。”

女人自己无法意识到这点。她只知道父母给她找的这个男人和她父亲一样，都是为同一位地主工作。她丈夫是厨师，一个月赚三四百卢比，约合十到十二英镑。地主会提供他食物，有很多土地。她认识这位地主，知道他是谁，因为她的父亲和丈夫都为他工作。他是位很值得尊敬的人，非常亲切。

村里有一所小学，但她连小学都没上，因为父母不让。她父母都是文盲。父亲过世时，一分钱都没留下。他是地主的仆人，随时为地主服务。当地主要打猎时，便会叫她父亲随侍在侧。他为地主宰杀飞禽，照顾猎犬，住在地主家庭院的土屋里。她不知道到底有多少人住在那儿，大概有二十五个，但她不太确定。这些人都是地主的仆人。村里有座清真寺，所有的人都会经常去清真寺。

谈到清真寺，这个女人就笑了。她知道，有关清真寺的问题只是个引子，她很高兴自己看穿了这点。她也认为，这是她所谈到的自己的生平中唯一的好事情。

她父母的土屋里根本没有家具。只有一只箱子、一些器皿、一台电扇。由此可见，土屋里有电力供应。这台外观堂皇的电扇，足以证明夏季有多么酷热。她记不起还有其他什么了。

她的婚姻维持了一段幸福的时光。她一共生了两男一女，经常在别人家里帮佣。可惜两年前丈夫染上毒瘾，注射海洛因，他希望她拿更多钱回家。一旦她没有，就遭殃了。有一天，她的孩子和她丈夫侄子的孩子吵架。（她丈夫的侄子也是劳工，只是在不同的地区工作。）她把两个孩子都打了一顿。结果丈夫侄子的孩子就告状到父亲那里。她丈夫回家后，将她狠狠地打了一顿。她带着一个孩子逃到亲戚家里，但丈夫尾随而至。她想去报警，但她丈夫的一个亲戚告诉她不要报警，叫她回到丈夫身边，因为这是她的错误。孩子们吵架只是个借口。她丈夫先是对侄子发火，后来两人居然连手，痛打了她的鼻子。

当她说自己认识地主家人的时候，她也笑了。很显然，根据她的判断，这是她说的第二件好事。

她自己的孩子，两男一女，也曾经上学。但后来他们都辍学，连阅读和书写的能力都忘光了。他们什么都忘得一干二净，但每天都会去清真寺。是她要他们去的，她认为，她的子女都受到虐待，公婆对她的子女很不好。

她有困难的时候，她的地主没有帮她，因为她没向他求助。她从来没想过这一点。她的地主也不知道她有困难，没有人告诉他。她在村子里再也没有家了，兄弟姐妹对她也不再关心。

她只能住在人权团体的庇护所。他们为她找了一份差事，每个礼拜在制造绷带的工厂工作两天。

她穿着塑料鞋，两只脚在鞋里动个不停。她不时整理她的粉红色裙子，裙子上有花朵图案。她有木版印刷图案的头巾是唯一可以谈及风格的。

她说，自己如今对任何事情都失去了兴趣，唯一的希望就是将孩子带回来。自从她逃离丈夫后，事情有些改变：如今的她不再有所畏惧。

法扎纳说："她已经麻木不仁了。"

多奇怪的字眼，或许法扎纳的意思是，“硬心肠”。

不过，说她“麻木不仁”可能也对，因为当法扎纳再度问她的时候，她答道：“我已经失去了感觉快乐和幸福的能力。”

突然之间，她开始大笑，笑我问一些奇怪的问题，笑我的衣服，笑我居然需要口译才能和她谈话。这笑是发自内心的，一旦开始，就不能自已。她只记得，为了表示礼貌，她必须转过身去，用手挡住自己的嘴和那被蹂躏过的鼻子。

莫卧儿王朝建立了许多城堡、皇宫、清真寺和坟墓，英国人则在十九世纪下半叶建造一些建筑物，用来安置机构。拉合尔有很多属于这两个时代的纪念物。讽刺的是，巴基斯坦整日高谈伊斯兰教认同，甚至自称莫卧儿王朝的继承者，但是在巴基斯坦最残破不堪的不是别的，正是莫卧儿王朝的纪念物：城堡、沙贾汗的清真寺、夏利玛尔花园、沙贾汗和他美丽的王后诺儿贾汗的陵墓。至少看起来像正在腐败的两座凡尔赛宫。这种现象部分是因为某些巴基斯坦人受教育程度低。他们的思想很保守，认为凡是没有利用价值的东西就不需要去理会。但这也涉及伊斯兰教皈依者对他居住的土地的态度。对于皈依者而言，他的土地没有宗教和历史意义；土地的遗迹没有价值；只有阿拉伯土地才是神圣的。

英国的行政大楼一直存在，它所容纳的机构大都是国家需要的。这些大楼耸立在购物区，在拉合尔市中心的大道上，有点像人为艺术。它们一栋接一栋，每一栋都处于堂皇的地基上，这里的英国人好像在印度次大陆的其他地方有过经验似的，一开始就知道该在拉合尔建造些什么：公共行政学院、国家宾馆、供地方头脑子弟念书的学院、政府机构、英国人俱乐部、公园、法院、邮局、博物馆等等。

法院一向很忙，但律师表示，尽管架构全面，法院却从不判决。有太多政治因素介入；太多诉讼；也有太多作伪证的人；法官工作量总是超过负荷。在此之前，当地并没有其他制度可用来恢复。有一则关于莫卧儿皇帝断案的民间传说。传说中，皇宫外面日夜悬挂着一条绳索，如果有人想申冤，就必须跑去拉这条绳索（只要去拉的人不是太多，或没有被人阻止），绳索会拉响一口钟，钟声一响，皇帝就会出现在窗口，为申冤者讨回公道。这则故事——其实只是农奴关于主子有多慈悲的幻想——却被巴基斯坦教科书当成事实在流传，用来为古老莫卧儿统治者的伟大加分。但根据法学讲师瓦利德·伊克巴勒（他的祖父就是那位提出巴基斯坦构想的诗人）的说法，在英国人统治之前，即锡克时代，这里的法律很“模糊”。再往前追溯，直到莫卧儿时代（即绳索和钟的时代），那时候所谓法律，根本就是皇帝说了算。这个国家残留下来的依然是英国人设立的法院，以及一八九八年和一九〇八年的英国程序法；这些法院和法律因为符合需求，所以能够持续存在。

我和拉纳一起去看那些法院。拉纳是个在大法律事务所工作的小律师，二十九岁，来自旁遮普。他是一个小地主的儿子，小地主先是卖掉土地，后来又输光了钱，最后连地位都没了。考虑了很久，拉纳才决定当律师，他想要权力，想要自保；同时——这是他对这些机构不明智的礼赞——他以为，通过法律，通过执行法律业务，他就可以找到纯洁的事物，摆脱国家的纷扰与不仁，找到一些只要拥有它，就可以让人拥有尊严的事物。

结果，法律让他感受到另一种失望，这种失望在他的习惯中显现出来：他是个喜欢沉思的人。拉纳英俊潇洒，体态矫健，许多年轻的律师都是他朋友。这些年轻律师很高兴看到拉纳出现在法院的庭院和维多利亚时代的哥特式长廊，以及律师们喝茶的房间（有点像火车站的自助餐厅）。拉纳的穿着比他的朋友更正式，但我认为他不会喜欢穿律师的黑袍。我想，身为小律师，他一定认为这是苦役的服装。

在法院后方破旧的街道上，有许多律师的招牌，写的是歪歪扭扭的乌尔都语。这些招牌有的是白底黑字，有的是白底红字，挂在栏杆上、水泥或金属制造的电线杆上，有如商店的招牌。在这些下级法院的庭院里，群众总是熙来攘往，像放假期间的学校；在人潮中，很少有人注意到一名警察正用铁链拉着一个犯人。在主建筑的拱门外，在楼梯的地板上，一些身着宽松旁遮普装的人正在休息。

小小的房间，小小的法庭。有些房间里有几个人，有些则不见一个人影。我不太确定自己看到的是什么，拉纳不太说话。接着我们来到大厅，拉纳变得很有礼貌。他帮我找来一张椅子，让我坐下来，自己站在我后面，靠近门。天花板很高，有悬臂托梁，地板是大理石铺成的，散见一些盘子和篮子，上面摆着书，书里还夹有纸制书签。身着黑袍的律师站在被告席前面的讲台上，服务人员不时搬来盘子和卷宗。两名法官坐在饰有流苏的棕布罩盖下方，仿佛是王权的象征。其中一位法官一边翻着一本大书，一边问道："是第几项法令？"在法官和他们的罩盖后面，是几扇有窗帘的哥特式窗户；门廊上方则是哥特式拱门。大厅内一丝不苟的维多利亚时代哥特式装潢、门上的莫卧儿图形、壁炉（如今已装有电力和瓦斯暖气设备）上方代表公正的天平让我不禁想到，就如印度次大陆其他地方，象征英国主权的建筑一直在这些公共建筑中展现最美好的面貌，所有细节都一丝不苟，这些审慎之处或许人们不会注意，却可以提升整体效果。天花板并未悬挂有巨大叶片的电风扇，它们被垂直固定在墙上，在秋天里，电风扇纹丝不动。

法官开始宣判，尽管念的是英文，但因为他口齿不清，我听起来也很吃力。法官念的时候，不断重复一些字词，他正在对一个下令清真寺的麦克风必须消音的地方长官做出不利的判决："此风绝不可长，他没有权力……"

我们可以看到，在这华美的大厅中，法官坐在罩盖下方，律师穿着黑袍站在讲台上，辩护和审判正在进行，法律条文全在书上。我们还可以看到，即便国家出了种种问题，拉纳依旧认为法律是纯洁的。

有那么几年，他一直想当警察，原因主要与安全有关。旁遮普的警察对一般平民拥有极大的管辖权，在旁遮普当警察，就可以保护他自己。他年仅十岁的时候，就发现了警察的权力有多么大。当时他骑着一辆自行车在马路上乱转，造成一辆人力车和汽车发生事故，警察去他家找他，把他带回警局。拉纳全家先是住在这个小城镇，后来才搬到拉合尔。他父母当时并不在家，去了拉纳父亲的村子，因为有些亲戚病重亡故了。所以拉纳只能和一位叔叔联络，那位叔叔表示马上就会过来。拉纳将这些告诉了警察，警察凶狠地说："走开，坐在那儿！"过了一会儿，叔叔还没来，警察就命令拉纳："去洗我的盘子和汤匙！"拉纳想都没想，马上顶撞回去："不洗，我是拉其普特人。"拉其普特人是印度北方专司军职的人，是古印度武士阶层的后裔。

拉纳的家人和族人深以自己是拉其普特人为荣，拉纳的名字Rana就暗藏着他的世系。在他父亲的村子里，他就有这种高人一等的感觉。他经常和父亲一起去村里，父亲当时还拥有自己的土地。拉纳和父亲所到之处，村人都对他们毕恭毕敬，还会对父亲说："拉纳大爷，您大驾光临，真是太好啦！"说这些话的大多数人是在父亲的土地上工作的农民。这种情景让拉纳震撼，他很喜欢人们对他表示恭敬。就这样，他终于逐渐明白当一名拉其普特人的意义。

这就是当警察要拉纳去洗盘子和汤匙时，拉纳能够正色拒绝的原因。拉纳说："我不喜欢这份工作，我不想做。"

警察没拿他怎样，本来可以打他一顿，但警察没有，可能是因为拉纳的态度与众不同，也可能是因为他叔叔就快来了。叔叔来了之后，只好付钱了事：一共付了五百卢比给警察，要他快快结案，不要张扬，另外还付了五百卢比给人力车主。

当拉纳和叔叔要离开警局的时候，警察叫住他们："等一等。"他告诉叔叔要求拉纳洗盘子和汤匙的事，并且说："这小子只有十岁，就已经是个恶棍了。"尽管叔叔认为拉纳做得很对，却也在步出警局之后告诫他："警察也可能做出恶棍的行为，下回你可千万要小心。"

就是这件事，让拉纳矢志当警察。不久之后，一群警察搜查邻居的房子，这又使拉纳想当警察的意志更加坚定。一旦当上警察，不但可以保护自己和家人，还可以得到一份公职。公职总是让人有安全感。拉纳十三四岁时，就开始认真地以未来的警官自许，他觉得自己有一种掌控的本能。可惜有一天，一切都突然改变了。

拉纳有个表哥是警察，他在拉合尔市外大约四十里处的一个小村子当助理副督察员。助理副督察其实是个级别很低的职位，但拉纳一直以表哥为荣，认为表哥已功成名就，正如在父亲的村子里，拉纳以身属拉其普特人、地主的儿子为荣一般。当他开始了解助理副督察员是什么职位的时候，他觉得自己有这么一位表哥，实在很有优越感。拉纳十六七岁时，开始想到有朝一日需要去拜访表哥，可是又实在找不出去拜访的理由；他只是想去和这位功成名就的表哥攀亲带故。在表哥服勤的警局里，拉纳看到有些人铐着手铐，戴着铁链，发现警察接受的训练是将一般人视同罪犯。他很清晰地记得，尽管表哥对待自己的朋友很客气，对自己的家人却很凶。拉纳不喜欢自己所看到的一切，决定这种权力不要也罢。于是，他放弃了当警察的梦想。放弃了坚持这么久的事情，他一时也不知道该做什么是好。

不久之后，拉纳的父亲卖掉村子的土地，改行做生意，想不到生意马上宣告失败，一切都没了。拉纳很快发现，身为父亲的儿子，自己曾在村子里颇受尊敬，如今，村人早已不再重视他，甚至连一些近亲都躲得远远的。他现在谁都不想见，他发现，从前关于拥有权力去驾驭别人的梦想，根本就是个错误。

父亲将他从忧郁中拉出来，坚称他应该接受更有难度的训练。拉纳的父亲一向相信孩子应该接受教育。拉纳小的时候，父亲就经常告诉他："如果你不上学，我就宰了你，或者将你逐出家门。"父亲还经常说："不识字就是死路一条。上学才有活路。"

此刻，父亲建议拉纳应该上法学院。尽管已经破产，父亲还是每个月挤出五百卢比当拉纳的学费。拉纳在研习法学的岁月中，也慢慢找到一种哲学的慰藉。法律让拉纳见识到了另一种权力的滋味。

我们到法庭去参观的几天之后，拉纳和一个朋友来看我，谈到了这件事。他说："关于法律，我研习得越深，越认为权力不全都掌控在警察手中。只要有办法，受过足够的教育，又了解自己的权益，任何人都可以成为稳重的人，可以面对任何结果。"

拉纳一共研习了三年法律，即将毕业时，他爱上了一个女孩。法律考试结束后，他认为自己应该离开家人一阵子，于是前往伊斯兰堡和一些山区，比如穆里、加罕、纳兰等地。后来女孩没有嫁给他，而是嫁给了一个有钱人。拉纳并不因此而恨她。女孩喜欢过他，这点仍然让他深以为荣。将他拉出痛苦深渊的还是父亲，他在某个山区找到拉纳，告诉他："凡事适可而止。回家准备证件，申请律师执照。"

已经学过法律的拉纳如今开始学习如何从事执法工作。在他眼中，自己已接受过教育，具有这方面的敏感度，他期待人们因此而敬重他和他的敏感。结果在长达六个月的实习生涯中，他发现根本没有人这样做。他的上司视他为一般职员，甚至将他视同邮差。于是拉纳换到另一家法律事务所工作。新上司告诉他："刚开始我会给你一千五百卢比的薪水，十五天后我会调升到两千卢比。在四或六个月后，钱就无关紧要了。"但拉纳连刚开始的一千五百卢比都没拿到。不是上司不喜欢拉纳，事实上，上司很喜欢，只是认为自己不该付拉纳薪水。

拉纳说："原来钱无关紧要，是有别的意义。"

和拉纳一起来的朋友索哈尔说："拉纳最大的问题在于他不是唯命是从的人。"

拉纳说："如今的我倒活像一个唯命是从的人，百分之八十都是。"他莞尔一笑。此刻的他因为已经下班，并没穿律师的黑袍，神情轻松，偶尔还说些笑话。

上司的事的确重要，不过，对于一些普通职员做法律要求做的事，拉纳照样得应付一番。拉纳的上司说："这都是工作的一部分。"但拉纳并不认同。除此之外，当事人也很难搞定，他们想请的是有经验、有名气的大律师，还有的人想请英语说得比拉纳更好的律师。在巴基斯坦，一切和法律有关的规定都要用英文写。最后的一关是法官。拉纳认为法官说话时应该字斟句酌，结果并非如此，他们根本就是对人不对事。

拉纳第一次自己出庭是请求保释犯人，他满心以为，只要没有伤及重要部位，伤势不严重，法律就会准许。拉纳陈述自己的理由之后，法官说："小伙子，说完没？"拉纳说："说完了，庭上。"法官说："几分钟后，法庭将做出判决。"随后拉纳转过身来，步下讲台。突然，法官叫道："听着！"拉纳转过身去，注视着法官，法官宣判："申请驳回！"

拉纳伤心地回到法律事务所，他告诉朋友，自己不想再吃这碗饭了。第二天，法律事务所一名资深的律师去找同一位法官，马上获准保释，但拉纳低落的情绪仍然没有恢复。

小时候，拉纳一想到权力，就会想到如何运用权力。如今，他从较卑微的另一面看到了权力。有一天，他在地方法院看到两个男孩，大约十到十二岁，和他们的母亲一起被指控走私毒品。母亲放声大哭，拉纳过去和她说话，她告诉拉纳，那个指控母子二人的警察其实一直在纠缠她，要她和他睡觉。拉纳相信了她。

索哈尔说:"在巴基斯坦,有两种人活得很好,有名的人和有钱的人。其他每个人都像蠕虫，贱命一条，既没钱，也没势。权力仅掌控在少数人手里，钱也是。"

有一天，拉纳终于忍无可忍。他想离开巴基斯坦，一走了之。他想——奇怪的是，他居然一厢情愿地开始漠视移民法——前往英格兰，在英格兰工作，这不但可以改善他的英语水平，还可以在法学上继续深造。但当他到英国领事馆申办签证时，柜台人员居然连话都不让他说完，就将护照丢还给拉纳。这项奇耻大辱深深印在拉纳脑海中：他述说这件事时，还模仿了对方丢护照的动作。不过拉纳无能为力，他只能待在原地，通过法律寻求公道。

如今，拉纳会偶尔对父亲说，他想再研习法律一年，父亲则会表示："你在法律上已研习了许多年，最好维持现状，因为你多少也得到了一些东西。"

拉纳整日活在不安之中。当律师本来压力就不小，更何况日常生活也总是有难处。

索哈尔说，拉合尔的出口量原本很大。拉合尔多的是豪华的沃尔沃汽车。后来，"他们"——至于这些该负绝大部分责任的"他们"是谁则不得而知——将汽车的空调系统、地毯和垫子偷窃一空，接着开始偷引擎零件。如今，车库停满了毫无用处的汽车，路上开的只是一些小型汽车。这些车只有十五个座位，但是在汽车站通常会有二三十名乘客等车。

拉纳说："有时候，我一等就是一个小时。如果有人因此而想要自己拿枪执法，你怎能怪他们？生活总是有一些基本要求，你总得让百姓食有鱼，出有车，有一些其他的机会。"

索哈尔说："人们不太清楚自己的权益。"

拉纳闭起双眼，不住地点头。拉纳家一共有十个人，他是长子。过去，为了自己和家人的安全，他梦想拥有权力去驾驭别人，如今，他却谈到别人的权益。

我问起他的母亲。

"她是简朴的女子，来自乡村。"母亲是通过媒人介绍嫁给父亲的，是一桩拉其普特种姓的婚姻。"她总是告诉我要等待，等待。"

拉合尔的一位大律师建议我应该到钻石市场去参观，那里有很多歌女、舞女。这位律师的法律事务所很有高等法院的派头，每当律师进入外面的办公室，所有的职员和助理都得站起身来，对他行注目礼。法律界居然如此看重阶级和个人，倒是出乎拉纳预料，也让拉纳大受其苦；但是对我而言，却不无好处。我从周遭的一切就能立即了解这位律师，在人们的眼中，我知道这位律师是个举足轻重的人。律师有个很好的向导，可以带我去钻石市场参观。律师说，他有个当事人对钻石市场了如指掌。当事人刚好就在那儿，在里面的办公室，他个子很高大，穿着一件宽松的桃红色长尾衬衫。

歌舞通常很晚才开始表演。说好向导当晚十一点到饭店，结果他迟到了十五分钟。他看起来比坐在律师办公室椅子上的时候还胖，身边带着一个很强壮的男人。当我们走到饭店车道上的货车上时，我发现车里还有两个人。其中一人肤色黝黑，一张麻子脸，戴着棒球帽；另外一人也很强壮，胡子修得十分讲究，穿红蓝两色条纹的运动衫。

钻石市场在那座有围墙的旧城里，和购物区的末端有段距离，就在沙贾汗清真寺的后面。奇怪的是，只不过开了短短一段车程，我们就看到一些有灯光的房间，有女人和男人在昏暗的街上走动，街上到处都有碎石和泥土，还有一些卖食物和糖果的摊子。

我那位穿着长尾衬衫的向导神气十足地走着，大家都认识他。律师说得没错，这是他的地盘。那个穿着红蓝两色条纹运动衫的男人说："他是这里的恐怖分子。"后来我的向导和一个陌生人打招呼时，那个穿着运动衫的男人又指着陌生人说："他是小号恐怖分子。"

我们走过那些有灯光的房间。房间里有几个乐队队员坐在地板上，还有几个歌女，有的三五成群，有的独自枯坐，他们的表情或谨慎，或空无一物。有灯光的房间上方总是有阳台，阳台上有些有男人和女人。向导说："那些是她们的皮条客。"我们看得见的东西向导全都提供，包括糖果、食物和女人。

他们请我吃牛奶糖。他们心里想要什么，就直接从店门口的展示摊上拿，没有人会阻止，店家只能忍耐，还得赔笑脸。我有点紧张地和他们一起吃了牛奶糖。随后，我们在一家著名的饭店里吃饭。饭店面积很大，鸡肉和羊肉就在饭店外面的锅里炖着。在一间屋子里，饭桌和椅子早就为我们准备好，并且擦拭得很干净。这很像古罗马时代——古罗马人有块地板，专供客人扔残羹剩肴——客人吃完骨头上的肉之后，就将骨头扔到地板上。穿长衬衫的大个子用几片巴基斯坦式面包蘸着鸡肉和羊肉的炖汁吃。他似乎意犹未尽，又到外面的锅里去拿，仿佛在有意展示他的权力。

当他回来的时候，我问道："这个地区有多少恐怖分子？"他朋友，就是那个穿着条纹运动衫的男人对我眨眼说："只有一个。"大个子谈到他在伦敦的日子，他说，他在伦敦认识两个非洲的恐怖分子，也可能只是碰巧长了黑皮肤。

最后，他们拧开水龙头洗手，再用毛巾将手擦干。大个子指着水池旁边月历上的一张美女照片问道："你喜欢她？你想和她上床？"食物让他膨胀了起来，"一切都算我的。你去找她吧，我有的是钱。"他拍了拍他的腰部。

我们继续走，走过那些有灯光却让人昏昏欲睡的房间。听过那么多有关女人遭绑架和蹂躏的故事之后，这样的地方很难叫人不提心吊胆。当晚，我第一次看到警察的吉普车，吉普车在狭窄的巷子里小心翼翼地开着。

大个子说："警察全是垃圾。"

他们都同意。

大个子说："他们总是等到十二点半，所有的摊子都打烊之后才露脸。"

警察找过他麻烦，他被控杀人，在狱中待了一年，最近才假释出狱。那就是当天早上他会到律师事务所的原因。

他说："正义是垃圾，法律也是垃圾。法律只约束穷人，约束不了有钱人。"

我们上楼，进入一家电影院的大厅。大厅内空无一人；电影院看起来是关闭了。大个子指着广告板上的电影广告，他那个穿运动衫的朋友说："这些女的全是妓女。"言下之意，他好像又想提供这些女人供我选。我表示了尴尬。那位朋友好像突然在我们中间冒出来似的，说："我很了解你的意思。"

我们回到汽车里。一个看起来无家可归的男人一直在看着我们。

他从黑暗中走出来，浑身紧绷着，一副皮包骨的模样，不像个人形。他向我们要钱，我的同伴二话不说就给了他，丝毫没有鄙夷之意。

大个子说："最后一圈了。"

我们再度在窄巷中慢慢绕来绕去。他们说，有钱人将一个女人带走了。就在最后一圈结束时，大个子指着一个又黑又瘦的男人说："皮条客，那三个。"他指的是在有灯光的房间里的女人。那个又黑又瘦的男人穿着黑色的宽松套装，刚嗑过药似的，就站在房间前面的暗处。

大个子说："现在你要上哪儿？"我说："回饭店。"他们都大失所望。

若是从前，我一定会在此地流连忘返。在我三十五岁之前，妓女对我还是颇具吸引力的。但就我记忆所及，这段岁月也没有真正的乐趣可言。我只记得销魂之后整个人开始虚脱。车上那几个男人一定认为我在假正经——巴基斯坦的妓女不论在中下还是中上阶层都有一定的口碑。找巴基斯坦妓女，对我而言，算不上不光彩的事，但此时此刻我丝毫没有这种冲动。我对性满足的看法已经改变。

大个子拿起靠在挡风玻璃上的一个瓶状图案，图案中人是反对党领袖谢里夫。谢里夫穿着一件长衬衫和一件没有扣上的西装背心，虎背熊腰。大个子说："他是我的领导人。"事实上，图案上的人物是汽车上所有人的领导人。我居然身处某些政客群中，这让我吃惊不已。

政治，性压抑，残暴，被囚禁的妇女，音乐，脏乱，大家都排斥的人物，摆在外面的食物：许多想法和感觉，都在这片寻欢作乐之地相互冲突。每件事都不值得信任，每件事都相互抵消。

我后来发现，大个子倒没说谎。正如他自己所说的那样，他很重要。这种地方的要人能做的事他全都做了，也有些人想对付他。那天晚上就很可能有人轻而易举地对我们下手，只要从那些黝黯的窗口下手就成了。

第三章　拉纳在他的村子里

星期五，安息日——一直到一九七七年才宣布安息日，这是一位总理和他的挑战者就伊斯兰教誓言而进行政治拍卖的一部分。在这场政治拍卖中，总理可以说赢了，也可以说输了：事后他很快就被罢黜，被审判，最后甚至被处以绞刑。星期五的安息日一直保存下来，当天，拉纳不必穿上他那套律师的黑衣服、黑领带，他带我去参观他父亲的村子。

如今，他父亲在村子里再也没有土地，但村子里有很多他们的亲戚。拉纳安排他的一位叔叔接待我们。拉纳的五位叔叔仍然拥有土地，他们有同一位祖父，不是兄弟，就是堂兄弟。拉纳说，村子里共有四五百户人家，每户人家有八到十个人。有段时间，这些人大部分都为地主工作。现在有少数人已经出国，去了沙特阿拉伯、科威特等地方；有少数人自行创业，经营小小的养鸡场、小商店，或制冰工厂。生活依然依循古老的形态。每个人都是黎明即起，不分冷热，无论晴雨，一直工作到日正当中。在田里耕作的人们也在田里吃午饭，一直到工作结束才回家。

拉纳希望介绍给我看的是古老而美好的生活方式。他自己安排了汽车，是朋友的，开车的正是那位朋友。朋友比拉纳矮，但比他壮硕，虽然和拉纳一样年轻，但已小有成就。他在小镇里有自己的企业，出口成衣，尽管规模小。他有许多理想，这些理想让他滔滔不绝地讲个不停，一直到路面变得崎岖，开车变成考验为止。

出城的道路经过一条运河，两边都有树，后来我们终于来到平坦的旁遮普平原。拉纳说，这是“雷温”地区，每年夏天，宗教学者都在这里举行集会。他们不只是学者，还是宣教者。我记得一九七九年那次集会，好像平地上一块很大的市集场地，从老远就可以看到道路和排成长队的闪闪发光的汽车；帐篷一个挨一个，好像很多个小土丘；地下浸透了水，如同吸饱水的垫褥般弹力十足，一脚踩上去，马上就出现许多小裂痕，脚一抬起来，又马上恢复原状；这些帐篷形成了一个密闭空间，篷杆东倒西歪；帐篷并没有完全密合，从缝隙处可以看到天空。

那年的“雷温大会”，在穆罕默德·齐亚的统治之下，巴基斯坦第一次感受到宗教的恐怖。齐亚吊死了布托——那位宣布星期五为安息日的人。后来，齐亚前往麦加朝圣。他只参加一小部分活动，并未全程参与，但他仍然从沙特阿拉伯带回几亿美元。巴基斯坦规定，每逢祈祷时刻来临，政府官员必须放下一切事务，安心祈祷。伊斯兰教的鞭刑执行车出动，随时准备对付作奸犯科之徒。百姓都噤若寒蝉。有些人担心自己不够好，于是认为自己应该更加努力。在“雷温”一带，在宣教者帐篷的四周，都可以看到许多人在倍加虔诚地祈祷。

在这个星期五早上，我们开车前往拉纳的村子，当地的道路十分平坦，空气十分清新，老远就可以看到一些人在走动，一眼望去可以看到两三个村子。人都显得很渺小，在这个假日的早上，有人在打板球，有人跑步，有人走路。但细微处依然可以看得一清二楚，让人格外觉得赏心悦目。房屋是用黏土砖盖成的，呈现泥土的颜色。偶尔还可以看到一些砖窑的锥形烟囱，四周杂乱无章地堆着一些砖块。

拉纳说，有一条捷径，如果我们能找到，一个小时就到得了村子。他不记得捷径在哪里，也不知道历经几次洪水后，这条捷径如今是何等模样。我们开始问路。拉纳说得没错，是有这么一条。有两三个人告诉我们，洪水并没有对这条捷径有什么影响。但等到我们找到的时候，我们发现，这条捷径根本就不是一条路。上面到处都是沟槽和水坑，在每个村口处都有障碍物。我们一度有大约十分钟的时间动弹不得，因为实在有太多的车，包括马拉的轻便双轮马车、手推车、汽车、单车、公共汽车等纠缠在一起。

许多手推车都是很年轻的男孩在推。男孩坐在手推车边缘抽烟，一副成熟男人的模样，活跃得有点过了头。他们执起缰绳，踌躇满志。这份差事既新颖，又令人兴奋，可以展现男人气魄。在一大段铺好一半的石子路上，我们看到一个年约十岁的瘦弱男孩，在他父亲马车的后面，努力地推着他小小的手推车。男孩推得很吃力，他有时靠在手推车左边，有时靠在右边，一路上忽左忽右地前进。

我问拉纳："那男孩会怎样？"

拉纳说："他的前途完了。"

在捷径上走了两个小时——走了一村又一村，看了一堆又一堆障碍物——拉纳说我们回来的时候要走另一条路。

最后，我们到了一个村子赖以生存的小镇，又过了一会儿，终于到达村子。村子里到处是用砖墙圈起的地皮，道路两边都有排水沟，有许多倒垃圾的池子。拉纳要我们看一座建筑物，他说那是一所女子学校，但我们没有停下来参观，直奔他叔叔的家。

叔叔在家等我们。走进他接待客人的外院时，我们看到了这位叔叔。他很英俊，身形细长，穿一身雪白——白色的头巾、白色的缠腰布，只有皮鞋是黑色的，连白胡子也修剪得十分整齐。

小房子在庭院后面，走廊的地板是泥土制成，有几根砖柱支撑着屋顶。宽阔的房间用泥土制成，墙壁则是用混凝土砌成，有几扇木制的门。走廊的泥土地板上有一块芦苇垫子，内室里有一张弹簧床。木制天花板上倒挂着两台电扇；钉天花板的横梁看起来仿佛是个大铁架。有一张新床架，还没装上弹簧，靠着一堵墙直立着。墙上面钉着几根大铁钉，用来挂衣服。还有两个壁龛，上下并列。

突然出现几个男人，为我们搬进来两张弹簧床，为拉纳搬来一张弹簧椅。一个缠着腰布、穿着运动衫、赤裸的肩膀上披着一条毛巾的男人进了屋子，端着加盐的奶昔。这位为我们服务的人是拉纳的堂兄，比那位一身雪白的叔叔矮小。

一个年轻的男孩一丝不苟地穿着卡其色宽松外套和一双黑色凉鞋，他打开了电扇。因为电扇吹得我们实在太冷了，于是又关掉了。打开电扇的男孩是拉纳的堂弟，有点智障。拉纳解释道，原来这个智障的堂弟一个月大的时候，堂兄不小心将一块冰掉落到他身上，从此他就变成了那副模样。或许那块冰就来自拉纳所说的制冰厂。

男孩的声音低沉，他无法控制自己的声音。访客都十分注意这个男孩。当他尝试用那种低沉的声音说话时，马上就会成为众人注意的焦点。拉纳温和地看着他，叔叔也看着他。

其他人陆陆续续到来，向拉纳致敬。那位帕瓦利——就是那位记录村里土地情况的男人——骑着摩托车来。他穿着十分正式，一件橄榄灰的宽松外套，展示出一位要员的模样；他的地位和职责早在莫卧儿时代就已界定。地主到底该缴多少税，完全视帕瓦利的记录而定。但没有人适时地介绍他，他也一语不发，只是待在屋内。

一面很高的砖墙将外面的庭院一分为二，这户人家从内院走到前院接待访客。访客通常都不进入内院。一个身着花朵图案绿衣服的小女孩绕过围墙在窥视，似乎想打探访客是不是真的来了，好像有人教她似的，当她看到我们的时候，便猛然抽回身去，可能被吓了一大跳。墙的另一边种有一棵树，内院有人烧火，冒出一缕烟。

村里的一条大路传来麦克风的声音，越传越近。麦克风挂在一辆汽车上，正在叫卖冬天盖的毯子。

我们的司机，就是那位成衣制造商，躺在一张弹簧床上舒展四肢。在开了这么辛苦的一大段路后，此刻的他十分轻松自在，好像他认得这个村子，认得拉纳的叔叔，认得他家，认得这张床似的。他和拉纳谈他的成衣生意和出口梦想。接着，他通过拉纳对我表示：他认为我可以帮上忙，帮他做宣传。他的乌尔都语夹杂着一些让人意想不到的英文单词，比如“设计”“最新设计”“时装设计”“整体设计”“模特”等等。

麦克风的声音又回来了。这回没有说话，只有电影的配乐。

有人拿水烟筒进来。这个水烟筒是个精心修饰的铜碗，碗底很平，放在几个小支架上。

这些堂兄弟都非常热切地招待我们。拉纳置身在他们当中，确实如同王子。他果然没有让他的亲戚失望，举止再完美不过，比他的堂兄弟胜出不止一筹。

一个堂弟拿猎枪和枪弹进来，表示要打猎。拉纳将他心里所想的事情解释了一番。附近有“丛林”——这儿所谓的“丛林”，就和次大陆其他地方的“丛林”一样，指的并不是茂密的热带雨林，而是一片简单的野地。在这个空荡荡的泥土地板房间，猎枪、枪弹和水烟筒一样，都是奢侈品，是供访客使用的东西。但这些物件也是献给拉纳叔叔的礼物。他拥有两百英亩的田地，都种了甘蔗，有四百人为他工作。拉纳说，这句话的意思是，有四百人随时为他待命，一旦他有需要，他们就会为他工作。

虽然只是正午刚过，公鸡却开始叫了，还有小鸡的叫声。一个穿着十分肮脏的黑衣服的小男孩进来，站在门口。

现在我们的午饭准备好了。中间的弹簧床是人力操作的，被竖起来靠着墙壁。几个人从内院的房子搬出来几个色彩明亮的垫子、两张气派的椅子和一张矮桌子，桌子上有塑料贴面。一个男人将桌子抬进屋内，在漂亮的塑料贴面的下面就可以看到简单的木框和很大的新铁钉。这些新铁钉可以直接从贴面上钉入木框。突然之间出现许多人手，许多人在干活。一块桌布——黑红色的底，喷有黄色的花样——被铺在桌面上，许多人努力将桌布压平，但褶皱无法消除。拉纳说："这是用手缝制的。"瓷器和碗盘陆陆续续端了进来，有更多的人手随着需要而出现。拉纳说："这些东西是专门为我们端出来的。"他的言下之意是，不希望我对他叔叔家的殷勤视而不见，也不希望我认为一切都理所当然。

一个个煎得很完整的蛋被放在一个个瓷碟上，还有一碟腌芒果。一篮全麦面包，都用布包着保温。一个瓷壶内装的是已经放了糖的奶茶。全麦面包是用村人制作的奶油做的，使用的小麦，尽管是在其他地方的磨坊磨的，但确实是四周的田地里种的。

拉纳说："你们正想洗个手吧。"

我们站在外面的砖墙边洗手，一个堂兄用瓶子为我们倒水。只有访客在吃东西，其他人不是坐在一旁，就是忙着招呼我们。一些地位比较重要的主人可以坐着，还有一个男人拿着水瓶站着。

这些食物不但悦目，也真的爽口。我们又洗了一次手。终于到了该去田野里打猎的时候，这是主人先前答应过我们的活动，另外一把枪被拿了出来，和先前那把保管得一样好。

隔壁有一间砖盖的房子，墙上没有门，住的是拉纳的一个亲戚。对面有几间比较小、用泥土盖的房子，是工人住的。这些房子比较开放，有两三个人躺在阴凉处的弹簧床上。他们从前是地主的工人，如今已是“个体户”了。

巷子里的尘土很厚，两边的水沟里是从牛栏流出的污水，呈一片绿色。在一个院子里，有个女人正用自己的手清洗排水沟，厚厚的牛粪沾在她手上，深及腕处，也呈一片绿色。

一出村子口就是田野，从很远处我们就可以看到很多女人，三五成群，从田野往村子走去。她们好像很欢乐，仿佛是嫁娶队伍中的成员。她们穿的是红色和黄色的衣服，头上顶着的篮子也用鲜红色的布包盖着，可能都是花篮，或是盛装献礼的篮子。等到走近了，我们才看清楚：她们的个子瘦小，被太阳晒得黝黑，看起来和她们穿着的衣服颜色并没多大关系。偶尔，她们会用头巾将脸的下半部遮盖起来。她们并不是嫁娶队伍中的成员，只是从田里工作归来的工人。拉纳说，未婚女子穿的是明亮的颜色，已婚妇女则穿得较为暗淡。

在前面不远处的田地中，我们看到一间用砖盖的新屋，这是一所学校。学校土地是拉纳的一位叔叔捐的。但这所学校和村子里的另外三所学校，包括我们到达时拉纳指给我们看的女子学校中，一位老师也没有。拉纳说，因为环境问题，男老师都不敢到村子里来教书，这里的生活只有对属于村子的人来说才有乐趣可言；对外人而言，这里毫无乐趣。女老师也不敢来村子里教书，因为她们怕被大地主绑架；尽管拉纳说，村里的地主都是他亲戚，其实都很和善，这在我看来也是如此。再走近一点，我才发现这所学校的建筑连骨架都还没有，它既没有屋顶，后面也没有墙壁。

我们在下陷的田地间的堤岸和矮墙上行走，偶尔碰到壕沟，我们就一跃而过。时值十一月初，天气十分凉爽，还不时吹来阵阵微风。田里种的庄稼种类颇多。有快成熟的甘蔗，长得很高，还尚未准备收割；有些则种着未成熟的玉米。麦田已收割完毕。棉花田里有白色的棉，粉红色的花，从远处看，仿佛长着白色和粉红色的玫瑰。有些田地还没有被收拾干净；其他田地则已犁过，并且灌了水。这些水要在田地泡多久，拉纳问同行中的某个人，对方答道，泡三四天，接下来，灌溉水渠的出水口就要关闭。拉纳问道："在英国，农民如何灌溉？"如果你一辈子仅看过旁遮普的田地，那你肯定很难想象有些国家完全仰赖雨水灌溉。

如今，我们距离村子已有相当一段距离，但田里绝非空无一物，一些工人正要回家。小骡子被它们驮着的一大捆草遮住了大半个身躯，走在饱经践踏、如今已十分干燥的堤岸上，步子沉缓。偶尔，几条站在一两块田地外的杂种狗会盯着我们看。这种狗的情绪很不安，有人吹口哨，狗就会非常紧张。杂种狗担心口哨声后可能出现一些残忍的举动，它们对我们显然是抱着敬而远之的态度。

我们经过一个类似小村落的地方：有几间用泥土和砖砌的房，墙壁上有粪块。拉纳说，这不是村落。这是他们家族中的一支拥有的房子，附属外屋和家畜栏圈。这户人和家族中最大的一户发生争吵，如今彼此之间已不再"说话"。他们独自住在这里。二冲程的引擎在走廊上作响：一部机器在为动物剁草。拉纳说："这是个现代世界。"尽管家族之间发生争吵，他还是挥着手，向照看机器的男人和男孩打招呼。

我一直以为我们要走到"丛林"去打猎，但走到某个地方之后，拉纳却打发两个人去甘蔗田。于是，他们开始砍甘蔗。我们留下他们，继续往前行走。拉纳指着远处几棵树下的房子要我们看，并且说，我们就要去房子那里。那里有座研磨厂，我们可以轧甘蔗，喝新鲜的甘蔗汁。

我们继续走，又看到很多人。有一家人，约有五六个，蹲在田里割长长的草。一个男孩裸露着背，也和众人一起割草。男孩大约五岁，站在长草中看我们，孩子气十足。其他的家人则低着头，继续割草。

我问拉纳："他们真的需要那小男孩工作吗？"

拉纳说："草很难割。"

此刻的我们已很接近房屋和拉纳指的树。我们离开堤岸，走过光秃秃的田地。田里的凹陷处很潮湿，其他地方却结成一个个土块，甚至裂开。房屋的狗群开始狂吠，但这些狗都未现身，过了好一会儿，我才发现，原来狗就藏身于水牛群中。

轧蔗机摆在一片略微凸起的高地上，很靠近一棵可以遮阴的树。有一小堆颜色苍白、被阳光晒干的蔗皮，显示大约一周之前有人到过这里。灌溉用水蓄成一个水塘，水塘将我们和那间有水牛、狗和遮阴树的房屋分隔开来。在泥砌的外墙上，正堆着一些牛粪在晒。

两个砍甘蔗的男人出现了。主角拿着镰刀，配角用肩膀扛着长长的甘蔗。一张弹簧床从房子里搬了过来。床就摆在树下面稀稀疏疏的阴凉中，主人要我们这些访客坐在弹簧床上，看别人轧甘蔗。在相隔四五十米处有一棵树，树枝末端有只灰底黄斑的鸟，仿佛是想观看我们在做什么。我们当中有一个男人拿出枪来，瞄准这只鸟，轰然一枪，鸟却毫发无伤地飞走了。男子没开第二枪。枪的事情已被众人忘得一干二净，大伙儿想的只是赶紧轧甘蔗汁。

轧蔗机用水池的水清洗过。众人找来一根已经去皮的长树枝，准备推轧蔗机，他们将树枝的一端插在轧蔗机的狭槽中。这根长树枝原来可以放在两条阉牛的脖子上，当作轭。两条阉牛绕着小圆圈走，就可以推动轧蔗机。但此刻，我们一行人中有人要做推轧蔗机的工作；另外两个人则坐在轧蔗机旁边，不断地将砍成一截截的甘蔗放在轧蔗机里。房屋里有人出来帮忙，轧甘蔗的工作开始。一行人中有人说笑话，这三个人推动轧蔗机，如同三条阉牛。另外两个“喂”甘蔗机“吃”甘蔗的人蹲着，每当“牛轭”转到他们蹲的地方时，他们还得俯下身去。

终于榨出一整瓶甘蔗汁。灰色的甘蔗汁温热，没有众人说的那种香味，或许要再等一会儿，才会出现更浓郁的香味。拉纳喝了一玻璃杯。一个堂兄拿着一瓶甘蔗汁，站在一边。先前我们吃午饭时，他也是拿着相同的瓶子，只是当时瓶里装的是水。那位成衣制造商喝了甘蔗汁，其他人也跟着喝了。

我们的娱乐节目结束了，最终还是没有打猎。我们开始往回走。在次大陆的许多城市，甘蔗汁可以随时从摊子上买到。摊子上的是用很简单的手摇榨汁机榨的。为了享受这种日常的情趣，为了在田里喝新鲜的甘蔗汁，这么多人都在为拉纳服务。我问拉纳，他童年和父亲一起来村里时，是否曾和父亲一同打猎。拉纳说没有，当时他太小了。他在村里的乐趣主要是看，会自己去田里到处看。

他穿着白色宽松长裤和棕金色长外套，模样很像一位王子，在田里更显得贵气十足。在我看来，他正渐渐长大，如今他已没有土地，但人们依然愿意为他服务。许多年前，就是这类服务让他觉得身为拉其普特人是一种荣耀。

拉纳说，他在拉合尔感觉自己有双重人格，这番话可以理解。他在拉合尔是位律师，穿黑色法袍，系黑色领结，却每天因为法律工作而觉得羞辱。他原来期待，从事这种高尚的行业，在村子里可以高人一筹。拉纳的人格分裂至此，一碰到有些事情在他的国家行不通的情况，他就格外气急败坏。他总是说“在我的国家”，从不说“在巴基斯坦”。他已然融入了一股庞大的民怨暗流，可惜却没有几个政客察觉出这股暗流。

从很远的地方，我们又听到村里的麦克风声音，这回可不是在叫卖地毯了。拉纳说，这些全是清真寺的麦克风，宣教者正在宣教，大谈特谈生活简朴的人——就好像村里的人——有福了；尽管照拉纳的说法，对村里的儿童而言，他们早没有前途可言了。

当我们走进村里的时候，一个穿着深红色衣服的男孩正用泥块扔一头被拴住的骡子，气急败坏的骡子则死命回踢。

拉纳走到叔叔家的内院，向叔叔家的女人道别。我们始终未曾看到任何一位妇女，只有一开始提到的那个穿绿衣服的女孩。她在安全的偏远处偷瞄陌生人，然后一溜烟跑了。

我们朝拉合尔的方向走，回到那个让拉纳感受到双重人格的城市。这次不走捷径，改走另一条路回去。和那条捷径一样，这条路也经过许多村子，还有一段柏油路。因为这条路只够一辆汽车通行，所以容易造成延误，但走这条路还是比较通畅。拉纳先前表示，这条路要走一个半小时，结果我们走了两个小时。

第四章　游击队

一九四五年，即战争结束时，沙赫巴兹的父亲被英国驻印度部队遣散。当时他认为自己可以定居英国，这是战前部分印度人的想法。即便印度只是英国的殖民地，这些人的金钱和头衔也让他们油然而生一种异国的尊荣。沙赫巴兹的父亲或许认为，随着印度和巴基斯坦的独立，定居在英国的伊斯兰教教徒也将同样享有尊荣。其他来自次大陆的伊斯兰教教徒也是这样认为的。他们基于各种理由，不信任独立，认为住在英国——一个法治的国家——是一条出路。

所以，尽管沙赫巴兹是在独立后那年出生的，他的成长过程却一直很难摆脱殖民和种族问题带来的不安。他在英国念小学和寄宿学校，是学校中唯一的亚洲人，唯一的伊斯兰教教徒，和唯一不吃猪肉、不上教堂的人。就算后来父亲破产，沙赫巴兹也依然故我。有三个学期，沙赫巴兹付不出学费。学校似乎一度要他辍学，结果是，虽然没有辍学，沙赫巴兹却开始觉得自己已和朋友格格不入。

沙赫巴兹的父亲放弃在英国定居的念头，开始筹备返回巴基斯坦一事。他在旁遮普内陆做生意。沙赫巴兹十二三岁时，利用学校放假的时间去看父亲做生意。他们拜访当地一些封建家庭，这些封建家庭指的是大地主，他们往往拥有一整个村子。有些封建家庭的子弟曾去英国留学，沙赫巴兹的父母亲照顾过他们。如今，沙赫巴兹亲眼看到，在他们自己的家里，这些封建家庭的子弟根本不像牛津或剑桥的毕业生，他们将自己家的工人和农夫视为农奴。农夫在向地主打招呼或表示服从的时候，会碰触地主的双脚。这与其说是打招呼，倒不如说是表示服从，地主甚至不会叫农夫起来。这让刚从英国回来的沙赫巴兹欲哭无泪。

沙赫巴兹在英国寄宿学校度过的最后三年非常快乐。他一切都自己打理。放假时，他就待在朋友家或付费寄宿的人家。有一次，他寄宿在牛津一位学院院长的家里，和院长的女儿发生了一段“柏拉图式恋爱”。他生活得很不错，如今的他比较像英国人，不太像巴基斯坦人或伊斯兰教教徒。尽管他对巴基斯坦几乎一无所悉，但他开始写诗时，题材都与贫穷、乞丐、伤残者或市井小民有关。

沙赫巴兹念完寄宿学校后即返回巴基斯坦，去拉合尔修学位。他对当地政治感兴趣，反对军队，是左翼分子。但他真正的政治生涯是在他返回英国之后才开始的。他去了一所著名的省立大学修英国文学学位，当地人热衷于政治。一九六八年，当时越南运动正进行得如火如荼。二十七年后，他依稀记得，“群众非常激动”。人人都说制度已经腐化，非改革不可，沙赫巴兹如是说，性感的拉丁美洲女孩也如是说，“到处看得到男孩和女孩热吻”，大学生活充满肉欲。

沙赫巴兹在大学里有很要好的巴基斯坦朋友，许多朋友和沙赫巴兹一样主修英国文学学位。英国文学是较轻松的课程之一，或许可以说是最轻松的课程。当时的气氛很政治化，许多事情都受到限制。当时受到鼓励的是研习马克思主义，鼓吹革命，反而不鼓励学生广泛阅读。所以沙赫巴兹和他在马克思研习团体的巴基斯坦朋友研读的是标准（也是简短）的革命文章。当他们得研究某些当局批准的俄罗斯作者的作品时，他们并不去读，也不去了解屠格涅夫的小说，比如《父与子》《处女地》等等。这些小说所讨论的情况与巴基斯坦没有什么不同，但被质疑过于简化革命。

当我问及屠格涅夫时，沙赫巴兹答道："我不认为他的小说和我的政治发展有关。"仿佛他关于马克思主义和革命的思想，不论多么刻板，都是他个人的事，是他发展的一部分。

在英国其他大学也有类似的巴基斯坦研究团体，这些团体每两周在剑桥或伦敦聚会一次。在伦敦，他们和印度左派团体联盟。伦敦有名的展示中心伯爵宫是左派的地盘，当地的酒吧和饭店都有左派的格调，来自世界各地的左派分子都在此处聚集。在这个国际气氛浓郁的都会中，人们经常讨论事情，也经常通宵达旦喝酒跳舞，大家都很兴奋。

沙赫巴兹有个表姐是一个庞大的伦敦研习团体的成员。她去过古巴，在古巴砍过六星期的甘蔗，见过卡斯特罗。沙赫巴兹几乎爱上这个表姐了。她很美丽，可以述说关于古巴和古巴医疗服务的事情，听得沙赫巴兹对"集体"这种观念比从前更加悠然神往。他对革命失去了耐性。但接下来，大学生涯结束后，这个美丽的表姐开始"退步"。在旁遮普，她不但请人砍她的甘蔗，同时开始变得如同毛拉一般，对伊斯兰教充满热情。沙赫巴兹说，"她完全退回去了"，好像在描述一桩病情。这位表姐最后甚至嫁给了一个总是卑躬屈膝的家伙，作为她退步的总结。如今，在拉合尔的一些社交场合，沙赫巴兹偶尔会遇见表姐，但她却做出不认识他的模样。

表姐不爱沙赫巴兹，沙赫巴兹自有别人追求。这次是另一个和他一起念大学的巴基斯坦女孩，沙赫巴兹完全爱上了她，她显然也爱他。沙赫巴兹说："我希望我们回去，一同革命，这样的话就太美妙了。"他说这番话时，就像在述说做爱和烘制蛋糕一样轻松自在。这份对前途的憧憬支撑沙赫巴兹直至大学生涯结束。等到最后准备停当，即将投入游击战的行列时，这个女孩却发现自己并不能追随沙赫巴兹。

沙赫巴兹说："她不能在政治上和家人划清界限。"

在漫长的十年游击战岁月中，在俾路支和阿富汗的沙漠与山区中，沙赫巴兹一想到他和她的爱，胸口就十分温暖。让他有点惊讶的是，他发现，原来在伯爵宫、剑桥和大学那些通宵达旦的讨论和舞会中，他始终对这份爱忠心耿耿。他过了十年的禁欲生活，尽管是一个人在俾路支打仗，他还是得远离女人。游牧者犯奸淫罪是要出人命的。如果想和女人睡觉，他就得潜入女人的帐篷，将她偷偷带出来，不能惊醒她丈夫，带着她走过她的亲戚和家人，完事后再将她送回去，一切过程都不得让人发觉。沙赫巴兹说，这种通奸就如同在游击战中打仗。尽管最得意的奸夫可能成为最杰出的游击战士，沙赫巴兹也只是满足于"远离女人"的状态。

沙赫巴兹的马克思主义学生团体习惯讨论的事情之一，就是巴基斯坦的"民族性问题"。旁遮普是个大省，其他省份的人都有被遗弃的感觉。伊克巴勒，就是那位提出巴基斯坦思想的诗人，怀抱着满腔皈依者的热情，认为伊斯兰教将有足够的同一性和理由，可以在一个新兴的省份唤起众人的积极性，而有关种族和阶级的历史想法（比如拉纳身为拉其普特人的骄傲）都将消失。但伊克巴勒错了，地区性的观念到处沸腾，特别是在东部，孟加拉国很快就独立了。

如今，沙赫巴兹的马克思主义研习团体想的是，伊斯兰教做不成的，改由马克思主义和革命去完成。沙赫巴兹是这么解释的:“革命需要从基层做起，从所有的民族之间做起。革命的过程会团结每个民族。”

沙赫巴兹不认为这个想法有什么抽象之处，它得自马克思主义的著作。马克思主义研习团体花了一年半的时间有了这一心得，他们也知道革命该从何处着手。革命应该从俾路支省着手。俾路支是西部一个广袤空旷的省份，居民既稀少又落后，许多人都属于游牧民族，独立后一共发生三起暴动，人民至今依然心怀不满。这个地区很难管辖。总而言之，用比较抽象和科学的革命词语来说，俾路支这块地方，“地区和人民之间的矛盾很明显”。

这个团体如今被一个南非的印度裔人控制。他的家人迁居卡拉奇，并且在那里开店。他有一次走访伦敦时，去见了这个团体。当时他很年轻,只有十九或二十岁。但他表示,自己一生都是马克思主义的信徒,满脑子想的都是革命和游击队的故事。他说，他们全家人都隶属“非洲民族议会”;他自己则在南非从事地下工作。尽管他还年轻，但他的工作不仅止于此，他还在巴基斯坦和俾路支从事地下工作。这种辉煌的经历让巴基斯坦的马克思主义者完全没有话说。这位南非人士没受过正规教育,但当他指责他们的特权背景时,他们居然还能高兴地接受。

沙赫巴兹认为这个南非人很能给予他们启示，也“颇具魅力”(这是沙赫巴兹自己的用语)。他长得很体面，个子矮小，却非常结实，一双眼睛似乎要看透别人似的。他没有时间去管别人的个人问题。对他而言，革命理想就是一切。但是对沙赫巴兹而言，这又是另一层以负面结局收场的关系。原来，这个南非人想杀害沙赫巴兹，那双对沙赫巴兹深具吸引力的眼睛后来变得多疑且充满妄想。二十五年后，即所有的游击战都结束之后，这个南非人又回到非洲的津巴布韦。在试图杀害自己的儿子之后，他选择自杀。这是后来的事情了。

一九六九年，在伦敦的某一天，一个南非人特别针对沙赫巴兹上大学时研习马克思主义的同学口诛笔伐。这是南非人将他们带入正轨的方式。他说：“凡我同志，应该停止讨论，开始行动。诸君若果真专心革命，应该放弃一切，令俾路支成为巴基斯坦的革命焦点。”

这很像研习马克思主义的团体所讨论的，从各民族内部展开的革命。这种革命的主要目标是团结各民族。这个南非人雄心勃勃，他的目标是进行全面革命。乡村正是可以开展游击战的地方。

南非人的愿景让所有的人都大为惊叹。阿根廷、古巴和玻利维亚的格瓦拉（古巴革命领袖之一，一九二八年生于阿根廷，是卡斯特罗的得力助手，擅长游击战，曾在古巴新政府担任要职，后来在刚果、玻利维亚等地开展游击战，受伤被俘遇害，时年三十九），法属西印度群岛的弗朗茨·法农，非洲民族议会。对沙赫巴兹的研习团体而言，虽然他们革命开始得晚，但所有伟大而饱经磨炼的革命部队早已揭竿而起。他们所有人都开始梦想去俾路支参加游击战争。

第二年，沙赫巴兹毕业了。他告诉父母，他要上南斯拉夫的一家电影学校。结果他却偷偷回到卡拉奇，在那里住了一晚，然后搭火车和汽车到俾路支的一个小城镇。一个俾路支人去迎接他们，带他们去山区的一个训练营。上述那个南非人就在那儿，另外还有一个来自伦敦研习团体的人。

这里的俾路支如同伊朗，全是沙漠高原，山上空无一物，水很少，植物也少，气温忽高忽低，十分极端。这就是沙赫巴兹即将度过十年的地方。在开始的前三年，他和其他人一起学习语言，尝试为俾路支人开展社会服务。

但我觉得这段叙述有些跳跃。当我想到记笔记时，才发现有些事情漏掉了。我打电话给沙赫巴兹，他毫不刁难，我选择再去采访他，希望多听些他在俾路支头几年的生活。我很好奇他第一天是怎么过的。

沙赫巴兹说："我从卡拉奇乘火车出发。在站台上有两名部落成员接我，他们比我日后见到的部落成员更都市化。我们搭汽车走了十里。下了汽车，又走了两天路。那是我第一次走山路，地面十分崎岖。我身着宽松的套装和鞋，戴一顶我戴不习惯的头巾，背一个我背不习惯的帆布背包。我们一路做面包，吃干面包。第一个晚上露宿野外。时值夏天，我们躺在光秃秃的地上，非常疲倦。我长了许多水泡，痛不可当，整个身体疼痛难耐。等到抵达训练营时，我都快累死了。

"五天前，我还在英国一所大学，如今却突然投身于一个有三四十名部落成员的训练营。这些人全副武装，尽说些我听不懂的语言，我就像在电影院里看见一群火星人，心理上根本没有准备。第一个晚上我就得到一支枪，并且被分派值哨兵的班。五天前，我还在英国一所大学。他们杀了一只羊，庆祝我的到来。当天晚上，我们吃了带有许多脂肪的羊肉，害得我直拉肚子。到草丛里去方便，刚开始也殊非易事。"

念屠格涅夫的作品并未替他做好前往俾路支的准备，倒是为他想象自己是个革命分子，为他见火星人做好了准备。

沙赫巴兹去的是训练营。当时尚未爆发战争，战争是受训三年之后爆发的。当地的俾路支领袖，就是沙赫巴兹的战地指挥官，是一名宗族领袖。俾路支有很多部落，部落里有很多宗族。部落与部落之间，宗族与宗族之际，往往争执不休，让沙赫巴兹和其他外乡人难以窥其全貌。训练营中总共有五个外乡人，还有一些人驻守在城里，负责看管金钱和其他补给品事务。

最初三年，沙赫巴兹和其他人都只是在"融入"。(游击队员所做的一切似乎都有专门术语。对一些新入门者而言，这么做可以增加他们的信心。到了实地现场，到了广袤的俾路支，有些人或许会感到自身的渺小，甚至感到无所事事，用这种术语的方式或可让他们有认同感。）所以，他们花了三年的时间融入。他们学习术语，为部落的人开展社会服务。部落的人都是游牧民族。当他们迁移的时候，沙赫巴兹的日子很不好过。他吃的是干面包，铺一方披巾在草上，就躺在上面睡觉。夏天他们搭建遮蔽物，露天而睡。冬天他们就住在山洞里，洞里突出的岩块随处可见，外来的人睡在睡袋里。沙赫巴兹也有收音机、打字机和一些书本。他和其他人在山洞里储存了一些书，但一旦训练营迁移时，他最多只能带两本。

日子很难过，但沙赫巴兹和他的朋友都觉得“颇具创意”。他们置身在游牧民族当中。在英国，他们每次谈论革命，提到的都是工人和农民。但这些俾路支人绝对不是工人，也根本不像旁遮普的农民那样为沙赫巴兹所熟悉。这些游牧民族不是现代世界所碰触过的人群。这就是一开始沙赫巴兹觉得他们像火星人的原因。他知道，革命分子绝不能有这种感觉。但是在这段融入时期，他只能想到毛泽东说过的：农民只是张白纸，你在白纸上写什么，农民就是什么。这正是他对游牧民族的观感。尽管身为知识分子，志在四方，他依然担心自己作为一名革命分子可能失诸自负，甚至失诸残酷，认为自己爱用什么方式，就能用什么方式对待这些人。

二十年之后，他自我宽慰。他说：“你真的会觉得自己处于一个国家改变命运的风口浪尖。”

沙赫巴兹是个宽宏大量的人。巴基斯坦有种说法：巴基斯坦人因为对外在世界感到不安，所以总是不想让自己的同胞出人头地。沙赫巴兹绝非这种人，他除了仰慕其他人之外，也随时对巴基斯坦人表示尊重。

或许他在英国独立多时，或许他在英国念寄宿学校的岁月，让他既需要别人的认同，也有能力表达对别人的英雄崇拜。正如他在伦敦服从一个南非的印度裔人，如今的他在俾路支也服从一位宗族领袖。这位宗族领袖是他的顶头上司。

宗族领袖是文盲，他只是游牧家族的牧羊人，参加过一九六三年俾路支人反抗巴基斯坦军事政府的叛乱。沙赫巴兹深为他的谦逊、温和、平静和语言天赋所着迷。这位宗族领袖具有文盲的清晰本能，能一眼看出一个人的性格和情绪。他在各种状况中都知道需要和哪些人交谈，是天生的领袖。沙赫巴兹和其他人都希望他能成为俾路支革命，甚至巴基斯坦革命的毛泽东或胡志明。

所以，他们就照自己所想的，在政治上教育他，如同沙赫巴兹二十五年之后所说的，用革命的世界和政治的方式教育他。他的反应也正是他们所期待的。这证明了马克思主义革命放诸四海而皆准，尽管这次革命发生在遥远的俾路支。沙赫巴兹认为，这位宗族领袖接受他的教育，“如同鸭子接受水一般”。如果不是那么急于让他所崇拜的人做出良好反应，以及通过这项重要的考验，沙赫巴兹可能会多注意些这位文盲对于别人的要求有何感觉。

沙赫巴兹说：“我们不认为自己是领袖。我们认为自己只是在为别人培养领袖。”

沙赫巴兹的马克思主义和他对革命的渴望都十分“情绪化”，但上述那个南非印度裔人则不同。沙赫巴兹认为，那个人要的是权力。或许他想在俾路支，成就他身为印度裔人在南非与非洲民族议会之中无法成就的东西。这与其说是沙赫巴兹的想法，倒不如说是我的想法。宽宏大量的沙赫巴兹似乎认为，这个南非印度裔人渴望权力倒也没什么不对，因为他是“做领袖的材料”。从这点而言，权力倒像是世界亏欠这个南非印度裔人的东西。

另外，还有一个外乡人让沙赫巴兹十分崇拜，也感到特别亲近。他是来自卡拉奇的基督教男孩，也是一位高级空军军官的儿子。他是伦敦研习团体的成员，为了参加革命，放弃了会计学学业。他和沙赫巴兹一样多愁善感，他聪明伶俐，书念得很多。但和沙赫巴兹一样，他很容易哭，看到有人三餐不继会哭，路见不平也会哭。就像巴基斯坦的基督徒，他大半部分时间都如同局外人。尽管沙赫巴兹未曾比较过，但这个基督教男孩身为局外人的时间，可能和沙赫巴兹在英国身为局外人的时间一样漫长。这个男孩幽默感十足，沙赫巴兹记得他经常“狂笑不已”，沙赫巴兹也记得他很瘦、很黑，一副孟加拉国人的模样。

沙赫巴兹一谈到这个男孩，就充满哀伤之情。男孩到达俾路支的第六年，即动乱的第三年，就遭人杀害。他去一个小城镇见一个他信任的人，这人却出卖他，导致他被军方抓走。他和他的副手，一个部落中人一起被抓。军方只字不提抓这个男孩的事，所以反抗军也毫不知情。他们后来获悉，他被侦讯和囚禁了几个星期，最后从直升机上面丢了出去。男孩是何时离世的，他们都不知道，这点让他们十分难过。沙赫巴兹虽然一谈到男孩就充满忧伤，事后却从未想过去寻找男孩的家人。

在筹备了三年之后，革命终于爆发了。光是在俾路支荒原就爆发了数十起动乱。令人惊异的是（对一个如此醉心于革命思想的人而言），沙赫巴兹一直在来回迁移（也过了不少苦日子）的地区，换一个游击队惯用的术语：如今已成为“解放区”。革命领袖都是宗族领袖，和沙赫巴兹崇拜的那位宗族领袖一样，他们后来都成为游击队的指挥官。战争东一场西一场，反映出部落和宗族的分裂。在沙赫巴兹所属的部落，共有五六个战斗团体，沙赫巴兹为其中之一管理训练营。他们的训练营有五十到两百个战士。但沙赫巴兹的工作不在作战，他负责教育那个地区的人民，教给他们医疗技术，排难解纷，并且处理一些耕耘和畜牧之事。这点对一个念过中学的人而言有些奇怪。

但交战的是正反两面。不久之后，局势便明朗化，孟加拉国脱离之后，在布托治理下的巴基斯坦政府将用十分严厉的手段对付俾路支人和他们的部落领袖。沙赫巴兹认为，俾路支曾一度拥有十万部队。他们没有料到，马克思主义者的革命手册没有准备的是：一支训练有素的专业部队，只要发动迅雷不及掩耳的攻势，就能夷平游牧民族脆弱的社会结构。

沙赫巴兹第一天看到俾路支的“火星人”所产生的疑惑，就有这种意味在。他后来借助毛泽东的思想，将这种想法合理化。游牧民族并不是马克思主义作品中所说的工人和农民，工人和农民是有根的一群，游牧民族却四处漂泊，轻易移居，他们随时都可能被清除。

沙赫巴兹讲述时，没有在这方面多加着墨。我觉得游牧民族随时可能被清除一事，一定有许多问题值得一谈。几天之后我去看他，就问到了这个问题。

他说：“你身边随时都会有人死亡，人们也会随之丧失生计和家人。游牧民族的经济十分脆弱，他们完全倚靠牲口。你只要摧毁牲口，就摧毁了他们的一切。而对方真的这么做了，他们射杀牲口，将牲口聚集在一片很大的区域。成千上万的绵羊和山羊就这样遭到杀害。一旦杀光了牲口，游牧民族就无以为生了。”

军队夏天并不迁移，因为天气实在太热，他们基本在冬天才迁移。第二个冬天结束时，俾路支的革命也差不多到了尾声。伦敦的舞会和男女私情、与性感的拉丁美洲女郎讨论神圣的革命作品，以及在俾路支的一切教育和筹备工作等等，很快就失去了意义。

沙赫巴兹曾一度在几个“解放区”维持秩序。不久之后，他成为行政官，一切都可以自己做主。在实际战争爆发后不久，那个南非印度裔人就离开了，这点倒从未让沙赫巴兹担心。他仍然对这个南非印度裔人有信心，他知道这个人要去欧洲进行重要工作：去募款（可能向俄罗斯人、德国人和印度人募款，但沙赫巴兹并没有说），去向左派报纸报道俾路支的各种故事。虽然这个人一直和大家保持联系，但从此就没再回来过。

在海外，人们之所以知道俾路支，就是拜这个南非印度裔人所赐，可惜俾路支的知名度还是不够高。俾路支从来没有成为国际左派组织的重大阵营，原因之一可能是，革命很快就土崩瓦解了；另外一个原因则是，巴基斯坦对俾路支的动乱和部队的镇压行动始终三缄其口，政府只字不提，巴基斯坦也没有任何一家报纸报道，胆敢报道俾路支新闻的记者都锒铛入狱了。城市的革命分子倒是发行了一份秘密的小公报，叫 Jabal（俾路支文字，意思是“山”）。这个名字起得好，因为公报所刊载的讯息正如“回荡在旷野的声音”。

巴基斯坦出兵的第二个冬季结束后，那位俾路支宗族领袖——就是沙赫巴兹和其他人都认为可能成为俾路支革命中的毛泽东或胡志明的人——决定离开俾路支，带领一部分遭人遗弃的游牧人口，开始非比寻常的徒步旅行，越过边界到达阿富汗。沙赫巴兹说，这些游牧难民一度多达两万五千人，其中许多都是没有男人照顾的妇孺。

接下来的那个冬季，来自卡拉奇的基督教男孩——就是那个笑得十分开怀、会为穷人流泪、在伦敦念书、希望将来成为英国皇家特许会计师的男孩——被人逮捕，在遭受一番刑罚后，被人从直升机上推了下去。

如今，到处都是部队。沙赫巴兹说：“非常可怕。大屠杀、饥饿、轰炸，时有耳闻。眼睁睁地看到许多你招募、训练的人死在眼前。”但他从未怀疑自己的理想，“不，灾难只会使我更有智慧。”

他得不时决定该拿各个非战斗团体怎么办：是该将他们遣送到北方的阿富汗，还是遣送到东方的信德省，不然就让他们留在原地。要紧的是，不能将所有人都送走，因为一个地方的人如果都遣送光了，就可能再也称不上是“解放区”了。

部队已监视了所有的路线，沙赫巴兹在他的“解放区”内被看得死死的。奇怪的是，在策划了很久之后，说什么从乡间向城市发动游击战，粮食偏偏还是得从城市走私到乡间。

尽管失败和悲剧不断在身边发生，沙赫巴兹却依然精力十足，十分兴奋，他认为革命是他个人发展的一部分，说：“这是一段创意十足的时光。”

小麦是他们最需要的东西。印度人从前会在俾路支开店做生意，但独立之后，所有城镇的印度人都撤走了，部落成员接管了这些城镇。这些成员全是动乱者的亲戚，他们组织了骆驼商队。骆驼商队有时得由游击队护送，必须通过许多部队的检查哨。冬天是灾难多发的季节，部队发动攻势的时候，游击队会被部队拘留，店家会被拘留，珍贵的粮食会遗失。有几次，沙赫巴兹和他的人马每两天才吃一顿，他们口袋里带着干粮前行，干粮支撑着他们。

有个冬天，部队登上沙赫巴兹和他的团体藏身的山头，他们必须快速撤离。于是，他们趁夜摸黑离开，免得被部队的直升机发现。他们带着许多粮食，这些粮食千万不能丢，有一整天，沙赫巴兹和他的团体藏在一块游牧人家的屯垦地里，游牧人家供他们吃，悉心照顾他们，但他们还是得连夜撤离。此时部队不光使用直升机搜寻，还利用追踪者、部队的侦察员和当地的俾路支追踪者。追踪者领着士兵到游牧人家的屯垦地，问各式各样的问题："昨晚谁到这儿来过？外面那些走到你家来的足迹是谁留下的？"最后，屯垦地一家十六口全部被杀。

沙赫巴兹听到这则噩耗，有几个星期，良心十分不安。和他一起的俾路支人则"豁达"多了，他们不断地安慰他。

沙赫巴兹说："因为游牧生活困苦，他们接受灾难的能力非常强。我从他们那儿学到了坚忍和坦然。"

三年之后，所有纠缠在一起千奇百怪的希腊悲剧和冤冤相报的巴基斯坦悲剧，都成为过往，曾经出兵攻打俾路支的布托，遭一名将军罢黜，并且受到审判，最后被绞死。这位将军宣布特赦，俾路支的战争终于结束。

如今，沙赫巴兹和其他难民一起待在阿富汗，他是从俾路支翻山越岭走到阿富汗的。在阿富汗南部有两处难民营。那名率领难民前往阿富汗的宗族领袖仍然在阿富汗，仍是举足轻重的人物。革命运动也在喀布尔建造了公寓。沙赫巴兹在阿富汗的几个星期内不断变换居住地，有时住难民营，有时住喀布尔的公寓。

在喀布尔，沙赫巴兹再度遇见了那个南非印度裔人，当时两人已阔别六年。革命分子——那些在革命中大难不死，或对革命依然兴致勃勃的人士——在喀布尔重逢（因为喀布尔当时遭俄罗斯占领，所以在那儿重逢分外安全），大伙儿畅谈革命前程。沙赫巴兹和其他人都问印度裔人，六年来他在欧洲都做些什么，还有，他的钱是如何募来的。

经过一番激辩，最后沙赫巴兹和那个南非印度裔人决定彼此不再说话。印度裔人开始骂沙赫巴兹和其他人都是叛徒，骂他们背叛革命，全都该杀。沙赫巴兹大吃一惊，但让他更吃惊的是，那位宗族领袖——他们一度认为可能成为未来的毛泽东或胡志明的领袖——居然打电话给他说，他不能再保证沙赫巴兹的安全：印度裔人现在企图毒杀沙赫巴兹。沙赫巴兹认为，最好先离开俾路支，再和那个印度裔人周旋，于是他回到山区。这就是沙赫巴兹挥别他当初最崇拜的两个人的经过。

革命运动如今已瓦解。俾路支人不想再和外乡人有任何纠葛，他们如今对革命的兴趣已尽失，从中脱离了出来。南非印度裔人最后回到伦敦。不久之后，沙赫巴兹也回到伦敦。他从山区前往喀布尔，再从喀布尔搭乘飞机去伦敦。在那里，他和一直觉得遭他背叛的双亲联络，与他们重修旧好。

因为战争，沙赫巴兹一只耳朵聋了，牙齿也掉光了。他患过肝炎，如今酒也不能喝。疟疾每年都会复发。

他说："我无怨无悔。这是我一生中最具创意、最刺激的一部分。过去如此，未来亦然。我在那儿精力充沛，学到不少东西。虽然最后的结局让我十分失望，但我不会因此感到痛苦。"

他这种角度的感想很出乎我的意料。时光蹉跎，又远离了双亲和俾路支，难道他现在不会觉得误用了自己的特权，并且在智慧上背叛了自己？

"不会。当这一切发生的时候，我也成熟了。"

"这一切？"

"就是第三世界的游击战。"

这就是他的教育思想，是巴基斯坦沙赫巴兹那一代奇怪的殖民思想，虽然他们都是在巴基斯坦独立之后出生的。教育并非是用于自我发展、迎合自己需求的东西；教育是令你无畏偏见、全力以赴的东西。一旦到了想去的地方，人就容易随波逐流。

身为马克思主义者，他一直认为自己是反传统的。他不希望将标准的马克思主义强加于俾路支人身上。他认为俾路支部落的文化有许多美好正面的部分，值得保存，比如司法制度和土地共有就是一例。如今，整个部落结构已被摧毁，传统的法律已不存在，人们就算有了冤屈，也无法告上法庭，大家族之间有许多血海深仇。所以，现在俾路支的局面，比一九七〇年沙赫巴兹从卡拉奇搭火车、搭汽车、步行，满怀革命理想前往俾路支的时候还要糟得多。

这就是沙赫巴兹花了许多时间述说的故事。用这种方式讲述，遗漏和跳脱之处当然在所难免。但我一两天后再看笔记，便感觉出了某些遗漏的东西。尽管沙赫巴兹在俾路支和阿富汗度过了十年，我们却没感觉到时间的流逝。没有人提到水或提到真正的风景。那里没有部落的人，有的只是一些被宣扬马克思主义的人。他们遭到蹂躏，但他们却不在那儿。只有俾路支部族族长和那个南非人，以及笃信基督教、笑得很开怀的男孩在那儿。

我发表了一些有关部落的人的感想，令沙赫巴兹十分惊讶。他没想过这些问题，所以也未加解释。说话时，他想的是部落中的人。他说："我始终都能看到他们，看到那些部落中的人。但我对他们的描述可能都只是一面之词。"

他谈到时光的流逝时说："整整十年的时间，很难概括叙述。这里的人们认为，要叙述时光的流逝很不容易。对许多人而言，时间过得很慢，他们很难精准地描述。人们不习惯快速的改变，这也影响了他们对时间的态度。生活已经发生大幅度改变，但过程十分缓慢，十分累赘。我不认为这是伊斯兰教使然。人们无法记起小耳朵何时开始出现在村子里，或何时第一次在 MTV 里看到一丝不挂的女郎。"

他极少谈到水，有关水的描述也让人十分困惑："每件事都受到水的牵制，寻找用水是全世界最重要的大事。部族的人知道水在何处，但不知道水量有多少、是否清澈，以及够不够供一百人和他们的动物食用；他们也不知道是不是有泉水、河水或池水。所以我们就派遣先头部队寻找。有时，先头部队五点就回来了，说水不够或不够好，我们就必须继续走到夜晚。对军队而言，情况也是如此。气候温差十分悬殊。”

这种经验和情绪，沙赫巴兹先前都没谈到。在这些革命故事中，他好像希望将人们剥得精光，剥得只剩下马克思主义的本质（就某种层面而言，这和伊斯兰教狂热分子希望皈依者眼里只剩下信仰，有异曲同工之妙）。他没有将部落中人当作普通人，而是当作部落中的人，他将宗族领袖当作领袖，而不是有血有肉的人。

他自己也遭受许多苦难。肉体上的苦难让他苦不堪言，但大部分已被摆脱。一开始，他耳膜就被巨大的爆炸声响刺破，耳朵流了几个月的血。他还饱受肝炎之苦，每次肝炎复发，就要耗上两个多月，拖着这样的身体长途跋涉，几乎要了他的命。肝炎是因为饮用了不洁的水而引起的。部落中人却不像他那样容易受到污水之害（这或许是他刚开始绝口不提水的原因）。在那段岁月中，沙赫巴兹也没有果汁可以帮助治疗他的肝炎。他们的食物主要是面包和肉，有时还有扁豆，有时则是一些诸如牛奶、净化的奶油等正在腐败的食物。

凡此种种，他都表示无足轻重，避而不谈。这些无足轻重的东西包括：部落中人的脸孔和穿着、帐篷、骆驼和行李、风景等等。

他说：“这是私人化的叙述。我很少提到这些。”他后来表示，“我不谈我自己的苦难，因为和我在一起的人所遭受的苦难比我还要深重。”

尽管刻意回避，苦难的景象仍依稀在目。当沙赫巴兹说到日后发生的种种事情的时候，它们就浮现在眼前。

沙赫巴兹崇拜的宗族领袖和部落领袖发生争执，因为部落领袖“不想领导革命运动向前迈进”。如今，部落已严重地分崩离析。宗族领袖回到他自己的地盘，目前急需钱，他的人民也是如此。

沙赫巴兹说："你应该记得，因为牲口都死了，如今人们依然赤贫如故。成千上万的人都到信德省和旁遮普找工作，希望赚取工资。所以部落的经济结构全都毁了。"部落领袖阻碍了发展。"他们十分贪婪，索要佣金。部落领袖的经济生活也毁了，他自己的牲口全没了，追随者也不再送羊给他。所以部落领袖只能倚靠政府的施舍。"

在俾路支动乱期间，阿富汗因为被苏联占领，反而成为俾路支难民十分安全的避难所。但是，阿富汗战争成了俾路支人的灾难。有一百万个阿富汗难民已定居俾路支，如同蝗虫。他们带着庞大的牲口群来到这里，似乎准备让这块土地重新住人。他们砍树，在草质最好的草原上放牧。俾路支人束手无策,在自己的领土上反而成了少数民族。

"这些难民都是帕坦人。所以如今帕坦人在俾路支，地位要比俾路支人高得多。帕坦人带来他们基本教义派的思想走向、《古兰经》学校等，全都与俾路支文化格格不入。这种现象是战后发生的。朋友仍会不时来到这里，谈情况变得有多糟。"

他仍然不觉得自己该负责任，仍觉得自己是传播真理的人。

"这个想法是一九六八年的运动提供的，但是这股冲动是出于自发、出于为我的国家做些事情，特别是在丢掉了孟加拉国之后。如今，自认为拥有答案的人都是些基本教义派分子。"

第五章　忏悔者

在巴基斯坦，会说英语的人都称基本教义派分子为 fundos。如今，基本教义派分子已经在某种程度上成为一股势力。他们仍置身暗处，不过他们拼命扩张，永远得寸进尺。

印度次大陆经过流血的分裂，才缔造了巴基斯坦这个新国家。不计其数的人丧失了生命，更多的人流离失所。有一亿多伊斯兰教教徒被遗弃在印度，但几乎所有的印度教教徒和锡克族人被从巴基斯坦赶了出去，为的是创造一个合乎诗人伊克巴勒的梦想、充满伊斯兰教色彩的政体。

这么做应该够了，但基本教义派分子想要更多。古老的土地，在度过了几千年后，有一大块不再隶属印度；而且，和伊朗以及诸多阿拉伯国家一样，一些较古老的宗教也被清除得一干二净。这些居然还不够。如今，百姓自己也得将他们的过去——比如他们的穿着、态度和一般的文化，凡是可能让他们和古老的土地扯上边的——一概清除。基本教义派分子希望百姓透明、纯洁、“完全放空自己”，以便准备全面接受新的宗教。这怎么可能？人怎么可能纯洁到如同白纸？但偏偏有许多基本教义派团体以自己为良善和纯洁的楷模，以真正的信徒自居。他们说，他们是遵循古老的规定（特别是有关妇女方面的规定），只要求百姓和他们一样，但因为关于这些规定并没有绝对的共识，所以百姓遵守他们所遵守的规定即可。

最重要的基本教义派团体是“伊斯兰教议会”。这个团体是宗教老师和狂热分子莫杜迪创建的。在巴基斯坦独立之前，他基于奇怪的理由，反对巴基斯坦成立。一九三〇年，诗人伊克巴勒提出建立另一个印度伊斯兰教国家的建议，他说，这种国家可以去除“阿拉伯帝国主义强加于它上面的印记”。莫杜迪的雄心正好相反，他认为一个印度伊斯兰教国家太受局限，只意味伊斯兰教已在印度完成使命。莫杜迪希望伊斯兰教能让整个印度皈依，势力覆盖全印度，进而覆盖全世界。伊克巴勒说过，成立巴基斯坦的一个重要原因是，以一种“为人民服务”的力量而言，伊斯兰教在印度发挥得比在其他任何地方都好。但莫杜迪不这么认为。以伊斯兰教教徒而言，他不认为次大陆的伊斯兰教教徒和政治领袖够优秀，足以建立一个全是伊斯兰教教徒的国家。他们的信仰不够纯正，也受到印度过去的污染。

莫杜迪一九七九年去世。伊斯兰教议会的态度依然是，巴基斯坦的百姓和他们的领袖不够优秀。如果伊克巴勒建议建立的伊斯兰教国家有其灾难的话，错也不在伊斯兰教，而在那些以伊斯兰教教徒自居的人。根据基本教义派分子的想法，这种失败就等于自我谴责，谴责自己属于虚假的伊斯兰教，至少是三心二意的伊斯兰教。伊斯兰教议会一向表示，伊斯兰教从很早开始就未曾经受历练，如今已到了经受历练的时候。伊斯兰教议会可以指明道路。

伊斯兰教议会的总部和社区在拉合尔边缘，木尔坦路边，曼苏拉一块二十八英亩的土地上。社区居民中有一部分是忏悔者，希望抵赎大大小小、程度不同的罪孽。

其中有个忏悔者叫穆罕默德·阿克拉姆，五十八岁。尽管穆罕默德·阿克拉姆是个忏悔之人，也很虔诚，却不是隐士。他在曼苏拉租房，和一大家子人住在一起。他的封建背景很鲜明，父亲是有钱人，拥有五百英亩土地，甚至在英国殖民时代也享有政治影响力。但穆罕默德·阿克拉姆小时候并未接受正规教育，这是有原因的。他很小的时候罹患伤寒，父亲许愿说，只要儿子康复，他就不会送儿子去接受世俗教育，而会让他接受《古兰经》教育。儿子果真康复了，但父亲忘记了一半的誓言。这个孩子尽管向一名毛拉学习了简单的教义，但长大成人后，却像个没受过教育的封建人家的孩子。他大部分时间都在马背上度过，此外，就是搭帐篷、打马球、赌博、猎鹰和参加地方的节庆活动。

穆罕默德·阿克拉姆二十三岁的时候，卷入了非常激烈的家庭纷争。这场纷争和女人、土地有关。这个女人是穆罕默德·阿克拉姆的表姐。她受过教育，是家族中第一个获得学位的女子。她父亲死后，她继承了六百英亩土地，当时也是二十三岁。她叔叔是个老古板，希望她待在屋里，足不出户，还希望她嫁给自己八岁的儿子。她一件也不能接受。她在拉合尔玛丽皇后学院念过书，这是基督教办的一所著名大学，有男有女，她对自由早就习以为常。她爱上了穆罕默德·阿克拉姆的哥哥，也就是她表哥。这位表哥二十六岁，英俊潇洒，谈吐不俗，他已是有妇之夫，还育有两个儿子。但她还是和他私奔，成了他的第二个妻子。

叔叔（那个八岁儿子的父亲）气急败坏之余，扬言要将穆罕默德·阿克拉姆家人从整个家族中扫地出门。这是当地的一种封建手段。叔叔是当地有头有脸的人。穆罕默德·阿克拉姆去找叔叔，要求他宽恕，他说："请不要杀我们。我答应你，我们一定会去把我哥哥和那女人找回来，将那女人带回来给你。"

穆罕默德·阿克拉姆在卡拉奇找到了哥哥和那女人，要求他们回拉合尔。当他们一行人回到拉合尔的时候，穆罕默德·阿克拉姆和家族中其他三四个男人持枪绑架了那女人。女人的丈夫，就是穆罕默德·阿克拉姆的哥哥毫不畏惧。他去警局报案，控告那几个绑匪。他用这种方式表现丈夫的气概，将封建家族的土地与名誉纷争诉诸法律解决，是许多人意想不到的。就在这个时候——或许是为了将土地和面子问题一并解决——警察还来不及做他们该做的事情的时候，女人忽然被人射杀身亡。到底谁是真正的凶手，到现在都没有查出来。

所有的绑匪都被逮捕送审，法律程序进展迅速。时值一九六〇年，正是阿尤布将军执政的时候。案发不到两个月，五名绑匪全部锒铛入狱。穆罕默德·阿克拉姆被判十四年徒刑，等于无期徒刑。

穆罕默德·阿克拉姆被移至木尔坦市的监狱服刑，可以选择和谁关在一起。他可以和拉合尔一个恶名昭彰的古佳族恶棍关在一起（但狱卒没告诉他，和这名恶棍关在一起，有被鸡奸的危险），也可以和伊斯兰教议会的秘书长同房。秘书长当时是以政治犯身份在服刑。结果穆罕默德·阿克拉姆选择与秘书长同房。

他们两人经常聊天。几个月后，穆罕默德·阿克拉姆心境有了转变。他开始阅读莫杜迪的著作，发现自己的封建思想有多么荒谬和空虚。穆罕默德·阿克拉姆在牢房皈依了伊斯兰教议会的理想，这段故事后来远近闻名。不久之后他开始念书，先是通过入学考试，然后是念文学学士，这位年轻的封建人物一刻也不想停留。他在狱中脱胎换骨，成了另外一个人，这简直成为一个传奇。他的刑期从十四年缩短为六年。出狱当天，乌尔都语文学硕士学位的文凭刚好邮寄到他手中。

穆罕默德·阿克拉姆的儿子在述说父亲这段皈依过程时（他把皈依过程描述得十分详尽，对那个女人的悲剧则轻描淡写）表示："他入狱时是个封建人物，回来时已俨然成为伊斯兰教革命分子。"

十二年后，穆罕默德·阿克拉姆迁居曼苏拉的伊斯兰教议会社区。首先，他通过一位著名的律师协助，在一所法学院注册。一九六〇年受审时，就是这位大律师为他辩护的。

一九七九年，我在卡拉奇见过这位大律师。当时他已非常富有，十分热衷于宗教，并且相当自负，整天梦想得到政治权力。这是宗教气氛非常浓厚的时代——布托已遭罢黜，并且被绞死，伊斯兰教执行鞭刑的车辆四散而出，随时准备对不法分子用刑，每个人也准备随时跑去观赏鞭刑。礼拜时间到了，手边的一切事情都得停下来。大律师认为，表现出他的虔诚很重要。我和他聊天时，他始终念着经文，并且不断拨动念珠。我没有反应。他说："我想，你大概以为我应该进修道院吧。"我无意鼓励他这么做，于是表示："我没有这么想。"他拨弄念珠，念念有词。最后，他更加虔诚地说："我心里想的都是真主。"

大律师不但协助穆罕默德·阿克拉姆进入法学院，甚至成为他非正式的精神顾问。所以当穆罕默德·阿克拉姆在家乡萨哥达执业当律师时，他还代表伊斯兰教议会，在政坛上十分活跃。这意味着和过去划清界限，这里的封建阶级一向支持有权势的人。

但过去并未完全消失，那些恩怨从未被遗忘。一九七五年，穆罕默德·阿克拉姆哥哥的许多问题都解决了。（这个哥哥就是十五年前将绑架他妻子的一干人告上法庭，害他们全部锒铛入狱的那一位。）他四十一岁时，却在某天被一群身份不明的人杀害。四年后，穆罕默德·阿克拉姆迁居伊斯兰教议会在曼苏拉的社区；两年后，他又将儿子接到那儿；次年，即一九八二年，他索性将其余的家人也接了过去。就在那一年，遭人杀害的哥哥的儿子又杀死对方的某个人。穆罕默德·阿克拉姆为了某个没有明说的理由，从此退出政坛。

安全、虔诚、忏悔和伊斯兰教议会的理想，如今全部纠缠在一起，成为穆罕默德·阿克拉姆在曼苏拉的一家人的全部，成为他们的世界。

穆罕默德·阿克拉姆家从不讨论上述那件谋杀案。他唯一的儿子叫萨利姆，是妻子在杀人案发生那年怀上的，他父亲，即穆罕默德·阿克拉姆，到木尔坦监狱服刑的第一年，萨利姆出生。他说："我们没有勇气和父亲提及此事。"

萨利姆如今已三十四岁，是高级海关官员，颇有地位。对他而言，这段陈年往事——即父亲皈依、忏悔和在狱中念书——是他家人在智慧上崛起的开端。某个周六（星期五是安息日，也是被吊死的布托每周的纪念日，因而星期六成为每周的第一个工作日），他下班之后，带我去了曼苏拉。他个子很高，打了领结，穿一件轻便的花呢外套，以抵御拉合尔冬天的寒冷。从他的某些言谈中，我感觉他似乎在期待我感到惊异：一个住在曼苏拉的男人居然穿着如此现代。他是坐公家备有司机的车来的，车后座还摆着一些诸如《经济学人》之类比较严肃的杂志。

他问我要不要开冷气，我婉拒了，这真是一大错误。当时已是入夜时分，我怕冷。但正值下班时刻，而且有很多红绿灯，我们一路上走走停停，等到达曼苏拉的时候，大路上全是尘埃和棕色的烟雾，呛得我都快窒息了。

曼苏拉和它堡垒般的气氛，我早就耳熟能详，也期待发现一些更不为人知的事情。但曼苏拉就在眼前，在大路旁，在热气和尘雾之中，发出亮光。就在左边的入口处，好像是有意证明他们是谁似的，一群信徒正在伊斯兰教议会的清真寺做晚礼。他们在一个类似小棚架的下方礼拜，如果遇上大太阳或下雨，架子可以为他们遮挡。

萨利姆突然一阵仓促，急急忙忙解开领结，将外套扔到汽车座位上，和大伙儿一起去礼拜。他事前曾交代司机略将汽车倒退，好让我看个仔细。一个穿着宽松套装的小男孩礼拜特别认真，膝盖关节韧性十足，起起跪跪，十分利落。

晚礼结束时，天色已晚，外面一片漆黑。萨利姆带我四处观看。一块木板上有张本地地图，地图上每间房屋都有门牌号码。地图右边有个表格，每间房屋住的是哪些人，都标注得一清二楚。萨利姆说，这么秩序井然，在巴基斯坦是很少见的。我觉得这又是伊斯兰教议会现代化的另一个层面。人们一谈到这种现代化，就会有不祥的预感。

步出清真寺的灯光，我们在破损的路上走着，随后来到一间著名的医院，是阿富汗战争期间建成的。人们至今谈到这间医院，依然有几分畏怯。萨利姆让我看的候诊室（或急诊室），在对着一条黑暗巷子的方向开了一道门，灯光昏暗，室内空无一人。候诊室看起来像是草草完成的，早就带有了巴基斯坦式的简陋。图书馆和研究室尽管有电脑等现代设备，却大门紧锁，要等到次日早上才可以使用。音像店开着，店里卖一整套一整套莫杜迪的演说录像带，有许多录像带是有关克什米尔的，其中一卷是英文发音的《征服印度》。萨利姆进了音像店，就像男人进了玩具店一般，开始大买特买。只见他东指指西点点，最后店员将他买好的录像带放进一个现代感十足的白色小塑料袋里。

我们来到他家。这间屋子是属于伊斯兰教议会某个人的，穆罕默德·阿克拉姆将屋子租了下来。这是一栋狭小的两层楼。萨利姆说，我们可以在屋里的两个地方聊天：一处是餐厅，一处是他的书房。他的书房在二楼，没有家具，只有地毯和垫子。

我需要一张桌子，坐着写东西，所以我认为应该看看餐厅。餐厅在开放的大厅的另一边。楼梯间很狭窄、拥挤，有一大袋一大袋的稻谷。其中一袋已经裂开，或被人打开，金黄色的稻谷就散在混凝土地板上。萨利姆说，稻谷来自“农田”，所以这家人仍在萨戈达种地。餐厅很狭小，几件家具摆在里面，就再也没有空间可言。日光灯似乎就快触碰到我的额头，就在我眼睛上方。里面早就摆有二十张大雕花扶手椅子，是一整套，非常相配，颇有陈旧的封建风格（也颇有印度尼西亚中产阶级的风格）。所有这些椅子的椅背都靠墙，其中十二张摆在接待客人的地方，两边各六张，相互面对着，中间隔着宽且矮的桌子，其他八张摆在餐桌四周，几乎都碰到了餐桌。

可能是看到椅子摆设的方式，萨利姆说，他们随时等待有贵客光临。所以——绕过一袋袋稻谷，也看得到背后有几名仆人出现了，他们是一般巴基斯坦人家都有的那种瘦小而衣衫褴褛的仆人，甚至在这里的伊斯兰教议会也不例外——我们步上陡峭而狭窄的混凝土阶梯，直奔萨利姆的书房。

这是非常狭小的房间，面积大约只有十二平方尺，高约九尺，至少感觉上是如此。里面非常炎热，而且满是尘埃，密不透风。正如萨利姆所说，书房内有地毯和垫子，墙壁上是书架。面对入口处的墙壁，有一半摆放着一套套彩色装订的伊斯兰教图书，我在库姆已见过这些书了。其他书架摆放得不太正式。但我很快就停止观察这些书了。在这种密不透风的污浊空气中，我开始透不过气来。地板上有一个看起来像凳子的东西，原来是空气净化器，虽然已经打开，但总得再过一会儿才会对室内的空气产生净化作用。

我要求打开一扇窗。萨利姆呼叫楼下的仆人。仆人从餐厅内许多大椅子中抬一张上来给我坐。他抬着笨重的大椅子，在狭窄而陡峭的楼梯上走，随时得注意自己的脚步。仆人最后进了书房，放下椅子，就开始推窗户。这是滑动的金属框窗户，好像卡住了。萨利姆伸出一只手，或一只手指，去按窗钩，帮忙打开。仆人继续推，终于将窗户打开了。窗外有块帘幕，所以毫无窗景可言。木尔坦大路上传来车水马龙的声音，十分刺耳。窗外的空气似乎都含有沙粒，几乎和室内一样炎热。仆人将椅子拉近已经打开的窗户，我在椅子上坐了好一会儿，大口呼吸了一番，就像信徒坐在圣人坟墓的铁栅栏边，希望能够从散发的灵气中获得启示似的。从窗户向外看，可以看到一楼平坦屋顶的一部分，这可以解释为什么房屋里里外外都那么炎热。

萨利姆说，他是板球迷。他认得一些来自特立尼达的板球投手，他们会投变化球，但早被人遗忘，如 S.M. 阿里、伊什汗·阿里、拉菲克等。我知道，他是在向我示好，但他要谈的恐怕不只是板球而已。他提到的这些板球选手全是伊斯兰教教徒，他比我更了解他们。

仆人再度爬上陡峭的阶梯，这回端上来的是茶和油炸热点心，还有已经浓缩变硬的牛奶杏仁糖，非常可口好吃，这让人喜出望外，在这个伊斯兰教议会人士虔诚的家中，艺术家还是可以在厨房中尽情发挥厨艺。

最后父亲出现了，就是那位忏悔者。他穿着一件淡棕色宽松套装，我从这件套装上看见了忏悔的颜色。他比儿子矮，有些胖，走几步楼梯就让他气喘如牛。他只有五十八岁，但是在家里——萨利姆对他毕恭毕敬——他年纪最大，他也不客气地扮起了主人的角色。

他坐在地毯上，靠近我的椅子，几乎就快碰触到我的椅子了。他用一种异乎寻常的信任感望着我。他棕色的皮肤十分光洁平滑，额头没有皱纹，闪闪发亮，似乎是因为长年擦油的关系。浅色双眼中的一只视力已经损坏，一年前才割除白内障。即便如此，他的表情还是非常慈祥。他的听力已经不行，我说话时，他得向前靠过身来倾听。他双唇略微张开，露出看起来还颇坚实的牙齿，显然是在微笑。

萨利姆解释我的身份和我到曼苏拉的来意。

父子二人一打开话匣子，马上就大谈特谈曼苏拉的信仰。他们要的是个“伊斯兰教国家”。巴基斯坦不是伊斯兰教国家。在次大陆建立一个“穆斯林的国家”并不够。所谓“伊斯兰教国家”，指的是“一个由最正直的人来治理的国家，并且由正直的人来领导百姓祈祷，一如伊斯兰教建立初期”。

这有点像我在一九七九年听到的观点。当时巴基斯坦是由齐亚将军执政，他希望将巴基斯坦伊斯兰教化。可是和之前的统治者一样，他不知道如何将个人的信仰转变成国家的机制，以致最后沦为个人专制。如今大家一谈到齐亚，就将他斥为伪君子。但是在发生了种种事件之后，如今曼苏拉依然人人怀抱着美梦，怀抱着恢复伊斯兰教伊始那段黄金时代的美梦。在那个时代，百姓十分纯洁，易于治理，不但万众一心，连统治者和被统治者也可以结为一体。

现在，他们正就这段伊斯兰教黄金时代的想法讨论，两人观点互为表里。因为先前在车里谈过伊斯兰教议会在诸如穿着和组织方面的现代化，也看过萨利姆穿的花呢外套和领结，以及他阅读的《经济学人》杂志，所以，此时看到这位高级海关官员的每句话都和他那位思想十分封建的父亲契合，实在令我感觉怪异。

萨利姆的父亲问我，知不知道当年有位哈里发因为穿着一件太过华丽的斗篷而遭斥责。他，这位父亲，在问这个问题之际，特别抬起头来看我，并且与我靠得十分近。相比之下，萨利姆则比较随意，他喝着茶，吃热点心，半躺在地毯上，倚着一个垫子，接下有关哈里发的话题，继续谈论。哈里发告诉质疑他的人说，是一个亲戚给了他一块布，所以做了这件斗篷。萨利姆说，想想看。他的父亲也附和着说，想想看。想想看一位权倾天下的统治者，萨利姆说（他总算将他的思想表达完全），居然可以被别人问这种问题。（所以，从这个角度来看伊斯兰教黄金时代——牌可以重洗，单一而容易统治的伊斯兰教民众的简朴可以和一个世界帝国相提并论。）

不，不，萨利姆说，“伊斯兰国家”不是“伊斯兰教国家”，许多人都弄错了，不是这样的。

仆人拿新的点心上来，打断了萨利姆的话。这次是新炸的帕可拉，用鹰嘴豆面糊与卷心菜一起煎成，先是又热又脆，随后变软，十分可口。走在仆人后面的是萨利姆的儿子穆罕默德。穆罕默德很瘦小，有一双乌黑的大眼睛和曼苏拉人常见的苍白。他似乎习惯了人们对他的注意，动作十分敏捷，也很黏人。父亲和祖父都很爱他，给他点心。我向萨利姆父子打听齐亚的事情，打听一九七九年的伊斯兰教恐怖。难道齐亚做的还不够？

萨利姆说，还有很多没做。印度人残余的影响力需要消除，另外，就是英国殖民主义的余孽（这可能来自萨利姆阅读的《经济学人》）。做父亲的说，还有婚姻问题。《古兰经》说，男人可以结四次婚，如今一些妇女团体希望改变伊斯兰教的家庭法。他说话时，表情似乎受尽委屈，仿佛自己应得的权益惨遭剥夺。他一面用温和的表情望着我，一面抱怨，好像他知道我会帮助他似的。还有就是放高利贷的问题，这个问题也有待解决。

父亲说，就国家而言，巴基斯坦和伊朗最接近赋予它们的伊斯兰教理想。萨利姆也同意这点，他说，伊朗唯一做错的地方就是和邻邦起了争执。另外就是苏丹。苏丹应该被视为向伊斯兰教理想迈进的国家，但萨利姆对苏丹不太敢确定。

我问道，他是否希望巴基斯坦也出现诸如伊朗革命卫队的部队。躺在垫子上的萨利姆很严肃地表示，宗教国家必须抑恶扬善，所有的国家都有警力去完成这一使命。我说，如此一来，岂不是干预了百姓的自由？萨利姆说，伊斯兰教不强调自由意志。那位皮肤光洁平滑，慈眉善目的父亲说，IsIam 这个词，指的就是“服从”、“归顺”。

我继续问，国家如何去界定伊斯兰教的意义。这个问题曾让齐亚伤透脑筋，尽管他手下还有一个“伊斯兰教思想委员会”。萨利姆说，这个问题必须讨论。让我大吃一惊的是，他补充说，但结论并不需要大家都同意。比如，他就不一定在每个问题上都和父亲的见解一致。让我再度大吃一惊的是，他父亲居然说：“伊斯兰教有自由。”父亲说，他们希望建立一个国家，在这个国家中，人人由衷地自愿接受伊斯兰教。这时，我才开始了解“自由”和“顺从”如何做到并存不悖。

萨利姆说：“伊斯兰教尚未接受考验。”

我预想到他会这么说，于是问道：“就伊斯兰教教义而言，虚荣和骄傲有错吗？”

萨利姆答道：“有错。”他的眼神有些飘忽不定，就和他儿子的眼睛一般，水汪汪地不住流转，似乎有点感伤。

“你怎么能够诋毁在你之前的无数人？你怎么能说这些人都不好？你自己是如何做出这种结论的？”

我多少碰触到问题核心了。

他父亲说：“我们只能尽力而为，止于至善。”

萨利姆的儿子穆罕默德再度进来。萨利姆说，穆罕默德已开始上学了。

萨利姆的父亲说：“他已经开始学习《古兰经》。”

他们要穆罕默德背诵《古兰经》第一章。孩子显然很高兴有人叫他背诵《古兰经》，但他黏着祖父不放，非要有人哄，才肯用他童稚的声音背诵。萨利姆显得得意万分，他父亲同样如此。

萨利姆说："他将把整本《古兰经》背下来。"

"是的，整本《古兰经》。"老人和儿子相互唱和。

我问："要多久时间？"

萨利姆说："五六年。"

我无法继续待下去了，我的呼吸变得十分困难。在楼下，几个瘦小、黝黑、衣衫褴褛的仆人站在谷袋后面，金黄色的稻谷撒了一地。在外面，木尔坦大路上尽是烟雾和沙粒。萨利姆的司机载我回饭店，他没和我一起。

星期五，可怜的布托的安息日，我再度去了曼苏拉。这次我是白天去的，我发现，在大院的入口处有类似停车场障碍物的东西。在一块小小的草地上，全是些蓄着胡子，穿着这一天特定的衣服，样子懒散的男人。他们比我想象中的高大。这个地方的沙粒也很多。外面的大路残破不堪，又没有铺砌，笼罩着云一般厚的尘埃和棕色的汽车废气。

在白天，萨利姆家的房子看起来更一般，不过是一栋粗糙的村落建筑，一边有车库，另一边有一块小小的地，是后来增辟的。许多瘦小贫穷的仆人随时待命，和在入口处蓄着胡子、穿着星期五特定衣服的男人迥然不同。仆人里外恭站着，很难想象他们在哪里睡觉。

有一个长得很英俊的男人，一头波浪形的头发梳理得很整齐，态度十分友善活泼，我还以为他可能是萨利姆家的亲戚，结果他也是家中的仆人之一。他很友善是因为他六天前见过我。他告诉我，萨利姆和他妻子正在祈祷。他领着我步上狭窄的混凝土阶梯，进入书房。一袋袋从“田里”收割的稻谷仍然摆在大厅，其中有一袋早已裂开。

不知道是什么原因，窗口挂着一块布。空气净化器在不停地颤动。我要求这个友善的仆人打开空调，他照做了。

萨利姆进来了，他穿着一件白色的棉质宽松套装，十足休闲的模样。我们谈到他父亲所犯的绑架案细节。萨利姆一直想着绑架案，这对他一生有很重大的影响。孩提时期，他六岁之前，每年会去木尔坦监狱探监一两次，看他父亲。父亲出狱后，全家人在萨戈达一起住了十二年。后来父亲迁居曼苏拉。萨利姆迁入那个社区时，只有二十二岁，距离他长大成人，只不过三年，从此，他一切都开始自主。

他说他的宗教感是在社区外面养成的。他对社区的形容是：“他们不会催促你，我们有小耳朵。”小耳朵用来接收卫星讯号，这是伊斯兰教议会不喜欢的东西。“有时候我们的女人也会和人见面。”他的意思是，他们的女人也会和陌生人见面，这是伊斯兰教禁止的。

他的妻子塔希拉来了。前一天，她和萨利姆一起到饭店看我的时候，她亮丽动人。而这次似乎有点失色，可能和没有化妆有关。伊斯兰教议会不喜欢妇女化妆。不过塔希拉没有化妆也很漂亮。她下半身有些胖，这是她这种阶级的妇女在生儿育女后常见的现象，她们每次生产后，都要坐上许多天的月子，另外还要吃许多营养丰富的食物。

她说，她第一次来这儿的时候也很困扰，最初希望有栋更好的房子。开始的三四年，她有点难过，根本无法满足，但如今一切都十分圆满，尽管她还是很希望有另一个房间，让子女分开住。她希望有一栋和萨戈达的家一样的房子，有合适的客厅与餐厅，还有合适的客房。

她说：“在这里我们有许多仆人，十四五个。客人太多的时候，根本忙不过来。”

萨利姆说：“她真正想要的是一个小家庭。”

她说："现在好了，反正我已经习惯，不再奢求什么了。"

空调设备忽然轰隆一声，咔嚓作响，就一动也不动了。原来是停电。整个曼苏拉都静止了，好像下雪前的山谷般那样沉寂无声。一道先前无人察觉的门被推了开来，推向挂着布的窗户左边。我们可以看见，门的开口处对着平坦的屋顶，可以想象，这里的夏天有多么炎热难耐。

萨利姆的妹妹进来了，样子十分气派。她穿着卡其黄的宽松套装，个头高大，整个头和脸都用一块宽松、浅色的棉布包裹着。这块棉布有一个散射状的小装饰物。她让人想到那部可爱的古老电影《隐形人》里面包裹着绷带的克劳德·雷恩斯。或许，她也想将自己隐藏起来。

萨利姆说，她住在深闺（但也不是标准的深闺，如果是标准的，她就到不了萨利姆的书房）。萨利姆说，一切有关曼苏拉和宗教的问题，我都可以问她。这就是他们的方式。萨利姆自己在这里待的前五年都不曾祈祷，如今他开始祈祷了，没有人强迫他。

这个妹妹芳龄二十七，是在父亲出狱那年出生的。为什么会住在深闺，她自己也说不出原因。她只是觉得自己将来应该住在那里。她如今平静多了，没有多说什么，或许是没有什么可说的。

穆罕默德，萨利姆的儿子，就是即将背诵整本《古兰经》的小孩，和他弟弟艾哈迈德一起进来了。

原来萨利姆家来了访客，是一对年轻夫妇。女人非常美丽，男人非常高大、强壮，尽管很年轻，但看起来似乎颇有来头。年轻的女人说，她生于一个政治世家。我从报纸上看过这个家庭的名字。萨利姆有封建背景，人脉很广。

女人说，她从前没来过曼苏拉，也不感兴趣，因为她认为自己不会喜欢曼苏拉。她不可能喜欢会剥夺她自由的东西。尽管她来自一个有头有脸的家庭，一旦结婚，她还是放弃了自己的学业。

她丈夫，就是那强壮的年轻人说："这违反社会习俗。"他说，"在另一种社会，情况就可能不同了。"他说话的神情，好像这件事只和他妻子有关似的。

我们聊巴基斯坦——那永远聊不完的话题。

原来所有的想法——有关自由、宗教和国家沦丧的想法——都息息相关。伊克巴勒建立纯穆斯林政体的皈依者美梦，以及这个男人原来的国家的沦丧，最后甚至是曼苏拉，无不殊途同归。

耽误了一些时间之后，仆人终于端着茶，步上难走的阶梯进入。来电了。不久之后我们的话都说光了，曼苏拉的话题已没什么可说的。萨利姆的妹妹，早就趁人们不注意，用她自己独特的闺秀风姿下楼了。

第六章　失去

对次大陆的大多数伊斯兰教教徒而言，一九四七年，次大陆的分裂如同一场伟大的胜利。一九七九年，拉合尔有个男人告诉我，“如同真主一般”。如今，有关大港口卡拉奇杀人事件的报道，几乎每日可见。分裂之后，许多来自印度的伊斯兰教移民、城市中人、中产阶级和中下阶层的人全都涌进卡拉奇。将近半个世纪之后，这些人的后代觉得自己仍是异乡人，仍然没有代表权，受尽欺瞒，更没有权力。于是他们揭竿而起，反抗国家，展开残酷的游击战争。

根据伊克巴勒皈依者的计划，伊斯兰教应该让每个人都有足够的认同感。但信德省（卡拉奇的所在地）的人不希望看到他们的土地——尽管一半空无一物，一半是沙漠——被教育程度高、野心大的异乡人占领。信德省的土地古老，总是有点与众不同。人们有他们自己的历史、语言和封建崇拜。他们明里暗里设置各种政治障碍，对付这些莫哈吉尔（来自印度的异乡人），在巴基斯坦，他们根本没有地方可去。

分裂，一度是欢乐的泉源，但对一部分莫哈吉尔而言，后来居然成为一道伤口，这道伤口带来的记忆对他们来说，仍然鲜活。

萨尔曼是记者，出生于一九五二年。他饱受一九四七年四天之内发生在旁遮普的几桩案件折磨，所以无休止地寻求平复。一九四七年八月十四日到十八日，正是印度和巴基斯坦独立之始，他祖母和其他数名家人忽然在家中遭人谋杀。十四日当天她还活着，被几个印度邻居保护。十八日当天，萨尔曼一直躲在别处的外祖父到他祖母家来——这是一栋中产阶级的印度式庭院房屋——发现屋里空无一人，墙壁上血渍斑斑，就是找不到任何尸体。

萨尔曼的外祖父逃跑了。他当时大约五十岁。他搭上一列火车，逃往已被称为巴基斯坦的地方。这段逃亡路程很短，四天之前还十分繁忙，但火车在半路受到攻击。他躲在几具尸体下面，一直逃到拉合尔，是少数几个幸存者之一。

萨尔曼十五岁时听说了这些故事。在此之前，他一直认为印度人和锡克族人是十恶不赦之徒。等到听说这些故事之后，他已经不觉得生气了。故事太可怕，生气已经不能表达什么了，甚至是谁干下了这些杀人勾当，也无关紧要了。

墙上的血渍到底是怎么回事，他无从知晓（萨尔曼从未去过印度），只能凭想象。尸体不翼而飞，再加上案情的细节（或许根本就没有细节可言），对萨尔曼影响很大，成为他日后在巴基斯坦生活的重要背景。当他想起案件时，就会花上几分钟时间去思考：到底屋内的人是如何遭到毒手的？是否被分了尸？是否遭到凌辱？他一想到这些，就会不寒而栗。

还有一些当时的其他故事，都是他从一个叔叔那儿听来的：有几位叔叔伯伯躲在汽油桶后面，奚落那些不想见到印度分裂的印度人和锡克族人：

> 印度终将分崩离析，
> 巴基斯坦终将建立。

二十世纪六十年代，这些有关死亡和暴动的故事，开始让萨尔曼感到痛心疾首。“我想，我们已经为这个国家牺牲了这么多，而这也正是我们目前正在做的事。”

但是新国家也有过一段漫长的宁静岁月。这家人在旁遮普丧失了一切，但萨尔曼的父亲是位工程师，为政府工作——暴动之际他正好在俾路支——所以每个月都有固定收入。一九五二年，就是沙尔曼出生那一年，父亲辞去了政府差事，自己创业。十多年来，他的事业蓬勃发展。他以宗教方式持家，一切礼仪照旧。家人都得背诵《古兰经》，萨尔曼从小就背诵许多经文。他的孩提时期无忧无虑，宗教是他生活的一部分。

一九六五年，萨尔曼十三岁的时候，他认识了伊斯兰教的另一面。当时巴基斯坦和印度打了一场短暂而没有结果的战争。“有许多歌曲鼓舞伊斯兰教游击队员上战场，向他们保证，为国捐躯，死后必然上天堂。一批批来自拉合尔的人，只有拿木棍当武器，准备出发去打一场圣战，对抗那些不信伊斯兰教的印度人。结果这些人全给送了回来。一位毛拉鼓动他们向前冲，有趣的是，毛拉自己却不这样做，他安安稳稳地坐在他的清真寺里。”

萨尔曼就是通过这件事认识了“圣战”。圣战是很特别的伊斯兰教思想。萨尔曼的解释是这样的：“根据基督教教义，基督耶稣为所有的基督徒而死。他可以确保所有的基督徒上天堂。根据伊斯兰教教义，你如果追随穆罕默德，穆罕默德就会做出对你有利的仲裁。善行究竟该得到何等福报，只有真主安拉可以决定。所以就善行而言，再也没有任何行动比奉真主之名从事圣战更伟大了。”圣战并不是比喻的说法。“《古兰经》的字句都必须照字面的意思解释，连将它当作寓言，都是一种亵渎行为。《古兰经》很重视圣战。穆罕默德曾这样说过——并不是《古兰经》说的——如果你看到反伊斯兰教的行动，你可以使用武力制止。如果你没有力量制止，你可以出言制止。如果你连出言制止的能力都没有，你可以在心里制止。”这是我记忆所及的了解。我认为，这种说法等于准许伊斯兰教教徒发动暴乱。

一九六五年，他第一次看到人们用公开的暴力方式去彰显这一想法。尽管当时看到人们在“做傻事”，他还是了解，这些人一方面需要以穆罕默德的追随者身份来赢得功绩，一方面也怕下地狱。

“不断地用烈火鞭打，难以想象的烈火，还得吞下脓水。传统中这些描述都十分生动。《古兰经》却只提到火和无休无止的惩罚。”

一九六八年，萨尔曼十六岁，就是他在拉合尔政府科学学院念一年级的时候，他发现自己其实也是暴民之一。《时代》杂志（或《新闻周刊》）曾刊登一篇文章，评论一本叫《战士先知》的书。这本刊登评论的杂志有两三本进入这所学院，供大家传阅，但并没有任何一人真正看过这本书。学校学生决定游行抗议。当时正值下课时间，大家都坐在外面，没有一个特别的领导人。但这些男生和萨尔曼一样，在宗教上训练有素。他们想到公开抗议，于是变成了一群暴民。萨尔曼和他们一起走，尽管他一路上清清楚楚地记得，那篇文章里有关伊斯兰教和先知的评论没有只言片语令人不快。当天天气很好，是冬天，拉合尔最好的季节。学生高呼反美国的口号，并砸毁了两辆小汽车。

一九六五年鼓动教众，要他们持木棍向前冲的那位毛拉，安稳地坐在他的清真寺里。战争并不是毛拉的工作，他的工作是鼓动群众向前冲，尽他所能，热情而生动地向他们描述参与圣战可能获得的奖励，以及下地狱的恐怖。

他很像那位我从某人口中听到的毛拉。这两人一样，在一九七七年被人征召来从事对布托不利的宣传。这位毛拉既矮且胖，根本不讨人喜欢，大家也知道他不太可靠。但这一切都不重要，重要的是，他的声音很吸引人，擅长宣教。当时实施宵禁，但因为星期五要礼拜，所以星期五不宵禁。去那位毛拉清真寺的信徒发现，他们不只是聆听祈祷而已，也可以听毛拉用他极富磁性的声音以及慷慨激昂的风格说故事，说伊斯兰教历史故事，说英雄和烈士的故事。他要求听众不要辜负古圣先贤，要开始圣战，不要忽视周遭的邪恶势力。“你们要向敌人说，‘你们用箭射向我们，我们将用自己的胸膛接受’。”这番话说得如诗一般，没有多大意义，却令信众如痴如狂，在诸如此类的星期五祈祷会之后，可怜的布托所颁布的宵禁便形同虚设。信众满怀着宗教的仇恨离去，他们巴不得将布托送进地狱，好让自己在天堂多得福报。

这位毛拉不可靠，更看不出他有任何德行高超之处，但这些都不重要。他从不以向导自居。让皈依者唯命是从，才是他身为毛拉的工作。一旦有必要，他就鼓动他们向前冲，让他们一心只想着天堂和地狱，并且告诉他们，一旦时机降临，只有真主才能审判他们。这就是这个宗教国家的一个层面——一个光由皈依者创立的国家，在这个国家，宗教不是个人良知的问题——这是诗人伊克巴勒从未想到的，这种国家总是可能被操纵陷害，发生危险的事情。

还有别的事也是伊克巴勒意想不到的：在这个新国家中，历史的本质会改变。一旦历史改变，国家的智慧势必消失。毛拉一直袖手旁观，限制别人询问，所有古老土地的历史便不再有任何意义。在学校的历史教科书中，或在学校的公民课本中，巴基斯坦的历史将仅成为伊斯兰教史的一章。伊斯兰教的入侵者，特别是阿拉伯人，将变成巴基斯坦历史的英雄。当地人在自己的土地上即将无立足之地，无足轻重，被宗教的代理人清扫到一边。

这是对历史的毁损，可怕至极。皈依者的见解仅止于此。历史已成为一种恐惧症。必须忽略或调整的实在太多，有太多的幻想。这种幻想不光是在书本里，还影响到人们的生活。

萨尔曼在谈到这种恐惧症时说："伊斯兰教并不会显现在我脸上，几乎所有次大陆的伊斯兰教教徒都为自己塑造了阿拉伯祖先。我们多数人都是穆罕默德的后代，是他女儿法图麦和女婿阿里的后代。有一些人，如我家，塑造了一个人叫 Salim Al-Rai，还有人塑造了一个人叫 Qutub Shah。每个人都有一个祖先来自阿拉伯或中亚。我深信我的祖先是中下阶层的印度人。尽管皈依了，他们也不是主流的伊斯兰教教徒。如果你读过伊本·白图泰和早期旅行者的文章，就可以感受到阿拉伯旅行者对皈依者这种极富优越感的态度。他们会赐给你阿拉伯人的名字，但依然说，他是印度人。"

"塑造阿拉伯祖先的工作很快就完成了，所有的家庭都那样做了。如果你听到人们谈话，就一定会相信，这块广袤而美好的土地其实只不过是一片丛林罢了，根本就没有人住。在次大陆分裂之际，所有的事情都被放大，大家都觉得自己不属于土地，而属于宗教。巴基斯坦只有一个地方的人尊敬他们的土地，就是信德省人。"

这就是萨尔曼在无忧无虑的童年所听到的种种故事。后来，这些幻想和错觉都成为他当了作家之后，笔下经常描述的主题。这些幻想和错觉需要时间去发掘，需要成年人的眼睛去观赏，需要他稍加置身事外，才能理解。

萨尔曼在青少年的时候，就开始得到要置身事外的提示。他和学校同学一起参加抗议"战士先知"的行动，并且在这场小小的午后圣战行动中协助砸毁了两辆小汽车的几个月后（他始终觉得不太对劲），有件事情发生了，让他十分不安。

斋戒期间，萨尔曼听说——他也相信——如果他在斋月最后十天的某个特别的日子里礼拜一整晚，他的罪孽就可以完全洗清，成为一个新人。人们告诉他，成为新人之后，感觉会比较轻松，这种说法被他牢牢记在脑海中。那一年，斋月的特别日子是二十七日晚上，他和哥哥、姐姐，以及其余家人礼拜一整晚。但次日早晨，他感觉并没有什么不同，原来一直期待的那种浑身轻松无比的感觉一点也没有，他失望了。但他没有勇气告诉家里任何人。

他对这件事感到的失望和忧心，可能在当时特别强烈，因为他父亲的土木工程事业在兴旺了大约十五年之后，开始走下坡路。尽管实际业务还可以维持，但萨尔曼的父亲开始做一连串的错误判断。萨尔曼还在上学，但父亲事业不顺，让他挂念不已。

两三年后——父亲事业仍无起色——又发生了另一起事件，这次是在斋月结束时。开斋节是斋月结束时的重要活动，那时的礼拜总是大家一起进行。萨尔曼的父亲早就搭车去他经常去的清真寺了，萨尔曼和哥哥必须走路去附近的一座清真寺，他向哥哥抱怨："真浪费时间。"

哥哥答道："尤其是当你又不相信的时候。"

萨尔曼说："什么，你也不相信？"

哥哥说："我们老姐也不相信，你不知道吗？"

哥哥识多见广，萨尔曼一向十分崇拜他。先前萨尔曼还担心是自己丧失了信仰，这下子一切担忧全被抛诸脑后。他不再觉得自己让那些在一九四七年暴动中丧生的人们失望了。

这家人的三个孩子都丧失了原有的宗教信仰。但是，就在事业下滑之际，萨尔曼的父亲反而变得更虔诚，更偏执。萨尔曼小时候，家中庆祝的节日之一是春节。如今，父亲反而认为春节反伊斯兰教，是源自印度教和异教徒历史的东西，禁止家人庆祝。住在卡拉奇的女儿回来之后，父女二人大吵了几次。她可不像萨尔曼和他哥哥一样，什么话都闷在心里，而是想到什么就说什么，父女的争论常常会闹得不可开交。有一天，父亲的弟弟也在场，萨尔曼的父亲说："由她去罢，她是个反叛分子，不要和她争论。"说完就气愤地离开了。

全家充满紧张气氛。

萨尔曼的父亲希望萨尔曼成为工程师，但他数学很差，在二十岁生日之前即入伍从军。他对枪支感兴趣。如今的他再也没有宗教信仰，是不折不扣的巴基斯坦军人。他渴望上战场，和印度人打个你死我活，尽管巴基斯坦前一年和印度作战才刚败下阵来。

"我心里想，我们——至少是我自己——必须为我祖父母和两个被杀的姑姑报仇。这个念头一直挥之不去，却带给我非常冷酷的感觉，好像一个老练的杀手准备去杀第一百个人似的。其实我对这件事根本没什么感觉，因为这只是我该做的事。我不谈论我的祖父母，但我经常大言不惭，说什么要回去和印度人作战。这是我和军中的伙伴说的，不是在家里和家人说的。"

两三年后，这种感觉逐渐消失。他也开始不喜欢部队。他找不到可以谈话的人。他谈及书本，想要显得与众不同，结果挨了一顿骂。三年后，他终于可以离开军队。他去卡拉奇进了一家跨国公司。这份差事还是通过军中一个朋友找的，这个朋友的伯伯是公司二把手。

所以萨尔曼就去了卡拉奇，一个莫哈吉尔的城市。日子并不好过。刚开始，他付钱寄居在一户人家。后来他自己租房，租的是一间有厨房的破旧屋子。他就这样缓缓前行。他在公司里有个朋友，有一天两人闲聊，萨尔曼忽然提到《读者》文摘，朋友大笑。萨尔曼说他想念书，朋友听了很高兴，便开始引导他。回首过去，萨尔曼认为这是他受教育的起点。

五年之后，萨尔曼结婚了，然后和父亲一样，他放弃了铁饭碗，自己创业。可惜创业时机不对。自从独立之后，卡拉奇一直欣欣向荣，不停发展。这个地方接受了来自印度和巴基斯坦各个地方的移民。如今，信德省和旁遮普莫哈吉尔的紧张气氛即将恶化。

一九八七年一月，萨尔曼结婚不到四年的时候，他和妻子两人的积蓄全都被骗光。有一个朋友告诉他们，到了这种年纪，他们应该未雨绸缪，进行投资。他们为了分散风险，将钱投资到不同的公司，但有一天，所有的公司都突然消失得无影无踪。这个朋友先前游说他们投资一家由毛拉经营的公司，这些毛拉不是激进分子，他们只是希望让伊斯兰教教徒变好，使迷途者知返，并继续争取一些人皈依。朋友告诉萨尔曼和他妻子："你们也许没有信心，但这是唯一真正可靠的公司。"两人就这样把绝大部分钱投资到这家公司了。

不仅萨尔曼家发生悲剧，外面的悲剧也层出不穷。"在这段时间，卡拉奇和信德省的情况越来越差。在一九八七年到一九八九年之间，可怕的事情不断发生。一个人夜晚独自走在路上时，就可能有人骑摩托车从后面追来，在他背后刺上一刀。这类案件少说也有一百件，几乎每个星期都发生。我想不起来自己曾看到任何报道称，这种背后伤人的不法分子已被捕。我对这样的案件感到愈发难过。

“一九八七年七月，事情终于发生了。有一天凌晨两点，我必须开车送妻子去机场。回程路上，汽油用光了。我出门的时候就知道汽油不够，但中途有许多加油站，到时再加即可。这几乎是个不夜城。岂料每家加油站都打烊了，原因是害怕被抢劫。我载妻子到了机场，当时汽油已所剩无几。在回程路上，也就是距离我家还有两公里远的地方，车终于跑不动了。时间是凌晨两点多。于是我只能将汽车停好，走路回家。

“我从来没有那么害怕过，是真正的害怕。我依然清清楚楚地记得，当时我不停地注视路边的墙壁，盘算哪面墙壁够矮，一旦被抢，可以轻易翻墙逃走。不一会儿，我就听到背后传来摩托车噗噗噗的声音，听得我毛骨悚然。一刹那，所有的念头都浮上脑际，但我唯一记得的是，我恨不得立即翻墙而去，拔腿就逃。我想不起来当时我为什么没这么做。噗噗噗的声音越来越接近。我回头去看，原来只有一个人，抢匪通常都是两人一组。对方既然单枪匹马，可见不是抢匪。但我还是很害怕，索性停住脚步。对方来了，他说：“这么晚了，你在街上干什么？你难道不知道这样很危险？”我一一回答他的问题。他问我要上哪儿，我说要回家，他说：“上来，我载你回家。”对方是个说乌尔都语的男人。我也不禁笑了起来，问道：“你说这么晚了在街上游荡很危险，那你自己呢？”他说：“我要到印度领事馆排队办签证，希望排在第一。”当时是凌晨两点多，他的行为也是许多人正在做的事。他一定有亲人在印度。他是去探亲，并不是要逃避危险。

萨尔曼和妻子一直想离开卡拉奇，回到拉合尔。上述那件事让他下定了决心。那天早上，他打电话给妻子说：“我们真的非走不可了。”

“并不是因为害怕自己性命不保而要离开，而是因为在这种不义且残暴的社会中，日子十分难过。一切都在分崩离析，好像那些在旁遮普死掉的可怜人都白白牺牲了。为什么是这样？不是痛苦不痛苦的问题，而是让人感到非常气愤。”

“摩托车事件”发生大约六个月后，像萨尔曼一样在卡拉奇遭受苦难的人们组织了一场和平集会。大约有五百人参加，他们都是失去希望的人。当时是冬天，对于卡拉奇来说是非常舒爽宜人的天气。参加集会的人都面带微笑，相互点头打招呼。许多人眼中泛着泪光。

“现场有种强烈的兄弟之情与归属感，没有人呼喊口号，很像在卡拉奇的和平漫步。我觉得自己就快哭出来了。大家都知道，就这座城市所发生的一切而言，我们同是天涯沦落人，大家也一致认为这座城市是座不夜城。旁遮普人和帕坦人从前都说，这是一座富有同情心的城市，特别是同情比较贫穷的居民。”

那年九月的第一个星期，信德省第二大城海德拉巴发生三百人遭屠杀的案件。一些身份不明的人举枪就射，大约在十到十五分钟的时间内，就射杀了三百人。这是莫哈吉尔战争的一部分。有时是莫哈吉尔杀人，有时是部队杀人。当天，萨尔曼碰到几个朋友，朋友问他：“你脸色很差，有亲人被杀吗？”他说：“没有，没有，没有亲人被杀。”

就在那一天，萨尔曼和妻子决定离开卡拉奇。他们花了三个月时间，才将一切事情打理完毕。

对萨尔曼而言，谋生并不容易。这个国家对知识的需求有限，他想以作家身份工作，但一点机会都没有。国家的状况也不鼓励他这样。他能做的事，都只能拿到很差的酬劳。

萨尔曼成了漂泊者，他如今在荒野中找到了慰藉，这个国家至少能提供他这点。这里多的是沙漠和崇山峻岭，置身此地之时，好像全世界只有他一人。

昔日的痛苦挥之不去。一九四七年，独立后的前四天，八月十四日到十八日，在旁遮普一栋庭院的墙壁上忽然出现斑斑血渍。

萨尔曼没有去过印度，他想，或许自己应该去印度。他希望开始这趟印度之旅，并希望在八月十一日出发，从喜马拉雅山的索兰车站开始。一九四七年八月十一日，他姑姑（就是在一星期之内遭人杀害的姑姑）从索兰写信给她的丈夫说，索兰的局势变得很险恶，希望丈夫立刻来带她回旁遮普。他果然来了，带她搭火车离开。他后来说（他是少数幸存者之一），他们感觉得出来，火车厢里有种仇恨和肃杀的气氛，但他们还是顺利地在八月十四日回到旁遮普家中。

这就是萨尔曼有朝一日想踏上的旅程——如果他能取得印度签证的话——旨在纪念这件事的开始。

第七章　来自北方

瑞希穆拉是尤素夫塞部落的帕坦人。他用部落的名字当自己的姓。帕坦人有一个古老的祖先。尤素夫塞人，顾名思义，是尤素夫塞的后代。部分尤素夫塞人的家谱十分完整，但瑞希穆拉回顾自己的祖先，却只能追溯三代。他说，他的祖父对此事会比较了解。

追溯过去，就只能追溯到人们的记忆所及之处。人们没有方法去评估或确定在家人记忆之前的历史。在这里，时间犹如一条长河，很难正确地标示河流的某个定点。人们对自己的年龄并不是那么确定。瑞希穆拉说，他出生于一九五三年，但出生证件上写的却是一九五四年。至于瑞希穆拉那个年轻、瘦小、黝黑、面带笑容的仆人，可能是十八九岁，没有人说得准。仆人有一副漂亮坚固的牙齿，满头黑发呈波浪形。

照瑞希穆拉所说，他的父亲于一九一八年出生在一个贫穷的农家。他出生后不久便父母双亡（可能是死于流行病，但瑞希穆拉没有这么说），成了不折不扣的孤儿。他以帮别人照看牛群为生。另一方面，十三四岁的时候，他也上学了，念到八年级左右。成年之后，他加入英国驻印度部队，当了英军中的印度兵。他很高大，六尺有余，一双湛蓝的眼睛十分漂亮。第二次世界大战期间，他去过埃及和利比亚服役。一九五三年，巴基斯坦陆军参与英国女王伊丽莎白二世的加冕典礼，他正好在军中。后来，他以低阶军官身份，从巴基斯坦部队的运输单位退役。

这是一段漫长而优越的生涯，可惜，天有不测风云，后来出了差错。他回到村子不久，因为孟加拉国局势有变，又很快被召了回去。他以预备队员身份，被派往孟加拉国吉大港。这场战争打败了，孟加拉国也脱离了巴基斯坦。在孟加拉国的巴基斯坦军队放下了武器。所以，瑞希穆拉的父亲在他军旅生涯的最后一幕是，他退役之后，沦为战俘。有很长一段时间，他是死是活，家人都不知道。最后，有一天，家人收到他一封来信，是从印度战俘营寄来的。

大约两年之后，瑞希穆拉的父亲回到村子。他总是做些很特殊的工作。他号召人们成立公交公司，主张村子要有电力设备，设立第一家面粉研磨厂。他要人们修建自己的道路，要求大家把村子清扫干净。每到星期五在清真寺聚礼的时候，他就会拿着他的披风，为某些理由募款。家中有人对此很不以为然，他们说："你这是在要求施舍，有失身份。"他说："不会，不会，我是在为真主工作。"不过，这大概真的对他很不利，因为后来他参加地方选举时居然落选，另外一位家人反而当选。

瑞希穆拉的父亲希望儿子当军官，尽管他能力有限，他还是竭尽所能，送儿子上理想的学校受教育。在小学六年级之前，瑞希穆拉在白沙瓦英语军营学校念书。但最后等到他长大成人，甚至成了篮球选手之时，他还是没有通过体格检查：视力太差。

父子两人十分失望。父亲说："没办法，都是命运，是真主的旨意。"

他继而一想，或许儿子该当医生。接下来有两年多的时间，瑞希穆拉先是在当地，后来又到卡拉奇帕西人成立的科学院学习科学。可惜在考试中，瑞希穆拉差了一两分，未能上第一志愿的学校。这表示他上医学院的指望也落空了。

就在这个时候，瑞希穆拉的父亲沦为战俘。他的薪水只有一部分交给家人。（其余部分为他保存，等他回来领取。）瑞希穆拉必须放弃自己的生涯规划，回村子照顾家人。对他而言，这是一段黑暗时期，世界似乎全都关闭了。但等到父亲归来之后，世界又慢慢地再度向他打开，但打开的方式是任何人都始料未及的。

瑞希穆拉在卡拉奇念书时，和一个堂兄住在一起，他一切费用都得自付。他在报社当校对，每天晚上六点开始工作，直到凌晨两点才下班，他每个月赚一百八十卢比，相当于九美元。白天全是他的时间，他可以上学。他在这段时期对报纸产生了兴趣。如今步入社会，他具有一些专业知识，找的也是报社的工作。他成了助理编辑，做些与报道相关的工作，在拉合尔和卡拉奇之间来来往往，从这家报社跳槽到另一家报社，慢慢升职。

阿富汗战争，以及后来漫长的派系之间的斗争，提供了他千载良机。身为帕坦人和边境中人，他对各种问题了如指掌，变得十分抢手，还为外国组织做了许多事。他自认为是全巴基斯坦收入最好的记者之一。

但是在瑞希穆拉心目中，没有任何事情可以和当军官的荣耀相比。他可能觉得自己已经得到了补偿。如今，在他世居的村子附近——就是在大约两年之前让他父亲在一场竞选中落败的村子——瑞希穆拉和他弟弟为他们的大家族盖了一栋华丽的大房子。因为村子实在太拥挤了，所以房子所在之地与村子有段距离。房子是十二年前盖的，当时瑞希穆拉大约三十岁，所以，尽管有重重障碍，他还是爬升很快。

墙壁是用没有抹底灰的混凝土砌成的，有各种装饰：一系列直立的椭圆形卷轴装饰，边缘突起，在上方和下方形成扇形图案。大门非常巍峨堂皇，漆成绿色和黄色，上部有钉上去的栏杆。柱子表层覆盖着大理石。在钉上去的栏杆下方，用帕坦文刻有“庇护所”这个词。瑞希穆拉和他弟弟的名字则用乌尔都文刻在柱子上。

另一道金属门保护着家中的内院，内院有两层楼高的砖房和一座水塔，外院则是平时接待客人的地方。每个星期五，有所请求的村人就会来看瑞希穆拉。瑞希穆拉目前多半住在白沙瓦。从这里搭车到白沙瓦,大约要两个小时的车程。他强调每个星期五都会在家中接见村人。瑞希穆拉从事这种社会和政治工作，是为了承袭父亲遗志，并表达对他的怀念。

瑞希穆拉一家，在二十世纪可谓走过了万里路。他们在这里的房子可以说是旅程中的休息处。世居的村子约在三公里以外的山中。在村子一个没有水的高处，有栋又小又破的房屋，瑞希穆拉的父亲便出生在这里。在更低洼处，即在清真寺附近，有一间宽阔的房子，瑞希穆拉的父亲从军中退役后，就搬到这里。在一个更低洼的地方，则是上述有庭院的房子。这里曾是印度教的商店和住户，在村子里有很多这种房子，不禁让人想起一九四七年净化的遗迹。瑞希穆拉的父亲曾在这栋房子里设置牛栏和储藏室，后来他们在那里开了六间商店，租了出去。

瑞希穆拉的父亲去过利比亚、埃及、伦敦、孟加拉国等地，瑞希穆拉则在他的村子、白沙瓦、拉合尔和卡拉奇之间走动。瑞希穆拉的弟弟在阿拉伯联合酋长国混得很不错。他们需要外面的世界，靠外面的世界为生。没有外面的世界，他们便很可能在这里腐化。但他们希望回到的这片圣地中，田地和居住面积都很小，因为人口太拥挤，瑞希穆拉和他弟弟还不得不换房子——摆脱外在的世界，恢复真正的自我，最后落叶归根，老死故里。

在大城市，甚至在帕坦人移居的其他国家，都还保有他们的葬仪社。这里的坟墓装饰得十分华丽，并不像伊斯兰教所说的那样朴素。女人为了顾及古老的部族感受，会打破帕坦人严格的深闺制度，去墓地念《古兰经》文，并且在墓地上放一些钱，让穷人去捡拾。她们有时还会在自己特别敬爱的人的坟墓上放一些彩色的旗帜、照片和盐。

瑞希穆拉和他弟弟，大约在父亲死后两年，盖了这栋崭新的大房子。尽管瑞希穆拉没说出来，但父亲在临终之际，还是知道自己的长子混得不错。新房子坐落在一块五英亩大的土地边缘。他们购买这块土地，是因为土地靠近大路和灌溉的水渠。他们总共拥有大约二十五英亩的土地，并不是所有的土地都需灌溉；其中许多是仰赖雨水灌溉的“雨水地”，一年只能一熟。

接见陌生人的庭院在大门左侧，客房则在那块很大的泥土庭院末端，回廊有砖柱和砖砌的拱门，大理石铺的地板上有图案。这儿就如同拉纳（那个在乡下出生的年轻律师）伯父在拉合尔附近的村子接待宾客的庭院的翻版，只是要豪华得多。在次大陆，往往可以在一些小地方发现，有些乡间农家居然颇有豪门风范。在一些较贫穷的地方，回廊外的主要房间地板是泥土铺的，但是在这儿，却是水磨石地板；在一些较贫穷的地方，墙上和壁龛上钉的是大铁钉，但是在这儿，却装有很高的壁橱，壁橱上还有玻璃门；在一些较贫穷的地方，仅有的家具就是两三张弹簧床，但是在这儿，有两张很合适的木床，还有装饰得十分漂亮的床头板。除此之外，还有一个很大的餐桌，配上十把椅子，另外还有几张配有六把扶手椅的边桌。

瑞希穆拉聊天气，谈收成。季风一向会带来水汽，但拥有“雨水地”的人如今却只能苦苦等待甘霖，好播种小麦。每当苗头不对，人们就会赤脚去田里求雨。在田里的祈祷以求雨为主，有特别的祷告词，但有时候也会祈求避邪。当然还有其他较古老的仪式。

“如果你将一个人的脸涂黑，带他挨家挨户去募款，并煮些食物布施穷人，就可能求得雨水。求雨仪式可能很快就会进行。这里的人很迷信。”

瑞希穆拉的弟弟和长子端来茶和饼干，以及一盘奶油和面粉制作的甜点。弟弟一张粉红色的脸，身材高大，肩膀宽阔。他说：“各位玩得尽兴吗？”这是他打招呼的方式，也是他的礼貌。他不多话，客气地站了一会儿就离开了。

一个个子矮小、黝黑、蓄着胡子的男人进来，二话不说就直接坐在一张扶手椅上。他戴着一顶山区的人经常戴的扁平毛毡帽。瑞希穆拉说，他是理发师。他来是要看家里有没有人要理发或修剪胡子。他叫奎姆·卡恩，每个星期五都来，有时不是星期五也来。总有些家事他帮得上忙。这可以解释，为什么其他人似乎都在等待，而他进来、坐下，都十分随意自如。他穿着一件淡蓝色宽松套装，搭配一件生棉紧身马甲。瑞希穆拉和他弟弟以及长子都穿淡桃红色的衣服，这种颜色显示的是干净和安息日的宁静。但是对理发师而言，安息日反而是忙碌的工作天。他宽松套装上的淡蓝色比较耐脏。

瑞希穆拉告诉我，理发师不仅仅为人理发，他还有其他工作，随时可以提供帮助。每逢有婚丧喜庆，他就去做厨师；他会将他的大锅、大桶等烹饪器具带到主人家，在庭院中起一个炉灶，煮大量的饭和其他简单的食物。他也当信差，到处帮人送喜帖或讣闻。他还帮人割包皮。奎姆·卡恩有一项祖传的特技，他会唱歌、吹笛子。人们有时候会要他表演。他的妻子也会唱歌，她和婆婆、小姑也随时等待别人的召唤，为有钱人家的妇女提供各种服务，比如帮她们传达讯息，或陪伴她们外出。

在地球彼端的特立尼达印度小区，村子里的理发师也做诸如此类的例行工作（并非完全一模一样），这可以追溯到五十年前我成长的时期。所以，瑞希穆拉的话，让我有一种似曾相识的感觉。我认为，在殖民小区，古老的信差、媒人本应该争取机会再度出现；但在其他世界中，这种阶级不高的人居然也会表现自己的身份，这实在非常值得注意。

我想，瑞希穆拉描述的那个理发师，在某些方面很像皈依后的爪哇村落殡葬工作者，就是那些专门处理尸体的工作人员，他们也兼做厨师，是被伊斯兰教吸收的印度下层阶级。尽管这些殡葬工作者有荣幸领导伊斯兰教教徒祈祷——仿佛在这种新的化身中，他摧毁了古老的阶级思想——但五百年之后，他的其他功能依然被视为古老印度秩序的一部分。

瑞希穆拉描述的那个理发师，在印度皈依了一千年后，似乎就可以通过某种方式，成为印度历史的一部分。（尽管这里也有狂热分子，一般人还是紧抱种族起源和历史不放的。）坐在瑞希穆拉的客房，思考着瑞希穆拉和那个穿淡蓝色宽松套装的理发师——一个身材高大，温文尔雅；另一个身材矮小，皮肤黝黑，一双眼睛毕恭毕敬——我感觉自己可以看到，在古老的宗教失去根基之际，古老的社会秩序也被解除，甚至做了一些小小的调整，旨在融入新宗教。在次大陆，阶级思想依然根深蒂固。

奎姆·卡恩没有土地和房子。许多理发师如今都很有钱，但很少理发师拥有自己的房子。奎姆·卡恩喜欢拥有这些，可惜他没有钱。要赚钱就得远走高飞。他不介意到附近一些城市，如马尔丹、白沙瓦等。

但他通过瑞希穆拉的翻译表示，他不想走得太远。他真正想居住与工作的地方不是别处，正是这个村子。

我问道——同样是瑞希穆拉为我翻译——奎姆·卡恩想不想到村子外面，自己开家理发店。他用双眼盯着瑞希穆拉，成熟而不失尊重，好像这个问题是瑞希穆拉问的似的。他看起来有些渺小了。他说，如果他到白沙瓦或卡拉奇，在店里找份工作，每天顶多赚三十五卢比，还不到两美元。工资如此低，他根本存不了钱。他有一些亲朋好友去了卡拉奇，他自己也去过。他在那里为一家理发店的老板工作，老板也来自这个村子，是一个比较有钱的亲戚。他在老板家里帮佣，一个月拿一千二百卢比，相当于六十美元，根本不够用，于是他又回来了。

他上过学，一直到八九岁，念到三年级。他曾经有个女儿，不幸夭折。这就是他的故事。他没有其他事情可说了，于是坐在扶手椅上空谈，无所事事，却自得其乐。

瑞希穆拉带我去参观他家的庭院，这是莫大的礼遇。在这里，深闺制度十分森严。但因为有两名砖瓦匠在家里施工，深闺早就做了妥当安排。这栋一共住了十五个人的房子是用砖砌成的，共有两层楼。楼下——我从远处打量——在一条很长的回廊后面，共有四个房间。回廊有大理石地板和砖砌的拱门。水塔（上面装有电视天线）和上层楼的左边有混凝土阶梯直通，阶梯并没有任何遮盖。女眷住在上层楼，那里的回廊有镂花图案的混凝土砖相隔。

庭院没有铺砌，尘土飞扬，种着许多果树，很显然是随意种的，所以没有果园的效果。果树之间有许多床、桌子、鼓、篮子和弃置的家具。养鸡的地方有个小木屋。庭院角落有一口井，井上有混凝土盖和电力马达。厨房在另一个角落，平坦的屋顶上有一些已经劈好了的木柴。

在另外一个自成天地、收拾得很干净的地方，有个印度北方传统的泥墙厨房，叫“灶下”：这是另一个一百年前印度移民带到特立尼达的事物，我从小就十分熟悉。所以，对我而言，尽管在瑞希穆拉家的庭院，“灶下”有其他名称，我也好像找到了从前的记忆。就连那种散乱——床、鼓和篮子——都和我记得的外婆家的散乱神似。

我问瑞希穆拉，那两个在他家施工的砖瓦匠是不是准备铺砌庭院。我会这么问，是因为眼前一片混乱，这种混乱似乎是暂时性的，庭院的一切很快就会恢复秩序。但瑞希穆拉说不是，眼前的一切已经够好了。尽管我当时觉得有点诧异，但一会儿之后，我恍然大悟：房里的人想找任何东西，都能清楚地知道这些东西摆在何处。

瑞希穆拉的小儿子从屋内跑了出来，跑到我面前，用手比出枪的模样，开起枪来。他用英语说：“你！你！你是英国警察！”这可能是电视看得太多的结果，也许是我的外套让他想到警察，要不然，就是瑞希穆拉先前曾告诉他访客的情况。

豢养家畜的圈栏就在主屋的后面。墙外是堆肥料的地方和一些田地。家中五英亩灌溉农地的收成采用分成制，农地种有各种作物，包括甘蔗、玉米、饲料和蔬菜，任何作物家人都可以得到一半。

我们一行人——包括我、瑞希穆拉与那一小群已紧紧和我们走在一起的人——开始走向主水渠。我们走在甘蔗田之间，新砌的水渠混凝土墙上。这里的甘蔗是最有价值的作物。我们在几块田地之外，看到另一户人家的甘蔗田和他们用泥土和砖砌成的矮房子。他们告诉我，这是一个理发师的房子，不是奎姆·卡恩的，是另一个理发师的。

我问道：“是一户有钱人家？”

不，不，他们异口同声道，好像这户人家的贫穷已是众人皆知的事实。

大水渠比我预期的要小，但看起来很干净，也有人管理，似乎突然之间出现一种秩序感。看到潺潺流水，让人耳目一新。水渠边有一排小树。政府照料水渠，甚至也照料这些小树。前面的土地、田里的流水和小树形成一方美景。田地被维护得很好，在阳光下一望无际。在安息日走过拥挤的道路，去过杂乱无章的商店，领教过赶市集的单车和人群之后，能够有眼前这片开阔的田野供人欣赏，不能不令我惊叹。但灌溉的珍贵田地只有零零散散一小块，局促之感依然存在。

我问道，理发师奎姆·卡恩是不是尤素夫塞人，瑞希穆拉说不是；奎姆·卡恩没有土地。唯有血统高贵的帕坦人才拥有土地。尽管地价高昂，但他们宁可在这里买土地，也不在诸如白沙瓦那样的城市买——其实在白沙瓦买房子才是比较明智的投资。理发师和其他工匠、木匠、泥水匠、铁匠、金匠、洗衣匠、织布工等人，都不准买土地，这种规定直到最近才改变。如今，他们可以买地盖房子，但他们当中很少人拥有土地。他们并不是瑞希穆拉所谓的主流人物之一，毛拉的地位在他们之上，血统高贵的帕坦人地位最高。瑞希穆拉并未大加着墨，但是在他轻描淡写的述说中，发现毛拉略被降级，还是让人觉得十分有趣。

瑞希穆拉说："因为理发师住在帕坦人之间，所以必须在这个十分现实的男性社会中存活，事实上他已把自己视为社会的一部分，努力去遵守相同的标准和原则。工匠或许会说，我们是帕坦人。在省外，他们这么做或许可以被接受，但是帕坦人不会因为这样就接受他们，更不会把女儿嫁给他们。"

我们就这样边走边谈，沿着瑞希穆拉家庭院后方的水渠和混凝土墙散步。当我们再回到客房的时候，在几张床和扶手椅之间，瑞希穆拉谈到帕坦人的荣誉感。他颇以这种荣誉感为荣。我们第一次在白沙瓦的饭店见面，他谈到的正是荣誉感。他讲了一个帕坦女人和家中男仆私奔的故事。这对男女后来被追捕回来——边境根本就没有他们的容身之地——绑在树上枪毙。警察就站在一边袖手旁观。

瑞希穆拉现在尝试将帕坦人的荣誉感理出头绪。语言、家庭领域、好客、避难所、复仇……凡此种种，都攸关荣誉。尽管在一些细节部分，这里的法规是纯粹基于地域性而制定的，但是在次大陆，还是有以放诸四海而皆准的荣誉感为动机的行为。成长于特立尼达印度小区的我一向对这种事情心知肚明。二十世纪三十年代，印度小区以谋杀闻名，这正是原因之一。但我知道，这里所谓的谋杀并不是寻常的谋杀。当人们真正地相信政府无能，没有任何法律和机构可以信赖的时候，荣誉之感便油然而生。如果没有荣誉感，那么在这个世界既无声音也无代表的人根本一无所有。穷人格外需要荣誉感。

瑞希穆拉说："昨天刚有一个人被杀。四年前，有个当地的诗人被杀，昨天的杀人案就是为他报仇的。诗人的儿子雇杀手杀掉杀父仇人，如今大仇终于得报。他们才等了四年。对他们而言，为了报仇，等二十年都不多。"

一个满是皱纹的老人，瘦小、黝黑，戴着白帽子，坐在一张扶手椅上。他显然很注意我们的谈话，但我不知道他听得懂多少。瑞希穆拉说，他是一位表亲。他这么说，或许是出于一种礼貌。老人有个儿子在迪拜，儿子希望回村子。老人认为瑞希穆拉可能帮得上忙，这就是他坐在这儿的原因。

一个个子很小、黝黑的年轻人走了进来。他的头发呈波浪形，穿灰色宽松套装。

瑞希穆拉对我说："你认得他？"

年轻人握了握我的手，他的手又湿又冷。他的名字叫吉麦·古尔，是瑞希穆拉的仆人，唯一的仆人。他负责照看牛群，没有和我们一起去水渠，因为他要到甘蔗田里拿草料给牛吃。吉麦·古尔住在客房。他在这里睡觉，也在这里看电视。电视就摆在一张很大的餐桌上，是瑞希穆拉在白沙瓦帮他买的。

吉麦·古尔是个孤儿，没有人知道他是何时出生的。他可能十八九岁，也可能二十岁。他父亲再婚之后，吉麦·古尔必须完全自立。他依附过一些亲戚，然后才找到瑞希穆拉。后来，他离开瑞希穆拉，前往卡拉奇。这里的人个个都去。虽然他们喜欢土地和村子，但可惜土地养活不了他们。吉麦·古尔并没有在卡拉奇待多久，最后还是回来了。

客房中有人用英语说："他是理发师。"原来又是理发师。事实上，他是奎姆·卡恩的兄弟，就是先前那个穿蓝色衣服的年轻人。

瑞希穆拉说："他想当司机。他说，我帮你开车。但我目前已经有了司机。吉麦·古尔目前拿六百卢比，外加住宿、三餐、衣服和电视。他从很小的时候就和我们在一起了。如果他继续住下去的话，我们会为他娶妻，提供他房子。我们有三栋房子，两栋在这里，一栋在村里。他要结婚，可以娶一个亲戚的女孩。他不能离开他的亲戚。但他必须支付娶亲的费用，比如衣服或家用品什么的。"

吉麦·古尔曾经在卡拉奇一家理发店工作，这并不是件好差事。卡拉奇局势混乱，连到处走动或去找工作都危机四伏。他从一个叫兰第的当地人那里去了另一个叫谢尔的当地人那里。对他而言，卡拉奇只不过是这些名字罢了。除此之外，就是一些有关危险的记忆，连去上班都十分危险，到处都有人被杀。他认识的一名警察也被杀死了，警察名叫阿尤布。

奎姆·卡恩是瑞希穆拉在安息日的理发师，穿蓝色衣服的那位，他从干活的地方回来了，在一张扶手椅上坐了下来，嘴张得大大的。或许他并没有在听我们说些什么，他一定对这些事了如指掌。

吉麦·古尔说，当时经常有人罢工。他还在谈卡拉奇，没有人上理发店。因为生意实在太清淡，他只好回到这儿。

吉麦·古尔光着脚，波浪形的黑发垂在颈后，又厚又亮。他声音很低沉，几乎有回音。左手无名指戴着一枚戒指。如果戴戒指，手指就不会生病。这是一个银戒指，在吉麦·古尔黝黑的手指上十分显眼。那个黝黑、戴着白帽子、儿子在迪拜的男人也戴着类似的戒指，好让自己的手指保持健康。

瑞希穆拉说："我是唯一不戴戒指的人。"

我问吉麦·古尔："你在这儿快乐吗？"

他用他那特殊的声音说（瑞希穆拉帮他翻译）："很快乐，不然我能上哪儿？"

大家都笑了，吉麦·古尔自己也笑了，露出两排牙齿。他说，尽管会理发，但他并不喜欢，宁可去喂牛。

又到了中午祈祷时间。瑞希穆拉站了起来，用他沙土色的大披风将自己包裹起来，走了出去，一直走到客房庭院的阳光中，到了庭院末端，便转身去了一些矮树的后面。有朝一日，这些矮树或许都会长成参天大树，成为屏障，进入家中的庭院。

后来，两个在这里工作的男人——就是砖瓦匠和商店的助手——走了进来，坐在有拱门回廊的一张弹簧床上，和牧牛人（那位不但住在这里，又有电视可看的仆人）吉麦·古尔一起吃饭。

吃完有厚厚的全麦面包、蔬菜、鸡肉、羊肉饭、苹果和葡萄的午饭后，我们走了一小段路，到瑞希穆拉世居的夏莫村参观。在瑞希穆拉家的大门外，一个小女孩正在尘土中嬉戏。她是我到达之后看到的第一位女性。深闺制度很快就会实施在她身上，她的余生都要在这种毫无意义的空虚环境中度过。

在不远处一个半开放的小屋里，几个男人正在制作粗红糖，我们驻足参观。甘蔗在一个用牛拉着的简便铁制研磨器中榨干。甘蔗汁流进一个很浅的盘状大铁盆里。盆子下面有一个类似隧道的炉子烧着火，有人在不断添加垃圾、木头和甘蔗渣。外面阳光很明亮，屋里热度也很高。一个男人使用长柄勺子，将奶油色的渣滓拨掉，并且将这种废物倒在柳条制的篮子里。他还不时用耙子去刮黑锅的上半部。制糖过程大约花费了两个半小时。这些糖既香且脆，新鲜的时候本身就很可口，绝非精制糖可以比拟。

后来还是瑞希穆拉告诉我，虽然这个地方的人都很贫穷，但制糖的男人只能是外地人。当地人有他们自己的养生之道，不屑于做这种又累又热的工作。

夏莫村十分引人注目。村子三面环山，都是奇形怪状的岩石。这些山都是一座山脉的一部分，村子就在山脉脚下。从远处看，屋顶和墙壁是平坦的，岩石、墙壁、阳光和阴影，形成某种图案，颇似立体派画家的作品。瑞希穆拉的父亲一九一八年出生的房子在高山上。一条狭窄的巷道顺着陡峭的山蜿蜒而下。在山底附近，接近清真寺的地方，就是瑞希穆拉父亲自己盖的房子，不远处有一个石阶圆池，里面是从山上流下来的山泉。

此地有山、有泉、有池，显然人杰地灵，甚至让人有超越俗世之感，如同苏门答腊的温泉，据说米南加保人就来自那里的土地；又像爪哇默拉皮火山脚下的土地，诗人莱诺斯认为它十分神圣，在土地表面下数尺深处还有印度教和佛教的遗址。夏莫村一直有人居住，地面也有一些遗迹，让人们不断忆起往事。

这里的主巷道十分拥挤，到处都是孩子。他们头发很长，脸上肮脏，小手小脚也沾满泥土，好像村里的房子再也无法容纳他们似的。从不太远的地方眺望这座陡峭的山脉，让人感到十分荒芜，但这个孤立的环境却能让人产生幻想。一个理发师不过才四十五岁左右，就生了十个子女。一个农民也生了八个。所有有能力自给自足的家庭都搬离了村子。但这个村子仍住满了瑞希穆拉的亲戚，他一直在和人们握手。一条狭窄的巷子有十二三间商店，全都又小又黑，还很低矮，像普通家庭的客厅。

回程途中，我们路过瑞希穆拉妻子的娘家。在巷尾有一口井，井前有一面没有门窗的砖墙，通过半开的大门可以看到起居空间的后面有牛栏。这家人原先比瑞希穆拉家富有，拥有的土地比较多（也迁离了古老的村子）；但他们的受教育程度较低，瑞希穆拉和他弟弟买走了他们的一些土地。

婚礼是瑞希穆拉的父亲打点的，但新娘是瑞希穆拉自己挑的。她是他的远房亲戚，从前就常到他家玩，他也常到她家走动。她家就是此刻我们所看到，有一面没有门窗的墙。她也住在深闺中，但因为两家经常互访，他们都可以看到对方。但他们并没有真正碰面，私下聊天。他顶多趁她到他家时说声“欢迎”。他们一直等到婚礼的第三个晚上才真正见面，两人都很害羞。他不知道该说些什么，只能问“你好吗？你高兴吗？你对新家有什么感觉？”她并没有回答。如今，她就住在瑞希穆拉和他弟弟在不远处盖的新房里，她这辈子的人生已经确定无疑。

一个戴着白帽子、十分体面的人在客房等着我们。此人是穆塔巴·卡恩，瑞希穆拉的另一个亲戚。他这辈子的工作生涯都是在境外度过的。如今他回来，再也不走了。他回来接收被分成好几块、共二十英亩的土地。他一九三〇年出生在夏莫村，十六岁时离开，去了卡拉奇。如今他有点像个演员，打扮妥当，准备登场演最后一出戏。他蓄着一大把胡子，黄色、黑色和灰色，相当分明。谈到在境外的生活时，他仅浓缩成几句话，好像那段生活只不过是一段插曲似的。

照他所说，生活不过是一些诸如卡拉奇、迪拜这样的地名，不过是一些雇主的名字（在卡拉奇的雇主是一个做五谷杂粮生意的印度人，在迪拜的雇主是一个拥有果园的阿拉伯人），不过是这些雇主支付的薪水罢了。没有其他细节，没有照片，也没有任何东西足以显示生命的流逝。但是在这儿，时间是被人忽视的长河。对他的伙伴而言，穆塔巴·卡恩是个见过世面，如今又安然归来的人。他是他们羡慕的对象。现在，坐在客房床上的一小群人都竖起耳朵听他说话。砖瓦匠和跟他一起的男人也坐在那儿，他们已做完工作，满身污泥。一来是出于礼貌，二来是增进交情，他们通常都会多待一会儿才回家。

穆塔巴·卡恩谈到卡拉奇。他说（瑞希穆拉为他翻译）：“想到在那里的日子，我还是觉得十分不舍。在卡拉奇，你就算睡在人行道上都安然无事。但如今，我认为卡拉奇没有办法再恢复那种太平岁月了。”这就是卡拉奇对穆塔巴·卡恩的意义。

他很担心卡拉奇的帕坦人。瑞希穆拉告诉过我，卡拉奇有两百万名帕坦人，比白沙瓦和喀布尔都多。

穆塔巴·卡恩说：“他们人数太多了，总是死也不肯回来。”

我问他：“那么，这里的人是不是也太多了呢？”

“现在学校的孩子太多了，根本没有地方坐。但我们相信，孩子是真主的恩赐，不能阻止孩子出生。真主安拉会供养孩子。每当孩子孕育成胎，真主安拉就已决定让孩子出生了。”

第八章　阿里的足迹

如今，在白沙瓦四周的乡间地区，每天早上都会有一些穿着罩袍的人站在很矮的砖房前。在这些砖房平坦的屋顶上，日光闪烁，炊烟与薄雾齐飞。在平坦而寒冷的田地里，有一块一块的甘蔗田，种的是热带的甘蔗,接近小果园。小果园里种的是温带水果。在一些田地边缘，有一两排细长的混种杨木，伴着稀落的树荫。这也是一种作物，杨木种了四年之后就可以砍掉，用来做火柴。不过把杨木当作物，在这里也算是新鲜事。关于它有一段历史:孟加拉国从前供应火柴给巴基斯坦，直到一九七一年孟加拉国独立为止。

我搭乘饭店汽车前往拉瓦尔品第。混浊的喀布尔河在阿托克和蓝色的印度河交汇，汇集成一条大约一米宽的河流。这是次大陆最壮观的河景之一。边界在这里告终，旁遮普从这里开始。在此驻足眺望，本是美事一桩，可惜桥上不能停留。我一程接一程地赶路，搭汽车前往拉瓦尔品第，然后乘火车前往拉合尔，一路上地势越来越平坦，但到处都是人，瑞希穆拉对我说关于帕坦人的想法已渐行渐远。荣誉和家庭领域、庇护和复仇、妇女的隐居和遵守严苛的宗教规定。这些观念全都需要他们自己的背景，还有他们那封闭的世界。但帕坦人必须迁移，他们也需要外在世界，荣誉感可能已经扭曲。很少有帕坦人接受过教育，或拥有高级的技术；部族的法规既给予他们保护，也可能让他们成为掠夺者。这是他们在外在世界的名声之一，也是他们身为军人的另一种名声。

白沙瓦的饭店大厅里，有一则通告漆在一块木板上："本店规定：武器不得带进饭店。私人警卫或枪手必须将武器交由饭店安全人员保管，敬请合作。饭店管理处敬启。"我回到拉合尔的时候，听到边境发生绑架事件的新闻。

我认得一位叫艾哈迈德·拉希德的记者。他和一个合伙人一起在旁遮普的偏远地区拥有一座煤矿。根据他传来的消息说，矿场有三辆吉普车被人偷了，还有六名矿工被绑架。偷车和绑架事件发生了好几次。起初，一辆吉普车和车里的两个人在大城市萨戈达被劫持。十天之后，劫匪要二十万卢比，相当于五千美元的赎金。艾哈迈德派了两个人开吉普车去和绑匪谈判，没有让他们带一分钱。绑匪十分恼火，于是将两个人连同吉普车一起扣了下来。艾哈迈德知道绑匪的意思，于是又派两名职员，带着赎金，开第三辆吉普车前去谈判。但绑匪头目依然怒气未消。他们又扣下这两名职员以及他们携带的赎金，重新要求两百万卢比，相当于五万美元的赎金。

当过记者的艾哈迈德对这整件事感到十分兴奋。这件新闻居然就发生在他的辖区。尽管他已不当记者很久了，但凭着新闻敏感，他仍然觉得这一系列事件很好笑，矿场居然一次又一次地派两人小组，前往边境一带的绑匪窝里和绑匪谈判。他和军方以及情报单位联系，只有这些人才能提供协助。他想，对于遭到绑架的人质而言，这件事根本一点都不好笑。谈判可能会拖上几个月。目前最要紧的事情就是让谈判进行下去，唯有如此，才能避免人质被运到边境以外的地区。如果人质被运到境外，那一切都完了，从此人质和吉普车很快就会被忘得一干二净。

如果人们都不相信法律，不相信任何机构，就只能倚靠荣誉的法规和观念来自我保护。但相反的情况也可能出现。如果荣誉的法规过于强盛，就可能没有法治可言了。在边境地带，正如萨利姆的帕坦客人在曼苏拉所说的，这个现代国家正在萎缩，可有可无。人们又开始伴随部族和封地的想法生存，这对于做生意颇有裨益。

往南约三百米处，就是旁遮普和信德省的交界处。在一片沙漠之中，从前有个古老的君主国叫巴哈瓦尔布尔。在英国统治印度时期，这种半自治的国家有五百多个，其中七十个地位重要，他们的统治者有资格被称为“殿下”。巴哈瓦尔布尔正是其中之一。

十八世纪中叶，当伊斯兰教势力在次大陆土崩瓦解的时候，又出现了一个这样的君主国。它的西部和北部以印度河及其支流象泉河为界，绵延三百米。这个国家一边紧靠大河——象泉河是一条荒废的大河，河道蜿蜒——一边紧靠沙漠，抵挡了北方的锡克族人和南方的印度马拉地人。一八三八年，英国将巴哈瓦尔布尔收为保护国；该国的纳瓦卜（印度莫卧儿王朝时代的地方行政长官）终于了解到宗主国提供的安全。他们一直统治巴哈瓦尔布尔，直到一九五四年，该国并入巴基斯坦为止。

纳瓦卜本来希望英国人一九四七年离开次大陆之后，他的国家可以独立。这根本就是痴心妄想。巴哈瓦尔布尔在一九四一年的人口不到一百五十万人，大部分还是农奴。但是在英国保护下，安安稳稳地过了一百年之后，纳瓦卜就开始妄想发挥他的权威。亡国败家之后，他想以一介公民的身份住在国内也不行。在他的国家观念中，可以肯定的是，没有所谓的自由公民；国家之内只有统治者和被统治者两种人。他带着许多财富，抛弃巴哈瓦尔布尔，定居英国。他在萨里郡买了一栋住宅，一直住到一九六六年撒手人寰为止。

他有许多子孙留在了巴哈瓦尔布尔，有些人的身份他承认，有些他则不承认。他还留下三座宫殿、成群的妻妾、几间学校和学院以及"象泉河谷计划"。这一计划由英国工程师执行，引水灌溉沙漠，开辟了一大片农地。这片土地几乎无偿分配给愿意耕作的百姓。但当地人实在没有精力再和土地一搏；来自旁遮普的定居者倒是很有兴趣。这项计划的成功让国家的收益增加三倍，让纳瓦卜变得非常富有。毫无疑问，这笔财富一定是鼓励他想到独立的因素之一。

巴哈瓦尔布尔王朝，经历了各种地理和历史事件，最后持续了两个世纪之久。这个朝代一向乏善可陈（除了象泉河谷计划之外），也全无创意可言，但后来有人陆陆续续为这个朝代增添了一些浪漫故事。有人说，这个朝代源自阿拉伯帝国阿拔斯王朝的哈里发。这位哈里发曾风风光光地统治过巴格达，一直到十三世纪蒙古人入侵为止。这位哈里发的一支后裔逃到了信德省，信德省当时是阿拔斯王朝的一部分。根据故事所说，他们在那里空等了五百年之久。最后，他们才千方百计取得了那一大块后来成为巴哈瓦尔布尔的沙漠。

最近再版的《伊斯兰教百科全书》不承认上述故事。百科全书的说法是，巴哈瓦尔布尔的阿拔斯人并不是阿拔斯王朝的阿拔斯人。若果真如此，那么上述故事是真是假就无关紧要了，重要的是地方的信仰，以及它赋予地方历史的角度。古代的印度信德王国是次大陆第一个落入伊斯兰教教徒之手的王国，这个王国在第八世纪时被阿拉伯人征服。这场征服行动经过精心设计，布局严密，征服的目的主要是掠夺。第一次长征是在公元六三四年，时间正好是先知穆罕默德去世两年之后，波斯被征服的前三年。后来阿拉伯人陆陆续续对信德省出兵八次，直到公元七一〇年，才正式征服信德省。

不论阿拔斯王朝故事的真实性如何，也不论二十世纪在世界其他地方发生了什么事，巴哈瓦尔布尔的最后一任纳瓦卜对于他自己所宣称的祖先倒是十分狂热。在巴哈瓦尔布尔和巴基斯坦以及次大陆，他是阿拔斯王朝的阿拉伯人，也是一名征服者。他的财富取自国家，不仅仅是一小部分。他戴土耳其帽来彰显这点，也要求朝臣戴，从而保住他们的职位（除非你学到诀窍，否则要将这种花瓶形的帽子戴在头顶上还真不容易）。有一天纳瓦卜驱车外出，远远看到一名朝臣在路边，没有戴土耳其帽。朝臣看到纳瓦卜，拔腿就跑。纳瓦卜开着汽车在后面紧追。这个可怜的朝臣，根本顾不得自己的尊严，只担心纳瓦卜和他当时很有名的手杖，很快就逃离大路，躲进一块甘蔗田里，更不顾甘蔗田的野草叶子利如刀锋，就躲在里面。

阿拉伯信仰、阿拉伯语言、阿拉伯姓名和土耳其帽。在征服信德省一千两百年之后，其独立身份，以及帝国、种族和宗教的权威都获得确立，或许因此，一直没有诸如伊斯兰教和阿拉伯等帝国主义。高卢人在被罗马人统治了五百年后，还可以找回他们昔日的神祇和崇拜。这些信仰并未死亡，只是隐藏在罗马的外表之下。但伊斯兰教设法抹灭过去，把这当作教条之一，信徒最后只敬重阿拉伯人，他们已无所回归。

纳瓦卜自认为是阿拉伯人和征服者，但他内心的另一面了解什么是真正的权威。他让自己的朝臣在他面前卑躬屈膝，他自己也甘愿在英国最高权势面前卑躬屈膝。当时似乎需要一位“英国居民”监督一般的事务，纳瓦卜就让那个英国人位居要津。

纳瓦卜皮肤黝黑（据我所知，他在学校里的绰号叫“阿棕”），整天想的却是白种女人。他有时十分强调自己宣称的祖先，有时却希望人们忘记他属于哪个种族。他一心想生白种子女，或混血儿。他妻妾成群，其中三个是英国女人（另外一个是英国人和印度人的混血儿）。因为行政长官有此癖好，于是娶白种女人便成了当时的风气。许多人到了海外，就娶白种女人回来当妻子。纳瓦卜的最后一个英国妻子被当地人称为“零夫人”，因为英国官员和巴哈瓦尔布尔的贵族都认为她实在太稀松平常了。

他将他承认的所有儿子都送到阿契森学院。阿契森学院是英国人建立的，拉合尔的公子王孙都上这所学院（纳瓦卜开始被人叫作阿棕，就是在这所学院念书的时候）。据说，对他而言，他那些混血子女很特别，似乎具有魔力。有人说，他曾让自己和两名当地的女人生的儿子去沙漠的一座圣陵守墓。这种事他很有可能做得出来，因为在他的侯国里，他的权力是绝对的，可是这则故事不一定真实。纳瓦卜妻妾成群，子女绕膝，彼此之间钩心斗角，什么故事都编得出来。

有一位来自巴哈瓦尔布尔的记者认识纳瓦卜的一个妻子。他告诉我：“他在皇宫里另辟宫室，供英国妻子和她们的子女居住。印度妻子知道他另有英国妻子，英国妻子却对他的印度妻子一无所悉。要巡幸后宫时，他就说要去旅行。旅行时间短则三天，长则一周。随侍他旅行的阵仗十分可观：有卫兵、劳斯莱斯汽车、骆驼部队。骆驼部队是他的个人侍卫。他只要绕到皇宫后面，即可进入后宫。皇宫占地广阔，类似一座古堡。后宫即在皇宫后面。”

他总共有三百九十多个女人，绝大多数只和他睡过一次觉。从此，她们就无法和其他男人睡觉了。有一部分女人后来变得十分歇斯底里，有些则变成同性恋。在后宫，他一直维持十六到十八个女人，随时奉召侍寝。

“他每次进入后宫，总是拿着手杖。女人蜂拥而上，争相拉他，他就用手杖将她们打开，一直打到他看到自己想要的女人为止，然后就叫官员安排她侍寝。他每次从海外旅行归来，总会带着铁制的大旅行箱，这时候后宫的女人全都抓狂了，她们吵着要宽大的内衣、雪纺纱和一些首饰，甚至不惜大打出手。他会在蒂凡尼、卡地亚、杰拉德等名店买东西给英国妻子。每次他到英国，推销员就会去找他，让他看一些珠宝。他会给自己买些英国乡村风景画，也总会找英国人像画家为他作画。”

有一天，有人端了一个银盘，上面摆了一封信，去找那位十分得宠的英国妻子。信中除了述说一些宫廷的阴谋诡计和流言蜚语之外，还告诉她纳瓦卜有个印度后宫。后来，纳瓦卜去找这位宠姬，发现所有妻妾都和她坐在一起喝茶。

“后来部队占领皇宫，他们找到一大堆人造阴茎，大约有六百个，有的是黏土制造的，有的是从英国买来的，必须使用电池。部队挖了一个洞，将这些人造阴茎全都埋了进去。皇宫里还有许多色情杂志。纳瓦卜必须看这些杂志，才能使用人造阴茎。有一天，一个人无意中闯进后宫，看到纳瓦卜正在对一个女人使用人造阴茎，尖叫不已。”

皇宫关闭了十一年，目前已经腐朽。和次大陆其他皇产一样，皇宫目前已成为诉讼目标，依法查封。纳瓦卜的许多继承人都在争夺这座皇宫。皇宫外表虽然富丽堂皇，内部实则已遭白蚁蛀蚀。蛀蚀留下的渣滓经年累月，积成土墩，不但将前门挤出一条缝隙，还将门卡得紧紧的。有人说，皇宫内的车库停着十九辆精选汽车，其中五辆是二十世纪三十年代定制的劳斯莱斯，如今已经全都生锈。

当我离开车道，绕到皇宫后面去参观的时候，警卫大声对我吼叫。

我知道原因。在皇宫后面的楼上，一间卧房的窗户已被打破，窗帘早被拉掉，有人进去偷东西。这种事情在次大陆屡见不鲜。花园里各种植物丛生，有沙漠山楂树，高大的象草、枣椰树等，全都长在水沟中。如今，它就如同一座虚拟的花园，好像是专为这座腐朽的皇宫而设计的，这座皇宫的车道一尘不染，几乎已到超现实的地步。

在沙漠深处有一小块荒芜之地——由看墓人的家属看守——里面有巴哈瓦尔布尔十四位统治者和他们妻妾的巍峨坟墓。这些宠姬们配享大理石建盖的坟墓。那些坟墓好像望景台，有镶嵌和突起的花色图样，全是莫卧儿式的大理石格子细工作品。纳瓦卜的两个英国妻子就葬在这种大理石坟墓中。

一个妻子的孙子带我去参观墓地。阿巴西说，纳瓦卜很敬重他祖母，祖母甚至协助他处理国事。后来，阿巴西让我看一小张褪色的照片，因为根据深闺的律法，纳瓦卜的祖母几乎没有照片。这张照片一定是这位祖母婚前请专家照的（或是在照相馆照的），上面的人身形苗条，一袭二十世纪二三十年代的衣裳长及脚踝，她端坐着，双腿交叉，脸朝向一边，面容姣好，表情泰然自若。她是一位英国派驻印度的军官的女儿。说来奇怪，她居然会选择这种特殊的生活方式。对她而言，这种生活方式等于让自己销声匿迹。此外，她在沙漠中的墓地也让人百思不解。她可能是中毒而死，因为在宫廷里彼此钩心斗角，相互忌妒的事情屡见不鲜；也可能是在接受手术之后去世的，因为纳瓦卜的深闺制度易引人猜疑，手术并不在医院的手术室进行，而是在皇宫的餐桌上进行。类似这样的事情，当然也有各种流言。

纳瓦卜承认的儿子共有十个。带领我参观墓地的阿巴西就是第三个儿子的儿子。第三个儿子自己也拥有四个妻子。阿巴西也为家族的遗产问题劳形伤神。这些一夫多妻制的伊斯兰教婚姻，在局外人眼里或许有几分喜感，但给局内人带来的痛苦实在难以用语言表达。这些痛苦如同疾病，代代相传。有些人自己受够了忌妒、折磨、漠视、虐待的苦难，却也似乎急于将这些苦难传递下去。

经过几代异族通婚，阿巴西如今几乎已是白人，国籍是澳洲，但他依然是伊斯兰教教徒。我问他，现在就种族而言，他已和先人相去甚远，不知道他对自己的背景有何看法。他说，他想移民加拿大或澳洲。"我祖父是印度王子，但那已成过去。印度王子，什么意义也没有。"

凡此种种，都以农奴制度为根基。开放沙漠、成群的女人、花费更高昂的英国妻子、伦敦珠宝、萨里的住宅、在皇宫车库生锈的劳斯莱斯，以及英国乡村的风景画：全都代表穷人中的穷人一分一角的奉献，就如同经过白蚁蛀蚀，经年累月堆积的渣滓一般。村子里的人隶属他们的地主，地主对他们拥有几乎绝对的权力，如同纳瓦卜对他的子民拥有绝对的权力一般。这些人，地主可以随意鞭打；他们的妻女，地主可以随意蹂躏。农奴知道自己不能背对主人，只能面向主人，慢慢后退，不然就只能从主人旁边走过。如此这般，一代代下来，农奴本能上都会跳类似螃蟹走路的舞蹈，令初来乍到的外乡人莫名其妙。

巴哈瓦尔布尔一直都只是英国的领地，但英国从来都不曾在那里颁行过法律。巴哈瓦尔布尔一直实施伊斯兰教教法。历经英国长达一世纪的统治，某些隐藏在乡间的残暴行为依然存在。这里流传的故事可能就像十八世纪末加勒比海农场的故事，也可能像十九世纪初俄罗斯的故事。甚至在纳瓦卜的时代——纳瓦卜一向非常注意这种虐待行为——他手下官员的妻子也曾鞭打一个十二岁的男童致死。

这是目前正在流传的故事：

"这女人是俾路支人、农奴，十岁时被封建地主买了去。她当了他的情妇和他儿子的情妇。最后，等到他孙子想要占有她时，她就和情人一起逃走，逃到我们的农场来寻求保护。我们也是封建地主。她只是从一个封建地主家逃到另一个封建地主家而已。对方要求我们还人的压力很大。我知道，如果我们将她交还对方，对方一定会使用最残忍的手法惩处她。这个封建地主经常强暴女农奴，只要她们不从，他就会使用各式各样的手段羞辱她们，有时甚至杀害她们，肢解她们的尸体。他羞辱她们的手法千奇百怪，包括将她们像家畜般绑在兽栏里，强迫她们兽交、吞食粪便等等。这个封建地主大约六十几岁。

“我知道，如果我们将女人交还这个封建地主，他们一定会割掉她的鼻子和腿筋。女人自己也心知肚明。她央求我们不要送她回去。地主在政坛上拥有很大的势力，讽刺的是，他还是自由派党员。在和地主谈判的过程中，地主方面主张，女人必须放弃她六岁的儿子。对方表示：‘对我们来说，这是面子问题。如果你们不将女人交出来，就得将她儿子交出来。’

“我必须说服女人将儿子送回去。她开始大哭。她紧抓我的双脚说：‘您势力很大，您可以将我儿子要回来。’我告诉她，我要不回来。

“她终于放弃了儿子。她给儿子穿衣服的方式真叫人难以置信。两个完全陌生的人来带孩子离开。她将儿子穿戴妥当，就告诉他，他必须和这两个陌生人一起走，她随后就来，叫他不用害怕。只要孩子哭闹，女人就说她随后就来。她将孩子推向那两个陌生人。陌生人很高大，缠着腰布，蓄一大把胡子。她说：‘和他们一起走，我就在你们后面。你要去见你爸爸的家人。’男孩很害怕，不断回头看。女人无动于衷，一滴眼泪也不流。她说：‘走，我马上就来。’她不断地说，‘我就来了’，直到孩子的踪影消失，她才开始号啕大哭。对方不会杀害孩子，他们会让孩子在农场长大，成为另一个农奴。”

这个故事发生在六年前。就在我抵达巴哈瓦尔布尔的前四天，某种报应应验了。故事中那个经常强暴女农奴的封建地主被人枪杀身亡。凶手不是农奴，也不是某个要报复他一生残暴行为的仇家，而是某个教派的民兵。这是个宗教集团，时时在为他们自己发掘新领土。另一种新领域正在形成。如今，旁遮普南部和信德省的这个地区可能爆发内战，是教派民兵、信德省极端分子莫哈吉尔，和长久以来的封建地主之间的战争。是圣战与圣战之间的战争。

教派民兵开始迁入那个封建地主的地盘。地主想将对方吓走。教派民兵看到地主时，甚至还对空鸣枪，一来示威，二来表示他们根本不将他放在眼里。他后来将他们其中一人杀害，以示报复。如今他自己也被对方杀害了。他中了许多枪——凶器显然是卡拉什尼科夫冲锋枪——“千疮百孔，不成人形”。

这几个字是告诉我这则故事的老妇人说的。因为纳瓦卜的宫廷性欲横流，她自己的一生也差不多毁了。她丈夫是老朝臣之一，和其他一些朝臣一样,也养男宠。老妇人脸上刻画着一种古老的歇斯底里表情。她有间漂亮的房子，可惜住起来毫无温暖感。如今谈起这个被射杀的封建地主——她一直感觉自己被一种堕落的气氛笼罩，封建地主正是堕落的代表之一——她发现自己居然使用“千疮百孔，不成人形”这几个字，不禁笑了起来，露出了牙齿。

十四世纪的伊斯兰教旅行家伊本·白图泰希望走遍全世界的伊斯兰教领土。大约从公元一三三五年开始，他在信奉伊斯兰教的印度待了七年左右。在刚开始进入印度的时候，他就路过此处。这个地方当时属于信德省。

身为旅行家，伊本·白图泰倚靠的是他对走访国家的慷慨。他深谙这种形式：知道如何进献礼物给君主，旨在换取更大的回报（他曾经进献信德省地方长官一个白人奴隶、一匹马、一些葡萄干和杏仁）。统治者则尊他为宗教学者。正如一位深谙自己处境的毛拉，他只是把他们看成宗教唯一的捍卫者。除此之外，他并不进一步去探讨真相，尽管发生在德里的种种暴行——统治者每天公开接见子民，不是处决谁，就是对谁用刑——连他自己都不忍目睹；特别是当统治者派出四个宫廷奴隶守在他身边的时候。他自认为深谙宫廷之道，但自己遭统治者毒手的日子恐怕已为期不远。

他在印度经常谈论奴隶和女奴。他曾在某处表示，每次旅行，他非看奴隶不可。奴隶是景色之一（在亚丁，他看到人们将奴隶当牲畜；他只是因为觉得新奇，才将这种现象记录下来）。但在这种几乎漫不经心的句子中，我们看到了乡村的本质，看到了德里苏丹和他的地方官员的荣耀所倚靠的农奴制度。因为伊本·白图泰是远来的客人，当地一名官员为了表示友好，有几个月时间都把巴哈瓦尔布尔地区一个村子的收入赠送给他。伊本·白图泰一共拿了五千第纳尔。这些第纳尔不会从空中掉下来，它们来自田地，来自在田地上耕作的农奴。伊本·白图泰从未提到这些农奴，但他们一直存在。（“我们随后准备前往首都，这段路从木尔坦出发，经过一大片有人居住的乡村，共走了四十天。”）后来，在德里那所杀人不眨眼的法庭里，伊本·白图泰将获得五个村子的收益。他的书经常以农作物为单位算账，比如，给圣陵的捐款就是这么计算的。

所以，巴哈瓦尔布尔和邻近地区不寻常之处在于——在那些地方，人们无法记忆的时期是一段未曾测量且无边无际的洪流；在那些地方，在英国人统治时期一直未曾碰触的农奴结构，因为独立以及诗人伊克巴勒孤立伊斯兰教政体的梦想而重新获得确认——在巴哈瓦尔布尔，我们可以接近十四世纪，甚至可以接近八世纪，即伊斯兰教开始统治的时候。毕竟当时是为了那些农奴收益，才会发动战争。

伊本·白图泰知道乌奇这个城镇，它建立在一座求子祠四周。这座求子祠至今依然能吸引许多信徒。一天早上，我前往乌奇。在巴哈瓦尔布尔外的一条道路上，花梨木和野刺槐浓荫遮天。道路穿过一块肥沃的灌溉土地：土地上种有棉花、甘蔗和芥菜；甚至还有一座糖厂和几座轧棉厂。在引水灌溉之前，这里只是一片沙漠。在平坦而绿油油的田地中，那些灰色和黄褐色的沙堆显示，如果没有灌溉，这块田地将是什么模样。因为在信德省宽阔的沙漠中常有盗匪出没，所以卡车前往南方五百米远的卡拉奇时，只能成群结队，首尾相连，缓缓前进。

乌奇这座城市建立在一条死河旁的大土丘上，城墙是用泥土砌成的。土丘透露出这里的历史。几个世纪的遗留物在这座城市累积成堆，看得出乌奇从前的各种风貌。道路起伏不定。伊本·白图泰早在一三三五年就发现了“华美的市集和建筑”，但他看事物有自己独特的方式与偏好，或许他看到的正是数百年后我看到的：棕榈，毛驴，起伏的街道，儿童，堆满垃圾、潮湿开放的阴沟，以及几处祠庙。

第一座祠庙能治背痛。祠庙外墙是砖砌的，墙的下半部因为已被成千上万的人用背部摩擦，早就磨得非常平滑。在祠庙内，有木制的柱子支撑着屋顶，很像印度庙的柱子：或许只是巧合，也或许如今流行这种和当地古老的魔力与优点结合的风格。主要的伊斯兰教圣人有一座绿色的大坟墓，其余不怎么重要的圣人则葬在规模较小的白色石板内。

第二座祠庙更重要，是供妇人求子用的。这座祠庙的重点是阿里的足迹。传说，阿里是先知穆罕默德的女婿，他的足迹凹陷在一块黑色的花岗岩柱上。这根柱子是一名伊斯兰教圣人从“世界的中心”巴格达带到这里来的。圣人借神通广大的神灵之助，坐在墙上，飞来乌奇。围场中的坟墓内葬的是这位圣人的妻子。围场昏暗，地板是黑色的，散发出一股浓浓的陈旧油味。其中一部分如同一个黑色的岩洞，在历经信徒数百年的祭拜后，留下许多小油灯的残渣。小油灯是信徒放的，所谓的小油灯，就是土制的容器，上面摆着卷成的灯芯。在此处祭拜求子而如愿的妇人，会再度回到这里还愿，悬挂摇篮或写上她们的名字。生双胞胎的妇人则会悬挂玩具梯子。那天早上就有一个玩具梯子，是用新的白色木头做的。

任何在次大陆旅行过的人，只要对古老的印度教寺庙略微留神，就会看出那根有凹陷足迹的柱子上有个男性生殖器，这是印度湿婆的象征。听到那些有关神灵、阿里的足迹和坐在墙上从巴格达飞来的圣人的故事，我好像进入一个仍然存在的历史时刻，目击古老宗教转向新宗教的过程。

在一棵很大的树下有座小小的清真寺。那棵树枝干巨大，枝节繁多。清真寺是祠庙区的一部分。看守祠庙的人表示，清真寺是公元七一〇年征服信德省的卡西姆建造的，大树也是当时种的。卡西姆可能还认得这棵树。

这棵树或许没这么古老，建造那座清真寺的时间肯定晚了许多。但清真寺让卡西姆有机会沾上征服信德省的喜庆——信徒已不再认为自己是被征服者——也有机会为新的宗教争取这块古老的地区。正如在六七百年之后的爪哇，新的宗教能够接受那抽象的印度教、佛教和耆那教人物一般。那位伟大的沉思者、“渡河人”锡山卡，为他编造了更多的故事。后来，“渡河人”成为“护河人”卡利雅加：他遵照一位伟大教师的命令，忠心耿耿地坐在河边等待，直到河边的蔓藤爬满全身。

这时教师才叫他起来，传播伊斯兰教的福音。

乌奇的继承人皮尔既继承圣地，也继承了圣徒品位。他是那位坐在墙上被神灵从巴格达带来此地，从此之后即在这块被占领的土地上宣扬伊斯兰教的圣徒的后裔。皮尔目前大权在握，拥有众多的宗教拥护者，他的一个姐姐嫁给了当地最大的封建地主。这就是封建地主的谋略之一：和工业家或如皮尔统治的宗教王朝结盟，只要综合了宗教、金钱和土地，就可以统治八方。

那位皮尔当天去了信德省，他的信徒请他去仲裁一桩谋杀案。就技术上而言，信德省也有法治，但人们对国家机构毫无信心，信徒宁愿请皮尔去。

所以，当天前往看望皮尔的两个女人就必须耐心等待。她们像母鸡一样，盘腿坐在他庭院的阳光中。她们是农妇，是女农奴，是地主和丈夫的财产。法律、风俗和宗教，全都不提供她们任何保护。她们忍受一切残暴行为，已丧失了一半灵魂。对她们而言，皮尔或许是一道曙光。她们会去看望皮尔，是因为目前她们已被恶魔占据。据说皮尔能够对付恶魔。恶魔会进入这些女人体内，让她们呈现狰狞的模样：双眼和头不断地转动，并且发出一些不正常的声音，满口脏话。皮尔知道如何惩处恶魔附身的躯体，和恶魔周旋。

一位来自巴哈瓦尔布尔的记者告诉我，每年春天，皮尔的庭院都会举行特殊的仪式。他的信徒——主要来自信德省——是抱着一种朝圣的心情来的。时间到了，信徒即躺在庭院里，让皮尔一拐一拐地从他们身上走过或跨过。皮尔有一只畸形脚,这是乌奇的皮尔与生俱来的。每跨过一步，就能治好一名信徒。

皮尔的家有一些心满意足的女侍从照料。她们能够服侍皮尔，无不自命不凡。皮尔家宽敞的客厅内有一串很大的沃特福德玻璃制的枝形吊灯。在这座荒芜的沙漠城市中居然会出现这种精品，实在太令人出乎意料。客厅中还有皮尔祖先的照片，以及现任皮尔自己的照片。照片中的皮尔不但和巴基斯坦历任总统合照，和外国大使合照，还和最后一任巴哈瓦尔布尔的纳瓦卜合照。这位纳瓦卜倚着一个长枕而坐，皮肤黝黑，看似和蔼，但双眼冷酷，还戴着一顶高高的土耳其帽。

第九章　战争

沿着南北高速公路开往卡拉奇的卡车成群结队，穿过信德省的沙漠。这是因为沿途有很多强盗。事实上，在我看到车队缓缓移动，穿过巴哈瓦尔布尔的时候，卡拉奇郊外正发生一起抢劫事件，这成了卡拉奇晚报的头条新闻："高速公路的强盗"——劫持了一辆卡车，射伤了车上的两人。

但信德省的强盗并非都是我们看到的样子。我认识的一名警察第一次被派遣任务，就是在强盗出没的地区任职。当地面积广袤，公路的一边是沼泽，每年都会发生洪水，正好灌溉这座森林。公路的另一边则是高山、岩石和沙漠。当地十分贫瘠：乡间地区全是用泥土和茅草搭建的小屋，城镇里的也不过是用砖建造、只有两个房间的房子，一栋房子往往住着十到十二个人。在这种荒山野岭之中，许多人都无所事事，徒然坐视时光流逝。

强盗几乎和被他们抢劫的受害人一样可怜。那位年轻的警察是一个小队长，他发现地方的封建地主其实都在暗中为强盗撑腰。他们保护强盗，强盗则投桃报李，当地主无偿的枪手。供养一名枪手，一个月大概要支付一千五百卢比，约合三十七美元。如果能无偿养两三个枪手，那就再划算不过了。有时强盗抢到更有价值的货物，地主甚至可以分赃。每个强盗也都被警方悬赏巨额赏金捉拿，有些强盗也会因杀人而遭通缉。封建地主随时都可能出卖他们。军队——正如那位警察所说，“在信德省永远都应该对付抢匪”——永远在当地待命，封建地主背叛了谁，他们就杀谁。

这场游戏有它惯有的排场。封建地主穿着浆洗过的宽松套装，一批枪手随侍在侧（枪手披着披风，披风下正好可以藏枪），可能会选在某个早上，开着象征权威的日产汽车前往警局。封建地主会在警局和几个地方代表一起抱怨强盗横行。但同样是这个封建地主，下一次到警局，就有可能是怪罪警方抓错了人。如果哪位警察“扫黑”过了头，就会被调差。

上述那位警察从警察学校受训十八个月后，刚刚结训。他说：“全是英国殖民时期那一套：一点骑射技巧，一点课本知识，至于外面的世界全是纸上谈兵。事实上他们都心知肚明，懂得妥协的，才是成功的警察。”

这种反常现象有时会让莫哈吉尔——来自印度的伊斯兰教移民——堕落。莫哈吉尔在独立之后，成群结队来到信德省的封建土地。他们比任何人都鼓励建立分离的伊斯兰教国家，他们来到巴基斯坦和信德省，大有宾至如归的感觉。他们发现，原来这片土地早就有了主人，而且这些主人根本不想放弃这块上地。莫哈吉尔于是成为这块土地的第五等居民，次于俾路支人、帕坦人、旁遮普人和信德人，成了没有领土的国民。经过一两代之后，爆发了卡拉奇战争，原因是莫哈吉尔想要争取领土。他们希望卡拉奇变成他们的领土。在卡拉奇，他们有很多人口。他们的热情，他们的悲情，一如宗教，几乎是他们的父亲和祖父五十年前鼓动建立巴基斯坦那种激情的重演。

战争持续了十多年；莫哈吉尔说，有两万多人丧生。这并不是一场明确的战争，不是一场莫哈吉尔反抗国家的战争。城市太大，差别太悬殊。政府企图利用各个团体的情绪。拜阿富汗战争之赐，人人都有枪。如今，出现了两个相互敌对的激进莫哈吉尔派系；出现了信德省的民族主义分子和信德省的封建地主；出现了正统派和什叶派，双方都磨刀霍霍；有情报机构、贩毒集团、犯罪集团和房地产集团。这个具有许多面貌的移民城市始终有内战，甚至连部队都无能为力。部队驻守这座城市已有二十九个月，却一事无成，最后被一股半军队化的边界势力取而代之。

一九三〇年，诗人伊克巴勒提出要建立全是伊斯兰教教徒的巴基斯坦时说过："伊斯兰教的宗教理想在组织上和它建立的社会秩序有关。拒绝其一，最终必然也会拒绝其二。"皈依者的看法是：宗教要有足够的认同感和足够的尊严。当初莫哈吉尔来巴基斯坦，所抱持的正是这个理想。在伊克巴勒那浪漫的想法中，根本就没有大屠杀和劫掠的威胁；没有分裂的忧伤；没有一亿多人被遗弃在印度；四十年后卡拉奇也不会爆发战争。当然，报纸的头版也不会刊载这种标题："商店关闭；为抗议昨天在古尔巴哈、李尔奎塔巴德和柯兰吉的杀戮行动，展开空中扫射"。

古尔巴哈、李尔奎塔巴德和柯兰吉都是广大的莫哈吉尔贫民区。这场最先由中产阶级的莫哈吉尔抗议行动掀起的战争最后居然成为全民战争。

我在新闻联谊会无意中碰见一家乌尔都语报纸的编辑。他说："昨天这里行政长官的兄弟被人杀死了。今天某个地区有三千个年轻人被警方逮捕。其中若干人将遭受刑罚。他们的家人必须花费两万五千卢比，才能将他们赎回来。”这笔钱相当于六百美元。他说：“所以，这里处处恐怖，处处贫穷。你应该在晚上观察这座城市。这座城市到了晚上就变了，好像一座被占据的城市。你不妨出来看看警方执勤的情形，看他们如何把人叫住，展开搜索。不过你想看，还得先有足够的胆识。”

这位编辑四十二岁，身材矮小，举止温文尔雅。尽管严格说来，他并不算是莫哈吉尔，但他还是同情莫哈吉尔的理念。他是“美蒙”，指说古吉拉特语的商界人士。这位编辑觉得，因为他和家人都是外来人口，所以在信德省饱受欺凌。他家的企业，在保险和医药方面的企业，早被“国有化”。当局就是以“国有化”之名，侵害非信德省人的商业利益。除此之外，因为信德省民族主义分子在他的大学施展“恐怖手段”，这位编辑自己也无法取得文学硕士学位。

编辑搬了四次家。他这么做，无非是要保护自己。他不但要逃避警察的迫害，更要逃避激进的莫哈吉尔统一民族运动党，简称 MQM。MQM 的势力通过莫哈吉尔社区向下渗透，因为失去了一些中产阶级的支持，它变得和它的敌人一样残暴。和其他成功的受迫害者运动一样，MQM 也走向了专断独裁。如今，MQM 的领导人根本不容别人质疑。这位编辑“美蒙”、商界人士，尽管十分同情莫哈吉尔的理念，有时仍会刊载一些文章，冒犯这位 MQM 领袖。有一次，报纸就因此被停刊了两个星期，当局要求编辑亲自写信给领袖“请求宽恕”，事后他还得连续三天刊载道歉启事。

如今这位编辑仍然在岗，他算是有胆识的人。

阿布杜尔说：“请记得。我早晨出门的时候，能不能再回来，我都没把握。”

他三十六岁，是个顾家的男人，也是莫哈吉尔运动的一分子。他脾气并不暴躁，说话率直。他穿得一身雪白，白长裤、白衬衫；在他身上，白色就如同忧伤的颜色。他性格内向，双眼无神，像个被漫长的战争惊吓和蹂躏的人。如果努斯拉特没有介绍我和他认识（努斯拉特是我和他共同的朋友），我想，他一定不想谈卡拉奇和战争的事情。

他的父亲和祖父都来自西姆拉，供应英军承包商伙食。他母亲来自密鲁特。他们在一九四七年迁来这里，父亲开了一间收音机和电视机的修理店，生意十分兴隆。细节有待从他身上一一道来，他对生命没有任何愿景。

我问道：“如今卡拉奇局面如何？”

“非常好。”

“为什么？”

“政府在管。”

“管什么，杀人案件？”

“对。”

“为什么说这种情况是好的？”

“死掉的基本上是说乌尔都语的人。这是一种牺牲。你想有所得，就必须有所付出。为了建立巴基斯坦，共有两百万人丧生。我们必须为自己的权益有所牺牲。”

努斯拉特说：“他谈的是一个莫哈吉尔国家。那里的人正在讨论分离主义。”

为什么会有此立场，他自己也说不上来。他十年前就开始觉得事态不对。他和一个旁遮普警察之间有点麻烦，必须花五十卢比打点。同时，一个会对这位警察说旁遮普语的司机已经获释。

这不是件小事吗?

他没有直接回答。他说:“看看那些警察在戈利马搜查莫哈吉尔人的家时都干了些什么。他们破门而入，强行带走男人，污辱女人。两个月前我在一个麻布袋里看到一具尸体，实在很痛心。”

努斯拉特说:“这种事情早就司空见惯。事实上,有这么一则笑话说，如果你在街上看到了麻布袋，里面肯定有尸体或尸块。”

我问阿布杜尔:“现在，是什么给了人们力量?”

“人们为自己的权益而奋斗，已为所有的事情做好准备。”

“是宗教给了他们胆识?”

“这和宗教有什么关系?伊斯兰教和这件事有什么关系?他们也是伊斯兰教教徒。”

努斯拉特问道:“真主站在你们这边吗?”

“真主站在真理和正义的一边。”

尽管这个地区的毛拉都是莫哈吉尔，却从未“碰触到主题”。

我问:“是因为慎重吗?”

“倒不是。他们并未真正谈论此事。”

“你们如何与参加运动的人沟通?”

“我们利用晚间互访。”

“警察呢?”

阿布杜尔说:“他们早就布下天罗地网，到处都有他们的网民。这些网民都是街头叫卖的小贩,有卖爆玉米花的、卖糖果的、卖冰淇淋的。附近街头有许多新面孔。有些是莫哈吉尔，有些不是。”

他有四个兄弟,四个姐妹。姐妹们都嫁了人,她们的丈夫一个死了，一个失业，一个是制图员，另一个在一家油漆公司工作，工作都不理想。

我说:“我觉得你很不开心。”

“不，你不能说我不开心。”

努斯拉特说：“他有很大的财务困难。他妻子生第七个孩子的时候，差点送命。他一共有五个儿子，很想生个女孩。”

阿布杜尔说：“不论真主为我做什么安排，对我来说都是好的。”

我问：“你都和朋友聊些什么？聊不聊政治？”

“我们最近不常聊。”

努斯拉特说：“这是事实，因为不安全。”

我说：“所以，你们以前都聊些什么？”

“大家都担心今天又死了多少人，警察又搜查了哪几家，有多少人遭到拘留等等。”

努斯拉特说：“在这些地方，人们已不再互访。”这些都是城里最多事的地区。“过了晚上十一点，我难道还要冒险？抢车，强盗，警察搜身，部队，人们穿着伪造的制服等等，无奇不有。每次都得花五百卢比消灾。你最好乖乖付钱，求个全身而回。你往往不知道许多事情都是捏造的。他们可以在你汽车里暗藏一把手枪，再告诉你，他们在你车上找到一把枪。生活也一直饱受束缚。昨天有一场婚礼，是在下午六点举行，而不是十一点。就算敢在报纸上刊登讣闻，你也不敢公布自己的电话号码和地址，因为会有一些冒牌货登门。他们名为致哀，其实是来打量房子的状况，准备不久之后再来。”

我问：“你认为这种情况会如何落幕？”

努斯拉特说：“会有大规模的崩溃、大规模的对抗，然后发生一些事情。”

我问阿布杜尔：“你为什么不离开卡拉奇？”

“不行。我家人都在这儿，我小孩在这儿上学。我们必须在卡拉奇需要我们的时候待在卡拉奇。”在他眼里，现在的卡拉奇是个莫哈吉尔城市，是他的城市。

“你认为自己会顺利活下去吗？”

“今天早上刚发生射击事件。我每天都在冒险。”

“射击的是谁？”

“某人，不得而知。”

努斯拉特说：“当我们说不得而知时，往往心知肚明。”

我问阿布杜尔：“你的父亲谈过当年在西姆拉的日子吗？”

“父亲常说，英国人比这些政府好，不会这么不义。父亲常说，在英国人治理的时代，街上还有小煤油灯。现在我们连街灯都没有。”

只有一些卖食物、卖报纸的小店开门，较大一点的商店全都大门紧闭。灰色的铁门早就拉下，一座公园沦为垃圾场，另一处街头的垃圾场反而没有人收垃圾。墙壁上到处写着口号。

这是城里最纷扰的地区。教授英国文学的穆什塔克老师和他的姻亲住在这里的一栋两层楼房里。姻亲住在这里已有二十五年。独立之后，从印度涌进大批移民，卡拉奇最早发展的事物之一就是“殖民”（这是次大陆的用语）。当时，在一九四九年到一九五〇年间，这里被认为是中产阶级和受教育程度较高的地区，不是穆什塔克的家人住得起的。

穆什塔克一九四九年来到卡拉奇，当时他只有八岁。他家来自贝拿勒斯，父亲是城里一个小小的成衣商人，他们的店在穆什塔克眼里相当大。事实上，这间店铺仅长十二英尺，宽十尺。穆什塔克的哥哥原来在德里当公务员，后来他选择巴基斯坦，全家人只好和他一起移民巴基斯坦。他们携带的家当很少，当局不准他们带金钱和珠宝，他们的成衣店没有转卖，留给了亲友和邻居。当时巴基斯坦不能再随意移民，必须先办签证。一家人无法取得前往拉合尔的签证，只好前往卡拉奇。他们是搭火车去的，因为战略部署，这条铁路如今已经中断。

穆什塔克说："在那段日子里，能到我们自己的国家巴基斯坦当个自由人，实在具有莫大的吸引力，让人神往。"

我问："为什么你认为这是自己的国家？"

"因为父亲投票支持巴基斯坦，也为巴基斯坦效命。我不知道我的几位哥哥知不知道巴基斯坦的意义，知不知道两国论。"根据两国论的主张，印度人和伊斯兰教教徒分属两个不同的国家。"但是在情感上，他们抱持巴基斯坦的想法不放。"

穆什塔克的哥哥要养家。他在一家外国公司当营业员。全家人在中央监狱附近租了一处只有两个房间的小屋住下来。这是一层楼的砖房，屋顶是用混凝土盖的，厨房和浴室都在走廊上。当地其他所有房屋都是这种模样。占地很小，有些只有八十平方码，有些九十平方码，没有一间是一百二十平方码以上的。这里比贝拿勒斯还拥挤，新移民不断涌入，但是他们住在小屋里非常快乐。他们认为，往后都是好日子。

穆什塔克现在要开始说的故事，好像是一个先苦后甘的移民故事。穆什塔克十三岁的时候，那个多年来一直养家的哥哥便不再供养他，还好他已可以照顾自己。他开始做兼职，帮人打字，做些文书工作。他是通过广告和劳工介绍所找到这些工作的。他发现自己每个月可以赚八十卢比，约合两美元，这笔钱实在绰绰有余，于是他进了私立的信德伊斯兰教学院，费用是每个月十四卢比，约合三十五美分。上学的公交车费微不足道，约合五分之一便士。除了支付这些费用，他还为自己买了一些书，该买的都买了之后，穆什塔克发现自己还可以交给父亲五六十卢比。父亲如今已经退休，没有经济来源。

如此艰苦地奋斗，穆什塔克毫不在意。卡拉奇气候宜人，有很多机会。莫哈吉尔正在演练他们带来的经商技巧，他们将年复一年地壮大自己。在历经千辛万苦之后，穆什塔克慢慢开始进步，按照他自己的步伐。他二十岁时进入一所师范学院，三年后取得教师资格证。当他在一所中学执教的时候，他又进入卡拉奇大学当一名选修生。二十七岁那年，他取得英国文学硕士学位。

尽管花费很长时间，他还是达成了目标，但付出了特殊的代价。他没有结婚，他说这是因为家里没有一个人帮助他。这种情况对穆什塔克这样的青年而言，是真正的问题。根据莫哈吉尔文化，婚姻是集体安排的。但在这个新的国家、新的结构中，没有人为他找个妻子。身为一个思想有些保守的年轻人，他不知道怎样（也不好意思）去为自己找个妻子。

但他不会不快乐。如今他已搬离哥哥的家（父母俱已亡故），在市中心租房住（我们就是在这个地方聊天）。他已成为一所商业和经济学院的讲师，每个月拿五六百卢比，约合十二到十五美元。他只用其中三分之一付房租。所以他有的是钱花，日子惬意得很。他喜欢上咖啡馆，和莫哈吉尔以及孟加拉国人闲聊。莫哈吉尔和孟加拉国人都喜欢泡咖啡馆。

但接着，情况开始恶化。二十世纪六十年代，首都分几个阶段从卡拉奇迁到伊斯兰堡。这表示，越来越多的政府工作将落在北方人手里。穆什塔克认为，北方人，就是旁遮普人和帕坦人，在社会和文化上都不像莫哈吉尔，他们像是外来世界的人。一九七一年，孟加拉国独立，这对穆什塔克而言是一大悲痛；一九四七年的巴基斯坦，他家人为了它而放弃印度的巴基斯坦，至此已不复存在。

“许多经常坐在咖啡馆和我们闲聊的孟加拉国朋友都走了，我们的一大半文化也丧失了。孟加拉国人是自由运动的先驱。有人总结说，某些人被抛弃、被出卖了。”

最后一句话的时态改变了，让这句话变得怪怪的，仿佛不是出自同一个人口中。他述说的故事突然断裂，先前的话变成另一回事了。

我说："那么，你先前认为自己已回到自己的土地的想法，是不是一厢情愿？"

"我开始有了这种感觉。"

这句话让他的伤感决堤。他说，留在印度的伊斯兰教教徒如今都很富有。他们有法律，有国会议员和内阁阁员。我说，事实也不尽然。一旦接获号召，巴基斯坦就独立了。如果没有独立，国家所有的能源将投注在号召团结上面（我认为——但我没说出口——如果巴基斯坦不独立，次大陆的所有城市都会变得和卡拉奇一样）。他没在听：在颤抖而茫然的脸孔背后，他太沉溺于自己的生命和苦难。

我说："你在这里开创了自己的生涯，在别处是不可能的。"

先前，他非常正式地述说自己的生涯，好像是一系列的开场白。现在，他开始述说他身为一名教师所经历的恐怖事情。

"我第一次知道有 MQM 这个团体是在一九八二年。他们在学院、学校和各个建筑物的墙壁上用粉笔涂鸦，对方又用粉笔写东西反骂回去。学院有两个团体，这些团体的领导人来找我，要我离开教室，好让学生出去参加集会或抗议活动。这些学生只有十八到二十岁。他们说乌尔都语，总是出言不逊。他们都来自中下阶层，所谈议题不外乎学费太高，或为在旁遮普丧生的学生举行同情示威活动等等。我觉得很不安全，于是去找校长。校长是四十五岁到五十岁的男子，个子很高，学科学出身。但身为莫哈吉尔的他也爱莫能助，他说：'我们去找上级陈情。'

"一九八五年，一名当地的团体领导人来找校长。这个人三十岁或三十五岁，穿着很讲究，受教育程度颇高，可能还是个研究生。我坐在校长办公室里，和这名年轻人闲聊了一会儿。后来他开始要求我支持他的组织。我问：‘你想要什么？’他说：‘我希望你在考试时帮个忙。’我了解他的意思。他希望我在考场上睁只眼，闭只眼，让那些男生为所欲为，作弊。我说：‘不行，我会尽忠职守。’校长只是在一旁聆听。这次见面持续了十五分钟。两三天后，我受到威胁。走廊上有个男孩对我说：‘你很不上道，后果自负。’”

我问起这个男孩。

“他是个中下阶层家庭的男孩，十九岁，家人住在欧兰吉。”欧兰吉是个莫哈吉尔贫民区，人口约一百二十五万。“我告诉他，我会面对一切后果。”

一直陪伴着我们的努斯拉特每当看到有需要的时候，就会适时圆场。他用他那非常特殊，既无辜又冷酷的风格说：“他太天真了。他教一群不想学、也不配教的学生文学，却不知道自己的生活哪儿出了错。有些人就是如此，受苦受难，却不知苦难来自何处。”

穆什塔克在学校任教的最后十年吃尽了苦头。讽刺的是，他结婚后的岁月同样如此。他四十三岁时终于结了婚。

他说：“我离开家时心里很乱，待在学校时心里也很乱，回到家还是一样。”

“是不是回家途中发生了什么事，学生在等着你？”

“有时候我在街上看到学生滋事。”

“什么事？”

“烧汽车、劫汽车之类的，都发生在学院附近。从一九八七年到一九八八年，MQM都在干这种事。滋事团体少则五十人，多则一百人。”

“他们对教育失去兴趣了？”

“肯定是这样。”

“对你而言是一大羞辱？”

“他们并不拿我当老师看……”他这句话并未说完，“胡作非为，旷课，眼里没有我这位老师。两个星期以前，两名学生到学校来，表示要参加考试。一个敌对学生团体把他们毒打一顿，用棍子打——那次没有使用武器。我看到他们的时候，真的吓坏了。”

我说：“你现在想怎么办？”

“我希望能教导他们。”

我大惑不解：“你刚才不是说他们都是恶棍吗？”

但穆什塔克只是说，他希望这个世界能做出妥善安排，让他可以真正教导自己的学生。当我再问，在这样的世界里，他希望做些什么的时候，他说道：“我现在觉得，我应该离开我的本行。我已经五十七岁了。”根据我的估算，他应该只有五十四岁。“我已经教了二十九年的书，这是我这一生的悲剧。”

“虚度生命？”

“可以这么说，毕竟我一事无成。”

他的信仰依然是他生命中一个明确的重点。他朝圣过，蓄朝圣过的伊斯兰教教徒那样的胡子。他穿宽松套装，而宽松套装在他身上，再配上白胡子，就像一种表示牺牲的宗教服饰。

努斯拉特也经历过这些艰难时期。我第一次遇见努斯拉特是在一九七九年，时值齐亚的伊斯兰教化恐怖时期。他是个信仰虔诚的人，企图和狂热分子妥协，尽管大过不犯，却是小错不断。有一天，他一个不小心，竟然惹上了大麻烦。他当时在早报服务，时值斋月。他认为从《阿拉伯新闻》转载一篇专栏文章，应该是不错的构想。这篇文章描述的是什叶派英雄阿里的孙女，并对阿里孙女的外貌和艺术造诣推崇备至，但还是令什叶派信徒火冒三丈。对他们而言，这篇文章就是一种羞辱，就算它说阿里的孙女美若天仙也没用。有人主张派出四万人大游行，并且将早报焚毁。早报为之休刊三天。努斯拉特自己也身陷险境，随时都可能遭到袭击。这件事发生了几个月后，我再度路过卡拉奇，发现努斯拉特脸色很差。

当我们道别的时候，他问道："你能不能安排我到一个地方去，让我有五年时间阅读、写作和念书？因为再过五年，如果你还能看到我的话，我可能已经变成水泥商或成衣出口商了。"

事实上，他后来成为一家石油公司的公关负责人，做得有声有色。钻油企业不会受到一些纷纷扰扰的事情影响，但这座城市的生活让人每天过得胆战心惊。努斯拉特后来得了心脏病。他的头发由黑变灰至白，由短变稀至秃，但他还不到知命之年。他从前很喜欢卡拉奇的冬天，他喜欢穿一件花呢上装，抵挡卡拉奇的寒气。如今他穿的是一件宽松的棉衣，看起来很衰弱。

他说："我可以告诉你，一九九〇年六月，我躺在一家医院，因为种族内斗，害得我差点连命都丢了。我在冠心病护理小组。这是人病危时被送进去的地方，也是攸关生死存亡的地方。

"卡拉奇的混战动辄血流成河。MQM 在卡拉奇大权在握。冠心病护理小组的空调设备出了故障，那时正是六月中旬，药品短缺。一个夜晚电话局被炸毁，医生和外面的人发生冲突。这些外面的人可能隶属一个政党，不是 PPP 就是 MQM。他们希望每个人都参与罢工。当天我就在冠心病护理小组，是我在那里的第五天。

"我躺在一张非常靠近窗口的病床上。你想听我说说那张病床吗？那张病床有块海绵垫。因为空调设备有问题，空气不流通，我要求他们将海绵垫拿掉。尽管他们百般不同意，但还是拿掉了。他们说，拿掉海绵垫后，病床就剩下硬邦邦的铁架了，我说我不在乎。第二天早晨，医生告诉我，医院院长要来临检，如果他看到海绵垫拿掉了，病人还躺在床上，一定会很不高兴。我听了非常生气，说，我知道医生的空调设备都好好的，又没有健康的问题。等院长来了，我倒希望看看他，和他好好讨论一番。

“我们要求看护人员打开窗户。我们在一楼，照看护人员的说法，在一楼的危机是，子弹可能随时射进来，伤到我们。我问道，玻璃不是防弹的吗？在这种六月的大热天里，真的会闷得人透不过气来。

“有一天，外面发生枪战。我带着他们装在我身上的各种设备爬了起来。我悄悄地走了几步路，迅速往楼下瞄了一眼。后来我才知道自己冒了多大的风险——随时可能被子弹打到不说，我也不应该突然爬起来。院方不准许我这么做。

“有一天，我看到几个看护人员在小房间哭，时间大约是晚上十一点。这次我知道这间病房有人死了。我见过的某些人已被抬走。在这种情况下，看护人员和家属，总共三个人，即将面临一个问题：将尸体从医院带回欧兰吉。但这里闹事已经有好几天了，没有停止的意思。欧兰吉地方当局晚上实施宵禁，救护车根本不愿意冒险前往。

“欧兰吉约在十五里外。患者是中下阶层家庭，必须依靠大众交通工具。冠心病护理小组有些年轻的小伙子见义勇为，自愿协助。看护死者的人当中有一个年轻女子。这种情况令我非常生气，我不但生气这座城市的状况，生气它一再关闭，更了解到在半夜时分，年轻女子可能遭遇不测。我很了解，当时被人勒索，或毫无目的就胡乱抓人，根本就是家常便饭。

“我不断要求看护，做些好事，保护年轻女子的安全，他们反而要求我好好休息，好好睡觉。我问道：‘你们为什么不等到早上再搬运尸体？’有人提醒我，这是六月中旬的大热天，尸体很快就会腐烂。这么一说，我就无能为力了。

“后事如何，我就不得而知了。我一定睡得很沉。但为什么睡得很沉，我也解释不来。尽管发生这么多事情，我在医院还是很愉快，因为我交了一些朋友，我的主治医师是当年在学校的老友。”

伊赫桑在二十世纪八十年代中期参加莫哈吉尔运动。当时这是一场中产阶级的知识运动，一场脱胎于一个古老的学生运动的运动。套句伊赫桑自己的用语，他认识三四名“理论家”，认为他们颇为睿智。他们在私人住宅里热烈讨论，会对自己的小区和他们的城市卡拉奇所遭遇的不平感到愤慨。伊赫桑表示，他们几乎一直以宗教方式表达愤慨。我问他，是不是与星期五祈祷的鼓舞方式相仿，他说，不一样，反而有点像什叶派教徒在为自己的权益奋斗。

在大学组织运动，首先必须击败一些宗教团体。在巴基斯坦，大学政治十分重要，因为在军事统治下，当局唯一准许存在的政治生活只有大学政治。宗教政党败在莫哈吉尔学生运动手下，说来有点讽刺；因为驱策莫哈吉尔前往巴基斯坦的正是宗教，也因为这些宗教政党最让第一代莫哈吉尔感到宾至如归。可惜凡此种种都沦为过往。宗教的背后是什么，后面几代人都已心知肚明。

对抗宗教政党的战争必须用枪。双方都在不同的时期，基于不同的原因，接受政府的鼓舞和武装。在伊赫桑的学院，有四五个著名的莫哈吉尔战士。只要有需要，其他学院的人就会提供支持。伊赫桑和其中两名战士十分要好。他们都来自很有教养的家庭。伊赫桑认为，最重要的是，他们“十分有自己的想法”。他们很认真地接受理论训练，随时准备为理念而献出自己的生命。

伊赫桑和其中一名战士一起学习科学。每天放了学，他们就一起回这位同学的家去。伊赫桑说，这名同学，也是一名战士，身高大约五英尺，很胖，两只手很粗大。伊赫桑认为，只有活跃进取的人才会有这样一双手。

这家人的父亲是位高级政府官员，他家有官方配给的深宅大院，占地约一千平方码。（穆什塔克的家人一九四九年来到巴基斯坦的时候，住的是八十平方码的房子。）做父亲的为他的五个儿子造了一间很大的书房，里面摆的是百科全书、宗教书和科学书。他们是个笃信教育的中产阶级家庭，比大部分从事运动的人还要富有得多。伊赫桑的朋友在念书方面不如他的兄弟，但他们四兄弟在 MQM 里面都十分活跃。

有一天，伊赫桑在这位同学的家，当时正值日落时分，伊赫桑和这位同学以及他的一个兄弟在一起，忽然听到外面枪声大作，是 AK-47 和其他各式各样的枪支的声音。当时的伊赫桑对于枪炮声早就习以为常,但当天的枪声还是太大了些。但让伊赫桑更加大吃一惊的是，这家的女主人，就是他同学的母亲居然拿出一把 AK-47，交给她的战士儿子，也就是伊赫桑的同学。这名同学爬到屋顶上——这是一栋一层楼高的房子——瞄准之后，马上开火还击。战斗持续了五到十分钟。但对伊赫桑而言，时间似乎很漫长。他在学校里看过这名同学使用枪，同学甚至开玩笑说，伊赫桑是个胆小鬼。伊赫桑做梦也想不到，这名同学的母亲居然也深入参与了运动。她穿着宽松套装，是个高大而强壮的女人。她并不好看，但待人温和亲切，随时准备拿食物给儿子的朋友吃。在伊赫桑的脑海中，这个女人无论如何都和枪支连接不起来，他甚至不知道她家有枪。

伊赫桑发现，许多暴力事件就在眼前。他觉得这位同学可能会有麻烦，而他对运动的态度也开始转变。有一天，就在一位“理论家”

朋友的家集会时，忽然有人要求在场的所有人对着《古兰经》起誓，表示要效忠运动和领袖。这个“应运而生”的领袖如今已是非常有头有脸的人物。根据伊赫桑的说法，这位领袖经常召集群众集会，直到午夜才解散，归他指挥者多达数百万人。

到目前为止，伊赫桑并不喜欢宣誓效忠，但他也没有必要开口反对。在这段时间他可以离开巴基斯坦，他也真的离开了五年。等到他回来的时候，MQM 已不再统治这个城市。部队还驻守在那儿，但 MQM 已沦为地下组织。MQM 仍服从领袖指挥，只是目前这位领袖正在伦敦流亡。但因为有距离感，反而强化了他的形象。伊赫桑的同学也成为地下工作人员之一。他后来打电话给伊赫桑说，他被人诬告杀了另一名 MQM 的成员，目前正在逃亡。后来伊赫桑和他重逢——说来奇怪，居然是在这位同学的家里重逢——他和这位同学，以及他的母亲相拥而泣。

这位同学依然有一双大手，但体重已减轻许多。他说，他愿意对着《古兰经》发誓，他绝对没有杀人。当警察要追捕他的时候，杀人事件很早之前就发生了。在这段时间里，他从一间房躲到另一间房。后来他在一艘商船上找到一份工作。对方一定对他的状况有些了解，因为他们要他洗厕所和甲板，他只好听话。他有莫哈吉尔的阶级意识，痛恨做这种下层人的工作，时至今日，他都还向伊赫桑抱怨不已。他说，他想前往伦敦，展开新生活。如今的他一谈到 MQM 就是谴责。他也知道，如果自己继续待在巴基斯坦，下场不是被捕就是被杀。他希望伊赫桑帮他在伦敦找位律师，好让他寻求政治庇护。

那位拿 AK-47 冲锋枪给儿子的狂热母亲也改变了。她说，军方、警方和政府都急于摧毁她儿子。她央求伊赫桑：“请千万帮帮他的忙。”她的看法和感觉也和从前迥然不同，甚至也对 MQM 持批判态度。她说，

MQM 里的男孩有人被杀，有人像她儿子那样转战地下，但 MQM 为他们的家人所提供的帮助远远不够。

不过这位同学母亲的情况还算不错，尽管发生了种种事情，她其他的儿子都能在各个专业领域开创基业。连那个战士儿子最后也到了伦敦，安全无忧。

这五年中所发生的事情是，最初让许多家庭，比如她的家，寄予厚望的运动已经改变。这场运动已不再是中产阶级的运动，它往下延伸，深入基层。在最基层中，痛苦转变成彻底地拒绝。战士和运筹帷幄之士都是来自欧兰吉和柯兰吉的穷人。这些穷人已一无所有，没有什么可以失去的。在这种阶层中，只要遇到类似伊赫桑同学家的遭遇，事态就会一发不可收拾。

部队在卡拉奇驻守了将近两年半。在这段时间里，MQM 被宣布为恐怖组织，它的领导人也被斥为在逃的恐怖分子。部队管制造成更多莫哈吉尔的痛苦，当半军事化的边境巡逻队被部队取代时，这种痛苦更有增无减。当地人全都被封锁、搜查。后来情报单位更在 MQM 内部制造分裂，无政府状态更增添了恐怖气氛。如今是谁在杀谁，也没有人能说得准了。

记者哈山·加法里是莫哈吉尔的后代。他报道的就是当时的苦难。他说："我和其他记者看到许多尸体。几乎每天都能看到。"

救护车服务是第一个新闻来源。记者会向 MQM 查证，看死的是不是他们的人。如果死的是他们的人，MQM 就会指称，死者是遭警方刑罚致死的。警方则辩称，死者是在"遭遇战"中被击毙的。

"今年一共有一千八百人丧生，所以街头上的尸体每天都有。我刚开始跑这类新闻的时候，真是恶心死了。你可以看到，尸体就被任意扔进医院的太平间。大约在五个月之前，柯兰吉爆发了枪战，枪战发生在早上。我想总共有五个人丧生。他们的尸体都在金纳医院的太平间，躺在混凝土板上。所有的尸体都一丝不挂，并且开始发臭。有一具尸体从心脏到肩膀的部分完全被炸掉。另一具尸体的手则被炸裂，手骨外突。还有一具尸体表情震惊，惊恐之情好像被冻在了脸上，双眼睁得很大，嘴也张得很开。因为这些尸体很晚才送到医院——大概是在枪战发生六个小时之后——表情全都非常僵硬。他们死去的时刻全都刻在上面了。”

哈山·加法里说，他会自己去医院的太平间数尸体，并查看尸体的情况。他对这种景象已有“某种程度”的无动于衷。他觉得，身为记者，还是要亲自去查看，因为观察“暴力的面貌”十分重要。

“我还记得有个叫巴哈杜尔·阿里的督察被杀。他是遭到射击身亡的，和警车上大约其他六名警察一起丧生。巴哈杜尔·阿里的身上中了将近二十颗子弹。尽管他身材高大，但也差不多被打成蜂窝了。

“不论话题如何，最后总是有人丧生。死的是某人的儿子，某人的兄弟，或某人的丈夫。”

哈山·加法里说，如今人们每天都担惊受怕。MQM 的成员人人自危；警察随时都可能去每户人家敲门；警察自己也提心吊胆，他们知道自己是别人的靶子；出租车司机也胆战心惊。

警察工作过度，因为提心吊胆，他们也变得十分残暴。大部分士兵都来自旁遮普和信德省内部，都离乡背井，虽然每天冒着生命危险做事，可是拿到的报酬十分有限。月薪约二千六百卢比，约合六十五美元。

从前，哈山·加法里每个晚上都搭乘警方的装甲运兵车去巡逻。有个晚上，在李尔奎塔巴德区——这是一个 MQM 十分活跃的地区——

一名来自旁遮普，年约三十岁，形容枯槁，显然值勤好长一段时间的警官告诉他："在中央区当差，比活在地狱里还难过。"情况变得比警官说的还糟。恐怖分子开始使用火箭发射器。哈山·加法里后来就停止了晚上与警察一起的巡逻。

战争必须打到最后一兵一卒。如今只要一个MQM战士死亡，就会有别人取代他上场。当局说，只有两千名战士了，哈山·加法里说，这根本就是骗人的。新战士的名字突然出现在警方的报告中。除非被捕或丧生，否则新战士永远都只是个没有脸孔的名字而已。一被捕或丧生，又会有新名字取而代之。他们最初去做一些微不足道的事情，然后事情越做越大，最后只能加入。哈山·加法里认识一个男人，年约二十一岁。他觉得自己已注定死路一条。他偷过许多辆汽车，杀过许多人，抢过许多店，根本没有回头路可走。

"他来自一个教育程度颇高的家庭。你绝对不会想到他是恐怖分子。你看，这种循环无休无止，一个接一个。如今我最大的隐忧是，最后我们可能完全陷入无助的状态。有许多人像我这样，受过教育，还有良知，不怕和巴基斯坦脱离关系。但我不希望自己成为另一个国家的莫哈吉尔。我父母出生在一个国家，我却出生在另一个国家。我不希望自己的孩子出生在第三个国家。"

几代之后，这番话对于伊克巴勒在一九三〇年所提的巴基斯坦建议来说，倒是中肯的评价：诗人不该将自己的百姓带入地狱。

伊克巴勒葬在拉合尔沙贾汗清真寺的地面上。有军人看守他的坟墓。不论别人怎么说，或怎么想，诸如此类的事情也总是令人担心：恐怕有些事情不可告人。这座有莫卧儿图样的坟墓一定是艺术上的一种亵渎行为——如果在街头对面伟大的拉合尔莫卧儿堡垒（沙皇的窗子留有一些最美好的蒙兀儿图画）没有化为尘土；如果，在相同的拉合尔市，莫卧儿的夏利玛尔花园，沙贾汗和他王后的坟墓没有完全腐朽；如果，回到四百年前，巴哈瓦尔布尔十三世纪坟墓色泽雅致的斜塔（次大陆最优美的伊斯兰教文物之一）没有被冲掉一大半；如果，再往前追溯，亚历山大大帝了解的佛教城市塔克西拉四周的土地，和那些一度被引为传奇的遗迹没有被盗采；如果，仍然孜孜不倦地在追求伊斯兰教狂热的巴基斯坦，无须为阿富汗的佛教珍宝遭劫掠而负责的话。

在伊克巴勒宗教国家的短暂生命中——这个国家仍然有一半是农奴，农奴受教育程度仍然严重底下，甚至教科书里的历史也被篡改——破坏它原本应服务的政体，徒然暴露了一件事实：在其他各方面都光芒万丈之际，它本身却一直认为这里是一片文化沙漠。

第四部

马来西亚：举起椰子壳

第一章　旧衣服

一九七九年，我在吉隆坡花了几天时间，从一个饭店搬到另一个饭店，最后才在假日饭店定下来。这是我能找到的最安静的地方。左边是赛马场，还可以欣赏远方的吉隆坡山景。在赛马场四周和饭店前面，有一间植物茂盛的暖房，种的全是潮湿的热带植物：香蕉叶、盛开的鸡蛋花、枝叶繁茂的中美洲雨树。亚洲、太平洋和新大陆的植物全都在此处集结，这既是欧洲大探险的成就，也是植物殖民的成果。我在世界彼端的特立尼达也见过这些植物。

接下来，熟悉的事物反而变得陌生起来。在假日饭店不远处的转角边，有一个黄色的小箱子嵌在墙壁上。我听说这是华人的神龛。有人在此处献祭，献祭的可能是做饭店生意的华人出租车司机。

赛马场并非真正的赛马场。有几个很早的清晨，日出之前，我看到有人在此处训练马。但我从来没有在这里看过赛马。在周六和周日下午，华人（绝大多数是华人）搭乘他们的汽车而来，占满了大看台。阳光照射的绿色赛马场拖着一动不动的黑影，依然空无一人，每半小时就会用扩音器进行一次赛马的实况转播。大看台的观众几近疯狂，仿佛真的有比赛似的。赛马是真的，却是在其他地方举行的。大看台的观众都在观看电视大屏幕。这是他们来赛马场的目的，好像是真的在观看赛马，因为这里是吉隆坡唯一准许赌博的地方。马来西亚的种族可以分为马来人和华人，泾渭分明。政府主要由马来人和伊斯兰教教徒把持。赌博为伊斯兰教所禁止，周末开放赛马，算是在人道上向华人让步。华人赌性十分强。

我认识夏飞。他是马来人，年约三十二，来自东北一个目前仍十分贫穷的村落。但是，夏飞混得不错，他高升的方式连他祖父和父亲都难以想象。他和马来人一样，充满激情，他们都觉得，自己已经失去了国家。他们认为马来人在村子里沉睡得太久。在那块温暖而肥沃的土地上，作物很容易生长。河边和森林中的古老生活实在太富裕而充实。有一天，夏飞说，你可以任意丢弃一个种子，它就会自己成长。把鱼钩抛到河里，不需要装鱼饵，也可能钓上鱼。村人对土地的观念如此，所以他们看不清楚，也无从知晓，一百年来华人和其他种族的人已将他们排挤到何种程度。如今，在二十世纪末，他们觉醒了，发现马来人的人数只占总人口的一半，发现周遭已发展出崭新的生活方式。他们对这种生活方式丝毫没有准备。

像夏飞这种马来人，对古老的生活方式一知半解，他势必会害怕，然后遭遇挫折。要他们独自承担这种感受，实在有些沉重。一九七九年，伊斯兰教掀起一阵狂热。夏飞那一代的马来人变成了狂热的信徒。一九七九年，因为伊朗爆发革命，巴基斯坦的齐亚将军又实施伊斯兰教化的恐怖政策，所以伊斯兰教宣教者显得格外忙碌，他们令信徒因为拥有信仰而颇有威风。宣教者到处宣扬伊斯兰教在伊朗和巴基斯坦成功的故事，并保证，其他地方的人只要相信伊斯兰教，也能够获得类似的成就。伊斯兰教宣教者的世界就存在于它本身的泡沫中。宣教，就是伊斯兰教宣教者世界的首要目标；就像十四世纪旅行家伊本·白图泰的想法，一旦信仰统治一切，信徒的情况就无关紧要了。

夏飞习惯到假日饭店来看我。他不是一个放松的客人，说他不喜欢假日饭店这种地方。他对食物有疑虑这点，也毫不掩饰。这些食物可能是非伊斯兰教教徒的华人或印度人做的。除此之外，可能冒犯他的事情还很多：那间小小的酒吧到了夜晚，便有保守派人物在里面唱流行歌曲；星期五，休息日，午饭时间有时装秀，人们会跑去看印度和华人女子在饭店封闭而污浊的空气中耸香肩，走台步；在饭店咖啡屋的窗户下，是一座小小的游泳池，常有一些穿着泳衣的白人女子裸露她们的身体。

但夏飞已停止观赏——或从未观赏过——他所排斥的东西。举个例说，我有一天问他，在游泳池边做日光浴的女人是否很吸引人，我发现他居然答不出来。他在学生时期第一次到吉隆坡，感到非常紧张，觉得自己是个陌生人。如今，他让自己超然独立于吉隆坡之外，自以为是的道德意念十分坚定。他的想法有时十分困惑；他的伊斯兰教注定要传达太多的事物。比如，在他住的新高打村，有他所熟悉的纯洁生活，如今他已丧失这种纯洁。但他仍然希望自己成为一个工具，让村人完全皈依，将残存在他们身上的一切印度教风俗习惯都洗涤干净。这成为他的理想之一。如今，被他引为力量泉源的宣教者的伊斯兰教，已给予他一个有关伊斯兰教的纯洁却不可能实现的梦。这种纯洁将产生力量，最终确定和这个世界的关系。

十六年后，假日饭店四周布满钢筋水泥大楼，寸土寸金。我所熟悉的赛马场景观如今已不可能重建；这有点像神话，像建立罗马之前的罗马山区。在整个吉隆坡，还有更多建筑物即将出现。在我住的饭店后面，道路对面正在挖一个巨大的洞，洞的直径约合大城市里一条街到另一条街的距离，让人和机器都显得十分渺小。斜坡层层相连，泥土颜色由红变为暗红。殖民时代的综合热带植物暖房，如今已笼罩在用钢筋、玻璃、混凝土和大理石建造的国际大楼的阴影下。空调设备使庞大的建筑物变得十分凉爽。楼外的气温总是酷热得让人出乎意料。对访客而言，领略这种忽冷忽热的感觉，倒不失为一种乐趣。一九七九年的马来西亚很富裕；现在这里更加富裕。

我对夏飞所受到的影响感到好奇。我知道，在他开始全职为伊斯兰教青年运动工作之前，他是一家马来建设公司的经理。对于这份工作而言，他实在太年轻，但当时有生意头脑的马来人并不多。这家建设公司经营得不是很好。马来西亚的建筑业多的是大公司。夏飞后来自立门户，但失败了。他认为，这是公司内的华裔工人和其他几乎每一个都在扯他后腿的人所致。我知道，公司的失败让他十分沮丧。此事涉及他的宗教思想。我好奇的是，马来西亚拥有庞大的新财富，政府又大力鼓励马来人创业，夏飞到底会不会受到鼓励而东山再起。他如今已四十八岁，年近知天命。他的生涯，不论如何，都应该早做规划。

我却不知道夏飞身在何处。从前认识他的人，如今已和他失去联络。我听说他宣教去了，四处漂泊，很难找到。

后来，有一天早上，有人领我去吉隆坡郊外一个伊斯兰教小区，见一个自称是夏飞，而且表示还记得我的人。这个小区清一色是两层楼的混凝土房子。房子都油漆过，道路也铺得很平整，到处都是花园和汽车。不论小区的人怎么淡化自己的生活方式，他们都是吉隆坡的有钱人。

我们必须去寻找那个自称是夏飞的人的家。等我们找到的时候，我发现自己根本不认识对方。他一度假装认得我，但只是装了一会儿，也不是装得很认真。

他四十几岁，看起来既快活又闲逸，深得小区生活之乐。他家也是两层楼，楼下有个很开阔、装潢得很漂亮的大客厅。他会在早上十点左右，带着乡下人那种闲情逸致，在大客厅和一个睡眼惺忪、走路不稳的小孩一起嬉戏。这是一种展示：在这种小区里，再简单的事物都可能展现宗教的行为或一种善行，让信徒享受到特殊的乐趣。

他用一种非常机械的方式说，政府建造一条庞大的公路根本就是一大错误；这条公路只会让国家门户大开，让邪恶势力不断涌入。他说，马来西亚的官方语言应该是阿拉伯语，英语并不是伊斯兰教教徒的语言。这些话他从前说过太多次了，如今他只是——在他试图让孩子玩众多玩具中的一个时——毫不费力地背诵出来而已。

我觉得，他所以会自称是夏飞，纯粹是无聊使然。他只是希望自己引人注意而已。如果没人注意，那么身为危险的基本教义派分子，住在小区里岂不没有了意义？

我终究没再看到夏飞，因为从前和他有来往的人并不是特别想再让我去见他。事实上，在他们眼里，夏飞已和上述那个闲极无聊的男子一样了。夏飞从前是马来西亚伊斯兰教青年运动的中心人物，这个运动想利用伊斯兰教唤醒马来人。夏飞没有其他职业经历。如今，尽管他仍然笃信那些早期的信仰，自己却早已沦为局外人。向别人提起他，还会让对方感到尴尬。夏飞是个将宗教生活观念发挥到极致的人。

其他想法也改变了。一九七九年，为自己童年生活的村子感到伤心的夏飞，把马来人形容为热带地区的乡下人。他有一次说，他们是“没有时间”的人。他的意思是，他们没有时间概念。他们也没有生意头脑，不像来自四季分明的国家的华人那么活力十足。他让这种非常具有殖民色彩的想法融入自己的整个宗教观。马来人如今可不喜欢这些。

一名年轻的律师说："这种想法如今已被抛弃。取而代之的是，现在的马来人既有生意头脑，又有创意，而且勇于革新。这些字眼，在从前怎么说也不会和马来人联想在一起。"

政府已竭尽所能，让马来人跨入企业界，在过去的两代人中，政府已经成功了。十六年前的种族焦虑已经被庞大的新财富掩埋，双方代有才人出。这是假日饭店四周的钢筋、水泥、玻璃帷幕，以及那条穿越丛林、开放村落和新土地的公路等所传达的讯息。沿着老旧的道路，经过许多古老的殖民乡镇，从前去内地需要花费六到八小时，如今只要两个半小时就可到达，几乎看不见任何古老遗迹。

律师说："我想，这一切都把时间给缩短了。"

一九七九年，他们参加伊斯兰教青年运动时都还十分年轻。他们所依靠、也给予他们信心的运动领导人安华只有二十二岁，是夏飞那个年龄。

夏飞介绍我认识的纳沙只有二十五岁。他不但年龄小，连身材也比夏飞瘦小。他刚从英格兰布拉德福德回来，在那里修国际关系学位。在英格兰，性是非常自由开放的，纳沙并不喜欢。他不想让这种性态度影响留英的马来青年。

纳沙有位祖先，是麦加的马来向导。这位向导负责引导前往麦加朝圣的马来人。这种向导一直到十九世纪三十年代，汽船取代帆船，从马来西亚前往麦加的旅程变得十分迅速而安全之后，才成为一种有酬劳的正式职业。纳沙这位祖先很可能是在十九世纪下半叶做的这种引导朝圣的向导工作。

我发现，这位祖先在十九世纪行将结束之际，返回马来西亚一个位于吉隆坡北部二十公里的地方，当地居民以华人为主，房舍是破铜烂铁拼成的临时住屋。这个人的儿子是纳沙的曾祖父。他十二岁就结婚了。一九三四年，当时的他已十分衰老，但还是创立了一份马来语报纸，呼吁马来人要自助，如同野地中的暮鼓晨钟。他过世之后，家道中落。毕竟学习的传统衰退，教书赚不了什么钱，还不如种庄稼有收获。

纳沙的祖父本应成为一名宗教教师，却成为了有钱的农民，拥有七英亩土地。纳沙的父亲在林业局当管理员，他只受过最起码的小学教育，念到六年级，但他每天早上在上班之前都看报纸。看报纸十分重要，这是纳沙孩提时代增进知识最主要的来源。纳沙是家中七个儿子中的一个，在八个孩子中排行第四。和父亲一样，他八岁时开始看报纸。对一个马来孩子而言，八岁就开始看报纸是一件非常值得夸耀的事情。

后来，纳沙，这位林业局管理员的儿子，及时前往英格兰布拉德福德修国际关系学位。十六年后的今天，年仅四十一岁的他已在经营一家控股公司，管理八家公司各式各样的业务。

纳沙在一栋摩天大楼中拥有几间办公室，这栋大楼的影子投射在道路对面那栋有绿色玻璃的摩天大楼上。这使道路看起来变得狭小。下午三点左右的热带阳光，照在空旷的田地和街道上本来十分刺眼，但在这个狭窄而受到保护的空间内却显得柔和。吉隆坡就这样开始变得阳光和煦，气候宜人。

如今的纳沙戴着眼镜，看起来也不像一九七九年那么弱不禁风。他一身打扮颇有行政主管那种细致：西装、皮带、搭配好的袜子、时髦的宽领带，瘦小的手腕上戴着一只很大的圆表。他的私人助理是锡克教教徒，身材高大，风度翩翩。在主要的等候室，以及各个办公室的接见室，都摆着一些玩具般的白色飞机模型，一个个立在银色的杆子上。纳沙的控股公司对航空事业兴致盎然，他们也经营国内航线。

这是一种极不寻常的改变。这个人本身待人热忱，慷慨大方，随时愿意提供别人帮助，仿佛良好的乡村风格已成为公司的作风。一九七九年，参与运动的年轻人热情开放，令我很感动。他们任何事情都毫不隐瞒，自己的事情也能处理妥当。纳沙似乎仍然有那种开放的态度。他记得自己一九七九年的模样，并不加以掩饰。他说，身为一个小城镇的马来人，在达到我眼下所看到的成就之前，他必须三缄其口。他这么说，并没有带着内心的负面感受，比如恐惧、欠缺信心等等.

他们在一九七九年希望宗教为他们做的事，包括简单的力量、权威，后来都一一拥有。

纳沙的转变是从伊斯兰教青年运动领袖安华开始的。一九七九年，情势变得很明显，安华已被指定掌控许多大事。时机一旦到来，安华就提拔纳沙在自己身边。

一九八一年底，安华认为自己所从事的青年运动——包括演说、唤起有意识的觉醒、抗议等等——已经足够。他认为时机已经成熟，必须向前迈进，于是决定加入执政的马来党。在一九八二年的选战中，他成为马来党的候选人。安华要当时已拥有布拉德福德国际关系硕士学位的纳沙为他的选战操盘。纳沙当然愿意。安华果然当选，成为总理府一名副部长。安华告诉纳沙：“和我一起工作，当我的私人秘书。”纳沙真是喜不自胜。当时的纳沙年仅二十八。他一向习惯从另一边面对权威，做梦也想不到自己居然有此殊荣，得以在政府中任职，服务一名部长级人物。

他当安华的私人秘书长达七年之久。七年来，纳沙的恐惧和疑虑消除一空，接见的人物三教九流。他从政府内部观察政府的运作方式。安华也一直将他当朋友看，视他为心腹。

我们在纳沙的会议室边吃午饭边聊天。他说："这一点，我将永志不忘。"

七年后，他辞去安华私人秘书的工作，再度前往英国，修两年的法学学位。回国之后，纳沙成为一家华人财团的高级副总经理。正因为他有政府资历，才能获得这份工作。他在财团任职两年，觉得自己对"真正的企业"已有足够的认识，于是自行创业。

我问到一九七九年的一些想法，问到夏飞对乡村风格赞不绝口的想法，以及他们所有人对宗教的看法等等。

纳沙说（似乎一切都已成竹在胸）："夏飞是个生意人，可惜做生意失败了。因此他对乡村的浪漫看法也化为云烟。在那段日子里，我们尽谈些宗教理论。如今，我们把伊斯兰教当实际的生活方式谈，我面对的是真实的世界。先前的知识对我而言大有裨益，让我知道自己可以做什么，能自由到什么程度，可以遵守资本主义哲学到何种程度等等。我参与拟定一些政府的合同，也做一些政府之外的生意。有某些行为我是无法容忍的，比如贪污，私下拿回扣，带对方去玩女人，为了取得合同而容忍一些不道德的行为等等。这是考验。对伊斯兰教教徒而言，当他们面对现实，必须有所抉择时，就是一种考验。在此之前，他们都是对的。这是一种乌托邦式的想法。"

他可能一直在想夏飞。我说："正因为他们觉得自己总是对的，所以就可以闹事？"我故意这么质问，好像对方真的说过这句话似的。

"他们可以闹事。我在商业上，也总是要面对各种抉择，遇到的问题与人，都是我想象不到的。人们想在你公司里分一杯羹，当作某项计划的回报。在现实的利益上，竞争是无止境的。在这里，他们的价值观和我们希望在社会中创造的背道而驰。”

纳沙认为他受到了伊斯兰教青年运动的教育，并且仍然忠于这种教育。权力和威望或许引发了他潜在的特质，让他成为现在的他。但也可以说，宗教给了他重要的第一股推动力。

纳沙说：“马来人不再自卑，不再像椰壳中的青蛙了。”马来人有句俗话：对青蛙而言，椰壳里面就是天空。

一个周六，我沿着新公路去江沙，著名的马来学院就在那里。这所学院是英国人帮当地的显贵子弟建立的，规模参照次大陆类似的学校。如今，各个阶层的子弟都上这所学院，许多重要的经历都从这里起步。祖父在槟榔屿开一间乡村饭店，父亲是个男护士的安华也上马来学院。他必须参加入学考试，但当时公子王孙并不需要。

江沙也是霹雳皇室的首府。当地有座很大的新皇宫，色泽雪白，金碧辉煌，美轮美奂。宫内有一间装有空调设备的觐见室，还有一座老旧的木造皇宫，是一座真正的传统长屋，有许多狭长的有雕刻的深色柱子，还有很厚的木制地板。这座皇宫如今已成为博物馆，但人们可以很容易想到，如果皇宫没有那些加框的照片和图表，内部昏暗、寒冷，几乎与世隔绝，宫外一片混杂，让人眼花缭乱，就很可能埋葬人们在童年时期关于房子安全的幻想。

在一座俯视霹雳河的小山上，也就是几乎在皇宫的入口处，是夏里曼王公的宅邸。夏里曼是雕塑家，也是皇室的远亲。这座宅邸是二十世纪四十年代末期那种通风的房子，室内摆设纯属马来风格，有藤椅、色彩明亮的编织物和布花。

雕塑家很矮，身高不过五英尺六英寸，就算以马来标准而言，他也是很瘦小的。他脸上表情木然，看不出从事的是雕塑工作。他用熔化的金属当材料，房屋后面的庭院有一口锻铁炉。他尽创作些武打人物，一个个都凶神恶煞。塑像身高在二到三英尺之间，线条流畅明快。这栋宅邸景色宁静柔和，但屋里陈设的黑色金属塑像却令人心惊肉颤。

事实上，这位雕塑家生活在灵异世界中。他也制造马来匕首，这是他迷恋金属的成果之一。他说，马来匕首知道自己真正的主人，若拥有它们的不是真正的主人，就会遭到它们的排斥。他有个心灵顾问。他原来准备介绍我和他认识，可惜没有时间。我再度发现，印度尼西亚的泛灵论近在咫尺。不止一次，当我们就快谈到万物的起源之时，结果话锋一转，又谈到了天主教。

雕塑家有个中年华裔管家。小时候，家里就将她送给别人，因为当时华人家庭经常将他们不要的女孩抛弃，而马来人通常会收养这些女孩。当天，我看到了两个被马来人收养的华裔女人，雕塑家的管家是第二个。这不禁让人对华人和马来人的关系有了新的观点，让我对华人有了新的看法。

一九七九年，我主要是在寻找伊斯兰教，我只是从外部观看马来西亚的华人，把华人当作精力充沛、马来人随时准备应付的移民看。如今，看到这两个殷勤亲切的华裔女人，看到她们童话故事般地被另一种文化收养，我想，在十九世纪末和二十世纪初，中国内战频仍，遭受列强排挤，华人四处迁徙流离，本来想尽可能找个落脚处安身立命，却因为文化隔阂，语言不通，而只能盲目卖命以求生存，当时，华人受到的保护多么少。他们一旦开始自觉，不再盲目，就会发现自己其实也和马来人一样，非常需要获得哲学与宗教上的肯定。

对游客而言，吉隆坡如同神话中的王国一般：富裕，光鲜亮丽，崭新的公共建筑林立，到处充满活力。一栋新建筑物内有一家银行，是一对华人兄弟创立的。兄弟二人都只有四十几岁，他们的发迹史再简单不过。就外表看，哥哥活力十足，能言善道，说起话来，整张脸容光焕发。弟弟则较为冷静，戴着一副眼镜，非常注意倾听别人谈话，像一名医生。但我觉得，一旦时机到来，这位冷静的兄弟应该会让人觉得更有胆识。兄弟二人举重若轻，自不在话下。对他们二人而言，金钱已不再只是金钱，企业比较像是活力的展现。

介绍我认识那两兄弟的是他们公司的秘书菲利普。他也是华人，和他的老板一样大。他态度亲和，幽默感十足，既聪明又很有吸引力，似乎格外具有深度。我后来发现，他之所以很有吸引力，原因之一是他十分平静。他的平静掩饰了他孩提时期极大的不幸。

菲利普的父亲有两房妻妾，菲利普出自二房。他自己的母亲饱受凌虐，很不喜欢孩提时代的所见所闻。他想为母亲讨个公道，但他在情感上十分茫然，一直到他十五岁那年皈依基督教为止。

事情发生在他学校。这是一所由“普利茅斯兄弟会”经营的学校。在马来西亚成立大约已有九十年。有一天，在情绪十分低落之时，他无意间走进一座教堂做礼拜。牧师正在布道说，耶和华是慈爱的天父，令他悠然神往。他觉得基督教的教义让他在这个世界上有了立足之地。

菲利普说：“说来十分讽刺，因为我先前以为自己会抗拒这种宗教——我来自一个破碎的家庭，八岁开始就没有了父亲。他们直接教导我有关恩典的故事——一则有关浪子的寓言，述说的是一个父亲等待、拥抱和亲吻迷途知返的儿子的故事。所谓恩典，就是把不值得的爱和恩惠赐给不该拥有的人，这种教义十分具有力量。”

“我从宗教那里得到的实在太多了。宗教给我一种安定感、归属感和认同感。原来一切都十分令我困惑。我是谁，说是华人，又不是华人，在华人的文化活动中我会迷失方向；我是谁，说是英国人，又不是英国人，我从未去过英国。我喜爱阅读，最早的根源来自《圣经》，至今仍然非常喜欢。”

当时，就是一九六六年到一九六七年之间，伊斯兰教不像现在那么具有号召力，只是诸多宗教之一。在菲利普皈依基督教之际，他考虑比较多的是自己的前途。他非常想当律师，当一名专业人士。

“我记得母亲对我说过，律师很难对付。我想，有朝一日我要当律师，照顾自己的当事人。我希望弥补家里的缺憾。因为父亲的大房出过几个医师，我所属的二房却乏善可陈。所以我想证明一切，为母亲争回面子。”

菲利普的母亲从前是信华人的神。如今，像她这样的人已转信一种新式的日本佛教。

“这种现象十分普遍。许多华人家庭抛弃了他们的神，改信新式的日本佛教。新式的日本佛教以坚定的人道传统为基础，能够让自己从灶君的信仰中解脱，我为他们感到高兴。”

知道菲利普的信仰，以及他的智识倾向的人都十分好奇他如何在银行上班。他会告诉对方：“根据我对基督教的了解，我们不能否认世界。我们置身在这个世界，而不是属于这个世界。”

他母亲祭拜灶君也成了一种习惯。她会点几炷香，供奉祭品祭拜。这是她每天的例行公事之一。

“甚至在孩提时代，这些事情对我而言都没有意义。等到时机成熟，该摆脱这一切的时候，我们就像抛弃旧衣服那样，将一切都抛弃得一干二净。我们不担心神会回来惩罚我们。我十四五岁的时候，感到十分空虚，是一种空无一物的寂寞感。这种感觉无从表达，对我而言，当时居然会在无意之间走到教堂去听道，只能说是运气使然。让华人的第二代深感痛苦的疑惑是：除了自己的家、自己的文凭和学位之外，我到底是谁？第二代对这些问题感受颇深。第一代太过忙碌，无暇深思。对华人而言，他们继承了财富与环境的同时，也继承了一个问题：难道我只是父亲的儿子？”

第二章　新楷模

娜荻莎的父亲出生在一九四〇年前后，是一个乡下的马来人。娜荻莎从未寻找过父亲的村子，对父亲的背景缺乏兴趣。她家再平凡不过了，娜荻莎也不认为自己该去寻根。她觉得，自己的家应该是农民或诸如此类的家庭。她深信自己的家住在田里的木屋里，厨房在屋子后面，家里当然没有书本。

但是在孩提时代，教育就对娜荻莎的父亲十分重要。他知道——某个颇受尊敬的长者告诉他，不然就是他听人家说的——对他这种男孩而言，教育是唯一可以让他出人头地的途径。他很聪明，也很努力，最后他得到奖学金，可以到江沙著名的马来学院念书。

在江沙，他遇见一个女孩，这个女孩日后成为了娜荻莎的母亲。有一天，他看到她和一名年长的女伴一起出来，就被她吸引住了。他很容易就打听出她是谁，家住何处。学院的男生都对江沙的女孩了如指掌。娜荻莎的父亲开始和这个女孩通信，而她也和学院其他男生通信。在江沙，这种男孩和女孩的关系，大家都认可；男孩和女孩不能自由碰面。

女孩和祖母一起住在江沙，她父亲在吉隆坡警局服务。女孩来自一个没落的旧式家庭，她家曾经拥有大片土地，可惜没有好好经营，结果土地一点一点地流失。赌博耗尽了土地。在她家，赌博是家传的恶习。在斋月之后，她们全家就聚在一起，有时还叫来一些朋友玩扑克牌，玩上两天两夜。在娜荻莎成长的过程中，她认为这种事再自然不过了，认为这是斋月之后每个地方的人都会做的事。

娜荻莎说："他们很颓废，以为自己可以永远荣华富贵。他们没受过教育，这是问题所在。在我那个年代，有钱人根本不读书。"

娜荻莎的话让我很有共鸣。她对马来西亚的评论，同样适用于二十世纪四十年代以前，我成长的地方，特立尼达。那时候的有钱人和当地的白人，一般都不读书，这是他们的特权之一，他们不需要读书。殖民农业社会不需要太多技艺，不要求人们特别有效率或努力奋斗。

娜荻莎说："在当时那段殖民时期，我还以为马来人只是到处游逛，不做正事。钱都让别人赚，比如华人开锡矿场，英国人开橡胶场。在那时候，我以为这一切都是天经地义的。华人和英国人是殖民地的主人，马来人根本不事生产。他们唯一的选择就是成为公务员或学者，但那得非常卖命才行，所以他们就选择容易走的路。他们对其他事情一无所知，是标准的椰壳族。"

娜荻莎的父亲却必须在马来学院努力求学，因为这是他唯一的出路。后来，成为娜荻莎母亲的女孩就没有这种需要。背景如她的女孩如果不想上学，就没有必要上学了。娜荻莎的母亲几乎没上过学。她识字，也会写字，这就够了。她从不认为自己没受过教育。事实上，她家有一种更独特的训练——关于忠诚的训练，娜荻莎称之为旧式美德。她学习在众人面前如何进退，学习不卖弄自己，学习喜怒不形于色，以致最后成为一个"完人"。娜荻莎认为自己的母亲是个旧式人物。

其实在娜荻莎的母亲和她父亲通信的时候，她家的钱财也快败光了。土地逐渐卖掉，金钱一批批流失，这个一度很有钱的人家再也没有任何条件在江沙待下去了。她们家几乎和乡下人一样，忙着往城镇里搬。一九五八年，那个已经十八岁的女孩便前往吉隆坡找她当时已当上高级警官的父亲，和父亲一起住，只有祖母和两个姑姑留在江沙。

在首都，她有了更多自由。她和娜荻莎的父亲第一次可以正式地见面。她和他一定达成了某种和解。娜荻莎的父亲去欧洲念书，当他回来的时候，发现女孩在等着他，于是他们决定结婚。女孩的家人尽管同意，却不喜欢这桩婚事。女方家庭虽然已经没有什么钱，但还有名望，女孩的父亲如今在警界地位很高。而娜荻莎的父亲尽管在马来学院念过书，在海外取得文凭，但在女孩家人的眼里，终究还是个乡下孩子。

娜荻莎在成长过程中一直知道父亲是乡下孩子，母亲则出身于另外一个世界，两个人根本不配。但娜荻莎认为，他们之间最后还是平衡了。她父亲很安静，这点可能也有帮助。娜荻莎记得，有一次父母发生争吵，父亲对母亲说，她父母从来就看不起他。但他说，如果她嫁给地位和她相当的人，就可能一辈子老死在霹雳这个地方。

娜荻莎说："这应该是真的。"

对娜荻莎而言，更奇怪的是，等到她自己想到结婚的时候，她的做法居然和母亲如出一辙。她自己也嫁了个雄心勃勃的乡下男孩。

母亲警告她："你在重蹈我的覆辙。"

娜荻莎在吉隆坡一家证券交易所工作——马来西亚已经转型——那个男孩也在她办公室上班。他并不英俊，但娜荻莎不喜欢英俊的男人。她父亲也不英俊。她觉得这点在潜意识中对她有所影响。女人美艳无妨，但男人生就一张桃花脸并不好。

她深为这个男孩所吸引，因为他野心勃勃。他并不是光会做梦，相反，他很务实。比如，他会说："这家伙明年就要离职了，所以我接任的机会很大。"他也知道自己的竞争对手是谁，会老早就想好自己的策略。在这方面他可是十分冷静。

娜荻莎说："我自己没有方向。我想，一切他都可以接手去管。最后我也可能做点事。"

我问娜荻莎："除了野心勃勃，难道他没有其他吸引你的地方？"

"他喜欢穿新衣服。"

男孩的乡下背景，娜荻莎倒是丝毫不以为意。在她看来，他很怡然自得。但是她并不喜欢他的政治立场。他支持政府，支持马来执政党，因为他认为政府为像他那样的人做了许多事。当时法官正受到政府的攻击，娜荻莎十分担心。

男孩说："我不在乎这点。人们真正在乎的是钱，在乎有多少东西吃，在乎有没有房子住。"

娜荻莎辩不过他，但她认为自己有良好的出身，而他没有，所以如果她怪罪他，是很不应该的。她也知道他对讨论观念上的事情不感兴趣，他感兴趣的是实际的事物。后来这一切都刺伤了她。但尽管有点疑虑，她当时还是决定嫁给他，因为他有自己的方向。她认为他是新马来人，是新楷模，所以就和他订婚了。

"我真的认为自己该结婚了，我所有的朋友都结婚了。我想，结婚是天经地义的事。现在轮到我结婚了，我却发现婚姻只是生活的一部分。"

有一天，她未婚夫不经意地告诉她，他想带她去乡下，见他祖母。他说，他父母周末也会去乡下。娜荻莎以前在吉隆坡见过他父母几次，他们是十足的庄稼人，但娜荻莎并没有特别喜欢他们。他们受过教育，在吉隆坡住了三十年，但谈吐十分平常，是无所事事的闲谈。他们实在不是娜荻莎会选择的公婆，但娜荻莎当时最主要的需求就是结婚。她觉得，生为女人，婚非结不可。唯有丈夫站在自己身边，才会有前途可言。后来，她离了婚，观念就变了。

男孩住的乡下在森美兰。经过一条公路，就是一条小路，小路越走越像乡间小道，越走越泥泞。娜荻莎有进入不毛之地的感觉。这里比吉隆坡还潮湿，房子也越来越简陋。她目睹了这一切，也知道其中的深意，但她并没有害怕到退缩的地步。情景有一点熟悉，和她想象中父亲的出身地有点类似。就因为这样，所以她往往观感是一套，言行又是一套。

他家就在村子很平常的地方，没有车道。她未婚夫的父母早就等候多时，他们也是从吉隆坡开车来的，汽车在泥泞的地上留下痕迹。这是当地很常见的村子。但房屋本身，尽管有支柱支撑（也就是传统的村子式样），却已不是传统的村落房屋，它已经过改装、增建，没有竹子编造的墙壁。娜荻莎看到屋子前面有几只鸡，随后又看见另外几只鸡在老旧的屋下奔跑。她会注意这些鸡，是因为她在吉隆坡并不常看到鸡在房屋四周跑。

她对未婚夫说："她在养鸡啊。"她所说的"她"就是他祖母。

他答道："她喜欢刚下的蛋，味道比较好。"

这几句话说错了，听起来好像在解释。她认为他话说多了，他实在没有必要说蛋的味道。那是她第一次发现他很不自在。但那一刻已经过去了，她在心里努力按捺住，不去想。

共有十个人一起吃午饭，两个没出嫁的姑姑在帮忙，她们被当作仆人般使唤差遣，负责照顾高龄的祖母。娜荻莎心想，祖母和她孙子一样丑，但因为祖母满脸皱纹，所以到底有多丑，谁也看不出来。祖母在吃午饭时并不多话，也不需要多话——她是一家之主，家人都唯她马首是瞻。娜荻莎心想，这是森美兰人的生活方式。森美兰的人都是从苏门答腊的巴东移民过来的，他们带来了母系社会的风俗。娜荻莎自己身为别人未过门的媳妇，话也不宜太多，她只要静静地坐着，做害羞状即可，所以这顿午饭倒也吃得自在。墙壁上挂着许多照片，都是家里的孩子在不同的阶段照的。

在一起吃午饭的一位叔叔是执政党马来党的党员，参与地方政治。他在饭桌上引导大家谈论一些政治话题，不外乎是地方事务。娜荻莎开始对马来运动有了新概念。她一向把马来运动视为理所当然，但如今，她开始了解自己的未婚夫如何看待马来运动。她开始了解房屋、增建、轻松的政治话题等等，天南地北，无所不谈。她自己正置身于一群人当中，这群人已感受到世界具体的改变。他们目睹了美好的事情在村子里、在他们家、在他们的生活中发生，认为自己的地位已大大提升。

娜荻莎说："从前你到吉隆坡，会看到一些俱乐部、商店。唯一住在这个世界的马来人不是皇亲，就是国戚。我们认为，这是我们的土地，被他们接手了。"这里所谓的"他们"，指的是华人。"在这个家庭里，我觉得自己终于了解，为什么政治在马来人的生活中举足轻重。在办公室发生争执时，我谈的是概念，而他谈的是具体的事物，是一切已经发生的事情。"

令她感受特别深刻的是，饭桌上的人都很乐观，这种乐观的态度对她来说十分新鲜。她还发现，对这家人而言，她未婚夫象征着成就——他们的成就、马来人的成就。

我问娜荻莎："他们是不是也将你视为他的成就之一？"

"我认为不是。"

"你当时已经有点爱上他了？"

“没有。”

“所以，你在欺骗自己？”

“或许我觉得自己与他们谈论的前途有利害关系，或许。”

饭后发生了一些事，她注意到了，却冷静了下来，就如同她抑制住对庭院中的鸡和谈论新鲜鸡蛋味道而产生的疑虑那样。

“我们去了客厅。餐厅在老式房屋处，有柱子支撑着。客厅则较新，要往下走三个阶梯。祖母示意我未婚夫到她身边。我还以为他要坐在她旁边的椅子上，结果他却坐在她脚边的地毯上。客厅里的一切都是新的。餐厅有块芦苇或竹子编的席子，我不确定是用什么编的，心想这可能是森美兰的文化。众所周知，他们非常有部族观念。我不想谈，以免他误以为我不高兴。事实上，我并没有不高兴——而且我也认为他信心十足，可以处理这一切事情。何况，其实只要你不在乎，就没有什么大不了的。”

这次访问持续了大约四小时，从正午到下午四点之前。两个月后，两人就结婚了。

娜荻莎的母亲有她的疑虑。她说：”你在重蹈我的覆辙。”她对女婿没有成见，只是不知道娜荻莎要如何适应。她不喜欢女婿的父母；而对方则认为娜荻莎和她父母十分势利。他们觉得必须还以颜色，果不其然，在结婚之前，双方有了争执。

马来人的婚俗源自印度古习俗。在初期阶段，双方家庭必须交换礼物。如果女方家赠送五项礼物，男方家就必须回赠七项礼物。双方礼物数目必须相差两项。送的都是些象征性的礼物，包括糖果、钱等等。娜荻莎的母亲希望男方送的礼物之一是金币，而不要送钞票，理由是为了好看：金币摆出来总是比钞票体面。男孩的母亲一口回绝，理由是，她没有时间到银行把钞票换成金币。

娜荻莎说："事实上，这是非常失礼的，因为女方希望你做什么，你就得做什么，反之亦然。双方都得表现得落落大方才行。没有人想在婚前伤害到对方的感情。按照马来人的风俗，你必须得大方。"

但娜荻莎从她朋友的经历中得知，结婚时男女双方家庭几乎都会起争执。以金币事件为例，娜荻莎认为，这只是男方不会办事而造成的，但她母亲将此事看得十分严重，认为这是对方态度恶劣、出身卑微的表现。

婚后，娜荻莎去过丈夫住的乡下六七次。她从来就不喜欢乡下。乡下生活并不是像一些人所说的那么简朴，充满田园风味，反而竞争十分激烈。娜荻莎到乡下的第二次和第三次，大家谈的都是邻居的新车或吉普车：不是谈车的价钱，就是说汽车颜色不好看，再不然就是"八成不是他自己出的钱"。负责照顾老祖母的两个未嫁的姑姑也彼此看不顺眼：村子里单身汉很少，她们如今想嫁人，但机会渺茫。一个姑姑已被解雇：娜荻莎很喜欢她。另一位姑姑则整日怨天尤人，倾诉自己的际遇。

村里毫无文化气息可言，生活十分肤浅，有的只是宗教。宗教很重要。每天礼拜五次，记录着时间的流逝。清真寺是唯一的社交场所。

娜荻莎认为，因为村人抱怨太多，人与人之间又爱相互比较，所以她丈夫才会变得雄心勃勃，好突破现状。让她大惑不解的是，丈夫并没像她那么注意一些芝麻小事。他不但不去注意，也不和人一起说闲言碎语，但他相信其中的一些，因为这是他村子的一部分，也是他的一部分。毕竟，他生活中的全部正事就是他在吉隆坡的工作，只是娜荻莎并没有那样说而已。

婚后，他们和娜荻莎的父母住在一起。娜荻莎后来回想起，认为这真是天大的错误。她那个雄心勃勃、被他自己的父母惯坏的丈夫，觉得自己受到了束缚，无从掌控自己的生活。双方的旧仇新怨很快就爆发了。娜荻莎的母亲从未挑剔女婿本身，女婿也从未挑剔娜荻莎的父母本身。他只是攻击他们的生活方式，攻击他们做的事，攻击他们喜欢的人。他不喜欢娜荻莎看《时尚》杂志。他会说："你为什么看这些垃圾？"他自己——马来人的新楷模——则看有关管理方面的书，诸如《金钱选择》《乐趣管理》，还有一些与股市有关的资料。

"有一天，他和客户一起出去，喝了点酒。我不记得这次争的是什么，但这次我们谁也不让谁。他打我，我就反击他。我叫他滚出去，他就真的走了。然后我们开始闹离婚。离婚的事都是通过律师在谈。之后他就一直没有回来过。"

这时候娜荻莎已经有孕在身，所以不能马上离婚。在伊斯兰教世界，如果妻子怀孕，就不能离婚，意在保障婴儿出生时的法律地位。尽管如此，他们还是达成某种协议。但三个星期之后，他反悔了，他说他不想离婚。娜荻莎想，他可能是受了家人的影响。正如娜荻莎所知道的，他们有他们的尊严，他们不想让娜荻莎的日子太好过。后来，娜荻莎果真吃了苦头——三年来，她一直进退两难，既离不成婚，又结不成婚，想要赢得孩子的监护权更是难如登天。

现在，她认为自己那时对婚姻实在期待过高。她一直不知道，自己其实是希望找到一种东西，来弥补她所失去的一切。她娘家尽是赌徒，外祖父过世之后，她家的钱也挥霍光了。所有的生活方式，所有她视为理所当然的事物，全都成为过眼烟云。刚开始她谈到这一切的时候，多少有点说笑的味道。但实际上对她而言，这是一场莫大的灾难。事后她又接二连三遭受打击——弟弟死了；父亲的事业开始没落；父母的婚姻也出现问题。

虽然母亲出身良好，但性格有些跛扈。她在二十岁之前开始有一种空虚感。后来到了伦敦，她发现当地的一些马来女孩都和她一样。在这些女孩之中，她认为十分富有而且应该快乐的都参加了极端的宗教团体；她们有一种不为人知的强烈需求。某些邪教领导人要她们给他钱；女孩都将他视为神灵一般的人物。

娜荻莎说："马来人很喜欢这种具有神性的人物，因为他们相信，事情不会因为你自己的行动而发生。他们认为，只要求助法师，法师就会将一切打点妥当。我认识的每个人都信教，而且信仰十分坚定。他们相信，生为伊斯兰教教徒，就会一切顺利。如果一个人生来没有宗教信仰，他就会怀疑自己的地位和角色。如果你是伊斯兰教教徒，一开始就会有人告诉你，你隶属于一个庞大的团体。在学校的宗教课时间，马来女孩会去上她们自己的宗教课。华人女孩则有空闲或游戏的时间。就这样，人和人之间已经有了区分。

"我父亲的朋友正在筹资创办公司，做塑料生意。他们一开始做些塑料包装纸，现在他们用模子制造塑料椅，在短时间内赚了很多钱。他们以前的日子就十分舒适，如今更有了令人难以置信的财富。他们每年都会去进行小规模的朝圣，从未间断，向真主表示感恩。他们认为，既然自己和别人没什么不同，那么一切福分都是运气使然，一定是真主在冥冥之中庇佑。我确信,他一定认为自己并没有做出什么大事，这十年来，一切都是凭空得到的。"

这就是她对自己婚姻的需求；她对丈夫新楷模的精力和抱负有信心，但是她从不和丈夫谈宗教。他并不是特别具有灵性的人，只是按照规定遵守礼仪罢了。

她对他太过苛求了，现在她才发现这一点。她曾希望在他身上寻找力量，而她现在才意识到，他也有自己的不安全感。她说："这实在让人十分震惊，尤其是安全感。如果他没有感到不安，又何必事事都依靠他的家庭？”他和他母亲讨论自己的事业，而不是和娜荻莎讨论；他也不和娜荻莎谈自己的财务问题。如今他一切都非常顺利，功成名就。他成为一家证券交易所的经理，也娶了和他同样来自森美兰的女孩。他为自己开创了新生活。娜荻莎认为，他可能仍在后悔自己当初为什么会误入一无所悉的歧途。

她说：“对他而言，这一定是场梦魇。他仍然像只躲在椰子壳下的青蛙。他和自己的环境格格不入，什么都看不顺眼。”

类似的话，对双方都适用。

第三章　法师的儿子

有个能治病、懂巫术、会魔法的法师比一个世纪还大一岁。他的父母一个是华人，一个是印度尼西亚人。他父亲在十九世纪末离开中国，当时中国正战争不断，贫苦无助的难民四处流亡，其中之一正是他父亲，最后在当时正由荷兰人统治的印度尼西亚群岛中，他选了一个岛屿定居。在那里，他终于找到立足之地，娶了（或差不多娶了）一个印度尼西亚女人，一共生了九个儿子。

他们那时候非常穷困，于是就去了当时正由英国人统治的马来亚北部的一个州，家中的第八个儿子因此几乎没有享受过童年生活。这位法师很小就外出工作，大约十三四岁就开卡车，生活很不容易。大约在这个时候，这孩子个性中神秘的印度尼西亚特质开始显现。他知道自己拥有神奇的力量，于是他开始接受法师的训练。当时应该有个老师教他，或有人鼓励他，但因为我没问，所以也没有人告诉我。

法师接受的训练大约从一九一四年或一九一五年开始。在这段期间，远方的欧洲正在大战，间接削弱了英国和荷兰在亚洲的帝国势力。

在更靠近他家园的地方，有个人叫甘地，他在南非住了二十年之后，带着他非常特殊的政治、社会和宗教观念回到印度。上述那个男孩学习得很快。十七岁那年，他成为正式的法师。从此之后，他一共当了将近七十年的法师。他信众很多，也有一些门徒。当他年老体衰之后，有些事就再也不能做了，但他身为法师的法力丝毫不减。

他娶了一妻一妾，两人是一对马籍华裔姐妹。姐妹进门的时间相隔五年。他和她们一共生了十七个小孩，大家都住在同一栋房子里。

拉希德是法师的第八个儿子，出生于一九五五年。刚开始，家里送他上当地最好的学校，拉希德试着体谅父亲的感受，也尽量尊重父亲法师的法力；但到了八年级的时候，拉希德却开始逃避父亲的做法和家里的一切法会。因为受过的教育和自觉使然，拉希德开始感觉自己有哲学和精神方面的需求，如同那个皈依基督教的华人孩子菲利普一般。事实上，有一段时期，拉希德在学校受了一些同学的影响，回家之后，居然连言行都十分像基督徒。

后来他发现伊斯兰教和《古兰经》，从此便紧紧追随。尽管没有正式皈依，他却已在心里认定自己是伊斯兰教教徒。他给自己取了个伊斯兰教名字，叫“拉希德”。自此之后，他从事过不止一项工作，后来都一一放弃。如今，他是个很成功的社区律师，非常接近权力核心。他年仅四十，但足迹遍布天下，曾经生活在许多不同的宗教世界，进出自如。

拉希德说，人们有各种疑难杂症，都会来找他父亲。酬劳往往是一些实物，比如四五只鸡或水果。而且给法师酬劳和支付账单是不同的，一旦开始给法师酬劳，就得经常主动奉献。

人们来找法师，只是要求保佑平安，不然就是消灾解厄，求取加持过的符咒。拉希德记得，有一次，有个在当地很有名、通晓武术的人来找父亲。此人年纪很大，是柔道高手。他一来就跪在父亲面前，要求赐给他内力。法师以具有神力闻名遐迩。他有些矮，约五英尺四英寸，但身体很结实。通常情况下，法师为信众消灾解厄之际，必须先进入某种恍惚状态，但他不必进入恍惚状态，就可以用食指和拇指将一根六英寸长的铁钉压弯。

当他进入恍惚状态之际，祈求他保佑的信众必须跪在他前面。法师会触摸他们的额头、肩膀和胸口，然后叫他们转过身去，触摸他们的后脑勺和肩膀；如果信众觉得哪里不舒服，他也会触摸他不舒服的部位。

每年信众都会到法师家来拜见他，拿一些符签请求法师施法。这些信众来自各个社区，各个阶层，不分贤愚，无论贵贱。拉希德八岁的时候，就记得在拜见仪式中听到许多种语言，包括英语、马来语、客家话或华人说的马来语。

法师会在恍惚状态中脱衣服，然后开始全身颤抖，因为在这时候，恍惚中的他正全神集中于雪神——雪神是法师法力来源的三尊神祇之一。助手会递给他一把已点着的香，而他需要这把香让全身温暖起来，这时候的他会用这把香在身体四周比划，大概一两分钟。一旦足够温暖了，法师就把香交还助手。助手会让他穿他自己特殊的衣衫，并且用外衣将他遮盖起来。这件特殊的衣衫很重要，只有法师能穿，因为他在神坛上为这件衣衫施过法。

当法师坐下来的时候，助手会递给他一杯水。只见他喃喃有词，在水面上吹一口仙气，喝下，再喷出来。助手再将剑传给他——一把五英尺长的双刃真剑。法师伸出舌头，用剑在舌头上深深划下一道痕，让血流出来。这时画符用的黄色纸条早就准备妥当。助手将纸条一张张传给法师，法师将舌头上的鲜血滴在纸条上。法师继续用这种方式为纸条作法，鲜血也一滴滴往外流，一直到拉希德的母亲大叫："够了！"通常到这个时候，法师已滴了一百滴血。

剑拿开之后，法师全身包裹起来，人仍然深陷在恍惚状态，此时的他便开始传达神的旨意。有的妇女想知道能不能嫁个丈夫；而男人想知道能不能弄个情妇；遭丈夫虐待的妇人也想知道该如何化解；有子女迷失方向的父母则希望求神指点迷津。

这位法师会说一些拉希德听不懂的语言。这是法师从他出生的印度尼西亚岛学来的特殊爪哇语。除此之外，法师还会说北京话。只有在作法以及陷入恍惚状态的时候，拉希德的父亲才会说北京话。

这把剑很特别，因为这是法师自己的剑。有一天，助手进入了恍惚状态，企图用这把剑割自己的舌头，居然割不进去。（法师年老之后，有一次他还特别准许一名助手拿剑去割他的舌头。因为拉希德的话说得模棱两可，我后来查看自己做的笔记，竟然无法确定助手到底是割他自己的舌头，还是割法师的舌头。）

助手是法师的门徒，他们并不住在法师家，但他们听法师的命令，随传随到。他们每天都必须到法师家做点事情，其中之一就是清理神坛。法师不付他们工钱，他们并不是法师的雇员。事实上，他们还经常为法师"献礼"，有时候甚至赠送法师金钱，但法师拒收。

神坛上没有神像，只有一块黄布，法师三尊神祉的代表排成三角形：雪神位居顶角，火神和剑神位于两个底角。雪，火，剑：法师每次拜神，都是依循这个顺序。他曾多次告诉自己的子女，他也有师父。他在中国有一位师父，在印度尼西亚也有一位师父。正如他的徒弟每年都来拜见他一次，他自己也会定期去拜见这些师父。他每次都是"腾云驾雾"而去。父亲说的话，拉希德总是深信不疑，父亲法力无边，他找不出其他方法解释。

法师的妻妾——即拉希德的母亲和姨娘——是吸收马来文化、会说马来语的华裔女人。家中马来食物和中国食物兼备，都非常辛辣。他们都用手抓饭吃，不用筷子。

尽管拉希德的母亲是华裔，祭拜的却是马来祖先。许多其他当地的华裔都祭拜马来祖先。拉希德的母亲会将供品摆在神坛上。供品是马来食物：咖喱鸡、咖喱牛肉、糯米饭。食物全都用手抓着吃。

每个月，家里的人都必须让法师用钢针在双颊上刺一次，刺双颊是一种净化仪式。每个人所使用的针不同。孩子年龄越大，使用的钢针就越长越粗。最先刺颊的孩子要忍受痛苦的时间也最久：针会留在颊上，直到每个人都刺完为止。有时候，碰上特殊场合，全家人——包括母亲、姨娘和十七个孩子——会一起拍照，每个人双颊都刺着针。

法师和家人住在村里一栋极富农村特色的房子里，一直住到第二次世界大战结束。后来他们搬到一栋两层楼高的排屋里。拉希德就是在排屋里长大的。楼上有三间卧房，楼下有一间。拉希德的母亲和他两个姐妹当中的一个住在楼下的卧房，拉希德的祖母则和其他所有的女孩一起住楼上的一间卧房，一个叔叔和他全家人住一间卧房，而所有的男孩睡在楼梯平台。在这栋小小的屋子里，随时都有二十个人在睡觉。家中拥挤至此，法师只能在楼下——客厅兼神坛的地方作法。

因这位法师的法力远近驰名，所以人们都小心翼翼，不敢和这家人有任何过节。法师在社区里也享有某种程度的地位。他很谨慎，不做任何有失身份的事。在他不做法事而外出的时候，他特别注重自己的穿着，尤其是当他到镇上去访问华人俱乐部的时候。他的穿着就是当时殖民地居民的打扮，穿一件衬衫，打一条宽领带。他会去玩牌，偶尔也抽一筒大烟。法师有个兄弟抽鸦片成瘾，后来果真死于烟瘾。

法师只是偶尔抽，并未上瘾。

法师因为没上过学，在孩提和青年时期，即第一次世界大战之前和大战期间吃过多少苦头，只有他自己知道。如今，世界已经改变，他希望自己所有的子女——不论儿子还是女儿——都接受足够的教育。法师对所有的子女都可谓尽心尽力。

拉希德上当地的小学，接着上当地最有名的殖民中学。拉希德虽然没有说，但他上中学的时候，一定知道自己置身于另一个世界。在家中，拉希德深以父亲无边的法力为荣，也很喜欢当地人谈论他父亲的法力。但是在中学，他对这点绝口不提。他绝对不在中学“吹捧”（他使用的学生用语）自己的父亲。

拉希德开始在中学阶段对其他宗教有所了解。有一天，一个很友善的泰米尔男孩就一些重大问题，用“基本的讨论方式”和他讨论。他说：“你看希特勒，你看所有这些残暴的行为。难道你认为这些人死后就会变成无辜的？你认为谁会惩罚他们？神会惩罚他们。你想想，我们所有的人来到这儿，难道没什么目的？”

这个泰米尔男孩是基督徒。他并不会向拉希德大力宣扬他的信仰，也一直对他非常友善。就为了这个男孩，拉希德参加了学校的《圣经》班。同时，拉希德开始读英王詹姆斯一世钦定的英译本《圣经》。他很喜欢《圣经》的文字，喜欢《圣经》故事的节奏。其他华裔男生也读《圣经》，他们和拉希德都是佛教徒。尽管他们已经从父母信仰的佛教中有所得，但他们希望得到更多。

拉希德家小小的排屋里经常举行各式各样的仪式。楼下是父亲的神坛，用来举行各种活动，每年都有信众来拜见法师，母亲更是每天都在祭拜她的马来神祇。可是拉希德如今已开始有了更大的疑问，这些宗教仪式却无法提供他解答。他父亲供奉的三尊神祇，都无法提供他在基督教里发现的那种“神爱世人”的爱。“神爱世人”：如同让皈依基督教的华人男孩菲利普悠然神往的恩典。雪神、火神和剑神，以及神坛的一切仪式，都未提供拉希德可以和哲学相提并论的东西。在父亲的神坛所发生的一切都是与私人有关的问题。人们每天都带着他们实际的问题来到父亲的神坛。

父亲所做的一切，拉希德都不能质疑。比如，如果他问父亲到底有没有神，那么后果将不堪设想。父亲是法师，法力无边。问父亲宗教的问题并表示质疑，是极大的不敬。拉希德说什么都不会这么做。

拉希德有个兄弟马上就要成为基督徒，他经常上教堂。拉希德也参加学校的《圣经》班。有时候，在家里，在排屋客厅设置神坛的地方，兄弟二人会在夜里一起唱圣歌。当时法师或许正在休息，正在看电视。儿子在他神坛边唱圣歌，他并不以为忤，也根本不在意。

在学校，拉希德和泰米尔男孩经常谈耶稣，谈三位一体。拉希德并未实际皈依，但他到处问别人：“为什么你们不开始看《圣经》？”他向人们传教，一如泰米尔男孩向他传教一般。拉希德和人们谈论生命的真谛。

他也和学校里一位很聪明的女孩谈论生命，这女孩是帕坦人，拉希德深深为她着迷。她说：“你念过《古兰经》吗？”

拉希德当时对伊斯兰教存有偏见，认为伊斯兰教是落后的宗教。他把伊斯兰教和当时他认为是落后民族的马来人联想在一起。但因为他想找话题和这个女孩谈，于是他开始念马默杜克·皮克萨尔的《古兰经》译本。结果，他翻开第一章的引言，就深深被吸引住了。他想，这不就是基督教的《圣经》吗？他也很喜欢《古兰经》，一直认为真主安拉是“最仁慈的”。这点与他对伊斯兰教和剑的想法迥然不同。

但他还是有疑虑。他不喜欢一夫多妻的主张，不喜欢在阅读的时候发现妇女在伊斯兰教中地位低下。他问那个帕坦女孩，为什么先知穆罕默德娶那么多妻子，帕坦女孩也答不出。尽管如此，他还是继续读《古兰经》，因为《古兰经》已开始牢牢抓住他的心，让他感到谦逊。他喜欢《古兰经》再三提到的真主的指引，和世人对这种指引的需求。《古兰经》第一章第五行说："指引我正路。"这句话深得他的心。

他开始认为自己是伊斯兰教教徒。要当伊斯兰教教徒，就要见证除了真主之外，没有其他神的存在，先知穆罕默德是真主的使者。父亲是法师，拉希德如今有这种宗教信仰，难道不会产生冲突？答案是不会。拉希德从来不把宗教和他父亲的作为联想在一起。

拉希德仍然和那个女孩来往。对他而言，她是正式的伊斯兰教教徒，十足的典范。他开始依循她的饮食习惯，也能背几句《古兰经》，但他认为这还不够，认为自己应该学会用阿拉伯语字正腔圆地念《古兰经》。他强迫自己学习提供给马来人看的阿拉伯经文，花了两年时间去学习视读。

事态发展至此，家里开始担心起他来。拉希德拒绝碰触猪肉，拒绝拿香在神坛面前祭拜，让父母十分不悦。他拒绝吃在神坛上供奉过的烹饪食物，甚至连水果都不吃。每当开始祭拜的时候，他能走就走，省得麻烦。现在父母了解到，拉希德有朝一日很可能取个伊斯兰教名字，相当不高兴。他们既信道教，也信佛教，拉希德的父亲当法师，在社区里颇有地位。拉希德能妥协就妥协，不想争论。他从来不想伤害父母的感情。

这一切都发生在一九七三年，拉希德时年十八。

听到他的故事，我忽然想到，四年前，即一九六九年，马来西亚的华人和马来人发生了严重的种族暴动。我向拉希德询问此事。

他说：“所有的人都受到了牵连。暴动发生在五月十三日。我当时已满十三岁，确切说是十三岁半。我记得当天骑自行车到学校之后，发现学校空无一人，街道上也空无一人。后来我看到有一些人往回走，对我大叫：回去！回去！当时还是清晨。到了八九点的时候，大家就知道发生什么事了。”

全家人必须依靠家中仅有的一切——米、咸鱼干和豆豉——生活好几个月。他们没有新鲜食物。拉希德的父亲没有积蓄，因为实施宵禁，人们不能再去找他。他没有收入，因为没有人奉献。这是家中十分困顿的一段岁月。几周之后，宵禁解除，但因为人人都如惊弓之鸟，所以有三个月时间，谁都不敢出门一步。不断有传闻称，马来人在搜捕华人，将华人赶到卡车上枪决，最后把尸体丢弃。但也有传闻说，华人的帮派分子将几个马来人砍死了。

慢慢地，局势逐渐缓和下来。学校开始恢复上课。十九世纪出生在一个印度尼西亚岛，有华人父亲和马来人母亲的法师，对马来人的怨愤和种族仇恨可是了如指掌。但或许是工作的缘故——各式各样受苦受难的人都求他消灾解厄——他觉得人终究是人。他不相信人会失去人性，哪怕是片刻。至少他对子女是这样说的。他拒绝相信所谓马来军人在全国各处射杀华人的传闻，也从来不会觉得有什么痛苦或需要报复的仇恨。

但在暴动发生四年之后，他的儿子成为伊斯兰教教徒，取名“拉希德”，并且逃避家里从前举行的一切祭拜仪式，这件事令这位父亲久久无法释怀。他不在乎两个儿子在神坛边唱圣歌赞美耶稣，但成为伊斯兰教教徒则是另一回事，有些背离家庭。对于暴动，法师自有看法，马来人和华人之间的敌意本来就很深，一时难以消除。在马来西亚的所谓马来人，就是伊斯兰教教徒。

尽管拉希德没说，但一九六九年的那场种族暴动，实际上推动了马来运动，以及年轻人之间的新伊斯兰教。

由于屋里住了二十人，拉希德升了中学的较高年级之后，便只能利用深夜时分，电视都关掉，家人都入睡之后才开始读书。他会坐在神坛边，父亲的椅子上。这张椅子是父亲接见信众，为他们指点迷津，或作法陷入恍惚状态时坐的。拉希德会坐在椅子上念书，或写三四个小时的字。拉希德就在这张椅子上，在雪神、火神和剑神的灵位之下，念莎士比亚、简·奥斯汀和狄更斯的作品，并写作文、准备考试科目。他从不以为自己受了苦；反倒是几年之后，生活变轻松了，他回首往事，才感觉到当时的苦楚。

他念完中学后，继续远赴吉隆坡上大学，修英文。这时，他在家里的日子才算告一段落。他念英文，这件事说来并不太实际，但根据他自己的说法，他上大学是为了争取自由。他可以自给自足——学费低廉，在漫长的假期中，他还可以做各种工作，赚钱付学校的食宿费。他教书，在新闻界和广告界打些零工。

他并未好好念书，只用很少的时间去上课，结果第二学年，校方就给他下了最后通牒。通过一个慈祥的印度人帮助，他总算拿到了第二级的文凭。他在大学里一共待了三年，这段期间他只回过一次家，在家里待了一星期，当时在念大二。第三年结束，即他获得学位之后，他开始在吉隆坡全职工作，连回家的念头都不曾有过。

对于谋职而言，他那个不切实际的英文学位根本于事无补。他开始全职做假期中做的一切工作。刚开始因为感到自由而做得兴致勃勃的工作，最后都变得十分乏味。他谋生不成问题，但生活没有重心，杂乱无章。没有了伊斯兰教——伊斯兰教越来越重要，甚至在他的大学生活里也很重要——他的生活就失去了方向。

有一天，他正要去上班，一个警察将他拦住。他将车窗摇了下来，问道："什么事？"拉希德的态度惹恼了警察。他问拉希德："你这话是什么意思？你应该说，长官，有何贵事？"他一边说，一边开罚单。

这个警察是印度人。拉希德说，在吉隆坡大家都知道，印度人一向拿鸡毛当令箭，自大得很。拉希德虽然没说，但我想印度警察可能对他很不客气，因为他是华裔。拉希德在心里暗暗骂道，哪一天我一定修理你，等着瞧。

就在那一刻，拉希德下定决心，一定要当警察，"献身权势"。那个决定下得很突然，但其实他想当警察已有一段时日。他梦想穿警察制服，赢得人们尊敬，并保护自己不受上述印度警察和一些安全警卫那样人的欺凌，有些安全警卫还曾将拉希德从一些留给权贵的停车场赶走。

如今，拉希德的长兄在警界已位居要津。这位长兄大拉希德整整二十岁。拉希德很少看见他。他当年一进警界就是警官——这位长兄是法师另一个充满精力和志气的儿子——他从各种职务干起，还当过督察，后来更成为警务处处长。拉希德还记得自己很小的时候，看到这位长兄穿着督察制服回家，这时，当地有个警察有事向督察报告。当时法师家根本没有电话，警察只好自己跑到拉希德家，在全家人面前向督察敬礼。孩子们看得十分兴奋。拉希德还记得当督察的长兄有把手枪。

拉希德说："一想到穿这套肩膀上有三颗星星的制服，就会让人猛地分泌肾上腺素，兴奋极了。现在回想起来，这一切好像都十分愚蠢，但在当时却再真实不过了。一旦你拥有了权力，一切都会变得非常不同。"如今，说这番话的拉希德不但已经逍遥自在，安全无忧，也颇有影响力。

拉希德也觉得，自己的大学生活过于自由，毕业后的自由撰稿时期也没有固定目标，如今的他需要的是秩序和纪律。他认为警界会提供他这些。尽管他察觉到了自己当时的不安全感、进取心和权力欲都相当真实，但内心还是明白，那些行为和他的教养大相径庭。

他说："我父亲和长兄各自拥有不同的力量。长兄拥有权威，父亲因为天赋使然，也因为乐善好施，赢得了人们的尊敬。这就是一旦发生暴动，我们就会过苦日子的原因。我们没有积蓄。父亲会向卖面包的人买四五条面包，因为他不忍对对方说不买。至于我们自己实际上到底有几条面包，父亲并不在意。现在，卖面包的人来，我也会买。这么做和面包的价格无关，卖面包的也从不找零。父亲说，和这些人打交道，不能太计较。"

一年后，拉希德才进入警界。通过审查的报名表共有五百件，总共收到的报名表更多。体检和笔试之后，共有二百五十人通过初试。正式面试结束之后，共有一百人过关。光是这些流程，就花了几个月。考试和智力测验又刷掉一半。最后,只挑选了二十人送到警察学校受训。拉希德就是其中之一。

为了进入警察学校,拉希德还剪了发。他和其他学员最先要做的事，就是让学校的理发师理发。拉希德加入警界，目的是争取权力。但他身为受训学员的经历，让他明白成为正式警察之前要接受某种羞辱。

接下来的两个月，他和其他学员全都得看教官的眼色，唯命是从。警察的训练教条从英国统治时期沿袭至今，丝毫未改。若行为稍有差池——比如在行进期间说话——就可能受到严惩。惩罚方式是全副武装，扛着 M-16 步枪，在大太阳底下进行一小时的快步行进。一会儿功夫，就能让人手臂和手肘痛不可当。

受训两个月后，他果然脱胎换骨，成为纪律严明的警察。当初的权力欲，和当初想一有机会就去找态度恶劣的警察讨回公道的冲动，如今全都消磨精光。他甚至对训练过他的教官心存敬意。

结业后，拉希德回家探望父亲。他已多年未见父亲一面。如今，他知道，法师父亲会以他为荣。法师果然很为他骄傲。

拉希德说："他看到我，十分高兴。在他眼中，儿子已改头换面。他不再提及我皈依伊斯兰教的事。我给他一张我穿制服的照片，制服上有我的名牌和伊斯兰教名字，拉希德。父亲将这张照片挂在了客厅墙壁上。"

当警察绝对不只是穿套制服和接受别人敬礼而已，还得经常在他派驻的管区看死人、看支离破碎的尸体，和种种惨不忍睹的景象。拉希德很快就无法忍受。他加入了情报单位。当初满脑子渴望权力的时候，他想都没想过加入情报单位。但如今他知道，在警界，情报单位正是权力的所在地，可惜他并不喜欢。他终于对警察工作也失去了兴趣。

他又想到法律。受训时，有个教官告诉过他，他分析事物的能力活像个精明的律师。这番话深深印在他脑海里。后来，他在警界工作不到四年便辞职，做了一阵子生意，纯粹是为了赚钱。后来他到大学注册，上法律课。对他而言，这真是如鱼得水——法律激发了他的一切本能——一开始他就很得心应手。正因为马来西亚的蓬勃发展，才让他得以有多样的选择。如果是在早些时候，他肯定会非常谨慎，找到什么工作就做什么。

他说："尽管，我现在接触到权力核心，但当初让我忘乎所以的兴奋感已不复存在。回首往事，我觉得自己所经历的每个阶段都是缺一不可的。童年的各个阶段，成长的环境，以及各种机会，都有助于我后来的自立自强。”

他的背景让他变得非常实事求是，绝不怨天尤人。他从未将这种性格归于华裔的身份——他的一些华裔朋友会常常抱怨，他认为原因可能是他承袭了父亲的个性。他从未听过父亲抱怨什么。他患有疝气，痛苦难耐，但没向任何人提起过；他脊椎也有问题，一度让他疼痛不已。

父亲去世前几个月，拉希德回去看过他。父亲当时已是八十八岁高龄，卧床多时。他身体耗损大半，体重减轻了三四十磅，形销骨立。

拉希德说：“爸，您变瘦了。”

法师说：“没什么要紧，我好得很。”他话虽如此，眼眶却泛着泪光。

目睹父亲命在旦夕，拉希德想到他备尝艰辛的童年，以及他所做过的一切。父亲的子女全都生不逢时，但幸运的是如今全都十分幸福美满。

拉希德说：“在我梦想拥有力量的时候，甚至在我当警察之前，他就已经施展出真正的力量了。”“和父亲相比，我实在再幼稚不过了。我绝对不许任何人批评父亲，就算是家人也不允许。他的一切作为，我们都有目共睹，他不需要宣称自己拥有法力。或许我和父亲十分神似——他是家中的第八个儿子，我也是家中的第八个儿子。母亲告诉我，我和父亲简直是一个模子刻出来的。母亲并不是很擅于言词，她不会到处奉承别人。”

拉希德的父亲从不盼望有任何人继承他的法师衣钵，或表明信奉他的信仰，他只希望孩子参加他的祭拜仪式。拉希德皈依伊斯兰教之后，连参加仪式都不允许了。但母亲可以履行一切仪式。当她在厨房祭拜马来神祇，或者在神坛前进行某些祭拜仪式之际，所有的家人也会和她一起，这让拉希德十分欣慰。

第四章　另一个世界

马来西亚经济繁荣，但剧作家塞德· 阿尔威却未能赶上好机会。写马来剧本的人赚不了大钱，偏偏他就以此为业。不过，因为还有一些其他收入，多年来，他总算也攒了一些钱。过了六十岁之后，他开始觉得自己该盖间房子，安度晚年了。

塞德·阿尔威天生是乡下孩子，生来就有一种马来人对树木、河川的热爱。他在距离吉隆坡相当远的村子找了一块开发的建筑工地，开着自己的小红车出发了。即便有交通便利的新公路穿越光秃秃的开发山区，从吉隆坡开车过去也要半个小时，离开公路，还得在崎岖的道路上开一阵子，越过阳光点点的林地，最后才能来到一个丰饶而苍翠的村子。在塞德·阿尔威那一小块建筑工地下方有一条小河，河宽不过数英尺，河水还未及膝。

他的马来人本能，让他找到了这块地，也让他信任一个年轻人帮他建造房子。这个年轻人是他的亲戚，以帮人建造房屋为业。结果这笔交易成了一场大灾难。钱花光了，房子却只盖了一半，人早已逃之夭夭。塞德·阿尔威还曾经梦想，在自己的房子里能有一间表演室，可以预演他的剧本。但目前建造出来的成品大部分只是危险的轮廓，既没有墙壁，也没有地板（因为求好心切，他当初要求，建造好的房子必须有一部分悬在小河上空）。倒是有一个不平坦的可以一眼看穿的框子，是用倾斜而松垂的木材建造的，但因为木材太细，根本承受不了任何重量。

塞德·阿尔威再也顾不得他的马来人本能了，他向年轻人的父亲抱怨。那位父亲听了勃然大怒，扬言他没有责任为他儿子是否有能力当建筑商负责。他认为，这都是赛德·阿尔威（不论塞德·阿尔威对家庭的团结，或马来人的团结有何看法）自己该评估的事情。

所以，塞德·阿尔威和妻子就只好住在这个造型怪异的建筑的一隅（没有电话），在那里接待客人，写剧本，想一些事情。小河上方的山地已经铲平，准备建盖房屋。蛇受到小河的吸引，在这座建筑一面干燥的土墙上钻出一个大洞。塞德·阿尔威和妻子偶尔会看见蛇，但两人都不以为意。塞德·阿尔威的妻子是个美丽而文静的女人，喜欢当地美丽的事物：小河、树木和盎然的绿意。

诸如此类的事情，一九三〇年也曾发生在塞德·阿尔威的父亲身上。他和霹雳王室是远亲，因为某种原因，这并不算是一层很好的关系，而且正因为有这层关系，他小时候还受过委屈。他后来年纪轻轻就成为一位很优秀的公务员，但各种压力，包括社会的、学术的和殖民的压力，可能都很大。二十二岁那年，他患上了精神分裂。在其他世界，或他自己的另一种个性中，他沉迷于宗教，可能有暴力倾向；但他也有神智清醒的时候。一九三〇年，他患上精神分裂的第八年，在神智清醒的时期，他为家人在村子里建造了一栋两层楼的房子。但他的野心实在太大，他只有公务员的退休金，根本就没有钱建完这栋房子。时至今日，房子的第二层都还没建起来。

塞德·阿尔威就在这个时候出生了，很可能就是出生在这栋尚未建完的房子里，但他在这栋房子里长大，是可以确定的。在一九四二年初到一九四五年日本人占领期间，全家人就是在这栋房子里度过了贫穷和恐怖的岁月。太平洋战争结束后几天，塞德·阿尔威的父亲也是在这栋房子里撒手西归。

这是一段难以想象的经历：可以说，塞德·阿尔威就是因为这些经历而成为了剧作家。但作家开始写作时，并不容易察觉到自己的写作题材，有时候需要在心理上与这些切身经历保持距离。有时候经历太悲惨，不能直接付诸笔墨，塞德·阿尔威就以间接的方式，采用象征手法。这种方式可以让创造性的想象力去处理一些特殊的痛苦。他的第一个剧本进展缓慢，写了四年多。

故事始于他二十岁那年的创作。塞德·阿尔威二十岁时，在江沙克利福学校念书。因为战争，他辍学长达四年之久。当时江沙有位教士，叫塔希尔教长。塔希尔教长学识渊博，足迹遍布天下。他精通天文，可以自己算出斋月从哪一天开始，是当地的传奇人物。他经常骑自行车进城，人们都会拦住他，想和他说话。塞德·阿尔威非常崇拜塔希尔教长，希望能和他一样。他为克利福学校的校刊写了一篇有关塔希尔教长的文章。这篇文章的角度很奇特：他想象教长和一个和他一样的男孩在火车上相遇；男孩侃侃而谈，老人几乎不发一语；后来男孩既苦恼又惭愧地发现，自己那次碰上的是一位伟人，但他却没有真正看自己一眼。

在火车上奇遇的想法，塞德·阿尔威一直挥之不去，他甚至增添了一些情节——男孩成了大学生，那位父亲般的教长成了鬼魂，如在眼前，实际上却不存在；还有故事背景：故事发生在一段特殊时期，当时的一切都在土崩瓦解，哀鸿遍野，人们熟悉的环境经常突然传出死亡的噩耗。

四年后，塞德·阿尔威得到富布莱特奖学金，前往明尼苏达州念新闻。有一大段闲散时光的他，在某天提起了笔，开始写剧本。他的处女作不到两个星期就完成了。

故事发生的场景是在火车上。大学生以为老人是庄稼汉，于是和他大谈哲学，希望在学识上嘲弄老人。老人最后问了大学生一个问题："如果你知道有个人快死了，你会告诉他吗？"大学生开始胡言乱语。慢慢地，大学生终于知道，对手绝非一个庄稼汉，他始终说不出答案。老人最后说了，仿佛是在安慰大学生："我自己就遇到了这个问题，我女儿快死了。"话还没说完，老人就不见了。原来他是鬼魂，可能只在大学生的脑海中存在。火车进站了——当时正是战后共产党动乱的时代，火车站经常遭到攻击——车站经常有人莫名其妙地死亡。大学生和他看见的鬼魂就这样有了渊源。

这个在明尼苏达州写成的剧本，看起来似乎充满想象，但剧本中的一切——包括孩子去世，大学土崩瓦解，甚至宗教神灵等等——都直指塞德·阿尔威的经历。一名作家最早的虚构作品，就算尚未完成，或看起来十分矫揉造作，也和一直左右着他的冲动和情感分不开。

塞德·阿尔威谈到他祖先时表示："传奇比历史更真实。"他家的传奇是，他父亲的父亲是"赛义德"（先知穆罕默德的后裔）。在马来西亚，这意味他的祖先可能是阿拉伯人或印度商人。阿尔威是阿拉伯部族的名称。但塞德·阿尔威，尽管有着马来人的本能和热情，看起来却比较像欧洲人，不太像马来人或阿拉伯人。他说，医生告诉过他，他鼻尖上的皮肤炎，是欧洲人常有的，并不是阿拉伯人常有的。所以，正如他所言，这实在让人百思不得其解。

但传奇终归是传奇，塞德终归是塞德，阿尔威终归是阿尔威。根据传奇所说，塞德·阿尔威的祖父，就是霹雳王室的远亲，曾以某种方式离经叛道。他拒绝过王室的生活，越过霹雳河，到对岸娶了一个平民女子。传奇并没有指明日期，但他反叛的时间大约是在十九世纪八十年代。当时大家都得遵守礼仪和部族的风俗，如果有人想做出离经叛道的行为，就必须有一个合理的解释。塞德·阿尔威的祖父没有受过什么教育。除了传奇所说的一切，塞德·阿尔威并没有其他发现。

叛逃者的儿子，即塞德·阿尔威的父亲，尝尽了苦头。他出生于一九〇〇年，被王室中人收养，送到江沙马来学院念书。马来学院是专供王族子弟念书的地方。这是这家人的义务，因为男孩是王室血脉。但私底下，王室成员一直虐待这个男孩。他们不准他和男孩们一起吃饭，还让他做家事，和仆人没有两样。

尽管如此，男孩在马来学院的表现依然十分优异。他十六岁那年，在土地管理局找了一份差事，成了政府公务员。他要协助村民在新小区找土地，也可以向土地管理局提出各种建议。在一九一六年的殖民机构中，这已算是高官，再加上他如此年轻，所以非常引人注目。

后来，王室为这名年轻的官员招亲。传闻称，对方是赛义德，家里非常有钱。但传闻仅止于此，省略的部分一定不少。因为年轻人不喜欢这个别人为他选择的女子，于是在结婚前夕，他像自己的父亲一样，也步上了逃婚之路。这一举动激怒了很多人，他们都觉得自己颜面尽失。年轻人知道，自己一定会遭到追捕，于是到处寻求庇护。

他一直在霹雳北部任职，心想，自己可以逃到北部去。于是，他去了一个很熟悉的村子。他对村长说："给我找个妻子。"这是正常的马来习俗，人们可以直接要求亲戚帮忙找个妻子，所以，他向村长提出这个要求，也是天经地义的。

村里多的是王族，所以合适的家庭俯拾皆是。村长挑了两位女子供他选。第一位女子不是皇亲国戚，还离过婚。正因为离过婚，所以她反而有权拒绝，最后她选择拒绝嫁给这个十七岁的公务员。而第二位女子就不得不接受了。

她也是皇亲国戚。她的祖先建立了这座村子，她家是布吉斯的后裔。他们来自苏拉威西岛（殖民时期称为西里伯斯岛），在某个时期移民到马来西亚的吉打州。他们在那里和当地的马来人通婚，居然也适时获得了皇室地位。在十九世纪的马来群岛，有很多人这样做。侵入别人领土的何止是欧洲人和华人。在某一个时期，暹罗人攻击了吉打州。吉打州的皇室向南逃亡到霹雳省，定居在一个河湾的海角处。他们在那里耕种土地，慢慢发展成一个叫 Pondoktanjung 的村子，意思是“海角上的小屋”。

这个来自 Pondoktanjung 的新娘年仅十三，比丈夫小四岁。追随丈夫乃是妻子的天职，每个女孩都有这种心理准备。但这个女孩的生命从此将发生巨大的转变，不是任何人可以想象得到的，牺牲、痛苦和一段黑暗岁月，正等待着她。

刚开始，大约有四年时间，一切都称得上顺利。婚后第一年，新娘产下第一个孩子，是儿子。她总共怀了十五胎，这是第一胎。在接下来的四年中，她又生了两个孩子。这是一段美好的岁月，这段期间，她丈夫的地位也在迅速提高。Pondoktanjung 的人已将她的丈夫视为他们当中的一分子，所以他不再是个没有部族的人了。

一九二一年，他二十一岁时当上了地方行政官。要坐好这个职位，他需要相当程度的法学素养和丰富的知识储备。这表示，除了旅游以及当过公务员的经历之外，他还需要继续进修。他的生活等于是在马来学院生活的延续：白天上课，晚上做家庭作业。如此学习下来，他的心灵居然越来越平静，甚至就在他在这个世界的地位越来越安定之际，他竟然逐渐想逃离这个世界，越来越沉迷于哲学、宗教和神的本质。

他从前习惯和一位朋友讨论这些事情，这位朋友是位师范学院的老师，据说他们每个晚上都碰面。没有任何人知道，其实这位地方行政官的内心波涛澎湃。在村人和他妻子家人的眼里，他过的只是马来人的生活。他和每个人一样，每天循规蹈矩，似乎一直在小心翼翼，尽量不去招惹别人。他的焦虑只有他自己知道。他也不和英国警察说话，对他而言，这是十分愚蠢的事，他不喜欢说英语。他曾明白表示，不喜欢过这种殖民生活。所以他十分孤独。

一九二二年，他二十二岁，患上了精神分裂。那是一段特别时期。病情发作时，他在霹雳一个叫打巴的镇上，总算还可以回到（或被人带回到）Pondoktanjung。他一直没有康复。在接下来的二十三年中，他一直在自己的两个世界中进进出出。他患上精神分裂时，妻子只有十八岁。不论就哪一方面而言，她一直都是他的妻子，直到最后。

他被诊断出身体不适而失去公职，因此获得了每个月七十五马来美元的退休金，约合今天的二十三美元。但是在一九二二年，这仍是一笔可观的数目。这笔钱他一直拿到日本人占领为止，最后就什么都没了。

他生活在两种截然不同的生活中。一种在这个世界，另一种在他的私人世界。

在他的正常生活中——如果称得上“正常”的话——他不喜欢说英语，只有在需要的时候才说；在另一种生活中，他却只说英语。在正常的生活中，他不太像作家；在另一种生活中，他大部分时间都在写作，家人带给他许多练习本和铅笔，他不断地写。当他从这个世界走出来的时候，就会把自己写的东西都烧了。塞德·阿尔威不能确定的是，到底是他的正常个性促使他烧这些东西，还是他的家人希望他烧。

在正常的世界中，他不抽烟；在另一个世界中，他可以同时抽四五支烟，同时将这些烟夹在指缝中。

在正常的世界中，他不能忍受看到别人承受肉体上的痛苦。只要妻子体罚孩子，他就从家里跑出去，可能在外面一待就是几星期，有时候家人也不知道他跑到哪儿去了；但在另一个世界中，他充满暴力，不过，尽管在另一个世界中六亲不认，他也绝不会向亲人动粗——他的暴力是用来对付别人。他的小舅子偶尔会带他去领退休金，回家途中，如果碰上某人，他就可能没来由地打对方一巴掌。有一段时期，他实在过于暴力，家人甚至不得不备妥笼子关住他。患上精神分裂之后的第八年，他的暴力情况开始减轻。一九三〇年，塞德·阿尔威出生后，他的暴力行为差不多也停止了。

在正常的世界中，他喜欢烹饪，也喜欢吃东西；在另一个世界中，他对食物兴味索然，只对两件事情感兴趣，写作和谈话。

一九五三年，因为一个极不寻常的机会，塞德·阿尔威遇到了那位在师范学院服务的朋友。塞德·阿尔威的父亲在三十一年前，即精神分裂之前，每个晚上都会和这位朋友彻夜长谈。

塞德·阿尔威要到美国明尼苏达州，拿富布莱特奖学金念书。那位朋友则在马尼拉上机，准备前往夏威夷。又是机会使然，他居然坐在——或被带领到塞德·阿尔威的座位旁边。在这段漫长的旅程中，他告诉塞德·阿尔威，他记得塞德·阿尔威父亲内心的不安定，以致最后的崩溃。塞德·阿尔威第一次了解，原来父亲一直在以一名土地管理局的助理地方官身份做行政官的工作，而且在拼命工作之际，他还要面对精神上的恐惧。他的世界为之崩溃，因为他不能接受伊斯兰教的真主。他希望自己能更进一步了解神祇，在寻找自己可以接受的神祇之际，也搜集了其他这方面的书，他正在阅读。

塞德·阿尔威想，或许到某个时期，父亲就必须妥协，接受他找不到一直在找的神祇的事实——但只是猜测。对塞德·阿尔威而言，这还是痛苦的猜测。我认为，依据塞德·阿尔威所说的一切，在他父亲死后五十年，不论是出于悲恸、怜爱，还是想和父亲分担痛苦的孝心，塞德·阿尔威都仍然十分想了解父亲的内在生活，了解父亲的另一个世界。这个世界如今早已失去，这件事一直让他很伤心。塞德·阿尔威有的只是一些零零散散的蛛丝马迹，可以用来回忆过去，如同那位朋友一九一二年的记忆。

（在满脑子都是美国和写作之际，塞德·阿尔威居然邂逅父亲的朋友，这在他自己的生涯中可能也是一件大事。几个月后，或许正是被这件事触动，他的创作灵感大发，写下了处女作，在作品中多次提及父亲的神秘之处。）

塞德·阿尔威谈到父亲时说："在我看来，他并不是真的在寻找真主，他寻找的是生命的意义。这件事所以被解释成寻找真主，只是他的教养使然。根据他从小接受的教育，安拉就是一切。他一直在两个世界中寻找安拉，对他来说，这或许是唯一可以同时存在于两个世界中的事物——尽管这并不足以解释为什么他有时会有暴力倾向，也不能解释他为什么患上精神分裂。我经常自问：他的真正的世界是什么，是别人为他创造的世界，还是他为自己创造的世界？

正如塞德·阿尔威所说，他父亲所发现的世界，对父亲自己而言，可能太过沉重。他在另一个世界里的行为，显示了他在这个世界中遭受的磨难，他在孩提时期的生活很苦，甚至遭受过虐待。在正常的自我中，他受不了苦；但是在另一个世界，他却将痛苦加诸在别人身上，会没来由打别人一巴掌。身为社会的弃儿，他必须在马来学院努力证明自己。在殖民世界中，他又必须证明自己是马来人。所以，在他的另一个世界中，在学校和公务员的生涯中，他总是用英文写作，还会以殖民的风格抽香烟（而且是抽最好的香烟），同时抽四五支。

塞德·阿尔威说："马来人一直承受着必须自我证明的压力。一般人认为，马来人就是无法成为有思想的人，只不过是习惯的产物，是苏丹或英国人的子民。马来人必须依赖别人为他们思考，领导他们，他们才会忠心耿耿——效忠苏丹，效忠英国人。英国人则施行法律保护他们，作为回报。法律规定，非马来人不得干预马来人的习惯和生活方式。

当家人知道他们的女婿出了严重问题的时候，就将他送到了疗养院。这家疗养院和疯人院相去无几。疗养院的人从未治愈过任何病人，但他们有方法测试病人是真疯还是假疯。方法一是用消防水管射击病人，方法二是用砂土拌饭喂病人吃。如果病人都没有抱怨，那就是真疯。塞德·阿尔威的父亲接受过这两种测试。塞德·阿尔威说，其他病人还得接受更糟的测试。

后来家人还带他去找法师，找了一个又一个，测试再测试，治疗又治疗。有个法师还捧出一碗水仔细端详，看为什么病人会沦落到如今这步田地。法师会琢磨这到底是出自遗传，还是鬼怪附身，或后天使然。

有一次，塞德·阿尔威的父亲和叔叔并肩坐在法师面前。香烟袅袅，弥漫整个屋子——这段陈年往事还是叔叔告诉塞德·阿尔威的——最后法师指出，有人想暗算塞德·阿尔威的父亲。这个坏人在房子附近埋了邪恶的物件，要拯救塞德·阿尔威的父亲，就必须将这些物件除去。此时此刻正端坐在房间里的法师说，现在他就要准备了。法师开始作法，在不绝如缕的香烟中，动作很夸张。他一直喃喃有词，解说自己的动作，但香烟并不够浓厚。塞德·阿尔威的叔叔看到法师从他自己的膝下拿出一个黄布包裹，扔向一边，随后法师即说："人已经治好了。"尽管叔叔看到一些动作，但还是付了酬金。

后来又进行了类似的治疗，家人找法师找了好几年，最后还是放弃了治愈的希望，听任病人自生自灭。

有一次，病人从家里逃跑了。谈到这里，他又没提事情大约发生在什么时候。他的家人已不想再谈这段往事。病人逃到吉兰丹，在那里，原来就精神分裂的病人再度精神分裂。当家人把他带回家的时候，发现他正在翻译《古兰经》，从英文翻译成马来文。他们将他写的东西全烧了。

塞德·阿尔威说："他翻译《古兰经》这件事情很重要，这证明，即便在另一个世界中，他仍没忘记寻找真主。至于翻译工作是在他的哪一个世界中进行的，我也不能确定。他觉得作品被烧毁，是再自然不过的事了，因为这和他们的信仰很相符，所以他能接受这件事情，一如他能接受村子的生活方式。"

因此，父亲的所有作品，包括塞德·阿尔威出生之前的一切作品，塞德·阿尔威都已无法拥有。多年之后，他还发现了父亲的练习本。

"他的笔迹潦草，我不太认得，很难辨认。但几乎每两个句子的句尾都会写一个词：总是。"

对塞德·阿尔威而言，这个词一直挥之不去。

有一段时期，父亲神智十分清醒。那是一九三〇年前，他开始在村里盖新房子，但钱花光了，所以第二层楼始终盖不起来。塞德·阿尔威坐在他自己没盖完的房子里——在这栋一面有蛇洞，一面有小河的房子里——叙述前尘往事时说："所以，当事情发生在我身上的时候，我便想起了父亲还没盖完的房子。"塞德·阿尔威的父亲一九二二年精神分裂时，已经生了三个孩子。后来又生了六个，还有六次胎儿流产。在六个生出来的孩子中，有两个是死胎。

塞德·阿尔威说："所以母亲一共怀了十五胎。"

我说："听起来好残忍。"我想不到其他的词。

塞德·阿尔威神情悲伤，黯然表示："我也不知道。"满眼泪水。

他父亲希望子女接受教育，但他只有退休金可领，村子里有个印度女人提供了很多帮助，她很关心这家人，也很爱这些孩子。她有一些金饰，每当孩子要交学费或买书，她就会将这些金饰借给塞德·阿尔威的父亲典当。她只有在筹孩子们的教育费时才会出借金饰。当一个孩子穿着著名的殖民学校——莱佛士学院——的制服，从新加坡回来的时候，她十分以他为荣，仿佛是她儿子似的。她自己的儿子（她只有一个儿子）是铁路工人。她是泰米尔人,家境并不富裕。除了金饰外，一无所有。她为政府在村里经营的棕榈酒店的工人准备点心，并以此维生。她父亲去了印度南部，在庄园里当包工头，她丈夫生前也是庄园里的工人。丈夫过世后，她就离开庄园，自己谋生。后来她来到这个村子，在距离塞德·阿尔威家不远处盖了一栋房子。

一九三六年，塞德·阿尔威开始上马来小学的时候，这个印度女人成了他的教母（像童话中说的那样）。他记得她年近四十，身体瘦长而有力，尽管不是慈眉善目，却绝对不丑。他每天在上学途中，一定会去她家逗留一会儿，她总在家里的土灶上准备一瓶热牛奶给他喝。塞德·阿尔威的家人很少喝牛奶。马来人不喝牛奶；他们喝咖啡时，加的是炼乳，但也只是加炼乳而已。马来人总是在蛋糕、咖哩和肉类上加椰奶，是用成熟椰壳中的白色部分制作的。

一九四〇年，即塞德·阿尔威在马来小学念了四年之后——他在学校主要念的是地理和文学，他和一个哥哥被送到太平市的英王爱德华七世中学念书。塞德·阿尔威的父亲不惜一切代价，并借由那个印度女人的协助，为两个孩子在太平市租了一间房子。塞德·阿尔威后来才知道，尽管他的父亲生活一片惨淡，却希望教育他成为高级公务员，一如当年的自己。

村里每个人都知道塞德·阿尔威父亲的情况。在太平市那所中学，大家也都知道，并没有什么好羞耻的。事实上，还有些令人惊叹。马来人一直认为，智力高的人往往会因为过度施展才华而垮掉。塞德·阿尔威的父亲——每个人都知道他年轻时聪明非凡——就是这种人。他们有一个词用来专门形容这种因为勤奋过度、念书过度或信仰过度而发疯的人：gila-isin。

塞德·阿尔威说："人们都认为父亲是 gila-isin，因为他一直在追寻真主或类似真主的存在。这件事只有少数亲人知道，毕竟它并不曾外扬，免得别人误解，认为 gila-isin 是一种惩罚。"

一九四一年，塞德·阿尔威的哥哥离开，去参加新加坡皇家海军。他其实是乡下孩子，喜欢乡下生活，也喜欢乡下伙伴。他宁可和亲友一起去稻田里工作，也不喜欢到太平市的学校念书，这根本就是父亲一个人的主意。所以，在村人的帮助和合作之下，他去新加坡，谎报比实际大的年龄，加入了皇家海军。塞德·阿尔威的父亲除了必须让孩子念完中学之外，还算是和平主义者，不喜欢杀戮，于是他便前往霹雳晋见英国特派代表。大费周章之后，他支付了七十五美元，约合一个月的退休金，想将儿子从海军部队赎回来。就在那时，战争爆发了。一九四一年十二月七日，日本人轰炸新加坡海军基地，家里没有人知道这个哥哥的下落。

塞德·阿尔威说："一九四一年十二月底，日本人终于来了。一月，我想回学校，因为假期已经结束。但我后来听说，那里已经没有英国学校了。"

还有传说称，任何人家中摆有英文书，都会遭到日本人惩罚。塞德·阿尔威家有很多英文书，都是在新加坡莱佛士学院念书的两个孩子带回家的。这些书几乎被销毁一空，一部分掩埋，一部分焚烧，就像塞德·阿尔威父亲的作品那样。有一本书很重要，被保存了下来，就是字典。塞德·阿尔威希望有朝一日看他父亲的作品，认为可能需要这本字典，好查阅自己看不懂的字。这一天终于到来了，但他还是看不懂父亲在练习本上写的东西，只看得懂"总是"一词。

英国人炸毁了村子外的一座桥，但日本人花了几周时间，又造了一座新桥。日本人四处劫掠。某个下午，一个日本兵拿着一把已经出鞘的军刀来到塞德·阿尔威的家。孩子们都逃跑了，但父亲留了下来，半小时后，父亲开始呼唤孩子回家。孩子们回到家，看见日本兵拎着一只鸡和一个菠萝走了。没有人知道这两个男人谈了些什么，父亲也从来没说。

塞德·阿尔威说："他不怕。他不是勇敢的人，但他当时就是不怕。"

日本人一共占领马来西亚三年零八个月。在日本人占领之前，塞德·阿尔威从未看过如此悲惨的景象。如今，在太平市市场附近——塞德·阿尔威以前的英国学校就在太平市——他常常看到有头颅系在木桩上。他听说，这些都是华人的。

塞德·阿尔威说："第一年之后，情况开始恶化。粮食，比如米、糖等基本民生用品，变得十分短缺。因为疾病蔓延，村子生活很艰难，我们营养不够，所以溃烂等皮肤病随处可见。我们已经习惯了去医院、吃西药，而关于地方草药的知识早已忘得精光。我们无法适应社会的巨大变化。

"除此之外，日本人还保证，一切都不会成问题，东西多的是。他们还特别提到，会马上运来许多米，因为日本境内可以产米。他们每次从我们家里拿东西，都会说将来一定加倍归还。最常说的是，我现在取走你一辆车，将来一定还你五辆，甚至更多。他们还说：'不仅是车，其他东西也一样。'还提到了丝绸。社区里的人等了一个月又一个月。日本人一直散播传言，说米运到了，某些村子的人已收到了米。他们的保证就这样一直持续着。

"刚开始，在新闻短片、流动电影院和戏院中，他们会用日语、马来语和英语说：感谢上苍，亚洲终于还给亚洲人了。接下来就是宣扬日本的伟大：日本有的是堆积如山的丝绸和其他奢侈品。这么做还是很有效果的。在斋月结束的第一个开斋节活动中，我们都在谈论，如果每个人穿着日制丝织品的衣物，该是什么模样。"

可是局势一天不如一天。大约在这个时候，塞德·阿尔威的叔叔去世了。塞德·阿尔威知道的许多有关父亲的故事，都是从这位叔叔口中听来的。叔叔经常陪他的父亲去领退休金，在家人到处求法师施法医治父亲的期间，也是叔叔和父亲一起坐在法师面前的。他的离世，让塞德·阿尔威忧伤满怀。有一天，他和父亲一起劈木柴，在充满悲伤的时候，这段相伴弥足珍贵，让塞德·阿尔威永远铭记。他提到了叔叔，父亲说："你叔叔并没死。"

塞德·阿尔威说："您说什么？"

父亲说：“日后你就会明白我说的是什么。”

这几句话给塞德·阿尔威留下很深刻的印象。他想，自己应该就父亲说的这句话和父亲多聊聊，但他并没这么做，因为后来一直找不到机会，也没有时间陪伴父亲。父亲后来便进入他的另一个世界，并且在那个世界一待就是三年，直到战争结束。当他从另一个世界出来的时候，已接近死亡的边缘。

塞德·阿尔威想，或许父亲进入另一个世界是故意的，这是一种保持自我的方式。但是，不论是正常世界，还是另一个世界，如今，一切都崩溃了。

塞德·阿尔威说：“一种崭新的生活方式和一种腐败的生活方式正在开始。是非善恶开始不以任何道德、宗教或精神标准来衡量，而由是否对自己有好处、对生存有帮助来衡量。什么是正常的生活？受苦，受难，饥饿，贫穷和疾病。如果这些就是正常的生活，为什么还要以道德来当作衡量是非善恶的准绳？可以减轻你痛苦的一切事物还有什么价值？还是你能找到什么东西来维持自己的尊严？正常的生活是，你看到日本军人打人，你看到人们遭受各式各样的绑架，你看到人们被刑罚致死，或为了逃避刑罚跳河而死。”

各个种族的年轻人，包括马来人、华人和印度人，经常强暴年轻女子，却从来不觉得自己的行为有什么不对。

“我总是想到这个美丽的印度妇人。她二十几岁，顶多三十出头，来自另一个村子，她丈夫就在那个村子采橡胶汁。有一天丈夫失踪了，妇人从一个村子找到另一个村子，途中经过我们这里。有一票年轻人无所事事，碰巧看到了她，他们彼此使了个眼色。我知道——因为我就在他们当中——他们要打她的主意。

“他们跟踪她，跟踪到离开商店区有一段距离的时候，就强暴了她。等到轮到我的时候，他们喊停——因为我年龄太小——当时大约十二岁，看来他们还有点道德意识，在我们那群人当中，有两个年龄太小。如果不是因为这样，我恐怕早就沦为强暴犯之一了。

“他们强暴过她后，就离开了。她则继续走她的路。她后来又从村子中心经过，去另一个村子，我们还看到了她。她丝毫没有流露出受伤的模样。或许她遭人强暴，已经不是第一次了，之前早就发生过。但即使如此，她还是继续寻找她的丈夫。对那票年轻人而言，这只是另一场强暴行动罢了。他们后来没再提到过这个印度妇人。仅有的是，他们说，她很美丽。”

这段时期，在塞德·阿尔威自己的眼里，他已然成为大人。他开始工作，最后帮助家人维持生计。

日本人设立了一座木炭厂。他们去村中宣称，木炭厂需要人手。已经十四岁的塞德·阿尔威成为木炭厂工人之一。木炭厂距离村子大约有两英里半，需要在早上和下午穿过一座橡胶园和森林，走这么一趟下来，十分累人。他一天可以拿八美元和一罐米，比较吸引人的是米。后来，也会发香烟。这份工作倒不难，只要负责将窑子的裂缝补起来就可以了。他做了大约一年。

做更累人的工作，就可以拿双份待遇。所谓更累人的工作就是，当炭烧好之后，将窑门打开，再将炭取出来。塞德·阿尔威试过一次。高温难耐，灼热的炭尘还进了他的肺。他去洗澡的时候，居然咳出黑色的痰来。他一连咳了好多天黑痰，吓得他后来再也不敢尝试了。

一九四四年年底，塞德·阿尔威成为木炭厂的一名伐木工。伐木工的酬劳更好：二十美元、一大罐米和香烟。香烟通常是当地制造的，口味很淡。但偶尔可以抽到日本烟。塞德·阿尔威至今依然记得日本烟的牌子叫 Koa, 好抽多了。

香烟很重要，因为在另一个世界中，塞德·阿尔威的父亲是烟枪。有一种乡下香烟有包装纸，是用尼帕棕榈树叶制成的。但塞德·阿尔威的父亲绝不抽这种烟，他坚持要抽“真正的烟”。当家人无法提供他抽“真正的烟”时，他就会变得十分火爆，还好不会伤人，只是乱扔东西。

后来他一天比一天衰弱，家人几乎没有什么东西可以给他吃，他也一直卧病在床。他似乎逐渐意识到，外面大难当头，香烟早已短缺。更何况，他身体十分衰弱，每天只能抽一支，但练习本倒是不曾缺少过，只是他写的东西越来越少。在生命中的最后六个月，他几乎只字未写。但——好像是他写作热情的余绪——他开始十分挑剔他的铅笔。他的铅笔一直是写到短得不能再短为止，却从不丢弃，他也不准任何人碰触这些铅笔。

有一天，塞德·阿尔威和其他伐木工一起去森林为木炭厂伐木。他们无意之间在距离道路一英里半左右的地方发现一块空地，是一块稻田，面积约五六英亩。

塞德·阿尔威就是这样认识共产党的。这些共产党主要是华人，叫“马来人民抗日军”。稻田是他们的，村子早已在某种程度上受到他们的保护。

这些伐木工不想拖着砍来的木材经过稻田，但他们的领导人——不是日本人，村子里没有日本领导人——必须做他的工作。塞德·阿尔威记得他说：“来呀，将木材从稻田中拖过去。”当中有人说：“可是，破坏稻田是有罪的啊！”塞德·阿尔威了解，有些伐木工认识看管稻田的村人。

所以，身为一个男人，塞德·阿尔威需要挣钱，真正进入这个世界。

他开始了解村子里的一些事情，这些事情之前都是隐瞒着不让他知道的。他甚至对太平市市场附近那些被系在木桩上的华人头颅都有一番解释。

这里的工作很辛苦，塞德·阿尔威几乎没什么东西可吃，又没有药。他身上有十四处地方溃烂。有一天，一根木材压到他的脚踝，擦伤处始终没痊愈，甚至变成一大块溃疡，害得他早晚疼痛不已，晚上不能成眠。他拼命摇动那只患溃疡的脚，好让伤口麻木，这才勉强睡上一两个小时。他偶尔会将溃疡处的脓挤出来，一挤就是半汤匙。溃疡处内部的肌肉已经腐烂。挤过脓之后，他的小腿肚就变得十分松弛，他只好用一只脚一拐一拐地走路。

村里还有其他人的情况更悲惨。有个四十几岁的女人浑身都溃烂了。伤口四处扩散，最后她满身溃疡，肌肉里爬满蛆和苍蝇。在数英里之外，甚至从她住的屋子外面，都可以闻到阵阵恶臭。在死前几个星期，她已快腐烂成一摊血水。她哀嚎尖叫，却没有任何止痛药。人们不敢走到她身边，只能听任她自生自灭。这增加了她的痛苦，让她的哭叫声变得格外凄厉。

日本人投降几天之后，一些粮食已陆陆续续从外面运到村子里。塞德·阿尔威的父亲又从外面的世界回来了，他在那里生活将近三年。家人知道他已回来，因为他不再喃喃自语，不再要香烟。他缠绵病榻多年，现在营养严重不足，身体十分孱弱。他希望看看外面的世界时，塞德·阿尔威和母亲就一起搀扶他起床，走到窗边。他看了一两分钟，什么也没说，随后——塞德·阿尔威还是靠他那只健康的腿一拐一拐地走着——他们将父亲搀回病床。

父亲向外看到的世界比日本人占领时期的更破败。在日本人投降直到英军抵达的两个星期之间，当地由马来亚人民抗日军统治。有许多账要算，他们要惩罚一些人，一些叛国者、背弃者以及那些与日军勾结的人。

真正的世界已破碎不堪，但塞德·阿尔威和母亲却十分欣慰，毕竟父亲已经从他另一个世界回来。他在另一个世界生活的时间，从来没像这次这么久。塞德·阿尔威和母亲都觉得，他或许已受够了另一个世界，再也不会回去了。更何况，已经有了粮食和医药，他的病情可能好转。塞德·阿尔威如今已经成人，他希望能和父亲谈谈他写的东西，问问父亲，三年前他们父子一起劈柴的时候，他说叔叔没有死到底是什么意思，进而了解父亲经常去的另一个世界。结果都未能如愿。在他们搀扶他到窗边观看外面的世界大约一个星期之后，父亲就撒手人寰。这似乎意味着，父亲不愿意单独在另一个世界辞世。

塞德·阿尔威说到他的母亲，这个以十三岁稚龄嫁给一个十七岁公务员的小新娘，“她就是我们的共同体，她以自己的马来经历和伊斯兰教经历，提供了丈夫必要的支持，让他得以拥有两个世界。如果没有她，他早就被扔进疯人院，那个用水和砂土拌饭测试病人的地方。他要是待在疯人院，绝对撑不到两年。但是他在自己的两个世界中，一住就是二十三年”。

一九九五年七月至一九九七年五月

图书在版编目（CIP）数据

不止信仰 /〔英〕奈保尔著；朱邦贤译 .– 海口：南海出版公司，2016.6

ISBN 978–7–5442–8311–3

Ⅰ．①不…　Ⅱ．①奈…②朱…　Ⅲ．①随笔–作品集–英国–现代　Ⅳ．①I561.65

中国版本图书馆 CIP 数据核字（2016）第 097409 号

著作权合同登记号　图字：30–2011–037

不止信仰
〔英〕V.S. 奈保尔 著
朱邦贤 译

出　　版　南海出版公司　(0898)66568511
　　　　　海口市海秀中路 51 号星华大厦五楼　　邮编 570206
发　　行　新经典发行有限公司
　　　　　电话 (010)68423599　　邮箱 editor@readinglife.com
经　　销　新华书店

责任编辑　黄宁群
特邀编辑　柳艳娇　黄莉辉
装帧设计　伦洋工作室
内文制作　杨兴艳

印　　刷　北京汇林印务有限公司
开　　本　850 毫米 ×1168 毫米　1/32
印　　张　15.75
字　　数　378 千
版　　次　2016 年 6 月第 1 版
印　　次　2016 年 6 月第 1 次印刷
书　　号　ISBN 978–7–5442–8311–3
定　　价　59.50 元